窑坪往事

啸鹰 著

图书在版编目（CIP）数据

窑坪往事 / 啸鹰著. — 2版. — 西安：太白文艺出版社，2017.9（2022.3重印）
ISBN 978-7-5513-1210-3

Ⅰ．①窑… Ⅱ．①啸… Ⅲ．①长篇小说—中国—当代 Ⅳ．①I247.5

中国版本图书馆CIP数据核字（2017）第180021号

窑坪往事
YAOPING WANGSHI

作　　者	啸　鹰
责任编辑	葛　毅
书名题字	巩　林
出版发行	陕西新华出版传媒集团 太白文艺出版社
经　　销	新华书店
印　　刷	三河市腾飞印务有限公司
开　　本	787mm×1024mm　1/16
字　　数	500千字
印　　张	25
版　　次	2016年12月第1版 2017年9月第2版
印　　次	2022年3月第2次印刷
书　　号	ISBN 978-7-5513-1210-3
定　　价	75.00元

版权所有　翻印必究
如有印装质量问题，可寄出版社印制部调换
联系电话：029-81206800
出版社地址：西安市曲江新区登高路1388号（邮编：710061）
营销中心电话：029-87277748

目 录

首篇·廊　桥　001
上篇·染　坊　065
中篇·走汉中　125
下篇·窑　坪　179
末篇·商　户　299
续篇·马　帮　349

【首篇】廊桥

首篇 廊桥

第一章

给牲口上完最后一个驮子,德胜堂的小伙计问马帮的小伙计:"你们从窑坪走,几天能到汉中府呢?"

马帮小伙计本来不想理会德胜堂小伙计,但看着他疲惫不堪的样子,还算是动了恻隐之情,鼻子里嗤地一声,不屑地反问:"你说几天能到?"

德胜堂的小伙计明显不得要领,摇摇头,说:"我连窑坪都没有出去过,咋晓得。"

马帮小伙计不得不耐着性子,对德胜堂的小伙计说:"顺当的话,半个月。不顺当就不好说了。"

德胜堂的小伙计吐着舌头,说:"呀!"

马帮的小伙计轻蔑地看着德胜堂小伙计惊讶的表情,拍了拍牲口肥实的屁股,说:"你以为我们走马帮驮队就是赶赶路?你倒是一天躲在店铺里伏着柜桌打瞌睡!"

小伙计不高兴了,说:"哼,我啥时候打瞌睡!"

1912年冬天,窑坪上街吊河坝李家的最后一批草纸刚刚上完驮子,马帮的驮铃还没有完全消失,辞别的酒香还隐隐飘在窑坪河的风里,窑坪下街的贺家沟还是一条结冰的河道,但李家德胜堂计划要重新翻修窑坪廊桥的说法却传了出来。人山人海的街头,赶集的人们纷纷交头接耳,都在传递着这个消息。这座年久的木结构的廊桥已经坍塌,没有谁敢再踏上桥面一步了。

这一年,李德明压了一年的土纸终于在9月的绵绵阴雨里卖出了一个好价钱,每天几十匹的骡子住在李家骡马店里装货,这样的景象一直持续到初冬,满窑坪的商户们都在眼馋。虽然从窑坪到关沟门口镡家河渡口的路途湿滑,非常危险,但是丰厚的运费利润还是具有强烈吸引力的。

夜里,李家脚骡店的火堆旁,脚户们脱下的湿鞋子冒着热气,散发出难闻的气味。就这样看着脚户们一直把鞋子烤到了冬天,李家老大李德明就磕着烟灰说出了要修窑坪廊桥的想法。不仅仅是窑坪街面上的人说好,就连那些匆匆过路的

首篇·廊 桥

挑客和背老二们都纷纷点头,说窑坪廊桥修起来,最起码要少过贺家沟这一道河了。

李德明呼噜噜呼噜噜地吸着水烟,听着这些话,心里像是吃了蜂蜜一般惬意。当然,最叫人高兴的还是每天几十匹骡子拴在店门口,等着上货装驮子。

记得在六月的时候,就有商户带了驮队来窑坪收运土纸,改帘纸收到一捆八个小铜钱,李德明只要一想到库房里的百十捆上好的板经纸,就会想到白花花的银子和黄澄澄的铜元。他多少次急着想要跑去找那些要纸的客商,但是做大掌柜的三弟王世奎却笑着劝他,说货要看涨,我们不妨再往后压一压!德胜堂向来是大掌柜做主,王世奎还大着胆子又进了一些纸坊的存货。不想整个窑坪街道上到秋后除了德胜堂就都没有土纸了,于是百十户商户眼睁睁地看着德胜堂的土纸卖了一个不曾想到的天价,大叹后悔。

李德明踱步到店里,顺河风掀得麻布门帘高高飘起来。他进店坐下,看见三弟大掌柜王世奎正和兰州来的买主张义说话,脚底踩着一盆烧得正旺的木炭火。张义起身,笑着问:"东家过来了?"

李德明也笑了,说:"走到门口了,随便进来看看。"

王世奎说:"李老板这一趟要装二十八驮,明天就可以装完。"

李德明说:"凡事你不必样样对我细说,月底你拿柜上的账给我看就行了。"

王世奎点了点头,说:"大哥,我晓得了。"

李德明今天穿了一件短棉袄,戴着护耳棉帽,脚上穿了一双鸡窝窝棉鞋。虽然是晴天,但是窑坪河的风还像刀子,刮到哪里都一样地疼。而兰州来的张义,则套了一件长棉衫子,看起来要比李德明精神许多。穿长衫的张义,潇洒地一挥手,明眸皓齿灿然一笑:"托李老板的福。我们还不是仰仗李老板赚一点点吃喝钱?"

李德明示意大家坐下,说:"彼此彼此,我们也是靠你呀。"

正说话间,一个店伙计从门外踢踢踏踏跑了进来,掀开门帘气喘吁吁地说:"有几捆货被老鼠给撕咬得不好了,我们的意思是带出去,但人家死活不叫打到驮子里去,我们谁都拿不定主意,要大掌柜过去看看。"

王世奎站起来,并不说话,只是看看烤火的张义。张义也不说话,低着头好像没有听见。稍停,李德明不得不站起来,说:"要不,我们一起过去看看?"

走出店门,伙计在前面带路,忽然转过头来说:"街上都在问你们东家啥时候开始修桥啊,我们……我们都没法回答。"

李德明呵呵笑道:"一帮瓜娃,你们不会说过完年就修?"

"哦。"伙计拿袖子擦擦掉下来的鼻涕,不好意思地说:"那就是快了?"

李德明说:"快了,快了。"

张义看着走在旁边的李德明,说:"修桥的时候,别忘了我。我也拿出一点份子钱。商人嘛,哪条路上不走三回?俗话说得好,修桥补路积阴功呢。"

"那我给你立碑留名。"李德明转回身说,"我们回吧,不去看了。伙计们觉得不合适的货直接就下了，撂在一边去，不用让张老板为难。"

张义反倒不好意思了，一伸手抓住李德明的棉袄袖子，说："李老板怎么说那样子的话呢？生意是生意，事情是事情。去看看货物到底是咋个样子再说话不迟啊，也不见得那些货我就没办法带走啊。"

德胜堂的一号大库房就在吊河坝李家大院偏院里，成捆的土纸堆码得非常整齐，那些挑拣出来的土纸程度不同地遭到了老鼠的噬咬，被抛在一旁，像是一些残疾的孩子被遗弃在那里，为了互相取暖而挤成一堆。

张义问王世奎："大掌柜，你库房里的货物满打满算还有多少驮？"

王世奎说："不足二百捆——最多也就五十驮左右。就是不晓得还有多少库耗，这些个该死的老鼠。"

张义说："五十几驮夹带这几捆残次土纸也不是个问题！我以前运走李老板那么多驮土纸，往后里还要合作下去，王掌柜麻烦叫伙计细心一点给我打好驮子，驮走！"

李德明说："区区几捆草纸，损在我这里值不了几个钱，但是让张老板远天远地地绞缠到兰州去，加上路途支取恐怕就不是几个小钱的事情了。我的意思，是给纸坊的掌柜通个声气，让他们拿回去重新泡浆。"

张义蹲下身子，仔细看了一遍破损的土纸，对李德明说："我说实话你听撒，这些个土纸运到兰州，其实是不会有啥影响的。我就把它们拆开了，给我的主顾们当赠品也好——一方面我贿赂了我的顾主，另一方面你这边也少了许多的麻烦。"

"这好像不太合适。"李德明也蹲下身子，用手翻看那些草纸，"要送，也要送一些上好的纸张才对啊。"

"他们自己家烧着用有啥影响啊？再说看着这些个纸白森森的，看着也是挺好的。"

"那好。"王世奎站身起来，对着伙计大声吩咐说："把这边纸捆也打了驮子，按张老板的要求做好了，明天上驮子送张老板回兰州。"

晚上，李德明到店里找到王世奎。豆油灯下，王世奎正在算账。李德明也不坐，袖了手站在一边"啪啪"地跺脚。王世奎抬起头看着眼前摇晃的李德明，说："你能不能不弄出声音啊。"

李德明四下里看看，说："我没有说话呀。"

王世奎用笔尾指指李德明的脚下说："你跺脚了。"

"哦，哦。"李德明笑了，说："三弟啊，不算了不算了，今天到此为止，我们喝酒去。明天弄明天弄。"

说着就伸手去夺王世奎手里的毛笔，王世奎躲让着说："马上就完了，看看都被你给搅乱了。"

"好好好，我不动，你快一点。"李德明看着甩得四处都是的墨迹，只好停住。

首篇·廊 桥

一会儿感觉到脚尖冷得生疼，有些不合适，又说道："我还是出去在外面等你，你就稍微快当一点啊。"

等到王世奎记完账，出来关上门，落上锁，李德明才呵着手过来，说："咋这么慢呢？都冻死我了。"

王世奎说："不慢的话，弄错了我咋给你交代啊？"

"听听看看三弟说的啥话，我们兄弟都是交心的交情了，我们不放心你会给你掌柜做吗？这话说出去叫老太爷听见，我看你还怎么给他交代。"

"我这不是说着开心的嘛。"王世奎说，"可千万别让老太爷晓得我说这话出口。"

"不说了不说了，快走，酒菜怕都凉了。"李德明说着话，脚下一滑，一个趔趄跟跄出去好远，扶住一面土墙才算没有跌倒，"过去了见着老太爷，可不敢胡说。"

王世奎扶住李德明笑道："这么急，还没回去就抢着吃啊？"

李德明自嘲地说："不用抢，我俩谁跟谁啊。我是在心里记着和你说话，不小心被冻住的东西使了绊子。"

"人一辈子尽量小心，都有一些看不见的事情在悄悄等着你。人最聪明，也最笨，有时候都撞到墙上了，也不晓得回个头。"王世奎紧走几步追上李德明说，"这几天，我在琢磨一件事情。"

"啥事情？"

"我在想，哪个人一辈子都没做过后悔的事情，一件都没做过？"

"你怎么又怪兮兮的。"李德明说，"一件后悔事情都没有做过的人，没有。"

菜只有一盆圆根炖猪肉。圆根是紫皮圆根，猪肉是腿骨肉。一壶烧酒煨在火盆边煨得吱吱作响，满屋子都是酒香和肉香。各自找了板凳坐下，也不急着吃喝，先拽出两只泥烧的小陶罐，小儿拳头大小。挖出一坨猪油放入陶罐，就着木炭火烧得冒烟；稍凉，再各自抓了一把茶叶丢进去，只听嘶嘶啦啦地响，然后注入热水，咕咕嘟嘟地煮起来，这是要喝炒茶了。两人各自经管自己的茶罐，对面坐了，吃菜喝酒。

少顷，茶叶煮好，放入少许盐粒，滗出茶水到一个小盅子里，也就一口可以喝干的样子，汤色红艳，两人嘻哈着喝了，砸吧着嘴巴，似喝了天上的琼浆玉液一般。然后继续拿筷子夹肉，拿杯子喝酒。

吃一阵，喝一阵，两人头上都开始冒汗了。

这是一般吃饭的习惯，都要在吃饭时喝一罐炒茶。这茶的熬制也有讲究，俗话说：头罐垢痂二罐茶，三罐子香死家，五罐子六罐子白没啥。也就是说，第一罐子茶水主要是茶叶里的杂质，第二罐子以后才是好茶水，到第五罐子就没有一点点的茶味了。其实，他们喝的不止是五罐子，差不多都到十罐子以后了方才歇了。但是，所有喝炒茶的人每次都仅仅是一罐，多了是不敢喝的，炒茶醉人呢。

李德明吃完一块肥肉，抹了一把嘴，说："我呀，是要感谢你王掌柜的。没有你的提醒，我们号上怎么可能在这笔生意里有这些赚头？你是诸葛亮，能掐会算啊。全窑坪河四十里都在眼红我们的这笔生意。"

"还不是咱东家的财运，你当我能掐会算？"王世奎吱地喝下一盅茶，说："东家当时如果不听我的，我把你有啥办法？还不是东家有眼光？"

"你这话有点拍马屁，但是我爱听。"李德明笼起袖子，伸出棉鸡窝窝在炭火边烤脚，眼睛却不离开王世奎的脑袋，说："三弟啊，你倒是计谋计谋我们明年做啥生意。"

王世奎说："东家，你真的高看我了。"

"你真的不说是不是？"李德明一脸狐疑，那意思是说，你在给我卖关子是不是？

王世奎有点委屈，说："谁晓得明年做啥会赚钱？我可不敢给你打明年的包票。"

李德明收回目光，说："我信。你不会晓得不说的，你不会骗我。"

王世奎点点头说："你如果偏偏要我说，我情愿把这顿酒饭吐出来还你。"

李德明笑了，笑得浑身乱抖。他说："你都吃我几十年了，那怎么还？"

王世奎也笑了，说："还不起，就还欠着。"

"那就欠一辈子。"

王世奎住了笑，夹一筷子圆根塞进嘴里，说："欠一辈子。"

李德明的德胜堂在窑坪算不上大商号，铺面也不是很大。平常就经营一些日杂和土产，不像吴久霖的九思堂，下设许多分号，各分号的生意是专业经营的，如：一九堂专营绸布丝绢、浆染颜料；二九堂专营铁器和木炭；三九堂专营土盐；四九堂专营茶叶、白酒；五九堂 专营针头线脑和胭脂水粉；六九堂 专营粮食交易和酿造（只有食醋和烧酒）；七九堂专营药材土特产品；八九堂 专营水烟、土烟草和土纸的收购；九九堂则是一座医药店。总号九思堂统管票证和货物收发等买卖大权，他们的账务是天天汇总，不像其他小商号一样，只在月底才看帐。但小号有小号的好处：轻松。

但是，从9月开始的草纸生意，到月底看帐的时候，李德明还是着实有点吃惊，那是一个不敢想象的数字。待到腾空库房卖完底货一出账，德胜堂一下子胖了，胖得看不见窑坪街上的所有小号了。

所以，九思堂没有做的事情，德胜堂开始着手做了。他们放出话来，要在窑坪下街的贺家沟口翻修那座横跨河面的廊桥。李德明说："凡是当地为修桥出工出力的人手，德胜堂都会付给工钱报酬。"

5

首篇·廊 桥

第二章

　　对李德明出资修桥这件事情,九思堂东家吴久霖不是没有看法。他对总掌柜段建成说:"修桥补路虽然是积阴功的好事情,但这件事情他李德明做得太不地道了。"

　　段建成说:"老东家是不是去走动走动,就说我们也出一股。"

　　"算了。"吴久霖摆摆手说,"他们这会子才不要我们钱,他现在不缺钱。"

　　段建成大惑不解趴在柜上眼睛直愣愣地看着吴久霖。吴久霖解释说:"他有钱了才敢大张旗鼓目中无人啊。前些年,他们德胜堂咋不吆喝着修桥来?"

　　"那我们咋办?"

　　"我们就规规矩矩做我们的生意。钱不是那么好挣的,他呀,今年只是狗屎运。不信你到后面了再看,是福是祸还不一定呢。"

　　段建成好像听懂了,又好像没有听懂。他模棱两可地点了点头,又摇了摇头。

　　吴久霖家大业大,祖上是明朝时的大官,家富财多。饱经宦海沉浮之后,见了官场险诈的做派,为保存家业,便弃官从商。在清康熙年间就从咸阳醴泉阡东镇吴家村举家迁徙,寻找到窑坪这个地域特殊,商业相当发达,土产异常丰富的地方,开始开设"二大有老"号商号。这"二大有老"就是九思堂的前身。随后,衍生出了大有海、大有福、大有义、大有生、大有隆等等商号。这等家底,岂是你小小的德胜堂可以望其项背的?

　　虽然李德明的德胜堂仅仅在小半年时间从收购草纸入手,把货物压到最后,涨利销售挣到了相当可观的利润,但是如果敢想着和九思堂一比高下的话,那算是脑袋进水了。

　　李德明能把吊河坝的脚骡店继承下来,并在窑坪街上开一家商号经营商业,并不是全凭运气。李家老太爷的身体还硬朗着,他主持着李家的家业,做主把家业分开,李德明主事商号,让养子老三王世奎帮忙打理。分给老二李德亮吊河坝的脚骡店,也是在窑坪数一数二的。

　　对于德胜堂要修窑坪廊桥的事情,李德亮也找过哥哥。一次吃完晚饭,他安顿好店里的杂事,笼统地和客人打了声招呼,就踅到哥哥屋里炒茶喝。油熬得有点老,茶叶迟迟不敢下到罐子里去,怕炒焦了。闻着茶罐里的青烟袅袅娜娜地散发着油香,李德亮吸吸鼻子问李德明说:"修桥的事情,你真的想好了?"

　　"修桥有啥好想的?"李德明说,"就那么个事情,要做,就做了。也没啥,现在我还有那么个能力。说不上错过了今年我还就没有心思修了。"

"窑坪比你我有钱的人多了去了,你为啥非要承这个头?"

"我还就是要抢了这个事情做呢。"李德明开始往茶罐里下茶叶,茶罐里嘶嘶啦啦地起了声。他说:"我还就是不让别个做这个事情呢。"

"别人做了,你不是就省了吗?"李德亮也开始下茶叶,他说,"你做了,花的可是你自家的辛苦钱啊。"

李德明哈哈大笑,说:"我想的不是怎么省钱,而是怎么花钱。我不稀罕那么多钱,说不定啥时候,我还会再一次一笔挣个人人眼红的钱出来,就像今年的草纸这个生意。"

"你那笔生意是个意外。意外不是时常都会有的。"

茶水开了,兄弟俩各自滗出茶水,然后续上热水等待第二罐茶水烧好后掺兑。炭火的火苗发出紫红的颜色,舐舔着拴在架杆上的烧水的鼎锅。鼎锅里水在冒着热气,满屋里就只有水响的声音,嘶嘶的,像一个气管炎病人在艰难喘息。

"但是,"李德明说,"谁会晓得意外就不会发生呢?说不定,明天还会有一个天大的意外在那等着你哩。"

"你那是幻想。"李德亮说,"哥哥,你那是做梦哩。"

"我也晓得是做梦哩,但是我把这个做梦的机会都不会让给别的人。我要他们看着我在窑坪修一座从来没有过的廊桥。今年不修,说不定明年这些钱没了想修都修不成。"李德明一口喝干炒茶水,咂吧着嘴,一字一句地说道:"我们要修窑坪的第一座廊桥,第一座。"

弟弟李德亮到底还是没有听明白哥哥李德明为啥非要自己一家在窑坪修一座廊桥,直到喝淡了炒茶,抹着嘴巴走出哥哥的屋子,他都还在纳闷:哥哥是不是赚了一笔钱之后,不晓得高低贵贱了?是不是精神有了异常呢?做啥不好,死头巴脑地要修一座廊桥!

其实,不只是弟弟李德亮,就连李德明都不会晓得,现在这座由德胜堂出资重建的窑坪廊桥,不仅仅是窑坪的第一座廊桥,还是截至现在一百多年来窑坪河流域的唯一一座廊桥。到了公元2011年仍旧横跨在贺家沟河水之上,连接着窑坪上下街,成了一处康县茶马古道上珍贵的文化遗存。

到了腊月,德胜堂开始四处订购修桥的材料,工匠的事情也有了眉目。

而这个时候,窑坪街上的生意也是最红火的时候。置办年货的人群从四面八方潮涌般地挤在窑坪街头,从早晨要吵吵嚷嚷到晚上,他们背着自家的出产,来换回自家需要的货物。盐巴是每个人都必须要买的,茶叶也要买,正月拜年的时候,要紧的亲戚要拿上一点盐巴和茶叶才显得亲密。

他们来窑坪的时候,大多背着草纸和土特产品。还有一些人拿一点麝香或者狐狸皮来,这些人有很大的优越感,他们不急着卖货,而是先找个酒饭馆子,要

首篇·廊 桥

一盘猪头肉，再要一壶烧酒，浅酌慢饮，直至微醺时才会炫耀般地去卖掉手里的东西，换取自家所要的针头线脑和胭脂水粉之类，拿回去给家里的女人。过了二十年以后，窑坪才有了鸦片交易，为窑坪商业的繁荣起到了最为空前的推波助澜的作用。当然，那是后话。

德胜堂也进入了繁忙阶段。相公、伙计、跑街、把式、先生、掌柜都恨不得把自己分成八个人来用，吆前喝后，忙里忙外，跑上跑下总是有说不完的话，做不完的事，就连中午饭都在店里胡乱凑合一下。

忙的时候李德明不到德胜堂来照看生意，是一件很例外的事情。

他在赶年集的人群里寻找了几个周边老木匠，把他们召集在李家大院的厅堂里商量修建廊桥的事情。陕西谭家庄的老木匠谭吉荣已经快七十岁了，但是老人鹤发童颜，精神矍铄，身板异常硬朗。谭木匠这一辈子已经是第三次参与窑坪桥的修葺建设了。

依照李德明的意见，窑坪桥这次修建，就不要和以前几次一样做一些皮毛上的事情，要加盖廊亭，修成廊桥。谭木匠的大徒弟谭秀成，是谭吉荣的房下侄子，小伙子生得浓眉大眼，是老人的得意弟子。谭秀成说："我大伯的意思，是要把廊桥当做一座新桥来修。只是这样一来，投资就会有所增加，东家要耗费的钱财就填进一个无底洞。只要一动工，东家想要后悔可就来不及了。我们师傅徒弟商量过了，只要东家不怕这个无底洞，我们师徒就做义工，只要能够修好窑坪廊桥，我师傅情愿揽承修造廊桥这个差事。"

谭木匠点着头，说："短短几十年，我都参加维修过两次这座桥了。但是现在看看，修过两次的木桥还是一个不顶事情的废东西，没人敢踩着桥面过贺家沟的河水。这座桥都成了我的一块心病了。"

李德明咳嗽几声，以示郑重："大家放心，我既然想到了要修廊桥，就是撞了南墙也不会回头的。修桥即就是一眼无底洞，我也要想办法把它给填平了。"

一屋子的人都面面相觑。谭木匠说："李东家你要三思啊。万一你到中途有了其他想法，可就是悔之晚矣。"

李德明笑笑，说："我修桥又不是无缘无故的，我是看着这桥破破烂烂地瘫在河道上，心里难受。有些人喜欢攒钱，有些人喜欢女人，有些人喜欢喝酒，可我，就喜欢修桥。前几年，我是没有能力。今年大家也都看见了，我有了钱，我觉得把它们花在我想做的事情上面，也算是不枉他们到我手上来了一回。"

谭木匠点点头说："难得东家这样开通。由此可见，窑坪廊桥和李东家有缘。修成廊式，可减去雨淋日晒，此桥方可久矣！"

"钱又不是我身上的啥物件，它们到了我的手里，其实也是看看我是怎么花掉它们的。"李德明说，"我们老太爷说了古人有言：山珍海味地吃了它们，也就是填了一副臭皮囊；买了田置了地，也只是平添了一些耕种的麻烦事情——一个人一辈子能吃多少粮食？拿它去养了女人，只不过是给我增加了心上和身体的负担。可是如果我去修了桥，看着别人在桥上轻松走过，免受蹚水过河之苦，我自己就会高兴。假如我自己走在桥上，是不是心里觉得很有底气？"

"大道理我们不懂，但是东家所说的我们能够理解。我们做过的棺材数都数不过来，哪一个是我们自己用了？"谭木匠说，"我们没有人去想，我们指名道姓给人家做好的棺材，木板上钉钉的时候才会晓得睡进去的会是谁。我们看重的，只是一个过程。"

"说得好啊，说得好！"李德明说，"我看重的，也是一个过程——就是修造窑坪廊桥的过程。"

李德明和谭木匠的一番对话，使得一屋子的木匠，都在赞叹不已，频频点头。

谭秀成站起来，有点激动。他说："东家你都不怕花自己的辛苦钱，我还舍不得自己的一身臭力气吗？修窑坪廊桥，就权当是给我一次学习的机会。"

"好。好。"李德明说，"好。好。"

没人看见李家老太爷也在，他喃喃地说："好！"

窑坪桥原来用的木头是一些诸如杨树之类的杂木，已经腐朽不堪。谭木匠介绍了青冈坪马思炯家的十几棵古柏树。腊月初五，窑坪刚刚过了初四的集日，李德明就和谭木匠骑着两头毛驴去青冈坪看树。

窑坪一出下街头就是木瓜院。四十里的窑坪河一路奔流到这里，忽然遭遇到平坦的河坑，很不习惯地开始了漫步，好似有啥留恋的事情在那里，硬是扭扭捏捏地挪腾着脚步不肯快走。就这样，窑坪河极不情愿地走出窑坪，异常缓慢地流过木瓜院，一路慢腾腾地钻进河谷里去了。

李德明的毛驴就踩着河沿结了薄冰的窑坪河河水沿河而下，踩起来的水花溅湿了棉鸡窝窝鞋尖，风一吹就结了一层冰壳。顺河风扑在脸上，脸颊和鼻子都麻辣辣地疼。他扯了扯麻布头巾，把脸往严实里包了包，只留下一双眼睛在外面。

今年的冬天格外寒冷，一交上腊月，天气就阴沉沉的，不下雪也不见晴，一直刮着呼呼的北风。

路上没有啥人，寂静的路上，只有毛驴踩破水面的声音。过了张家庄就开始走山路。路不是太宽，有些崎岖，就是驮队马帮和脚户挑客们也很少走这条小路。路边的一些人家，关门的关门，闭户的闭户，蹲在家里烤火暖炕，躲避着刀子似的寒冷。

走到一个叫作窄峡子的地方，这里峡谷逼仄，路是在崖壁上开凿出来的。脚下是湍急的河水，头顶上光秃秃的树枝和荆棘藤蔓在寒风里瑟瑟发抖。一群小雀叽叽喳喳扑棱棱飞过来，扑棱棱飞过去，总在他们前面不远的地方移来移去。两只毛驴在这样的空谷里忽然扯长了喉咙大叫起来，轰隆隆的声音在峡谷里滚过来

首篇·廊 桥

又滚过去。

昏昏欲睡的李德明一下子来了精神,翻身跳下毛驴的脊背,跺着冻麻木了的双脚,放开嗓子唱起了山歌:

> 大河坝的水的浪柴,千里路上漂着来。
> 经过多少的滩和浪,才把光棍闯出来。

唱完了,峡谷里余音回荡。

李德明来了兴致,吼吼叫叫了半天,又唱起了更为抒情的山歌来:

> 五花骡子驮土盐,贤妹咋家能心闲。
> 想着天晴莫下雨,郎在外头多挣钱。
>
> 钱儿多了郎学坏,钱儿少了家不宽。
> 钱多钱少不要紧,就愿风筝线不断。

唱了几句,李德明也要谭木匠唱。谭木匠是一个爱唱的老人,虽然年纪大了,但是嗓音还是那么雄浑。他干咳几声,接上了李德明的声音往下唱:

> 清早起来钻进沟,
> 一泉凉水清溜溜。
> 凉水不是多喝的,
> 留下六月解(当地发音 gai)渴的。
> 凉水能解心中火,
> 贤妹能解小哥哥。
> 凉水不喝淌着哩,
> 贤妹人小长着哩。
> 一朝长成七仙女,
> 一顶花轿(当地发音读 qiao)抬回你。

李德明听完哈哈大笑,说都十冬腊月了,还唱喝凉水解心渴的山歌,也不嫌冷得慌。谭木匠说:"唱着唱着心里都冒火呢,还怕冷得慌?"

"今年这冷的天,我都冻得不晓得还有没有手脚和鼻子了,看着还是你的火气大啊。"

"如果我年轻个十几二十岁,不怕东家你笑话,我精脚板一天跑二百里路会个相好的，晚上还要回来呢。天亮的时候，我心不跳气不喘地推开自己的屋门，给屋里的说是起了个夜，她都信呢。"

"走吧。"李德明翻身跨上毛驴的脊背，一扬手拍拍毛驴脖子，说："好汉不提当年勇呢。你就多想想我们这个廊桥怎么修才能够显出你的本事。"

选好了几棵大柏树，交了定金，说好过罢年正月初二由谭木匠带人伐木。然后就吃中午饭，还喝了几杯烧酒。天气阴沉沉的，看不出时间早晚。说完告辞的客气话，李德明和谭木匠就骑驴往回走。

这回到了窄峡子，却见前面堵着几个人，拿麻布遮了脸，瓮声瓮气地吆喝说："要过年了，麻烦过路的客官打发几个赏钱给兄弟们过年用。"

李德明心里一惊，晓得是遇上了劫道的土匪。

"我们只是过路的闲人，并不曾带有多少钱财在身上。所以请各位高抬贵手，放我们过去。"谭木匠往前面挤了挤，鼓着胆子说了几句，"天寒地冻的，各位还是早回吧。"

"这位老人，你是站着说话腰不疼，饱汉不知饿汉饥。实不相瞒，我们家里已经三天没揭锅了。"

"我也在想，这方圆好像没有听说过山头啊。"谭木匠袖着手，用胳膊肘捣捣李德明说："可能都是真没吃没喝的老实人。"

李德明小声说："我没遇见过这种事情。你说咋办？"

"我也是第一次遇见啊。"谭木匠说，"都是窑坪周边的邻居，好言好语说几句，先看看给几个能不能打发。"

"我听你的。"李德明说，"都是可怜的孽障人，这么冷的天，干这个。"

"既如此，我们东家虽不是大慈大悲的观世音菩萨，但也不是见死不救的人。我这里先给各位表一个态，我们东家有事情耽误不起，所以给大家每人一份过年钱不是啥大问题。"谭木匠说，"麻烦各位给个方便？"

蒙面人中间站出来一个高个子来，说："好说，只是不晓得东家能给赏钱多少？"

"我们只是过路，也没带多少钱出来……"

"那我只跟你们东家说话。"高个子打断了谭木匠的说话，高声说道。李德明只好上前一步，朝那边拱拱手。

"东家的意思是赏多少？"那边再问。

"身边确实没有多少，我净身走人就是。"李德明说着拿出钱褡子放在地上，满心忐忑地看着对面的高个子。

高个子也不客气，走过来拿起麻布做的钱褡子掂掂，说："我们已然说出不难为东家的话来，只是这钱掂着怎么也觉得有点少了。"

李德明说："真的是不晓得跟各位会在这么个冷冻寒天时候在这里碰面。我

首篇·廊 桥

也是个生意人，多少晓得个规矩。我是去青冈坪看树去了，交了一些定金。如果各位有啥不满意，这个事情咱们不算完，到时候拿这个钱袱子去我的柜上取钱去，只是麻烦各位先议个数目出来，我回去好给柜上交代，让我三弟给准备准备。"

"东家是李老板吗？德胜堂的李德明老板？"

"这几天号上还有事情，耽误不得，我们还得回窑坪去。"李德明听见来人指名道姓，心里更加恓惶，"不晓得我的这个想法是不是可行？"

"哦？"来人互相交换着眼神，然后挥手让出中间的道路，说："既然是李老板，我们不敢耽误。兄弟们冻一个下午了，这些钱给我们喝个小酒还是绰绰有余的。以后就不敢再打扰李老板了。我先谢过李老板的酒钱。"

"我得谢谢兄弟们今天能够高抬贵手。"

"早听说李老板要修窑坪廊桥的事情，我们实在是佩服。"高个子送两人过去，举手挥别，"李老板你就权当没有这个事情，有用得着的地方，我们也会帮忙，别的没有，就一身蛮力。"

李德明点点头，一翻身跃上驴背，哒哒一路小跑。

等谭木匠赶上来，李德明说："看起来还是修廊桥的事情救了我们。要不是，今天就有大麻烦了。"

谭木匠会意地一笑，说："想想，其实也是互为因果的。如果不是修桥，就不会买木头，不买木头我们不会去青冈坪，不去青冈坪也就不会有此一劫。但是，由于东家修桥，所以有惊无险。细想想，这也许还是缘分呢。"

"缘分？"李德明哈哈一笑，举着空荡荡的钱袱子抢了几圈，点点头说："这也算缘分？谢天谢地，我们还能回家！"

这时候天空忽然发生了变化。阴沉沉的天空被撕扯开了一个大口子，太阳微微露出了自己憋了好多天的亮光。霎时，云彩口子的周围镀着耀眼的银光，人们的身上也都洒上了一层红彤彤的光彩。

李德明没有想到，平生第一次遭遇到的抢劫就这样轻描淡写地过去了。他甚至没有注意到照在身上的暖烘烘的太阳。他只是心有余悸地一个劲吆喝着毛驴，往窑坪跑回去。

第三章

窑坪的年集要从腊月初一开始，拥挤到腊月二十七才会结束。一、四、七逢集的窑坪，很难消停下来。基本上，窑坪在腊月就顾不上外来的驮队了，偶有交易，也是在夜里。方圆百十里人们要把油盐酱醋和大宗杂货从窑坪往家里背，早上天不亮就要打着火把出门，在窑坪挤上半天，又急急忙忙往回赶，走到家往往也就是摸着黑进门。

这短短的二十几天，可累坏了掌柜王世奎。

到了二十七夜里，做完了账，王世奎在煤油灯下长长地吁出一口气。德胜堂一年的生意，到今天基本就可以画一个句号了。他伸一个懒腰，在屋子里踱着步，像往年一样等东家来拿账簿。

一盆木炭火差不多烤成了灰烬，还没见李德明到店里来。后来他实在等不住了，晓得东家李德明不会来了，就插上最后一块门板，上楼准备睡觉。

窑坪的店铺格局大体相同，都是三合土铺就的地面，独家小院，四面连脊，两层的土木楼房结构，都修成别致的转角。一层接地靠街的做门店，后厢房堆放货物做临时仓库。二楼住人。住人也有规矩，门脸的前楼上住掌柜，两厢边楼上住账房先生、把式和相公，其余伙计们就住后楼。但是这些房间都有走廊相连，王世奎掌柜可以绕着院子走一圈子再回到自己的房子里去。

王世奎觉得炕有些冷，就抱着一本书蜷在被窝里读起来。那是一本线装的石印《聊斋志异》，尽是一些妖狐鬼怪。如豆的油灯摇曳不定，窗外的寒风吹得窗户纸呼啦啦地乱响。王世奎不由得心跳如鼓有点害怕，但还是喝着茶壮着胆子往下看，越看越清亮，越发没有了瞌睡。

忽然就听得楼下有了一声异样的响动。

他心里一阵狂跳，起身披衣下炕，掌了灯出门。侧边隔壁的门也开了一道小缝，把什李进才刚刚挤出半个身子。李进才对着王世奎打了一个别出声的手势，但是王世奎被油灯的灯光隔得啥也没有看见，所以俩人还是撞了一个满怀。王世奎一惊，就听见李进才悄声说："你也听到楼下的响声了？"

王世奎点着头，说："听见了。"

李进才噗地吹熄了王世奎手里的油灯，拉着王世奎的手一步步走下楼梯。院子里黑漆漆的，隐约可以看见库房的门板好像开着。李进才年轻胆大，拉着王世奎摸了进去，王世奎心里咚咚地乱跳，顺手拿起门边的一根木棍，紧紧地跟在李进才身后。

李进才打着火镰，燃着纸捻，刚刚点上屋里的油灯，忽然黑旮晃里滚出一个

首篇·廊 桥

人来，抱着王世奎的腿嗷的一声哭起来："王掌柜啊……我是没有办法了……才这样啊……我不是人。"

王世奎心里咯噔一惊，只觉得头顶发麻脊背发冷身上也起了鸡皮疙瘩，腿就沉重得挪不动了，像立时就要瘫下去。半响，他听见李进才的说话声音，李进才说："王得有……怎么是你啊？"

地上匍匐成一团的王得有哭着喊："我不是人……我不是人……"

王世奎长长地吐出一口气，说："半夜三更的，你王得有这是做啥哩嘛。"

"东家和掌柜待我不薄啊……我是鬼迷心窍了，就是想多拿二斤盐回去——大伯、二伯们兄弟多，家里情况也不好。想着快过年了，也没见他们来集上……"

"拿二斤盐，你犯得着这样吗？"王世奎说，"你给柜上说说不就行了嘛！"

"我怎么说啊？"王得有开始磕头，"东家过年要修桥，那么大的开销，我张不开那个嘴啊。"

"那你这样做，就对了吗？"李进才用脚尖碰碰王得有说，"你站起来说吧。"

王得有说："我没脸站起来。"

"你做的这个事情，不大但也不小。"王世奎叹口气，说："你起来我们回楼上说话，冷兮兮的半夜间站这里闹腾算个啥事情。"

王得有从怀里掏出两包盐放在盐包上，就是不肯起来，只顾低着头啜泣。

王世奎和李进才放手扯着王得有站起来。王得有半推半就地被扶到了楼上王世奎的房里。王世奎说："按理说，你这个事情要给东家通个声气，但是东家这几天顾不上这些个破事情。这个事情我看就到此为止，你自己好自为之吧。"

李进才说，也就这样了，以后做事情要三思而后行，免得走错了后悔。

王得有再一次跪下，说："我也不说我没脸在柜上待下去的话，我以后在柜上多做事情，来弥补我的亏欠。"

王世奎说："我们谁也不许再提今天夜里的这个事情。你就在柜上好好干。回家的时候，我给大家多赏个份子，多给几斤盐。"

李进才说："掌柜想得周到。"

"明年还要大家伙们做好柜上的事情，东家不会抠这些个小钱的。东家的脾气你们又不是不晓得。"

王得有又开始磕头。李进才说："起来起来。过完年回来来好好做你的事情。"

王得有起来，讪讪地站在一旁。王世奎看着他说："你看看你今黑弄下的这个事情，还不是瞎搅人的瞌睡？快去，把楼下面的那个门关好。"

第二天天大亮了还不见王世奎掌柜的起来，东家李德明只好上楼来找。

按照常规，李德明昨晚就会来找王世奎汇账。但是他陪着谭木匠带来的工匠喝了一会子酒，醉了。今早一睁眼睛就来到店里，喊了好几声都没见王世奎出来。

伙计说怕是还没有起来。

　　李德明都坐在王世奎炕边了，还不见王世奎醒来，鼾声长一声短一声像唱山歌。他拍拍被子里的王世奎，王世奎咂吧着嘴巴说："别闹别闹，我还没睡醒呢。"

　　李德明笑道："没见过你这么懒的，太阳都照屁股上了。"

　　王世奎说："哪里有太阳？再说今天又没事情，一年到头了，就睡这么一个好觉，你还来打扰我。"

　　李德明说："起来起来，你没看相公伙计们都等着你发工钱呢。过年了要早点回家呀。"

　　王世奎说："就你催命一样。"

　　李德明笑了，说："你就没见过催命的是啥模样。"

　　王世奎坐起来，揉着眼睛说："见过，瘦脸，穿一件短棉袄，戴护耳棉帽，脚上穿一双棉鸡窝窝——就你这样子的啊。"

　　"不说了不说了，快起来。"李德明说，"弄完了早回呀。都记着自己家的媳妇娃娃呢。"

　　王世奎脸都不洗就抱出所有的账簿，说："今年出的入的都在这些个账上，我对过了，没有啥出入。剩下的货物都在楼下的库里，东家去看看去？"

　　李德明说："不必了。只是那些欠账麻烦你明年早点儿给催催，你晓得，我这里等着用钱。"

　　其实掌柜和东家的这个交账就是一个形式，无非就是明确一下主仆关系，说一些场面上的话。但是，在李德明和王世奎这里，因着兄弟这层关系，所以这些个交接的场面话都省了，就是东家来店里走个过场，拿回一年的柜面账簿。

　　临走，李德明说："你抓紧把工钱给大家伙清了，关好店门过来我有话给你说。"

　　王世奎忽然记起了一件事情，说："我得给东家说说，我今年给发工钱的时候，想给每人多给两包盐的赏份子。"

　　"这些个事情你都不做主吗？"李德明笑了，说："我晓得了，你就看着办好了。大家辛辛苦苦一年到头了，你再给包个一斤的粗茶一块儿给发了。"

　　王世奎诺诺连声，点着头看东家一步跨出大门，走了。

　　王世奎一转脸，看见王得有垂首立在一个角落里，表情尴尬，就说："王得有快去送送东家去。"

　　王得有一愣，说："是。"然后急匆匆走了出去，只是脚步有些个乱。

　　忙完了手头的最后一些事情，收拾停当，王世奎提着盐包来到张家缝衣铺。灯草正在案子边一个人坐着发呆，看见王世奎进来，一骨碌起来，说："来了啊。"

　　"来了。"王世奎放下手里的东西，说："这几天忙的，也就没顾上过来看看你。"

　　"我有啥好看的。"灯草话里有刺，语气自然不对，"一个讨苦日子的女人

首篇·廊 桥

有啥好看的？"

"还是生气了？是我不好，我忙糊涂了。"

"你忙？你没看见我也忙？"灯草过来推了王世奎一把说："你出去，忙你的事情去。"

王世奎拉住灯草推他的两只手，紧紧地握住。那双手温热，绵软，没有反抗。王世奎身体止不住微微发抖。灯草终于改变了口气，关切地问："你冷吗？"

王世奎摇摇头，并不说话。灯草忽然抽出双手，用手臂环住王世奎的脖子，整个身子贴在王世奎身上，说："我暖暖你。"

王世奎笑了，说："你不是要我出去吗？"

灯草捶了他一拳，说："你就那么想出去啊？"

王世奎的手一使劲，就把灯草抱得喘不上气了。灯草顺势就把嘴巴凑了上来，咬住了王世奎的嘴唇。王世奎急急地挣开说："门……门……"灯草把舌头伸进他的嘴里，含含糊糊地说："管他。"

他们不是第一次做这个事情。灯草里间的土炕热和得很，他们恋在炕上说不出的舒服。灯草的被子有一股淡淡的香味，和她的体香一样使王世奎沉迷。灯草还很年轻，男人离开她的时候，她还不满二十岁。婆婆老是和她怄气，说她是个妖精，吸干了自己男人。现在她才二十四岁，胸脯鼓得像是两个酵面馍，谁看见都会眼馋。但她就只是喜欢王世奎。

王世奎也只是三十岁，正是如狼年纪，自然贪灯草的身子。他抱着灯草的光身子，一只手抚着她柔软的乳房，心里嘣嘣乱跳。灯草偎着王世奎，脸贴着他的胸膛，问："你怎么心跳得这样啊？"

王世奎亲一口灯草的嘴，说："我是高兴的啊。"

灯草咬住他凑过来的嘴巴，倏然抱紧了他说："快呀快呀，我又想了。"

中午饭的时候，灯草起身做了面条端到里间屋里，说："挣坏了吧，给你补补。"

王世奎也坐起来，捞起一筷子面条刚要吃，就看见卧在碗底的两颗荷包蛋。他夹起一颗放到灯草碗里，灯草又夹回来，嘻嘻笑着说："我用不着。就给你补补身子。"

王世奎说："这世道讲究个阴阳平衡，我即就是补得像一座山，像一头牛，可是你虚得真像个灯草似的也是枉然。"

"我和你没关系。"灯草说，"你是人家的大掌柜，我只是一个小裁缝。我哪里敢和你比较呀。"

王世奎说："灯草你是要气死我。"

"我哪句话说错了？"灯草说，"我天天想你，你哪天想过我来？"

"我也是天天想你啊。"王世奎说，"腊月一到，号里就手忙脚乱的，你晓

得的……"

灯草说:"我哪里晓得?你是挣大把大把的银子哩,想我干啥?"

"灯草你说话是亏死人连伤疤都不留一个。"王世奎拉住灯草的手,看着灯草的眼泪扑簌簌往下掉,"一年到头了,我们也过个热热闹闹的年咋样?"

"我做梦都想着呢,就是你这个木头把人家给忘了。"

王世奎叹息不已,说:"天地良心。我虽是每到腊月就看东家的生意费心,但也没有忘记过你啊。灯草要不要我对天发誓啊?"

灯草扑哧笑了,说:"发啥誓啊?你就好好吃你的面吧,吃完了说不定东家就来叫你了。"

王世奎说:"那边早已经没事情了,相公伙计都回家去了。我现在哪里也不去,就猫你这里过年。"

灯草说:"那不行,在我这里过年,你是我啥人啊?"

"男人。"

"野男人。"

"野男人也是男人。"王世奎说,"反正今年过年我是哪儿也不去。"

灯草说:"就没听过你们读书人也有这么不要脸的。"

"你还没听过读书人要吃饭呢。"王世奎说,"过罢年了,让老太爷给咱提亲,我给你入赘倒插门当女婿。"

"你想得美,我也想得美。"灯草说,"我婆婆挡在那儿呢,我都不晓得咋办了。"

王世奎叹一口气,说:"难说的事情,让老太爷帮我说说看。凭借他的身份,说不定能成呢。"

正说着,门外的街面上传来东家李德明的声音:"王掌柜出来有事情商量。"

王世奎说:"你看看我东家怎么也没有眼色呢。"灯草笑岔了气,说:"看看,看看,被我说中了吧。"

王世奎几口吃完了饭,起身穿上衣服下炕。弯腰提鞋的时候,灯草从后面抱着他的腰说:"你晚上过来,我等你。"

他转身回吻了灯草,说:"我晚上过来,你等我。"

街上,李德明缩着脖子笼着袖子在路边换着脚跺。看见王世奎从裁缝店里出来,老远就问:"打扰你好事了?"

王世奎的脸不由一热,打哈哈说:"我能有啥好事?"

李德明说:"你有啥好事我不管,老太爷想见你。"

王世奎问:"那现在就去?"李德明说:"现在就去。"

吊河坝李家大院是一处三进院。前院是骡马脚户店,窑坪人叫作李家脚骡店。中间院子是李家兄弟的住房,两厢一人一半,楼上楼下各六间房屋。后院李家老太爷留给自己,他和自己的三个太太在后院颐养天年。李老太爷从祖上接下这份家业,辛辛苦苦支撑了几十年,直到把脚骡店和德胜堂店铺分给俩儿子,他才松了一口气。他老人家好吃好喝,睡醒了在院子里弄弄花儿,晒晒太阳。有时候,他们会聚在一起说一些开心的事情,呵呵地笑好半天。

老太爷坐在雕花太师椅上,身上盖着棉被。看见李德明和王世奎进来,微微欠身示意他们在对面坐下。王世奎抱拳一揖,说:"东家好。"

老太爷说话有些嘶哑,但是精神很好。他对王世奎投来欣赏的眼光,对王世奎说:"三儿啊,这几年来我们李家德胜堂全凭了王掌柜。我晓得,你是巴心巴肝地为我们李家,费尽了心血。明年,要修窑坪廊桥,还有德胜堂的生意,还要王掌柜操心,你晓得我们老李家一直把你当儿子看。不管怎么说,修窑坪廊桥的事情,我还是很支持的。"

王世奎站起来,再次拱手,说:"请老太爷放心。"

老太爷喉咙里呼噜噜响了一阵,咳出一口痰来,下人拿盂子接了,李德明端出去放在外面。老太爷对李德明说:"去,出去把老二也叫进来,我们一起说说话。"

李德明出去,老太爷招手叫王世奎坐到他的身边去,拉着他的手说:"我就是想和你独自个儿说说话。我那俩儿子,说实话我看不上眼。修桥是大事儿,我这不得不给你加担子啊。"

王世奎说:"老太爷你就把心放肚子里吧,我晓得我该怎么做。"

"在我们李家也有十几年了吧,你没少操心我们李家的事情。"老太爷语重心长地说道,"难为王掌柜了。"

"没有。"王世奎有点不安,说:"都是我应该做的。"

"我记得你快三十岁了,对吧?"老太爷诡秘一笑,"我让李德明给你操办一门亲事,也算是对你的补偿。"

正说着,门洞里光线一暗,就走进来两个个头差不多一样高的壮年男人。是李德明和李德亮相跟着走了进来。进了屋,兄弟俩又给老太爷问好,老太爷说:"只要你们兄弟们和睦,我就好。即就是死了,也是含笑瞑目的。"

王世奎说:"东家福如东海,寿比南山,不会死的。"

老太爷说:"都说书生不说瞎话。看看你,怎么会这样说话呢?千年王八万年龟,你说我不死那是骂我呢吧?真不死的话我就成妖怪了。我是人,只要是人就逃不脱生老病死这个常理,人哪有不死的道理?"

王世奎被嘲得面颊绯红,口里嗫嗫嚅嚅说不出话来。心里想,到底是人老成精了,说话安排事情就是不一样,该说啥说啥,一点都不再遮遮掩掩。

老太爷又说:"这修桥补路,是积阴功的事情,丝毫马虎不得。既然我们李家要修,就是我们李家的福气。我不管你们咋样修,我只有一个条件,必须给我修个像模像样的廊桥出来我看。修不好,你们兄弟谁也别来见我,我怕羞先人哩。"

由于激动,盖在老太爷身上的棉被抖落在了地上。李家俩兄弟急忙上前捡起棉被给老太爷盖好,连声表态请老太爷放心。老太爷平息了好半天呼吸,又说:"就权当我们李家祖上没有留给你们啥东西,你们拿出全部家当去修了桥,也是祖上给你们留下了一个好名声。人活着,不就是留个名声吗?你们留了好名声,我们老李家祖祖辈辈都高兴……都高兴啊……你们也高兴。我是没指望了,所以我要求你们,做一件流芳千古的事情。"

　　李家兄弟急急说道:"我们明白。"

　　老太爷说:"你们,不明白,不明白。你们能明白个啥?"

　　兄弟俩不解地看着激动的老父亲,说:"即使现在我们不明白,但是我们以后会明白。"

　　"记住我的话:你们,是托了祖上的福。"老太爷点点头,说:"还有,世奎你要慢慢地改口,要叫李德明和李德亮哥哥,要叫我爸。"

第四章

二十九，蒸馒头。

灯草弄好一团面在案子上翻来覆去地揉，锅里热气腾腾。王世奎斜倚在炕上，看着灯草揉面。面团在灯草手里像是在玩游戏，灯草的胸脯颤巍巍地耸动，腰肢优雅地扭来扭去，王世奎的眼睛就又一次迷离起来了。

他起身走到街上，冷风一次次吹上脸颊，他觉得舒服了许多，身上的那种冲动渐渐蛰伏了下去。一群儿童提着陶罐火盆，在街上乱窜。一股股柴烟袅袅冒起，儿童们就拍手唱起了歌谣：

> 烟子烟子莫烟我，
> 给你烧个花馍馍。
> 你半个，我半个，
> 你的半个咋搞了？
> 老猫唊去了……

王世奎淡淡一笑，好像自己回到了童年一样，心境一下子豁亮了许多。远处偶尔有零星的鞭炮声破空而来，显得空寂而落寞。窑坪街上人影寥寥，远没有了集日的热闹。忽然闲下来的王世奎，一时不晓得该干啥事情。所有的铺子都下了门板，掌柜伙计们都回家去了，东家也都窝在家里准备过大年了，只有一些盼着穿新衣的孩子成群地在街上高兴，也不怕天气寒冷。

王世奎也想有一个温暖的家可以回去，但是，家里已经早就没有人了。在他六岁的时候，一次地震使他失去了所有的亲人。对于那次地震，《康县志》记载说：1891年（清德宗光绪十七年）6月，地大震，云台南山崩塌，压死居民甚众。王世奎父母在那次地震之中双双遇难，李家感念王世奎的父亲，没有把他当作外人，照样收留了嗷嗷待哺的王世奎，当自己的孩子一样拉扯。李家兄弟念私塾的时候，他也被送到学堂念《百家姓》和四书五经。读书期间，由于他刻苦用功，深得先生的喜爱。学业结束的时候，先生送他一些书籍，他不挑不捡，悉数读完，博得秀才赞誉。

他都到二十多岁了也没有考取功名，而是尽心尽力做了李家德胜堂的掌柜。

一晃，他就在掌柜的位置上做了将近三年。李家没有亏待他，他也没有亏待李家。只有在这年关放假之后，他才会倍感寂寞和无奈。

街上的孩子吆喝着童谣渐渐跑远了，他才笑着再次迈步，信马由缰地在窑坪的寒风里漫步。他平时很少有这样的雅兴。

后来他回到德胜堂二楼自己的屋子里,可是眼前尽是灯草的影子。那一颦一笑,那颤动的胸脯,那扭来扭去的腰肢,还有灯草说的那些话,他都不能忘掉。

正在胡思乱想,忽然听得楼下有人喊他。推开窗户,看见是聚覃堂的掌柜张俊站在街边向着他招手。他不想下楼,就扒着窗沿问:"啥事情?"

张俊说:"下来,下来。"

他说:"到底啥事情?"

"去我那里喝酒去。"张俊说,"我那里有几斤横川烧酒,我没有舍得自个儿喝。今天没事,就过来喊你,咱俩把它享用了算了。"

王世奎放下窗棂说:"我不喝。"

张俊还在楼下嚷嚷:"下来,下来,下来。"

王世奎再次掀开窗户,说:"我不下来,你怎么着?"

张俊呵呵笑了,说:"快过年了嘛,闲下来想起你了,咋还不给个面子呢?"

王世奎想了想说:"你等着。"

张俊说这还差不多。

下了楼,关好店门板,两个人携了手,缩着脖子往街西走去。街西的尽头,踏上几级石台阶,就是张俊家的大门。张俊是河南新乡人,饥荒时逃荒到了窑坪,入赘街西张家,做了上门女婿。张俊古灵精怪,非常聪明。但是人缘很好,脾气上和王世奎很投机。王世奎一直欺负张俊,叫他"河南侉子",但是不影响两人的友好关系,甚至更显亲近。

院子是用卵石铺就的,做出了一些花卉图案,很漂亮。房子是康北人常住的土木结构的两层楼房,宽敞高大,二层是用一寸厚的木楼板压实的,被柴烟熏得乌黑锃亮。火炉子里柴火熊熊,火苗上吊着的鼎锅咕噜咕噜冒着热气,散发着肉的香味。两个孩子围坐在火堆旁边,脸上脏得像戏里的花脸小丑,手里捏着半截刚出蒸笼的热馒头往嘴巴里塞。灶间,张俊的媳妇系着围裙做馒头,弄好的面团一坨一坨地摆在案板上,飘来一股发面的酸味,很是诱人的食欲。

王世奎找了一个小板凳在火边坐下,说:"侉子,你这才像个家呀。"

张俊也坐下,说:"你是高不成低不就,哪像我,随便找一块地方就当风水宝地了,随便找一个女人就生儿育女当安乐窝了……"

王世奎说:"这就是安乐窝。"

张俊说:"我没感觉到。就是平平静静过过小日子罢了。"

"这样的小日子好啊。"王世奎说,"这样的小日子散舒。"

"你怎么不娶了灯草过散舒日子?"张俊的脸被火焰映得红红的,他看着王世奎说,"过我这种散舒日子!"

王世奎叹着气,说:"我哪里有那福气?"

"怎么了？灯草不喜欢你？"

"不是。是灯草的婆婆那里有麻达。"

"那老太婆有啥麻达？管尿她，你看好了的事情你自己做主，你这个大掌柜在这种事情上就是婆婆妈妈的，没劲。"

"我不是你们侉子，啥事情都敢做。"王世奎说，"麻烦得很，我都没有主意了。遇上这种事情，我自己做不了主。"

"你都是读书读迷了心窍。"张俊斟满酒杯说："要不，怎么有一句话说百无一用是书生呢？"

成州的横川酒就是醇厚绵甜，酒香浓郁。王世奎读过杜甫在成州客居时写的"酿得万家合欢液，愿与苍生共醉歌"诗句，说的就是横川烧酒。但是，他还是第一次喝横川烧酒，三杯下肚，大有久闻其名、相见恨晚的感觉。

张俊媳妇从鼎锅里捞出一只猪耳朵，趁热切了，浇上几滴醋，给他们下酒。王世奎说有这样的好酒，倒不如请李德明过来一起坐坐。张俊忽然醒悟一般，说："怎么就把他给忘了呢？"

张俊出去了一会儿，王世奎就听见院子里响起了李德明的声音："到底是过年了啊，这么香。"

坐下，李德明伸出手烤火，说："张掌柜你这日子也红红火火的，不容易啊。"

张俊说："李东家该不是挖苦我张俊吧。"

李德明说："我说的是真心话。"

张俊说："我怎么敢在李老板面前说日子不日子的，我只不过是凑合着过呢。"

李德明说："日子和日子不一样。你虽然在人前好像没有我气粗，但是我的难处比你大也比你多。我发愁的时候，难受的时候，不见得比你少。世奎晓得的，我大多时候，是被架在火上烤着，就像你火笼子里的土豆，外人看着好闻着香，哪里晓得内里在烧心啊。"

王世奎点点头，说："东家也有东家的难怅，我清楚不过。"

"人生难得一回醉，世奎你说是吧？"李德明吱地一声喝干了杯子里的酒，咂吧咂吧嘴说："好酒，好酒啊。"

后来不知是谁说到了王世奎的家事，说起了灯草，王世奎低头只顾喝酒，满肚子的话不知从何说起。他深知，自己的这份感情为世俗所不容，自己也耻于这种见不得人的暧昧，但是他的心里就是没有别的女人。有时候，他自己骂自己说："表面上伪装正人君子人模狗样，背地里一肚子男盗女娼。"他甚至会想到"猪狗不如"这样的词来。

张俊不这么看，这个侉子对这件事情的看法就是与众不同。他质问王世奎说："你到底喜不喜欢灯草呢？"

王世奎没法回答张俊的提问，只是尴尬地喝酒。李德明拿手碰碰王世奎，说：

"你如果有心跟人家灯草好好过日子，就想办法把人家娶回来。你这偷偷摸摸的算啥事情？对不起自己更对不起灯草。"

王世奎说："是哩，我对不起灯草，我真个不是人，我不晓得我要怎么做才好。"

张俊说："你让东家说说，你这是不愿意面对这个事情。灯草好，你喜欢，就娶了回家，名也正了言也顺了，可是你就怕背了娶寡妇的名声。"

王世奎一听就如被马蜂蛰了一般，急急申辩："我那么想就不是人了。"

"那就准备提亲啊。"

"怕对灯草不好。"

"你这样偷偷摸摸就对灯草好了？你如果真的替人家灯草着想，就想办法成了这门亲事。"

王世奎嗫嚅着说："我是真的爱灯草。"

"这不就对了？"李德明和王世奎抢着说，"窑坪这个地方又不像别的地方，谁还会那么不开通呢？男婚女嫁，你和灯草如果成了还是天大的好事呢。"

"我也晓得窑坪人口迁移的路数复杂，思想比别的地方要开明，但我还是有顾虑。"

"只要你们自己没问题，顾虑就放一边去。"李德明嚼着一块猪耳朵，说："这件事情就这样定了，我回去和老太爷说，年初和窑坪廊桥一块儿办好。"

王世奎眼泪扑簌簌往下掉："我就谢谢东家了，把我当人看。"

李德明说："看看，你这个秀才！以后要叫我大哥呢，晓得吗？"

夜里，三人都喝醉了。李德明走到李家大院门口，摇摇晃晃地敲响大门，冲着里面喊："我今年决定了两件事情，一件是修建窑坪廊桥，一件是办好王掌柜和灯草的婚事……"

王世奎拉拉李德明的衣袖："东家……"

李德明毫不理会，继续扯着嗓子喊："明年，我就是三弟和灯草的红爷。"

王世奎一时臊得不行，走也不好站也不好，一声声说着："东家，大哥，东家……"

李德明终于低头看了一眼王世奎，哈哈大笑地说："都快拜堂成亲了还羞个啥？"

走出街西，走出吊河坝，天空忽然淅淅沥沥下起了雪霰子，掉在脖子里凉凉的。远处，还有鞭炮声噼噼啪啪地传过来。几只狗，争抢着一些骨头，龇牙咧嘴地厮咬着，发出瘆人的声音。王世奎腿脚发软，好不容易拐上街道，脚下的石板路面好像是发酵的面团，踩上去左右摇晃忽高忽低。沿街门头灯笼照亮的街面，发着温暖的黄晕，但是吹到脸上的夜风却还是那样寒意凛冽。

刚到店铺门边，王世奎终于颤巍巍地倒了下去，连钥匙都没有掏出来。他伸着手，往天空抓了几抓，说："就连鬼神都会两情相悦，何况我一介书生。"摇一摇脑袋，又说："我怕啥……"

首篇·廊 桥

然后就响起了鼾声。

灯草睡不着,她不止一次来到德胜堂门口,就是没看见楼上有灯光。她不晓得王世奎到哪里去了,开始心里就是放不下。她晓得,王世奎虽然读了一肚子的书,但老实得就像一块榆木疙瘩。那么好的一个男人,就是没有一点心眼,还胆小怕事。做事的时候,只晓得老牛似的埋头苦干,事情做好了也像个小孩一样欢呼跳跃,做坏了垂头丧气好几天没精打采的。灯草太晓得他王世奎了。

灯草没有睡着,她又一次来到德胜堂的时候,看见了睡在门口的王世奎。她一眼就认出是他。

她上前抱住这个寒夜里熟睡在屋外的男人。王世奎冰冷着脸颊,睡梦里又说了一句:"我怕啥?鬼神尚且晓得两情相悦地久天长……我怕啥?"

灯草的眼睛噙上了眼泪。她心疼怀里的男人,也伤心他们这段不为世人看好的爱情。不能开德胜堂的板门,灯草只好扶起沉醉的王世奎走回自己的裁缝店。

在这个年前的半夜三更,她不得不把这个自己心爱的书生气男人服侍到自己热腾腾的土炕上。

她脱下他脚上的棉鸡窝窝。这双鞋是灯草熬了半个月的夜在灯下给他做的,她认得自己的针线。他的脚有一股酸臭的味道,但是灯草迷恋这种味道,她喜欢闻。他脱下他的棉裤,也有一股汗腥气,她还是喜欢。还有烧酒的味道,从他身体的每一个部位散发出来,她闭上眼睛,贪婪地翕动鼻翼……这是她掏心掏肝爱着的男人,令她心醉的男人啊。灯草把自己的脸贴上男人滚烫的胸膛,她听见了他强有力的心跳。

只有身边躺着男人,这样的夜晚才会有安全感。灯草抱着王世奎,怎么也睡不着。多好!她想,只有睡在这个男人怀里,她才会觉得自己是个女人,是个温柔的女人。灯草右手指摸着王世奎脸膛上的胡须茬子,心里也痒酥酥的,她把脸蹭上来,让这些胡须茬子戳疼自己的脸颊。

热烘烘的土炕上暖舒服了王世奎,他没有任何意识地抱紧了怀里的女人。酒醉的王世奎啥都不晓得。灯草在他怀里簌簌发抖,像冷得厉害,她把手指甲深深地抠进他的背脊。

半夜里,王世奎终于醒了。烛光下,他睁眼就看见了缩在自己怀里的女人,他说:"灯草……"声音颤颤的小得像蚊子哼哼。怀里的女人像受了惊吓,猛然闭上了楚楚动人的眼睛,让人怜悯。

他略微一愣,抱紧了怀里光溜溜的女人,吹灭了摇曳的烛光。

天一亮就是大年三十了。

捂了一夜的大雪,天麻麻亮的时候才密密麻麻地落了下来。窑坪有一个故事,说是远古的时候,冬天天上是下面粉,一个冬天要下够凡人一年的口粮。但是凡

人却不晓得珍惜，用馒头给孩子擦屁股，随意糟蹋粮食，玉皇大帝晓得了，就把面粉变成雪花，颜色还是白的，但是一见到热的东西就融化了，既蒸不了馒头也做不了面条。王世奎多少次叹息世人的无知和贪心，说人都是自己给自己找麻烦。

睡醒的时候，街上的落雪差不多已经有了五寸。王世奎穿着灯草给他做的新衣服，咯吱咯吱地踩着齐脚脖子的积雪往回走。到门口他回身看看，独独一行脚印就从缝衣铺到了德胜堂。他呵呵笑了，心里说："这证据差不多要保持到中午了，这下子，夜黑个睡到灯草炕上的事情，想赖都赖不掉了。"

再看看，心想："这叫宣扬呢，这一宣扬就明朗了。后半晌，满窑坪的人就都会晓得，我王世奎昨黑个睡在缝衣铺灯草的炕上。"

开门，跺跺脚，再扑扑头上眉毛上的雪，自语道："干冬湿年，割竹子编筐。明年是个好年景哩。下这样的雪，和下面粉差不多呢。"

德胜堂的院子里静悄悄的。几只麻雀看见有人进来，轰的一声飞到房脊上去了。爬上楼，寻找出笔墨和红纸，写了一副对联贴到门楣上。德胜堂的对联一直都是王世奎自己撰写的。今年的上联是：四海为邻车马喧嚣年景好；下联是：八方来财生意兴隆喜气盈。贴好了，王世奎自己偏着脑袋看着，对自己的书法还是满意的。

正在自我陶醉，李德明咯吱咯吱地踏着厚厚的积雪过来了，披着一身绒绒的雪花。走近了，说世奎就是会安排事情，大老远就看见门框上红红亮亮的，喜气。

王世奎迎上去，打着哈哈，说："东家好。"

李德明说："今天年三十，没有东家掌柜的这个说法，咱都是十多年的兄弟。走，咱回家过年去，老太爷特意让我过来喊你。"

这是几十年的老规矩，每到年三十，王世奎都是要到李家大院过年的。老太爷每年年夜饭的时候都要说，王世奎是自己旁姓的儿子。

王世奎说："你等等我，我马上过去给老太爷拜年请安。"

开门拿了两包点心，包了一柱上好的兰州义和成水烟，提上跟着李德明往李家大院走去。天空忽然像被撕开了一个无边的大口子，大雪像是倾泻了下来，刚刚走过的脚印瞬间就被覆盖住了，恢复了一片茫茫。

"噢，这下，家里人齐了。"两人一进门，给老太爷请了安，老太爷非常高兴，居然起身放下了手里的面茶盅子，说："每年就盼着，底一家人坐一起，热热地吃一顿饭。"

面茶是长期盛行于康北和康中的传统饮食，尤以康北"三层楼"面茶最佳。面茶是一种在煨罐内烧开水，掺搅玉米面和小麦面，再加入盐、花椒、葱皮等调味品，又以油炒鸡蛋、豆腐丁、核桃仁、葱花等调料混合而成，食饮相兼，以饮为主。三层楼的面茶在窑坪河很普遍，一般都是作为早点食用。但是来了贵重客人，不论啥时候都要烧一罐面茶以示待客的诚意。

刚刚喝完面茶，上门求写对联的人就等在堂屋里了。老太爷踱步出来，看着

首篇·廊 桥

三兄弟各自挥毫泼墨，一脸的自豪。他手里抱着黄铜水烟锅子，眉开眼笑地说："字像人，要写端正，要写好。词句也要斟酌喜庆一些。"

兄弟三人受到教诲也受到了鼓舞，一边呵着手一边写，一直写到下午，雪一直积到和台阶一样高。人一踩到地上，雪就没膝了。送完最后一个求对联的人，老太爷呵呵笑道："这场雪是我这一辈子见到的最大的雪了，下得痛快。"

吃饭的时候，老太爷的兴致依然很高。他不问今年账上的盈余，却问年后的打算："号上今年草纸赚了大头，新年想怎么做？"

"今年的生意都是世奎做主打理，具体情况他最清楚。让世奎说说新年怎么做。"李德明说，"我明年就只管修桥的事情。"

老太爷把眼睛移到王世奎身上，并不说话。王世奎满身不自在，他说："今年草纸紧俏，并不说明新年紧俏。我的意思是按正常的生意方式打理，边走边看。最好等兰州张义张老板的信息。"

天很快就黑了，雪光映进窗棂，屋里不是太暗。点上蜡烛，老太爷翻开箱子拿出一卷丝绢，招呼拿来烛台，然后凑近烛光读道：

余闻木必有本，水必有源。求木之长者，必固其根本；思国家之安者，必积其德。源不深而望流之远，根不固而求木之长，德不厚而思国之安，必是无源之水，无本之木也。

昔日吾祖，因烽戈四起，农不耕收，财粟乏源，于明朝宪宗皇帝成化二年，挈子携妾，跋山涉水，不避千里，离蜀到此。但见：山水清秀，街衢别致，物产丰饶，商贸繁荣，民风淳朴，一派欣盛景象。

吾祖勤劳节俭，披荆斩棘，造就庄园，接待客旅，开办商号，安居乐业。在生者，治家以勤俭，忠厚以待人，出阁而谨言，入阁而慎行，教子以义方。如昔日之孟母，知三从而明四德，可谓道之誉也。

……

这是老李家的家训，每年的年三十都是要读一遍的。读完了，老太爷意味深长地说："都听明白了？生意做大做小都无所谓，要紧的是德和誉，不是得和欲。你们修桥，是给祖上添彩，也是给自己留名。我们开骡马店、开商号挣钱做啥？我们能吃多少能用多少？把钱财拿出来做事情，比如在窑坪修廊桥，就在窑坪留下了名声，我们应该想到是不是大赚了！"

李德明、李德亮和王世奎仨人交换一下眼神，说："晓得了。"

老太爷拿筷子敲敲桌子，说："你们明白啥？你们啥都不明白。反正我把话搁这儿，明年，你们修不好廊桥，我让你们兄弟仨都没有安心的日子过。"

第五章

　　正月初一中午的时候,太阳出来了。李德明和王世奎就打算早早地到谭家庄找谭木匠。他们带着茶叶和食盐,还带了一瓶烧酒,说一来请他,二来拜年。

　　谭木匠高兴地嘴巴都咧一边了。说起初二伐木的事情,谭木匠说,年前就找好了联手,还通知了徒弟,现在就等着到时间呢。

　　谭木匠喝了几口茶,神秘兮兮地说起腊月初五去青冈坪时在窄峡子的遭遇,李德明坦然地笑了笑。谭木匠说:"接近年关的时候,那些个人居然还有几个找到我家里,惶恐地说是前几天欠了德胜堂李老板的钱,我就晓得是怎么回事情了。"

　　"他们找到你家里来了?没说啥吧?"李德明有点意外,他说:"哪有那样的帮客!"

　　在康北地区,土匪就叫作帮客。

　　"我也奇怪,当时不晓得他们要做啥事情,后来才明白,他们是要我给东家带个口信,说过完年东家修桥的时候,来打个下手,出点力气。"

　　"叫他们来就是了,反正修桥要用人工的。"

　　"我就是那样给他们说的。"谭木匠捋捋胡子,笑了,"他们都说东家乐善好施,是个好人。"

　　李德明呵呵笑,说:"难得他们对我有这么好的一个评价。"

　　王世奎说:"俗话说得好,公道自在人心。"

　　李德明说:"有句话说,想占便宜没便宜,想着吃亏没亏吃。"

　　王世奎不明就里,随口说道:"古人是把话说完说尽了的。你们倒是给我说说,腊月初五去青冈坪在窄峡子是怎么回事情。"

　　"有点传奇色彩,但是说出来不惊险也不刺激。就是一个简单相遇,然后有人向我借钱,我就给借了。"李德明说,"好像就这么简单。"

　　谭木匠说:"我可是差点没吓尿到裤子里头。"

　　王世奎急着问详细情况,李德明和谭木匠你一句我一句地描述了大半天,王世奎听完笑着说:"还没有《聊斋志异》里的故事精彩。"

　　李德明搉了王世奎一拳说:"到底是书生,只晓得书本。窄峡子你是没在现场,如果你去了,看你还说这种冷话不!你啊,保准吓你个半死。"

　　"你都没有吓个半死,咋就晓得我会吓个半死?"王世奎说,"我读《聊斋志异》都没有怕过,还怕大白天的事情?"

　　"你是煮熟的鸭子,嘴硬。"李德明说,"我就不相信帮客拿刀子往你脖子上砍,你会不害怕。"

"不是有东家你吗？"

"有我在场又能咋样？如果人家真要下手的话，就只是多送一条命给他们。"

"东家福大命大，遇事准能逢凶化吉。"

李德明说："就你会说，哪次让你遇上了，看你能说破天去。"

"我一个书生，自小就和东家一起长大，也没接触过太多的人，所以就和东家亲。"王世奎说，"反正只要和东家走在一起，我没觉出过有啥可以让我害怕的事情，他人往那儿一站，不用说话我都有十分的底气。"

"这句话我信。"李德明说，"要不为啥说百无一用是书生呢！"

谭木匠的儿媳妇烫好了黄酒，弄好了几个菜，过来招呼吃饭。席间，谭木匠说起明天伐木的事情，说要李德明亲自去青冈坪的土地庙里点香祷告。李德明拍了王世奎的脑袋一下，说："明天我们一起去青冈坪。假如还有那样的事情发生，看看你这个书生还咋说。"

"只要你去，我就不怕。"王世奎说，"你说能遇上啥事情啊！这冰天雪地的，谁都窝在家里不愿意出门一步。"

喝完一壶包谷黄酒，谭木匠高兴起来了，他高声喊来自己最得意的徒弟谭思远，说："思远，过来给东家敬酒！"

谭思远也就二十来岁的样子，虎背熊腰，头发有点微卷，宽脸膛，个子稍微有点矮，看起来很健壮。他喝酒也很在行，大碗举过头顶，说先干为敬，咕嘟咕嘟就亮了碗底。连喝了三碗，然后就从李德明开始，每人敬三碗。只一圈，一壶酒就又喝完了。第三壶酒开始划拳打通关，谭思远对谭木匠说："师傅带头先来，打完了之后我再来。"

谭木匠呵斥徒弟说："上正始月的怎么可以说'完了'？罚酒一碗。"

谭思远乖乖地认罚，说："说漏嘴了，说漏嘴了。"一仰头喝干一碗酒，说："请师傅打头，我跟着。"

谭木匠挽起棉袄的袖子，伸出大手，说："我只会高升拳。"

李德明也来了兴致，说："高升拳就高升拳。"

谭木匠在酒场上也是高手，拳高量大，虽是年纪大了，但一圈通关下来老人面不改色心不跳，照样大口吃肉。

谭思远刚伸出手，师傅谭木匠就拦住了他，说："你辈分小，在今天的场合不合适划拳。你直接和他们碰，每人六个酒，你每个跟前喝两个，他们每人喝四个。"

李德明说，这不合适。谭木匠问："哪里不合适了？"

谭木匠说："你们是东家。修桥的时候，我徒弟是要来的，还要仰仗东家呢。"

李德明说："其实，是我仰仗你们。就我一个人啊，就别说啥修窑坪廊桥的话了。梦也不敢梦一回。"

"没有东家撑在那里，我们是想都想不到呢。"谭木匠说，"窑坪桥烂塌塌斜歪在贺家沟水上都好多年了，窑坪街上上百户商户，哪个人记起过要修一修呢？还不是东家站出来主持这么个事情？又要掏钱又要操心。"

"咱不说这些个事情。"李德明说，"思远，接着喝酒，划拳。"

一顿酒饭吃到了夕阳衔山。走出谭家庄的时候，向阳的地方积雪正在消融，路面上有了泥水，又脏又滑。

王世奎说："看看，雪消了也不是好事情啊。"

李德明有点醉了，说："下雪也不是啥好事情。"

王世奎说："不下雪也不是啥好事情。"

李德明问："那你说说啥才是好事情呢。"

王世奎说："我哪里晓得啥才是好事情。"

李德明说："你不是书生吗？怎么啥都不晓得呢。"

王世奎说："正因为我是书生，才啥都不晓得。"

"书白念了。"李德明脚下一滑，打了一个趔趄，说："你的书是白念了。"

"嗯。"王世奎敲敲脑袋说，"这书，还真是白念了。你说过的，百无一用是书生。"

李德明呵呵一笑："你还记下了——这仇，咱兄弟还结大了。"

回到窑坪，天已经黑透了。

走过缝衣铺的时候，李德明歪着脑袋问王世奎说："你敢不敢今晚再睡到灯草那里？"

王世奎仗着酒劲，信口说："她敢要我就敢睡。"

李德明说："你不要说大话，我就没看出你哪里有那么大的胆子。你如果是男人，就娶了灯草，抱着她睡一辈子。"

正说着，缝衣铺的门吱呀一声开了，露出灯草的半截身子。灯草招呼说："东家回来了？"

王世奎突然一哆嗦。李德明看在眼里，眼里露出戏谑的笑来。他对灯草说："你以后不可以再叫我东家。"

灯草不好意思地笑了笑，低头不语。

李德明说："世奎可以叫我东家，你真的不能叫。"

王世奎讪讪地也笑了，说："看东家说的。"

"我是世奎的东家，但我们是兄弟。你是缝衣铺老板，世奎要叫你老板。"李德明一板一眼地说，"你要叫我东家的话，就得和世奎成亲拜堂。此后，我不再叫你老板，叫你掌柜夫人，或者叫你弟媳妇也成。"

灯草的脸一下子臊得通红，逃也似的缩回身子，关上了门板。李德明哈哈大笑，踩着结冰的路面往街西晃过去。王世奎站在缝衣铺门前，走也不好不走也不好，犹犹豫豫迈不开脚步。

　　李德明老远了还在喊："回呀，还有事情要商量呢。站那儿干啥？真想再进去啊？"

　　王世奎到底有点依依不舍，扭头看一眼关着门的缝衣铺，只好踢踢踏踏地跟在李德明身后往街西走。那窗棂后面透出的昏黄的灯光，一直亮在他的心里。

　　街西路不是太长，石板下面有一条水渠，没有结冰，水流的声音哗哗啦啦的，夜里很响。这条水渠一直通到下街，是王家院王家水磨的堰渠。王家院王家有两座水磨，在窑坪河也是数一数二的商户。窑坪河有一句顺口溜说：家里有个滴流转，一辈子不靠天吃饭。那是个旱涝保收的玩意儿。

　　还没有进门，就听见里面老太爷的声音："一个谭家庄就走一天，你们说说这样的人一辈子能做个啥事情？"

　　李德明听出来了，老太爷是在骂自己和王世奎，嫌他们俩耽误时间了。李德明赶忙敲门，并大声说："我们回来了。"

　　老太爷说："早了？还晓得回来？你们回来得早了！"

　　李德明说："我们喝了一点酒，但是说好了一件大事情。"

　　王世奎怕老太爷生更大的气，急忙打圆场，说："我们早上没来得及给您说，我们是去定明天伐木的事情了。"

　　"我晓得是找谭木匠了。"老太爷说，"谭家庄就四五里路，用得着一天时间？"

　　王世奎就把腊月初五窄峡子的事情也说了，还说了酒桌子上的事情。老太爷惊讶得合不拢嘴巴，说："这么大的事情，怎么我都不晓得呢？"

　　李德明说："我谁都没敢说，就怕你老太爷想不开。"

　　老太爷点点头，转怒为喜，说："嗯，老大德明懂事了。修窑坪廊桥的事情，我放心了。"

　　第二天，一挂驴车吱吱呀呀碾着要化未化的雪地，车上坐着李德明和王世奎，后面是几个扎着口的麻包。到谭家庄请上谭木匠师徒四人，一车人就往青冈坪走去。

　　到了青冈坪，又去看了选中的大树，才回庄里吃饭。后响，一群人来到山岗上，钻进那圈柏树林，谭木匠在一棵直径过了三尺的大树下，净手焚香，燃着香蜡黄表，双膝跪拜，口里念念有词："供灶信香，虔诚奉请张良、鲁班师爷师傅，阴传阳教师傅。弟子择吉日良辰开斧伐木，为窑坪桥改颜换面。弟子伐木，天无忌，地无忌，百无禁忌，大吉大利。"

　　谭木匠抡起斧头，在那棵大柏树的根部斜斜地砍了下去。斧头砍进树皮里，很深。谭木匠丢了斧头，再一次跪下，深深磕了几个头，然后退下。徒弟们开始丢掉了裹在身上的棉袄，叮叮咣咣砍起树来。山岗上飘起了柏树油脂的香味。

　　过几天，这些柏树就会被驴车套着运到窑坪，做窑坪廊桥的桥梁和廊坊的木料。

第六章

　　接下来李老太爷操办的事情，就是王世奎和灯草的婚事。
　　老太爷早几天就吩咐备了彩礼，选了一个吉日亲自前往灯草婆婆家去提亲。一干人挑了担子去了后沟的何家梁，敲响了灯草婆婆家的大门。
　　灯草的小叔子开的大门，忽然看见李家老东家带人上门，自然吃惊不小。小伙子连连鞠躬，说："麻烦老太爷了，麻烦老太爷了。"
　　老太爷轻轻抬手，说："不麻烦，不麻烦。咱进去说话。"
　　走到厅堂，灯草的婆婆迎出来。老太太何白氏年纪虽大，却很干练。银色的头发整齐地套在黑色丝线发网里，发髻上插一只银簪子，上身穿一件湖蓝色府绸短袄，下面是黑色灯笼棉裤，小脚，但是走路却很麻利。何白氏看见李家老东家，声音故意尖利而又做作："老东家登门，是啥香风吹来的？"
　　老太爷坐下呵呵笑道："我是有事相求啊。"
　　何白氏也坐下，说："东家有事尽管说，咱谁跟谁啊？只要做得到，就没有办不成的。"
　　老太爷说："这件事情，老太太还真能做得到。"
　　何白氏问啥事情，老太爷说："我是给灯草提亲来了。"
　　何白氏一下子黑了脸，问："给谁？"
　　"我家老三王世奎，看上你家灯草了。我是抹下脸来给你老人家请罪来了。"老太爷说，"我看重他们的感情，但愿能够心想事成。"
　　何白氏只是吸水烟。水烟壶呼噜噜地响着，一锅接着一锅，何白氏并不说话。
　　老太爷也不着急，拿出水烟壶磕掉烟灰，装烟，点火，也吸了起来。
　　半响，何白氏说："不是我不给老东家面子，你得替你李家的列祖列宗想想。"
　　"我想过了。"老太爷说，"我早就想过了。"
　　"我也得替我何家的列祖列宗想想。"
　　"那你现在就想。"老太爷说，"我今天不忙，我等着。"

　　没有谁晓得那一夜老太爷喝了几壶茶水，也不晓得老太爷吸了多少水烟。老太爷和何白氏对峙到月落星稀，公鸡都叫鸣了才见老太爷乐呵呵地出了何家大门。跟随的伙计们正坐在门洞边打瞌睡，突然被老太爷的笑声惊醒。
　　老太爷说："亲家母，天都快亮了，你回去睡觉。我走了，你也别送。"
　　何白氏咬着牙说："我送瘟神。"
　　老太爷也不计较，回头招招手，说："亲家母你也别有啥想不开的。宁拆十座庙，

31

首篇·廊 桥

不毁一门亲，你该听说过，所以啊，你就等着坐上席吧。"

何白氏听出老太爷占了便宜的得意口气，说："你也别高兴得过早。我是把灯草当作牲口卖了，可是还得问问房间伙计他们的意思，还得团总老爷回来点头，你回去还得准备银器绸缎……"

不等何白氏说完，老太爷已经带着伙计转过墙角走了。远远地，他的笑声传了过来："亲家母啊，早点睡。别睡不着睁着眼睛熬到天亮啊。"

何白氏恨得只想用头撞墙，心里说道："这个天杀的老东西，到时候我还不多讹你几百块银元做体己！"

同时进行的还有窑坪廊桥的修建。头就开得很好，李家骡马店和德胜堂的伙计，加上谭木匠的徒弟们，还有雇用的其他工匠，差不多有四十个人。破破烂烂的老桥转眼间三两天就踪影全无了。

清理桥基的时候，挖出了一块刻字的方石，李德明叫人洗干净了抬过来给王世奎看。王世奎蹲在河沿上，极力辨认已经有些模糊了的字迹："……湍湍河水，实弗敢举步……乡人李氏者，初来乍到，为商旅计，出银捐资……重修窑坪廊桥于贺家沟激流……成化三年岁次丁亥三月吉日勒石……"

由于石质太差，字迹剥落严重，王世奎结结巴巴读完，李德明就惊叫起来："这窑坪廊桥真的还和我们李有缘。"

王世奎说："你就没有听出这窑坪廊桥最初就是老李家捐资修的？"

李德明说："好像是成化三年岁次丁亥三月重修的，是老李家捐资重修的。"

"嗯，对，是重修。"王世奎说，"过四百多年之后，今年你们老李家又出钱重修。"

"我早就觉得不对劲。"李德明说，"我对啥都不感兴趣，但就是对修这座廊桥上心，原来是老祖宗刻了石头放在那里招我的魂呢。"

"水有头，树有根，凡事都有个讲究。"老太爷不知啥时候站在身后，眼睛盯着那块石头说："诸事万物，都有个因果缘分的说法，我们老李家给窑坪修造廊桥是命里注定的，要不是修桥，我们为啥要远天远地地从四川大槐树下来到窑坪？"

王世奎有点愣住了。他觉得老太爷就是神仙，比神仙们都明白事理，看透了天机。

老太爷还要说话，桥基下有人大叫一声，说是挖出了怪物。王世奎和李德明跟着老太爷下到河道里，来到桥基的地方，看见一个圆圆的东西，直径约一尺左右，伏在水潭里一动不动。老太爷叫人拿木棒把怪物撬出来，用清水一洗，终于看清是一只老鳖。

在窑坪河里，修庄宅地基和老坟时挖出鱼鳖的奇事时有传闻，可是谁也不曾亲见。忽然间桥墩下果真出来这样一个东西，叫那么多的人都惊叹不已，纷纷称奇。

老太爷说:"这不是奇怪的事情,千年老鳖是祥瑞物,老祖宗留下来的祥瑞物。得供着养,灵气不可失,架桥的时候还是要放在桥基下面的。"

自从有了老鳖这个宝贝,老太爷天天来到桥边,坐在太师椅上吸水烟,看着几十号人修桥。

人都忙得不亦乐乎,眼看着王世奎的婚期也一天天逼近了。给王世奎的新房就修在廊桥西头上,三间,两进院,也是典型的窑坪铺面格式,土木结构,转角楼,两层。边墙靠着缝衣铺。老太爷是准备把这座楼房院落当作结婚礼物送给王世奎的,给他一个店面,老太爷想着送给王世奎一个养家的生意。

过完年,德胜堂开始了正常的生意。草纸作坊今年惜售,都在暗地里囤积纸张,张义也没有消息。李德明问王世奎要不要高价收货,王世奎回答说看看再说,今年情况不是太对。李德明又问德胜堂今年的打算,王世奎也拿不定主意,踌躇着说:"先按往年的方式经营,看看再说。"

李德明沉不住气,说:"做惯了大出大进,做这种要死不活的生意还真没劲。"

王世奎说:"生意就是这样,哪有那么多大出大进呢。"

李德明笑了,说:"凡事都有自己的规律,生意也一样。我就是瞎急。"

王世奎说:"你也不看看,现在李家上下,德胜堂柜上上下,都已经是连轴转了,你还想怎么样啊?"

李德明说:"这人啊就是怪,越忙越想忙,越想忙越忙。"

王世奎把李德明推出店铺的板门,挥着手说:"你是忙晕了,蒙了,到我这饶舌来了。我没工夫陪你说话,你到桥下的水里清凉清凉。"

"我那是要紧话,有事和你商量哩。"李德明扭着头不肯离开,说:"你说说,你那房子的楼板用啥木板铺?槲木还是核桃木?"

"用啥木板都行。你还想着要楼板管个千千年万万年?"王世奎说,"白杨木就好,木匠做起来轻巧省力。"

李德明说:"白杨木太软,那不行。最不咋也要用红青杠板子。"

王世奎说:"那你看着办,哪样木板够就用哪样,不要再买了,今年不比往年,要花几大堆的钱。"

谭木匠年纪虽大,但是工地上万万不可少了他。只要是谭木匠说话,没有人敢不听。就连一个石头的摆放位置,都是谭木匠说了算。老太爷看出来了,谭木匠就如同神话里司雨的龙王,到哪里下雨,下多少雨,都是他说了算。他施工经验多,点子也多。偌大一个工地,谭木匠才是主心骨。

从窑坪下街,到贺家沟河道,叮叮咣咣都是修桥的工地。王世奎忙里偷闲去过几次,忍受不了那里的嘈杂,比腊月的集日还要热闹。他看见,工地上的饭食

首篇·廊 桥

好得没法说，中午的烩菜里都有腊肉，馒头大得握不住。晚上像是摆宴席，炒菜米饭管饱不限量。王世奎感叹：东家为了窑坪廊桥真是舍得花钱。

叫人想不到的是，好吃好喝好招待，竟然换回了工程的快速度。老太爷说："人心都是肉长的。俗话说得好，就是唤羊，你也得用把草。"其实，老太爷的话用现在来说，就是天下没有免费的午餐。

廊桥桥基快要完工的时候，桥面上的木头也都做好了。桥头，王世奎的新房只等选个好日子就可以苫顶。这个时候，刚好到了麦子黄熟的季节。眼看着满山满川的小麦成了杏子的颜色，老太爷说："一年的口粮就在五黄六月，要抢收哩。我叫李德明给大家把工钱结一结，明天都回家收小麦。收完了，大家再来。"

谭木匠说，最多三天，桥基就做完了，三天以后再放工吧。老太爷说，天时不等人，不能往三天以后推，这两天回家，抓紧收割，完了抓紧回来。

谭木匠说，也不在乎三两天的。老太爷说："半月之内必有大雨，所以都要抓紧。糟蹋了粮食可是不得了的罪孽。"

果然不几天，一场大雨连下了好几天。王世奎看着窑坪河奔腾咆哮，浑浊的浪头一波高过一波，心里无比佩服：老太爷才是窑坪的秀才，才是窑坪有学问的人。天晴雨住的时候，没收割回来的小麦全部倒伏在地里，长出了绿绿的麦芽。

廊桥的桥基也经受住了洪水的考验，浆砌的石头在贺家沟洪水退去之后，第一次显示了自己的坚固。谭木匠带着徒弟上工的时候，看着桥基高兴得哈哈大笑。老太爷过来，当面重赏了谭木匠。谭木匠又把赏钱在铺子里买了酒，那天夜里，饭后一群人喝得酩酊大醉，东倒西歪地说：东家好，东家真好。

老太爷长吁一口气，连连点头，说："有这样的工头，不怕修不好窑坪廊桥。"

转眼，王世奎的新房修建完毕，安上了朱漆大门，屋子里该有的也都有了。老太爷开始安排新房主人的婚事了。王世奎还没有考虑好，主要是德胜堂的事情他还丢不开手，那些生意和生意上的伙伴让他舍不得丢手。可是他晓得德胜堂是少东家李德明的生意，不是他的。这德胜堂就好比一个自己捂热的鸡蛋，抱窝的老母鸡明晓得这蛋不是自己的，却也会总千方百计地护着的。

好日子定在七月十五，是一个艳阳高照的天气。晚上，客人都走完了，王世奎和灯草相依着坐在新房院子里，看着很亮的月亮。灯草说，你说怎么像是做梦呢？老感觉一点儿都不真实。

王世奎说："都是因为我们没敢想过会有这么一天。"

"就是啊，怎么老觉得像飘着呢？"灯草说，"一点也不踏实。"

王世奎说："月亮也是飘着的，但是，往往飘着的东西才是最迷人的，叫人看着都心疼。"

好久无语，夜风冰凉如水。王世奎看着圆圆的月亮，轻轻地唱起了乡间传唱

的《月亮谣》：

> 月亮月亮光光，
> 赵家院里香香。
> 香的啥子香？
> 香的核桃纽纽香。
> 核桃纽纽好茶饭，
> 擀的长面一根线。
> 下到锅里团团转，
> 捞到碗里莲花瓣……

这是一曲在窑坪河流传的纯粹的民谣，没有任何的含义。但是在这个特殊的夜晚，听起来是那样叫人入迷，叫人沉入一种飘渺的感情里去。

灯草听着，渐渐接过去，也唱了起来：

> 月亮月亮光光，
> 赵家院里香香。
> 香的啥子香？
> 香的葵花秆秆香。
> 葵花秆秆好茶饭，
> 擀的长面一根线。
> 下到锅里团团转，
> 捞到碗里莲花瓣。
> 夹上筷子一根线，
> 吃到嘴里咬不断……

王世奎的感觉，就是小时候躺在母亲的怀里，听着母亲在唱催眠曲哄他睡觉。尽管那种感觉已经非常模糊，差不多遗忘殆尽，但是心里深处的感性的东西，却始终没有泯灭，就像一盏蓄满灯油的灯盏，只要有火苗凑近灯芯，就会哔哔剥剥地燃烧。

月光明亮得可以看得清楚灯草迷离的眼睛。灯草微微喘息，歌声特别细微，在王世奎的耳边像蚊子的声音在哼哼。王世奎听着灯草的呢喃似的歌声，眼眶里有了泪花。这个窑坪当年的才子，成年后第一次突然感受到了另外一种久违的幸福，这种幸福撞击着他的心扉，让他激动不已。王世奎眼里的月亮，已然不是月亮了，变成了幸福的象征。

首篇·廊 桥

白天的热闹已经过去了，聚集在新房小院里的客人们终于都各自回家去了，现在眼前只有皎洁的月光和呢喃的民谣，以及偎依在身旁唱着民谣的灯草。

王世奎终于累了，他靠着灯草的肩膀开始迷迷糊糊地做起梦来。他梦见街上疯疯癫癫的肖善人披着头发，拄着那根打狗棒，一只手冲着他和灯草指指点点地说："看看，一对狗男女……"

王世奎一急，醒了。灯草扶着他的肩膀，静悄悄一动不动。看他醒了，说："回屋睡觉吧。"

他站起来，腿脚有些麻木。他靠着灯草站着，想起睡梦里的情景，想着肖善人说的话，心里有点嘀咕。现在，他和灯草是明媒正娶的夫妻，应该不算是狗男女了。肖善人在窑坪街上是个另类，但是，王世奎却非常看重肖善人的言行举止。逢集的时候，肖善人一般不去街上，他说一街道的畜生相互挤来挤去，没有几个人在街上，太没意思。可肖善人却对王世奎毕恭毕敬，从来没有说过啥。所以，梦里肖善人说的话，叫王世奎有些放不下，如鲠在喉。

躺在炕上，反倒没有了瞌睡。想象里的激情始终没有出现。吹熄了摇曳的红烛火，王世奎头枕着自己的胳膊，仰面看着屋脊上的几片亮瓦，月光就从亮瓦里倾泻下来，照着楼上的那些摆设。楼是新楼，摆设也是新的，看得见的地方全都泛着土漆的亮光，很是悦目。灯草也睡不着，她的一只胳膊放在王世奎的胸膛上，感觉到了他的心跳。

后半夜，街上传来狗叫的声音。王世奎想起来看看，但是他觉得自己太累，只是翻了一个身，就迷迷糊糊睡着了。

这个时候，一场盗窃在德胜堂发生了。十几个人，也不蒙面，黑灯瞎火地闯入德胜堂院里，撬开楼下的库房，搬出几大麻袋盐和茶叶往外面扛。几个伙计听见了响动出来，只喊了一声就被放倒在院子里了。那些人不慌不忙，捎着麻袋出了门，还不忘关上了门板。

天将亮的时候，闹哄哄的声音传进了王世奎的耳朵。他不晓得发生了啥事情，看着熟睡在身边的灯草，想起新婚之夜一夜都没有理她，心里很是有些歉意和愧疚。他在她的脸上亲了一下，灯草却伸出胳膊抱紧了他……原来她也醒了。灯草搂着王世奎压在自己的身上，双手箍着他的背，王世奎感到有一种炽热的东西在体内迅速膨胀，他也不由得搂紧了身下的女人。

灯草睁着眼睛看他，眼眶里有了泪花。这个压在自己身上的人成了她的男人，这是她做过的一个梦。要长相厮守，又显得多么的不真实！本来应该是缠绵一夜的，谁晓得这一夜这样就捱到天亮了。灯草有一种怨恨，她张口咬住了王世奎的嘴唇，她没有像往常那样吮吸，而是死死咬住，用力咬住。王世奎哎哟哟叫了起来，含含糊糊地说："疼，疼。"

正闹腾着，楼下的街上传来喊王掌柜的声音。王世奎挣脱灯草的胳膊，回应

楼下说:"啥事啊?"

楼下说:"快起来,东家找你,有要紧事情呢。"王世奎一边穿衣服一边说:"晓得了,告诉东家,我马上就到。"

王世奎脸都没洗,一边趿拉着鞋,蓬头垢面地到了德胜堂。店里的伙计都垂头丧气地站在院子里,李德明的脸色有些难看,让先生李进才去屋里对账,看看少了多少东西。

李进才说看过了,七袋青盐,四包川茶,还有两匹绢。李德明听着忽然大发脾气,说:"一屋子的人,居然没有一点知觉,难道都睡死了?王掌柜才一走就出这么大的事情,被人搬走这么多的东西,叫人怎么相信店里就没有内贼?"

王世奎终于明白了,德胜堂的店铺被盗了,失窃严重。他连忙进到库房,看见被盗的地方是被整整齐齐搬运走了,一点都没有杂乱的迹象,根本看不出是被盗了。他晓得盗贼们利用了他成亲闹酒的机会,轻而易举地拿走了想要的东西。德胜堂是一个杂货店,他们只看重青盐和川茶这些紧俏的货物,说明他们是有备而来,拿了东西是要换成钱的。

王世奎心里生出无端的愧意,觉得这次失窃和自己的成亲摆筵席有极大的关系。那天,德胜堂是主家,要做东的。俗话说,客七主八,全靠主家。折腾一天,所有的人都累坏了,晚上不睡死才怪。这一睡过去,人家还不轻轻松松就得手了?

老太爷来了,颤巍巍站在院子里,听大家七嘴八舌地说被窃的事情。老东家问:"丢失了多少东西?"

"就三四袋青盐,两袋川茶,还丢了一匹绢。"李德明抢着说,他自然不敢实话实说,"统共不过七八斗小麦钱。"

老太爷说:"我们德胜堂这么大一桩买卖,只拿走那么点东西,实在算不得啥。往后大家凡事小心一点,以防再有这样的事情发生。"

李进才插进话来说道:"窑坪这么大一条街道,大小店面一百多家,盗贼就单单瞅准我们德胜堂,还是这么一个时候,我觉得有蹊跷。"

一院子的人都在点头,连声说有道理。老太爷说:"捉奸捉双,捉贼捉赃,没有根据的话大家不要乱讲。德胜堂丢了一点货物事小,伤了大家的和气事大。今天这个事情,权当我们做了救济,做了善事。"

平时不甚露面的肖善人也来到院子里看热闹,看了一阵说道:"梦中光景醒时因,醒若真时梦亦真。莫怪痴人频做梦,怪它说梦亦痴人。"

李进才过去推了一把肖善人,说,出去,出去。

肖善人呵呵大笑,瘸着一条腿往外走,边走边说:"急急忙忙苦追求,寒寒暖暖度春秋。朝朝暮暮营家计,昧昧昏昏为己谋。是是非非何日了,烦烦恼恼几时休。明明白白一条路,万万千千不肯休?"

王世奎心里烦闷,忍不住高声吆喝肖善人说:"你不要走。"

首篇·廊 桥

肖善人说:"我不走做啥?我和他们没话可说。"

说完了,扬长而去。

这肖善人是窑坪后沟的人,祖上拥有后沟八百亩半山黄土地。多少年以后,在窑坪流传着一句谚语说:"何家的人,肖家的地,吴家的房产和经济。"基本上说明了一百年前窑坪的时事。这里面的何家说的就是何家梁的何老爷,他是有兵有枪的,谁也不敢在势力上和他相比;肖家在窑坪有连片旱地几十亩,水田几十亩,每年的地租子就是不小的收入,基本是大心不操,坐享其成;吴家就是吴久霖的"二大有老"和九思堂以及其各地的分号,生意场上无可匹敌。

当然,那时候还没有那些说道。但是修窑坪廊桥,何家梁的何老爷可是带着兵丁来看过的。何老爷戴着石头眼镜,后面跟着一排拿枪的人,来到贺家沟水边,说:"修桥本来是要征收修桥税金的,但是考虑到都是乡里乡亲的,也是一桩好事,所以也就不追究了。但是,廊桥必须要修结实,修美观。"

李德明说:"那是,那是。一定,一定。"

德胜堂失窃的事情不晓得怎么就传到了何老爷的耳朵里了,何老爷带着人来到德胜堂,询问情况。王世奎矢口否认,一口咬定没有这个事情。他塞给何老爷几块"义和成"的"义"字水烟,连声说老爷费心了。

何老爷也不推辞,把水烟交给兵丁拿了,说:"有事情吭一声,千万别客气。"

王世奎忙不迭地告着小心:"有事情一定先报告老爷,让老爷给我们做主。"

何老爷满脸显出不无得意的样子,说:"好说,好说。窑坪街面上的事情,就是我的事情。"

王世奎本想装出一副唯唯诺诺的表情来,但是试了好几次终于还是放弃了,他到底做不出来。想了想,只好说:"感谢何老爷的恩德,能想着我们大家。"

说完了,还是觉得有点酸。

喝过茶,送何老爷踱出德胜堂的大门。看着王世奎毕恭毕敬的样子,何老爷十二分的惬意。他挥挥手,说:"不送,不送。"

王世奎只好再说:"何老爷慢走,慢走。"

长长的窑坪街上,何老爷优哉游哉地带着一干兵丁招摇着一路走过去,对着每一个铺面都轻轻点一点头,风风光光地回去了。

这时候,肖善人不晓得从哪里转了过来,在街角伸出一只手,指着何老爷消失的方向,尖利地喊叫一声"狗——"

不晓得是骂何老爷,还是骂那些兵丁。

第七章

　　七月底，窑坪廊桥有了模样。李德明基本可以不去工地，全权交给谭木匠管理施工了。

　　全窑坪街包括德胜堂都没有大宗的生意，兰州的张义也没有音讯。原想着过罢年后，要在草纸上大做一把生意的，不承想一直到了春末，所有的生意都没有啥起色，往常来往的马帮驮队和背老二们，都是茶叶、食盐和粮食，间杂带一些洋广杂货、针头线脑的玩意儿，没有专业大宗的订单。到了五月中，天气热起来的时候，那些草纸作坊都来找德胜堂，好说歹说要把他们堆成山的草纸运到窑坪来。王世奎不敢做主，到廊桥的工地上找到李德明。李德明说："我也没有好办法，也没有好主意，你看着办好了。"

　　王世奎说："人家可都找到门上来了。你是东家，你做主。"

　　李德明说："商号里的事情，哪一件我做过主？多少年了，你不是做得好好的吗？这回，还是三弟你想办法弄，我今年只管修好廊桥就行了。"

　　王世奎还想说啥，李德明有点不耐烦，说："叫你做主你就做主，错了谁个敢怪你！"

　　回到铺子里，各纸坊老板正在说去年草纸涨价的事情，都说王世奎掌柜有先见之明，今年跟着德胜堂保证大家不会吃亏。

　　王世奎苦笑，说："去年，我是胡诌的，蒙你们的，你们也信？"

　　"即使你是蒙我们的，但我们还是赚大钱了。"有人说，"可见你们德胜堂修桥铺路积下阴功了，上天都在保佑你们。今年你们把窑坪廊桥修好了，年底还会大赚一笔。这些，老天早都替你们安排好了。"

　　王世奎说了几箩筐的话，自然没人相信王世奎的辩解。王世奎说，今年到现在，小半年时间都过去了，柜上没有可观的进项，实在是拿不出闲钱来收购大家那么多草纸。收几家的话，其他人肯定有意见，德胜堂就会得罪了其他主顾了，实在是没有个好办法。

　　王世奎还在诉苦，就见边上一个大胡子壮年汉子站起来。王世奎认得是宋家沟的草纸商户潘向荣。潘向荣说："我们都想好了，向柜上换一些茶盐酒和洋货回去，暂不向柜上要钱。草纸放到你们库房里，我们也省了麻烦，反正压在我们家里也变不了钱，变不了茶盐粮食。我们交到柜上，换些使用的东西，等到柜上啥时候走了货，啥时候我们再到柜上算账。所以，我们的意思，是柜上记账，记清楚我们大家各自的草纸数量、等级就行了。"

　　王世奎说："难得大家这样相信我们柜上。既如此，我们就多找一些个库房。

明日一早，各位老板掌柜就可以把草纸运来，我帮大家照看一段时间。"

"感谢王掌柜的好意。"潘向荣环视一圈，说："有王掌柜帮我们照看草纸，我们还可以继续照看纸坊，再赶一些纸品，也拉到王掌柜的号上来。"

王世奎感动得一塌糊涂，站起来举手朝四面一拱，说："感谢各位老板对我们的信任，感谢各位老板对我王世奎的信任。"说着，他喊来先生李进才，交代说："明天各位的账要分记清楚。存货的时候，要分开编号甲乙丙丁，不能有丝毫马虎。"

李进才点点头，说晓得了。

王世奎说："你晓得啥？这些老板把自己的身家性命都交给我们了，你说出的话轻飘飘的，我心里都没底。你倒是当着各位老板的面说说，打算怎么存货，怎么记账？"

略一沉思，李进才说："我们把大家的货物分开放置，按批按时间记账做记录，做到一笔账一批货，尽可能对号入座。比如，账上今天王老板的货物编号是甲三，在库房里就是甲库三号货位，同时在账面和货物上注明收货时间、数量、等级。如此一来，不大会出现混淆的问题。"

"不论你想啥办法，要给各位老板做好货物保管的保证。"王世奎说，"说白了，货物只要进了你的库房，就是我们德胜堂的东西，以后，人家就只管拿了你的收货单子来跟你结算。货物如果有所差池，损失的可就是我们柜上的钱。"

一帮人齐刷刷站起来，说："感谢王大掌柜替我们周全设想。"

王世奎说："一方面我们囤积了货，但是也有了责任。丑话说在前头，我们赚了，各位老板也就赚了，我们赔了，各位老板就跟着我们吃亏。我的意思就是，有福同享，有难同当，风险共担，利益共享。"

潘向荣说："我们就是放心德胜堂的声誉，所以才敢和柜上谈这生意。我们大家伙儿辛辛苦苦半年，又是花钱又是出力，没黑没明地干下来，就这些家底儿，全交给柜上了。"

王世奎的眼眶红了，点一点头说，我也谢谢大家。

灯草怀孕了，开始吐得厉害，几乎是吃啥吐啥，即就是喝一口清水也要吐出来。

王世奎吓坏了，到东家的街西李家大院去告假，说灯草吐得凶，要在家里陪几天。老东家叫来两个儿媳妇，说："老三家的怀上了，吐得凶。你们女人家的事情我们不懂，就随世奎过去帮帮忙，看看需不需要请先生。"

两个女人答应了，到了贺家沟廊桥工地边上的王世奎新房里，灯草正吐得蜷成了一团。木楼板上的污物里已经看得见胆汁的痕迹了。一个怀孕的女人当时的那个样子，给你的感觉像是马上就要死掉一样。

王世奎泪水涟涟地扑上去抱住倒在地上的灯草，连声问："灯草你怎么了，灯草你怎么了？"

灯草面如死灰，喘息着说："水，给我水……"

两个女人手忙脚乱地弄来半碗水给灯草，灯草接了，一口口艰难地喝了，然后漱漱口，说："扶我起来。"

几个人连提带拽地把灯草弄到炕上，灯草月白色的短襟衣早已又皱又脏，像一团抹布。

王世奎从没想到怀孕的女人会是这个样子，他惊恐地望着可怜的女人，心里懊悔万分。这个缝衣铺的老板自从嫁给他，每天还要开门做生意，是窑坪唯一的女老板。现在她一下子成了这个样子，叫看着的人都觉得揪心，王世奎咋都觉得是自己做错了啥。

他心里不由隐隐作痛。

李德明的女人说："我见过害喜的女人多了，就没见过吐得这么个样子的。"

灯草抽搐着说："我难受，就要死了。下辈子我不做女人，做了女人也不成亲，成了亲也不害这喜……"

李德明的女人嗔怪说："灯草你少说话。"

王世奎说："灯草的意思，是下辈子她做男人，要我做女人。"

"老三你就晓得个说些怪话！"李德明的女人不屑，鼻孔里哼了一声，说："做男人做女人是那么一回事情吗？凡事都讲究个因果，所有的事情都是老天爷安排好的，是命中注定的——亏了你还是读过书的秀才！"

虽然李德明女人说的话是有点词不达意，但王世奎还是有一种理屈词穷的尴尬，他不晓得该说些啥。

两个女人同时咯咯笑了，说："你就只晓得读书，就只晓得做生意当掌柜，我看，你书是白读了。你一个书呆子哪里会照顾一个怀孕的女人，还是送到我们那里，让我们闲些的时候一起说说话，也有个照应。"

王世奎哪里还敢做主，急急忙忙点头如捣蒜，连声说好。

灯草还在哼哼唧唧，满头满脸的汗水，几丝头发沾在脸上。看得出她现在是极度痛苦的。王世奎哀哀地看着两位嫂子忙着伺候灯草，不由得心生许多感激。

送走灯草，王世奎就又住进了德胜堂的楼上。在王世奎的感觉上，德胜堂的楼上远远比他的新楼要亲近许多。他是一个怀旧的人。

这段时间，窑坪又开张了一家杂货铺。东家不是窑坪当地人，而是大南驿赵家砭人，叫赵益帮。赵家砭本来是一个比较偏僻的沿山地带，沟深，但两边的山地势平缓，树木葱郁，藤条遍布，人烟稀少，是个造土纸的好地方。但偏偏这里就是没有一家造纸的作坊。

赵益帮年轻，不甘于侍弄土坎籽种，早就有做土纸的打算，可是苦于没有本钱。一个偶然的机会，让赵益帮撞了大运。那天，赵益帮为开办纸坊去亲戚家借钱的

首篇·廊 桥

时候，一头走失的骡子从他面前疯狂地疾驰而过，赵益帮大吃一惊，差点跌倒。年轻体壮的赵益帮踉踉跄跄地扶着一棵桦树才没有摔倒。骡子过去了，却摔下来一个麻布袋。赵益帮犹豫着，慢腾腾走过去解开袋口，立时傻了眼：满满一麻袋银元！

这真是"瞌睡来了遇见个枕头，想着干粮天上就掉馅饼"的好事。一麻布袋银元不是小数目，赵益帮一个人没办法搬动沉甸甸的口袋。他坐下，心里扑通扑通乱跳。他没敢耽搁，把麻布口袋拖到坎下的藤蔓下面，再在拖痕上随意撒了一些树叶遮盖，看起来没有啥可疑之处，赵益帮才坐下来，瘫了一样，再也站不起来了。

直到天傍黑了，赵益帮才躲在藤蔓下面，拿出一些银元，装进随身的口袋里。他用石头掩埋好剩下的银元，做好标记，才依依不舍地往家走。

他不论怎样，都放不下藤蔓下的麻布口袋。

十几里山路，到后半夜才磨磨唧唧地回到了赵家砭。妻子用异样的眼光看着堆在桌子上的银元，惊奇地说："你今天怎么就借到钱了？"

赵益帮吹嘘说："今天我是遇见贵人了。"

妻子瞪大了眼睛，说："遇见谁了？谁是贵人？"

赵益帮神秘地说，是一匹骡子。

妻子赵王氏越发不放心，说："你神神道道地说些啥呢？不要唬我。"

赵益帮长长地吁出一口气，说："你就放心用吧，这钱没人管你往回要。"

赵王氏说："到底是咋回事啊？你说得我都害怕死了。"

"别怕。"赵益帮说，"这钱，是我捡到的。我没敢往回多拿，只拿回来了一点点。"

"你该不是撞着啥邪祟了吧？尽说些神神道道的事情！"赵王氏脸色有所好转，但还是不无担心。她听完赵益帮的叙述，还是半信半疑。她摸着白花花的银元，一时没有了主意，连声地说那怎么办哦，那怎么办哦。

赵益帮似乎早有了办法，说："不如在猪圈墙脚挖一个坑，暂时埋上。用的时候，再挖出来。"

赵王氏没有更好的法子，不得不同意赵益帮的想法。于是两人连夜打着火把，把十几里路外藤蔓下藏着的银元全部转移到了猪圈的墙脚下。半夜时分，夜猫子瘆人的叫声都没有吓到他们两口子。

天亮的时候，他们熟睡在猪圈门口，一只母猪就哼哼唧唧在他们脚边拱着一大堆粪土。太阳照在他们疲倦的脸上，那脸上有满足的微笑。

此后的赵益帮，有了这么多的银元，就不再提说弄造纸作坊的事情了。他一步步向窑坪街道上的商业经营发展，先是在寸土寸金的窑坪街道上买了地基，然后按窑坪所有的店面格局，修起了房子。一年以后，他的杂货铺就开张了。

街上传闻德胜堂的失窃和赵益帮有很大的牵连。说赵益帮是一个没有根基的山民，一没祖上的家业，二没做过买卖，哪里就有这么大的财势，能在窑坪开一排铺子？他不是那夜的盗贼还能是谁？这些话自然传到了李老太爷的耳朵里，老太爷就这件事情问李德明和王世奎，说："你们怎么看外面的传言？"

李德明说："要是坐实了就是他干的，我扒了他赵益帮的皮。"

老东家把脸转向王世奎，问："世奎你怎么看？"

王世奎说："还不是些分言风语。我们有啥根据说是赵益帮做下的事情？我们管不住别人说啥话，就叫外面说三道四地议论去。他们说他们的话，我们做我们的事情。如果真有因果报应的说法，事情会清楚的，到最后都会有一个能看得见的交代。即便是德胜堂失窃之事确为赵益帮所为，我们能奈其何？"

老东家吸着水烟，也不评说，只顾自己埋了脑袋说："这就是有的屁响，有的屁不响。但是响屁不臭，臭屁不响。"

俩人都不懂老太爷的意思，面面相觑不明就里。老太爷磕磕烟灰，说："有时候，最不张扬的处事方法，往往就是最有效果的……老天爷在高头看着呢。"

赵益帮杂货店开张的时候，李德明和王世奎都去放了鞭炮，也都随了份子钱，还都说了恭喜发财之类的吉祥话。赵益帮也一一拱手谢礼，谁都看不出赵益帮有啥不自然的异样表情。

往回走的时候，李德明问王世奎对赵益帮的印象。王世奎摇着头回答说，凭目前的感觉，赵益帮就是一个山里的土包子，粗鲁，好显摆，没教养。

李德明说："反正我不喜欢他这个人。"

王世奎说："但凡暴发户都是这个样子。"

李德明说："只要我查出他和我们德胜堂失窃的事情有关系，我就要叫他连本带息都给我吐出来。"

"你放心。"王世奎说，"我感觉赵益帮不是偷盗德胜堂的人。他现在还看不出是那出虱的虮子、撵山的狼狗。你没看见他把所有事情都写在脸上吗？"

第八章

  时令已经是立秋了,可是窑坪街道却还感觉不到一点点凉爽。俗话说,早上立了秋,晚上冷飕飕,王世奎不但不觉得冷飕飕,相反感到了天气的灼热。这一年的整个夏天,窑坪就很少下雨。

  窑坪河的河坑里,河水有了明显的下降,风里带着一种从河坑里散发出来的热烘烘的腥味。这个时候,灯草的肚子已经有了明显的凸起。热风里,她汗津津地窝在廊桥工地边的新楼房里,美滋滋地摸着自己的肚子,脸上的蝴蝶斑丝毫掩饰不住将要做母亲的那种喜悦。

  窑坪廊桥已经有了模样,歇山式的桥顶已经盖上了黑蓝色的大瓦。两边的柏木柱子,被刷上了一层红黑色的土漆,散发着柏树香味和土漆混合的一种无可名状的味道。桥面也铺上了带着锯痕的新柏木板子,王世奎心情特别好的时候,就背着手在桥面上走个来回,一边看桥坊上的雕花和彩绘,一边和匠人们说几句话,开开玩笑。谭木匠声如洪钟,常常是老远就问王世奎:王掌柜不在屋里陪你里掌柜?

  康北的口语习惯,一般是把老婆都称呼为里掌柜,男人是外掌柜。谭木匠说的里掌柜,意思并不是店铺里的掌柜,而是家里的女人,这里自然指的是灯草。王世奎呵呵乐着,说:"没事的,没事的。女人生孩子的事情我又不懂。"

  "小心动家法噢。"谭木匠就会笑着说,"家里的手磨子怕是太轻了,你顶在头上没啥感觉吧。"

  "顶手磨子"是流行于窑坪河的方言俚语,大意是笑话男人在家里要受老婆欺负的意思,手段就是女人要求男人在头上顶个石头手磨,作为惩处。

  "我才不会顶手磨子的。"王世奎说,"灯草她不忍心让我顶那东西,她舍不得。"

  "还是读过书的人好。"谭木匠说,"被灯草像宝一样爱着护着,怕都要惯出毛病来了。"

  王世奎说:"她哪里是惯我,是不忍心看我受罪。我长到这个年纪,就从来没有谁还惯过我。"

  谭木匠说:"就晓得你不会认账。灯草把你噙在嘴里怕化了,捧在手里怕摔了,藏在怀里怕压了,还说没人惯!谁看着你都像个宝贝。"

  王世奎说:"我再是个宝贝,也没有你的廊桥宝贝。过个三五十年,我王世奎即就再是宝贝都会踪迹全无,你的窑坪廊桥过三五百年还是窑坪廊桥。这个我懂。"

  "那不会。"谭木匠说,"日日杯深酒满,朝朝小圃花开。自歌自舞自开怀,无拘无束无碍。青史几番春梦,红尘多少奇才。不消计较与安排,领取而今现在。"

  "你是高人。"王世奎笑笑说,"亏我还读了那么多书,怎么也没有你明白得多。"

谭木匠说:"话不是我想出来的,我也是听别人说的,觉得有道理。看你是个识家,就拿出来卖给你。"

王世奎说:"你的这几句话我买了,等日后你把廊桥修好了,我把这些字写好刻成木匾,悬挂在显眼处给世人看。"果然过了一百多年,窑坪廊桥再次重修的时候,在民间发现了一块木匾,上面镌刻着这段充满禅意的文字。

谭木匠对王世奎的提议非常满意,也非常高兴。他兴冲冲地端来一小杯酽茶,说:"王掌柜你先喝下这杯酽茶,好提提神。"

王世奎没有喝茶的习惯,但是却推脱不过,只好勉强接了,仰头一口喝了下去。谭木匠顺手推过来一只木墩,叫王世奎坐下说话。这是一截修桥没有用的老柏木树桩,去皮后呈现着油沁沁的透红的温润颜色。王世奎用手摸着断面的木纹,啧啧着嘴巴,说这真是一块好东西,在上面雕刻上一些合适的花草虫鱼,绝对是一件珍品坐凳。谭木匠说:"世上好些东西,都是要经过雕琢才能成器。这块木墩,现在还是一截枯树桩,谁晓得它以后会是啥样子?"

"那要看你老先生了。"王世奎说,"你老先生要是动手,它就有可能是一个精美的坐凳。但是你老先生不去理它,不管它里面的颜色有多好看,它都永远是一块柏木疙瘩。"

"假如有人一气功夫把它劈了,它就能烧一锅水,做一顿饭,最后就只是留下一堆灰。"谭木匠说,"世间的万事万物,道理其实是别无二致的,铁会成锈!"

王世奎站起来,仰天打了一个喷嚏。他揉着眼睛,眼前的窑坪廊桥就在泪花里矗立得愈加高大了。王世奎说:"老师傅说得是,我们肉眼凡胎,哪里能看透世间的最后结果?只是我们自己在这苦海里犹如跳梁小丑,惹得高人暗自发笑罢了。"

谭木匠笑了,他说:"我们自己哪里晓得自己在做啥呢?盲人摸象大约不会只是说盲人的话,这句话对着我们任谁说都是对的。"

"不说了,这么深的道理我们三言两语是说不清楚的。"王世奎说,"对了,我要回家看看灯草,她这几天差不多要生了。"

说完,王世奎起身,伸伸腰,往回走了。

回到家里,灯草正在仰椅上熟睡,脸上挂着一丝笑意,略显苍白的脸颊上趴着几只蝴蝶斑,那些斑上沁出一些细细的汗珠。王世奎拿丝巾蘸水轻轻沾去了那些汗珠,灯草居然没有丝毫觉察,依旧酣睡。热风里,灯草均匀的呼吸声让王世奎燥热的心绪稍稍安静了下来。楼上没有一丝声音,静得可以听见贺家沟河水工地上传来的修廊桥的刀劈斧砍的声,叮叮当当的声音显得杂乱无章。细听,后街还有骡马驮队踩过的踢踢踏踏声,这些声音里铃铛声竟然不太清脆,有点暗哑。

傍晚时分,王世奎回到店里,店门边的拴马桩上已经拴满了缰绳,一字排开的几十匹骡马喷着响鼻,不住地换着蹄子踩踏街边的青石板。伙计们开始踩着马凳石搬卸驮子。

45

首篇·廊 桥

张义站在店门口，吆喝着驮队大锅头，让他早点给牲口们换掌。王世奎晓得，窑坪的又一轮生意要开始兴旺了。王世奎拱手和张义打了招呼，张义也拱手回礼，呵呵笑着说："王掌柜好啊，我张义没想到今生还能到你们窑坪来——路上不太平啊。"

王世奎说："我说怎么没有兰州水烟和青盐，原来你是空着驮子下来的！"

张义说："是啊，我是到洛门才开始上货，到盐官才满驮。不过你看这些东西都是老卖主精挑细选的，洛门水烟的烟丝也纯正，不比兰州的水烟差。"

王世奎打哈哈说："你怕是在盐官卸了驮子，买了货物才又在那里上的驮子吧。"

张义嘴里连连叫屈，说天地良心，真是路上土匪山头太多。"王掌柜有所不知，我这一趟行程，差不多就打理了半年多，就是不敢启程。你在窑坪，说啥都想象不出我们担了多少负担，鼓了几多勇气才一路从兰州下来。"

"你是笑我坐井观天啊。"王世奎笑着说张义，虽然他口里是那样说，可心里还是不无担忧。"还顺利吧？你这样一说，我倒无来由地心跳起来了。"

"不顺利还能到你这里来？"张义说，"你没见这些满驮的货物都到了窑坪地界吗？"

王世奎呵呵笑了，说："我是杞人忧天，皇上不急太监急，老是替别人担心，吃力不讨好。"

张义也笑了，说："我还是挺感动的，谁说你吃力不讨好了？"

货卸到一半，老太爷拄着铜拐杖来到店铺，颤巍巍地说："还以为你不来了呢。我的眼睛都盼麻了，我们德胜堂几仓库的土纸就等着张老板呢。"

张义上前扶住老太爷的胳膊，说："不瞒东家，我就是奔你家土纸来的。"

老太爷乐了，说："一直没有音讯，还以为我们的交往就此完结了呢。"

张义说："怎么会呢，只要你老人家健在，谁也不敢丢开窑坪啊。不拜地方，还敢不拜老太爷？"

老太爷避开那些没用的话题说："你是不晓得啊，那些草纸哪是压在仓库里，简直就是压在我们的心里。张老板你不来，满仓库就都堵在我的心头，气都喘不过来。"

张义说："我晓得老太爷的为难。"

"现在，我心里的一块大石头落地了。"老太爷哈哈大笑，银色的胡须在下颌上跳动，"全靠张老板帮忙了。"

"其实我也是仰仗老太爷养家糊口，没有帮老太爷啥忙。"张义如实地说，"倒是老太爷心肠慈悲，修桥铺路的，赢得了好的名声，方圆百里德高望重。我都打听清楚了，周围的土纸全都压在你家的仓库里。"

老太爷把铜拐杖在青石板上杵得咚咚响："我都吓死了，他们越是放心我们德胜堂，越是把我们德胜堂架在炭火上烤。你待在兰州不下来，哪里晓得我有多少个夜里没有合眼了！生怕有个啥事情，我们倾家荡产都无所谓，连累了大家就说不过去了。"

王世奎说："我们太爷一辈子没有做过亏心的事情，紧要处自有老天照应。"

"你娃还不是提心吊胆地收的货？现在开始说这些宽心话了。"老太爷拿手点着王世奎说，"我早都是半截子入土的人了，啥事情还没想明白，需要你来给我宽心吗？"

李家的脚骡店最近很少有爆满的时候。一是李家店房多铺多，一是近些时候来往的客商真的是少了一些。今夜是一个例外，马棚里拴满了骡马，石制的槽里添满了草料，牲口们咯吱咯吱地咀嚼这些草料的声音显得非常欢悦。通铺的客房里，脚户们和其他客商们聚在一起，南腔北调地说一些或荤或淡的笑话，说到高兴的地方，满屋子的人跟着吆喝喊叫，像一个杂耍场。

天气虽然还热，但是每间屋子还都生有柴火，火塘周围煨着一些小陶罐——他们在煮罐罐茶喝。走了几十天的路程，就没有好好歇息过，现在到了窑坪，自然要轻松一下了。一些小青年早已按捺不住去了添香楼，只有这些放不下家里的人才聚在一起，在嘴巴上过过瘾。

张义的马帮大锅头是甘谷人，大块头，很少言语，闲暇时间吸旱烟管。他的旱烟管长约三尺，铜管拇指粗细，被打磨得锃亮，烟斗有拳头大小，路上歇息的时间，都是以大锅头的一锅旱烟吸完为准。一般是驮队停脚的时候，大锅头开始往烟斗里装烟末，打火点烟，到了磕烟灰的时候，就是驮队启程的时候了。

这队马帮里的牲口不是大锅头的，是大家伙儿的，大家把各自的牲口赶来，就是相信大锅头刘头儿的为人处世。刘头儿的驮队一年四季走南闯北，不仅仅只为张义张老板驮货，他们还有好几个固定的主顾，几乎没有歇息的时候。这次从兰州下来，驮队空着驮子下来，到了武山的洛门，才开始上了几个驮子，一直轮流着到了西和的盐官，其余的牲口才驮着土盐下来到了窑坪。

刘头儿从来不摆架子，但是大家都非常服帖。刘头儿的意思一直代表着大家的意思，没有谁说半个不字。大家大笑的时候，他就坐在角落里吧嗒吧嗒地抽着烟，烟斗的火星一灭一明地亮着。在娱乐方面，刘头儿极少参与，但大家也不避讳他。大家的荤话要酸掉牙齿，只是不见他说一句。他就那么默默地听着，默默地抽着旱烟，看不出一点表情。

李家大院空前地热闹着。

张义和王世奎下午就到李家老宅吃饭，到黑还没有回来。横川烧酒度数忒高，几杯下肚就有些飘飘然的感觉。老太爷乘着酒兴，啃完一块腊猪蹄，他舔着手上的油腻，说："我晓得，你这次千里迢迢从兰州城来到这川陕甘交界的小镇，不是仅仅为了我这些满仓满库的土纸吧？"

确实，张义的想法是要驮茶叶回兰州的，但还没到窑坪，就听说了德胜堂囤积了土纸的消息。打问清楚情况之后，他还是决定回去的时候主要驮土纸，茶叶变成了往回捎带的货物了。

他没有把这些告诉任何人，只是对王世奎说："给三十匹骡子上土纸，其余上茶叶和麻布，捎带几匹丝绸和绢。"

王世奎问具体数字，张义说："你看着办，你给多少，我拿多少。"

王世奎说："你这有点难为我，我不晓得哪些货物利头好。"

张义拍拍手说："就那么一点点东西，能指望有多少利头？你随便配，回去给相好的几家搭个卖相。"

现在，老太爷喷着酒气这样说出话来，叫张义更觉得老东家的脾气耿直，老人的表现更叫人觉得放心。张义不觉又干了手里的满杯酒液，说："老太爷多虑了。不管我以前有啥打算，现在我只会驮老东家的土纸，其他只是路上少不了的搭配。"

"那好啊，那好。"老太爷说，"你真要不驮走土纸，明年就有多少户纸坊烂糟。你这样做，我们德胜堂感激你，那些个纸坊也会感激你。"

老太爷言辞恳切，张义不觉心头一个激灵。他被老人感动了。他说："老太爷你放心，我张义到窑坪地界只认德胜堂一家。德胜堂的土纸只要剩下一担，我都要把它生吞下肚。这样说吧，我把自己押在窑坪德胜堂，东家的货走不完我不回兰州。"

老太爷笑了，笑得满脸像开得灿烂的花儿。他说："你回兰州，我们德胜堂的货也去兰州。有你这样的汉子说话，说啥话我老汉都相信。"

一桌子的人都举起了杯子。老太爷用指头点着桌面，面带诡异的表情说："你放心，我已经想办法给你准备你想要的茶叶了。"

张义终于忍不住了，一口喝干了杯里的酒说："我让刘头儿带着马帮回去，我就守着窑坪，帮着王掌柜打理货物——这可是说定了的！"

王世奎建议说，郭家坝有一队只走广元——成都的马帮，前两天刚刚回来，可以叫人过去问问，看看是不是愿意结帮走兰州。张义说，只要愿意，可以结帮。王世奎就连夜派人翻山越岭到了郭家坝，刚好找到没事聚赌的脚户们在一起押宝，一问，也都说愿意结帮上兰州府。于是一声吆喝，相约了赶着牲口带好干粮和草料，天大亮的时候就到了窑坪。

清晨的马蹄声在窑坪不算啥稀奇，但是却紧叩着一夜未曾合眼的老太爷和王世奎的心，随着嘚嘚的马蹄声，他们不由得一阵阵激动起来。

王世奎陪着刘头儿早已站在街头迎着这一队从陕西来的马帮。刘头儿手拿一截三尺长的红布系在头马的马头上，绾了一朵大红花。马帮头问刘头儿说："这上兰州的货，是你说了算啊？"

刘头儿说："我是带队，具体由老板说了算。但是我可以告诉你们，老板不会亏待了你们。一趟兰州我们能挣多少钱，你们就挣多少钱。"马帮头不相信，说：

"那我们先见老板。"

一群人来到德胜堂门前，张义出来问了情况，坦诚地说："一趟兰州顺利的话也就三五十天，吃住搅用之外，每匹牲口落个三五十元不是问题。我没有啥过分的要求，大家只要记住，不要把我当做你们的主顾，我们是一条绳上的蚂蚱，有福同享有难同当。"

马帮头说："我放心了，就说啥时候上货吧。"

刘头儿说："现在就可以上货，我们等你们个一半天，弄好了一起走。"

说完了，刘头儿转身问王世奎说："王掌柜，这些牲口上啥驮子？"

张义抢先说："按前面上货的样子，先上土纸。"

窑坪下街的贺家沟河面上，廊桥已经有了模样。

热闹了几天的骡马，驮着成捆的土纸嘶鸣着出了窑坪街道，步入蜿蜒的窑坪河道里，踩碎了的水珠溅起老高，滚滚的水珠沾满了包裹在外面的油纸，折射着耀眼的太阳光。

谭木匠微微伸直了腰，有点惊愕地看着这样的一队驮队滚滚而去。他面目表情有点怪异。

首篇·廊 桥

第九章

吴家的九思堂选择了囤积粮食。

窑坪河近几年风调雨顺，杂粮和小麦连年丰收，另外大南驿的稻谷也有了剩余，吴家就看重这样的买卖。吴久霖说："人长了一张嘴，只要出气就得吃饭，粮食才是关系生死的生意。包赚不赔，少有风险。"

吴久霖的生意经就是丰年的时候收进粮食，贮藏好之后，待到歉收的年份，肯定能赚到钱。靠天吃饭的庄稼，有丰收的时候，也一定会有歉收的时候，丰收和歉收之间粮食总会有很大的差价利润，所以他并不眼红李家德胜堂的土纸生意。阳世间，人们不在纸上写字可以活下去，不在坟前烧纸可以活下去，甚至不用读书也可以活下去，但是不吃粮食却万万活不下去。

吴家的粮食到了秋天已是满仓满囤。秋粮的张势也是很好的，田间的谷子和黄豆都沉着穗子和豆荚，吴家便腾出一些地方来，重新做起了粮囤。竹棍做的篾骨非常结实，用泥巴一糊，外面砌着土坯方砖，圆圆的像是碉楼。吴家已经有这样的粮囤几十个了，全都装满了大麦、玉米和其他杂粮。吴久霖的意思，是收完今年的秋粮，到明年春天也就停收。吴久霖说："凡事都有两面性，差不多就要停手，不可太贪。"

就是这个吴久霖，不经意间就垄断了窑坪河的粮食生意。其实，那时候粮食是国家统管的东西，只是在窑坪这里，人们没有这个意识罢了。距窑坪四十里的阶州直隶州分州白马关徒有形式，很少管事，几乎等同虚设。官员们蜂一般挤聚阶州或兰州，州吏们则只晓得赌博和娱乐。官府不管，窑坪的吴久霖也就自然不晓得：像吴久霖这个囤粮规模，如果要追查下来，是非常危险的，好在没有人管。一连下了三个月的秋雨，长在地里的庄稼最终烂掉了……这一年，窑坪河的秋粮颗粒无收。

过罢年，几场雪之后，天气就再也见不到一半星雨滴。到了四月间，仍旧还是没有要下雨的样子，原来绿油油的小麦，拔节后就没有抽出穗来，眼看着一天天枯黄下去。田埂上的小草，也耷拉下了脑袋，在该开花的时候到底没有开出花来。

窑坪河也瘦了，河心的石头一天比一天露出来得多。贺家沟出来的水，只看见河道里一溜湿渍渍的痕迹，已经不见了水流。跨在河上的窑坪廊桥终于竣工了，谭木匠算完了工钱，带着徒弟向李德明辞行。李德明从酒笼里打出横川烧酒，和大家喝告别酒。谭木匠喝干一杯，转身面对着弟子们说："师爷师傅留传，窑坪廊桥修造完毕，此后此桥与我们毫无瓜葛。师爷师傅在上，弟子谨遵师教，于公元1913年春正月初二伐木，一年之后圆满。修得隔河两岸、陕甘川三省行者免受渡河之苦，修得往来畅通无阻。阴传师傅，阳传师傅，家传师爷师傅，东家修桥之后大吉大利，路路畅顺。"

一干人大声附和"大吉大利，路路畅顺"！声音铿锵，回音袅袅。

吴久霖也来参加完工的仪式，那时候他刚刚封完一个仓的顶子，还没来得及换下被汗水湿透的衣服。听说廊桥已经钉完最后一个楔子，他晓得窑坪廊桥的修造已经到了最后一个环节，那就是这个简单而又隆重的仪式，即就是一碗酒一句话，这个时候都格外叫人为之动容。

吴久霖当然无法例外，他看着这个场面，听着这样的的话，心里也是一凛一凛地跳。他有点忍不住了，往前蹭了几步，到底还是停了下来。不曾想，激动中的李老太爷看见了在人群里蠕动的吴久霖，他高声呼喊着"久霖久霖"，并且不断地招手示意，要吴久霖到前面来。

来到前面站定，吴久霖嚅嚅着嘴巴，对李老太爷说："按说，我不该来丢这个丑——你们李家做这么大的好事情，我们吴家在哪里？"

老太爷说："别说这些生分的话，不管谁做了，还不是给我们窑坪做事情？"

吴久霖说："正因为如此，我们吴家才觉得有愧于窑坪。"

老太爷附着吴久霖的耳朵说："久霖，此种言语就此打住。要做事情，我们还是有机会的。眼下要你做的，是窑坪周围已经出现饥荒迹象，你好在有些粮食，我不明说你也该晓得怎么做了。"

吴久霖点点头，说："晓得了。"

第二天，吴家在新修的窑坪廊桥上开始垒灶施舍稀粥，附近陕甘两省的饥民开始集聚窑坪吃吴家的舍饭。

李德明看着饥民碗里稀汤寡水，就有点瞧不起，回到家里说："吴家的舍饭不像样子，他可以舍那样的饭食，我们李家也能舍。"

老太爷说："你不要以为稀汤寡水的饭就不好，时间长着呢，告诉你啥叫作海水怕勺舀，吴家做的这件事情就是。有些事情，是不可以抢着做的。慢不说舍饭这件事情你不行，就换成我我也不行。我们就修一座廊桥，其实也是够难的。"

李德明不明白，疑惑地说："你为啥说我们就不行？"

"不是我说的我们不行，是我们真的不行。"老太爷说，"全窑坪，就吴久霖可以做到。你不要小看那稀汤寡水的舍饭，那也是需要银子的。我们没有那个能耐，硬要伸手的话，会出事情的。"

李德明还是不明白，嘀嘀咕咕地说："会出啥事情嘛。"

王世奎捣捣李德明说："听老太爷的，没错。"

"我也想把天下的好事做完。"老太爷说，"我做得完吗？我就这么说吧，我没那么多钱！吴家的粮食满仓满囤，我们李家没有！"

首篇·廊 桥

　　李德明还要说啥，被王世奎狠狠踩了一脚。老太爷看着龇牙咧嘴的李德明说："有些事情，你总是不明白。没那么多钱，想做那么大的事情，迟早会惹祸的。"

　　"我不信。"李德明到底还是挤出这么一声，他到底不服气。他想说：窑坪廊桥我们不是修好了吗？有啥事情我们李家不可以做？粮食我们虽然没有，我们也可以收啊！

　　老太爷看出了李德明无所顾忌的心态，他叹了口气说："你这娃娃，啥时候才会明白适可而止哦。事情不是抢着做就能够做好，千万不可做傻事情，惹别人笑话。"

　　李德明无可奈何地点着头说："我晓得了。"

　　从老太爷屋里出来，李德明拿手捅捅王世奎说："老三，放舍饭的事情你看咋办？"

　　王世奎说："我听老太爷的。"

　　李德明哼了一声，说："你真没出息。"

　　王世奎问李德明："我们修窑坪廊桥，人家吴家插手了没有？"

　　李德明说："他吴家舍吴家的，我们李家舍李家的，我也没插手他吴家的事情。"

　　王世奎说："老太爷走的桥比你走的路多，老太爷吃的盐比你吃的面多。你要听老太爷的，没错。"

　　李德明一脚踢开路边一块小石头，恨恨地说："这件事情，我想做。"

　　王世奎说："老太爷也没说不做，只是怕时候不到。我们先看看，以后再说。"

　　李德明说："反正我想做。"

　　"你想做的事情多了，你能够做成的有几件？"王世奎说，"老太爷有老太爷的道理，你不要乱来。"

　　李德明说："我才不会乱来的，我要老太爷自己说做这件事情。"王世奎拍拍李德明的肩膀，说："那就好。"

　　灯草刚送回廊桥边的新楼，就生了一个胖丫头。胖丫头出生的时候，灯草在屋里疼得大呼小叫的，王世奎在院子里急得直打转身，嘴唇都被自己咬破了。产婆子出来给他道喜的时候，他的心都要跳出嗓子眼了。他说："不管是男是女，只要母子平安就好。"

　　产婆子笑着说："是女孩，母子平安。"

　　王世奎双手合十连连作揖，口里念念有词，"阿弥陀佛阿弥陀佛……"

　　产婆子笑得眼睛成一条缝，说："就没见过你这样的人，都当爹了怎么还像个孩子！"

　　王世奎噔噔噔跑上楼，一把推开卧室的木板门，嘴里叫着灯草灯草。灯草不好意思地看着兴冲冲的王世奎，慵倦地答应着，说："慢点慢点，你急啥呢？"

王世奎说:"我看我的千金,我看我的闺女。"

　　灯草说:"看把你烧包的。"

　　王世奎端详着孩子红扑扑的脸庞,说:"怎么不像你也不像我,倒像个老鼠儿子——那么丑啊。"

　　灯草说:"现在看不出啥,长大了就像你了。"

　　王世奎用手指头轻轻触了一下孩子,说:"长大像我就不好看了,要像你,像灯草。"

　　灯草笑着点点头:"嗯,像我,像我。"

　　"那以后我们家就有了两个女人。"王世奎高兴得要发疯,他说,"一个大女人和一个小女人。"

　　灯草嘘了一声,说:"你这话可不敢乱说,啥两个女人,一个大女人一个小女人?"

　　王世奎指指孩子说:"长大了还不是女人吗?"

　　灯草说:"长大了还是孩子。亏你还是读书人,说话忒不雅了。"

　　"是不雅,是不雅。"王世奎点着头说,"这不是在家里嘛,要那么雅做啥?"

　　灯草说:"以后不管在哪里说话,都一定要雅,要注意。"

　　王世奎长长一揖,说:"娘子放心,小生以后一定大雅。"

　　灯草扑哧笑了,虚弱的脸上绽放出开心的花儿来。她幸福得转过脸去,说:"看你的德性,脸皮比云台白马关的石头城墙都厚。"

　　次日,老太爷再一次打发李德明的媳妇来照顾灯草。晚上王世奎被撵到德胜堂的店铺里去睡觉了。每当一觉睡醒的时候,王世奎就一边听着自己的心跳,一边想着自己在德胜堂的这些年。恍惚间就是十几年时间,只有娶灯草和生丫头还清晰,其余的事情似乎全都模糊了,模糊到好似一场没有记住的睡梦,有点印象,但是却没有完整的记忆。

　　王世奎最为清楚的记忆,就是自己遭遇大地震和饿倒在李家大门口的那些事情。虽然李家把他没有另眼相看过,但是他心里的阴影一直笼罩着自己。吃饭、穿衣、读书、成家他都感激老太爷,但他晓得,自己姓王不姓李。每当李家老太爷喊他"老三"的时候,他都会觉得很不自然,那种心情非常复杂。这十几年来,王世奎是怀着报恩的心情来给德胜堂尽职尽责地做事情的。现在灯草生了女儿,有了一个完整的家了,不管按照窑坪河的风俗还是按照自己的心愿,王世奎都得想想分家另过的事情了。

　　他把这个想法嚅嗫地向老东家说出来的时候,老太爷眼里流出一种依恋的神情。老太爷说:"老三,说实话我不想叫你分家另过,但是,我也明白老是合家也不是个事情。可我不放心的就是德胜堂以后咋办。"

王世奎说:"大哥就是不上心,其实他完全可以打理好德胜堂的生意。"

"我不放心啊。"老太爷说,"你晓得他那个人,做事没有节制,我怕他做出叫人害怕的事情。"

王世奎给老太爷宽心,说:"大哥有大哥的想法,并不见得大哥的想法就是错的。只是,我们都没有他那么大的魄力。"

"魄力?啥魄力?"老太爷生气了,他说:"老大他就是一个吃饱了不晓得放碗的傻子,撑破了肚子都不晓得是咋回事!他就是一个不晓得啥叫稳当的冒失鬼。"

王世奎看老太爷咳嗽起来了,就边拍老太爷的脊背边说:"你放心,我给大哥说,让他改这个脾气。这么大的家业,他就愿意弄个叫人难心的事情?"

咳嗽了一阵,老太爷喘息着说:"他晓得啥?他晓得鸡儿是从哪里尿尿?"

"老东家放心,大哥是没有经过担子的重压,靠给他了,他自然会费脑筋,自然会晓得鸡儿从哪里尿尿的。"

老太爷叹着气,说:"就是没给他出过难题。这几年我们德胜堂多亏了你,他老大才得以当甩手东家。也不晓得怎么回事,我就相信你。"

"其实我也是多亏老太爷的照顾,要不我还不晓得这点骨头都在哪里被野狗给嚼碎了。"王世奎说,"德胜堂全凭大家伙儿齐心协力打理,哪是我一个人的功劳!"

老太爷说:"你的谦虚话我听得出来。你就在心里没把我们李家看作是你自己的家,我晓得,你的心里,难!"

王世奎一时不晓得说啥好了。他噎住了,尴尬地站在老太爷一边,重重地低下头去。

老太爷看出王世奎的难堪,说:"三儿哦,我没怪你啥啊!"

王世奎鼻子不由一酸,眼里立时瞥满了泪花,他抽噎着说:"我晓得,老太爷没怪过我。我一直都把老太爷叫做老太爷,没改过口。但是,在我心里,老太爷就是我的再生父亲,我从没生过二心。"

"我都晓得,都晓得。三儿你别说了。"老太爷颤巍巍站起身子,把手抚在王世奎的肩上,说:"我相信,我老了入土的时候,三儿是哭得最狠的一个,也是最真的一个。"

王世奎说:"我提出离开德胜堂,让老东家为难了。"

老太爷拍拍王世奎说:"三儿,天下都是分久必合合久必分,何况我们一个小小的李家。你放心,我会想办法安顿好的。"

王世奎想了想,说:"灯草生了丫头,劳烦老东家给起个名字。"

老太爷哈哈一笑,说:"你是一个读书人,连自己丫头的名字都不会起,要我一个老头子给起?"

王世奎说:"姥爷起的才觉亲近。"

老东家笑着点点头说:"晓得了,你让我慢慢想,一定给丫头起个好听的名字。"

天气干旱得只要有一点火星子,空气仿佛都会烧起来。灯草在木楼上倒还感觉不到有多热,窑坪河的风夹带着一丝腥潮从窗棂里钻进来,终于甩下炙热,变得凉爽起来了。王世奎也有点奇怪,不管外面有多热,只要回到屋子里,就不再感到酷热难耐了。其实,这要归功于窑坪河狭长的地带,两岸都是葱郁茂密的林地,鹤鸣猿啼,虽是大旱之年,但每天早晚都是烟霞在山巅氤氲缠绕。广袤的西秦岭南麓,窑坪这块风水宝地四面皆是山岭,窑坪河冲击出来一片平缓的河谷,也就几十里地,然后就七折八拐地钻进峡谷,左突右冲地奔向不远处的嘉陵江去了。由于小环境小气候的作用,所以窑坪街的小木楼上还是可以感觉到微风习习,不是那么燥热难当。

新修的窑坪廊桥下面,躲着一些饥民。他们吃完了吴家的舍饭,就躺在桥下面避着如火的太阳。吴久霖看到这些无所事事的饥民,心有所思,说:"也不晓得他们哪些是真正的灾民,哪些是混吃喝的懒汉!"

刚好王世奎从新楼出来,迎面就碰上了吴久霖。吴久霖把刚才说的话重复了一遍给王世奎听,王世奎说:"我倒是有个主意,不能让他们吃饱了肚子只晓得睡大觉。只是吴东家还需破费一些钱财,做一件功德无量的大事情。"

吴久霖急切地问王世奎说:"王掌柜你说,我就是实在没办法区别这些挨饿的人哪个是真正受了干旱之苦的灾民。"

王世奎说:"吴东家如果真想要做事情,这次机会来了。"

吴久霖说:"王掌柜你说得明白一点,要我做啥事情?"

王世奎说:"东家在窑坪修造一座学堂,刚好这些吃着柜上舍饭的灾民有事情可做。谁不做事情,就不再给饭,这样一来,那些出来混嘴食的不就没有机会了嘛。"

吴久霖如醍醐灌顶,说:"难得王掌柜给我提醒,这真是一举两得的好事情。"

王世奎说:"我只是给东家一个建议,成与不成都还是东家你说了算。"

吴久霖说:"我这一辈子经见过的事情也不是不多,我自己在这里放舍饭给灾民,却就是不晓得我是不是做得对。你也看见了,我徒增了他们的惰性。"

王世奎说:"就是。我们老东家就常常说,凡事都有两面性,有好的一面,就肯定有坏的一面。东家今日也看在眼里,他们中午吃饱了,就躲在桥下等着下午的那一顿饭食,全然不想这些饭食的来路是怎么来的,早就忘了粒粒皆辛苦的古话。"

吴久霖点着头说:"修造学堂、造福乡里也是我多年的想法。今日多亏王掌柜这些话,我就着手这件事情,但不知从何做起。"

首篇·廊 桥

　　王世奎说："东家你最近也没啥事情，就是舍饭这件善事给你徒添了麻烦。你倒不如亲自规划，具体到房舍院落。托人买好砖瓦木料，交由这些灾民，告诉他们干活吃饭，一是改善伙食，二是教他们不再坐等吃食，先干活再吃饭，免得坏了庄户人家的本性。"

　　吴久霖说，这倒还真是两全其美的好办法。

　　王世奎说："东家只是没有想到而已。现在想到了，会有更好的方法去处理这件事情。王世奎是不曾见过世面的乡里人，哪敢和东家老爷在这里嚼舌头。"

　　吴久霖哈哈大笑，说："世奎，我没看走眼，你是鸡群里的凤凰，铜堆里的金子。"

　　王世奎低着头，脸色红得似喝醉了酒的样子，说："我啥都不是，我只是我们老太爷喂养大的孤儿。"

　　吴久霖说："那是你们东家的福气。"

　　王世奎说："东家你不要开玩笑。我们老太爷收养我，给我衣穿，给我饭吃，叫我读书，还给我娶亲生女，是我的福气，是我前世几辈子才修来的福气。"

　　吴久霖说："世奎，我晓得了，你是一个重情重义的男人，窑坪像你这样的人太少了。"

　　两人不再言语，慢慢在街上踱步。肖善人突然蹦出，满脸污垢，在他们面前手舞足蹈，怪叫连连："窑坪桥下净是一些猪狗，怎么在这里却走着两个人？真是奇了怪了。"

　　吴久霖摆摆手，说："莫要胡闹。"

　　肖善人只是不理，反问吴久霖说："你会说人话？"

　　王世奎拉拉吴久霖的府绸衣袖，指着边上一条岔路说："东家这边走。"然后绕过肖善人从另外一条路上出去，上了后街边的青石河堤。河堤是两道，中间夹着一条水渠，水藻在河水里肆无忌惮地疯长，荇菜葳蕤。那条水渠是王家院磨房的堰渠，流过后街许多人家的后门边，一些妇女就打开后门在净洁的青石板上捣洗衣物，白皙的手臂泡在温热的渠水里。

　　火热的阳光下，肖善人站在那里呵呵傻笑。脚下的石板有些烫人。

　　这一年窑坪的修建忽然成了一种风气，据说是因为这一年"历书"上说宜于修房盖舍。吴家九思堂修造窑坪学堂的时候，后沟何家梁何老爷也开始修建私宅。其时，窑坪廊桥顶上的黑瓦都还没经过雨水的淋洗，堆在桥下的木屑还是新的颜色。

　　修学校的木料在当地就买好了，一律选用香椿和白椿。香椿和白椿木粗壮高大，木纹粗显漂亮。吴久霖不但派人在各个工地进行管理，自己也时不时亲自到现场督修。吴久霖身材高大、身体强壮，有时候大圆木上不了马交，木工没法下手，经吴久霖的帮忙，往往很轻松地就按要求放置好了。所以只要吴久霖到现场，匠人们都要把最大的木头想办法弄出来，要吴久霖帮忙。吴久霖也不计较，乐呵

呵地撩起长袍，躬身相助。

有人开吴久霖的玩笑，说："吴老东家怎么出这种力气？怕是闲得慌了吧？"

吴久霖笑道："自己的事情，自己出力也是应该的。"

那人继续说："修学堂，你有出钱又要出力，谁会像你？"

吴久霖也会说话："我长这样一副身板，有这样一身力气，不用岂不是可惜了？"

说话的那人笑着点头，连说难得难得，难得吴老板这样看事情。

学堂不是简单的学堂，而是吴久霖从咸阳老家请来人设计修造的，应该是当时方圆几百里没有的建筑。张义看了说，这种规模的学堂，他走南闯北走了那么大的地面也没有见过。

学堂分为教学区、先生办公住宿区和大礼堂。在大礼堂的修建上，吴久霖采取了当地大瓦盖顶的四角翘檐建筑样式，所有木材都经过特殊处理，他想在窑坪做出一个前无古人后无来者的代表性建筑。在礼堂二十四根大木柱的处理上，吴久霖听从木工的建议，在木柱上用麻布缠裹，缠一层刷一层土漆，缠一层刷一层土漆。那些当地木工都是修造庙宇的高手，经过他们处理的木头，不腐不烂不虫蛀，还不变形。

这些处理过的木头，给二十世纪中期窑坪小学扩建时的拆除工程带来了很大的难度和麻烦，无论是锯子或者斧头都对这些木材没有办法。

何老爷家选用的是当地称做槭木的树种。这种树柔韧，色泽黄亮，纹理清晰。地基用米水加黄土处理过，土上是花岗岩条石铺成。粗大的柱子矗在花岗岩条石上，被土漆刷得可以照见人脸上的小黑痣。这是窑坪留到现在的唯一古旧建筑，大约是要归功于去何家梁陡峭的山路：没人肯喘着气上去拆掉那一院子建筑。最大的破坏就是铲平悬挂在四面门楣上木匾的浮雕和文字。

何老爷是窑坪的老户。祖上早些年就用银子捐了世袭的监生，但几辈人都并不入仕，只留一个何老爷的称谓。到了何炳章这辈，何老爷不但在社会上属于名流，而且自己拥有武装。虽然他现在并不住窑坪街上，但却在咫尺之远的何家梁时时注意着窑坪的所有事态的发展。他不轻易发表自己的言论，只用行动时时地维系自己"老爷"的地位。

因了这些建筑，窑坪这一年格外的热闹。别处都是饥荒匪患，而窑坪却广纳饥民，只要做工就有饭吃。在群山环抱的窑坪，这个消息传出去不是很远，那些贸然进入者才会晓得这个信息。周边的居民也都闭户到了窑坪做工吃饭，一时寂野无人，窑坪对外没有了一丝信息。

恰恰相反的是，这个小小的窑坪却是热火朝天，一派欣欣向荣的样子。

何老爷和吴久霖也经常见面。一般是吴久霖先给身后带着团丁的何老爷打拱，喊何老爷好，然后才是何老爷以礼相还，问吴东家可好。谁都晓得，称呼上老爷和东家还是有区别的。

首篇·廊 桥

吴久霖自然晓得自己不能和何老爷拗着,但他还是看不起何老爷的做派。可是吴久霖也愿意不计较这些表面的事情,你何老爷想怎么着就怎么着吧,与我吴某何干?你修你的高楼大厦,我修我的学校,咱井水不犯河水,你该不会平白无故地让团丁对着我拉栓开枪吧。

尽管如此,何老爷还是说话了,言语间很是耐人寻味:"吴东家大兴土木,还接济穷人吃饭,看起来是挣到钱了!"

吴久霖再次打恭:"哪里哪里,只是看着满街的娃娃没地儿读书,做一点善事罢了。"

"吴东家说得对。"何老爷说,"可是我觉得没钱怎么做善事,说到底东家还是挣到大钱了。"

吴久霖呵呵笑了,说:"生意人只是手头活便一点,哪有啥钱!还是何老爷财大气粗,做的都是大事。"

"东家是笑话我。"何老爷说,"谁都晓得,我做的是私宅,而东家做的是义学。不一样,不一样。"

"也没多大差别,你我百年之后,不过是都留下了一座宅子而已,有啥差别?"

"我不喜欢听百年之后怎么怎么,我就比现在。听说吴东家修一座礼堂,柱子要用麻布缠绕,还要刷上土漆?"

吴久霖说:"都是听了木匠的言语,我哪里晓得那些!"

"看起来,你的木匠真对你贴心哦。"何老爷说,"我的木匠就没人肯对我说这些。"

"那是老爷你自己有主见,哪像我,啥都得听别人的,耳根软。"

何老爷哈哈大笑,说:"吴东家太会说话了。"

第十章

  到了王世奎女儿满月的那天，李家老太爷硬要把满月酒办到吊河坝李家大院里去。王世奎和灯草也没有反对，高高兴兴地到李家办满月酒。老太爷满脸堆笑，抱着女孩左看右看看不够，说是长得就像灯草，听得灯草也笑。

  王世奎问老太爷给孙女起的名字，老太爷卖关子说，名字不是这个时候说出来的，要等到要紧人员聚齐才肯说出来，征求大家的意见。灯草说："你自己的孙女，还征求别人的意见干啥？只要老太爷觉得好听就行。"

  老太爷说："不能光图了好听，还要有意思。我们家世奎好歹也是一个读过书的人，我不能给他扫了兴，丢了他的脸。"

  王世奎一下子涨红了脸，说："老太爷，老太爷……"

  老太爷并不理睬王世奎的尴尬，继续说："我没有文化，给你们弟兄仨没有取下个好听的名字，现在我自己张口一叫都觉得丢脸。你们不晓得，自己没有读书，本来就有些心虚，时时就注意这个，老是觉得名字没有起好。"

  到了下午，差不多所有亲朋好友都到齐了，就到了给孩子剃满月头的时间。何家梁何老爷代表何家梁灯草的娘家坐了上席，边上就是何白氏，灯草真正的娘家倒还没有人来。何白氏给灯草孩子满月的添箱倒是非常丰厚，香椿木的箱柜有好几件，摆在楼板上，簇新锃亮，刺鼻的土漆味道弥漫在木楼上的每间房子里。

  酒席上，何白氏连连喝了好几碗黄酒，脸上开始微微泛红。她说，当年她说的那些话是气话，当不得真的。灯草这么好的女子，她何家是舍不得嫁出去。她连声质问李老太爷："我没有把灯草当做牲口一样卖掉吧？我是把她当做自己的女儿嫁过来给你们李家做儿媳妇的。你们李家的彩礼我都倒贴着给灯草办置了嫁妆，我没留下一厘一毫的体己钱，你信不信？"

  李老太爷说："亲家，喝酒，喝酒，我啥都看得出来。活到我们这把年纪，啥都看得明白。有时候，就是说几句气话，气话说完了一准儿自己都后悔。"

  何白氏说："我就是舍不得灯草，自小儿就嫁到我们何家，说心里话我是想给她招上门女婿的。"

  李老太爷说："世奎这孩子，也还不错。你就把他当你自己的孩子，我想他也该是晓得我的心思。"

  何老爷并不言语，只是吸他的水烟壶。李老太爷说："亲家能做到这一点，已是难能可贵了。今天何老爷作证，世奎不仅仅是我的儿子，也是你的儿子。有啥事情，你尽管给他和灯草吩咐，有做得不好的地方，你给何老爷说，让何老爷帮你管教，我保证不说二话。"

首篇·廊 桥

何老爷拿开手里的水烟壶，说："今天大喜，咱不说这些闲话。要真到了非说这些不可的时候，我自会出头。我相信世奎这孩子，不会做出啥让人失望的事情——毕竟是我们看着长大的人，我们啥都看在眼里。今天，就说给小孩满月的事情。"

老太爷说："现在外面的流水席已经完了，在座都是娘家和知己亲朋，先说给孩子起名字的事情吧。"

于是开始说给小孩起名字的事情。讨论到最后，大家都要听王世奎的意思，王世奎说："其实，一个女孩子的名字也没有多少讲究，叫着顺口就行。"

何老爷就说："女孩子，叫花儿草儿的俗气。王世奎是读过书的人，给孩子起名字不能太随意。我看，叫凤娇就行，小名小艾。"

"菊香。"老太爷说，"就叫王凤娇。"

王世奎说，这名字起得好。

吊河坝的李家大院里一直是笑声不断。给小艾剃头的时候，何老爷主持的仪式，他拿着剃头的刀子在小艾头上只是做了剃头的一个样子，然后就把剃头刀递给等在旁边的剃头匠金老汉。放在脚边的洗脸盆里盛满了清水，大把的银元叮叮当当地落满了洗脸盆，溅起的水花淋湿了一大片铺院子的青砖。

何白氏站起来走到孩子旁边，拿出一个银锁，也丢到水盆里面，说："这个东西本来想在小艾周岁的时候再拿出来给她戴上，就怕我捱不到那时候。今天拿出来，凑个热闹。以后我不在了，麻烦灯草帮我给小艾戴上。"

灯草抱着小艾，看着满脸皱纹的何白氏，眼睛里溢出了泪来。她说："妈你别那样说。你福如东海，寿比南山，活千千年万万年。"

何白氏笑了，说："看你把我比作啥东西了？我哪能活千千年万万年？要真是活个千千年万万年的，走出来还不把人给吓死！"

灯草笑了："反正你不会死。"

何白氏说："不死才怪呢，我又不是活番丧。我只想着我还能够看着小艾周岁生日那天，再来喝你们一杯横川烧酒。"

灯草的眼泪扑簌簌地往下掉，落了菊香一脸。

灯草没有看见，门口一黑闪进一个人来。声音有些怪异，原来是肖善人来了。还未站定，就咯咯笑个不住。指着灯草怀里的小艾，说："她不姓王的，要姓赵才对。"

一屋子的人全都一愣。灯草看着眼前不入眼的肖善人，极不高兴地说："我家小艾，和姓赵的人有啥关系？我不姓赵，世奎他也不姓赵。"

肖善人说："虽然如此，但是你家小艾，却和赵家有千丝万缕的瓜葛。我现在和你说不清楚的。"

灯草还想说啥，何老爷却鼓起了眼睛，瞪着形象猥琐的肖善人说："今天不比往常，你不要在这里信口雌黄胡说八道。"

肖善人嘴里嚅嚅的还想再说，何老爷声音突然提高了许多，厉声说道："出去！"

肖善人吓了一跳，一下子窜出门去，在院子里回头高喊："孩子一定要姓赵的，你们怎么就是不听？"

何老爷做出一副要追出去的样子，冲肖善人喝道："滚远……"

看着肖善人蹦出院子不见了踪影，何老爷摇头叹气，说："这个疯子！"

次日，王世奎早早来到店里，店里的伙计拥到跟前吵着要回礼。王世奎没办法，拿出两个银元交到柜上，让给大家每人包二两青盐散了。一群人正在闹着，李老太爷忽然来到店里，指着茶袋里的细茶说，把那个也给大家包上一包，一起散了，账记在柜上。

王世奎说："茶叶散给大家，账还是我自己结。"

李老太爷说："看看，你还是没把我们李家看做自己的家，一直把我们李家排在外面，一直这么见外咋行呢？"

王世奎再也不好说啥，就点点头，说那就按老太爷说的办吧。

伙计们分到了东西，欢天喜地地各自忙去了。老太爷坐下，笑眯眯地看着店里的货物。目光掠过王世奎的时候，老太爷显得非常高兴。他招呼站在一边的王世奎说："世奎，来，坐这边来。"

王世奎顺从地贴着老太爷坐下，不晓得说啥好。老太爷在李德明、李德亮和王世奎面前，没有一点点偏心。甚至，王世奎感觉到老太爷对自己更要好一些。他打着火镰，为老太爷点上一锅烟丝。老太爷不习惯用火柴点烟，他说味道不对。

吸完烟，老太爷问王世奎说："你就没想过自己做点别的事情？"

王世奎说："没想过。"

老太爷说："我不信，如果没想过自己做点事情就不是王世奎了。"

王世奎不好意思地笑了，说："我真的没有想过。"

老太爷说："你该想想了。你不可能一辈子窝在德胜堂掌柜的位置上吧？"

王世奎不由地说："我就想着怎么样一辈子给老太爷做事情，别的啥都没想过。"

老太爷举起一只巴掌，照着王世奎的脖子做了一个要打下去的样子，王世奎把脖子一缩，但那只手却在半道上收住了。老太爷咳嗽着说："没出息。"

王世奎红着脸不说话，老太爷说："我思谋着，在窑坪开一家染坊，你看行不行呢？"

王世奎说："在窑坪开染坊，是个事情。想好了要开，也是柜上开。"

老太爷说："柜上有没有染坊不要紧，德胜堂这么大的家业，也不在乎开一家染坊。我想过了，你也该有自己的事情打理，不妨就开一家染坊。"

王世奎摇摇头，说："我真的没有想过自己开染坊这个事情。"

老太爷看着王世奎，叹口气说："就这，我就不放心你。不晓得你啥时候才

首篇·廊 桥

会给自己想一点点事情,你要靠我到啥时候?说不定哪天我蹬腿了,口合眼闭了,你到哪里找我去?"

"我就只想打理好德胜堂的生意,别的没有想过。"王世奎说,"我想别的事情对不起东家。"

"你也是我的儿。"老太爷说,"你眼下也成家了,有了妻有了女,你不想我也得替你想了。"

王世奎心里一沉,有点难受。眼泪就要涌出来的时候,老太爷站了起来,王世奎连忙上前搀住摇摇晃晃的老太爷,听见老太爷说:"染坊的事情你要趁早打算,不要叫我失望。"

王世奎连连点头,说不出一句话来。这些事情,也难为老太爷能想着。

送走老太爷之后,王世奎真还有些坐不住了。他看看店里没有啥事情,就回到家里去了。灯草正抱着小艾喂奶,看王世奎进来,有些诧异,问:"你不在店里,这会儿回来有啥事情?"

"老太爷来过店里了。"王世奎没头没脑地说了一句。灯草没有听明白啥意思,疑惑地盯着王世奎的脸说:"老太爷到店里,你怎么就回来了?他到店里和你回家来有啥关系?"

王世奎说:"老太爷到店里,他让我开染坊!"

灯草吃了一惊,问,柜上不开,让你开?

王世奎说柜上不开,让我开。

灯草问,你想好了?

王世奎说,我没想好啊。

灯草正正经经地问:"那你咋办?"

王世奎也正正经经地说:"老太爷让我开啊。"

灯草说:"老太爷让你开你就开?"

王世奎说:"嗯,那我就开。"

灯草咯咯笑了,说:"就没见过你这样的男人,自个儿的事情就没见过你做一回主!"

王世奎不好意思,红着脸说:"多少年都是为柜上想事情,猛匝匝给自己想一回,咋也觉得不合适,也不习惯。"

灯草打趣说:"那你还好意思说啊?"

王世奎说:"你晓得的,我就是一当奴才的命。"

灯草笑得实在说不出话来了。王世奎又说:"你不晓得,我的命是东家给的,我没有给自己思谋事情的权利。有些事情也就只是说说,真到了时候,咋都觉得做不出来。我这一辈子就晓得给东家做好事情和给我自己做事情不一样。"

灯草问:"哪里就不一样了?"
王世奎说:"不一样就是不一样,我和你说不清楚。"

这时候的窑坪,干旱已经非常严重了。好在这里不是依靠庄稼来吃饭的,街上的马帮来来往往,都是满驮的货物。街面上依然还可以看见有粮食在买卖,也有卖凉粉和面皮的小饭摊子,隐藏在破旧的苇席下面,摊主不敢高声叫卖,仍然有三三两两的人坐下来慢腾腾地要一碗来吃。

虽然河边的柳树格外的苍翠,细长的枝叶随着酷热的河风随意飘舞,但给人的感觉却不是优美,而是无尽的燥热。窑坪河的水小了许多,阳光下,清冽的河水开始有些烫人。河道里的驮队和背脚子都故意在河水里逗留,也顾不上货物的重量压在背上。

吴家的舍饭棚里每到饭熟时人头攒动,已经分不清哪些人是干过活的。反正只要抢在前面,就有饭吃。

吴久霖来到饭棚前,看见熙熙攘攘的场面,心里不禁有些吃惊。饭棚前要比窑坪的集日都要拥挤。

这时候他已经听说了王世奎在金盆湾修房开染坊的事情了,从心里有点不太相信。他鼻子里哼了一声,转身问身边的段建成:"听说了吗?王世奎要在金盆湾开染坊!"

段建成点点头说:"听说了。"

吴久霖说:"有一点颜色就想开染坊,那也太容易了!"

段建成想了想,说:"开染坊是太不容易了。我看他王世奎是在过家家玩游戏。"

吴久霖的鼻子又哼了一声,不再说话。

饭棚里舀出来的饭早已经是稀粥了,稀得可以照见影子,而且已经限量了,每人一顿只是一碗。吴久霖叹着气问段建成:"看见了吗?海水也怕瓢舀啊,仓里的粮食还有多少?"

段建成说:"现在已经用了四分之一的粮食,不晓得这鬼天气还要旱到啥时候!"

吴久霖点点头,说:"不要断顿,每天就这个样子放饭,能活下去就是他们的福气。"

段建成点着头,没有说话。

想了想,吴久霖看着蓬头垢面的人群对段建成说:"给饭棚说说,每顿每人加一个黑面馍馍,杂面馍馍混些菜叶也行。不要叫别人笑话我们。"

段建成明白,老东家所谓的别人,指的也就是李家。段建成点点头说晓得了。

第二天的吴家饭棚里,来吃饭的人每人除一碗稀粥之外,果然还有一个菜馍馍。

首篇·廊 桥

在窑坪开染坊，王世奎晓得是比较冒险的事情。那时候窑坪的布匹大多依靠市场交易，很少有人织布拿来印染。衣服也很有限，有钱人才有几身像样的衣服，大多数人一年四季没有洗换的衣物。

所以王世奎的染坊规模很大，有纺线和织布的设备。要想染布，必先织布；要想织布，先得纺线。没办法，王世奎不得不先做一些与织染有关的事情。金盆湾离窑坪街有一段路程，染坊开业之后，灯草就搬到金盆湾的染坊去住了。她成了染坊的掌柜和老板，精心打理纺线、织布和洗染的事情。弄好的布匹，就放在德胜堂店铺里代销。

其时，窑坪河已经有少部分人家自己在织布，也在染布。上街谭思忠家就经营一座小染坊，他们把附近一些农家纺织的土布用土颜料染成单一的颜色，说白了就是遮去土布的白色而已。有些农家出售的土布，大都需要染色，染色的可以卖较高的价钱。就是自家穿用，也要染色，一般不能穿白色。自家穿的，可以拿到染坊去染，也可以自己染。拿出去卖钱的，则一定要在染坊里去染。

谭思忠家的染坊主要设备只是几口大锅、几只大染缸和晾晒布的搭架。由于当地从事纺织的人家不是很多，所以他们不长年经营，而是季节性经营的。用的染料也很少购买，大多用当地生长的一种青草，有的用草木灰、青泥染布。

王世奎的染坊不同，他舍得花大本钱，从外面买来靛蓝、靛青等染料。窑坪当地把这些买来的染料统称为膏子。灯草打理的染坊是窑坪第一家用膏子染布的染坊，也是当时唯一的一家大染坊。

秋后，金盆湾的染坊就开业了。一些相好的伙计也凑了些份子，在染坊门前噼噼啪啪的燃放了几串鞭炮，热闹了一番。

【上篇】 染坊

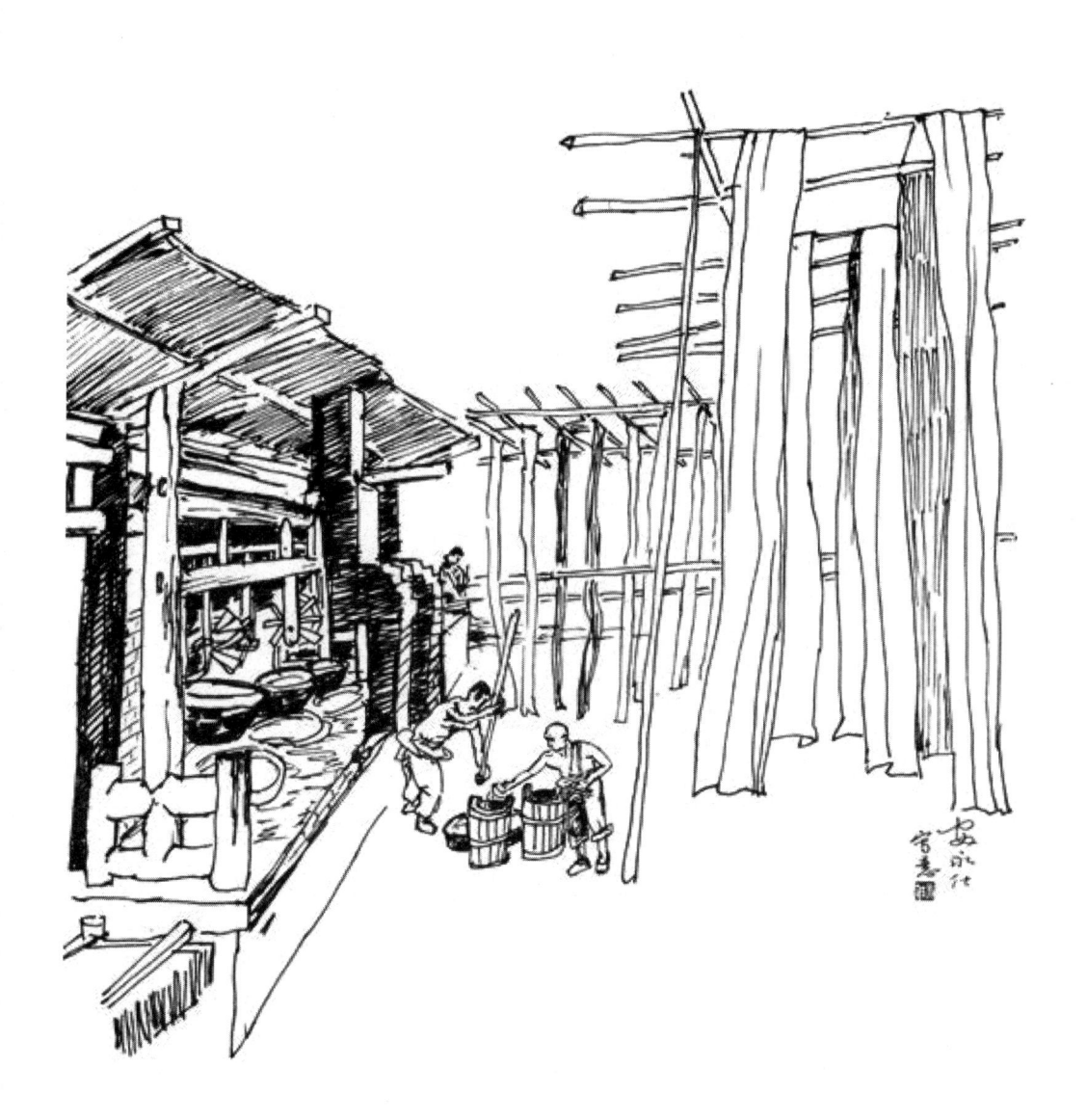

上篇 染坊

第十一章

干旱在 1916 年冬天的一场大雪之后结束了。

到了第二年，王世奎买来的棉花种子在窑坪河试种成功。那一年到了深秋，棉田里的棉桃炸开，露出雪白的棉花，在秋风里很是惹人喜爱。粗壮的棉树站在肥沃的地里有些懵懂，也有些初来乍到的羞涩。

由此，窑坪河可供纺线织布的材料除了麻皮和少量蚕丝之外，多了棉花。并且棉花成了窑坪河纺织的主要原料。

采摘的棉花，一部分被王世奎收购过来纺了棉纱，还有一部分被农户留下来。一些农户本来就有纺纱机和织布机，那些留下来的棉花他们自己用于纺织。

一时，窑坪的纺织业开始出现了前所未有的繁荣。

接连几天秋雨，窑坪河的河水重新上涨了许多。谁也看不出葱葱郁郁的窑坪河两岸，曾经发生过那么严重的旱情。逃荒的难民渐渐消失了，吴家的饭棚也撤了，看看自己的粮仓，还是留下了一些粮食，吴久霖这才终于长长的吁了一口气。吴久霖不止一次地对段建成说："好在天不绝人。"

段建成也说："俗话说，天灾人祸天灾人祸，其实，人祸大于天灾。又说，天作孽犹可违，人作孽才不可活呢。"

吴久霖若有所思，说："说得也是呢。哪回绝人的灾难不是人的原因呢？"

段建成由衷地说："这回干旱，窑坪多亏了老东家的善举，不仅修起了一座学校，更多地是救了那么多的人命。如果说救人一命胜造七级浮屠是真的，那么东家你是功德无量，都成活佛活菩萨了。"

"活菩萨？我没那么想过。"吴久霖笑着说，"但是现在想想，能够做那么一件事情还是很高兴的。"

"可是，老爷你的粮库空了那么多。"段建成多少还是替自己的主人心疼那些粮食,他说:"可惜了。"

吴久霖笑了,说:"粮食没有了还可以再买回来,人没有了用啥办法都救不回来。再说了,粮食吃进嘴里就不叫糟蹋,人吃了有啥可惜的?"

段建成想了想,说:"东家说得对。还是我没有见识。"

吴久霖说:"我用钱粮就换来了那么好的名声,陕甘两省都晓得我吴老爷设棚舍饭,有钱有粮,还乐善好施,说出去那就是你说的活菩萨了。你说我哪里是吃了亏了?"

段建成点点头,又摇摇头,说:"我说了我没见识,只看见满仓的粮食没了,被不相干的人一点一点吃完了。"

吴久霖捻着胡子,说:"你就没看见我们这一大院子的房子是咋盖起来的吗?没拿多少工钱吧?"

段建成说:"嗯,是没拿多少工钱。"

吴久霖不再说话,背着手走出好远忽然放声唱了起来:

空山寂静少人过,
虎豹豺狼常出没。
除过你来就是我,
二老爹娘无下落。
你不救我谁救我,
你若走了我奈何?
常言说救人出水火,
胜似焚香念弥陀。

段建成不晓得,吴久霖唱的是秦腔《三滴血》里的名段。在窑坪,他从来就没有看过戏,自然不晓得东家吴久霖唱的是啥。

但是,他觉得非常好听。虽然他啥都没听懂,他只记住了吴久霖的这个腔调,居然和他熟悉的山歌腔调不一样。

趁着高兴,吴久霖优哉游哉地来到金盆湾,他想看看王世奎的染坊。

远远地,他看见了搭在屋外的布匹,五颜六色非常惹眼。他从心里还是叹服王世奎的能力。现在,他晓得王世奎把染坊做起来了。超出他想象的是,王世奎的染坊居然是从种植棉花做起来的。

远远地,灯草就看见吴久霖踱着方步一摇三晃地过来了。她不晓得吴掌柜今天为啥会来到金盆湾。

地上到处是明晃晃的水潭,灯草望着那些水潭不知所措。这时候,灯草终于

露出了她作为女人懦弱的一面。

王世奎不在染坊,他把刚刚打理好的染坊交给灯草,自己又扑到德胜堂的生意上去了。王世奎舍不下这个费过心思的德胜堂。

灯草心里还在琢磨,吴久霖已经到了门口。搭架上湿漉漉的布匹颜色尚未完全浸透,看起来颜色深浅不一。其实这正是灯草的主意,她的这种染布方法弄成了一种花色叫作"窑坪花"。"窑坪花"布一度在市场上走俏,销路非常好。

吴久霖并不进屋,他就在搭架边停下悠闲的脚步。

灯草慌了,她不晓得吴久霖葫芦里到底会卖啥药。实在忍不住了,就有点发慌地来到吴久霖面前,打招呼叫了一声吴东家,说:"吴东家大老远到金盆湾这么个狼籍的地方,你看到处湿漉漉的,连个放脚的干地方都没有。"

吴久霖显然有点心不在焉,他说:"我没事,随便走走。"

灯草愈加慌乱,她咬了咬嘴唇,稳住神说:"东家过来了,请屋里坐。"

吴久霖饶有兴趣地看着搭架上还在滴着水滴的花布,并不搭理灯草的邀请。他随意摆摆手,再一次说:"我没事,随便走走。"

灯草有点尴尬,她以为吴久霖东家是嫌王世奎没有出来见他。灯草怕他生气,连忙解释:"世奎不在染坊,他去柜上了。"

吴久霖说:"我又不是来找他的,我真是没事随便走走。"

灯草从心里吁出一口气,说:"外面到处都是泥水,东家还是到里面坐,我给你装烟吃。"

吴久霖还要说话,灯草已经扶住了他的胳膊,吴久霖只好乖乖地由着灯草,慢慢地踅进染坊的大门,然后拐进厢房,在木凳子上坐下来。吴久霖坐下说:"和水打交道的地方,大多都是这样。有一块干地方,那就不是染坊了。"

灯草拿出一个洋铁皮的盒子,从里面挖出一撮上好的黄丝水烟,装进水烟壶里双手递给吴久霖说:"东家,请你尝尝,这是我家世奎藏的,看看味道咋样。"

吴久霖也不推辞,接过水烟壶,灯草连忙打着火镰,把冒着火星的纸捻子也递过来。吴久霖点着水烟开始呼噜噜呼噜噜地慢慢吸起来,鼻孔里一缕缕的青烟缓缓地飘了出来。屋子里满是水烟的香味。

一锅吸完,灯草给装上第二锅。吴久霖从牙缝里嘶嘶地说:"真是好烟。"

灯草说:"是好烟吴东家您就多吃几锅。"

吴久霖还在慢腾腾吸烟,王世奎就火急火燎地跑到染坊来了。屋子外面的泥水吧唧吧唧地被踩得四溅,灯草听脚步的声音就晓得是掌柜的王世奎回来了。她给吴久霖又装满烟丝,说:"东家,世奎他回来了。"

吴久霖停下吸烟,说:"世奎这个时候回来一定有事情要和你说,我是乱转的闲人,在这里妨碍你们说话,我走呀。"

灯草说:"看东家说的,你哪里会妨碍我们说话!"

吴久霖笑着说:"人要有自知之明。"

正说着,王世奎就一脚踏了进来。吴久霖放下手里的水烟壶,说:"世奎回来了?"

王世奎有点诧异,他说:"是啥风把吴东家吹到金盆湾来了?"

吴久霖摸着搭架上滴水的布匹,说:"我是闲人一个,随便走走。怎么,你们两口子不高兴我来啊?"

王世奎晓得吴久霖喜欢开一些小玩笑,连忙脸上堆笑,说:"就怕请都请不到呢。"

吴久霖说:"我哪有那么大的架子。王大掌柜你是骂我哩吧。"

王世奎给吴久霖赶忙装上一锅烟丝,点着火,扭头对灯草说:"我桌子斗那里还放有半块茶砖,快去拿来给东家。"

灯草说:"东家啥样的茶没有,稀奇你那半块茶砖?"

王世奎牙疼似的吸了半口凉气,恨恨地说:"我晓得东家不稀奇半块茶砖,那你看看我这里还有啥可以孝敬他老人家?半块茶砖是我的心意,老东家还会嫌弃?"

灯草扑哧笑了,说:"你也就那么大能耐!"

吴久霖深深地吸完一口烟,吐出一大口烟雾,放下手里的烟壶,从怀里掏出一叠写满字的土纸,说:"这里写的是一种棉布的花色和漂染方法。我晓得王掌柜是做事认真的人,我把它交给你们,照方法漂染出来,多少都算我的。"

王世奎并不接吴久霖递着的那叠土纸,低着头说:"给你的柜上漂染,我有难处。"

"你想的是德胜堂为你出钱办了染坊,怕得罪李德明吧。"吴久霖呵呵地笑了,说:"你放心,我给李家老太爷说,他不会那么小气,小气到不做我的生意吧。"

王世奎见吴久霖一句话就说到事情的根子上了,但也不便随意应对,就打着哈哈说:"那倒不会。"

"你还别不承认我说的话。"吴久霖说,"我以前对这个开办染坊确实是有看法的,没想到你会从种棉花开始做起来。"

王世奎不好意思地笑了,说:"不种棉花没办法开染坊,我种棉花那都是被逼的。"

"那样才能做成大事情。"吴久霖说,"我就敬重这样做事情的人。要不,我为啥要把花色交给你做?只要你做,就永远轮不上旁人。"

王世奎拱拱手,还想说啥,忽然记起自己还有事情,连连向吴久霖告罪,说东家先转转看看,他先拿一册账簿过店里一趟,完了回来陪东家喝茶。吴久霖看出王世奎一脸着急的样子,说:"你忙你的去,花色和漂染方法我先放这儿,转完了看够了我自己回去。你晚上再看看这些个纸上写的,慢慢斟酌一段时间,不要轻易答复我。"

　　回到德胜堂，王世奎先对李德明说了吴久霖想在金盆湾染坊漂染一批棉布的事情。李德明一听就坐不住了，差不多要跳起来："他吴家九思堂凭啥呀？我们修染坊的时候，他替我们花过一钱银子？"

　　王世奎说："他是做生意，愿意收购所有按照他提供的方法技术漂染的棉布。我们染坊也有收入……"

　　"他是抢我们德胜堂的生意。"李德明说，"我们自家的染坊，他想染啥就给他染啥？他敢收购的布匹，我们德胜堂也敢收购。"

　　"话可不敢这样说。"王世奎说，"鸡儿不尿尿，各有各渠道。咋敢说别人敢做的事情，咱自己也敢做呢？好多事情看着是香馍馍，吃下去就消化不了了——这叫作好吃难消化，想必你是听说过的。"

　　李德明还是不服气，说："只要他不嫌硌牙我就不嫌硌牙。"

　　王世奎说："你硌牙，人家未必硌牙。"

　　李德明不明白了，说："同样一碗米饭，还有我硌牙他不硌牙的道理？"

　　王世奎晓得李德明从来就没有打理过店铺生意，不明白这个比较复杂的道理。但他还是没法自己做主，想听听老太爷的意见。他急忙一气收拾完刚带回来的账簿，就去李家大院见了老太爷。他说了吴久霖要漂染花布的这件事情，说全凭老太爷一句话。

　　老太爷听完，只是吸着水烟，不说一句话。王世奎到底有点着急，不晓得老太爷到底是怎么想的。吸完几锅水烟，老太爷问王世奎："世奎，你说说你是怎么想的。"

　　王世奎说："还不是老太爷一句话。"

　　老太爷咂咂嘴，说："我先听听你的。"

　　王世奎犹豫着，低下头说："我想，还是应承这个活，只要染坊挣钱就行。"

　　老太爷模棱两可地嗯了一声，看不出是赞成还是反对。

　　王世奎抬头望着老太爷，说："我们要把生意做大气一点，不要叫人小看了德胜堂。染坊就是漂染布匹的地方，九思堂的生意我们照做。九思堂为了赚钱在我们染坊染布，我们为了赚钱给九思堂染布，两全其美的事情啊。但做不做还得老爷说话。"

　　李德明抢过话头说："我们自己的布都染不过来呢。还要在我们的染坊给他染布？不染！"

　　老太爷白了李德明一眼，说："看来，你还得跟着世奎好好学学怎么做生意。九思堂在我们染坊染布，是白染的吗？他们就不掏钱吗？世奎说的对着哩，我们要把生意做大气一点，不要叫人小看了德胜堂。"

71

上篇·染 坊

　　李德明嘴角嚅嗫了半天，说："你们是没听见我们开染坊的时候，九思堂他们说啥了——想看我们的笑话呢。"

　　"这个笑话他们不是没有看成嘛。"老太爷说，"他们在我们的染坊染布，还不是说明我们的染坊染得好嘛！"

　　王世奎点着头，说："老太爷说的对，九思堂能在我们染坊染布，还是看中了我们染坊的手艺。"

　　老太爷重新点上一锅烟，说："世奎你回去好好看看吴老东家留下的花色和漂染方法，如果没啥问题，咱给他染，还要染得最好，让他们好好看看。"

　　晚上，窑坪廊桥旁边王世奎家楼上。洋油灯豆大的火焰摇摆不定，映在墙上的人影忽明忽暗。王世奎坐在灯下，翻看一本书，灯草坐在炕上，给已经三岁的菊香喂奶。菊香已经睡着了，噙着奶头的小嘴贪婪地吮吸着，粉扑扑的小脸上露出满足的微笑。三岁的小孩子最简单，就只贪一口奶。

　　万籁俱寂，偶有走夜路的马帮从街上走过，蹄声和铃声悠悠远远地传来，又散开去，由远及近，再渐渐远去。窗棂上，一弯半圆的月亮嵌在那里，一动不动。

　　王世奎看了吴久霖留下的漂染方法，试染出来以后，觉得和漂染"窑坪花"差不多。先要把白布弄皱扎紧，丢在染缸里大染一遍；晾干之后，再细细地一点一点晕染；三次染出来后，效果上花纹随意漂亮，颜色斑驳艳丽，富于变化，看起来真还不像是在窑坪漂染出来的。

　　样品还没有交给吴久霖呢，李德明就说这种染法是金盆湾染坊原来就有的，销路又不用发愁，我们的染坊根本就没必要给九思堂漂染。王世奎说这样做生意有点不厚道。李德明说，本来染坊就是我们自己的，漂染的方法也和我们的差不多，我们自己也有那么大的商号，管他厚道不厚道，难道说他们九思堂还能把我们吃了不成！

　　兄弟间的口舌之争传到老太爷的耳朵里，老太爷过来看了那匹刚刚染成的土布，佯装耳聋，也不说谁对谁错，捻着胡子笑着回去了。王世奎不明就里，跟着老太爷回到吊河坝，问老太爷怎么办。老太爷说，你先把布染出来。

　　王世奎显然是急了，他说："吴老东家问起来我怎么给他答复呢？"

　　老太爷笑微微地说："你说，自己碗里都空着的时候，你还会给别人一口残羹剩饭吗？"

　　王世奎说："老太爷说啥，我听不明白。"

　　"你是读过书的人，我不信你听不明白。"老太爷说，"假如有一块肥肉，你自己都还饿着，你会把它送给人吗？"

　　"花色和漂染方法都是吴老东家提供的，我怎么给他老人家回话呢？"王世奎现在是明白了，李家现在是把这种花色当作一块肥肉，不可能轻易转送给别人。

"不用回话。"老太爷说,"我们没人说,他就永远不会晓得这是他提供的花色。"

王世奎不再说啥,他晓得现在说啥都是白说。老太爷和李德明绝对不会听他的。

回到家里,王世奎非常气恼。也不说啥,倒头就睡了,一直到了点灯时分方才起来,吃完晚饭就看书。一直到了半夜,灯草看出王世奎不高兴,但是却不晓得为了啥事情。王世奎没说,她也没问,就那样沉默着。到后来,王世奎终于抑制不住了,拍着书本一遍又一遍地叹息起来:"人而无信,不知其可!"

灯草看着王世奎酸酸的样子,有点想笑。但她看见王世奎的凝重脸色,到底还是没敢笑出声来。

躺在炕上,王世奎唉声叹气,辗转反侧,难以入眠。

一直挨到天亮,还是没有想出啥结果来。王世奎昏沉着脑袋回到德胜堂,坐了一会又去了金盆湾的染坊。他对灯草说:"我们还就只染'窑坪花',吴老东家的花色我们就此打住,说啥也不能再染。如果我们偷偷地染了,传出去让人家笑话。"

正说着,吴久霖一步踏了进来。王世奎立刻噤了声,不晓得说啥好。灯草连忙搬过凳子招呼吴老东家坐下喝茶。吴久霖直言直语,说:"我晓得王掌柜有难处,但是花色已经染出来了,就不要废弃,也误了我们的买家。花布你染,买主我也一起给你,你们直接做这个生意。我也想过了,我没有染坊,做这样的生意不够条件,迟早还得让给你们德胜堂去做。"

王世奎觉得自己百口莫辩,一时无法解释,急得眼眶里泪花打转。想了半天,他说:"我和老太爷商量,该给你的利头不少你的。"

"我要你利头做啥呢?"吴久霖哈哈大笑,说:"我不要你的利头,你好好染你的布,做你的生意。"

王世奎点头如捣蒜。

吴久霖说:"我晓得你有难处。但是要对我介绍给你们的买主以诚相待,就像你自己的买主一样。你是实诚人,我相信你能做好这个生意。"

王世奎说:"我尽力我尽力。"

吴久霖说:"不是尽力,而是非得做到不可。"

王世奎把新染的花色叫作"新窑坪花",吴久霖介绍过来的买家非常看好这个花色。说这个花色趋于混沌,成于自然,虽然看起来图案好似毫无章法可言,但是细看却有其独特的韵味。

买家也姓王,名琰,老家在西河卤城,早年间跟着父亲把生意做到了汉中府。年轻人比王世奎小好几岁,张口闭口叫哥哥叫嫂子,叫得王世奎和灯草都不好意思。

这时候的窑坪已经今非昔比,除去长街整齐的门面店铺鳞次栉比,更重要的是窑坪还修起了廊桥、李家大院、吴家大院、何家大院,这些大院格局不一,但

上篇·染 坊

是大门口却相差无几。都是阔门深院，大门口有石兽石鼓，漆红门板厚至五寸，先是门厅，后是过廊，进门厅过过廊后才是院子。这些大院都是三五年修建起来的奢华建筑，虽然几家之间暗含攀比的意思，但它们的修建给小街窑坪陡然增添了许多宏伟的表象和十足的韵味。

晚间，街上的灯笼里，也泛出了或红或绿的醉香楼、至诚烟馆等等字样。偶尔有几个醉鬼踩过石板街，晃荡在暗暗的灯光里，歪歪斜斜地消失在巷子口。

王琰在窑坪住下等着下一批漂染的棉布，频繁地出入这些个地方。对于一个外来的人，窑坪没有比这些更吸引他的地方。这好像很正常，但是老太爷却不允许德胜堂的柜上做这些生意。李家祖上就有规定，不做当铺，不做窑子，不做烟馆。对于这个规定，老太爷的解释是，这些买卖都是刀尖上舔血的事情，都是害命谋财的事情，做这些个抢掠性质的生意，不但在死后无颜面对祖上，还要殃及后世。老东家思谋着极尽恶毒的语言表达不做这些生意的决心，并且再三说明这是祖训，是老祖先留下来的规矩，千万不可更改。

可惜王琰他却并不为老太爷的祖训所限制，他不在意这些地方的生意是啥性质，因为他需要打发大把大把的时光，在等花布的时候，吸几口烟泡，喝几个时辰的花酒，对他来说实在算不得啥，兜里的银票多的是。

老太爷狗拿耗子，忍不住坐下来旁敲侧击地和王琰拉家常，说一些当铺、窑子和烟馆这些地方的不是。

老太爷不止一次地和王琰说这些心里话："像我们窑坪醉香楼这样的地方，老鸨盘剥女孩子们，女孩子要找胭脂水粉的开销。这些银子都是要从客人身上出来的。我们辛辛苦苦挣点钱并不容易，花在她们身上一点都不值得，对不起远在家里等待的妻儿们。"

王琰对老太爷的说辞不以为然，他这时候心里想的恰恰正是他自己在醉香楼的相好。王琰读过好多的书籍，他非常欣赏元稹的《会真诗》中一段关于逛窑子的性爱描写："戏调初微拒，柔情已暗通。低鬟蝉影动，回步玉尘蒙。转面流花雪，登床抱绮丛。鸳鸯交颈舞，翡翠合欢笼。眉黛羞频聚，唇朱暖更融。气清兰蕊馥，肤润玉肌丰。无力慵移腕，多娇爱敛躬。"他常常在醉香楼的女人菊香炕上翻腾的时候，就会想起这段描写。

当然，王琰是不会把这些告诉老太爷的。他佯装听得十分认真，并不时点头。老太爷感觉到自己的言语似乎起了作用，于是倍受鼓舞，就又说起烟馆来："大烟又叫洋膏子，害人无数。记得林则徐林大人拼了命带动国人戒烟，足见其害人而且误事。如果沾了这个东西，贻害无穷。"

王琰看着老太爷一边说着戒烟，一边自己呼噜噜吸着水烟，觉得他有些不能自圆其说：水烟和洋膏子多少还是沾点边的吧！

老太爷要阐述的观点非常直接，一点都不绕弯子。一件事情说完了，立刻就

说另外一件。"祖训里，我们老李家还不做当铺。你想想，本来揭不开锅了才会拿东西来当铺换钱，赚这些穷人的钱，老先人在坟里面哭呢。"

老太爷说得过于瘆人，王琰从来没有听过这样的事情。他不想扫了老太爷的兴，只是点头称是。说到最后，老太爷才觉出了王琰的态度只是敷衍，他这才晓得自己掏心窝子的话，王琰并没有记到心里去。

再一次点燃烟丝，老太爷大口大口深深地吸着，压着吸进去的那些气体。他甚至故意吸很长的时间，不和往常一样，把大口的烟雾从鼻子里源源不断地呼出来。

在没有话说的时候，大家都感到了有点尴尬。

阳光正好，透过窗格打进来的那几束落在地上，死死地伏在铺满青色地砖的地面上。老太爷一头的银发熠熠发亮，宛若纱厂里飘逸的丝线。王琰避开老太爷的目光，极力不看那双虽已浑浊却还犀利的眼睛。那双眼睛阅人无数，似乎可以看穿人的五脏六腑，这种目光，足使此刻的王琰不寒而栗。

在老太爷的目光里，女人菊香滑溜溜的肢体和令人振奋的呻吟都逃遁了。

只有在金盆湾的染坊里，王琰才会忘了老太爷的目光，也会忘了女人菊香。他在这个时候，才会满心满眼都是五彩斑斓的"窑坪花"。

上篇·染 坊

第十二章

　　金盆湾就在何家梁的脚下，站在何家梁的大槭木树下看，金盆湾王世奎家的染坊就掩映在几丛斑竹林里。搭架上五颜六色的布匹飘在竹林上空，仿佛不是漂染好的"窑坪花"，而是天边落下来的霞光或者彩虹。灯草不晓得，竹林斜对面的土岗上，何家梁一庄的人在看着染坊。他们心态各异，有的赞赏，有的嫉妒。

　　染坊也做当地小染户的生意。灯草对染一两匹布的纺织户们，从来就客气热情。那些原来在小染坊染布的小客户，渐渐也都慕名而来。

　　何老爷那时候已经被称为团总。他带着两个团丁拿着两卷白丝绸来到染坊，还没进大门就碰见灯草在外面带着人往里扛靛蓝。灯草看见何老爷来了，急急地放下手里的活赶忙迎住说："老爷……"

　　何老爷摆摆手，说："灯草你忙你的，我们自己进去。"

　　灯草的脸一下子红透了，她不好意思地低声说道："老爷……"

　　何老爷哈哈大笑，笑得连竹林里的鸟都莫名其妙地叫了起来。灯草喊来伙计，接住团丁怀里的白绸子，然后请何老爷进屋里坐。

　　"你把这两匹白绸子也染成'窑坪花'吧。"何老爷说，"我还没有见过'窑坪花'的绸子。"

　　"染成'窑坪花'的白绸子肯定好看，至今还没有人穿过。"灯草说，"老爷应该是第一个穿'窑坪花'绸子衣服的人。"

　　何老爷说："我哪有福气第一个穿'窑坪花'绸子的衣裳。我是要把它染好了送给上司。没听说云台要修石头城吗？哈哈，分州白马关要修石头城了，石头城要驻扎部队和警察，灯草你晓得我在想啥吗？"

　　灯草老实地说："老爷想的事情，我一个小女人哪里能晓得。"

　　何老爷笑着小声说："灯草啊，老爷是想做白马关的城防团总。"

　　灯草说："老爷想做啥就可以做啥，谁能够阻挡老爷呢！"

　　何老爷说："你当老爷我多大权势啊，我也得看别人的眼势。灯草你哪里晓得，各人有各人的难处！"

　　灯草说："老爷，我懂。"

　　"不说了。"何老爷放大了声音说，"把东西拿进去交给柜上，把费用给柜上结了。"

　　"费用就不要了。"灯草拉拉何老爷的衣袖说，"老爷到我们的染坊来染绸子，就是看得起我们了。"

　　何老爷说："你说啥呢？你是我看着嫁给王世奎的，我是你的娘家人。我来染布，

不给钱怎么行？别人晓得会笑话我的。"

灯草点点头转身说："柜上接好，何老爷白绸两匹，染'窑坪花'。"

何老爷说："灯草你忙你的，我去街上转转。"

灯草挽留不住，只好说："老爷你慢走，上街了去世奎那里坐坐。"

何老爷说："还真有点想世奎侄子呢。我就去他那里坐坐，看看他怎么做生意。"

王世奎正在德胜堂柜上看账，何老爷和两名团丁忽然进来。王世奎放下手里的账簿，连忙迎出来招呼何老爷坐下，随即端上茶水。王世奎问何老爷说："老爷，你怎么有时间到店里来呢？"

何老爷看着王世奎的脸说："你应该叫我大姨夫才对，叫啥老爷！"

王世奎唯唯诺诺地点着头，说："叫老爷习惯了，改不过来。"

"那要习惯叫大姨夫，而不是叫老爷。"何老爷说，"你把我叫老爷就显得生分了，不亲了，灯草说到底还是要叫我大爸的。"

"那我也叫你大爸。"王世奎说。

何老爷点着头，说："好啊，好啊。"

王世奎说："虽然嘴里说着叫大爸，但是要真的改口还是叫不出来。"

何老爷说："明天我去云台，你跟我去。"

王世奎犹豫着说："我恐怕去不了，店里有生意要照看呢。"

"其实我是哄你哩。两匹白丝绸刚拿到灯草那里去漂染，等染好了才去。"何老爷炫耀地说，"你听没听说云台在修白马关石头城呢？要驻兵马呢。"

王世奎说："听说了。那和我们有啥关系？他们修他们的城墙，我们做我们的生意。"

"你怎么也外行了？"何老爷说，"修城还不需要粮食吗？还不需要茶、米、油、盐、烟、醋、柴？还不需要衣服布匹？……亏你还帮你们东家修过窑坪廊桥！"

"我没想过做几十里外的生意，"王世奎老老实实地说，"我只是想做好窑坪柜上的生意就够了。"

何老爷说还真没看出你那么没出息，窑坪到云台就几十里路，你没见吴家吴久霖东家从陕西咸阳一路把生意都做到窑坪来了。

王世奎差点被何老爷噎住了。半响，他讪讪地说："我们怎么能和九思堂的吴老东家相比！"

何老爷喝了一口紫阳毛尖，连说好茶。放下茶杯，他盯着王世奎看："你倒说说，你比吴老东家少些啥？"

王世奎不解，说："说起来，该啥都不少吧。"

何老爷敲敲桌子，说："当然少了东西！少一颗生意场上的雄心和胆量。你没见吴老东家走南闯北，啥时候优柔寡断过？啥时候害怕过？"

上篇·染 坊

王世奎点头称是。何老爷又说："信不信你不去云台，吴老东家一定会去？"

"我信我信。"王世奎忽然站起来，好像怕这件口头上的事情被别人抢了去似的，"我这就去向老太爷说这个事情。"

何老爷端着茶杯站起来，说："世奎，你是老实人，其实，我不该向你说这些事情的。"

王世奎说："老爷你不给我说这话就是还把我当外人，就是看不起我们德胜堂。"

何老爷叹口气，悒郁地说："我走了，你准备准备。有些事情，要自己经历之后才能晓得个中味道。你好自为之吧。"

王世奎忽然间大爸的称谓脱口而出，说："大爸你慢走，去云台的时候记得叫我。"

"你不是还要和你们老太爷商量吗？"何老爷气哼哼地说，"你先商量吧。"

何老爷的身影消失在店铺门外，留下王世奎无奈地看着店里忙碌的伙计们。刚刚升了账房的李进才过来，拉拉还在发呆的王世奎说："掌柜你还犹豫个啥？快拿个主意啊。"

"这个主意恐怕不好拿！"王世奎醒过神来说，"我还记得谭老木匠说过，看似好事，背后说不定就是泥沼！我得回去问问老东家。"

"为啥呀？"李进才一脸疑惑，说："不用问就晓得是一笔大买卖。"

王世奎说："你想想，大买卖哪能轻轻松松就给你做，凭啥？再说了，和官府做生意，我们缺少经验，不晓得怎么个做法。我也读到过和官府做生意的书籍，觉着这样的生意有点像与虎谋皮。"

李进才更加不解，搔着头皮说："没有那么可怕吧。"

"难说，到底会咋样我也说不准。"王世奎说，"反正我觉得不能轻易胡乱做主。"

"那么大一桩生意，跑了东家一定会怪你。"李进才说，"这里到云台就四十里，才一天的路程，又不远。"

王世奎说："所以我就为难了，不晓得该怎么做了。"

"给东家一说，老太爷肯定会同意这桩生意。到时候怕就由不得你了。"

王世奎说："你终于明白我的意思了。就如山林里颜色最艳丽的蘑菇，它们大多都是有毒的啊。"

李进才恍然大悟，说："我很明白掌柜的意思。主要是我们没有和官家做生意的经验，如果突然间就真的做那么大的生意，我也觉着有点不妥当。"

"对啊，对啊。"王世奎说，"假如老太爷晓得这个生意，非要强行去做，我就不晓得怎么办了。"

"既然觉得不妥，你就该尽力劝阻，老太爷一定会听你的建议。"

"老太爷未必会听我的建议。"王世奎说，"你不想想，这么大的生意，谁听了会不动心？老太爷也是生意人，风风火火地做了大半辈子生意，他一定会极

力跟着何老爷的意思，认为这是一桩极好的买卖。"

"就怕老太爷看好这个买卖，忽然着手做起来之后又会难以掌控。"

"就是。假如箭在弦上，就不得不发了。"王世奎说，"一旦这支箭离了弓弦，就不知到前方到底是啥，前途堪忧。"

"如果掌柜实在不看好这桩买卖，觉得难以把握的话，我倒是有一个办法。"李进才眉头一挑说，"可以让老太爷不插手这桩买卖。"

"先生快说。"王世奎迫不及待地问，"是啥好方法？"

李进才说："我们可以先说服别人去做这桩买卖。老太爷如果晓得有这么一桩生意，但是有别人已经在做了，依老太爷的脾性，他一定不会紧随其后分那一杯残羹的。"

"这个办法还行，也好操作。"王世奎点头赞许李进才的想法，"但不晓得让谁去做这个生意合适。"

"我分析啊，窑坪势力最大的字号莫过于九思堂，但是吴老东家经验比你我丰富，可能也会有所顾忌，这思前想后的要耽误一段时间。而这段时间我们老太爷如果得知消息，难保不会动心。如果要得神速，我想刚开张的杂货店赵益帮最有可能做这笔生意。"

"为啥？"王世奎不解。

"他钱多得没地方花，正发愁着呢。"李进才说，"就他在生意场上刚刚起步，没有多少主顾，就守着一个杂货店，手里大把的银元没个地方投，如果他晓得这个生意，一定会粘着何老爷不放，说不定自己会去云台亲自跑一趟。"

"嗯，是这个理。"王世奎环着德胜堂的店铺看了一个圈，说："很有道理。赵益帮是一条大蛇，正愁没有大象下肚呢。"

"蛇吞象？"

"蛇吞象！"王世奎朗声笑道，"就看赵益帮有没有造化。万一他真的顺顺当当地做成了这笔买卖，没有我们想到的那些个麻烦，说不定他立马可以比九思堂、比德胜堂都要大好多。"

"但愿他能顺顺当当做成。"李进才说。

"你就那么有把握，赵益帮一定会做这笔生意？"

"如果他晓得这个消息，他一定会做。当然，我们也可以在打打圆场。说不定这桩买卖真的做好了，我们也是他的恩人。"

"好吧。"王世奎说，"但愿这是一桩好买卖，没有我们想的那么复杂。但愿他以后能把我们当恩人。"

果然，赵益帮一听王世奎和李进才带来的消息，脸上立时堆上了献媚般的笑容。他转身对着里屋楼上喊自己的老婆，要泡上好的茶来招待两位贵客。

79

上篇·染 坊

王世奎笑道："就不麻烦东家了。你也不问问，我们为啥把这么好的生意自己不做，却跑来告诉给你？"

赵益帮忽然一怔，脸上的笑容僵在了脸上。王世奎仍在笑着，问："吓住了吧？"

赵益帮勉强恢复着表情，连声讪讪着："没有没有。"

王世奎说："实话对你说了吧，这笔生意我们德胜堂腾不开手，又怕九思堂抢了去，想来想去就只有你还能做下来。九思堂如果真的做了，他们赚了大把的银元，还不是和我们大家伙儿们对着干？对谁也没有好处……"

还没说完，赵益帮就抢过了话头，说："对对对，说到底我们是一乡人，打断胳膊连着筋不是！还是咱哥们儿亲。"

李进才说："还是赵东家说得对。咱自己不想着自己人，想外乡人啊？想咸阳人啊？谁没事捉虱子往自己头上放让咬自己，除非有病。"

"我咋能不晓得！"赵益帮脸上终于恢复了正常的笑容，"俗话说，一山不容二虎。你们晓得的消息，绝不可能让吴东家看出一点点风向。"

"所以啊，"王世奎说，"你尽早弄好这事，免得让吴东家晓得。他若晓得了，绝对没有你的生意，赵东家你信不信？"

赵益帮点头如捣蒜，连声说是。王世奎和李进才都笑在心里，脸上却不露出一点点的痕迹。王世奎装着万分谨慎的样子，千叮咛万嘱咐地说："要神速，绝不可大意。这消息不几天就会传到窑坪，只要吴东家晓得了，到时候我们谁也帮不了赵东家你的忙。"

赵益帮说："兄弟晓得了。都是在生意道上混的，雷响天下闻这点我还是明白的。"

"那你就利索一点，免得被动。"李进才说，"我们也得走了，在这里待时间久了也是闲的，就不打扰东家思谋这件事情了。该咋做东家你自己掌握。"

"那是。"赵益帮像模像样地举手一拱，说："就不远送了。"

临出门了，王世奎又说："我们也帮不上东家啥忙，就传递一个口信，东家你琢磨琢磨，好自为之。"

赵益帮再次拱手作别："事成之后，兄弟晓得怎么感谢二位。"

王世奎说："我们也不求你啥回报，但愿东家心想事成，马到成功。"

赵益帮说："借兄弟们吉言。我晓得该怎么办，我明天就上云台打理这件事情，如果有了难处，你们可要帮我。"

王世奎和李进才都点头，说赵东家放心，如果真的有了难处，我们一定帮你。

赵益帮千恩万谢地送两人出门，每人送一包新茶，感激之情溢于言表。

晚上回到楼上，灯草也刚刚从染坊回来。王世奎说起云台修筑白马关石头城的事情，灯草说何老爷中午在染坊来过，只说要染两匹绸子，但还没听他说起过

生意。王世奎说，何老爷有那么深的城府，就是轻易不露声色。说到要和官府做一些物资上的生意，灯草也觉得有点生意虽然是好事情，但是风险也大。王世奎洋洋得意地说："我怕我们德胜堂陷进去，已经和李进才一起鼓动赵益帮赵东家，要他先去试试这浑水是深是浅。赵东家还没明白是水就有浪花也有漩涡的道理，准备明天就去云台，要做这笔买卖。"

灯草说："你说的虽然不无道理，但是也有出人意料的事情，说不定赵益帮就会在这笔生意上做成呢。这忒大的人世，跌一跤吃一嘴屎的有，捡一块元宝的也有呢。"

"做成了才好呢。"王世奎说，"做成了我才不会心里有啥愧疚。假如赵东家真的栽倒了，我就是那只看不见的黑手。"

"你怎么那么想事情呢？"灯草说，"只要这是一笔生意，赚了亏了都还是未知。比如你要非得过一条河，不管深浅总得有人去试试吧。过去了就过去了，碰上漩涡了那就是命，怪谁都是闲的。"

"我的心里，最龌龊的想法不是没有过。"王世奎说，"说到底我还是想要保住德胜堂，让德胜堂没有丝毫的风险。我想，白马关修石头城，是官府的生意，自然不会是浅水，就是不晓得漩涡有多深。"

"你晓得赵益帮没有看出啥问题？说不定他明明是晓得。他就是愿意冒这个险，明明晓得有风有浪，但还是想试试。说不定啊，他啥事没有就赚钱了。"

王世奎苦苦一笑，说："灯草你太高看赵益帮了，他哪里是有冒险意识，只不过是利令智昏罢了。"

灯草就着油灯补完了一件衣服，一口咬断线头，扑扑衣服上的皱褶，说："天要下雨的事情，我们凡人有个啥好办法？你呀，也不要多想了。如果真是一桩好买卖，该谁做、该谁赚、钱赚多少都是天意。"

王世奎说："好，这就看赵东家的造化了。他一心要做这笔买卖，反倒是我不告诉他这个消息也不合适了。"

灯草打了个呵欠，吹灭了油灯，说："乏了，早点睡觉。"

王世奎掀开被子，说："你白天当染坊掌柜，现在黑了该做我的媳妇了吧。"

灯草伸出胳膊抱住王世奎，说："你真麻烦，比我打理染坊还麻烦。"

第二天王世奎醒来，炕上已经不见了灯草。王世奎看着还在熟睡的小艾，心里叹息：还是人家的染坊要紧。

正想着，灯草端着漱口水和面茶进来，说快起来，面茶烧好了。王世奎缩在被窝里，说："还以为你去染坊了呢。"

灯草说："我再忙，也要伺候好德胜堂的大掌柜。"

王世奎一骨碌坐起来，说："你心里还有我？我以为你只记得染坊呢。"

上篇·染 坊

灯草说："这话也是你说的？你手放在胸膛上想想，你也不嫌我灯草忙得可怜。"

王世奎披上衣服，仰起头咕噜咕噜地漱口，完了噗地吐出一口水雾，说："灯草你还是想歪了。我的意思是说，在你的心里，现在染坊是你最放心不下的，染坊比我重要。"

灯草说："这还不都是命啊。"

王世奎说："等过了今年冬天，我就辞了德胜堂掌柜，咱一家人搬到金盆湾染坊里去，那时候我就专心帮你。"

灯草说："你来了你就是东家。你来了也是我帮你，不是你帮我。"

王世奎鼻子一酸，呼噜一声喝了一口面茶，岔开话题连声说："不稠不稀，调和也炒得不老不嫩。香，香。你烧的面茶啥时候都是这么个味道，真是香。"

回到店里，王世奎看见李进才正指挥着人卸驮子。店门前的石柱上拴着三四十头牲口。打头的骡子刨着蹄子，喷着响鼻，额头上顶着一朵红绸子做的红花。王世奎认识这头牲口，晓得是张义从兰州下来了。

进门果然就见张义坐在店角喝茶，看见王世奎进来就站起身来打招呼。王世奎连连打拱，朗声说："张老板一路辛苦。"

张义说："也不辛苦。就是好久没有见着老兄，有点想念。这不，就备了点货物，准备走一趟成都，到这里想想还是不去了，山高水远的干脆到你的店里卸了。一是想看看你大掌柜，二是告诉老太爷一声好准备回程的货物，想早点回兰州去。"

王世奎说："就是啊，早上起来，你家嫂子灯草还在念叨你呢。说兄弟你该来窑坪了。"

张义笑了，说："我还给嫂子带了水粉呢。"

王世奎说："等会儿你歇息好了，我带你去看她。到时候你可要把水粉亲手交给她，让她晓得，她没有白惦记你。"

张义说："我从街上走过来，看见窑坪街道大了，店铺也多了。眼下号上的生意还行吧。"

王世奎说："不光是行，是好着呢。"

张义说："到底还是繁华了。繁华了好。"

王世奎转身问李进才："张老板来了，你们去给老东家说了没有？"

李进才回答说："已经让伙计去请东家了，估摸着快回来了。"

王世奎点点头，说："那就好。"

刚坐下，门外就传来老东家的声音："张老板来了吗？在哪里？"

张义忽地站起身来，大步迎到门口，说："老太爷近来可好？张义在这里呢。"

老太爷进门，并不坐下，只是拉着张义的手，不住声地说："来了就好，来了就好，几年的生意交往，我们德胜堂号上还就认你张老板。"

张义说:"是我有缘结识了贵号上的这么多好人,真是三生有幸。"

老太爷终于坐下,抬手招呼大家都坐下说话。张义叫人拿来几柱黄烟丝双手送给老太爷说:"这特意是从洛门带给老东家的,一点意思,是小辈们的心意。"

老太爷收了,放在鼻子下嗅嗅,不禁仰头打了一个响亮的喷嚏,然后连声说:"好烟。"

卸完了货物,伙计们把牲口赶到吊河坝李家大院的脚骡店里去饮水喂料,张义和王世奎送老太爷回去歇息。路上,张义问王世奎说:"嫂夫人打理了一家染坊,成了窑坪的女强人。王掌柜好运气。"

王世奎叹一口气,说:"女人做事情比我们男人难多了。她做生意更不比我们男人,是强赶鸭子上架,勉为其难啊。"

张义问王世奎说:"染坊生意咋样呢?"

王世奎说:"比我当初想象的要好多了。"

张义点头说:"不容易啊。"

"确实是不容易。"王世奎说:"我们去金盆湾染坊,看看你嫂子的生意。"

张义说:"那我得去拿上给嫂子的水粉。"

王世奎说:"俗话说行礼不如说礼。我们现在顺路去金盆湾,先看看你嫂子的染坊,下午你去我家吃饭,再给你嫂子水粉。"

张义只好说:"那先看看嫂子怎么打理她的染坊。"

俩人说着话来到金盆湾,张义看见掩映在竹林里的染坊,一绺绺染好的布匹彩云一样飘在搭架上,衬着苍翠的竹子,心里不禁一动:这么好的景色,好像在梦里一样!

王世奎上前推开木板大门,木板大门发出吱呀呀的声音,似乎很痛苦又似乎很幸福。他们并不理会木门的感情,互相推让着,最后张义不得不以客人的身份跨进了染坊的院子,王世奎进去之后转身关上了木门。

地上是一滩滩的染料水,脚下铺着厚厚的青石板,各种颜色的染料水就肆意泛滥在青石板的罅隙里。

走进屋里,灯草正在教小艾认字。张义说:"嫂子既要打理染坊当东家,又要忙里偷闲当先生,还要相夫教子做贤妻良母,真是太不容易了。"

灯草一抬头看见张义和王世奎,显然有点吃惊。她说:"张义兄弟从哪里来?"

张义说:"本来打算要去成都府,走到窑坪就不想去了。这一路从兰州到这里,差不多也走了一个月了。再想想棋盘关、剑门关还有走不到头的大平原,即就是走水路也不见得说到就到,心里就先堵死了,一步也不想往前走。"

灯草呵呵笑了,说:"看来,还是窑坪留人啊。"

张义也笑了,说:"谁不晓得你们窑坪七十二道鞋不干啊!这些弯弯曲曲的河道还没走完呢,不说人了,就连牲口的蹄子都被水给泡软了,哪里还想再走路?"

上篇·染 坊

"兰州到这里,这么远的路你们都走过来了,到窑坪就不想走了,恐怕不光是路的问题吧。"灯草说,"该是走那么远,算账下来不合算吧。"

张义看着王世奎和灯草,说:"做生意,哪有啥合不合算!行情都在一直变化,谁晓得哪天就发财了呢?主要是不想再走了,打算在这里休息几天回兰州呀。"

灯草说:"回头货想好了吗?"

张义看着王世奎说:"回头货就全凭王掌柜给我操心了。"

王世奎说:"都多少年的朋友了,其实都是你自己说想法,我给你帮忙。这次,还是那样,你自己看东西自己做主,我给你置办。"

说着话,张义忽然看见了灯草柜上的花布,说:"啥花色?看起来那么漂亮。"

灯草拍拍叠得整整齐齐的花布,说:"我们染的,起名叫'窑坪花'。颜色还齐全,也俏,卖得还行。"

"棉布还是麻布?"

"多是棉布。"灯草说,"麻布的线粗,染不出棉布的这种效果。"

张义说:"你给我染一匹麻布,就照这种花色和染法,好了我看看。"

灯草说:"能行。"

张义说:"现在就染。"

"就没见你这么急的人。"灯草说,"库房里就有现成的,让我家掌柜的带你去看看合不合适。"

库房里也没有多少布匹,王世奎解释说根本存不住,都是店铺里等着染好的布,有时候还没晾干就卖了。张义看着这些漂亮的布匹,心里喜欢得不得了。他对王世奎说:"告诉嫂夫人,棉布和麻布,染成'窑坪花',至少要备七八驮的量。"

王世奎说:"走,我们出去,到柜上你自己给灯草说。"

"看看你小心眼了不是?"张义说,"我要你告诉嫂子,还不是看你说话方便,好说话嘛。"

王世奎说:"你怎么就不方便了?你就当做做生意那样,直接说生意吧,我对你说的那些又不熟悉,你还得啰里吧嗦地教我半天。与其如此,还不如你自己说嘛。"

张义把手往后面一背,说:"好吧,让你和自己媳妇说句话看把你难的。其实这就是生意,你让我自己说,我就自己说。"

晚上,下起了大雨。几声闷雷响过之后,雨点一落下来就没停住。王世奎和灯草睡在木楼上,听着贺家沟的河水声音渐渐大了起来。灯草说:"涨河了,你听。"

王世奎大睁着眼睛,看着黑乎乎的屋顶,回答说:"我听见了。"

灯草刚刚怀上第二个孩子,肚子还没有明显的变化。王世奎就摸着灯草的肚皮,听着贺家沟的河水声,心里想着灯草肚子里的孩子一定是和自己一模一样的男孩子，长大了，帮助灯草打理金盆湾的染坊……正想着，灯草捣着他问："你不睡觉想啥呢？"

王世奎不好意思了，收回手说："河水太吵，我睡不着。"

灯草抓住王世奎还在游走的手说："乖乖地睡，你晓得明天还有那么多事情要做呢。"

"我晓得明天忙，但是我睡不着啊。"王世奎再次抱住灯草说："我真的睡不着啊。"

王世奎对灯草的身子已经无比熟悉，但他还是爱这个无比熟悉的身子。这个身子让他曾经渴望过，羞愧过，甚至还梦见过，到了最后，这个身子是他王世奎的了。这个身子现在不但给他生了一个女儿小艾，还又怀上了一个孩子，但是他更爱这个身子。因为，更重要的是这个身子，给他撑起了一片天。在窑坪，没有哪个女人可以和他的灯草相比，她现在是金盆湾染坊的东家和掌柜。

灯草伸手也抱住王世奎，就像抱着自己的孩子。她拍着王世奎光溜溜的脊背说："睡，哦。乖乖的。"

王世奎听着灯草近乎呓语的说话，实在有些不忍心打扰怀里女人的瞌睡。其实，灯草哪里又睡得着呢！王世奎睡不着，灯草只能哄着他。她晓得，只有睡好了，明天才有精力做好明天的事情。王世奎每天都那么忙，没有谁可以替他。

外面的雨下得依然很大。河水的声音湮没了一切。

一直到了后半夜，王世奎还是没有睡着，灯草也没有睡着。他们各自极力克制着自己，都想让对方以为自己已经熟睡了。但是，他们谁也骗不过谁，他们太熟悉对方了。哪怕是极细的呼吸，他们都晓得对方在想啥。

王世奎终于忍不住了，对灯草说："你咋不睡呢？"

灯草呼一口气，说："我睡不着。你咋还不睡呢？"

王世奎说："这雨下这么大，我怎么都睡不着。"

灯草说："乖乖睡，睡着了就听不着了。"

王世奎翻个身，说："咋都睡不着，没办法啊。老想着明天要做的事情，越想越清亮，越想越睡不着。"

灯草说："就是啊，我也是想事情根本闭不上眼睛。雨这么大，明天怎么给张义染布呢？"

"下这么大的雨，他又走不了，不急。"王世奎说，"也不晓得要下到啥时候。"

"这谁晓得啊。都下这么长时间还不停。"

"幸亏张义他们没走，住下了。"王世奎说，"如果他们走了，才叫人放不下心。这么大的雨，也不晓得能走到哪里，夜里住在哪里。"

"他们这不是没走嘛。"灯草笑了，说："他们就住在李家大院啊。你操心太多了。"

上篇·染 坊

"晓得了。"

"你就想想，咋样给他们准备回程的驮子吧，看看弄些啥货合适。"

王世奎再一次翻了个身，说："晓得了。"

"晓得了？晓得了就好好睡觉。"

王世奎说："晓得了。"

屋外的雨还是那样下着，风雨的声音还是那样大。黑夜里，灯草看一眼身边的男人，没再说话。

其实，她啥也没看见，倒是听着身边男人的呼吸还是原来那个样子，于是她也晓得了，男人和自己一样，要在这个雨夜里安心入睡，实在不是一件容易的事情。

这场雨一下就是半个月，一直下到了七月底。窑坪河河水汹涌澎湃起来，浑浊的河水溢出河坑，灌进了两岸还没熟好的谷子地里。四十里的窑坪河水肆意泛滥，汹涌的河水全然没有了往昔的温柔。岸上的庄户人家眼睁睁看着稻谷在泥水里生芽、霉烂。

赵益帮抢先谈下了云台修城墙的物资生意，送一批粮食到云台没有回来。每天都可以看见被淹死的人和牲口在浊浪里漂下来。

张义住在窑坪，看着大雨暗自庆幸没有走远。有时候喝点酒还炫耀说，之所以驮队没有远走，是自己有先见之明，晓得会有这么一场大雨。

窑坪四周都是汪洋，没有了道路。但是金盆湾染坊的生意却没有停下来。灯草给张义染的棉布和麻布没办法在外面晾干，就把卷好的布匹都压上马鞍石，漂在池子里，等着天晴。

有雨水添充，漂布池里就不用换水。张义没事的时候就来染坊，伸手在清粼粼的漂布池水里捏捏漂洗干净的布匹，脸上露出满意的微笑。

一天中午，雨似乎小了一些。张义照样没事信步来到了金盆湾，往染坊走，去看看染好的布匹。半道上，何老爷带着两个团丁踩着黄泥巴一步一滑地从何家梁下来，和张义打了个照面。张义当然认识何老爷，忙不迭地闪在路边，给何老爷让出道来。何老爷只是点头，当作和张义打了招呼，然后依旧不慌不忙地一步步走了过去。

路上满是泥泞，路边的小沟里哗哗流着集聚的泥水。小心翼翼走路的张义没有看见，何老爷因为焦急而微微蹙起来的眉头。

半个月的滔滔河水阻断了何老爷的两箱银子和两匹"窑坪花"应该带来的好消息。他把东西送给了白马关分州主事，也把自己的意思写成条子一起呈上。祖上捐了"老爷"虽不入仕，那是觉得没有合适的去处。他们是舍不得自己何家梁的祖业。现在四十里之外的云台白马关有了戍城团练的空缺，还不是留给他的？

来去四十里，骑马一两个时辰也就到了，多好的差事！成了，他不但还管何家梁，还管窑坪，连分州白马关也管！

他晓得，自己虽然急，心里想骂人，但脸上他却得笑着。

到了窑坪，他并不去街上，而是去了河边。看着沉甸甸的谷穗烂在浑水里，看着泡在水里的桑树，看着困在窑坪而无所事事的商人们，他面无表情，没有人看出他到底在想些啥。

到了黄昏时分，何老爷带着团丁才回到街上。他谁家都没去，而是径直到了后街的关帝庙。庙祝接进何老爷，在厢房给何老爷备了一桌素饭。何老爷边吃边吩咐团丁尽快吃完饭，喊街上各位东家掌柜到关帝庙议事。

窑坪关帝庙据传初建于大唐贞观后期，最初也不叫关帝庙。但是上千年的沧海桑田，几经劫难，到这时候的建筑已是清朝修葺的了。商业渐兴，于是改敬义薄云天的财神关老爷。庙前的一块青石石碑上，碑额上镌刻着"关帝碑大清道光二十一年岁次辛卯十二月初八日"，碑文末有"陕西会首人等立"等字样。虽如此，庙宇也不是很雄伟，尽管大，却很凋敝，甚至有点破旧。

饭桌上，何老爷对守在一边的庙祝说："我们不能只会吃饭，也要学学佛祖菩萨，做一点善事，做一件大善事。"

庙祝不明就里，只顾茫然点头。

第十三章

　　谁也不会想到，何老爷在摇曳的烛光下，和大家商量的事情是要准备救灾。水患刚露出一点端倪，何老爷已经未雨绸缪，事先想到这个事情。他说："我们窑坪，有史以来就有救灾的传统。我们不说远的，就前几大旱，我们吴久霖东家就倾尽全力。我们这次不能再让吴东家单打独斗了，大家一起想想办法，看天晴雨住了，大水落下去之后，我们为窑坪还能做些啥。"

　　关帝庙里只有咳嗽的声音。何老爷稍停，拿手指轻轻敲着落漆的桌面，再次发出声音："其实，我今天看了窑坪河的情况，不是小事情。我已经想好了办法，就看各位东家掌柜怎么撑这个台面——各位过路的客官也帮忙想想办法。四十里的窑坪河是大家的窑坪河，这事做好了做漂亮了，我何炳章在这个庙里再给大家立一块碑，刻上各位的名字，做一个永久的见证。"

　　还是没有声音。

　　何老爷的眼光掠过屋顶，也不看谁。

　　黑影里，张义慢慢站了起来，他看着何老爷谁也不看的脑袋，说："捐吧，集吧，这事情恰巧给碰上了，碰上了就都得捐都得集。"

　　何老爷的眼睛发光了，他对准了角落里站着的张义。

　　张义说："前几年李老东家修窑坪廊桥，我说算我一份子，他不让。后来干旱我没在窑坪。现在发大水让我遇上了。遇上了就是命里该着了，就是因缘，就是前辈子没还清的债务，我这辈子得还上。"

　　"说得好。"何老爷也忽地站了起来，招着手说："这位是兰州来的张义张东家吧，这边坐。"

　　张义拱拱手，说："何老爷硬朗得很啊！"

　　何老爷笑道："老朽了老朽了。"

　　张义说："哪里话。我张义到贵地也不是一次两次，对老爷神慕已久，但苦无机缘相识。你是一方领袖，我只是过路的一贩夫走卒，现在能有机会在你老人家的手里做一件善事，定唯你马首是瞻。"

　　何老爷说："张东家坐过来说话。"

　　张义一撩袍襟，跨步到何老爷对面坐下。何老爷说："难得你一外地人到窑坪，如此把窑坪的事情看做是你的事情。"

　　张义说："老爷你有所不知，我幸得李老太爷和王世奎掌柜的提携，差不多算得上是半个窑坪人了。"

　　"哦，世奎侄儿。"何老爷轻轻叹气，问道："世奎侄儿在哪？"

王世奎站起来，答应说："老爷，我在这儿。"

何老爷说："你把我叫啥老爷哦，我只不过是想以我的老面子来借大家伙儿的心劲，来做一件人神称道的事情。"

"是好事，我们听老爷的就是。"王世奎说，"我想，没有谁在这件事情上有不同的想法。"

何老爷说："不勉强不勉强的。我何炳章没做过勉强谁的事情。"

王世奎拍拍张义的肩膀，说："就连张义张东家一个外地人都这样热心肠，我们还不如外地人过路的，那就让老爷你笑话我们窑坪商铺了。"

何老爷呵呵笑着说："大家都是窑坪有头有脸的人物，我敢笑话谁？我何炳章只愿大家齐心协力，做好救灾的事情。俗话说得好，天灾人祸，其实天灾没有啥，最是人祸才是可怕。书上有句话是怎么说的？说是天作恶怎么的，人作恶怎么的？世奎你是读过书的，你说说，这句话咋说？"

王世奎说："老爷你都说完了，我还说啥？不说了。"

何老爷说："你笑话我没读过书不是？我晓得我说的不对，你说，我也长长见识。"

王世奎笑了，说："老爷是不是说'天作孽犹可违，自作孽不可活'这句话？"

"就是就是。"何老爷眉开眼笑，说："到底是读过书的人，就是不一样啊。这句话我都没记住。"

赵益帮带着马帮试探着回到窑坪的时候，由何老爷执掌的义仓已经办了起来。何老爷说，救灾救灾，就是救没饭吃的百姓能吃上饭食，活命下来，离开粮食，再有钱的人也得饿死。大家捐的东西都被换成了粮食，甚至还买下了吴家九思堂的好几个粮仓的粮食。

幸亏回窑坪时是空驮子。但是"四十里的过河路，七十二道鞋不干"走回来，赵益帮他们还是走得疲惫不堪。原本就是沿着河道行走，不承想河水涨过，千沟万壑砾石堆积，绝然是没有了路的痕迹。没谁能看出这是一支做生意的商队，却更像是一帮逃荒的难民。

送去的粮食已经吃完了，刚好挨过大雨天，回来还得立马送粮食去云台。但是窑坪也开始备粮救灾了，他赵益帮纵然再有多少银子，也不能和何老爷对着干啊。赵益帮明白，这事情有麻烦了。

马帮也是租张义的，如果人家的回货备齐，也不可能再租马帮给他。可是，粮食必须马上送到，要不就是违约。修城墙的人一天没饭吃都是天大的事情。他赵益帮纵然再有银子，又咋敢违官家的约？

赵益帮想起了王世奎。他晚上找到廊桥边的王世奎家里，刚好王世奎在家。他站在院子里大喊王世奎的名字，王世奎把头从窗户里伸出来，回答说："你上

89

楼来。"

赵益帮一进屋就对着王世奎诉苦，说事情这么巧，他不晓得怎么办才好。他现在是被架在炭火上烤，都要烤黄烤焦了。

王世奎说，这事，现在还真不好办，有点麻烦了。赵益帮哭丧着脸说，你得帮我。王世奎问赵益帮说，你自己的事情我怎么帮你？

赵益帮说，不是你介绍的生意吗？有麻烦了不找你找谁？

王世奎说我介绍生意是为你，你怎么赖上我了？赵益帮说，谁叫你装一肚子墨汁呢，你得帮我。

想了想，王世奎说："这事，你还得找何老爷去。"

赵益帮不解，一脸迷茫。

王世奎说："这疙瘩在哪儿你就得在哪儿解开。现在你给云台官家要粮食，何老爷也要粮食。你去了，把情况给他说清楚，何老爷再不好说话，也不可能和官家抢粮食。"

赵益帮这下才醒悟过来，连连点头。王世奎说："你也得给何老爷帮个忙：你要留心一下，云台城建好了，戍城团总的位置是不是该着何老爷！"

赵益帮说："我晓得了。"

"你晓得个啥？"王世奎说，"有些事情是只可意会不可言传的。"

赵益帮说："我晓得见着何老爷该咋样说话，粮食弄到云台我该咋样做事情。"

王世奎说："那就对了，云台的生意你这样就做长久了。"

赵益帮说："你这么一提醒，我晓得何老爷想的是啥。"

王世奎说："这事情千万不要说出来，你要让它烂在肚子里。"

见着何老爷的时候，何老爷正带着团丁封仓。赵益帮踌躇再三，硬着头皮蹭到何老爷跟前，说："老爷……"

何老爷并不看他，只是鼻孔里哼了一声，说："有事情晚上来家里说。你没看我现在正忙着呢嘛？"

赵益帮唯唯诺诺退回来，等到晚上提着二斤青盐二斤青茶上了何家梁。何老爷在油灯下吸水烟壶，昏暗的灯光映着他削瘦的脸颊，看不出有啥表情。见赵益帮进来，何老爷欠一欠身，说："你来了？"

赵益帮说："老爷，我来了。"

何老爷说："你有啥要紧的事情非要见个我？"

赵益帮说："就巴望老爷可怜。我这不是给云台筑城的公事上做物资生意嘛，这一场大水，把事情给耽搁了。碰巧老爷救灾也在筹集粮食，我咋也不敢和老爷对着做这件事情！没办法，我是来问老爷一个准话，我给云台的粮食，老爷看我咋做才合适？"

何老爷说:"你做你的生意,咋还倒问起我来了?我哪里会晓得这生意上的事情咋做!实在为难了,你去问问王世奎啊。"

"不是说生意,我哪里敢和老爷说生意上的事情。"赵益帮说,"我是问老爷,这窑坪的粮食,老爷要用来救灾,云台也要用来修筑城墙,老爷打算咋分配?"

"我这里没有多余的粮食。"何老爷说,"你给我说这些有啥用?"

"老爷。"赵益帮说,"老爷,你筹集粮食的时候,我不敢和你抢着筹集啊。但是我弄不下粮食,你的粮食恐怕想救灾都不行。"

何老爷脸上露出不悦的表情,说:"啥意思?"

"云台没有粮食修城,窑坪哪里能有粮食救灾啊。"赵益帮说,"老爷你想想,官家修城都没有粮食,你何老爷却有救灾的粮食,那不是惹事情吗?"

何老爷哦了一声,说:"还真是这么个事情。"

赵益帮嚅嗫着说不出话来。何老爷看了半响,问赵益帮说:"谁让你来找我的?"

赵益帮说:"没谁说。"

何老爷哼了一声,说:"我晓得,是王世奎的主意吧。"

赵益帮一愣,心里呻吟一声,不晓得说啥才好。看着何老爷锐利的眼睛,再也不敢隐瞒啥。赵益帮点点头说:"是他的主意。"

何老爷说:"我就晓得是他。这个事情我晓得了,你回去吧。"

赵益帮站起身来告辞,说:"何老爷你早点歇息,我回了,我等你消息。"

第二天,何老爷没有表态。
第三天,何老爷还是没有表态。

赵益帮急了,他晚上又一次到了何家梁。何老爷正在不慌不忙地熬炒茶喝,煮半天吱溜一声刚好喝一口,然后又续水、调盐再煮。赵益帮坐在炭火前,看着何老爷一罐又一罐地煮茶喝。何老爷用的茶罐高不过三寸,上下直径也就一寸,中间茶罐肚子稍鼓一点,也就一寸多。这是窑坪方圆通用的炒茶茶罐,每次添水也就是一小酒杯的样子,煮沸熬好,茶水所剩已经不多。喝炒茶这种习俗由来已久,不晓得起始于哪那朝哪代,反正只要是稍稍有点年纪的男人都喝,说是提神。

何老爷喝完茶,漱了茶罐,赵益帮才开始说话:"老爷你看,那个粮食的事情到底咋办才好?"

"你看看,最好喝的炒油茶,定是这种谁都看不上眼的小土罐子熬出来的。"何老爷打着哈欠说,"你今天跟我说个啥粮食的事情,你不去找王世奎,来找我做啥?"

赵益帮听不明白何老爷说的话是啥意思,本来就难过的脸色一下子变得没有了血色。他结结巴巴地问何老爷说:"老爷……"

何老爷说:"你苦巴巴地叫我做啥?"

赵益帮说:"粮食……"

"粮食?"何老爷说,"粮食?粮食你找我做啥么?我不是给你说了,粮食你去找王世奎说啊。"

赵益帮急得都不晓得说啥好了,他说:"老爷,王世奎哪里有粮食?我去找他有个啥用呢?"

何老爷拿眼睛瞪着赵益帮说:"你长猪头了。王世奎没有粮食,我就有粮食了?我是叫你找王世奎,我们一起商量这件事情看该咋弄!我这里的粮食你以为是我何炳章的吗?不是,那是救灾的,是大家的!你找我有啥用?"

赵益帮连声说明白了。何老爷还是气咻咻的,骂赵益帮说:"你就是长了一个猪头!"

赵益帮给何老爷点上烟,看着何老爷咕噜噜咕噜噜吸起来,才敢赔着笑脸说:"我真是猪头,给老爷添堵了。"

何老爷吸完一壶烟,说:"晓得就好,你这烂事情我也急呢。"

赵益帮说:"我就怕耽误了老爷的事情。"

何老爷笑道:"赵东家你真会说话。"

赵益帮急了,就差指天发誓,在何老爷面前站了半晌才说:"老爷,我说的是真的啊。"

"你说的话能不是假的吗?你还不是为了你的生意!"何老爷说,"都学会在我跟前说假话了。"

赵益帮只好闭了嘴。何老爷吹着烟雾说:"明天,你把王世奎找来。"

赵益帮点头如捣蒜,连声说:"好,好。明天我一定把王掌柜给老爷找来。"

何老爷笑了一声,说:"你回去吧。找王世奎来见我。"

王世奎晓得这个粮食的事情何老爷一定要找他。赵益帮火上房脊似的找到王世奎,王世奎呵呵笑了,问赵益帮说:"是老爷找我吧?"

赵益帮说:"是老爷找你。"

王世奎说:"我正等着老爷找呢。"

赵益帮说:"我的活先人啊,那就快点走吧。"

俩人一前一后到何家梁见了何老爷。何老爷看见王世奎就说:"世奎,你说说,这粮食的事情咋办才好吧。"

王世奎说:"窑坪这点粮食现在集中在老爷和吴久霖东家手里,方圆村庄里差不多早都没有了隔夜的口粮了。虽然现在还没有灾民的迹象,但过不了几天,沿窑坪河就会有我们不想看到的事情出现。所以,给赵东家的粮食要尽快,不能拖。"

"我晓得这事情的麻烦,也晓得不能拖,到底咋弄你就说响亮话。"何老爷说,

"我不是没办法嘛。"

王世奎说："必须给大家说清楚，趁着现在灾情还没有严重，我们要现卖一些粮食给赵东家。等到灾民们聚集讨要的时候，我们就可以主动。那时候，给云台的粮食就是吴久霖吴东家的了。老爷你想想，国家要修筑城墙都没有粮食，吴东家能囤积粮食不给？还反了他了。"

"有道理呢。"何老爷说，"我们先给了粮食，有啥事情也好给交差。"

王世奎凑近何老爷的耳朵说："这点小算盘可不能叫吴东家晓得，丢人。"

何老爷点头，哈哈大笑，说，这我晓得的。笑完了，何老爷对王世奎说："世奎，你去和大家说这个事情，就说是我的意思。话该咋说你比我清楚。"

王世奎说："只要老爷你发话，剩下的事情我给你办。我就晓得老爷出去给大家说这个事情不方便。"

何老爷站起来送王世奎，说："世奎啊，这事情就靠你了。你做这事情我放心。你要叫我姨夫，我的事情不瞒你，你要给我出谋划策。"

王世奎说："老爷，你放心。该咋做我晓得的。"

走出老远，王世奎心里开始嘀咕起来："我这是在做的啥事情呀！"

王世奎回到染坊，没看见灯草。

阳光正好，伙计们忙着晾晒漂染好的布匹。洒落下来的水满地都是。王世奎最近看见水就烦，烦得连自己都觉得有些莫名其妙。

灯草是去了街上，她看见染坊的靛青不够了，晓得大水之后，货物难以得到及时补充，她怕靛青断货。

王世奎追到街上，灯草正在顺盛奎杂货店和掌柜李彦高说事情。看见王世奎过来，李彦高走出店铺，说："王掌柜过来了，快点进来。嫂子也在这呢。"

王世奎进店，问灯草说："你今天咋到这来了？"

灯草说："看看哪里有靛青，想买一些。"

李彦高说："嫂子是多心了。即就是将要断货的东西，我们柜上不给嫂子留着，还会卖给谁去？别看那些远处来的主顾会给个高价，我们还是要想着嫂子那里不是。他们也就是实在是找不到东西了才会过这里来，哪像嫂子，是长久的买主呢。"

王世奎说："李掌柜就是心眼实在，啥时候都不忘街坊。"

李彦高谦恭地说："这还不都是王掌柜教我们的。"

"你就不要尽说好听的了，给我高帽子戴。"王世奎说，"你只要是能想着你嫂子，我就高兴。她一个妇人家打理染坊，还不要我帮忙，不容易啊。"

李彦高点着头说："嫂子放心，我们顺盛奎所有的靛青膏子都是嫂子家染坊的，你啥时候用，啥时候叫人来拿。"

王世奎拱拱手说："谢兄弟啦！"

上篇·染 坊

李彦高说："你不是常说只要是窑坪的事情，就是大家的事情嘛？这句话我们谁都不敢忘。"

灯草站起来，说："有兄弟的话，嫂子就放心了。你忙，我们走了，靛青膏子你帮嫂子留点心。"

李彦高送他们出来，说："大掌柜、嫂子你们慢走，有用得着的地方，只消一句话，兄弟尽力照办，误不了你的事情。"

走出老远，灯草又要踅进一家杂货店说靛青膏子的事情，王世奎一把拉住灯草的袖子，说："你这样，不是打李彦高的嘴巴吗？"

灯草不解，说："染坊的用量很大，我怕到时候误事了就麻达了。"

"没麻达。"王世奎说，"你要相信李彦高，他会给你张罗，误不了你的事情。"

灯草显然还是不放心，犹豫着点点头，嘀嘀咕咕地说："但愿不会误事。"

回到屋里，王世奎往靠椅上一坐，立马蹙起眉头，叹着气说："想我一个读书人，整天这个样子，做的尽是没名堂的事情！"

灾情显现出来的时候，灯草已经备够了张义的布匹，送张义上了回兰州的路。

赵益帮送完一批物资，紧接着筹集下一批，忙得焦头烂额的都顾不上店铺的生意了。这时候，就有了饿晕倒在窑坪地界上的难民。

有人把这个消息报告给何老爷何炳章，何老爷就吩咐准备开仓放粮。

事先，何炳章召集吴久霖吴老爷这些东家主事们过来，说是设立义仓这件事情终归是大家的事情，现在需要开仓，该大家一起议议具体的事情。

还是在关帝庙厢房里，何炳章说："起仓的事情我做完了，粮食的收支情况我这里有账目。现在，放舍是马虎不得的事情，吴东家有这方面的经验，不妨给提点建议，说说该怎么做。"

吴久霖说："我那时候做事的都是下面的人，具体我也不晓得怎么做。"

何炳章说："现在这义仓里的粮食是各位东家掌柜们的，那得有人管着。每天怎么分配怎么施舍得有章法，用了多少剩下多少得有数字账簿，完了得给各位有个交代。粮食是我收起来的，我得把这份事情管到最后，做到最后。现在需要各位举荐一个人出来，专职做这件事情，帮我，也是帮大家。把放舍的事情做好了，是大家做好了一件功德无量的事情。"

众人纷纷点头称是。但要举荐一位专事放舍的人出来，一时还没有合适的人选。何老爷说："我倒是想到一个人，做好这个差事没问题。"大家齐聚了目光看着何老爷，不晓得何老爷想到了谁来做这个差事。何老爷说："德胜堂的大掌柜王世奎。"

王世奎听见何老爷点自己的名字，脸一下子红到脖颈，决然推辞说："这事情我哪里行！没做过没做过。"

何炳章问王世奎："这事情你没做过，我也没做过。你倒是说一个做过的人出来嘛？"

王世奎说："这主要也不是做过没做过的事情。老爷你想想，德胜堂说大不大说小不小，再加上金盆湾的染坊，我哪里还有时间做这么大一摊子事情，弄个事情出来，我没法向老爷，没办法向大家伙儿交代。"

何炳章说："你倒说说，会出啥事情？"

王世奎说："这又是店铺，又是染坊，又是家里，还要揽着这么大个事情，难保这里不出事情，那边也不出事情。我倒是觉得，有一个人还挺合适专事做这个差事。"

何老爷急巴巴地说："你说的是谁？"

王世奎说："我家老二，李家脚骡店的东家李德亮啊。"

何老爷自然一愣，不晓得王世奎举荐李德亮的用意。王世奎解释说："我家老二年纪轻身体好，做过脚骡店的生意，懂账。主要是脚骡店生意大都在晚上，他白天几乎没啥要紧的事情。完全可以听从何老爷的调派，完全能做好这个差事。"

何炳章还是狐疑："他真的可以？"

王世奎说："我写字据，打包票。"

何老爷何炳章说："王掌柜举荐，自然没啥问题。"

大家这才七嘴八舌地说："没问题，没问题。"

何炳章说："既然大家都觉得李家老二做这个专事差事没问题，那就没问题。现在还要李家老二出来给大家交个心，说说话。"

李老太爷从座上站起来，说："我家老二李德亮，本是个懒拙之辈，不堪重用。我是晓得他的。但是窑坪老小这么看重他，要他给大家做点事情我也没啥话说。我看，就不用去叫他来这里现眼了，量他也说不出个子午卯酉来。我回家后，给他补补课，教教他怎么给大家做好这个专事差事。做好了，也是给我们李家门上长脸的事情。"

何炳章激动了起来，说："有李老太爷老东家的这几句话，我没有啥不放心的。大家也没啥不放心的，对不对？"

话音未落，立时有人鼓掌有人喊对。

李老太爷转身，说："世奎三儿，过来扶我回去。你也给你二哥开开讲堂，给说几句话，让他心里亮堂亮堂。"

开义仓放舍不到一个月，何老爷何炳章被召至云台新城分州白马关上任，当上了戍城团总。何老爷急急走马上任，满面春风。义仓救灾的事情隆重开始，但不得不草草收场。所剩粮食，一粒不剩运往分州白马关，以补筑城产生的亏空。

时令已至小雪，天寒地冻。窑坪河沿途，不乏衣不遮体的饿殍，遗骸被掩埋

上篇·染 坊

在白雪之下，婴孩尤甚。

新版《康县志》对那场洪灾的记载和我的这篇小说里的描写一样的肤浅，一样的不负责任。县志记：民国3年（公元1914年）水灾民饥。

又记：民国3年（公1914年）冬，白马关石城竣工，城墙高6.7米，厚5米，周长937米，炮台4个，门楼2座。共花白银4.8万多两。

又记：冬月，地大震，云台南山崩塌，压死居民甚众。

再记：腊月，地大震，死亡42人，持续4年。

又再记：昨年8月，建造窑坪东街桥，并建桥房一座，戏楼3间——此条与河水泛滥成灾没有关系，与何炳章当白马关戍城团总的事情也没有关系。

第十四章

  骡马的蹄子踢踢踏踏地敲碎了河沿上的薄冰，空中还飘舞着细碎的雪花。张义骑在一头雄壮的骡子背上，河风携带着雪霰子打在脸上，刀子划一样疼痛。在哒哒的蹄声里，几只黑乌鸦飞起又落下，飞起又落下。一群野狗，围着一具尸体在贪婪地撕咬。

  河滩上，逃荒的人们冻得瑟瑟发抖，褴褛的衣衫遮挡不住露在寒风里的肌肤。他们躲在砾石的罅隙里，满眼都是恐惧和绝望。他们动作迟缓猥琐，仿佛一阵河风就可以把他们吹倒在地上。

  张义纳闷了："我走的时候，不是正在弄义仓准备救灾吗，怎么到现在了还没有弄好？"

  张义这回没有回到兰州，而是只走到天水礼县。在洛峪，他几乎卖完了"窑坪花"布匹，草纸还没到盐官也就完了。他草草处理了其他货物，给所有的驮子备好土盐就返回了窑坪。他想着，窑坪的年集还可以赶得上。

  一过西汉水就是冰天雪地，刚上太石山天就黑了。晚上驮队不敢下山，就在山脊上过夜，幸亏几堆大火，才不至于把人和牲口冻死在山垭。第二天中午才小心翼翼地往山下走，牲口的铁掌在冰溜子一踏划出一个白印子。有好几次，几匹牲口差一点就从路上滑下去。张义的心都提在嗓子眼上，牲口滑下去，就落入了悬崖下面，这是驮道上常有的事情，并不稀奇。甚至还有牲口和人都滑下去踪影全无的事情。

  踏进窑坪河，张义终于松了一口气，河道里的路虽然难走，但相对安全多了。但是河滩乱石间凄惨无比的景象，却叫张义触目惊心。看着冻饿的灾民，张义不敢相信，一个要设立义仓扬言救灾的地方，咋还会有这样的事情发生！

  四十里的路程，在水里七绕八绕走了整整一天。越近他越心急如焚，他急于看到窑坪义仓的真实情况。过多的惨象让他实在伤心难过。

  到了窑坪，他顾不上拴好牲口，就急急忙忙钻进德胜堂，寻找王世奎，问义仓的事情。王世奎脸上露出愧色。说："出大变故了。"

  张义问出啥大变故了。王世奎说，义仓是何老爷一手操持的，放舍不久，何老爷就当上了阶州直隶州白马关分州戍城团总，去给官家当差，义仓自然跟着充公，补了筑城的亏空。王世奎叹息不止，说："我们是把一腔的热血，白白地撒在冰雪地里了。"

  张义说起一路的惨象，不禁流出了眼泪。他说："当初我们都是给义仓出过力的，总想着苦寒的灾民能吃上自家的粮食，可是现在看见外面那么多灾民冻饿，啼哭不止，看见了就觉得是自己把事情没做好，心里好像欠了他们的。我们还得再想想办法，能做多少事情是多少事情，让自己心里好受一些。"

王世奎说："窑坪就这么大。何老爷弄出那么个事情，我们自己都觉得气短呢。"

张义说："我想过了，慢慢做确实有难度。现在眼看就到了年关，要尽快落实这件事情，还算我一份子——前面的事情没有做好，权当我们重新做。"

王世奎说："难得张东家有如此胸怀，但我不敢再有你的这个想法。义仓刚刚出了这么一个事故，大家怨声载道，谁也不敢再提救灾的事情。再说了，窑坪现在就没有拿来救灾的粮食。"

张义问："吴东家的粮仓还在不在？"

王世奎说："吴东家的粮仓留住了。何老爷弄走了义仓的粮食，窑坪的各商号都义愤填膺，虽不敢言，却敢怒。何老爷这才没敢给吴东家的粮食再打主意，虽如此，也始终是何老爷的一块心病。"

张义高兴地说："只要吴老东家的粮食还在，这就好办一些。我去和吴东家说说这个事情，你打打圆场，说不定年关救灾能成呢。"

王世奎说："我帮帮腔可以，但我不抱有任何希望。"

张义说："我们先去试试。"

王世奎说："你歇息歇息，喝口水吃点饭我们再去找吴东家。"

张义已经站了起来，说："我哪里喝得下水，哪里吃得下饭！不去找吴东家说说这件事情，我做啥都没有心思。"

吴久霖正在店里骂人，就见王世奎和张义走了进来。吴久霖脸上的怒色还没有退去，王世奎已经拱手问道："吴东家这是怎么了，发这么大的脾气？"

吴久霖说："一屋子的人，没有一个长点心肺的。当一天和尚撞一天钟，都当是给我吴久霖干活呢，一点眼色没有！"

王世奎说："吴东家消消气，我和张义张东家来求你来了。"

吴久霖换上了笑脸，说："你们哪里会有事情求我呢，王掌柜真会开玩笑。"

王世奎说："不信你问问张东家，我们真是有事情求你。"

张义说了一路看见的灾民悲惨境遇，再一次流下眼泪，哽哽咽咽说不出话来。

王世奎说："母死子啼，或全家空腹裸体暴毙雪野……若是义仓还在，哪里会有这样的现象。"

张义泪眼婆娑，听见王世奎的补充，不由得点头，说："我和王掌柜来到柜上，就是求东家能够再次以慈悲为怀，救灾民于天寒地冻的年关。不求温饱，但求活命。"

吴久霖沉吟良久，说："不是我不做这个事情，以前我自个儿还不是设过粥棚舍过粥饭嘛？但是，我不能在义仓出事之后做这件事情，我为难。"

王世奎问："东家有啥为难？"

"让我在义仓出事之后做这事情，不是要我和何老爷对着干吗？再说了，我的粮食在义仓出事之前，就被赵益帮弄去了不少，这个还不都是何团总他的意思？人家现在是戍城团总，你让我和他唱对台戏？"

"东家你想多了。"王世奎说，"现在何团总巴不得有人做这个事情呢。"

吴久霖不懂了，问王世奎："这是为啥呀？"

王世奎分析说："何团总做了对不住窑坪商户的事情，他心里也虚。你现在做这件事情，等于是帮了他。"

吴久霖说："王掌柜你不晓得，他到现在还虎视眈眈地盯着我这点粮食呢。"

这回轮到王世奎不解了："他现在盯着这些粮食做啥？"

"为了能得上司的赞赏，为了邀功。"吴久霖说，"何老爷能够做团总，还不是他抢了义仓粮食的功劳？他找过分州主事，设立义仓只是他玩弄的一个把戏，我们上了他的当了。"

王世奎和张义都大吃一惊，没想到何老爷还给他们动心机。王世奎说："既是这样，东家我说一句不该说的话，与其留着粮食给他机会，还不如趁早做了善事，断了他的想念。"

吴久霖说："我不是患得患失的人，但是事情哪有那么简单。"

张义问："吴老东家还有啥疑虑？"

吴久霖说："何团总一定盯着那几个粮仓，势在必得，这善事你能做得成吗？"

王世奎说："东家，我们没做，怎么晓得就做不成？"

张义说："我们抓紧做，尽快把你家粮仓变成义仓，别说眼下就到年关了，满地的饥民冻饿号哭，就是他何团总真想接二连三地和东家对着干，我想他还是有点顾忌的。他真想着要做人神共愤的事情，那我们至少也是尽力了。"

王世奎说："我相信何团总何老爷不会再造孽了。他已经当上了团总，大事已成。还要拿这点粮食来给自己做贴金的事情，他还是不是我们窑坪人？"

吴久霖："如果这救灾的事情我现在做了，迟早都是麻达。"

王世奎说："如果这救灾的事情东家现在不做，眼下就是麻达。"

吴久霖一时蒙住了："为啥眼下就是麻达？"

王世奎说："东家你想想，你眼下把几个粮仓的粮食放在那里，就好比是一个喷鼻香的猪头放在狼窝边上，而且就有好几只狼在盯着猪头流口水。东家你说是不是眼下的麻达？"

吴久霖点点头，说："世奎侄儿，你说得有道理。眼下的光景，谁都看着那几囤粮食！"

王世奎又说："说实话，在上次设立义仓的时候，我说了一些话害了大家，最主要是把我二哥李德亮陷进了这个漩涡。我现在都不敢再说这些救灾的冠冕大话了。但我心里实在是不愿意看着吴老东家的粮食再一次被人暗算。看看外面遭罪的乡亲，与其让何老爷如此苦苦地惦念这些粮食，倒不如拿它出去救人性命，

99

也就断了他贪婪的念想。这样既是救了乡亲，其实也是救了何老爷。"

张义说："我愿意再拿些钱出来贴补，不要让老东家太为难。"

吴久霖说："你小看我了，张东家。这哪里是钱的事情。"

王世奎说："吴老东家宅心仁厚，已不止一次为老百姓做善事，但这次事情这般复杂，已经不是你一人所能够承担的事情。俗话说，麻线易断，合股成绳索则可以拉车。如果你按照张东家的意思，大家再出一份钱来，把你家的粮食再一次变成大家的粮食放舍，他何团总纵有天大的野心，也会想到再一再二、没有再三再四的古话，谅他也不敢再惹大家伙儿，再犯众怒吧？"

吴久霖长长地叹一口气，说："真是到了这一步？"

王世奎说："不瞒东家，真是到了这一步。"

晚上，灯草在灯下给王世奎补衫子。王世奎的这件衫子已经很旧了，但王世奎总也舍不得丢掉。灯草边补边笑王世奎："你女人灯草好歹还是染布的东家呢，这样的衣衫你也穿得出去？"

王世奎说："你不晓得，我就是故意要给你丢脸呢。"

灯草丢开衫子，说："那我就给你把它撕掉，做破布抹桌子用。"

王世奎说："你把它做破布抹桌子用了，你让我光着身子到处跑啊？"

灯草说："我们的'窑坪花'那么好看，我用'窑坪花'给你做件新衫子穿。"

王世奎幽幽地叹着气，说："外面到处都是就要冻死的老人和孩子，你用'窑坪花'给他们做几件衣服送去，比给我做衫子值。"

灯草说："你倒说说，我小小的染坊，供我用的布料能做几件衣服？"

王世奎说："灯草啊，你该听说过莫以善小而不为这句话吧。你还是可以做几件的。我不穿'窑坪花'做的衣服冻不死，而他们如果穿了'窑坪花'做的衣服就可能不会冻死。不一样啊。"

灯草放下针线，看着身边熟睡的小艾，说："我做孩子的衣服。布少，做小孩的衣服能多做几件。世奎，你别笑话我，我就那么点本事。"

"我怎么会笑话你呢？做掌柜和做东家一样难做。"王世奎说，"我们都要想些办法，多做一点事情。"

"我们没钱，能做多少呢？"灯草说，"窑坪几百号铺子，哪家都比我的染坊强，染坊就算赚钱了，几天才能攒几个啊？"

"没钱也得做，你忍心看着那些孩子都饿死、冻死？"王世奎说，"他们也都和我们的小艾差不多大啊！"

灯草哭了，眼泪扑簌簌往下掉，她说："世奎你别说了，我做，我做……我没说我不做啊……"

王世奎没想到灯草会哭，立马慌了手脚，不晓得怎么办才好，扑过去抱住灯草，说:"灯草,你别哭,我这么说话是我心里难受。"

灯草把脸埋在王世奎的怀里,说:"世奎,我晓得你难受。我也难受……这些个孩子,和小艾一样大啊……"

第二天正午,李老太爷急吼吼地来到店里。见面就用手指着王世奎说:"你娃,老三你娃娃咋想的?把我老爷子当外人!"

王世奎不得要领,不晓得老太爷为啥会骂他不地道。他小心翼翼地赔上笑脸,问:"老太爷,世奎哪里做错事情了?"

老太爷气哼哼地往椅子上一坐,别过头去,贵贱不理王世奎。王世奎坐也不是,站也不是,尴尬地守在老太爷旁边看他无端地生气。

店伙计泡了茶水给老太爷端来,老太爷依旧大发脾气,一甩手打翻了茶杯。茶杯碎了,老太爷看都不看一眼。

王世奎只好跪下,说:"三儿不晓得哪里得罪了老太爷,请老太爷明示。"

老太爷说:"哪里是你得罪我了,明明是我得罪了你!"

王世奎说:"老太爷……"

老太爷这才转过脸来,说:"你偷偷摸摸弄救灾的事情,可曾和我商量过?"

王世奎说:"我怕老太爷身体不适,这才没和老太爷通气。"

老太爷哼了一声地说:"我真的老了,身体不适?"

王世奎摇摇头,说:"不是,不是,老太爷……"

话还没有说完,老太爷把手里的棍子高高举起,厉声喝道:"不是啥?德胜堂你是大掌柜,这次商议救灾,你把德胜堂算到了没有?"

"没有。"王世奎老老实实地说,"我是为德胜堂着想……"

老太爷哈哈大笑,说:"你为德胜堂着想,但是你为我老爷子着想了吗?且不说德胜堂几百年的根就在窑坪,你也要想想我老爷子是要埋在窑坪的三尺黄土里去的,你要我死后把脸藏在裤裆里见先人吗?"

"儿子不敢。"王世奎说,眼里噙满了泪花,"儿子知错了。"

老太爷重重地落下棍子,杵着地上的砖石,说:"去,对吴老东家和张东家说去,就说德胜堂也出钱,要买下九思堂的几仓粮食,也学学他吴东家的做派,救救那些快要饿死的人。"

"我晓得了。"王世奎说,"儿子这就去办。"

王世奎站起来,擦干眼泪,深深地吸一口气,转身快步走到门口。老太爷说:"慢着。"

王世奎迷茫地转回身来,看着老太爷。老太爷招招手,说:"我是说气话,你可当不得真。出去了就好好思谋着,看咋样给各东家和掌柜都说这个事情,不要怕大家有说法,也不要想着一个人做多大的事情。"

王世奎点点头,说:"晓得了。"

上篇·染 坊

老太爷一直看着王世奎出了街道，看不见了影子，才笑了，对着店里的伙计们说："你们的大掌柜呀，贪功！"

伙计们看见老东家那么开心，全都笑了。

吴久霖到染坊来得越来越勤了，他越来越关心他的那批布匹。一来他就催促灯草："我那批布，你要快点给我弄好了。只要你加班加点给我织出来，不染也行，我等着要用呢。"

只要他说话，灯草就笑，说："老东家，我晓得你急，可我比你还急。"

染坊现在已经不染布了，那么冷的天气，谁敢把手伸到刺骨的水里去呢！但是金盆湾染坊却织机响成一片。吴久霖时常来这里散步，碰到急急忙忙的灯草就说："我给你再另外置办几台机子，你麻利一点好吗，我急啊。"

灯草也只得诉苦："给织机房的工人点了亮，我把窑坪街上的黄蜡都买完了，织机眼看着快散架了。"

吴久霖说："没有黄蜡了我给你买洋油点灯，织机散架了我真的给你置办。你就说置办多少吧。"

灯草说："工人的眼睛都熬烂了，胳膊都累肿了。东家我问你，眼睛和胳膊你去哪里能买到啊？"

吴久霖想了半晌，笑着说："这个我还真是买不到。"

这一年窑坪的年集，张义没有看到想象里的那种热闹。集市上没有了往年的热闹，只有各个商铺里的马帮还是那样络绎不绝，他们在这里带走了该走的货物，也带来了该来的货物。交易只在这些马帮的来往里进行。南来的马帮卸下茶叶和洋广杂货，装上土盐、水烟和一些药材就转身回去了。而从北方来的马帮，也卸下土盐、水烟，装上茶叶和洋广杂货就返回去了。这好像是窑坪从来没有过的萧条景象，窑坪这一年仅仅成了一个货物的中转站……只有牲口和脚户来往穿梭，街上不时传出哒哒的马蹄声。拴马桩上的牲口也没见比往年少多少。背脚子们到了窑坪，照样睡在充满汗腥的大炕上，照样鼾声震天。

人们顾不上生意。这些原本只顾生意的人们，现在顾的是救人。

这一年年集，张义在窑坪看到了一种怪现象：驮队卸的货，自己都把货物价格压得很低，而装走的货物，都把价格出得极高。

这一年腊月，人们把窑坪的年集改了一个称呼：窑坪义市。

这一年年底，张义和他的马帮驮队在窑坪过了一个吃百家饭的大年。

何家梁的何老爷何炳章当了戍城团总，一直戍守着阶州直隶州分州白马关新修的石头城，没有回窑坪过年。

102

第十五章

河里的柳树可以看见一丝绿色的时候，仓里的粮食已经不多了。

王琰带着自己的驮队叮叮当当地过了窑坪廊桥，他这次驮来的茶叶种类和规格很多，光砖茶就有半斤的砖茶、一斤的砖茶、二斤的砖茶，还有窝窝茶、沱茶、绿茶、陕青茶、花茶、杆茶等等。伙计们还在卸驮子，王琰就急着跑到金盆湾的染坊来找灯草，说要"窑坪花"。

灯草的身子已经很明显了，肚子撑得棉袄前襟鼓鼓的。眼尖的女人们都说，这次灯草怀的是男孩子，带把的，长大和王世奎一样，是窑坪有名的大掌柜。

灯草远远地就看见王琰来了。其时她在大门外看着挖水沟，一抬头看见王琰径直走了过来，心里不禁咯噔一声，暗自说："坏了，逼债的来了。"

果然王琰走到灯草跟前就问："嫂子，我的'窑坪花'染够了没有？"

灯草一窘，抱歉地说："王琰兄弟，真是不好意思，我这里出了一点事情，真不知怎么给你说才好。"

王琰说："我的驮队都到了。"

灯草诚惶诚恐地说："对不住兄弟，我真的是没一点办法。你不要怪我。"

王琰说："我的驮队都到了，可是你的布没给我弄好，我不怪你我去怪谁呢？"

灯草说："王琰兄弟啊，我说了你也没法理解。"

王琰说："你有天大的事情，也应该给我把这趟货物办齐整啊。"

灯草说："我也想着给你办好了才安心呢。可是出了大事故啊，就这么大一个染坊，我顾不上。"

王琰说："你老是说出了大事故，到底怎么回事情你要给我说清楚啊。"

灯草说："一时半会儿说不清楚，你自己慢慢就晓得了。我现在给你说，你还以为我是在找借口，你不会相信的。"

王琰说："我远天远地到窑坪，想的是能挣钱的'窑坪花'。你不说理由，却拿一个大事故来应付我。没意思。"

灯草急了，说："我哪里是应付你啊。你不晓得我连身孕都顾不上，就差拼上命了，可是，我还是恨自己没有三头六臂。这样吧，你去河边看看，看看那些可怜的逃荒的人们，就不会在这儿逼着我问为啥了。"

王琰说："我没有逼着你问为啥啊，我就是想晓得你怎么就误了我的这趟生意呢。"

灯草说："因为，有比生意还重要的事情。"

王琰问:"啥事情?"

灯草激动起来,不由得回答说:"救人的命啊,救好多人的命啊。"

灯草说完,觉得自己的话有些贸然,但是情绪到了这般地步,就有点收不住场了。王琰蒙了,他不晓得灯草说的救人是啥意思,救了好多的人都是谁,救人又和他要的"窑坪花"有啥关系。

灯草看见王琰尴尬的表情,心里忽然莫名地难受起来。她从来没敢去过河边,她害怕看见那些孩子冻死、饿死的样子。但她的心里,却无数次掠过河滩上的孩子的样子,他们一个个都和小艾一般大小,衣衫褴褛,骨瘦如柴。

王琰看出了灯草眼里的哀怨和凄楚,同时也看出了无奈。他不再说话,只是看了一眼悲伤的灯草,走进了染坊的院子。他想看看,是不是染坊有了啥变故,灯草不便和他言说。

可是,他看见作坊里一切都井然有序,连和他说一句话的人都没有,丝毫看不出有啥异样。王琰低声叹一口气,心里说:"灯草啊灯草,我就指望着你的'窑坪花'给我赚钱,看来这趟窑坪我是白来了。"

在劳动场面热烈的染坊里看了一圈,王琰始终丢不下心里的疑团:工人们如此劳作,怎么就没看见库房里有布匹积压呢?灯草把这些染好的"窑坪花"卖给谁了?织布坊里机杼声声,怎么也不见有产品出来呢?而且,灯草听见他说话怎么就是那样一个态度?

走出染坊大门,王琰看见灯草还在一丛竹子边上抹眼泪。

王琰默默地离开金盆湾的染坊,身后的竹林忽然在风中大肆摇曳,发出沙沙的响声,竹梢上的水滴纷纷掉落下来,滚了一地。

回到窑坪街上,王琰走进中街,他现在想的是醉香楼的菊香。中街是杂货店铺,醉香楼在下街的后街,从中街到醉香楼要过窑坪廊桥。王琰就从窑坪廊桥上走过去,脚下的厚木板踩上去发出轻微的响声。

王琰原本想去河边看看,他不晓得灯草说的是啥事情。可是自己的脚却偏偏走过了廊桥,他想,问问菊香其实也就啥都晓得了。

还没过桥,迎面走来肖善人。头发披散,依然疯疯癫癫,看见王琰过来,憋着一口气大呼小叫:"呀呀,老天爷要收那些披着人皮的畜生了呀,窑坪街上就没看见有几个好人!天要收人了呀,呀呀——"

王琰往桥边躲了一下,看着肖善人吆喝着走过了廊桥,往中街去了。

肖善人走过街道,没了踪影,那瘆人的吆喝声还在廊桥周围回响。

王琰心里一怔,不由紧张起来。他几步走下廊桥,往醉香楼疾步走去。

菊香正在房里绣花,王琰推开门就走了进来。菊香根本没想到王琰这个时候会来醉香楼,不觉吃了一惊。她有点不相信自己的眼睛,当看清眼前站着的真的就是王琰时，不由得丢下手里的针线，扑到了王琰的怀里，紧紧抱住了这个叫她牵肠挂肚的男人。王琰忘掉了一切，他忘情地看着怀里的女人，千言万语不知从何说起。

王琰用力抱起女人，把她放在雕花的大木炕上。女人的胳膊没有松开，仍旧紧紧地缠着王琰的脖子。两人的嘴唇用力吸吮在一起，谁也不愿意分开，他们互相贪恋着对方熟悉而久违了的身体和气味。

窗外，微风乍起，杨柳枝带着一抹鹅黄在空中尽情飞舞。

星星点点的雨滴终于落了下来。街上，肖善人的声音远远地传来："呀呀，不得了啦，老天爷要收人了。"

王世奎收完货，叫伙计们牵了骡马去店里歇息。没看见王琰，他问李进才说看见王东家没有。李进才神神秘秘地挤着眼睛，说："怕是到醉香楼看菊香去了。"

王世奎醒悟过来，说："那今天就随他去，我明天再问他回去的时候要置办些啥货。"

李进才说："你也忙了半天，回去看看家里有没有啥事情要帮忙。我估计啊，金盆湾的染坊需要去看看，你都好多天没去过了。"

王世奎说："染坊没有个啥大事情，现在要看看的是救灾的事情。我们找老太爷说救灾的事情去。也不晓得老太爷那里情况咋样了。"

李进才看着王世奎，说："那我们现在就先去找老太爷，一起去粥棚那里看看？"

王世奎点点头，说："好，我们先去找吴老东家看看。"

刚进吴家门厅，就看见吴久霖从门廊里过来了。王世奎和李进才慌忙上前问好，吴久霖问起救灾的事情，王世奎说这几天事情忙，没顾上去看看，今天刚好有空，就来找老东家一起去看看。吴久霖说，好，那就一起过去看看。

三人来到粥棚，看见周围还是聚集着一些衣衫单薄的老人和孩子。他们靠着墙根躺着，冻得瑟瑟发抖，脸上也没有血色。吴久霖问主事的儿子吴生瑞粥棚这几天的情况，吴生瑞的脸色一下子变得不好看了，说："逃荒的人数没有啥大的变化，可是仓里的粮食已经不是太多了，恐怕粥棚也坚持不了几天。"

吴久霖说："再把粥煮稀一些，还可以掺和一点野菜。"

吴生瑞说："再稀一点就是开水了。现在的粥都稀得舀在碗里都能看见自己的眼睛了。"

吴久霖说："不怕稀，就怕过些日子连稀的都没有了。你晓得，现在窑坪的粮食已经成了金贵的东西，能够喝到稀粥就不错了。无论如何都要熬过春天去，要到地面上有的吃才行。你想想，等到树叶上来还得多少日子？"

吴生瑞说："大，我晓得了。"

"你晓得个啥哦？你先说说你咋打算的。"吴久霖指着王世奎说，"我看还

105

得叫王掌柜和李掌柜给你出出主意。"

"你不是刚说了，要在粥里掺和野菜嘛。"吴生瑞说，"大，我想从明天起，就给锅里都加上野菜，最不行加上些甜草根。"

吴久霖点点头表示赞许。回头看王世奎，王世奎说："这样劳心费力，还不如鼓励灾民自己修灶，我们提供铁锅，每口锅里每天发给粮食和土盐，每天不要给够一天的量，不够吃了他们自己会想办法弄野菜添补。"

李进才说："添加野菜也不失为一个好办法，但是万一弄错了吃出事情来，人命关天，怕不好交代，倒是自己弄的东西给自己吃，没有人敢马马虎虎拿自己的性命开玩笑。王掌柜这个说法我看行，只要给每口锅灶上定吃饭的人数，由他们自由搭配。"

吴久霖说："这种救灾舍饭的做法我倒是第一次听说。细想想，也还是一种好办法。"

王世奎说："情况不同，我们不自己想办法还能靠谁？我想，这样我们不管柴火和水，也省了烧火的事，只要腾出人手管好粮食。另外，灾民们也有了动手的意识，一则让他们劳动避免了受冻，再者还能多想一些吃饱肚子的办法。"

吴久霖不由得赞同说："还真是好办法。"

吴生瑞说："大，我正愁着呢，不晓得这么多的人就守着这几个稀粥棚到底还能够守几天。"

吴久霖说："要学王掌柜，遇到事情要多动动心思。现在不是有好办法了吗？闲下来，你也好好想想，还有哪些事情我们都没有想到，还需要大家想办法。"

吴生瑞点着头，说："大，你放心。"

吴久霖说："我们老吴家短短几年时间就两次放舍救人，虽然说不上是倾家荡产，但也是竭力所为了。不求有功但求无过，三番五次麻烦大家，王掌柜你也就不要计较，就不要想着是我吴家的事情，那是给我们窑坪的商户做善事，我只不过是带个头。"

王世奎说："谁都晓得吴老东家的苦心，我们都会尽心的。"

走出粥棚，吴久霖说："也难得窑坪有你们这些年轻人。我们就算再有心要做一些事情，也是心有余而力不足啊。"

王世奎说："我们只是一些没有见过世面的井底之蛙，就算想做啥事情，也只是空想，不着边际。还不是仰仗着你们老辈人的威望，我们才能够跟着你们的脚印一步一步地走。"

吴久霖笑了，说："王掌柜不但遇事足智多谋，还很会说话，到底不愧是德胜堂的大掌柜。"

王世奎说："东家笑话我了，我哪里足智多谋了，充其量只是一个跑腿办事的伙计，能替窑坪各位东家们做一些事情，是我的荣幸。"

"看看，就是会说话。"吴久霖指着王世奎，说："看看，王掌柜就是会说话。"

王世奎也笑了，说："还不是东家们看得起，给我们锻炼的机会，让我们站在前辈的肩膀上做事情。"

李进才说："真的，没有前辈们的打拼，就没有现在的窑坪，我们也就不可能在窑坪有事情可做。大掌柜说的句句是实话。"

吴久霖愈加高兴，指着王世奎和李进才对吴生瑞说："好好跟着王掌柜李掌柜学着些，看人家怎么做事说话的。"

吴生瑞连声说："大，你放心，我记着了。我跟王掌柜李掌柜好好学。"

走出好远，吴久霖还回头对着吴生瑞吆喝着："记得王掌柜的话，宁可让粥稀一点，也要把时间撑长一点。吃不饱没事，饿死才是事。"

吴生瑞说："都说好几遍叫你放心了，你咋还不放心啊！大，我记住了，您就放心吧，这点事情我还是能办好的。你就想想怎么给他们分锅分灶的事情吧。"

吴久霖回头对着王世奎和李进才说："分锅分灶的事情我也就交给你们操心了，我都老了，贵贱不想费脑筋。你们看着后期的救灾怎么做起来好就怎么做，只要是能够多救人就是好办法。"

王世奎说："好，我就去郭家坝铧厂沟去，和他们说说做小锅的事情。"

吴久霖说："这事情还真得快一点，拖不得。看看粮食只剩那么一点，不愁不由人啊，到夏粮收仓还远得很呢。"

"只要挨过春荒，天气稍稍暖和一点，就可以给点粮食打发他们上路到别的地方逃荒活命。"王世奎说，"东家，我们要想到'车到山前必有路，船到桥头自然直'这句古话。你也不用急，慢慢地就好了。如果是灾荒，我们尽心竭力做了这么多的事情也就够了；如果老天爷真是不留人了，我们谁也没办法，就算我们自己不吃不喝把自己的口粮都拿出来救灾，恐怕也没啥用。"

吴久霖连声叹气，说："哪里见过这么大的事情，一辈子了也就遇见了这么一回！我们尽量多想办法，免得自己咽气的时候说后悔话。"

王世奎说："老东家说的极是。救灾舍粥的这件事情，你安排好了我们就都听你的。"

吴久霖说："也不是非得要听我说的，你们各家也想想办法。回去了你们还要多问你家李老太爷，他是菩萨心肠的人，这件事情他出的主意才是最好的主意。"

王世奎和李进才走到金盆湾，灯草看见王世奎和李进才，急忙过来打听王琰这次来窑坪的情况。王世奎说："驮子都是茶叶，没见有其他的洋广杂货。说是回头要你的'窑坪花'呢。"

灯草说："我这里的白麻布都没了，哪里还有'窑坪花'？你没去库房看看，棉花和麻片都没剩下，我正在发愁呢。"

107

上篇·染 坊

王世奎说:"前一场大雨,窑坪河都成了汪洋了,大雨过后谁会想到有那么多的人流离失所。灯草啊,你没见有一段时间河滩上尸体成堆……回头来看,我们这些人能够平平安安地度过来,也是福气。几百年的窑坪老街,啥事情没有经历过?……灯草你不要急,啥事情都会慢慢过去的,也会好起来的。"

灯草叹气,说:"唉——"

王世奎说:"幸亏是水灾,假如是旱灾,赤地千里,那才麻烦呢。就是十个八个的窑坪也无能为力,就连自身也都不保。"

灯草还是叹气,说:"唉——"

进入染坊,倒没见有谁闲着,院子里的伙计们忙得跑前扑后的。搭架上染好的布如漫天云霞,晾干的正被收好卷起,刚出漂池的还在嘀嗒嘀嗒地掉水。东厢房里几十口染缸一字儿排开,缸里的染料被伙计们翻搅得好似窑坪河里涌动的波涛。

王世奎啧啧称赞灯草,开玩笑说:"还说染坊都揭不开锅了,谁能看得出来?"

灯草一撇嘴,说:"我就晓得你眼窝子里没水了,看不出这是染坊回光返照了?我是要把染坊的东西全部踢腾完了,才好关门大吉呢。"

王世奎问:"那是为啥呢?"

灯草恼怒了,说:"你可真是能装糊涂,你们只顾救灾,你们做好人救人,还不把我的染坊给搭配进去了——我的布哪里够你们那样往出送啊?"

李进才说:"我们那么多的粮食,喝稀粥都喝没了,你灯草一个染坊哪里招架得住!"

灯草说:"我现在要纺线没有麻片和棉花,要织布没有丝也没有线,要染布没有颜色膏子没有布匹。这一大堆伙计你要我以后拿啥东西养活?你们去我的库房看看……看看还有个啥!"

王世奎说:"看看库房有啥用?你想想,你五年以前有自己的染坊吗?你今天能做这么一件大事情,五年以前你开缝衣铺的时候敢想吗?你要这样想,好人自有好报。染坊还会好起来的。俗话说,一生有万念,而定平生善恶者,数念而已;一生历万事,而证平生功过者,数事而已;一生破万卷,而使平生明道者,数卷而已;一生遇万人,而称平生知己者,廖廖数人而已。你应该为自己能做这么大的事情而高兴才是。这是个机会。"

"我情愿不要这个机会。"灯草说,"你们哪里晓得,这染坊就好比我自己刚刚生的孩子,我现在感觉到我的染坊这个孩子要没了,你们说说我怎么能不心疼呢?"

"我们谁情愿要这个机会啊?这不叫我们是碰上了嘛!"李进才看见灯草的眼泪不停地往外涌,心里也很难受。他安慰灯草说:"嫂子你别难过,染坊有那么好的生意,你放心,会慢慢好起来的。"

"都这个样子了,怎么好得了?你没看看四十里的窑坪河,谁家还有钱置办新的衣服?往后的染坊哪里还有啥生意做呢?"灯草说,"就连我,都没有能拿出来进染坊的东西了。"

　　王世奎说:"窑坪的生意,从来都是靠卖出买进。窑坪河再长,方圆也不过百十里地方,山大沟深的能有多少人口。真的只靠当地的买卖,哪里能够有这么一个支撑几百年的窑坪?"

　　灯草抽噎着说:"其实我也累死了,高低贵贱弄完了,也好回家里守着小艾和那间阁楼。再说了,我的肚子现在比染坊都要重要,我要把肚子里的孩子平平安安生下来。世奎,我要给你生个儿子出来。"

　　王世奎说:"也好,你就歇息几天。但是,就怕你耐不住寂寞。"

　　灯草说:"我啥心都不想操了,就想睡觉。"

　　王世奎说:"我也心疼你,实在不想做就歇息。你做了这么大一件事情,这一辈子也就没有白活。"

　　灯草说:"看着自己掏钱弄的衣裳和布匹白白送人,我心里是不愿意的,还不是你们,逼着我做善人。"

　　王世奎说:"天地良心,没有谁逼你啊。"

　　灯草说:"那你们都装好人,做善事,不是逼我是啥呢?"

　　"哦。"王世奎笑了,说:"那你散光了染坊的家业,也是值了。"

　　灯草说:"散光了染坊的家业,我就一心给你生儿子。等他们长大了,散光你辛辛苦苦赚来的所有家业,我看你还高兴不。"

　　"高兴。"王世奎说,"怎么会不高兴呢?真能散光家业是他们的本事。"

　　再次回到德胜堂,王世奎黑着脸一句话都不说。李进才看在眼里,特意过来往王世奎对面一坐,端起一杯茶喝了一口,问:"大掌柜,心里有事?"

　　王世奎说:"你晓得王琰东家要驮'窑坪花'回去吗?现在的染坊你也去看了,你说我们拿啥给他弄驮子?"

　　李进才说:"染坊就是那么一个情况,没有布匹他王琰还能把嫂子给吃了?"

　　王世奎说:"话可以那样说,可我这心里还是不够踏实,总是觉得我们是欠人家了。"

　　李进才扑哧一笑,说:"你是心疼嫂子,心疼金盆湾的染坊。反正没有布匹,王东家该不会以此为借口,赖在窑坪不走吧!他就不会换上其他的货物回去?他以往的驮子还不是以水烟和药材为主!"

　　王世奎脸色沉沉的,看着眼前这个年轻人说了一声:"你哪里晓得这些。去,柜上好好看看账目。"

　　李进才得意地瞥一眼王世奎,说:"你的心事还不是被我说着了。"

上篇·染 坊

这时候门外响起老太爷的声音:"铺子里怎么没有声音?是不是来的客人没到我们柜上来?"

王世奎和李进才双双起身迎到店门口。王世奎说:"今天来的是汉中王琰东家,已经在柜上卸了驮子,休息去了。"

老太爷进来坐下,问:"没说回头货要驮啥吗?"

王世奎说:"说了。"

老太爷一翻白眼,问:"驮啥回汉中去?"

王世奎略一犹豫,说:"王琰东家说了,回去的时候要驮金盆湾染坊的布匹。"

老太爷又问:"准备好了?"

"没有。"王世奎说,"我刚才去金盆湾看了,没货。"

"没货?"老太爷说,"那么大一个染坊,会没几驮子布匹?"

"真的没有。"李进才看王世奎发窘,忙着替他回话,"我刚才和王掌柜一起去的金盆湾,才刚刚回来。"

王世奎这才缓过气来,给老太爷解释:"前段时间不是救济灾民嘛,灯草拿出染坊所有的布匹给灾民们做了御寒的衣裳,现在染坊里连麻片棉花都没有了。"

老太爷听完不觉一愣,说:"哦。想到办法没有?"

王世奎说:"还没有。"

老东家忧心忡忡地说:"那王琰东家回汉中驮啥货,你们要提前多替他着想。免得到时候弄些叫人家不高兴的事情。"

李进才回答说:"我和王掌柜刚刚商量这事情来,就按原先他走货的习惯给他准备,以水烟药材为主。"

老太爷说:"账目要算清楚了,我们再困难再穷,也要在账面上弄明白,马虎不得,别叫人吃亏。"

第十六章

　　王琰要启程回汉中去。

　　他先到醉香楼和菊香告别辞行，菊香哭哭啼啼地拦着，死活不让王琰回去。王琰好言好语相劝，赌咒发誓说回去了立马来窑坪接她回汉中成亲，菊香才半信半疑地让王琰出了门，让他离开了醉香楼。

　　到了楼下，王琰还看见菊香倚着木栏杆痴痴地看着他。王琰招手喊道："菊香你进屋去吧，我答应德胜堂的王大掌柜了，要尽快运一些棉花给金盆湾染坊里用的，人家要得紧，我再也不敢耽搁。要快去快回的，你放心好了。"

　　菊香紧闭着嘴唇，用力地点了点头。

　　外面街上，马锅头已经在吆喝了。王琰也听见了他熟悉的马铃声当当哪哪地响了起来，他还听见头马的嘶鸣和响鼻，接着，就传来了马蹄铁掌踩着石板的声音。王琰只好快步跑出醉香楼，去追赶马帮。

　　要过窑坪廊桥了，王琰才急急忙忙赶了过来。马锅头有点不高兴了，说："东家咋连一点点忌讳都没有了？"

　　王琰说："没事，我只是打了个招呼。"

　　马锅头说："往后，这样不行。"

　　王琰一笑，说："晓得了。"

　　刚走上桥面，王琰看见肖善人蹲在桥的一端，黑乎乎的像是一堆破烂。马帮前呼后拥过桥，肖善人忽然站了起来，高声大呼："进即是退，退即是进……不妥不妥……"

　　有几匹骡马吓得绕开了肖善人，嘶鸣不已。

　　王琰不明白肖善人说的是啥，但细看，却明显看见他眼角有泪水流了下来。王琰心里一激灵，想："怎么这疯子也会有伤心的事情也会哭吗？"

　　商队走得很快，不容王琰多想已经走出廊桥，过了下街王院，向窑坪河河滩走去。先头的马队已经蹚过了浅水坝，走进了柳树林子。柳树已经长了一些年头了，树干嶙峋，或斜或立，姿势各异。无论王琰怎么看，这些柳树都像是造型奇特的大盆景，枝头的柳梢长长地垂落下来，刚刚伸长的树叶拂着乱石下面的水面。一群白鹭受了惊吓，扑棱棱地飞了起来，盘旋一阵之后，沿着窑坪河河道向上游飞去，落到了远处。

　　马锅头的喉咙痒了，咳出几口痰，呦呦耶耶地唱起了小曲来：

上篇·染 坊

> 正月里要唱祝哟英台，人为财来鸟为食。
> 蜜蜂子因为采花死，赵巧的因为送灯台。
> 二月里要唱祝哟英台，一对喜鹊叫春来。
> 往年叫春哟来得早，今年的叫春百花开……

这首小曲是马锅头在窑坪学会的，但是唱得很地道，就像是窑坪当地人在唱。

王琰骑着一匹白马，赶上来和马锅头并排走到一起，说："大哥唱得真好，我还以为是谁在唱呢。"

马锅头笑笑说："刚学会，瞎唱唱。"

王琰也笑了，说："我们这一回要走快一点，回去就得返回到窑坪来。王掌柜说了，要给金盆湾的染坊置备棉花和纱条呢。"

马锅头说："晓得东家你心里急，到窑坪就舍不得走了。这刚一离开，就又挂念上了，巴不得今天刚走，明天就回来呢。"

王琰说："哪有你说的这些个事情。看着你面相挺老实，还看得出装着一肚子花花肠子！"

马锅头抽了一鞭子王琰的白马，说："我哪里有啥花花肠子？东家你是说你自己哩吧。"

白马受惊，长嘶一声放开蹄子猛跑起来。王琰还在说着啥，马锅头也不听，只顾自己哈哈大笑起来："东家你看看，到底还是你心急吧，到底还是你的花花肠子多吧！"

灯草给工人没说放假，只是说叫休息几天，然后就回到廊桥边上的家里，躲在楼上独自伤神。王世奎看在眼里，自然心疼自己的老婆，就帮她宽心，说："你没见王琰东家回汉中去了。多则一个月，少则十几天就回来了。到时候，你只要听到王琰东家的马帮回到窑坪，你就等着动你的纺车和织机吧。你现在怀有身孕，千万不可再伤心，要注意肚子，可不敢动了胎气。"

灯草啼啼哭哭地说："我也不想伤心，我是没办法啊。"

王世奎说："你不是说你不在意染坊了吗？你不是说你要给我生个儿子的吗？你不是说你的肚子现在比染坊还要重要吗？你不是说要把肚子里的孩子平平安安生下来，会在家里守着我守着小艾吗？现在你只是暂时休息休息，只要王琰东家回来，你再想休息就难了。"

灯草说："老东家走了，染坊要关门了，天要塌了！"

王世奎说："你就是想不开。王世奎东家，东家的德胜堂还在窑坪呢！染坊要关门了，灯草你还在金盆湾呢！天要塌了，还有我王世奎在你灯草跟前呢！"

灯草不再哽咽，终于哇的一声大哭起来，说："我的世奎啊，你是我的天啊……"

菊香在醉香楼上苦苦等着王琰的时候，灯草也在廊桥边上的楼上等着王琰。灯草天天向王世奎打问王琰的行程消息。她每天只要醒来，只要听见有马帮的声音，她都以为是王琰的驮队驮着棉花到窑坪了。一天她要问好几回伙计："是不是有汉中上来的驮子？是不是有棉花？"

有时候还真问着了，有汉中上来的马帮，但遗憾的是没有驮棉花，更不是王琰的马帮。

等得急了，灯草有了自己的想法。一天晚上，王世奎刚刚进屋，灯草就问王世奎说："我们是不是也在窑坪河试着自己种棉花？"

这个提问，王世奎感觉是莫名其妙的，他不晓得灯草说的是啥意思。灯草说："我们可以想办法弄回来棉花种子，然后再窑坪河试着种啊。如果种成了，就没必要从那么远的地方买人家的了。"

王世奎这才听明白了，灯草这是想自己种棉花。他说："你这个办法好是好，就是远水解不了近渴。"

灯草说："不急。"

"不急？"王世奎笑着说："不急你半夜半夜睡不着觉？"

灯草说："这是两码事。"

"两码事？还不都是棉花！"王世奎坐下，喝了一口灯草端来的茶水，"还不是害得你整夜整夜睡不着觉！"

"等王琰东家的棉花是为了眼下染坊，我们自己种是为了以后长久的生意。"灯草问："掌柜的你说，这能一样吗？"

"不一样不一样。"王世奎戏谑灯草说，"没想到你能想那么远，真是不容易。"

灯草说："你就别笑我了，都是这几天没事干，瞎想的。我一个妇人家，哪能想多远呢。"

灯草自己怎么都不会想到，她的这一瞎想，竟然开启了康县种植棉花的历史。《新编康县志·大事记》记：1917年，康县窑坪河流域试种棉花，丰收。后又从汉中购回轧花机二台，自此，康县有了植棉轧花技术，比康南植棉史早20多年。

王世奎当然也不会想到，他和灯草做的这件事情，不仅仅只是给金盆湾的染坊提供了相当一部分原料。

王世奎和灯草一边在想着试种棉花的事情，一边还在焦急地等着王琰的马帮从汉中驮着棉花早日回来。

谁也不会想到，一月以后，还是没有等来王琰东家。但是，马锅头却带着马帮住进了窑坪吊河坝的李家脚骡店。进店已是小半夜，李德亮已经睡了。骡马杂乱的蹄声叫醒了李德亮，他听见了停在大门外面的驮队的声音。提着镜儿灯开了门。伙计也出来了，帮忙卸了驮子，就牵了牲口去饮水拌料去了。马锅头也不说话，进了客房倒在通铺上就睡了，衣服也不脱。

李德亮以为他们太累，也不打扰，关上门就回去睡了。

第二天，天大亮了马锅头才起来，没洗脸就吆喝起来伙计，说驮子是王琰东家交代交到金盆湾染坊给灯草的棉花，要伙计们先各自上好牲口驮子，他要去金盆湾找灯草。

灯草听到音讯，急急忙忙往金盆湾跑。

那天早上，灯草听见路边沟里的小溪水叮叮咚咚地唱着歌，看见竹梢上的水珠珍珠般闪着光，感觉脚下的小路也比往常平坦。她就那么一路小跑，好像踩在光滑的刚刚从染缸里捞出来的布面上。王世奎担心死了，紧紧地跟在后面，不断地喊着小心，但是她都没有听见。

当她看见马帮驮子上的棉花包子的时候，她激动地流出了眼泪。王世奎从后面追上了，她正抓着一把棉花高兴得像个哭着要糖吃的孩子。王世奎松了一口气，责备她说："你也太不小心自己的肚子了。"

灯草毫不在意，说："这不是没事吗？没见过你这么大惊小怪的男人。"

说着说着，灯草突然就变了脸色，连腰也弯了起来。王世奎吓了一跳，上前一把扶住灯草，问："灯草你怎么啦？"

灯草说不出话来，豆大的汗珠从脸上滚落下来。王世奎忽然想起灯草的肚子，忙问灯草是不是肚子疼。灯草极力地点点头，算是答应了王世奎。

王世奎吓得不轻，晓得灯草这一番忙乱，肯定是要生了，就连忙吆喝伙计，让一帮人用一副旧门板抬着灯草小跑着往窑坪街上奔去。王世奎安排完卸驮子的事情，然后心急火燎地往街上赶。二里路的金盆湾，王世奎奇怪地感到今天这二里路怎么突然变得那么长，怎么走都回不到廊桥边的家里。

王世奎的腿软得连路都走不动了，他扶着一株冬青树，老感觉站不稳当。

他想冲上楼去看看刚出生的儿子，可是就是迈不开脚步。摇摇晃晃爬上楼，王世奎坐在炕沿上，看着包在新棉被里的孩子，咧开嘴呵呵笑了。灯草看着王世奎傻兮兮地笑，嗔怪地说："没出息。"

王世奎吁着气说："还不是被你吓的！"

灯草笑笑，说："我吓你了吗？"

王世奎说："差点没吓死我。"

灯草说："谁叫你那么胆小。"

王世奎说："不是我胆小，你放不下染坊也放不下孩子，我是怕你把这些丢了，反过来和我拼命。谁不晓得你是母老虎啊。"

灯草说："我是母老虎吗？那我就给你生了一个小老虎。"

王世奎说:"好啊,好啊,我们的儿子就叫王永成吧。"

灯草说:"孩子的名字你说了算,我不和你辩,因为你是读过书的人,这一点我不敢和你比。但是,金盆湾的染坊,我就要交给你了,现在你不光是德胜堂的大掌柜,也是金盆湾染坊的大掌柜,我也是你的东家。"

王世奎说:"大当家请放心,染坊的大掌柜给你请安。"

灯草抱起刚刚出生的王永成,说:"没见过你这么不正经的人,都是两个孩子的爹了,还那么贫嘴。"

王世奎说:"还不是高兴的?你啥时候还见过我这样高兴过?"

灯草说:"你啥时候没高兴过?"

王世奎还在耍贫嘴,说:"但是今天我最高兴。"

灯草说:"我不和你说话,我和我的儿子说话。"然后对着王永成,说:"王永成,咱不和你爹说话,你爹他耍贫嘴。"

王世奎呵呵地傻笑,说:"我得去问问马锅头,王琰东家咋没有返来。"

王世奎的儿子王永成出生的过程是和金盆湾染坊重新开工同时进行的。王永成刚刚露出头的时候,染坊里刚刚码完棉花;王永成哭出第一声的时候,染坊里的纺车上正好牵出一个线头。到王永成满月那天,金盆湾染坊院内的搭架上,也晾出了几匹"窑坪花"。

到脚骡店找到马锅头,王世奎问起王琰东家咋没来。马锅头只顾吸烟,水烟壶呼噜噜呼噜噜地发出难听的声音。面前的火塘,几根柴棒堆在一起,飘散着火苗和浓烟,马上要熄灭的样子。躺在通铺上歇息的马帮伙计们似睡非睡,一些人斜着眼睛看王世奎和马锅头说话。

李德亮也坐在旁边。王世奎拿火箸在火灰上胡乱画着,谁也看不出他画了一些啥。李德亮问马锅头说:"到底咋回事你得说话啊——都要急死人啦。"

马锅头透掉水烟烟灰,说:"王琰东家只是要我给窑坪金盆湾的染坊送棉花,说驮子要交给德胜堂的大掌柜,并没有说他为啥没来窑坪。他告诉我,回去的时候,要大掌柜给骡马的驮子弄好回货。来回的账务大掌柜和王琰东家结算。"

王世奎说:"来回的账务倒没啥担心的,就是回货我做主给东家弄一次也成,不晓得他这次咋没跟着来窑坪。"

马锅头说:"东家也没有说下准话,我也就不晓得他啥时候能来。"

王世奎问:"那你们东家怎么说的?"

马锅头又吸完一锅水烟,说:"东家就给了一句话,说回货让王大掌柜看着弄。"

王世奎说:"你们东家是为难我哩。还是让我看着给他弄回货,他在汉中卖还是我在汉中卖?赚钱了都好说,假如真的不赚钱了,亏了,我没脸见你们东家。"

马锅头说:"东家说了,只要是王大掌柜弄的回货,就都是赚钱的货。"

王世奎说:"你们东家硬是要我王世奎给他找麻烦。我哪里会配啥回货?汉中啥货好出手我在窑坪就晓得?一次两次还好说,要常弄下去的话,我又不是神仙。"

"反正我们东家就这么说的,不信你问我们东家去。"马锅头说。

"我哪里去问你们东家?他这是欺负我没去过汉中。"王世奎愤愤地说,"没有这么做生意的,我没办法给他配回货。"

马锅头看看王世奎,不再说话。李德亮只好打圆场说:"你们东家至少要说主要回货要驮哪些吧,这些主要货物弄好了,配几驮子杂货倒不是啥问题。王掌柜也不是没给王琰东家配过驮子,要不就按上回给配的样子再配一回?"

"说得好听!"王世奎恼了,说:"二哥,你给配。"

李德亮说:"我哪里会配?我还不是想到你给王琰东家配过货。"

王世奎说:"王琰东家在窑坪,我给他配驮子,也是私底下和他商量过的。现在他在汉中,我在窑坪,我到哪里和他商量?我不晓得怎么给他配。"

李德亮说:"你就按照以往的回货样子给他弄……"

话没说完,王世奎就打断了李德亮,说:"二哥,这是做千里路上的生意,市场情况千变万化,你以为是你的脚骡店,你只管坐下当甩手掌柜就行,晚上银子自己就来?"

李德亮也恼了,咋听都像是王世奎给他说话,就冲王世奎说:"就你厉害,懂市场懂生意。你倒是给王琰东家说去啊。"

王世奎看出李德亮生气了,就缓和了口气说:"我说这些话也不是对你,我的意思是说王琰东家他把生意当成了儿戏。早些年老东家在的时候,我常常听着我们老东家的教诲,他说做生意就是做人,就是一种救世的方法。那时候我不懂那么多道理,以为做生意就是赚钱。现在我不这么看了。老东家说的话,我现在感受最深啊。"

马锅头说:"我们认字不多,就晓得跟在骡马屁股后面赶好牲口,不晓得你们老东家说的大道理。我们东家说让我回货找王大掌柜,我就晓得找王大掌柜。"

李德亮也说:"老三你说说,做生意不为赚钱还做啥?就图个吃喝?"

"有时候啊,还就是图个吃喝。"说到这里,王世奎突然醒悟过来,说,"对了,王琰东家这趟货就是图个吃喝的买卖!所以他就不来!"

李德亮问:"为啥啊?"

王世奎说:"就是为了给我们德胜堂,给我们金盆湾的染坊送棉花。"

李德亮也明白过来了,说:"怪不得王琰东家这趟生意是这么个做法,自己都不来窑坪,还让你给弄回货。"

"越是这样的生意,越是难为人啊。"王世奎说:"王琰东家这是给我出难题哩。"

李德亮说:"他这是相信你。"

王世奎苦笑着说:"要不二哥你给做主配一回回货试试?"

李德亮说:"我哪里行?你是欺负二哥没做过买卖生意。"

王世奎说:"我是想让你晓得这趟回货的分量有多重。这趟不比王琰东家在场。这回不是他点头是我点头。你也该晓得,我这头不好点啊。"

马锅头终于吸完了水烟,过足了烟瘾。他说:"我们东家真的这样说了,说王大掌柜配啥我们驮啥回去,只要是王大掌柜配的货,保证赚钱。"

王世奎差点就跳起来了,他说:"看看,你们王琰东家这不是把我架在火上烤是干啥呢?"

桃花杏花热热闹闹地开在枝头,窑坪河河岸上的水草也丰茂起来了。

何炳章带着团丁回到窑坪,在下街安顿下来。然后当着街坊的面把一块镌刻"恩荣大夫"的木匾揭开包裹的红绸,亲自挂在吴久霖吴家宅子的大门上。

在门楣上布置了这样一个物件之后,几只在檐下筑巢的燕子吓坏了,只在院子外焦急地鸣叫徘徊,不敢靠近。

何炳章看着挂好木匾,开始鼓掌说话。他说:"乡党全力济人,我何某身为窑坪士民深感荣幸。承蒙久霖老东家慷慨,数次开仓,父老乡亲纷纷解囊,才使得白马关城墙及时得以竣工,逃荒乡邻大难之时得以活命。小小的窑坪,义薄云天,功业卓著。可谓陕甘川三省民间之壮举,上可顶天,下可立地。在此,本团总何炳章受阶州直隶州分州白马关署理管带之托,带鎏金匾额回乡致谢。"

团丁们鼓掌,一些人转身走开,还有一些人往地上吐口水。何炳章何老爷虽然看在眼里,却没法生气。他回到窑坪,本来就觉得理亏,心里虚,即使心里有火,即使恨得牙根发痒,也只能假装没看见。几个团丁狐假虎威想给主子出气,还没发作就被何炳章何团总给悄悄制止了。

何炳章继续说话:"窑坪士绅吴久霖,九思堂东家积粮足用,不计得失,报请政府,谥为'恩荣大夫',实为我地方至高的荣誉。"

吴久霖虽然对何炳章何老爷有一肚子成见,但被何炳章这样一奉承,心里立时像沁了蜜一样甜润。这种感觉让吴久霖东家无比受用。这是官家对自己的赞扬和肯定,自己的粮仓没有白开,官府赐下来的"恩荣大夫"的牌匾挂在自己的大门上,那份荣耀不是开几个粮仓舍粥就可以得来的。

吴久霖东家激动起来了,他咳嗽一声,清清嗓子高声说道:"我吴久霖背井离乡,承蒙窑坪各位东家掌柜相帮,一为白马关筑城之事尽了绵薄之力,一为窑坪水患之灾救难相帮,虽不是惊天动地,但也上悦天颜,下助瘵饥,使得窑坪有'义市'之称。历时一年之久,前后两次积粮,不是买卖,所以耗资甚巨,但由此得以扬名,也是值得的。"

上篇·染 坊

仍是团丁鼓掌。何炳章团总也鼓掌。

吴久霖躬身拱手，感谢稀稀拉拉的掌声。

"我晓得，过去大家对何老爷是有看法的。而今我的想法可能和大家有些不一样。有些个荣誉是多少钱财都换不来的，修筑白马关大家功不可没，救助饥荒我们窑坪尽力尽责——这些个事情多亏有何老爷何团总，才使我们的义举昭彰，广闻于天下。虽然'恩荣大夫'的匾额挂在我们大门上，但是荣耀是全窑坪商户的。仅凭我们吴家，遇到那么大的事情就算倾尽家产也是杯水车薪，难济于事。幸有窑坪乡邻，既为修城不计得失，还为灾民广施恩惠，救助于水火之中。现在能有如此荣耀，已是我们此生难得的福气！"

吴老东家把话说到这个份上，在场的人们也都驻步不动了。何老爷看见这个情况，连忙举手一拱说："父老乡亲，何某多有得罪。其实，大家是不了解何某的苦衷。虽然我不得已动了给大家救命的粮食，但我把事情还是给大家做圆满了。想想，也忒难为大家了。借此，我给各位父老赔个不是，恳请大家原谅我的冒失。"

吴久霖说："我们都是吃窑坪河的水长大的，都不是圣贤，哪能不犯个事情。再说了，把那些粮食拿出来修了白马关城墙也不见得就不是好事情。现在能给我们一个这样的结果，我倒还觉得挺好。可谓物有所值。"

王世奎在人群里不觉打了个寒战，他晓得挂在门楣上的匾额起了作用。吴老东家说出这样的话来，已不是老东家最初的意思了。刚刚被征用粮食的时候，吴老东家看着赵益帮唯唯诺诺的样子，不止一次破口大骂赵益帮"奴才"，诅咒干这桩事情的人们是"不得好死"。现在黑底金字的匾额一挂上门楣，吴老东家他就认同了这件在他心里不得好死的事情，开始帮何老爷说话了。

王世奎打算回去看看灯草。他踮着脚侧身挤出乱嚷嚷的人群，迎面肖善人大步走了过来，蓬头垢面，高声叫喊："啊呀呀，怎么聚了这么一大群牲口呀，可惜就是人太少太少了呀！"

王世奎避过肖善人，离开吴家大门，往回走去。他记得，灯草和儿子王永成在他离开的时候，都还在睡觉，他不晓得他们睡醒了没有。如果睡醒了，灯草就该吃饭了，儿子王永成也该吃奶了。

到底是春天，河风吹在脸上，像灯草的手在抚摸。王世奎想，既然天气这么暖和，回去了是不是要脱掉外面的棉袄。

第十七章

  在一个细雨天的中午，马锅头的马帮又到了窑坪。马帮驮上来的还是棉花。在金盆湾卸了驮子，回到德胜堂他给王世奎说："我们王琰东家说了，回去的时候，满驮子都要麻黄。"
  王世奎不解，说："你们东家不是要'窑坪花'吗？"
  马锅头说："东家的生意，我们又不好问他。他只说要满驮子的麻黄。"
  王世奎问："他不是一直都稀罕'窑坪花'的吗？怎么现在有货了，他却偏偏要麻黄呢？"
  马锅头说："大掌柜就别问那么多了，你问我我也不晓得。你就按东家的意思给弄吧。"
  "我就觉得吧，还是'窑坪花'好卖。因为你们东家每回到窑坪都要问'窑坪花'呢。现在他突然不要'窑坪花'要驮回麻黄，我反倒觉得不合适。"
  "我也觉得有点怪怪的，但是生意是王琰东家的，我们也操不上心，只管把货给驮回去就好。"马锅头说，"其他的，你可以当面和我们东家去说。你就给准备麻黄吧。"
  王世奎点点头，说："好吧，麻黄就麻黄。"
  德胜堂的库房里不仅仅有麻黄、土纸，还有生漆。货是现成的，不用准备。王世奎立时吩咐店里的伙计说："给王琰东家准备麻黄，包要打好。"
  伙计们应声后，王世奎还是有点不放心，再三叮咛说："选好货，按牲口数的驮子打包。"

  马锅头在等麻黄打包的时候去了一趟醉香楼。菊香认识马锅头，看见他进了院子，眼泪就忍不住流了下来。马锅头上楼到菊香的屋里，从褡裢的口袋里拿出一串珠子，说是王琰老板特意带给她的。菊香哽哽咽咽地问马锅头："他怎么不来窑坪了？"
  马锅头认真地看着哭成泪人的菊香，说："东家在汉中有要紧的事情，一时半会儿来不了窑坪。"
  菊香问："那他啥时候才能来呢？"
  马锅头说："这个不好说，差不多得到年后吧。"
  菊香把珠子还给马锅头，说："他人都不来了，我要他这个东西有啥用？"
  马锅头说："东家确实是有事情，他没说不来啊。"
  菊香说："我都好几个月没见着他了，还说有事情。他的事情咋就那么多啊？"

上篇·染 坊

马锅头没法回答菊香的问话，只好低头不语。菊香端来一个凳子，让马锅头坐下。马锅头没有推辞，坐下，点起一锅烟，重重地吸了一口，吐出来的烟雾让菊香猛烈地咳嗽起来。

天气有点反常，还不到夏天，就感到闷热，隐隐约约还有蝉的叫声传来。马锅头觉得实在是有些倦意，他不晓得自己和菊香该说一些啥，眼皮不住地往一起粘。菊香看出马锅头是犯瘾了，连忙泡了一壶浓茶，给马锅头满满倒了一碗。马锅头感激地一笑，捧起茶碗猛灌起来。几碗茶水下肚，才感到从敞开的窗户里吹进来的顺河风到底还是夹带着一丝凉意。

菊香的淡妆已经花了，胭脂和水粉被泪水淌出了好几条痕迹。马锅头心里不由生出几分怜惜。马锅头说："我这次回去，一定喊东家到窑坪来。一是这边账务需要理清，二是让他来看看姑娘。"

菊香凄然一笑，说："既然你们东家在汉中有要紧的事情，那就不必那么急着到窑坪来。账务迟早可以慢慢地理，小女子也不是啥稀罕物件，她就长在这里，慢慢等你们东家，不急。"

马锅头还想说一些啥，但是又觉得说啥都不合适，只好端起茶碗，又喝干了一碗茶水。他把那串珠子放在桌子上，退出了菊香的屋子，在外面拉上门，默默地走出了醉香楼。

那天是窑坪的集日，窑坪已经恢复了往昔的繁华。外面的街上人头攒动，熙熙攘攘，全然没有醉香楼静怡。每个店铺都是忙忙碌碌，伙计们满头大汗地卖出买进，满街都是人们吆喝买卖的声音。

马锅头这时候才来了精神，挤进人群里这里瞅瞅那里瞅瞅，好像没见过世面的山里人。连马锅头都有点纳闷，怎么今天的窑坪，竟然比汉中还要热闹？

马锅头走到下街头，一排剃头的挑子一字排开，泥炉子里的炭火烧得旺旺的，铜锅里的水翻腾着热气。坐在木头圈椅里剃头的人们在剃头师傅的摆弄下，全都闭着眼睛，享受着阳光下的这种惬意，舒服得不想醒过来。

马锅头也坐上一个空位，剃了个头。掏耳朵的时候，他忽然记起一件事情，哎呀叫了一声，叫剃头师傅停了手里的动作，起身付账，然后又挤进人群，往下街头的柳树林子里急急地走去。

他记得，这个柳树林子里，他看见过有生漆卖。

马锅头的父母都还在，年纪也不是很大，但是俩老人身体都不是很好，时常卧炕养病，家里已经准备了棺材，就需要生漆漆黑老人的这两口棺材。他晓得，在窑坪看见的生漆，应该是没有掺入其他杂质的上好生漆。俗话说生漆离树就有假，割漆的匠人在漆还没有下树的时候，就有人把自己的尿和带来的水一起搅匀在生漆里面，这是公开的秘密，没有谁过分计较这些事情，但是窑坪市面上很少有这样掺假的生漆。

马锅头剃了头,刮过胡子,精神了许多。马锅头其实年纪不大,也就三十几岁,只是风里雨里来往奔波,脸上容易留下岁月的印迹。身上的汗腥夹杂着骡马的臭味现在淡了,走在春风里的马锅头一身轻松。

很快就找到了卖生漆的地方,几堆木头做成的椭圆形的漆罐黑乎乎地摆在地上,飘散着生漆辛辣的味道,有点刺鼻。卖生漆的老人只一眼就看出马锅头是来买生漆的外地人,他揭开一只漆罐的盖子,拿一把长竹筷搅动罐里的生漆,然后拿出筷子,让粘在筷子上的生漆滴落到漆罐里。阳光下,生漆在漆罐和筷子间拉出一条琥珀色的半透明漆线。

老人啧啧着嘴巴,说:"你看看,成色多好的生漆!"

马锅头不懂生漆的好坏,只是看着漆线好看,忍不住伸手接了一把往下滴落的生漆。卖漆的老人没来得及挡住,黑乎乎的生漆已经沾了马锅头一手。老人说:"这东西沾不得手。"

马锅头不解,问道:"为啥就沾不得手?"

老人幸灾乐祸地说:"沾手会害漆疴子——明天你就晓得为啥沾不得手了!"

马锅头买好两罐生漆,一左一右提了,走出柳树林子。人群里肖善人闪了出来,追着一只癞皮狗,嘴里吆喝着:"狗,狗。满大街的狗。"马锅头忙往人群里一缩,避开了肖善人。慌乱中,左手里的漆罐被打翻了,粘稠的生漆流了出来。

马锅头扶起漆罐,这一下,他又沾了满手的生漆。

这天夜里,马锅头浑身奇痒难忍,不得已抓破了好几处皮肤。挨到天亮从大通炕上爬起来时,脸也肿了,眼睛细成了一条缝。马锅头想起卖漆老人的话来,晓得这就是害漆疴子了。他摸摸自己麻木并且臃肿的脸庞,不由得苦笑了一声,堆在脸上的表情显得惨然而又陌生。

马锅头躺在被子里到中午才爬起来。李德亮领着永祯堂的先生来给马锅头看病。马锅头摇着头说:"没有病没有病,就是害漆疴子了。"

先生说:"漆疴子就是中漆毒了,要用药的。"

马锅头问:"害个漆疴子还要用药?"

先生说:"要用药的。"

马锅头说:"我听我们东家常说,医之好治不病以为功。我害一个漆疴子也要先生亲自用药,有点小题大做了。你是想卖药给我,自己赚一壶酒钱吧。"

先生笑笑,摇头起身,说:"我不勉强你。"

说完背着药包走了。

马锅头一躺就是三天,身上肿得厉害,大小便都有了困难。李德亮不止一次劝马锅头找先生来瞧瞧,马锅头苦笑着说:"算了,我都把话给说绝了,怎么好意思再找人家来呢。俗话说,生死有命,富贵在天。就看我的造化好了。"

上篇·染 坊

李德亮也没奈何，只是叹气。马锅头说："麻烦你去醉香楼找菊香来，我和她说几句话。"

李德亮找来菊香，马锅头的脸像一只皮球，眼睛完全肿得睁不开，鼻子也肿没了。

菊香坐在马锅头的身边，说："我来了。"

马锅头说："我这个样子，就想见见你，说几句话。可是我看不见你……"

菊香说："我看见你了。"

马锅头说："没想到，小小的漆疴子会这么厉害。我啥病没见过，可就是没想到阴沟里会翻船。"

菊香问："你真是害漆疴子？"

马锅头说："估计是吧。"

菊香说："如果真是漆疴子，我倒有一个偏方。"

马锅头说："先生来过了，我没叫他给瞧瞧。我还是不相信一个漆疴子会有多么厉害。"

菊香回头对李德亮说："要叫灯草嫂子过来，我有事要她帮忙。"

李德亮说："灯草今天就在街上，我让世奎去叫她过来。"

灯草和王世奎一起来吊河坝脚骡店，暗乎乎的大通铺上，被子里包着浑身肿亮的马锅头。王世奎看见马锅头的脑袋，不晓得该说啥才好。菊香悄声对灯草说："嫂子，你帮我找一大把新鲜的韭菜叶子来。新鲜的韭菜叶子可以解漆毒。"

灯草答应一声，出门去了。一会儿提着一篮子韭菜进来，递给菊香，问："还要别的啥吗？"

菊香说："就这一样东西就行了，不需要别的啥。但是还需要把韭菜叶子捣碎才能用。"

灯草让王世奎出去，用门口的石碓窝捣烂韭菜叶子。菊香说要把一坨一坨的韭菜叶子泥敷在马锅头的脸上和身上，漆疴子自然慢慢就好了。马锅头不好意思，说啥都不让解开衣服上的纽襻，无奈手脚肿胀，无力挣扎，任凭人们三下两下就脱掉了衣衫。

滴着汁的韭菜泥被菊香轻轻地搽敷在马锅头虚肿的身体上，马锅头紧闭着眼睛，一动也不敢动。马锅头只是觉得四肢僵硬，大脑一片空白。菊香的手每移动一下，他都感到肌肉的跳动。菊香是那样细心那样认真，她把韭菜汁均匀地涂抹在马锅头肿着的皮肤上，然后把韭菜泥敷在一些已经发红的地方，用布包裹好之后，轻声说道："好了。"

马锅头没有听见菊香的说话，等到屋里都没有一个人了，他才渐渐清醒过来。偌大的店里，只听见自己的心跳。马锅头喘口气，想坐起来，但是浑身没有一点力气。他静静地躺着，满脑子都在回忆菊香给他搽抹身上的细节。

马锅头觉得，菊香的手指很凉，应该也很白。

浑浑噩噩睡到了下午时分，马锅头这才觉得有些饿了。醒来，大通铺上坐满了人，都在埋头呼噜呼噜地喝面茶，每人手里的包谷面锅塌塌发出食物的特殊的清香。

马锅头说，我要吃饭。众人用筷子敲着碗，说都那么胖了，还贪吃一顿饭。马锅头说，我哪里吃啥饭了？众人继续说没吃饭能那样胖？马锅头憨憨地笑道我是着了土漆的祸了，哪里晓得土漆就那么厉害。大家继续敲着饭碗问：现在你是不是晓得土漆的厉害了？马锅头点着臃肿的头回答：晓得了，现在晓得了。

所有的人都哈哈大笑，骡马店里洋溢着欢快的气氛。马锅头摇着头，说："我全身痒痒，像是爬满了蚂蚁在咬。你们不晓得我难受得就要死了，你们却还要拿我的难受当笑话说。"

一个伙计蹭过来，低着声说："你哪里难受了？菊香来给你敷韭菜汁的时候，你怕是舒服得要死要活的。"

马锅头说："不要胡说，菊香是东家的女人。"

伙计说："难道你没有想过？"

"再胡说，小心东家晓得了收拾你。"马锅头说，"小心你的舌头。"

伙计呵呵笑着，慢慢缩了回去，说："其实，我说到你的心窝子里去了。"

马锅头呻吟一般说道："你小子，你是胡说，你是胡说。"

伙计有伸过头来，小声问马锅头："我真的胡说了吗？"

马锅头闭着眼睛说："你就是胡说了。"

中篇·走汉中

【中篇】走汉中

中篇·走汉中

中篇 走汉中

第十八章

窑坪这时候迎来了秋雨绵绵的季节。李家脚店的房檐上老是嗒嗒地滴落着雨水。拴在马房槽上的骡马牲口不紧不慢地吃着草料，满院子都是马粪的味道。伙计们都蜷在有些潮湿的脏兮兮的棉被里，呼吸着满是霉味的空气，一动也懒得动。他们只是把自己埋在温湿的被子里，说一些酸故事。菊香给马锅头敷漆疮子成了大家闲时必提的话题，伙计们拿这件事情来取笑马锅头说："连东家的女人也敢动心思，真不亏是一个有血性的好男人。"

每每说到这件事情，马锅头心里都五味陈杂，把头蒙在被子里装睡。

其实，远在汉中的王琰已经病入膏肓。他整天躺在炕上，靠着吸大烟泡过日子，喉咙里有一丝没一丝地喘着细气，一团浓痰仿佛老是卡在嗓子眼里上不来也下不去。二十四岁的王琰，全然成了一个形容枯槁的活死尸，面无一点血色。

虎头桥边一个深巷子里，雨水汇集成一股一股的小溪从出水洞里拥挤出去。这里是汉中最为繁华的地方，但是恼人的延绵大雨弄得这里也极其凋敝，街面上没有人走动。偶尔几顶雨伞飘过青石板铺成的街巷，也没有人在街面的哪一个店铺门口停下来。那些雨伞下的各式鞋子，踩起一路水花，都匆匆离去，消失在青石板街巷的远处。

王琰就躺在巷子里一座院子的东厢房里，硬撑着虚弱的身体，苟延残喘。屋外哗哗的雨声老是搅乱他的心绪，他不时地问守在身边人说："去窑坪的马帮回来了没有？"

下人们嚅嗫着不敢回答，只好遮遮掩掩道："外面忒大的雨。"

王琰说："我晓得外面忒大的雨，我只是想晓得马锅头他们啥时候回汉中！"

可就是没人晓得被雨水阻止在窑坪的马锅头他们啥时候可以回到汉中。王琰便在风雨声里一遍又一遍地叹息："这忒大的雨——"

中篇·走汉中

坐在炕边暗自流泪的张慧仙明白王琰为啥老是要叹息天气：他是在挂念窑坪。作为妻子，她太了解自己年轻的丈夫。虽然他现在连自己的身体都难以支撑，但他远行的心依旧是在大雨滂沱的天幕下奔波驰骋。

可是张慧仙哪里知道王琰之所以挂念窑坪，最主要的原因是放不下菊香。他不但是想着马锅头带着马帮回来，还惦记着马锅头从窑坪带回有关菊香的消息。窑坪醉香楼和菊香一别就是半年之久，这期间，王琰放不下菊香，也不敢提起菊香。他一直在这种矛盾中煎熬着，真可谓度日如年。

病痛中的王琰，心无时不在汹涌澎湃，没有一天可以平静下来。他不晓得自己的病情究竟怎样，还熬得过熬不过这个雨季。窑坪，那个远在天边的小镇，距离汉中虽然是那么遥远，但又是那么亲近。如果把王琰的全部心思装在一条船上，仅凭汉江是无法承载的。它是那么沉重，体积是那么庞大，足可以使装载它的那条船沉没在滔滔的汉江之中。

幸而没有，王琰只是躺在上屋里的炕上，把心思放飞在雨幕里。他多么急于晓得窑坪的事情，多么急于晓得菊香的事情。张慧仙看着王琰整天昏睡，他那张瘦小得已经变形的脸上非常平静，看不出他内心的激荡，也看不出脸上有任何一点点的表情。

掌柜康永从雨里钻进院子，合上湿淋淋的黑布雨伞，快步跃进屋里，还没转过屏风就急急叫道："东家，大东家！"

张慧仙示意康永小声，然后在屏风口迎住他，问："康掌柜这么急急地进来，到底是啥事情？"

康永说："出大麻烦了，冒雨回程的马帮刚到老城根，就被沔河的大水给冲散了。听马锅头说，好几驮货连牲口带货都被大水冲走了。"

张慧仙说："损失几匹牲口，丢掉几驮子货物，也值得你这样大惊小怪一番？马帮出去啥时候轻轻松松走过，哪回没有出过事情？"

康永点点头，说："窑坪德胜堂的大掌柜王世奎跟着马帮一同到了汉中，眼下正在铺子里喝茶。"

张慧仙问康永："招呼人家吃过饭了没有？"

康永说："我就是拿不定主意，这才到东家家里请示。"

张慧仙恼了，说："亏得你还是掌柜！你长的啥脑子？还不快去看看醉洞宾有没有座！哦。对了，窑坪来了几个人？"

康永说："就王世奎王大掌柜一人。"

这时听得身后的炕上王琰弱弱地询问："是德胜堂的王世奎王大掌柜来了吗？"

张慧仙稍稍有点吃惊，只好如实回答："是啊。"

王琰又问："马锅头和马帮也都回来了吗？"

康永走到王琰炕边，说："嗯，都回来了。"

"扶我起来。"王琰说,"扶我起来,我要见王大掌柜,要见马锅头他们。"

张慧仙实在是吓坏了,她慌忙地过来扶住挣扎的王琰,说:"东家别急,我让康永掌柜请他们过来见你。"

王琰稍稍歇息一口气,嗔道:"让我躺在炕上见王大掌管,这是待客之礼吗?更何况,王掌柜和马锅头都不是平常的客人,我怎么能够躺在炕上见他们!"

康永叹口气说:"东家放心,因为他们不是平常的客人,如果晓得东家患疾不能相迎,应该不会见怪。"

王琰也叹气,说:"不是他们见不见怪的事情,而是我本应出门相见才是道理。你们不晓得,我在窑坪的生意一半是托了王世奎王掌柜,一半是托了马锅头啊。我今天躺在炕上,而不能出门见他们,自感是失礼了。"

张慧仙流出泪来,说:"东家身体如此,怎么出门迎客?想那王掌柜和马锅头看见东家这个模样,必定不会怪东家的。"

"如果他们不怪,是他们的大度。但是我王琰,心里就是不安啊。"王琰哭着说,"太太哪里晓得,他们二人堪称我们汉中王家的擎天柱啊。更何况王掌柜是头一回到汉中来,而且是全程冒雨……太太你说,我不起炕出迎,以后还怎么和他们做生意呢?"

张慧仙像拍孩子似的拍着王琰,说:"东家你听我说,我和康掌柜前去相请王大掌柜和马锅头。今天这顿饭啊,就在你这病室里吃,东家你陪他们好好说些话吧。"

王琰想想,点点头说:"这样也好。就是我心里还是愧得慌。"又叹息:"唉,到时候我得向他们赔不是!"

张慧仙和康永看着王琰复又躺下,帮着盖好被子,才默默退出病室。到了外面,张慧仙又一次忍不住抽泣起来,满脸的泪水和着雨水往下淌。

张慧仙觉得,汉中今年的雨季居然是这样无端的长。长得叫人心慌意乱。

病炕边,饭桌上的菜肴没人动筷子。

王琰极力半躺着,颇为尴尬地看着屋子里沉闷发呆的几个人,说:"对不起大家,我在这里请大家吃饭,实在是想和大家见见面,说说话,没想到倒还影响了大家吃饭的心情。其实,我这病也没有啥大事,就是咳嗽得厉害,想来这雨季一过去也就会好了。到时候还要去窑坪做生意,还得大家尽力帮衬。"

王世奎说:"没有想到,窑坪距汉中听起来也就三五百里路程,竟然万分难走。我初走这条道路,就又遭遇到这种天气。半月前从窑坪启程,二十天之后才见到东家,没想到的是东家会病得如此厉害。乍一见,叫人心头不由一痛。"

王琰听王世奎这样说话,就故作轻松地呵呵一笑:"其实大可不必为我难受,我这只是偶染小疾,过几天定然会无事。只是此时此刻不能和大家碰杯对饮,终是遗憾,王琰自感对不住大家!"

王世奎说:"我们现在和东家同坐一室,即使不能同饮同食,就这样坐着也是高兴的。东家你要安心静养,我们会等你身体恢复之后再来窑坪,我们一起做好该做的生意。"

王琰轻叹一口气,说:"我何尝不想来窑坪和诸位共做生意,一路走好窑坪到汉中的商路,但是我现在是身不由己啊。还望诸位同心同德,帮我照顾好这一路的来往商货,大家也都有事情可做,有钱可赚。遗憾的是我不能在场,无法陪着大家同甘共苦,风餐露宿。"

马锅头也说:"东家,你就不要老想着和我们一起来往奔波的事情,眼下你的身体调息最为重要。等你好了,还愁这三五百里的路上没有你啊!"

张慧仙送酒进来,王琰留住要她代为敬酒。张慧仙自然感觉到屋子里气氛异常滞闷,就故意朗声大笑,说:"我代东家给诸位敬酒,自然不能显得女子太弱。各位给个面子,满饮六杯,祝大家路路畅通,六六大顺。"

王世奎看看马锅头,只见在座的也都面面相觑,不知如何应付眼前的场面。王世奎便只好起身,率先喝干了六杯酒,说:"既如此,大家饮了太太这六杯酒。一是图个吉祥,二是期望东家身体一天天见好,早日踏上这条汉中到窑坪的商路。"

王琰说:"你们哪里晓得我急呀,每天晚上我就是睡着了,在梦里都还梦见走在这条路上,过一个地方,又一个地方,都没有停歇过。"

张慧仙说:"东家不要太急,你这样浮躁,非但不能早日踏上商路,更于养病无益。好在今日大家一聚,东家就像在病中又走了一回窑坪,可以晓得一些往来途中的事情,也可以放下心了。来,大家一起再干一杯,让东家把心放在肚子里,安心养病。"

王世奎的鼻子陡然一酸,连忙举起酒杯,仰头又饮了一杯。他想说点啥,却又一时找不到合适的话题,只好举着空杯,说了一句无关紧要的话:"请大家干了这杯,期望东家一天好似一天,早日和我们在窑坪相聚。"

众人只好一齐喝干杯里的酒,说:"祝东家早日康复。"

王琰勉强欠起身来,抖落了身上的锦被,喘息着说:"既然大家饮了这杯酒,就请安心在汉中静住几日,等天气有所好转,我和大家一起启程,同回窑坪。"

王世奎饮罢,匆匆放下酒杯,心里如外面大街上的空气一般,湿漉漉的,沉重且凝滞。

满桌的菜肴热气氤氲,张慧仙扶起王琰,极力劝大家吃菜。王琰看出屋子里的气氛低沉,笑着说:"大家放心好了,其实我这些病态的表现只是戒烟期间的身体不适,并不是啥大病,所以大家心里不要放不下我的身体。待这段时间过去,天气好转之后我必有起色,那时候,我照样和大家东奔西走,但求各位不嫌我累赘就好。"

王世奎心里不觉一震，对满面苍白的王琰更为刮目相看了。这个在窑坪常常光顾醉香楼的年轻人，他开初只是认为是一个生意上的普通相与，及至后来成了可以互相依赖的东家，最多他把王琰和张义看成不相上下的好朋友，其他不甚了解。但眼前的王琰，着实让他王世奎不敢小觑了他。王世奎听说过许多戒烟的事情，没有谁可以随随便便就能扛过去。像王琰戒烟戒成这个样子，王世奎真是第一次见。

王琰喘息一会儿，凄然一笑，又说："我这事情本是家丑，但今天在座的都是我王琰的好兄弟，我也就没有啥好隐瞒的。我对外从来都说是患了顽疾，闭门静养。"

王世奎起身离座，走到王琰跟前，伸手扶住眼前这位外表看来已弱不禁风的年轻人，心里甚为敬佩。他用劲握着王琰瘦弱的双手，说："东家今日言语，使我等甚为感动。一为坦诚，一为决心，这是我们始料不及的。自今日之后，王琰东家就是我们的楷模。"

王琰微微举手，摇了摇说："哪里话，哪里话，我这是自作自受，自觉羞愧难当，故而对外一直是说身体染病。哪承想今天在诸位面前还是说了实话，想原来家父再三叮咛不可沾染烟土，却阴差阳错不能如老人所愿，甚至背道。及至后悔莫及，方决意戒烟，累及兄弟们担忧。王琰实在罪大莫及，哪里还敢说啥楷模！"

王世奎说："回头浪子如王琰者，君子。面对事情如此忍辱，面对朋友又是如此坦荡，烟毒何堪忧？"

王琰弱弱地笑了，说："你们就别再笑话我了。"

王世奎说："我是真的从心里佩服。我们是看着你戒烟的，权当明证，但愿你这苦没有白受。它日，我们当并辔涉水，相携翻山，一路同回窑坪。"

王琰一脸的向往，说："一路欢歌笑语，一路茶叶飘香。呵呵，如果真有那么一天，我们当思不易啊。"

张慧仙插嘴说："东家因为戒烟，受罪极苦，形同虚脱。我曾再三劝阻，让他顺其自然，不要徒受这般痛苦，但东家不听……"

"我哪里是徒受痛苦了？"王琰不等张慧仙说完，便制止了她的话，"我之所以要立志戒烟，是深感懊悔。假若我连烟都不能戒掉，我活着和死了有啥区别？"

张慧仙还是落下泪来，说："你都差不多死了无数回了……"

"我这不是活过来了吗？"王琰淡淡一笑，说："我还要和王掌柜、马锅头他们一起去窑坪呢！"

从王琰那里出来，王世奎径直走到街上。已是华灯初上，虎头桥街上人影幢幢。王世奎一个人独自踯躅在人群里，不辨东西南北，随意而行。天依旧没有放晴，丝丝细雨飘来，湿润着脚下原本就潮湿的青石板。王世奎的头发沾了雨丝，肩也有些湿了。好在雨不大，满街的人影里没有几把雨伞。王世奎拿出汗巾擦了一把

中篇·走汉中

脸上的雨水,不料一只柔柔的手握住了他的手。王世奎一惊,诧异地看着眼前这位千娇百媚的女子。湿湿的空气里飘来浓浓的脂粉香味。

昏黄的灯光下面,女子眼含秋波,风情万种。王世奎的脸倏然红了,他急急地挣脱那只手的牵绊,跟跟跄跄混入人群里去了。他隐约听见,女子在身后用汉中腔说:"这位大哥哥,进来听听小曲还能吃了你啊?"

灯火暗处,已经到了汉江边上。

沿岸的麻柳树剪影般守着江水,听不出江水有啥声音。王世奎找了一块石头坐下,雨水一下子就洇透了屁股下面的衣服,那种冰冷叫王世奎不由得龇了龇嘴。他拿出水烟袋,装上烟丝,用火镰打着火,慢慢地吸了起来。

身边是成片的枫杨树,汉江在枫杨树之外以看不见的姿态涌动着。一丝一丝的雨冰冷地飘落下来,没有一点点声音。

一切都是那么安静。

王世奎就在细雨里吸完了一烟袋烟丝,一直坐到天色微明。江风吹来,一阵冷似一阵。王世奎不由得裹紧衣衫,还是瑟瑟颤抖不已。这时候,王琰安排寻找王世奎的伙计终于一脸倦容地走到王世奎跟前,他们浑身湿透,连声说道:"我的大爷哎,你初来乍到,人生地不熟的,怎么跑这里来了?我家东家一夜没睡,叫我们四处找你,你可倒好,放着暖和的炕铺不睡,到汉江边淋雨来了。"

王世奎欠身表示歉意,说:"昨晚是迷路了,不晓得该往哪里去。"

伙计信以为真,说:"汉中这么大的地方,也难怪你迷路了。"

晨曦里的汉江水,开始沉浸在不安和躁动之中。霏霏霪雨,浊浪无声无息地打着漩涡滚滚而去。王世奎有些惊奇,他怎么也没有想到身边默默流淌了一夜的汉江,会是这么一条大河。家乡的窑坪河即使涨水,虽然声音震耳欲聋,浪花飞溅却没有汉江这般气势。那年水灾,窑坪河涨满河坑,河滩上长了几十年的白杨树轰隆隆被推倒在河里,都没有眼前这没有声息的汉江使王世奎感到惊惧和震慑。

碧草萋萋。

王世奎在江边站立了好久,才慢悠悠挪动发僵的双腿往回走去。

没人晓得,王世奎那一夜到底想了一些啥。但是,可以肯定的是,他独坐潮湿的江边,淋了一夜濛濛秋雨,吸完了一袋水烟,绝对不是因为迷路了。

第十九章

九月底，天气渐渐冷了，秋雨终于退得没有了踪影。俗话说：刨灰的荞，和泥的麦。麦子都是在雨水里和着泥巴种下去的，几天之后，窑坪河谷地带的大田里，到处都是刚刚长出土的小麦苗。

还在雨水刚刚停歇的时候，王世奎就和老太爷商量去汉中置办年集货物的事情。

老太爷说，王琰病情还未痊愈，看起来还得早作打算。王世奎沉吟良久，说："老太爷，我的意思还是让德胜堂在汉中设立店面，用以打理德胜堂在汉中的生意。"

老太爷说："我祖上自迁至窑坪，历来深居简出，不为外界所瞩目。所做皆为桑梓，只图名扬乡里。三儿现在打算在汉中府做生意，立一驻脚之处，似有不妥。"

王世奎说："老太爷想得很对，但是窑坪河虽叮叮咚咚，偶有澎湃之势，终归是细流，徒有河滩顽石之巨，上下河道不过百十里。我看汉江，没有奔腾喧嚣，却宽大雄浑，浩浩荡荡不知源尾。我们在汉中开个分店，只是汉江中一小卵石，并无多少轻重，甚至不为人知。但是于我德胜堂却是开天辟地的一件大事。"

老太爷听完不由得点点头，赞叹起来说："三儿你到底是读过书的人，有这样的见解。"

王世奎说："我只是想着怎样才能把德胜堂的生意做大。"

老太爷说："三儿，你是明白的。你这样做的最终目的，是想把生意做成一个样子，那就是'货通天下'！"

"'货通天下'？"

"对，'货通天下'！"

王世奎诚惶诚恐，说："老太爷啊，我没想过那么大的事情。我是想：我们德胜堂的生意，不要只是拘于小小的窑坪啊。"

"我也晓得你心里是怎么想的。"老太爷说，"要在汉中开设德胜堂分店不是小事情。三儿啊，你去把你大哥、二哥都给我叫来。"

三人一起回到了老太爷屋里，老太爷正在躺椅上闭目养神。听见兄弟三人进来，老太爷也不睁眼，说道："老三去一回汉中，就要把生意做到汉中府去。若去一回北京城，难不成要把生意做到北京城里去？三儿，你倒说说你是怎么打算的。"

王世奎说："我也没有多想，就是觉得汉中地大物博，就是一个小小的街道也比我们窑坪的集日繁华。再说我们要常常和汉中有业务往来，我们何不自己在那里开一家分号，打理德胜堂在汉中的事务。"

老太爷听王世奎说完了，也不急于说话，等了半晌才问："说完了？就这些？"

王世奎说："我只是想着怎样把德胜堂的生意做好，没有想到啥'货通天下'啊。"

中篇·走汉中

李德明和李德亮听不懂了，连问啥是"货通天下"。老太爷终于睁开眼睛，说："你们晓得'货通天下'也没有用。只要管好李家骡马店的生意就不错了，你们谁晓得德胜堂把分号开在汉中怎么经营吗？我今儿把你们都叫过来，就是让你们听听三儿的想法。"

李德明和李德亮面面相觑，不晓得该给老太爷说啥。

老太爷微微起身，说："我晓得你们都还没有理解李氏家训，我是一直念你们还小，故而未加历练。现在我已年事已高，诸事不可全靠了三儿。你们也不看看，金盆湾的染坊，窑坪街上的店铺，来来往往的出进货物，那一项不是三儿独当一面？现在又想在汉中府开设分号，我就怕三儿顾此失彼，到头来累坏了身体不说，倒落下个笑话。"

王世奎说："我想，大哥、二哥管理好窑坪的生意是没有啥问题的，只要他们上心。说到汉中的生意，只要有王琰东家相助，现在做起来也不是啥难事。更何况有老太爷坐镇，我们还有啥害怕的事情呢？"

"你别指靠我。"老太爷说，"你也别给我戴高帽子，没用！你们不晓得我已行将就木、来日不多了吗？"

王世奎说："你老人家一生慈悲，广施仁义，一定是长命百岁。"

老太爷哈哈大笑，说："老三你就不要甜言蜜语了。就说说你打算怎么安排分号的事情吧。"

王世奎问："你是答应开设分号的事情了？"

老太爷佯装生气地说道："你以为我会挡住你吗？如果我是你的年纪，这些事情我还需要问别的人吗？"

从老太爷屋里出来，李德明说："三弟啊，我以往老把你当做外人，你不会生气吧？"

王世奎说："我怎么会生气呢？老太爷一直把我当做儿子，我自己也把自己当做老太爷的儿子。你是东家，我是掌柜，打理好德胜堂的生意，于情于理都是我应该做的。"

李德明有些羞愧，红着脸说："唉，只要你能这样想，我也就好意思叫你三弟了。"

王世奎说："哥啊，世上的事情很多，我们是要学着懂一些事情了。"

张义在一个午后赶到了窑坪。五十几头骡马往窑坪街上的德胜堂门口拴马石柱上一绑，牲口的声音立时响成了一片。

王世奎迎了出来，张义拍着牲口背上的驮子说："王掌柜，这次到窑坪，没有水烟，只有青盐。这五十几头牲口背上的青盐，指望换你窑坪的土纸回去。这生意做的，逼死逼活的非要那么多纸张，说是办公要用，我没办法了，就捎带整

队的青盐来，要置办好纸回兰州交差。你想办法吧。"

王世奎说："张东家大老远来到窑坪，咱进屋喝茶，先不说这些生意上的劳心事。"

张义嘴里没有停住说话，抬脚进了德胜堂："不说生意没办法啊。王掌柜你哪里晓得，我从兰州启程，一路没敢耽搁，直溜溜就到了窑坪地界。你说说，我不找你王掌柜，不找德胜堂我还去找谁呢？"

王世奎说："这些青盐，我想分给九思堂一些，土纸也要九思堂帮忙才能弄够……"

张义不等王世奎把话说完，急着表态说："我不管你把青盐让多少让给谁，我也不管你从谁手里给我倒腾土纸，我只认你王掌柜，只认德胜堂。"

王世奎说："那就不说了。你安心等着回货吧。"

张义还在着急，说："王掌柜你不晓得，这趟货要急死我啦。"

王世奎说："到了窑坪，你还急啥？"

张义仰头喝干碗里的茶水，说："不急了不急了，都到窑坪了还急个屁。"

王世奎吩咐倒茶的伙计："去，到九思堂叫段建成段大掌柜的过来。就说我有要事和他相商。"

伙计答应了一声放下茶壶，就出门不见了踪影。一忽儿时间，就见段建成跟在伙计后面进了德胜堂的店门。见到张义，段建成拱手高喊稀客。张义呵呵笑了，说："还要仰仗段大掌柜。"

段建成说："王掌柜要把生意做到汉中去了，以后啊，你在窑坪见面多的还真是我段建成了。"

张义有点诧异："真的？"

王世奎笑了一笑，说："八字还没一撇的事情，你不要听他段大掌柜的胡说。再者说了，你也晓得我那年连云台的生意都不敢去做，让赵益帮去做了，我哪里还有胆去汉中做生意！"

段建成说："都是铁板上钉了钉子的事情，还敢说八字没一撇？反正我晓得你是要去汉中开德胜堂的分号了。"

"汉中的生意是谁都可以做的？"王世奎嘴上死不承认，他问段建成："在汉中开设分号这样的话你段大掌柜都信？"

段建成说："你就不要装糊涂了。这事情放在别人身上我还不信，可是放在德胜堂王大掌柜身上我还真的就信了。"

王世奎说："你就别说那些个没用的事情了，这阵子请你来，是要和你商量个事情。"

段建成说："有啥事你们说，我听。"

王世奎指指张义，问："张东家有事情你帮不帮忙？"

段建成表态说:"我帮,肯定帮。"

王世奎说:"那好。今天他从兰州驮来五十多驮青盐,要换回五十多驮土纸,我这里一时也没有办法。我请你,就是想和你商量。我想张东家的这个急事情需要德胜堂和九思堂两家来完成,不晓得段大掌柜有啥要求。"

段建成说:"这是好事情啊。我还怕张义东家不和我们九思堂做生意呢。"

张义笑道:"哪里的话。我到窑坪,不仰仗诸位还不是寸步难行嘛!只要解了我的燃眉之急,价格方面好说。"

段建成说:"按照以往的规矩,张东家只需和王大掌柜谈好生意,给我们言传一声,我们照办就是。我们不必掺和价格这些事情的。"

王世奎笑了,说:"看看段大掌柜说的啥话!我没想把这个生意独自做了,既然是德胜堂和九思堂合作,就应该打开天窗说亮话,没有啥要隐瞒的。大小是个生意,又不是你和我自个儿的私事。"

段建成说:"话是这个话,理呢也是这么个理,但是我觉着,多少年来的习惯如此。你王大掌柜做事,没有我不放心的道理。"

王世奎说:"你也就别再推来让去了,趁你和张东家都在,我们把这个生意说明了,尽快置办吧。"

张义也在一边着急,听见王世奎这样说,忙插嘴:"对对对,还是说明了好。段大掌柜你不晓得,我急着呢。"

置办好张义回兰州的土纸,节气已到了冬至。

要在往常,五十驮土纸根本不算啥事情,但是最近几年天灾致使纸坊毁坏,烂糟户太多,根本造不出多少上好的土纸。

伙计们捆扎整齐五十驮土纸,先用油纸包好,然后用麻布缠裹,搭上牲口脊背的时候,张义和王世奎这才长长地吁了一口气。

后晌,太阳照着吊河坝堰渠边的几颗大银杏树,还有一些金色的树叶在微风里簌簌地四下里飘飞。落在堰渠里的叶子,被流水挟持着决绝地流走了,虽然有些留恋之意,却是身不由己。张义甩动鞭子,驱赶着领头的骡子,高声喊道:"——嘚儿——驾!"

这一声,张义喊得气宇轩昂,悠长嘹亮。银杏树上歇息的一群麻雀受了惊吓,扑棱棱打着旋儿飞远了。上好驮子的牲口们喷着响鼻,刨着蹄子,一副按捺不住蠢蠢欲动的样子。

张义找人看过黄道,说必须在后晌离开窑坪。王世奎也不敢强留,再三叮咛说:"路上早点歇息,不要贪黑赶路。"

张义谢过王世奎的好意,说:"我们也不急,这四十里的窑坪河我们走一半也就够了,到了大南驿再看天色,如果还能走,到三岔驿就歇脚了。到那里最远

也就二十多里的路程，估计没啥问题。"

王世奎说："那好。一路走好！"

驮队在牲口的嘶鸣声里起步，嘚嘚的蹄声铿锵有力，敲击着吊河坝青石堰渠上的石桥，走过河岸，消失在落完叶子的柳林深处。

段建成匆匆赶来时，张义的驮队已经没有了影迹。段建成叹息着说："我刚听说张东家要走，紧赶慢赶还是没赶上相送。"

王世奎说："都是老朋友，没那么多讲究。"

段建成说："正因为都是老朋友，自己觉得有些失礼。"

王世奎给段建成宽心说："放心，张义不会计较的。他晓得你惦记着他。"

段建成看着驮队消失的方向，说："但愿他和他的马帮一路顺风。"

王世奎点点头，不再说啥。段建成说："我想，你也该准备去汉中了。"

王世奎略略一顿，面色凝重起来，说："是啊，是该准备准备去汉中了。"

一阵冷飕飕的秋风吹来，王世奎和段建成这两个窑坪街道大字号店铺的大掌柜同时打了一个寒战。王世奎抬头瞅着漫天飞舞的金色银杏树叶，喃喃说道："这日子过得飞快，还没准备好，天气已经到这么个季节了——冷了。"

段建成也有些叹息，说："就是啊，这时间过得也太快啦。"

俩人也不急着回去，就在堰渠边的银杏树下，找了两块干净石头坐下来，各自装烟吸了起来。烟气缭绕之际，王世奎又一次叹气，说："这些年了，自己好像忙死了，仔细想想，却又啥都没做个样子出来，羞先人呢。"

段建成长长地吐出一口烟雾，说："你没做出个样子出来，羞先人呢。那我们就连钻地缝都钻不去了。你想想，你现在不仅仅是德胜堂的大掌柜，其实也是半个东家。灯草打理金盆湾染坊，你也没少出力，现在要在汉中开设德胜堂分号，还不是你的事情？你是不是骂我段建成是羞先人呢？"

王世奎看看段建成，说："我骂你做啥，我是气恼我自己，本来想着做些个事情，可是我觉着这辈子一件事情都没做好就已经老了！心里觉得愧对老太爷对我的大恩大德啊。"

段建成不解地望着王世奎，说："你说啥，我听不懂。"

王世奎磕掉烟灰，往后面仰了仰，说："我啊，就是把自己弄得有些吃力，筋疲力竭啊。"

"你不会歇息歇息？"段建成也磕掉烟灰，说："在窑坪，你们德胜堂的生意不算小了，咋说也是数一数二的字号。你操那么多的心，不筋疲力竭才是怪事情呢。"

"字号大小不要紧，要叫生意长久才是费脑筋的事情。生意想做大，有钱就可以。可是要把生意做长久，就不是钱多钱少的事情了。"王世奎说，"不是说

137

盗亦有道吗？其实商亦有道啊。"

段建成点头，说："我虽然没有思谋过这些事情和道理，但晓得怎样把店里的生意做好。听了王大掌柜的话，忽然觉得自己眼光短了，只看到脚面，没想过那么远。"

王世奎说："你们九思堂家大业大，根基稳固，你就是十年不做生意，也不会伤筋动骨，哪像我们，一天没有进项就捉襟见肘了。"

段建成说："王大掌柜说这话是欺负我段建成哩。我在九思堂虽然不如你在德胜堂做得好，可我也是按照我们东家的意思兢兢业业的，心里一直把九思堂当做自己的事业。这么久了，我最怕九思堂有点啥事情，从来不敢有丝毫马虎——平平安安就是福啊。"

王世奎说："我不像你啊。我自幼被老太爷收养视为己出，经管衣食住行，督促研习攻读，从来没有低视过半眼。我现在成家立业，都是老太爷扶持操办，我这一辈子啊，啥都是老太爷给的。我没办法不替老太爷想事情，大大小小的事情，都得想。"

段建成说："世奎啊，我晓得你的苦楚。你是我们窑坪最好的掌柜。"

"我就凭良心做点事情吧。"王世奎说，"我哪里是最好的掌柜啊，依我看，你段大掌柜才是窑坪最好的掌柜。"

段建成不解，抬头疑惑地望着王世奎，说："我怎么能是窑坪最好的掌柜呢？我有时候都不晓得我这个大掌柜怎么做才对。最难为的时候，我甚至想到了避开窑坪到一个没有压力的地方，悄悄地一个人过日子。"

"你能做出来？"王世奎摇着头，说，"因为你做不出这样的事情，所以你是窑坪最好的大掌柜。"

段建成说："你的压力要比我大多少，也不曾有过这样的想法啊！窑坪当大掌柜的又不仅仅是你和我两个人，怎么就说我是最好的？"

"实话对你说了吧，我有时候就想着丢下所有的事情，悄悄地和灯草去一个没有人烟的地方。"

段建成反问王世奎："那么你咋不去找那么个地方呢，王大掌柜？"

王世奎说："我没有办法啊。"王世奎幽幽地说，"我是无论如何都要报答老太爷养育之恩的，哪怕粉身碎骨。这注定是我今生分内的事情，不管我做得好还是不好。"

段建成站起身来，扑一扑屁股上的尘土，说："我不跟你理论这些，我还得回店里去。我离开店里时间过久，还真是不放心。"

王世奎也站起来，收拾好烟袋，说："走吧，回去。"

头顶上金黄色的银杏叶漫天飞舞，段建成看到，王世奎就被掩映在这样的背景之中，有点凄惶，但也不乏英武之气。一件宽大的短棉背心，很不合体地套在他的身上。其实，他穿的这件棉背心，是李德明给他的，灯草不止一次地笑过他，说他穿上大哥的棉背心，就像东街常乐班的木脑壳人。王世奎有时候也笑话灯草，反击灯草说她才是木脑壳，不会想事情的木脑壳。

段建成走过去拉拉王世奎，俩人摇摇晃晃地走过吊河坝，走到街上，互相拱拱手，各自往店里走去。

那么多的事情，还要他们去做。

灯草在金盆湾还在赶着漂染"新窑坪花"。王世奎走进门来的时候，灯草没有看见。王世奎故意咳嗽几声，灯草听见了却故意不理。王世奎绰起一根木棍，在染缸里搅动，灯草拿起一截初染的布料，撅着嘴巴回屋里去了。王世奎这才甩掉木棍跟着进屋。灯草鼻子里哼了一声，想扭头再次出去，王世奎连忙伸手挡住问道："何故不理为夫？"

灯草说："你说啥理不理的，我不懂。"

王世奎讪讪地收了手问道："你今天怎么了？"

灯草说："你不是要留在汉中的吗？回窑坪干啥呢？"

王世奎说："我这只是打算，哪里说要留在汉中了？"

灯草说："全窑坪就瞒着我灯草一个人，你都把想法说给老太爷了。老太爷可是满口答应，高高兴兴点了头了。"

王世奎急了，说："我只是想把德胜堂的生意做大一些。假如我们在汉中设了分号，窑坪的生意也就更加好做了。"

"我不懂这些烂生意的事情。"灯草说，"我就晓得，你去了汉中，做了汉中德胜堂的掌柜，窑坪家里就多了一个寡妇，小艾姐弟两个就没有了大。"

王世奎到底没忍住，哈哈大笑起来："灯草你说到哪里去啦？即使我真的去了汉中做了分号掌柜，也不至于叫你当了寡妇，叫孩子们没有了大。"

灯草眼里含了泪水，说："汉中到窑坪，千里万里的，我们母子不管谁有个头疼脑热的，那时候你在哪里？"

王世奎说："即使我时时刻刻守在窑坪，也不能替下你们母子的头疼脑热。更何况，汉中如果真的要开设分号，老太爷也不一定让我去。"

"那万一让你去呢？"灯草问，"你还真的不去吗？"

"让我去我就去了。到时候领上你们母子一起去汉中做生意。"

"我才不去呢。"灯草说，"我舍不得我金盆湾的染坊。"

王世奎故意哈哈大笑，说："那你怪不得我。"

灯草的眼睛更红了，哽咽着说："你就从来没想过我们母子，你只晓得德胜堂和老太爷、东家他们。"

王世奎说："天地良心，你哪里晓得我心里想的是啥！我是放不下德胜堂的

中篇·走汉中

生意，放不下老太爷，但我也同样放不下你们母子。"

灯草依旧不依不饶，泪水涟涟，说："假如真要在汉中设立分号，你不要去，窑坪的生意也是要紧的。"

王世奎说："这个事情由不得我……"

"你就不会说说假话，哄哄我吗？"灯草不等王世奎说完，开始抽抽搭搭地哭了起来，说："你就从来没想过我一个女人的感受，你就只在嘴上说说不去汉中的话，哄哄我你会死啊？"

王世奎眼睛也红了，嘴里嗫嗫着说："你晓得的，我说不来假兮兮的话……"

灯草说："你会说啥话？你会说一些撕烂人的心的话，你会记得德胜堂的生意，你会远天远地地去汉中，你会丢下我们母子……"

王世奎轻轻抱住激动不已的灯草，说："我啥都不会，灯草，我就会时时刻刻都记得你和孩子，记得窑坪廊桥旁边我们的家。"

灯草扑哧笑了，说："你终于会说假话了，会哄我高兴了。"

王世奎急了，说："我说假话让天打五雷轰……"

灯草捂住王世奎的嘴，说："不许你胡言乱语！我就晓得你半辈子没说过一句假话。"

四十里的窑坪河，崖壁土坎上，野黄菊花迎风怒放，肆意渲染着初冬的田野。没有落完的树叶，要么黄得流金，要么红得滴血。就连河道里的马帮，都不再急着赶路，迷恋起身边的晚秋初冬的窑坪景色了。

天气变得短了，往往一天只赶几十里路就黑了。窑坪的脚骡店开始人满为患，黑夜里围着火塘子烤鞋烤袜子的，也有三五一堆猜拳喝酒的，喧嚣一片，弄得臭气熏天。

老太爷被人扶着，一步步走进李家脚骡店，他来看这些住进李家大店的远方来客。老太爷咳嗽得厉害，他颤巍巍问道："众位东家远道而来，跋山涉水，一路辛劳。住进店里，觉得还舒服吗？"

众人见老太爷来了，一起起身，弯腰拱手，说："托老太爷的福，店里新席新毡，柴火又暖和，舒服。"

老太爷点点头，说："好，好。这样就好。"

有人出来给老太爷请安，老太爷连声谢过，说："这冷匝匝的天气，从大南驿到窑坪近近的十几里路，弯弯曲曲要过那么多道河，冷水伤脚啊。好好烤烤，好好烤烤。"转身又对身边的伙计说道："眼下，日短夜长了，要给拴在槽上的牲口多添草料。牲口吃不好，就没劲，走不好路啊。"

伙计点头说："晓得了。"

老太爷又叮咛道："要加豌豆，加精料。"

众人又一次谢过老太爷。老太爷说："本来想要和大家说说话，拉拉家常的，可我这老骨头不经事，怕冷，也就不陪大家伙儿了。忒冷的天，早点歇息，明儿早起赶路。"

有嘴快的脚户就问老太爷说："老东家，听说贵号德胜堂要在汉中开设分号，这个事儿是真的吗？"

老太爷顿了顿，说道："这个事情是想过，不过还没有想好，只是嘴上随便说说而已。"

脚骡店里立刻热闹了起来。有人高叫起来，说是窑坪德胜堂把生意做到汉中，在汉中开设分号，以后走到汉中也有了落脚点，去了就找王大掌柜讨水喝。

老太爷走到门口，听到喊叫的声音，索性又折转回身，饶有兴趣地往门口的高门槛上坐了下来，说要听听大家伙儿对汉中开设分号这件事情的看法。众人怕冻着老太爷，拥到门外扶着老太爷起身进屋，到火塘子边的木墩上坐下烤火。

老太爷说："德胜堂在汉中开设分号的事情，大家给参谋参谋。王大掌柜觉得这事是天大的好事，可我这个老头子觉着难，太难。"

有人接话，说："再难的事情，遇到王大掌柜就不难了。我看汉中开设德胜堂分号的事情，只要有王大掌柜在，就没麻达。"

老太爷很高兴，说："三儿是块好料，但不知在汉中的生意他能不能胜任。凭多年来大家伙儿的感受，老朽敢问，除去三儿，我德胜堂还有谁能去汉中开设分号？"

大家乱纷纷，说这个，老东家你要问问王大掌柜。

老太爷站起身来，说："好，好，我晓得了。"

说罢，在伙计的搀扶下，出了李家脚骡店，慢腾腾地回去了。

中篇·走汉中

第二十章

　　翌日清早，初冬的大雾刚刚散去，太阳马上要从云层里钻出来了。
　　老太爷一个人到了德胜堂的铺子里找到了王世奎。王世奎赶紧搬过太师椅，让老太爷坐下。老太爷看着店铺里人来人往热闹非凡的场面，心里高兴极了。他呵呵笑着，喝下一口清茶，对王世奎说："三儿啊，你尽快把手头的事情给你大哥李德明交接一下，好去汉中。"
　　王世奎说："我已经弄好了，只等老太爷来看看账目，我就可以启程。"
　　老太爷说："好，好。三儿做事就是利索。开初，我是不想叫你离开窑坪去汉中的。但又觉得除了你之外，我们德胜堂没有谁更合适去汉中府弄那么一摊子事情。但是，我还得问你，你走了以后，窑坪德胜堂谁可以做大掌柜？"
　　王世奎说："老太爷你看谁合适呢？"
　　老太爷说："我都老了，哪里晓得谁合适做大掌柜？你在柜上那么多年，该晓得谁能接替大掌柜。"
　　王世奎说："我只觉得，窑坪是德胜堂的根本，不可掉以轻心。我的意思是先让李进才打理，我去汉中……我想要带祝显明去汉中，这是一棵打理生意的好苗子，少不得锻炼。"
　　老太爷问："祝显明是谁？"
　　王世奎答道："这个少年大前年在德胜堂做完学徒，两年时间就从伙计、跑街升到了把式，虽然现在才二十出头，可前途不可限量，实在是生意场上的人才。"
　　老太爷说："既是人才，你就带上吧，先让他开开眼。"
　　王世奎点点头，说："我估摸着，过不了几年，他一定是窑坪最大最精明的大掌柜。"
　　老太爷叮嘱道："无论如何，你要记着你说过的话，窑坪是德胜堂的根本，不可掉以轻心。你虽然去了汉中，但得牢牢地记着，你还是德胜堂的大掌柜。"

　　回到家里，灯草还在染坊，没有回来。王世奎把自己重重地摔在炕上，仿佛瘫了一样。小艾过来替他脱了鞋袜，说："大大，上炕睡吧。"
　　王世奎看着小艾，问："你今天书读到哪里了？可有不解的地方？"
　　小艾说："刚读到《千字文》学优登仕，摄职从政。存以甘棠，去而益咏。"
　　王世奎微微蹙了一下眉头，轻声说："晓得了。"
　　灯草回来已是夕阳衔山，王世奎还躺在炕上瞪着眼睛看着木梁上结网的大蜘蛛。灯草进屋吩咐厨下做一席饭菜，女佣菊花不懂，问灯草说："又没有客人来，

自家三四口子人，做一席饭菜怎么吃得完？"

灯草说："你不要问，做就是了。"

到了吃饭的时候，灯草抱着小儿子，让小艾给王世奎敬酒。小艾不明就里，怯怯地端起酒杯，双手敬给王世奎。王世奎接了，并不急，他拍着女儿的脑袋说："蚕吐丝，蜂酿蜜，人不学，不如物。"小艾接口吟诵："幼而学，壮而行，上致君，下泽民。"

王世奎仰头喝干杯里的酒，放下杯子，说："好。灯草，有你这样的妻子是我王世奎的福气，我敬你一杯。"

灯草说："我晓得，你这杯酒怕是辞别酒吧。"

王世奎哪里肯承认？嘴里引开话题，说："你不觉得小艾读书有进步吗？"

灯草说："你觉得小艾读书有进步与你有关系吗？"

王世奎说："怎么没关系？关系大了。"

灯草问："你说，有啥关系？"

王世奎嘻嘻一笑："父女关系啊。"

灯草说："父女关系和读书进步有关系吗？"

王世奎仍旧嘻嘻地笑，说："女儿进步，我就高兴，这算不算关系？"

灯草哧地一蹙鼻子，说："别再惹我失笑了，小艾长这么大多亏你这个做父亲的啊。"

王世奎虽然自觉理亏，但还是硬着头皮说话："那是，那是。"

灯草说："王世奎，我就没见过你这么不要脸的男人！你想想，你心里除了德胜堂的生意，还有啥？"

王世奎说："你说话这么粗鲁干啥？你没看见有小艾哩！"

"你现在才晓得有小艾哩？"灯草说，"你打算去汉中开设德胜堂分号的时候，咋不晓得还有小艾？"

"我岂止晓得小艾，还晓得我的娇妻灯草和娇儿永成。"王世奎故意耍起了无赖，"灯草，无论我到了哪里，我还是惦记着我们这廊桥边两层楼的家。"

听他这样一说，灯草的嘴立时就软了："我晓得，凭我们是留不住你的。在外面，你要自己留心自己的身体，免得我们不放心。"

王世奎斟满一杯酒，双手捧给灯草，说："我也晓得你不会拦阻我。这么些年了，就你最晓得我！"

灯草接过酒杯，喝了，脸上流着眼泪，却还是笑着说："你就最会甜言蜜语，骗了我们这么多年。"

九思堂总号里，大掌柜段建成正在安排伙计们计划年集的百货。小伙计石成神神秘秘地过来，伏在段建成耳边，悄声说："大掌柜你听说没有，德胜堂要在

中篇·走汉中

汉中开设分号，王大掌柜马上就要去汉中了。"

段建成虽然知道这个事情，但是没有想到会这么快。他稍稍有点意外，问石成："王大掌柜马上就走？"

石成点点头，说："马上就走。"

段建成问："你听谁说的？"

石成说："外面街上都晓得，满大街的人都在说这件事情。"

段建成有点疑惑，自言自语地说："也没见他对我说起过现在就要走啊。这王世奎也真是说风就是雨，办事情风风火火的，让人都反应不过来。"

"连我们老东家都晓得了，在楼上说这事情呢。"石成说。

"我们老东家是怎么说的？"段建成又问。

石成又压低声音说："东家说，商户在外地开设分号是大举措，想要做大生意，应该是一条必然之路。我不明白东家说的话是啥意思。"

段建成说："我们东家是见过大世面的人，他说的话你能一听就明白了，还要我们这些个掌柜做啥！"

石成一伸舌头，说："大掌柜你告诉我，汉中离窑坪多远？汉中街面和窑坪街面哪个大？"

段建成笑了，说："长大了你出去自己看看不就晓得了？"

石成有点不高兴的样子，说："大掌柜看不起我！"

段建成一举手说："傻样，干活去。"

石成的脖子一缩，笑了一下，跑进了柜台里面。

段建成坐下，陷入了沉思。良久，他起身招呼柜后的掌柜们说："你们弄仔细一点，我有点事情去见见东家。"

刚拐到吊河坝，肖善人跳着脚迎面而来。段建成本来想着避一避，不想肖善人跳到段建成跟前却不走了，一只脚踩着青石板，一只脚高高地抬起，摇摇晃晃地支撑着平衡。一只狗夹着毛茸茸的尾巴从他们中间疾速穿过。肖善人和段建成都不说话。他们就这样沉默地对峙着。

连段建成自己都有些纳闷，不晓得为啥无缘无故和一个疯子在路上相峙不下。他明白过来刚要转身走开，忽然看见王世奎从对面过来。这时候肖善人也看见了王世奎，哇呀呀叫了一声，抢先从另一条巷子里跑了。

段建成上前，喊了一声。王世奎看见段建成，说："正找你呢。"

段建成不相信地问："王大掌柜找我？"

王世奎说："我找你商量去汉中开设分号的事情。"

段建成更加糊涂了，问道："你们德胜堂要在汉中开设分号，你找我商量个啥呢？我又不是德胜堂的人。"

王世奎笑了，说："打死我都不相信我们德胜堂想在汉中开设分号的事情传

到你们九思堂，你们就无动于衷，就没有想过这事。"

段建成也笑了，说："我这不是刚从店里出来，想找东家说说这事呢。"

王世奎说："我就晓得，听到这个消息第一个坐不住的就是你。"

段建成说："还有一个坐不住的人呢——我们东家。"

王世奎说："我想我们两家同时在汉中开设分号，不但是把窑坪的生意做出去了，去了也互相有个照应呢。"

段建成说："我也这么想。我们去问问老东家的意思。"

吴久霖就站在楼上的廊檐下看着拉拉扯扯的王世奎和段建成，吴老爷故意咳嗽两声，问王世奎道："王大掌柜，登门何事啊？"

王世奎连忙丢开段建成的袖子，正色道："我和段大掌柜有要紧的事情和吴老东家商量。"

吴久霖也不掩饰，乐呵呵地笑着问道："是不是去汉中开设分号的事情？"

王世奎如实答道："正是。"

吴久霖说："你们德胜堂去汉中开设分号是好事情，我们也去汉中开设分号，搅这浑水，似乎有悖我们两家商号近百年来互不相争的原则啊。"

王世奎站在院子里对着吴久霖躬身拱手，说："老东家，如果德胜堂和九思堂同时去汉中开设分号，实际上是相互照应。"

吴久霖说："可是我们九思堂不想冒险，只想把窑坪这条小街上的生意做好。王大掌柜，你们在这窑坪河上下四十里的地方，也是有名有气的商号，何必花这么大的力气千里迢迢前往汉中，做这个前途未卜的事情呢！"

王世奎说："老东家啊，我前些时日去过汉中，就边看边想，做这件事情是有准备的。其实你早就晓得，汉中的生意前途是咋样的一番光景。"

吴久霖还要说啥，段建成却紧挨着王世奎的话音说道："我可是听说老东家说过'商户全国开设分号是大举措，应该是一条必然之路'这句话，是不是我段建成听错了？"

吴久霖笑得连连咳嗽，这才挥着手说："上楼说话，上楼说话……"

段建成心里高兴，数着木楼梯的台阶上了楼，转过角楼，推开锃亮的镂花木门，就见吴久霖端坐在正厅太师椅上。吴久霖喝着茶水，说："你们两个祸害，不但是硬铮铮让我这个黄土掩上脖子的死尸给活了过来，还非得要我装成一个年轻人。"

段建成不相信地问："老东家你是答应这个事情了？"

吴久霖放下手里的瓷碗，说："说得对啊，这个事情我年轻的时候就想过了。既然今天有人想做，你们以为还能落下我吗？"

王世奎到醉香楼找到菊香，对她说了德胜堂和九思堂结伴去汉中开设分号的事情。菊香沉寂不语。王世奎说："我去汉中见过王琰东家，他身体小有不适，正在家里调养，估计年底就可来窑坪。"

菊香低头看着飘落在木楼板上的一条粉色绢巾，细着声音问："拜托大掌柜实话实说，王琰他到底怎么啦？"

王世奎说："就是风寒，不碍事。"

"你骗我。"菊香不相信，"哪有半年不愈的风寒？"

王世奎也不辩解，说道："我和九思堂大掌柜段建成一起去汉中。到汉中的一切生意还得王琰东家相助。"

菊香说："我晓得，你说这些的意思，是想告诉我说王琰他在汉中，还可以打理生意，他没事。"

王世奎说："菊香，你真是聪明。但是我想对你说的是，我年底回窑坪，一定带王琰东家回来。"

"我信。"菊香说，"只要大掌柜你能保证。"

王世奎说："我保证，段建成大掌柜也保证。"

菊香拉开镂花梳妆木匣，拿出王琰带上来的那一对玉镯子，递给王世奎说："这对镯子还是你刚刚从汉中带来的，我想麻烦你带回去给他，让他在年底上来的时候亲自给我。"

王世奎顿时无语，他没想到菊香会有这样的心思。王世奎已经不止一次地偷偷来见菊香，他想让菊香晓得，王琰真的还会再来窑坪，会来看她。他现在看见柔弱的菊香一脸憔悴，觉得啥话都说不出来了。

白天的醉香楼极为幽静，没有丝毫的喧嚣，好像是一个无人的私宅，而不是青楼，并且菊香的屋子就是千金的绣楼或者闺房。

菊香又一次哭得梨花带雨，哭得王世奎手足无措。

好半天王世奎终于憋出一句话来，说："我去汉中，这回一定把王琰东家给带到窑坪来，我和他一起回窑坪。"

菊香使劲地点着头，说："嗯，我相信王大掌柜的话……王琰东家一定会和你一起回窑坪来的……"

王世奎装好镯子，说："好，我就让王琰东家亲手给你戴上它。"

"王大掌柜，你不了解我菊香。我不稀罕啥名分，只是希望再看一眼他的相貌，再听一听他的声音。"菊香说，"王大掌柜你晓得不，他忽然不在我的面前出现，我有多担心，有多不习惯吗？我每天揪着心过日子，生怕听到他有啥不祥的消息。我是一个女人，一个爱他的女人啊。"

"我晓得了。"王世奎站起来，说："我晓得了……"

慢慢地往外走，王世奎想到灯草。如果自己在汉中长时间不回窑坪，灯草也会一样天天惦记，放心不下他王世奎的一切，也会这样憔悴不堪。

出了醉香楼，王世奎加快了脚步，他想去金盆湾的染坊，去看看在那里忙碌的灯草。染坊那么一大摊子事情要她打理，他不晓得她现在在忙啥。

老远，王世奎就看见金盆湾竹林后面的染坊一大片漂染好的布段艳丽地飘舞在风中。

灯草看见王世奎进了院子，故意装作没有看见，仍旧弄手里的布匹。王世奎咳嗽几声，还是不见灯草抬头看他，就大声说道："今天的天气也……"没说完，灯草哼哼一声说："早看见你了，就别乌鸦一般地叫了！"王世奎说："我以为你大当家的忙得啥都不晓得了，还能感觉到我进了院子？"

灯草说："你那么大一截子晃了进来，我又没老到眼睛看不见东西的时候。"

王世奎说："我又没说你老。"

灯草说："非得要你说出来吗？我老了，自己不晓得吗？"

王世奎说："我晓得你的意思。你不就是想说我老了吗？你不就是想说我老了还要去汉中，丢下你一个老太婆吗？可是，我们并不老啊。"

灯草丢开手里的布匹，说："你就是不想老。你想上天，就有人会给你搭梯子；你想入水，就有人会给你定海针、避水珠！"

王世奎说："我哪有那么好的运气！其实我上不了天，也入不了水，我没那么大能耐。我也晓得你为我去汉中开设分号的事情不高兴，可是这件事情我没得选择，我不做好这件事情，我就愧死了！"

灯草匆匆拿起刚刚丢开的布角，手在微微颤抖，她说："王世奎，你能，我晓得全窑坪就你王世奎是个能人。"

王世奎一时不晓得该说些啥做些啥了。他慢慢地走到灯草的身后，看着灯草的背影，好半天才幽幽地说："灯草啊，你以为我真的就舍得你吗？"

灯草连头都没有抬，说："你说你舍不得我，还不是要走嘛？"

王世奎说："到了我这么个年龄，事情也做到了这么个地步，我不去汉中还有其他选择吗？灯草，你如果理解我的想法，就不会阻拦我的。"

灯草说："我不会阻拦你。"

王世奎说："我就晓得，你是不会阻拦我的。"

灯草说："我就是想阻拦，能拦得住你吗？我就是拦住你的人，能拦得住你的心吗？我就是想让你早去早回，不要让我担心。"

王世奎咬咬嘴唇，信誓旦旦地说："我晓得。我会早去早回，不让你担心。"

灯草说："你忙你的去吧，不要担心家里。反正我这里的事情，你也帮不上啥忙。"

王世奎黯然地回到德胜堂店铺，心里倍感失落。

他找到李进才，开始着手去汉中开设分号的前期事务。

店铺里已经忙了，伙计们跑前跑后地干各自的事情。

李进才叮嘱王世奎："我们先去和老东家商量，定一个出行的时间，再让老东家给我们敲定整个事情的前前后后，我们心里也有个底子，至少去了汉中以后，晓得汉中和窑坪的生意该咋样配合衔接。"

王世奎点头称是。

李进才弄完一本账，把厚厚的账本往掌柜案头一放，说："这些账本得大掌柜早些看完，在你走的时候柜上要清一回大账才行。"

王世奎摇着头说："不到清大账的时候，大账是万万不敢清的。叫别人看了，还以为我们德胜堂出了啥事故。这些个账本，只要做好流水，记好月账，就不怕。"

李进才说："按理，这样做不会有啥事情。但是你离开窑坪时间久了，万一出点状况，就麻烦了。"

"我让老太爷留下你打理柜上的账务和往来。"王世奎说，"李掌柜在柜上的时间也不算短了，打理德胜堂柜上的账务应该没啥麻达。"

李进才的脸色一下子严峻起来了，说："这么大的事情，大掌柜可要想好了。反正我觉得我没把握做好。"

王世奎说："我想好了。这个月的月账我不看了，你看了就行。"

李进才说："我没把握，我不放心我看过的账……"

王世奎说："你现在就是要学会放心自己，放心自己看过的帐。"

李进才依旧疑虑重重，说："你叫我怎么放心呢？我从来没有独自做过账务的核销。"

王世奎说："那么你说说，谁天生就独自就会做账务的核销？我天生会做账务的核销吗？"

李进才说："我怎么能和大掌柜比。"

王世奎笑了，说："你倒是说说，我哪里和你不一样？"

李进才也笑了，说："大掌柜真会说话，真会开玩笑。我看，我看月账还不行吗？趁大掌柜还没走，这个月的账务核销我学着做。"

王世奎一拍李进才的肩膀，说："这才像个样子。我们现在先去找老东家。"

炭火的火苗虽然不是很高，但是屋里很暖和。老太爷已经穿上了薄棉衣，头上的帽子也换成了棉帽。他躺在躺椅上，手里握着小茶杯，茶杯里冒着淡淡的热气。看着王世奎和李进才进门，老太爷很高兴地站起来，说："你们一定是来说去汉中开设分号的事情的。"

王世奎说："老太爷向来是料事如神。"

老太爷说："不是我料事如神，而是我晓得这件事情到了刻不容缓的地步。

马上就是年关大集，货物出进也都到了要紧的时候，汉中开设分号说了很长时间了，不抓紧些，就失去了年集这个机会。到了年初再开设分号，等于是丢掉了一笔生意，不划算。"

王世奎说："老太爷说的是。"

老太爷说："我也是老生意人了，还不晓得你三儿的小算盘是怎么打的？"

王世奎趁势哄老太爷高兴，说："要不，古话咋会有一句生姜还是老的辣呢？老太爷慧眼独具，高屋建瓴，如果你老人家年轻十岁，我们一大群人现在才干成的这点事情，你老人家不费吹灰之力就弄完了。只要你一出马，啥事情能难住你？"

老太爷果然大笑起来，说："你这个三儿啊，啥时候学会说这种蜂糖水泡过的话了？"

"哪里呀，老太爷还不晓得我王世奎的笨嘴笨舌？"王世奎装作叫屈，"老太爷本来就是运筹帷幄，我们只能自愧不如。"

老太爷说："你就别再给我贴膏药了，我都晕头转向了。三儿，你就说说准备啥时候动身去汉中吧。"

王世奎正色说："我想越快越好，只是窑坪的事情要麻烦老太爷教导大哥多上心一点。大掌柜可以由李进才暂时代管，等我年底回来再做决定。"

"这个主意很好。"老太爷说："这个主意很好啊。"

王世奎说："我就晓得老太爷一直在惦记这个事情，我已经把柜上的账务交代给李进才了。只等老爷定个吉日，我稍做准备就可成行。"

老太爷问道："听说，你和九思堂的段大掌柜同行，一起前往汉中府开设各自的分号？"

王世奎说："是我约段大掌柜的。我以为商亦有道，我们和九思堂同往汉中开设分号，一则可以在汉中有个照应，二则在行商的路上是个伙伴。商业原初的本意就是互通有无，去汉中那么远的地方，我们都还是两眼一抹黑，啥都没有基础。我想，货物来去，钱财汇兑都少不了互相麻烦。话说白了，在窑坪我们是两家字号的商户，但到了汉中府，我们两家就是一家，都是窑坪的商户。"

老太爷点头深思，说："三儿你说得对，我一辈子都没有悟到这一层。你和段建成结伴一起去汉中府做事，我一万个放心！"

王世奎谦虚地说道："还不是老太爷教导得好。我一个小叫花子，能在德胜堂做到今天，全凭老太爷的大恩大德和殷殷教诲……"

老太爷说："三儿啊，你早该改口了。你把我叫大，我想我还是够格的。"

"大。"王世奎了一声，感觉有些很拗口，也很拘谨，他说："我去了汉中，你老人家要千万保重，不要让我担心。"

老太爷说："我这一把老骨头了，啥时候丢了不是丢？你把汉中的生意做好了，即就是我埋在黄土地下，脸上都还是个笑。"

中篇·走汉中

王世奎说:"我最不放心你老人家的的身体。金盆湾的染坊,如果灯草不方便打理了,你就让她暂且关门,不可勉强支撑。"

老太爷点点头说:"这些,我明白着哩。"

王世奎又说:"你要好好活着,等我在汉中府站住了脚跟,我回来接你老人家下汉中府亲自给分号立个规矩。"

老太爷说:"生死有命,成败在天,我们谁都不可勉强。你去汉中府,要尽早回来。"

王世奎说:"我记下了。"

十月初八,清早,德胜堂门口拴满了上好驮子的牲口。祝显明一脸的喜气,心里比娶了媳妇还要高兴。去那么远的汉中府是一个巨大的诱惑,这是他人生中第一次离开窑坪上路出远门。

中午,王世奎带上祝显明,和九思堂的大掌柜段建成一起随着去汉中的马帮离开了窑坪。一出下街,牲口们走过柳树林,蹄子就踩进了弯弯曲曲的窑坪河水,向木瓜院走去。

这时候初冬的大雾已经散尽,昏黄的太阳慵倦地照着明亮的窑坪河,河滩上枯黄的蒿草在冷风里瑟瑟发抖。马帮过处,一群乌鸦受了惊吓,飞到不远处又落下,然后又飞起到不远处落下。

祝显明骑在马背上,脸上洋溢着抑制不住的喜悦。

第二十一章

木瓜院距离窑坪也就是三五里的路程,但要在冬天不断地涉水过河,马帮根本快不起来,到木瓜院街上已经太阳偏西。

脚户们脱下水淋淋的鞋袜,换上赶路的皮袜鞋。啃完干粮,马锅头过来问王世奎啥时候起行,晚上到啥地方歇息。王世奎说,这一路你熟悉,你看着安排,不要问我。马锅头点着头,对王世奎说:"那好,大掌柜,我就做主了。这次去汉中府还按我们以前的行程,今天天黑前过七里砭赶到秦家坝的鱼池子,在樊家店歇脚。还有二十几里的山路,大家要抓紧休息,抓紧赶路。前面的包家梁路窄,不好走,必须在太阳落山之前过去。"

包家梁只距窑坪十几里,王世奎在一年初秋去过一回。那是一个雨天,王世奎带着伙计去七里碥收购一批核桃,回窑坪的时候,泥泞的山路上一匹骡子不慎蹄子踩虚,差一点滚下深沟。虽然有惊无险,驮子上的一袋核桃却从牲口背上掉了下去,核桃撒了满坡。此后,王世奎每次提起这件事情都心有余悸,最怕走包家梁这段险路。

脚户们吆喝起负重的牲口急忙赶路。到了傍黑,驮队终于赶到了秦家坝的鱼池子。

祝显明对这种走走停停的赶路方式觉得惊讶。他好奇地跟在王世奎身边问东问西,就连路边偶尔出现的村庄和大树都要惊奇地问好多问题。

其实王世奎一出窑坪,也是啥都不晓得了。面对祝显明的提问,他根本没办法回答,只好打发他去找马锅头询问:"去,找马锅头问去,他对这一路熟悉。"

祝显明有点失望地说:"大掌柜不是见识多广嘛,怎么也有晓不得的事情!"

王世奎说:"你老以为我是无所不知,你现在晓得寸有所长、尺有所短是真的了吧?古话说得好,三人行,必有我师。"

段建成打趣,说:"你们家大掌柜能耐大着呢,上知天文下知地理,他就是故意不给你祝显明讲。"

祝显明瞪一眼段建成,不高兴地嘟着嘴说:"我们大掌柜才不像你。"

段建成哈哈大笑起来,说:"到底是德胜堂的伙计,啥事情都要向着王大掌柜。"

樊家店老板樊登魁和婆娘两个人迎出门来,高声喊道:"山高水远的,各位东家和伙计们辛苦。"

马锅头走在前面,走上前去,指着王世奎对樊登魁夫妇说:"这位是窑坪德胜堂的大掌柜王世奎先生。"

樊登魁夫妇躬身请王世奎进店,连忙说:"窑坪德胜堂商号远近有名,没想到大掌柜这么年轻。"

王世奎说:"以后都是相互照顾的生意相与,不要过于客气。我这里还有一位,是九思堂的大掌柜。"

樊登魁点头示意,拱手说:"小店简陋,就怕两位大掌柜弹嫌。"

王世奎说:"说哪里话!出门在外,只要上可挡雨,下可立足,即是幸事。如果四周还可以遮风,则就奢侈了。看看现在,我们不但可以围着火塘烤火,还能在热乎乎的火炕上睡觉。樊老板,我先谢谢你们。"

樊登魁慌忙再次打拱作揖,说:"王大掌柜这是笑话我们夫妇。小店只能给大家一个歇脚暖身的地方,别无长处。"

王世奎笑道:"身暖,心里也暖啊。"

火塘边已经坐着三四个散客,是从峡口驿到郭家坝走访亲戚的。看见王世奎们一大群人进来,一位老者连忙带头站了起来,给他们让座。王世奎说:"老人家请坐,我们急着赶路,一路走来不觉得冷。"

老者说:"我们烤了半天,早都暖和了。外面寒气太重,你们烤烤,我们也该休息了。"

王世奎说:"老人家不要急,我们熬茶喝。"

盛情难却,老者只好复又坐下。王世奎让祝显明拿出茶叶和清油,把小茶罐摆在火塘里,招呼伙计们围着火堆坐下来烤火,准备吃晚饭。

王世奎炫耀般说道:"我这里有新学的熬茶技术,今天就亮出来给大家伙尝尝。"

他在小茶罐里注入一些清油,熬焦,然后冷却到一定温度,才把茶叶放进小茶罐的热油里。只听次次啦啦一阵响,就闻见满屋的茶香。王世奎说:"这种熬茶方法是我从西和人那边学来的,最难掌握的就是熬油和下茶叶,温度低了,茶叶熬出来有股生茶味,温度高了,茶叶熬出来有股焦火味。最好是茶叶刚刚全部由绿色变白,而不能让茶叶变黄了。"

老者说:"我们只要有一小撮碎茶末,就很享受了。"

王世奎说:"喝茶的习惯和方式有千种万种,我这只是最俗气的喝法,喝这种茶的时候,要吃一些干粮馍馍。说白了,一是为了提神,二是为了填饱肚子。"

老者轻轻吹了一口刚刚滗出的茶水,咂着嘴巴,说:"喝起来还真的是很香,可我就是觉得失了清茶的味道。我们喝习惯了那种最简单的泡茶,那才是茶叶最真的味道。"

王世奎呵呵笑了,说:"老人家,你才是真正懂茶的人。"

老者也笑了,说:"我哪里懂得茶叶,只不过徒在世上瞎混了几十年光阴。"

王世奎说:"其实这世间万物,最简单的也就是最真实的。"

老人收了笑容,一本正经地说:"我只是感觉到你这样煮制茶水,除开始让人感觉深奥之外,并没有改变啥。我喝了,也只是觉得口味有不同之处,也没有啥。

说到底，它还是茶水。"

王世奎说："老人家，我虽然以后还会喝这种熬制的油茶，但你让我明白了一个道理。你是高人，我谢谢你。"

老人再次笑了，说："你谢我干啥。同样的话，你听了说我是高人，别人听了，还会说我老头子是在放屁。"

王世奎双手递给老者一杯油茶，说："老人家你再尝尝，这是第二杯。"

天亮的时候，忽然下起了雪霰子。王世奎隔着窗户纸就听见了外面伙计们在给牲口喂料，还以为是牲口们咀嚼草料的声音。待到从炕上爬起来，穿戴好走出屋子，才看见地上已经是白花花的一层。

马锅头一边查看鞍鞯，一边让伙计们给货物蒙上油纸。段建成也在前前后后地忙着打帮手，一头的汗水。

早饭是喝面茶，吃包谷面做的洋芋馍馍。老者还没有走，说是等着看天气情况再做走不走的决定。

马帮要赶路，临走的时候王世奎从行囊里拿出一包茶叶送给老者。老者推辞不要，说："我已经习惯了喝茶末，你那么好的茶叶送我，我喝不习惯，白白糟蹋了可惜。再说了，我也没有理由收你这么贵重的东西。"

王世奎诚恳地说："你是我的老师，这包茶叶算是谢师礼。"

老者说："大掌柜说笑了，我一老朽，哪里能给你当老师！"

王世奎说："能给我说这些话、讲这些道理的人不多。我只是一个读死书的商人，哪里听过你的这些话！你看看，就是一撮茶叶，你就能说出了一个大道理来。从我们窑坪去汉中，也许有很多条路，但是马锅头明白他要走的是哪一条，他晓得在哪歇脚，在哪吃饭……他就是我从窑坪去汉中府路途上的老师！"

马锅头点着头说："我这些年，在汉中和窑坪之间来来去去也好多趟了，一直走这条捷路。"

老者说："那好那好，既如此我就送你一句话——事必练达，心须向善。"

王世奎说："老师就是老师，这都是我命里注定的。"

老者说："你我有这一遇也是缘分。此后见与不见，一切都是天意。愿你此去汉中府，万事如意，天遂人愿。"

王世奎问及老者姓名，老者淡然一笑，说道："一切都讲究个缘分，现在我枉自收了你的茶叶，一定还会有再见的机缘。老朽了，名字也是无用的东西，你就不要问了。"

王世奎只好再三谢过老者，招呼驮队启程。

祝显明还在发怔，这也许是他人生启蒙的重要一课。

中篇·走汉中

到了晚上,天仍然没有晴,大片大片的雪花却纷纷扬扬地开始往下落。

驮队终于赶到了置口镇,再走一里多路就是徐家坪渡口,驮队在镇子上住下来歇息,准备第二天早上从徐家坪渡口渡过嘉陵江。

按照马锅头的打算,和往常下汉中府一样,如果第二天早上渡江顺利,下午就可以穿过略阳县城,赶到接官亭再让驮队在那里休息过夜。

看着满天雪花,马锅头不住地摇头叹息。

天亮的时候,马锅头起来一看,四野一片茫茫。

马锅头晓得渡口一旦结冰打滑,就决然不能让牲口冒险上船。江水滔滔,暗流汹涌,一匹骡子就是一趟汉中到窑坪来回的总收入,谁肯冒这么大的险呢?

心如火燎的马锅头一连跑了三次徐家坪的渡口,都是黑着脸回到脚骡店的。段建成急切地问渡口的情况,他都是无可奈何地只是说一句:"还不行!"

祝显明长这么大还没见过这么大的江水,跟着马锅头来来去去地跑。只要到了江边就问马锅头:"这水咋就这么大呢?"

马锅头没好气地说:"汇集的水多了,就大了。"

祝显明看马锅头气哼哼的样子,也不敢多问,回来就问王世奎说:"这么大的水,是从哪里流过来的?又流到哪里去了呢?"

王世奎说:"我听说这嘉陵江源起天水陇西氐道县嶓冢山,流经甘陕川三省,穿大巴山,至四川省广元纳白龙江,南流过南充到重庆后注入江水。"

祝显明显然非常兴奋,说:"哈哈,真的是秀才不出门全知天下事。王大掌柜坐在窑坪德胜堂的柜上,就晓得这条嘉陵江的头尾,你真是厉害。"

段建成说:"你家大掌柜学问大着呢。"

王世奎笑道:"其实,书读杂了多了,也不见得就是好事。"

祝显明不懂,问道:"大掌柜你说'书读杂了多了,也不见得就是好事',倒是为啥呢?"

王世奎说:"我一句两句话和你说不清楚,你慢慢会晓得的。现在你主要的事情是学会做生意,做生意也是一门一辈子都学不好的学问。"

祝显明说:"大掌柜放心,我晓得了。"

过了中午,马锅头回来说渡口的冰雪化了,牲口可以渡江了。王世奎也很高兴,连忙催促收拾东西上路。马锅头说:"这会儿过江,只好住周家嘴或者横县河渡口了,赶到略阳县城怕是进不了城门了。"

王世奎说:"只要过了江住哪里都行,走一步是一步——这天气不太好,没有一点要晴的迹象。"

马锅头笑着说:"这整整一天时间,就是从江这边走到江那边,也就是几里

路的样子。"

王世奎叹息说:"事不由人啊。这样的天气,我们有啥办法呢!"

马锅头悄悄地对王世奎说:"大掌柜你是没有见过,三天不挪窝的时候都是有的……那个急啊,心都要从口里跳出来,睡不着,也吃不下——那都是年轻的时候了。见多了也就不急了,急也没有用。"

王世奎说:"你是见怪不怪了,哪像我,跟马帮出门还是第一回,这样眼巴巴地窝在脚骡店里哪能不急?"

马锅头说:"你走得多了,遇上这样的天气,恐怕我想走你都不让走了。"

王世奎说:"这个,我信!"

徐家坪渡口上的木船来来去去好半天才把牲口渡完。艄公是父子俩,年轻的后生力气大,态度也好,不说话,一直笑嘻嘻的。

到最后王世奎和祝显明才上船。老艄公问王世奎这些马帮和驮子是不是去汉中,王世奎反问道:"你怎么晓得是要去汉中?"

老艄公说:"假如老板是要入川,不去汉中府的话,就不会急着过江。今年水位没有下降,从徐家坪到利州府的水路一直通航,从利州到成都水路更为顺畅。"

王世奎说:"我不走水路。"

老艄公说:"你还别不和我说实话,我就晓得你一定是去汉中府的客商。没有谁在这个时候还会舍近求远走旱路入川,除非他是个傻子。"

王世奎笑了,说:"我就是个傻子。"

老艄公也笑了,说:"我看,你不像。"

"我真还就是傻子。"王世奎再也忍不住了,叹着气说:"我不晓得这个天色啥时候才晴,我们这样走到啥时候才能走到汉中府去?"

老艄公说:"想必老板是个饱读之士,定然不会不晓得谋事在人成事在天这句话吧。你现在已经上路,啥时候能到汉中就无所谓了,也许很快,也许会是无期呢。"

王世奎想想也真是这么一个道理,也就慢慢坦然了。老艄公又说:"老板不要怪我说话直来直去。人这一辈子吧,就都是这脑袋惹的事情,非要想这想那的。比如你现在操心去汉中府,费心费力的千辛万苦到了汉中,还得极力办置到了汉中之后的事情,事情办置好了,后面的事情又紧跟在后头。你说说,你还会有个消停吗?"

王世奎说:"你别吓我了,我没想过那么多。我能做好啥事情就做好啥事情,从不会未雨绸缪。就如你年岁这么大了,也许是一辈子就天天在渡口来来去去,自己也不嫌枯燥得慌,每天看着滔滔江水,看久了也没啥意思。可是我觉得,你有你的乐趣,不是我能懂的。"

老艄公点着头，说："先生，我一辈子了，也不如你看得远。"

"只是出发点不太相同罢了。"王世奎说，"渡口虽则枯燥，没有你在这里守着，我们哪里能够渡过江去汉中府？没有我这样不知进退的人不辞辛苦，你哪里还能够在这江面的渡船里有吃有喝？由此，你可以晓得，你和我都是相互离不开的。"

小艄公说："先生，谢谢你让我我明白了许多道理。这趟渡资你不必破费，权当我孝敬你了。"

王世奎说："你们父子，上有老下有小的，就凭一条渡船度日，我哪能借着一通闲话，就能替了渡资！"

到岸后，艄公打揖说："祝老板一路顺风。"

王世奎说："我怕晕船，故而和你父子俩胡言乱语，以分散一下精神。有得罪的地方千万海涵。"

老艄公说："我从小就在江面上渡船，有时候闲了看着来来往往的行人行色匆匆多有不解，就胡思乱想。没想到不经意间，被先生几句话说醒，然后就自觉惶愧得很。"

马锅头已经弄好了牲口的驮子，在岸上等着王世奎。王世奎轻松地跳上码头，一个转身就没入了马帮之中。

年轻的艄公轻松地调转船头，船和他配合得居然是那么默契。岸上所有的人都看见，年轻的艄公驾船动作是那么优雅娴熟。

嘉陵江沿岸的依山道路开凿得原本就十分险峻，加上落了厚厚的一层雪，驮队行走非常艰难。马锅头安排几个有经验的伙计在危险的地方招呼着牲口，他自己也选了一处最为险要的地段站好。

段建成吓得战战兢兢的，说："早晓得这么难走，还不如不过江，就在置口镇住下，等天晴了再走。"

马锅头说："这种情况在我们行商的路上不是稀奇事，如果碰上了，就没得退路，从来也没有想起要退回去。不管前面再难也还得往前走呢。"

段建成不禁咂了一下舌头，说："你看看，这多危险。"

马锅头沉着地帮着每一头从眼前走过的牲口，头也不回地给段建成说："今天就这么一截截路，不算个啥。"

段建成小心翼翼地挪动着脚步，不敢看脚下翻涌的嘉陵江水。

王世奎跟在一头牲口后面，一只手用力拉着祝显明走过来。马锅头冲他们点点头，说："王大掌柜，小心一点，脚下一定要踩瓷实了再走。"

王世奎说："晓得。老大你放心，走这种路，我会万分小心。"

在马帮里，大家都习惯把马锅头叫老大。

傍黑的时候，马帮才走完沿江险路，终于走到一个比较宽阔的坝子上。隔江看见茫茫雪野里的置口镇，居然还是有一丝亲切感的。马锅头大声说话，要驮队在这里稍作休息。前面不远处，有一片银装素裹的村落，王世奎猜测可能就是马锅头说的周家嘴或者横县河。王世奎忍不住去问马锅头，马锅头说："那里是周家嘴，要到横县河还有好几里路程呢。"

王世奎又问前面的路况，马锅头轻描淡写地说："没事，只要过了周家嘴，都是坦途大道。"

王世奎说："是不是我们赶到横县河再住店？"

王世奎说："走着看吧，路上的事没个准信。"

果然如马锅头所说，周家嘴的脚骡店已经住满了过江的马帮和脚户。大雪天气，没人敢冒险过江。一些人看着这唯一在雪地里赶路的驮队，脸上露出惊讶的表情。

马锅头对王世奎笑道："大掌柜，你是金口，说要赶到横县河再住店，现在周家嘴已经没地方住了，不到横县河就没办法歇息了，不走不行啊。"

段建成听说还要走，心有余悸，说："天都黑透了还要走啊？"

马锅头说："有雪光映亮，怕啥？我们马帮又不是没走过夜路！"

段建成嗫嚅着嘴唇，说："天哪……"

驮队的铃铛没有停下，嘚嘚的蹄声响过周家嘴，也没有停下。马帮脚下的嘉陵江水，在雪光下面汩汩地涌动。

到横县河已是后半夜。马帮停在一家挂着灯笼的脚骡店门口，店家慌忙打开大门，引牲口进了马棚，然后过来招呼大家伙儿住店。店家一脸诧异，问："怎么这么晚啊？"

马锅头笑着说："下雪，渡口不敢过江。过了江路还不好走，给耽误了。"

店家说："这天气，也不晓得要下几天！"

王世奎一急说："可不敢下几天，时间紧迫啊。"

店家说："不是我想留东家，是老天要下雪，我们凡人有啥办法？不是说，下雨天留客，人不留天留吗？一个小小的渡口就缠了你们一天，还不说眼前那么远的路，也不晓得有多少路是难走的呢。"

王世奎说："我就说啊，麻捻自古就是从细处断呢。就这时候了，还偏偏遇上这么个天气。"

店家说："东家，管他啥天气，你先睡觉，等天亮了再说——炕可热和着呢。"

王世奎不习惯别人叫他东家，就地纠正说："我哪里是啥东家，我们东家在家里呢。"

店家不好解释，也不好明着说自己嘴里的东家不值钱，只要住店的都说东家，只是一个称谓罢了。店家不得已环顾四周，讪讪而语："只要到我店里歇脚的客商，

157

我都喊东家——喊东家谁不爱听？"

王世奎这才有些释然，说："店家，我不习惯你这样喊我。你就叫我王掌柜，这个称呼我听了一辈子了。"

店家终于不好意思地说："王掌柜，你请休息，炕热着呢。明天早上喊你，店里有热水洗脸。"

听了一夜的鼾声，王世奎早早就起炕了。他几乎是一夜没有合眼，走出门外，雪光刺得眼睛都睁不开。

大雪压断树枝的声音叫王世奎揪心了一夜，他急于看看外面屋外的情况。等到眼睛适应这种强光的时候，王世奎暗自叫苦不迭：天地已经浑然一体，仅有嘉陵江还是一线墨黑，弯弯曲曲伏在苍茫的大地上。雪花还在飞舞，王世奎这时候突然记起"千山鸟飞绝，万径人踪灭"的诗句。

马锅头说："今天，怕是走不动了。"

王世奎不住地叹气，说："老天爷和我们作对，这么耽搁下去啥时候才能走到汉中府？"

段建成也出来站到雪地里，瞬间雪花就落满了一头，没膝的雪使得他的脸上也挂上了焦虑。祝显明到底年纪小，不晓得着急，看着这漫天飞舞的雪花，反倒觉得有趣，跑到马锅头跟前问略阳城的样子。王世奎烦躁地训斥："没事了你睡觉看书去，胡闹啥！"

祝显明受了委屈，心里老大不高兴，走到门口，回头冲王世奎一伸舌头，做了一个鬼脸说："独钓寒江雪。"

恰恰王世奎刚好回头，看见了祝显明的表情，吓得祝显明连忙躲到屋里去了。

马锅头蹲在雪地里吸完一锅旱烟，站起来跺跺脚说："从横县河到略阳城都是沿河的河川，大不了碰几块包在雪里的大石头，绕绕也就过去了。我看王大掌柜心情不好，我们就赶路吧，走到哪算哪。"

王世奎说："就是冰天雪地的，苦了大家。"

"我们风里来雨里去，这不算啥。"马锅头抓起一把雪搓手，招呼伙计们伺候牲口准备启程上路。

店家大惊，出来问马锅头想干啥。马锅头说："赶路。"

店家不信，问道："这天气，你们能赶啥路？"

马锅头无可奈何地笑了，说："你就别问了，我们又不少你的店钱。"

店家说："不是店钱的事情。"

王世奎过来，说："我晓得你是担心我们的安全，我这里先谢过。但是，我心里装有事情，不敢耽搁。另外，我相信我们的老大，他是这条路上的常客，晓得哪里有石头硌脚。"

店家说:"这又冷又滑的天气,还有啥放不下的事情呢?我就是不明白,如果天气不晴,你们就这样一路踩着大雪去汉中府吗?"

王世奎坦然地说:"我们就走一步算一步吧,一步步地走,就一步步地离汉中府近了。"

店家恍然大悟似的说道:"你们这是要撞南墙啊。"

王世奎说:"撞啥南墙啊,我这不是没办法嘛?眼下还有那么远的路要一步一步地走,也不晓得还会有啥事情要耽搁。你说说,还有谁不愿意暖在热乎乎的炕上,非要走这冰天雪地的冒险路?"

店家说:"我晓得了。"

王世奎问:"你晓得啥?"

店家回答:"太简单了,你就是急着想立马到汉中府。你实在可怕,居然不顾你身边这些人马的死活!"

王世奎摇着头说:"其实,你还是不了解我。"

店家说:"我有一句听来的话对你说——欲速则不达。"

王世奎说:"店家,你开脚骡店几十年,阅人无数。啥样的人你也见过,啥样的事情你也见过,但是,你不晓得我心里的事情。我也有一句话要对你说——只要往汉中府的方向走着,哪怕再慢,我也不急。"

"那就是汉中府扯着你的心了。"东家说,"想不到你是这样一个不怕天不怕地的人。"

王世奎说:"不是汉中府扯着我的心,而是我自己心里的事情扯着我自己的心!"

一路上走得小心翼翼的,牲口的蹄子都包上了厚厚的麻布片,以防打滑。积雪齐膝,看不清哪里是路,哪里是坎。马锅头亲自走在牲口和队伍的前面探路,深一脚浅一脚的,歪歪斜斜地把马帮在下午时分带到了略阳城。

这是一个水路码头,江神庙前面的江面上,停满了大大小小的货船。岸上的雪也很厚,白茫茫的,看不见有啥人来往。这样的天气,只有王世奎他们的驮队毫不起眼地滑过了厚厚的城墙根,一步步地往东去了。

窑坪的雪同样铺天盖地地下了两天两夜。老太爷裹着厚棉袄依旧剧烈地咳嗽,他说:"今年这么早咋就下这么大的雪呢?这就叫做天大由天——啥事情都有可能。"

天还没有晴起来的迹象。几只冻僵了的癞皮狗惊慌失措地躲在脚,向着茫茫的雪地不分东西南北地狂吠。密布的乌云赶集似的向窑坪压了过来,似要把窑坪完全覆盖。

老太爷让人叫来李德明和李德亮,问:"有三儿的消息吗?"

159

李德明看看李德亮，迟疑地说："这样的天气，啥消息都没有。"

"也不晓得他们到哪里了。"老太爷说，"这么大的雪，早晓得这样，就不该急着让他们这两天走。"

李德明说："大，你别急。这样的天气，三弟在脚骡店里热炕热饭地住着呢。这样冰天雪地的，谁也不能冒险是不是？"

老太爷摇摇头，说："你太不了解三儿了。他不会像你说的那样待在脚骡店里，他一定是走在路上。"

李德明还想再说啥，老太爷已经伸出了瘦瘦的一只手，说："扶我起来，准备香蜡火纸，我们到关帝庙去拜关老爷，让关老爷保佑我们的三儿！"

李德明连连退缩，说："大，你不看外面，雪有三尺厚……"

老太爷一声断喝道："有那么严重吗？三儿能去百里千里的汉中府，我们还到不了几步路的关帝庙吗？扶我起来！"

李德明和李德亮不敢再说啥，只好扶起老太爷，又吩咐伙计们去准备香蜡火纸。出门，一轿滑竿备在檐下，不想老太爷又生起气来，说："你们怎么了？以为我连关帝庙都走不去吗？你们怎么都不想想，三儿的马帮在这样的雪地里，他们也坐滑竿往汉中府走？"

老太爷带头，一群人前呼后拥地往街西的关帝庙走去。

厚厚的雪地里，老太爷推开众人的搀扶，步履蹒跚，走得极其吃力，却也是那样决绝和坚定。人们跟在他身后面，踏上积雪的台阶，虔诚无比地进了庙门。

一迈入门槛老太爷就扑通一声跪倒在地，失声痛哭："关老爷，你要保佑我家三儿平平安安……"

一殿挨着一殿地拜下来，最后又一次回到了大殿。老太爷已经气喘吁吁了，香蜡火纸的光亮中，老太爷老泪纵横，一向讲究的白胡子上沾满了鼻涕和雪屑。李德明看着身边呆站着的伙计们，连声说："过来，还不都跪下！都跪下！"

老太爷最后点蜡，上香，化纸，对着关老爷的塑像叩头，祷告说："关老爷啊，保佑我家三儿。我家三儿平安回来后，我给你杀猪、宰羊、唱大戏……"

廊桥旁边，王世奎家木楼上，灯草隔着雕木窗看外面的大雪。

由于天气骤变，金盆湾染坊不得不放假歇息。灯草不晓得王世奎到了哪里。汉中对她来说只不过是一个地名，她不晓得是在窑坪的哪一个方向，不晓得距窑坪有多远的路程。

下雪了，她的心里也开始潮潮的。

现在，她不晓得外面的雪有多厚，但她晓得，她心里的牵挂一定比雪还厚，还重。那个从不管家的德胜堂大掌柜，平时好像可有可无，不晓得为啥现在却觉得是那么重要……如果他在窑坪，这样的天气，店铺里没事，金盆湾染坊也没事，她和他就可以在廊桥旁边的这座木楼上，安安静静地烤火，说话，煮茶喝……炕是热的，饭是热的，孩子的哭声也是热的，这个屋子里的一切，都是热的……可是现在，灯草站在纸糊的窗棂后面，全身都是冷的！

她就那样站着，抖了一下，又抖了一下。

她禁不住使劲地咬着自己的手背，但是，她感觉到自己抖得更厉害了。脸上有啥滑落下来，两股，冰虫一样顺着脸颊往下爬。她没管，只顾自己咬着手背。后来，她就站不住了。

整个人，被啥抽空了……

这个过程，没谁晓得。

小艾，那个大名叫做王凤娇的女孩也不晓得。她听妈妈的话，把自己关在绣房里写字。

第二十二章

　　驮队挪到煎茶岭山脚下何家岩的时候，太阳才从云隙里跳了出来。这个山下的小镇，在熠熠雪光的映照下，显得是那样幽静和安详。驮队在镇子上稍作休整，就准备顺着小道攀爬山岭。
　　马锅头抬头看着莽莽苍苍的山林，犹豫不决地说："眼前这座山，怕是不好过啊。"
　　王世奎说："这么远的路，我们不是都安安全全地过来了？"
　　马锅头忧郁地说："山高路陡，林木翳日，猛兽出没。我晓得，这座山才是我们这条路上最大的麻达。"
　　王世奎听了立时愁苦了脸，说："那该如何是好啊。"
　　马锅头看着脚下融化的雪水哗哗流过，站起来说："让伙计们在此好好休息，中午过后，翻山过岭。"
　　王世奎虽是个书呆子，但也想到了中午气温一高，上山的雪就会融化。他点点头，表示赞成马锅头的提议。回头，他向段建成和祝显明说："好好歇歇脚，没走过怎么远的路吧？"
　　祝显明脚上打了血泡，早疼得龇牙咧嘴的。看着横亘在眼前的煎茶岭，多少有些畏惧，说："不但没走过这么远，还没走过这么难走的路呢。"
　　王世奎说："这是好事情，你如果老窝在窑坪，倒是不用走这么远的路，却不晓得世上许多的事情。即使从书上看到一些个东西，也不晓得是真是假。俗话说：尽信书则不如无书。"
　　祝显明趔趄着走了几步，肢体动作明显有些夸张。王世奎哈哈大笑，戏谑祝显明说："看看，你的脚伤得那么严重，等会儿怕过不去煎茶岭了。"
　　祝显明嘴角嘶嘶地吸着气，说："得大掌柜背我过去。"
　　王世奎说："我不晓得你说的是哪个大掌柜——段大掌柜？"
　　祝显明说："我才不敢劳驾段大掌柜呢，我就跟你亲，你背我。"
　　王世奎说："你跟我亲就得我背你，这样子以后看谁还敢和你亲！自己走，走过山去再回头，你自己都惊讶自己是个能人。"
　　段建成说："让他骑牲口，毕竟还是个孩子嘛。"
　　不想祝显明不承情，说："我就听我们大掌柜的，自己走！"
　　段建成笑着说："好、好，你自己走，自己走。"
　　俗话说下雪不冷消雪冷。伙计们忍不住寒冷，纷纷说走，走着暖和，说不定还没到山上，山上的雪早就化了。马锅头也觉得太冷，就点点头说："好，那现

在就启程,准备上山!"

这煎茶岭山高路险,丛林密布,怪石嶙峋,历来是马帮驮队愁苦的障碍。接连几天的大雪,氤氲的山雾更显得煎茶岭神秘和阴森恐怖,皑皑的白雪一再刺疼了王世奎的眼睛。

骡马一踏上上山的小路,就都小心翼翼,轻易不敢迈出蹄子。消融的雪水汇聚成小溪,从脚下哗哗地往下流。树枝上的雪不时地掉落下来,松软地打在他们的身上,噗地就散开了。明媚的阳光穿过树梢,斑驳地照着地上厚厚的雪。

马锅头一脸凝重,走在头骡的前面,探查着雪后的山路。他晓得,雪后的地上,又滑又松,稍不留意,牲口的蹄子一旦踩虚,后果就不堪设想。驮道上人仰马翻的事情,他经见得多了。

走过几道山岭,眼前稍稍有些开阔。山脊上的树木愈加高大,山石也明显少了。不晓得是谁,吼吼地吊了几声嗓子,唱起了山歌:

　　　　一溜山来着哟噢,两噢溜溜山,
　　　　三溜溜山啊,脚户哥哥你下了四川。
　　　　噢哟哟啊脚户哥哥你下了四川。

这一唱,山鸣谷应。煎茶岭周围群山映照,溪水潺潺。所有的人心情都似初晴的蓝天,一片灿烂。

　　　　今个子牵来着哟噢,明噢个子牵,
　　　　天天每日牵啊,夜夜晚夕里梦见。
　　　　噢哟吆啊夜夜晚夕里梦见。

不计较了,这不是一个人的声音。山也在唱,水也在唱,就连牲口们也扬起了脖子,想着这婉转的声音怎么是那么熟悉。风也知趣,随带着细细的雪粒送来松涛伴奏,还把这悠扬的山歌顺便送出老远。

　　　　脚踩上着大路来哟噢,心噢牵着你,
　　　　心里牵着你啊,喝油也不长这肉了。
　　　　噢哟哟啊喝油也不长这肉了。

雪原林海之中,一队马帮逶迤盘旋了半天,最后掠过山脊,终于翻过垭口,往山下去了。

山歌的声音更加苍茫、凄楚、哀婉。

中篇·走汉中

歌声渐渐落了，没有人重新起头。只有牲口的蹄声敲在地面上的声音，清脆而又急促。

天黑了，峡谷里的冷风呼啸着。有猫头鹰的声音瘆人地传来。

这是一条狭长的峡谷地带，没有人烟。祝显明紧跟着王世奎，惊惧地说："这是啥路啊？怎么连一家人都没有呢？"

王世奎爱怜地安慰祝显明说："我们这么多人人马马的，不怕。"

祝显明机警地点点头，说："不怕。"

王世奎也有些急了，悄悄地问马锅头："前面多远才有庄户？"

马锅头晓得王世奎的心情，高声说道："再往前走，不远即是峡口驿，再往前是五间桥驿，到那里我们吃饭睡觉，明天再走。三五天就可到达汉中府了。"

夜色里，王世奎和段建成都轻轻地吁了一口气。

前面有了淡淡的昏黄灯光。

第二十三章

浩浩渺渺的汉江漫步在汉中平原上，两岸的冬小麦像铺开的地毯，油菜也长得郁郁葱葱，不像窑坪满目都是那么一片枯黄。祝显明看到啥都觉得惊奇。他老是问王世奎，怎么看不见山呢？窑坪可是四面都是山啊。

王世奎没时间和祝显明讨论这些问题，他为德胜堂分号的事情整天忙得焦头烂额。

王琰自然尽力帮助，在汉台附近给德胜堂和九思堂都找到了铺面，都是一字儿的大通间，干净宽敞。王世奎和段建成喜不自禁，连声谢王琰东家。

堆码好了货物，王世奎给驮队找好回去驮茶叶和洋广杂货，交代马锅头要尽早赶回窑坪，给老东家报平安的消息。马锅头也不耽搁，弄好驮子就回窑坪去了。

王琰的身体还不见好，没办法事事都来帮王世奎。王世奎只好和段建成商量，各自凭着想象，开始布置店铺，招贤纳才，做起了第一单开门生意。

马锅头回到窑坪，已经到了冬月底了。

马帮还没走过窑坪廊桥，已经有人把消息传给了李老太爷。李老太爷摔下烟壶，连咳嗽都顾不上了，站起身就往外走，吓得身边的伙计急忙上前扶住，生怕老太爷跌倒。

刚走出吊河坝，就见吴久霖也带着一伙人往东街赶。李老太爷大声喊："吴老东家，可是去接驮队啊？"

吴久霖声音也很硬朗，笑着说道："你不也是去接驮队的嘛？想不到这里就遇上你了，还想着在你们李家的廊桥上才会见你呢。"

李老太爷连声说道："看看你吴老东家说的这是啥话！廊桥哪里就是我们李家的？"

吴久霖说："这话就算我失言说错了。我是想着你一准是早就到桥上了呢。今天这驮队回来，可全是你的功劳啊。"

李老太爷心里高兴，脸上却不显山露水，说："哪里，我动都动不了，窝在小小的窑坪，啥都不晓得，就看着漫天的大雪，干着急呢。都是三儿、你家建成，还有马锅头他们做成的这件事情。今天这帮驮队，可是我们窑坪商号自己第一次集结马帮运货，开天辟地头一遭啊。"

吴久霖说："你家三儿可是立了大功喽。"

李老太爷说："你家大掌柜段建成也功不可没啊。没有他的帮助，我家三儿是独木难以成林，我倒是听说，一个好汉三个帮呢。"

吴久霖说:"别说了,我们快去接驮子吧。"

老远就听见头骡的铃铛清脆地响了过来。吴久霖让人点起准备好的长挂鞭,窑坪街上立时像过年一样热闹了。这条七八百米的街道,曾经接纳过无数的驮队马帮和脚户,但是没有一次是这样的场面。马锅头有点吃惊,紧紧地拉住手里的缰绳,怕打头的牲口受了惊吓失控。

李老太爷喊人过来,帮马锅头拴好牲口,不一会儿,街两边的花岗岩拴马桩上就齐齐地拴上了牲口。李老太爷笑呵呵地过来,双手捏着马锅头的手说道:"我先代德胜堂谢谢你,再代三儿世奎谢谢你,最后,我老不死也要谢谢你。"

马锅头慌忙扶住李老太爷,说:"回来只要看见你老人家安康,我就一万个放心了。王大掌柜和段大掌柜在汉中府已经开业,等过一段时间一切正常之后,他们要回来给东家们报喜的。"

吴久霖半信半疑地追问马锅头:"他们真的开业了?"

"真的开业了。"马锅头说,"在汉台附近找的铺面。"

李老太爷问:"是不是王琰东家帮的忙?"

马锅头点头说:"正是王琰东家帮的忙。老太爷你是怎么晓得的?"

李老太爷说:"我晓得王琰东家不会袖手。况且这么一点点时间,要在汉台附近找到铺面,离了王琰东家恐怕就没有可能。"

吴久霖说:"都是你李老太爷活人开豁,才能有人相帮。我们九思堂都是沾你的光了。"

李老太爷说道:"你是一直拿自己当外人。我们百十个商号都是在窑坪的街面上做生意的同行,非要分个彼此。我说你吴久霖啊,你从咸阳到窑坪,是个见过大世面的,怎么说话老是小家子气。以后,看看我们谁还能离开谁。"

吴久霖说:"不是我小家子气。多少年了,都是我做我的生意,你做你的生意,各自谁没个自己的小九九?一辈子虽然没有明里相互掐过斗过,你我谁敢在死后在阎王那里对账?现在我们都老了,没想到还能做下这么个事情。好!我高兴!"

李老太爷说:"我也高兴。"

吴久霖说:"其他的,我们不说了。高兴!"

李老太爷大笑,说:"高兴!"

灯草从楼上听到楼下鞭炮的声音,不晓得发生了啥事情。打开临街的窗户,就看一溜排的驮队,马锅头乐呵呵地看着李老太爷和吴久霖东家在兴高采烈地说话。灯草啥都听不清楚,嘈杂的声音乱哄哄的没有层次,分不清谁是谁、谁又在说些啥。她想下楼,问问马锅头王世奎到汉中了没有,身体咋样。但又一想觉得不妥,她怎么好意思在那么多的人们面前,问王世奎的事情呢!她看出来了,马锅头一脸的兴奋,那不就说明王世奎好好的吗?

她偷偷地笑了,为这个细微的发现。

她推开小艾的绣房门，说："小艾，你下楼去，放一串挂鞭。"

小艾害怕地说："我不敢。"

灯草笑道："小女子，谁让你放了？你下楼去，把挂鞭交给马锅头伯伯，让他放。"

小艾蹦跳着下了木楼。灯草又跑到窗户后面，看马锅头乐呵呵地接过菊香的挂鞭，打着火镰点燃了药线。

挂鞭噼噼啪啪地响起来的时候，马锅头抬头看见了灯草开着的窗户。

窗棂后面的灯草不由得脸上一热，仿佛谁看透了她的心思。

一交上腊月，窑坪就是人山人海了。和往年一样，又和往年有所不一样。窑坪的店铺都拥挤不堪，说摩肩接踵实在是不为过。每天天不亮就有手提纸糊灯笼的人们往窑坪走，路上唧唧咕咕到处都是黑天里赶路的人在说话。窑坪的交易到了一年的巅峰时段，络绎的马帮不断地运出运进，集市上到处都是山货和特产。店铺里的伙计每天晚上都在喊累，账房里算盘的声音从来就没停过。外地口音的货郎客肩挑货担走村串户，有时候也会在窑坪街上找一块地方，摆开摊子做买卖。

赵益帮的店铺生意从开业以来一直没有红火过。白马关的生意做完之后，何团总总说县府没有钱粮，余下的货款不说给也不说不给。赵益帮自知得罪不起何团总，也不敢把憋在心里的苦水跟何团总说。可是今年的年底，他赵家的杂货店里的生意却也出奇的好。

赵益帮原本皱着的脸，笑成了一朵花了。

肖善人每天蓬头垢面地坐在王家院水磨坊跟前的废磨盘上，兴致勃勃地看着满街的人流，嘴里自言自语地说一些谁也听不懂的话。

德胜堂和九思堂在汉中开设分号的事情成了人们津津乐道的事情。街上赶年集的人们都要拥挤到德胜堂和九思堂看看，想晓得他们在汉中开设了分号之后，到底有了些啥变化。

李进才从来没有过独当一面的经验，这满屋子的人让他不晓得自己该干啥。眼瞅着伙计们忙忙碌碌的样子，他极力稳住自己的心绪，躲在掌柜间看书翻账，一边想着王世奎在店里的时候，他的那种从容和老练，不由得暗自惊叹不已。

到了腊月二十，已经闻见了年的味道。热闹了很长时间的窑坪终于慢慢寂静了下来。李老太爷来到铺子里，打问王世奎啥时候回窑坪来。他说："都要过小年送灶爷了，三儿应该快回来了吧。"

店铺里没人听到过有关王世奎的音讯，但在场的人不得不都点头，说："差不多应该快回来了。"老太爷显得焦急万分，一副六神无主的神情，在店铺里自言自语："这个三儿，去趟汉中，就连回家过年这么大的事情都忘了！"

满屋子的伙计都不敢答话，不敢揭开老太爷心上的这道疤。

中篇·走汉中

李进才小心翼翼地扶着满屋子打转的老太爷，都要转晕了。

好几次老太爷屁股挨到特备的太师椅上，都似挨了针刺一样，又立即站起来走了。李进才没有办法安稳老太爷的情绪，只是着急地向伙计们胡乱示意，但苦于没人可以会意，也没人可以想出更好的办法。老太爷实在转不动了，才气喘吁吁地坐下。伙计们开始倒茶倒水，装烟打火，给老太爷捶背揉肩。李进才到掌柜室里拿出账簿，对老太爷说："恭喜东家，我们今年应该又是一个满盈。想必大掌柜回来，还是喜讯。"

老太爷吐出刚刚吸了进去的烟气，说："你哪里晓得在外做生意的难处。我不求三儿带回啥满盈，他能平安回来，就是我们德胜堂在汉中分号明年的财富。那么远的地方，没有王琰东家的帮忙，我们德胜堂能在汉中府站住脚跟那就是神话，更不要说做啥生意了。"

李进才说："我没出过远门，但是我可以坐在窑坪想一想在外面一个人生地疏的地方做生意，那是多么难的事情。王大掌柜现在不在窑坪，这店里我刚一接手，原本这应该是一个熟悉的事情，但对我来说也是毫无头绪的。"

老太爷点点头，说："三儿他是个做生意的天才。德胜堂要没有他的打理，早就是另外一个样子了。"

李进才说："王大掌柜经见的事情多了，自有一套办法。何况，他仁厚豁达，是我们的楷模。"

老太爷站起来要走，嘴里还在说："三儿不在，我还守在店里干啥？"

李进才说："看老太爷说的，德胜堂是老太爷的产业，你到店里来看看，有啥不对？"

老太爷说："这里有你们照管，我来有啥用？无非就是污浊店里的空气而已。"

李进才不晓得老太爷到底想的是啥，说的是啥，一时不敢接嘴。只好恭恭敬敬地送老太爷出了店门。老太爷走出几步，还不忘回头叮咛："三儿回来了要及时给我说。我来看他！"

李进才急急地应道："大掌柜一旦回来，肯定是第一个要先看老太爷。所以你不必太惦记。"

老太爷说："你们还是不了解三儿啊。其实他最惦着的不是我，而是德胜堂。"

王世奎他们已经往回走了。在沔县茶店渡口沮水渡，正在等着渡船从对岸往回返来。王世奎和段建成没有行李，只是祝显明肩上搭着一只包袱。

天色已近黄昏。河对面，村庄里的炊烟已经袅袅升起，丝丝缕缕缠绕着光秃秃的树丛。王世奎的肚子咕咕地叫了起来，他们已经半天没有吃到任何的东西了。他们顾不上。

王世奎用肘捣捣祝显明，说："过河了，我们就弄口热饭吃。"

祝显明说:"大掌柜你就别说吃的了,你越说吃的我越饿。"

段建成也说:"你都说了一路吃的了。即使过了河,你肯定又说赶路的话——我可走不动了,你也看看我们的这两匹牲口,都饿虚了,你再不歇息,它们可不走了!"

王世奎说:"是该歇息的时候,再急也得歇息。过河咱就不走了,吃热饭睡热炕,明天赶早走。"

祝显明满脸都是向往歇息的表情,说:"今天我们少说也走了百十里路了吧。"

王世奎说:"照此走法,要不了几天我们就可以回到窑坪。你就准备热热闹闹过个好年吧。"

祝显明说:"过完年,我还跟大掌柜到汉中府来。"

王世奎笑了,说:"你现在是人小心大了。如果以后让你选择在窑坪和汉中做生意的话,你一定会选择汉中而不是窑坪。"

祝显明说:"汉中的生意更大。"

王世奎说:"呵呵,我晓得了。"

正说着,渡船已经靠了岸,码头上就王世奎们三个人三匹牲口,再没有啥人。船家不愿意再渡,推口说夜色已重,不敢摆渡,怕不安全。王世奎心里发急,说愿意付给双倍的渡资渡河,船家还是不太情愿。王世奎看出船家的意思,无非就是想多要一点渡资,拿出一个双龙银元亮给船家。船家立马喜笑颜开,连忙调转船头,说:"看你们急着过河,肯定有急事,我就再渡一回吧。"

祝显明沉不住气,想说啥,被王世奎暗暗制止住了。船家眼尖,看出祝显明不高兴,把船篙往船头一插,黑着脸说:"这位不想过河,我也不勉强。我可回家吃饭去了,要走,明天早上早些来吧。"

王世奎连忙赔上笑脸,说:"船家误会了,这小东西和我闹着别扭,不想过河回去,所以才有此状况。"

船家半信半疑,说:"哦?"

王世奎抬脚踢在祝显明的屁股上,说:"还不赶牲口上船?别想着溜回汉中去,你家老人在想着你回去过年呢!一个小妖精就迷住你的良心了?"

段建成不断地使眼色,才把祝显明要冒出咽喉的话压了回去。

渡船快到对岸了,船家对祝显明的态度还耿耿于怀,说:"不是我爱钱,是夜色重了不安全。渡口有水神水鬼守着呢,谁愿意这时候冒这么大的险呢,马上就要过年了。"

上了岸,祝显明这才哑了一口,说:"啥人嘛,就没见过这样做生意的!就认钱!"

段建成说:"林子大了啥鸟都有,更何况走这么远的路,碰见一个这样的人也不是稀奇。"

王世奎说:"渡资都已经付过了,你们还说他就没意思了。现在我们急的是怎样才能早些回去，他只要肯渡，就得谢过。"

到茶店镇，三个人找到一家小饭店，进去一问，说只有鱼汤炖芋头。王世奎说："只要是热的，能吃饱就行。"

三人冻得哆哆嗦嗦的，搓着手等饭。店家忙弄出一盆柴火，三个人呼啦一下全围了上去。吃完饭，店家面有难色，说："年底了，被褥都已经浆洗了，还没有干，冻得硬邦邦的在外面搭着呢，晚上恐怕没法过夜，忒冷。"

王世奎干脆地说："既然如此，我们还不如连夜往回赶路，到哪里算哪里。"

祝显明龇牙咧嘴地不想走了，说那么冷的天，耳朵都要冻掉了，太阳下面走都手脚发麻，还要晚上赶路，冻死了看怎么往回走！

王世奎说："顶多两个时辰就到峡口驿了，能冻死个人？"

祝显明说："那就到峡口驿，再走你们走，我不走了。"

王世奎说："我说话算话，到峡口驿就歇，不走了。"

段建成说："王大掌柜啥时候都说话算话，可就是回家回窑坪，是身不由己啊。嘴里说着不急，可是却想着把黑夜都要当做白天走——你想想，你是第几回嘴里说着歇息脚上又走了？"

王世奎笑了，说："我就不信就我急，你段大掌柜不急！"

天上的寒星看着这条小道上，三匹牲口驮着三个人一路踏过残雪，疾驰而过。夜色中，刀子一样的夜风冰冷地四处乱割，透过衣服，继续舐舔祝显明身上已经开始流脓的冻疮，祝显明的手脚和脸颊已经没有了知觉。

祝显明不时地伸出麻木的手，扯一下脸上包着的麻布围巾。麻布围巾老是禁不住夜风的拉拉扯扯，总想着从头上逃跑。

果然不到一个时辰，他们已经到了峡口驿。

找了一家小店住下，手脚半天才有了知觉，只是钻心地疼，连王世奎也龇牙咧嘴地受不了。店家过来，端来一盆冰水，让他们用力擦洗一遍，说是可以减轻疼痛。王世奎一看见盆里浮着冰雪的水，嘴里不由得嘶嘶地吸着凉气，手抖抖地不敢往水里伸。

"受过冻的手脚可不敢贸然伸到热水里去。"店家鼓励说："你们不要怕，你们的手脚都比这盆里的水冰。"

祝显明实在受不了店家的诱惑，伸手就往冰水里戳，果然不觉得冷，转头对王世奎和段建成说道："两位大掌柜，真的不冷。你们试试，不冷。"

三个人擦洗了一遍，觉得稍稍好了一些。王世奎说起沮水渡的船家，祝显明终于骂了一声："看着就不是啥好东西，土匪一样。"

王世奎呵呵笑道："现在你背着人家骂啥都顺口，在渡口那阵子你若真的骂出口来，我们今天就别想过河。"

祝显明说:"才不会呢。他那种人,明摆着就想多讹几个钱。我说他啥,他根本不会在乎,只会多要钱。"

段建成说:"多给钱不是能够解决事情的。你不看看,人家看出你闹情绪,都说不渡我们过河了。你多给钱有啥用。"

祝显明说:"他既然都看出来了,怎么还渡我们呢?"

王世奎说道:"他既然渡了我们,我们就不要再说他了。不是说关口渡口气死霸王吗?"

店家站在一旁,说:"难得掌柜有这样的心境。说起沮水渡,那里真是啥人都有呢。前些年,听说一个卖油的老人渡河后就住沮水渡一家店里,晚上店家从老人的油笼里偷走了半油笼菜油,看着油笼里不满了,就灌进了沮水河的河水。剩下的菜油浮在水的上面,老人哪里晓得?背了半油笼水走了几百里路,去做生意。"

王世奎说:"这么长的路,出一个这样的事情也不是啥稀奇的。我在汉中听说了直接杀人抢东西的呢。"

祝显明有些害怕,说:"你们越说我的身上越觉得冷。我的心都要跳出来了。"

王世奎笑了,说:"你的心跳啥?又不是说你。"

店家也笑了,说:"我这里没事,都是几十年的老店了。你放心睡你的觉,今晚你少一个虱子,明天我就赔你十个虱子。"

祝显明也笑了,说:"我要你那东西做啥。我自己身上的虱子都多得很,咬得我受不了。"

"管他虱子咬人不咬人,我们赶快睡觉,明早赶早上路往回赶。"王世奎说,"店家麻烦你给牲口多上一些硬料,我们明天还赶长路呢。"

睡在热炕上,只是感觉屁股下面滚烫烙人,盖在身上的被子却好像没有作用,依旧一个劲地冷。祝显明冷得睡不着,说:"这怎么感觉像是挨炕的地方入伏,挨被子的地方交九?"

王世奎不停地往自己身上缠裹着被角,说:"这叫作'冰火诀',是要修炼你成仙成道呢。等你回到窑坪,你就超凡脱俗了。"

祝显明笑了,说:"我不做啥神仙,我只要做到大掌柜你那样就知足了。"

王世奎说:"你也太没志向了。就做个和我一样没出息的人?"

"全店的人都得听你的安排指点呢。"祝显明说,"你说要到汉中开设分号,连东家都要听你的呢。"

王世奎说:"我那是咸吃萝卜淡操心呢,惹人嫌。"

"不。"祝显明说,"我们不但没有嫌你,还觉得你很有气魄,很有能力。我这辈子最佩服的人,就是你大掌柜。"

王世奎说:"你这小孩子是瞎胡佩服人呢,我一个德胜堂店铺的小小掌柜,算啥呢!"

中篇·走汉中

祝显明说："我们谁都晓得，德胜堂能有今天这么大的生意，不都是你大掌柜的功劳嘛？"

王世奎说："德胜堂的生意再大，有段大掌柜的九思堂生意大吗？"

段建成从被窝里伸出头来，说："那怎么一样呢？谁不晓得九思堂是娘胎里带的，生下来就是胖子德胜堂是一点点一点点地做起来的，长成现在的样子王大掌柜你自己晓得你付出了多少。"

"说哪里去了？"王世奎说，"我能起多大个作用啊，那么大一个字号，不是我一个人可以撑起来的。"

段建成说："即使那样，你也是根柱子，顶梁柱。"

王世奎说："我算啥柱子，能做好店里的事情就不错了。别说话了，早点睡觉，明天还要往回赶呢。那么远的路，没精神怎么行？"

说完了，就吹熄了油灯。

一天以后他们赶到略阳，又是夜幕时分，嘉陵江上连一条渡船都没有了，江面上冷清清的，泊在码头的货船也上了缆绳。往日热闹非凡的江神庙前面，很少看见有人经过。不晓得啥地方，隐隐传来谁家送灶爷的鞭炮声。王世奎忽然也记起来已经是腊月二十三了。"腊月二十三，灶王爷要升天"，正是家乡送灶爷的日子。窑坪历来有送灶爷的习俗，有"商三民四官五"的传统，也就是说，凡是经商人家送灶爷是腊月二十三，百姓家的是腊月二十四，而做官的人家则是腊月二十五。王世奎想起灯草，今晚家里也要送灶爷，自己不在，这些仪式就靠灯草一个人了。

他仿佛已经看见灯草跪在灶前面，手里捏着一炷香点燃，献上一盅茶水，嘴里祷告着窑坪人这阵子都说的话："一柱黄蒿一柱烟，我送灶爷上青天。上天言好事，下凡降平安。三十晚上我接灶爷回来过新年。"

暮色四合，南山顶上的积雪光闪熠熠。这些临江的山，被江水悄悄地切割了，突兀出一线峭壁和怪石，而这些峭壁和怪石又反过来夹峙着严冬里变瘦了的江水。

一群无家可归的寒鸦，就在江面上起起落落。

按原来的打算，三个人要住在略阳县城的。但这个时候，他们谁也不想再提到这个打算了，牲口也没有停下来的意思。刀子一样的寒风一下下地割着露在外面的肌肤，王世奎感觉不到自己脸上的器官是不是还在。虽然包着围巾，他们的耳朵也全都在流血。鞋袜里的脚趾，连马镫都不敢踩紧，怕一用力脚趾就会断了。

到了南坝，江面稍稍开阔了一些。路却小了，路边还有零星的积雪。牲口每迈出一步都显得小心翼翼，王世奎不得不说："今晚我们就住南坝吧，再走也走不快，人也受罪，牲口也受罪。"

段建成冷得话都说不出来了，说："嗯，好，好。反正离窑坪，也不远了，明天，

我们再走，再走。"

王世奎下了牲口，脚刚一落地就疼得他心里咯噔一响。这双脚从来还没有受过这样的罪，灯草每年还不到冬天，就已经给他做好了棉鞋。而且在店铺里，掌柜间的冬天是有木炭火的。

冷风中，他们敲开了一家小店的门。店家热情地让他们进去，先端出一盆热水让他们暖手洗脸，王世奎说："你去弄一盆冰水进来。"店家不懂，迟疑地问要冰水有啥用。王世奎说："你就按我说的，弄来就行了。"

店家边往出走，边自言自语："大冬天要冰水？我看这三个人有毛病！"

王世奎听见笑了，问："你是弄不到冰水吗？"

店家也笑了，说："这天气，弄热水有点难，还怕我不容易弄到冰水吗？"

王世奎说："能弄到就好，多弄一点。"

冰水进来，王世奎把手一下子伸进冰水里，店家吓得嘶嘶只吸冷气。王世奎笑着说："这是我们路上刚学的办法，对付冻僵的手脚挺有效果的。"

店家哆嗦着说："这么个事情我是第一回听过，也是第一回见过。"

王世奎呵呵一笑，对祝显明说："看见了吧，出去走走，晓得的事情就多了。"

祝显明刚把一把冰水撩到脸上，咬着牙说："就是，没有见过用冰水洗手脚的，这忒冷的天，谁敢！"

段建成说："就是，谁看见吓死谁。"

王世奎回到窑坪也用冰水洗脸、洗手、洗脚，虽然没有吓死灯草，灯草看到用冰水擦洗身上的冻疮时却哭了。

灯草说："你去一趟汉中府，果然出息了。不但弄回来一身的冻疮，还学会大冬天用冰水洗脸了。我们窑坪就数你厉害。"

第二十四章

　　腊月二十八，窑坪上下街都闻到肉香了。今年没有三十，腊月二十九就是大年。王世奎跛着脚从廊桥边的家里出来，手里提着两个大纸包。灯草打开楼上的窗户，伸出头对他喊："老太爷身体不太好，你去了少说一些话。早点回啊。"

　　王世奎回头看一眼，招手说："你忙你的，这些我晓得。"

　　他的大纸包里，一包是莲籽，一包是青茶，都是汉中的特产。王世奎晓得老太爷身体不好，咳嗽，睡不好觉，就买来莲籽给老太爷熬粥喝。

　　老太爷看见王世奎进来，眼睛里两行浑浊的老泪就流了下来。他拉住王世奎依然还在红肿的双手，只是一个劲地唏嘘。

　　王世奎也捏住老太爷的手。霎时，酸甜苦辣咸五味杂陈，没有谁能够不被感染。王世奎从心里哽咽，但他死死地咬着有冻疮的嘴唇，红红的血丝爬满了下巴。

　　老太爷说："世奎，三儿，今年过年就都回家里来，热和。我也老了，就想看看儿孙满堂的热乎劲。"

　　王世奎说："今年灯草蒸好了馍馍，也煮了猪头肉，我开年还得去汉中府，说是要好好在一起过个年。"

　　老太爷说："你们都回来，这李家大院又不是住不下。我这过一年就少一年，就稀罕一家人都消闲下来，在一起说说话，开开心。回去对灯草说，把她蒸好的馍馍、煮好的肉都拿回来，让我也尝尝。"

　　王世奎说："老太爷你说啥呢，回来过年就回来过年，我也想好好地孝敬你呢。"

　　老太爷说："三儿就是改不了口，到现在还口口声声叫我老太爷。那也是你三儿叫的？"

　　王世奎一窘，说："叫几十年了，大家都这么叫，我真改不过来。"

　　老太爷稍稍显得有些失望，说："叫啥那就随你吧。但是要让灯草带孩子们回来，今年的年都要在李家大院里过。"

　　王世奎说："能和老太爷一起过年，这是我们的福气呢。"

　　老太爷擦干眼睛，笑着说："我看看我的三儿，去一趟汉中府瘦了多少。"

　　王世奎说："我去汉中，吃得好睡得好，咋能瘦呢，都胖了。"

　　老太爷笑着笑着，眼泪又下来了，说："啥胖了，是路上冻肿了，你以为我不晓得啊。这滴水成冰的时候，你不敢用热水洗脸，只能用冰水，你以为我也不晓得啊？"

　　王世奎的眼泪也往下掉落，说："啥都逃不脱老太爷你的眼睛。"

　　"你去汉中府开分号，我就在窑坪天天盼着，想着我的三儿。你啥样子，我

还不是一眼就看出来了？我天天在打听着你的事情呢，啥能够瞒得着我？"老太爷放开王世奎的手，说："你快回去，叫灯草她们母子也过来，今天就过来。晚上，我们一家人坐一起，听你说说你们走汉中府的事情。"

　　王世奎说："有啥可说的。都是老太爷安排得好，王琰东家也安排得好。我只不过是从窑坪到汉中府走了一个来回。"

　　老太爷说："说起来轻巧，只不过是从窑坪到汉中府走了一个来回，又不是从我们李家大院到德胜堂店铺里去。我晓得，从窑坪到汉中府每一步都不是那么好迈的，这一个来回，你在汉中府开起德胜堂的分号，给窑坪运回来了年货。就是你受罪了，冰天雪地的都冻坏了，我心里不安，这德胜堂欠着你了。"

　　王世奎说："你不是说我是你的三儿嘛？老太爷如果不让我去汉中府，就说明老太爷不相信我。这开设分号的事情是我想的，就该我去。"

　　"对对对。"老太爷说，"三儿去了也就去了，我没话说。可是祝显明才几岁呀，要一个小孩子跟着马帮去汉中受罪，是我的罪过。"

　　王世奎说："祝显明去汉中府，是受了罪，可是，孩子也是受锻炼了。我问过他，他说挺高兴的。"

　　老太爷叹口气，说："把祝显明叫来，让孩子今年也在李家大院过年。"

　　灯草来到李家大院，给老太爷说了吉祥话就要去厨房帮忙。老太爷不让去，说灯草压根就不是在厨房做饭的，金盆湾那么大一个染坊，一个人就弄得风生水起。王世奎说，那也不能惯着，女人就是女人。窑坪的女人更不能惯着。老太爷说，三儿也不开化，亏你还刚从汉中府回来。王世奎说，女人惯坏了就无法无天了，特别是像灯草这样强势的女人。说完，自己先不好意思地笑了。

　　老太爷不依，硬是不让灯草进厨房，说李家大院这么多女人，厨房哪里就缺一个灯草。灯草几次进去，都被老太爷打发人给叫了出来。灯草到厅堂屋里，刚巧九思堂的段建成大掌柜过来找王世奎，灯草赶忙泡茶倒水。老太爷说："灯草你过来坐，你也是东家呢。泡茶的事情，叫他们来。"

　　灯草不好意思，红了脸说："他们都忙着呢——我算啥东家啊！"

　　老太爷对段建成说："我这里还有留给三儿的横川烧酒，正想着要他过去喊你，给你们尝尝呢。"

　　段建成说："谢老太爷。我们一身的冻疮，可不敢喝酒。"

　　老太爷说："只顾着高兴，忘了这个茬了。"

　　段建成说："不急，春暖了，冻疮也就好了。老太爷留着的好酒，我们还是要喝醉才算数的。"

　　老太爷说："怕啥，就不算个啥事情。今天我们就大口吃肉，谁不吃都不行。"

　　段建成说："那没问题。我们在汉中府吃肉，人家把肉切得像刨花一样薄，

175

咋吃都没有肉的味道。就老想着我们窑坪的坨子肉，坨子肉吃起来才过瘾。"

老太爷说："汉中府人多，肉不够吃，哪里敢吃坨子肉？他们哪里是吃肉，是尝肉，是打牙祭。"

段建成和王世奎都看着老太爷笑了。老太爷对段建成说："你去，把你们东家吴久霖叫来，我和他喝酒，今天不喝酒还不行了。我高兴，高兴啊。"

段建成说："老太爷你放心，我们东家说了，要我先来给老太爷请安，他随后就到。我估计啊，这会子差不多也快进门了。"

正在说着，就听见吴久霖在院子里大喊着 老太爷在哪里。段建成出来，搀着吴久霖往屋里走。老太爷也迎了出来，拉住吴久霖的袖子，直夸段建成去汉中府做生意出息了，受了那么大的苦，回来都不抱怨。段建成不好意思了，说："这些都是王世奎大掌柜的功劳，我和祝显明只是依着王大掌柜的意思做事。"

吴久霖说："就是，你们家世奎在生意上不分你我，一路上都在照顾我们建成。我今天过来，就是想谢谢他。话说透了，还是你老太爷教导有方啊。"

老太爷说："汉中这一行我一点点心都没操，啥都不晓得，就只是看见他们满身的冻疮。"

吴久霖说："向来都说商场如战场，商号之间为利益而争是天经地义的事情。可是我就奇了怪了，这王世奎他怎么就不争利益，而是尽力相帮。段建成回来给我说起你家世奎，我从心里感激。"

老太爷说："这正是你我不如他的地方。"

吴久霖说："我就想着，怎么也得请你老太爷和世奎到我吴家门上走走，喝一杯酒。"

老太爷爽朗地答应道："今天就在这里喝，明天我和三儿一起过去。"

灯草说："你们把他夸成一朵花了。"

说起汉中的生意，王世奎说："对于我们初来乍到的商户来说，汉中府的生意还算是顺当。窑坪有两个大当家的做主，汉中有王琰帮忙，我和段建成充其量就是两个店里的小二，跑腿的伙计。"

老太爷说："三儿，你的意思是嫌我们管得太多了呢，还是嫌我们管事太少了啊？"

王世奎说："我哪里有过这样的想法啊。有老太爷和吴老东家在窑坪给我和建成做后台，我们在外面腰杆都是硬的。再说了，汉中府有王琰东家协助，我们的生意如鱼得水……有这样的条件，我们还回来诉苦，那就不是生意场上的人了。老太爷和老东家都是窑坪街上举足轻重的人，我和建成这辈子能有这样的时机，不做点啥事情就连自己都对不住。"

老太爷说："我晓得这几年来我们柜上大大小小的事情你都操烂了心。灯草

跟着你也受苦了。你一定要带好汉中府生意上的接班人，明年早点回来，窑坪说到底是我们的根基，没有你打理也不行。"

王世奎说："汉中府的生意如果上路，也没有啥让人放不下心的，何况王琰东家就在那里。我们德胜堂的祝显明锻炼锻炼可以胜任汉中分号的掌柜。"

老太爷说："他是不是年纪还小？"

王世奎说："与年纪没有多大关系。祝显明去过汉中，也能吃苦。最主要的是，祝显明有一颗生意心！"

"生意心？"老太爷一时不解，问王世奎说："你倒是说说啥是生意心？"

王世奎说："我的意思就是，祝显明他想做生意，也敢做生意。"

老太爷更加不解，一脸疑惑。王世奎从棉袄的怀里拿出一卷土纸，上面写满密密麻麻的小字，说道："这是祝显明在汉中不到一个月时间写的汉中地形和汉中特产分布，对汉中府周围的地方也都有记录。近如南郑、武乡、沔县、洋县、城固，远如西乡、镇巴、佛坪，一经知晓无一遗漏。如此用心，恐怕少有。所以，我都自愧不如呢。"

老太爷高兴地说："果真这孩子有一颗生意心。"

"非但如此，祝显明更把这些记在心里。"王世奎说，"我就想，这祝显明能有这么个做法，是我们没法可比的。"

老太爷一时非常高兴，说："叫祝显明进来，我有话说。"

祝显明进来，恭顺地站在席前。老太爷说："你说说西乡的情况。"

祝显明点点头，说："西乡，距汉中府百二十余里，群山碧秀，善茶。尤明前茶为忧，名曰茗眉或银毫，为极品。大宗陕青茶多出于此。另有麝香、狐皮等……"

话未说完，老太爷打断了祝显明的叙述，问道："汉中府到西乡，你说的百二十余里是怎么个走法？"

祝显明接口应道："从汉中伞铺街渡口上船，走汉江水路，三个时辰到西乡私渡渡口。"

"我问你旱路如何走？"老太爷暗自吃惊，继续提问说，"走几个时辰？"

祝显明也不含糊，说："我晓得的只有两条路。一是走水道，一是走子午道。子午道自汉中出，缘山避水，过城固、洋县，出龙亭舍汉江平原，复经酉水、金水、过子午河，出子午关至西乡。凡百余里，走两天路程。"

"果然上心！"老太爷非常高兴，站起来摸摸祝显明还在红肿的双手，说："没想到我德胜堂还有这样的伙计！"

王世奎说："过完年，我想提祝显明先干把什，过一段时间再提先生，代行掌柜之职。锻炼成熟之后，我就回来，汉中府的分号就交由他打理。"

吴久霖说："有句老话叫啥'强将手下无弱兵'，我都眼红得不行了。"

老太爷说："这件事情今天我们不说了，就只管吃肉喝酒。德明、德亮过来

177

提壶斟酒，替我和三儿向吴老东家多敬几杯。"

两兄弟恭顺地答应一声，过来提起酒壶，围着桌子挨个地敬酒。吴久霖看看李德明和李德亮，再看看王世奎，有点纳闷：这三个人都是从老太爷手里调教出来的，怎么有这么大的区别？吴久霖喝酒的时候有意试探李德明和李德亮说道："过完年暖和了，你们俩跟着世奎，也去汉中府转一圈，开开眼。"

李德明还没说啥，李德亮就抢着说："我才不去呢。那么远，一个来回都要一个多月。再说了，我走了之后脚骡店怎么办！"

吴久霖转眼问李德明："德明啊，你去不去？"

"有老三在汉中府，我去了也没有用。"李德明坦然一笑，说："再者说了，路那么远，又不好走，提心吊胆的也没意思。"

吴久霖说："你说没意思，你没问问老三去了他觉得有意思吗？"

李德明憨厚地一笑，说："我还真没想那么多。"

老太爷笑着拍拍吴久霖的肩膀，说："你就别问了，我们德胜堂还就要靠我养的这个三儿，亲生的不争气。窑坪好几百年的生意，说起来也是有来头的。"

吴久霖说："看老太爷说的，我们九思堂能在汉中府开设分号，还不是借了德胜堂的力？我看啊，我们两家现在已经绑在一根绳上了。这个结果，我高兴！"

"高兴好啊，高兴就多喝几杯。"老太爷又咳嗽起来，但声音还是那么洪亮，"今儿个啊，我也高兴。明天就是大年二十九，我们两家该去关帝庙烧一炷结约的高香。"

吴久霖一时激动起来，说："还得杀一头公羊，祭祀神灵。正月间，好好操办社火，热闹热闹。过完年，三儿不但要带着我们的建成去汉中府，还得给我们九思堂也带出一个分号的掌柜。"

【下篇】窑坪

下篇 窑坪

第二十五章

　　肖善人第一个跑到关帝庙去看热闹。他一路高喊:"要请瘟神了,要要社火了。德胜堂和九思堂宰羊杀猪,要开山门了。"

　　首先听到这个事情的是赵益帮。他丢下手里正做的竹蔑灯笼,到街上打听德胜堂和九思堂要宰羊杀猪的事情。人们都不知道德胜堂和九思堂宰羊杀猪开山门的事情。

　　他不得不回到店铺里,心不在焉地贴上大红对联。贴完了看看,觉得不对,好像上下联贴反了。再读,又好像对的。他实在搞不懂这上下联是怎样区分的,索性赌气地一摔手里的高粱刷子,再次跑到街上,干脆去关帝庙看看。

　　关帝庙还没有啥人,几个香客正跪在神像前面叩头。他们谁也没有意识到一场大型的祭祀活动要在这里举行。肖善人不见了,赵益帮不晓得这个疯疯癫癫的人又跑到哪里去了。

　　赵益帮站在冷风里甚觉无趣,香蜡的气味一再刺激他的鼻腔,他有了一种想打喷嚏的冲动。神像也在冷眼看他,面对这种肃穆的气氛他有些无所适从,铺着青砖的地面忽然感到硌脚。他看见旁边的香案,掂起一把香点燃,对着神像跪了下去。

　　良久,门外传进来说话的声音。是祭祀的人们来了。

　　赵益帮起身,退出大殿侧门,院子里已是熙熙攘攘的了。

　　因为是在过年的时候,祭祀程序很复杂。法师点烛、焚香、烧过黄表、请过所有的神灵之后,法师示意在场的人跪下。老太爷和吴久霖带头,后面紧跟着李德明、李德亮、王世奎和段建成。法师宣读祭文时,王世奎听见猪嚎叫的声音。少时,屠夫拿着一卷沾血的土纸进得殿堂,恭恭敬敬地把血纸递给法师。

　　王世奎跟着老太爷磕头,听见法师祷告说:"……天有三光日月星,日月星辰照乾坤。上照三十三天界,下照十八地狱门……有窑坪德胜堂李氏一门,九思堂吴氏一门,因生意结交,愿修世好。今借大年之际,特以牺牲供奉诸佛菩萨、过往神灵，以求明鉴……"

无法想象的事情忽然发生了：正是这个节骨眼上，一声惊雷在腊月二十九的天空炸响了。

这是公元1920年的事情，民国九年。《康县志·大事记》《康县志·灾害》均有腊月响雷的记述。

吴久霖被炸雷惊呆了，李老太爷也不由一怔。法师从来没有在道场遇见过这种事情，立时腿脚一软，跪倒在地。和尚们纷纷盘腿席地，闭目祷告忏悔今天在庙里杀生的罪过。

惊醒过来的吴久霖心里暗自嘀咕："腊月响雷灰包包。明年要大旱了。"他已经忘了还在进行的祭祀仪式，开始盘算过完年就该收粮囤粮的事情了。

法师最早醒悟过来，大声祈祷："我等凡人，万望雷公爷爷有灾言灾有祸言祸……"

这声炸雷还惊吓到了疯疯癫癫的肖善人。其时，他正好刚刚溜出关帝庙的大门，沿着麻条石往下走，这凭空一声巨响，使得毫无思想准备的肖善人仰后跌倒在台阶上。跌疼的屁股让他清楚地看到了关帝庙门外手持香烛的男女，他们是那么虔诚，又是那么可笑。

肖善人拍着棉裤，踮着脚走到窑坪街上，张张嘴，到底没有再说啥。

年关的惊雷一时成了窑坪街上过年的主要话题。哪怕是年纪最大的老人都说一辈子没听过，更没见过。据传言说，法师回去不几天就大病了一场，此后再也不做法事。

醉香楼上，菊香食不甘味。她早晓得王世奎他们从汉中回到窑坪了，但就是没见过他们。按理，如果王琰还在汉中，如果他真的还记得自己的话，就会带一个口信回来给她的。可是都好多天了，从年前到过完年了，都没见王世奎或者段建成。菊香不晓得到底是啥原因，致使在她这里没有王琰丝毫的音讯。

传到菊香耳朵里最多的话就是"老天爷都发怒了，过大年响雷，怕是要天下大乱了"。

到了正月初五，街上到处都在说初八社火出灯的事情。那天，清早菊香就喝醉了酒。菊香一直难受，但是从来不敢喝酒，她怕自己醉了，万一有谁来给她说有关王琰的事情。现在，她的的确确是失望了。都到了"破五"了，窑坪街上大大小小的店铺都开门迎财神了，远远地都听见炮仗热闹的声音此起彼伏。醉香楼的妈妈也开了门，把姐妹们的牌名灯笼挂了出去。这一年的生意就要开始了，可是，菊香觉得，她和王琰的那笔隔了年的感情旧账却怎么也无法清算，时间越长，越是混乱。汉中既远又近，远到只是一个概念，她不晓得汉中究竟是在哪里，她只是偷偷地看到过去汉中的马帮是沿窑坪河向东走了。就是那个叫王琰的男人，在她的心里怎么也抹不去，她把只是一个概念的汉中具体化了，具体成了一个怎么放也放不下的精瘦精瘦的外地男人。在菊香心里，汉中有王琰，汉中也只有王琰。王琰和菊香是多么近！

菊香头晕得厉害，想吐。

干冷的风乍暖还寒，徐徐吹在菊香的脸上。她看着窗外荒凉杂乱的花园，眼角里慢慢溢出两行清泪。老妈妈进来，说："菊香啊，没事情可以出去走走，街上正在排社火，热闹着呢。"

菊香没有转眼，只是轻轻地说："妈妈，我不去。"

妈妈说："其他姐妹们可都想出去看看啊。"

菊香说："让她们去吧，我不去了。"

妈妈微微摇一摇头，说："孩子啊，你何苦呢？在我们这行里，还有谁会像你这么傻？"

正说着，外面街上响起了锣鼓的声音。醉香楼楼上楼下一片沸腾，姐妹们欢呼雀跃，转眼时间就集聚到了院子里。妈妈怜爱地看一眼菊香，说："走吧，她们都在楼下等你呢。"

"让姐妹们去吧，我就不去了，想静一静。"菊香不敢回头看妈妈，轻轻地关上了眼前的窗户，"再说了，我现在这个样子出去了，以后还怎么见人呢？"

妈妈退到门外，一阵风吹来，她的眼睛也被蒙住了。她不放心地在走廊里对菊香说："我也不去了，就在屋里。你有啥事情给我说一声，妈妈今天就陪你说说话。"

永成已经三岁了，跑到街上跟着锣鼓队伍看稀奇。王世奎回家怎么也找不着儿子，问灯草和小艾，母女俩都说没看见。吸完一锅水烟，王世奎下楼到了街上，他猜想王永成是去看社火排演去了。

快过廊桥了，王永成和一群孩子玩骑竹马的游戏，一窝蜂似的拥上了桥坊。孩子们有自己的把戏，并没有去看社火。王世奎去抱王永成，王永成跑着躲开了。他说我不回去，我要演戏。王世奎问演啥戏，王永成说骑竹马，西游记，唐僧、孙悟空、沙和尚、猪八戒还有白骨精呢。王世奎问："你们听谁说的这些？"王永成说："社火里天天都有这个戏，我们都记下了。"

三岁的王永成让王世奎暗暗吃了一惊，这一群小小的孩子通过社火排演居然晓得了西游记里的唐僧、孙悟空、沙和尚、猪八戒和白骨精。王世奎说："我们去看社火吧。"不想王永成说："我们才不去呢，我们自己演。"王世奎说："你们演不好，还是去看大人们演的。"王永成说："我们自己演，自己想怎么演就怎么演。"

下篇·窑坪

王世奎站起身来，他要走了。他不想干扰这群孩子的创作。

没处去，他就顺着锣鼓的声音，来到下街的王家院。这里逢集的时候是柴草牲畜土产市场，现在成了光秃秃的一片土场。刚过水磨堰渠，迎面就趔趔着走过来肖善人。肖善人看见王世奎过来，规规矩矩地站在堰渠边让路。王世奎背着手从肖善人面前刚刚走过，就听身后的肖善人高声喧叫，吟唱道：

  日日杯深酒满，朝朝小圃花开。
  自歌自舞自开怀，无拘无束无碍。
  青史几番春梦，红尘多少奇才。
  不消计较与安排，领取而今现在……

王世奎一时没有听清肖善人说了些啥唱了些啥，就走了过去。到了王家院，土场上的社火正在排演划旱船。王世奎一眼就看见对面太师椅上端坐的老太爷。王世奎低着头绕过去走到老太爷身后，说："老太爷也来看排演？"

老太爷也看见王世奎来了，伸手取了身边桌子上的一把面馃子递给王世奎，说："我是没事看热闹。"

王世奎接住老太爷给的面馃子说："确实是热闹。"

老太爷呵呵一笑，很高兴的样子，说："好好看看，给提提意见。"

王世奎说："我哪里能提啥意见，也是过来看看热闹。"

老太爷说："你读的书多，怎么就没看法？该提的意见还是要提的。我看，这社火明年还得办，过年就得像个过年，没有一点响声算啥。"

王世奎点点头，说："老太爷说的对，大过年的，热闹才好。"

老太爷说："坐下看，好好琢磨。看看有哪些不对的地方，要怎么变动才好。到了明年正月，就有样子了。这几天啊，就不要还想着生意了。"

场上，旱船表演刚刚到了船搁浅的场面，两个船家分工协作，要把船从浅滩弄回深水里去。累了，就在船边边摇桨边唱船曲，唱的是《梁山伯祝英台》：

  正月里呦哎唱祝呦英台，一只的花船顺呦水来。
  一只的花船顺呦水来呦，噢——

  前舱里哎坐着梁呦山伯，后舱里坐着祝呦英台。
  后舱里坐着祝呦英台，噢——

这首小曲王世奎听过，在去汉中府的路上听脚户们唱过不止一遍。但在这种场合里听，那感觉又不一样了。这种闲暇时候的歌唱，更多的有了表演成分，王

世奎听着看着，觉得怪怪的。

旱船里的大姑娘是男扮女装的小伙子，把个旱船舞得风生水起的，一会儿顺水顺风，一会儿激流险滩，表演得惟妙惟肖。旱船的一前一后两位船家也是年轻后生，装扮成了老艄公，各自拿着一把船桨，挂着麻线编成的长胡子，飘逸的胡子随着表演姿势翻飞。王世奎暗暗称奇，没想到窑坪还有人可以把水上行船的场景模仿得这般逼真。

唱完了《祝英台梁山伯》，船曲里还有"造船曲"，说的是造船的过程：

桃花的不开哎杏花开，上河里拉的船哟下来。
上河里拉的哟船下来，船哟下来，噢——

上水的船儿哎拉不动，下水的船儿如哟箭冲。
下水的船儿哟如箭冲，如哟箭冲，噢——

南海的岸上哎南海岸，南海的岸上造哟花船。
南海的岸上哟造花船，造哟花船，噢——

宽板子的改了千哎千万，窄板子改了万哟万千。
窄板子锯了哟万和千，万哟和千，噢——

宽板子的拿来哎做船底，窄板子拿来做哟船舷。
窄板子拿来哟做船舷，做哟船舷，噢——

长钉子的打了哎千千万，短钉子打了万哟万千。
短钉子打了哟万和千，万哟和千，噢——

请了的木匠船哎造起，放到水里去哟划船。
放到水里哟去划船，去哟划船，噢——

这曲子唱得清越灵动，也活泼，没有劳作的苦闷，却有劳动时候创造的喜悦。王世奎忘了时候，看得入了迷。老太爷用手里的拐杖敲着他的脚面，他才疼得龇牙咧嘴地醒悟过来。老太爷说："回去，看看灯草。大过年的，你没事一样站这里看热闹。过完年就又得走，也不怕灯草对你有意见。"

王世奎说："我是出来找王永成的。"

老太爷问："那永成呢？"

下篇·窑 坪

王世奎说:"也在闹社火呢——一群孩子在一起骑竹马,我叫不动就顺着锣鼓声音到这来了。"

老太爷问:"看出有啥毛病没有?"

"哪里有啥毛病,我看最好让能说会道的都参与进去,大家演大家看,你演我看,我演你看,多好。"

老太爷说:"有道理。你快去看看你儿子,不要惹出啥事情来,让灯草不高兴了。"

王世奎走了几步,又折转回来,俯在老太爷耳边说:"我看吴老东家没在排演现场不是太好,是不是叫人请他过来?"

老太爷想了想,说:"这个事情我也想了,就是觉得社火是给窑坪地方上耍的,要参神谢神,是社戏。吴老东家是客家,来掺合这事情不合适。"

王世奎说:"这不很简单嘛,他到窑坪都好几十年了,你就当不晓得社火有这个讲究,叫人请他,他一准来。"

老太爷说:"恐怕他也会忌讳呢。"

王世奎说:"你就当不晓得有这个忌讳,吴老东家不会也装作不晓得吗?你还别说,这回你这么一请,吴老东家说不定还就真的来了,从此他就会在窑坪任何场面出来,说自己是老窑坪呢。"

老太爷说:"有点点道理,如果请了他,他不来是不给我面子。但是他如果来了,对他是一件由客家变主家的事情。我不说了,你去给我把吴老东家一家子都请来,一定要请来。"

王世奎点点头说:"那我去了,老太爷你慢慢看着。"走出不远,看见祝显明挤在人群里,就过去把他给拽了出来,交代说:"去廊桥上找找王永成,带他回去交给灯草。就说我有事情,不回去吃饭了。"

咚咚锵锵的锣鼓声一阵紧似一阵。

到了初八中午,社火头就四处传言晚上社火要出灯。窑坪早年间也耍过社火,有一班人马,表演名目也是固有的。这正月初八社火出灯也是遗留下来的规程,先由社火中选出一个"探马"挨家放信,预报社火出灯的具体时间和演出地点,然后由村庄人户在指定的地方设立香案,用灯笼围城一圈,叫做围场子。出灯的时候,社火队要打着火把和纸灯笼围绕村庄走一圈,叫圆庄。圆庄的时候,夜色里又是火把又是灯笼的,星星点点绕着村庄游动,那长蛇一般的光亮,让看着的人一年都不会忘记。

到了下午,下街王家院土场子上已经搭起了彩幡,点起香烛,安放好了桌子。开始有人往桌子上摆弄核桃、柿饼、油面馃了。李老太爷派人弄去一大坛老黄酒,随后自己也就慢慢踱步来到场子。还没坐稳,吴久霖带着一队二十多人的灯队过来了,后面跟着几箩筐白面馍馍。李老太爷起身相迎,吴久霖乐呵呵地说:"今年承蒙李老太爷相请，我就琢磨着就该把场面做排场了。这不，段建成帮我弄了这些花灯，给咱社火壮个体体面面的人场。"

李老太爷说："花灯社火花灯社火，少了花灯，社火就没有势了。我们这地方，说社火好不好，就看晚上的花灯出得多不多。花灯多了，名声自然就大，影响就大。"

吴久霖很高兴，说："这些都是段建成出的主意，事情也是他办的。老太爷满意就好。其实我是门外汉，不懂。"

李老太爷说："段建成不但是你九思堂柜上的大掌柜，也是窑坪数一数二的灵醒人。年前，汉中府这一趟他没有白去，学会动心思了。"

段建成刚好就站在吴久霖身后，这时候站出来说："都是王大掌柜带得好。我的眼光，就只是晓得窑坪九思堂，哪里还见过别的！啥时候走过那么大的天下。说句丢人的话，不光祝显明惊奇，一出沔县四望都看不见山，我也无缘无故地感慨了好几天呢。"

一帮人刚刚坐下，就见王世奎和赵益帮结伴而来。还没走到李老太爷跟前，赵益帮就拿出一叠银元来，高声地说："也没有啥准备，就拿十二块银元做今天的花红利市吧。"说着锵锵银银地把一把银元丢在插香烛的木升子前面。

李老太爷看着桌子上蹦跳的银元，满脸不悦。

王世奎赶忙走到桌子边，认真地收拾好满桌子的银元，把它们放在一个土碟子里。赵益帮一时也觉得尴尬，脸红红地站在一边，嘴里不晓得说啥好，只是含糊地嚅嗫着。

李老太爷并不理赵益帮，只是问王世奎："你今天准备演啥？"

王世奎说："我不会演，就没准备。"

李老太爷说："别人不演说得过去，你不演不行。"

王世奎笑了，说："我还是算了，演啥呢，没想好，上场就丢丑了。"

吴久霖也笑了说："你要不就演个笑话吧，其实笑话演好了，也有意思。"

王世奎大笑："笑话还要演吗？老东家你也不看看，我觉得我每天都在弄笑话呢，也没人看啊。"

赵益帮为了解嘲，自告奋勇地站出来说："我出个《窑坪八景》，到时候给大家听听——我这八景可是经过高人指点过的。"

吴久霖说："你先给我们说说，看看你这八景说得到底如何，能不能上社火说给大家听还不一定呢。"

赵益帮从怀里掏出一张叠成小片的黄表，展开，上面写满了密密麻麻的中楷。他到底还是有点慌张，念道："诸位父老休要烦，听我把窑坪八景说一遍。二郎撑来载金船，东岳住在无根山。刀片崖对马虎嘴，瑰缸藏珍金盆湾。鲁班脚踏石笔砭，南河石镜照六川。五马窜槽汇窑坪，关圣帝君坐中间。"

李老太爷听明白了。这赵益帮说的八景中，其实是说了窑坪不下十个地名。

下篇·窑 坪

二郎就是后沟的二郎山，二郎山前面有一块巨石，像是一只船的样子。东岳说的就是二郎山旁边无根山上的东岳庙。刀片崖和马虎嘴都是山名，这两座山在窑坪河两岸相峙相望。"瑰缸藏珍金盆湾"就是金盆湾掩映在竹林中间灯草的染坊了。这"鲁班脚踏石笔砭"一说，不就窑坪对岸石笔砭那里有一块石头叫鲁班石嘛。吊河坝河湾处，对面河南的山脚下有一深潭，潭水边有一块天然石镜，中午光线好的时间在石镜边可以看见吊河坝李家大院、吴家大院、赵家的大门和照壁。最清晰的时候可以看见大门口石狮子头上站着打鸣的红公鸡。这窑坪的吊河坝，住的多是窑坪店铺的东家，除李家之外，多不是窑坪本土人家，杂至有"九州十八省"之说，所以"南河石镜照六川"说得还是确切的。"五马窜槽汇窑坪"泛指窑坪四周群山汇集，"关圣帝君坐中间"就是指后街中的关帝庙了。

赵益帮一扫先前的尴尬，问李老太爷："还行吧？"

李老太爷故作矜持，只是略微点一点头，说道："还行。"

"行是行，可你总不能拿着黄表上场吧？"王世奎说，"你拿着一张黄表上场，都还以为你是做法事的法师呢。"

一句话惹得在场的人都笑了起来。

由于是第一天出灯，社火先到关帝庙敬神之后才到王家院的大土场子里。锣鼓器具在前开路，从中街上响下来，后面就是游龙似的花灯。狮子打头，后面是竹马、花船、花灯姐、笑和尚，最后跟着手拿五尺棍的武把式。一套人马下来，总共不下四十人。

场面是够热闹了。王世奎看见，店里的伙计和先生们也都在社火里扮演了角色。特别是祝显明，居然扮成花灯姐，肩上搭着一根黑黝黝的大辫子，混在一群穿着女装的花灯姐里，如果不是他喊大掌柜，王世奎根本认不出来。

王世奎招招手，问祝显明说："冻疮好了？"

祝显明一边前前后后地走着步子，手里的丝巾绕得像流水。他边舞边说："好得差不多了。"

王世奎说："好了就好了，没好就是没好，啥叫好得差不多了？"

祝显明笑了，说："就是好得差不多了。"

王世奎一扬手，说："少耍贫嘴，好好演，老太爷老东家高兴着呢。"

绕完场子，花灯一字儿沿着场子摆了一个圆围好，其余的人员都到边上等着演出。社火头手拿一面红旗往前一步，锣鼓霎时息声静气，场上没有一点杂音。头人展开红旗呼啦啦一挥，高声叫场子：

正月里来是新年（鼓声：咚咚咚），

社火耍到庄中间（鼓声：咚咚咚）。

邻里乡亲多亲近（鼓声：咚咚咚），
日子过得赛蜜甜（鼓声：咚咚咚）。
一耍一籽落地（鼓声：咚咚咚），
二耍万籽归仓（鼓声：咚咚咚）；
三耍牛成对（鼓声：咚咚咚）；
四耍马成双（鼓声：咚咚咚）；
五耍猪羊满圈（鼓声：咚咚咚）；
六耍鹅鸭满塘（鼓声：咚咚咚）；
七耍鸡犬成堆（鼓声：咚咚咚）；
八耍米面满缸（鼓声：咚咚咚）；
九耍九龙戏水（鼓声：咚咚咚）；
十耍儿孙满堂（鼓声：咚咚咚）。
……
高高山上挂令牌（鼓声：咚咚咚），
今晚社火打头开（鼓声：咚咚咚），
别的兵马齐站定（鼓声：咚咚咚），
叫我们二十四个竹马上场来——

喊声一毕，锣鼓就再次一齐震天动地地响了起来：

咚咚，锵锵锵，咚咚，锵锵锵；咚咚咚，锵锵锵，咚咚咚，锵锵锵，咚咚锵锵咚咚锵，咚锵咚锵咚咚锵——

说是二十四个竹马，其实场上只有四个竹马，另外的一个马头并不骑竹马，只是手里拿一只马鞭，一手叉腰，一手扬鞭，在竹马前面颠着碎步，带着四个骑着竹马的少年在场地上变化各种花样驰骋。他的身份恰似驮队马帮里的马锅头。竹马后面跟一个戴面具的笑和尚，也拿一只马鞭，做各种滑稽逗笑的动作，活跃气氛。

对于社火头说的二十四个竹马上场的说法，从来都是这样说，这样演，没有人怀疑为啥说的竹马人数跟演的竹马人数有啥不对。

一场下来，社火头再次站出来挥旗叫场子：

咚咚锵来咚咚锵（鼓声：咚咚咚），
我们的社火才开场（鼓声：咚咚咚）。
锣也响来鼓也响（鼓声：咚咚咚），
社火场上把话讲（鼓声：咚咚咚）。

下篇·窑 坪

  我娘一胎生三子（鼓声：咚咚咚），
  个个心同面不同（鼓声：咚咚咚）。
  只有大哥生得怪（鼓声：咚咚咚），
  北京城里当元帅（鼓声：咚咚咚）。
  只有二哥生得丑（鼓声：咚咚咚），
  兰州府里当知府（鼓声：咚咚咚）。
  只有三哥年纪轻（鼓声：咚咚咚），
  社火场里当总兵（鼓声：咚咚咚）。
  社火场来社火场（鼓声：咚咚咚），
  社火场中有人忙（鼓声：咚咚咚）。
  高高山上挂令牌（鼓声：咚咚咚），
  一回下去二回来（鼓声：咚咚咚），
  灯花姐姐齐站出（鼓声：咚咚咚）。

  咚咚，锵锵锵，咚咚，锵锵锵；咚咚咚，锵锵锵，咚咚咚，锵锵锵，咚咚锵锵咚咚锵，咚锵咚锵咚咚锵——

  狮子打头，带着男扮女装的灯花姐摇摇摆摆地进了场子。狮子已经在设有香案的桌子前面跪下，桌子两边就是窑坪街上各商号的东家，何团总何炳章也被从白马关请了回来，和李老太爷分坐在香案两边。
  狮子从嘴里吐出两个用锡箔糊成的黄澄澄的元宝。社火头人示意何团总和李老太爷起身接了，两人各自拿出一份赏钱，称作利市连同元宝一起放到香案之上。这个仪式只有德高望重的头面人物才有资格参与，接受狮子吐出的元宝。这是一份殊荣。
  狮子再次跪地叩头，倒退着出场。花灯姐们这才算正式进场表演。
  老太爷给吴久霖装了一锅水烟，递过去，吴久霖接了，打着火镰点烟，深深地吸了一口，说："嗯，上好的洛门黄烟。"
  李老太爷点点头，偏过来，凑着吴久霖的耳朵说："还有一点存货，明天叫三儿给你送几柱来？"
  吴久霖也说："我那儿也有点存货，是榆中的，绿烟，劲足过瘾。明天让三儿来，也给你分些。"
  锣鼓的声音依旧震天动地，但在两个老人的耳朵里，这声音却小了下去。李老太爷说："再给你捎带一点岷州的点心？"
  "嗯，捎带上。"吴久霖不住地点头，说："我晓得岷州的点心好吃。"
  李老太爷脸上露出狡黠的笑容，靠近吴久霖，悄悄说："都是我私藏的，他

们谁都不晓得。"

第二天，王世奎带着一包岷县点心和三柱水烟到了吴家大院。临出门前，李老太爷再三叮嘱：一定要请吴老东家到李家来做客，既然已经都在社火场上以当地主人的身份出面了，以后就是实打实的窑坪人，千万不要有啥折扣才好。

吴老东家正围着火炉烤炭火，红红的火苗舔噬着铜水壶的壶底，壶里的水嘶嘶作响。炭火边两只小茶罐比赛似的靠在一起，里面冒着丝丝缕缕的熟茶香味。边上一碟炒熟的核桃碎仁，一碟细盐。看见王世奎一进大门，吴久霖就忙忙地站起身，问："怎么不把老太爷扶过来？"

王世奎说："老太爷昨个夜里受了点寒，说今天不舒服。老东家吩咐让我来看看老东家。"

吴久霖让王世奎坐下，递过来一根竹篦子，说："自己煮，自己倒，自己喝。"随后递过水烟壶，又说："我这点烟比不上老太爷送我的烟好，可也是特别加了香料的，抽着舒服。"

王世奎抽了一口，果然绵。吴久霖说，原本想着老太爷过来了尝尝的，现在老人家贵体既然欠佳，就得亲自去一趟看看。他说："我没到府上先看老太爷，已经是失礼了。幸好老太爷没得过来，等会儿我跟你过去给老太爷请安。"

王世奎说："你们都是父辈，我们晚辈不好说啥。其实，你们谁看谁都没有关系，只要能常在一起谝一谝闲传，高兴就好。"

吴久霖说："我们都老了，商号都交给你们年轻人去打理，我们老头子能安安心心晒太阳就是福气。"

王世奎说："创业难，秉承更难。你们在窑坪立店铺、开商号、设粥棚义救灾民、修廊桥增设街衢，才使这个脚户马帮歇脚的地方得以繁华，渐成气象。我一个孤儿能在窑坪长大成人，也是三生有幸。"

吴久霖深深地叹息一声，说："我们吴家祖上举家迁徙至此，也有百十年了。能选中窑坪为起家展业之地，老祖宗肯定也是有自己的看法和原因的。你看，我们窑坪前有河水溪滩，后有良田沃土，林舍掩映，百姓良善。到如今已是店铺林立，茶楼酒肆应有尽有，四街八巷人头攒动，卖出买进都是生意。其实我们能够在窑坪做一些事情，还不都是前人给了我们机会！"

王世奎不得不佩服吴久霖把事情看得如此透彻，说话说得这样在理。心想到底是窑坪街上的老东家，一辈子过的桥比我们走的路都要多，吃的盐比我们吃的面都要多，看的戏比我们遇到的事都要多！王世奎只好把千言万语都变成了一句："老东家说得极是。"

吴久霖喝过一杯油茶，让王世奎尝尝味道咋样，王世奎只好喝了一杯。说是一杯，其实一罐只是一口，一小口。苦，然后才是茶香，再是甘醇，最后留在喉

191

下篇·窑 坪

间的只有清爽。王世奎点点头，说："好，真是好喝，回味无穷。"

吴久霖笑了，偷偷地对王世奎说："说实话，这种喝茶的方法是脚户们解乏解困的秘方，秘不示人的。不晓得怎么搞的，让我给晓得了。"

王世奎老实，实话实说地告诉吴久霖："我们家老太爷也喝这种熬制的油茶。"

吴久霖大笑，说："也就我们两个行将就木的死老头子把人家的秘方还当作秘方。其实这世上哪有啥真正的秘方呢，只不过就是我们觉得神秘罢了。说不定都闹得沸沸扬扬了，我们还在替人家保密呢。"

王世奎说："那倒不一定。秘方是有的，秘密也是有的。秘油茶只不过是茶叶的又一种饮用方法，虽然口味变了，茶水形态变了，但万变还是不离其宗，还叫茶。说不定再过几十年，这茶还得再出来几十种饮用方法。"

"这个，我也信。"吴久霖说，"我活过几十年了，发现还没有啥事情在时间面前是永不改变的。"

王世奎说："老东家所说是至理名言。"

吴久霖说："啥至理名言，都是老糊涂了说昏话呢。你不看看，窑坪还有哪个像我，老牛似的，都死到临头还驾着个犁头在田里出死力气。哪一点事情谋划不到，就跟不上趟子。你说，九思堂也是百年老店了，老踩着别人的脚后跟走，丢人不？"

王世奎说："老东家言过了。九思堂在窑坪非但地位无可取代，做事更是别家望尘莫及的。比如设棚舍粥，偌大粮仓就没有了，那可是粮食，是救命的粮食。现在陕甘川三省谁提起九思堂提起老东家不以拇指相比？"

吴久霖捻着胡子，笑着说："还不都是虚名！我告诉你，这些都靠不住，过几十年几百年，如果九思堂没有了，谁还记得这些个！"

王世奎说："那怎么会？"

吴久霖说："我刚说过啥话？我活过几十年了，发现还没有啥事情在时间面前是不会改变的。"

王世奎说："老东家，你们九思堂救活过来的那些人，他们是记得的。"

吴久霖又一次笑了，说："他们能活多少年？他们死了之后，谁还会记得？"

王世奎一时语塞。吴久霖看着迷茫的王世奎说："我给你说这些干啥！人活着，还不得做些事情嘛。喝茶喝茶，喝完了我们去看老太爷去。"

李老太爷果然是夜里看社火熬夜受凉了。吴久霖跟着王世奎过来，还没进门就听见老太爷的咳嗽声很响地传出了屋子。吴久霖进来就说："听说老太爷受了风寒感冒，我就晓得一定咳嗽得厉害。你看看，我给你带蜜饯黄梨过来，给老太爷消痰止咳来了。"

老太爷微微欠身，示意吴久霖坐下，然后对王世奎说："给吴老东家看座装烟。"

吴久霖说:"烟就不吃了,免得呛着老太爷又咳嗽。"

老太爷说:"你呛不着我,我都吃了一辈子烟了,你那点烟气还能把我怎么样。"

吴久霖说:"你我这把年纪,禁不住折腾,你那样咳嗽,我自己感到难受。"

老太爷说:"说句私心话,我馋烟呢。我自己吃不成,你吃,我闻闻,解馋。说不定还就不咳嗽了呢。"

吴久霖说:"没听说有这么个说法。"

老太爷说:"说不定,万一有用呢?"

吴久霖说:"恐怕就没有这个万一。"

老太爷边咳嗽边死乞白赖地说:"你吃,我就闻闻,试试嘛。"

吴久霖说:"我就不吃,你想着去。"

"那你答应送我的榆中绿烟呢?拿出来我闻闻。"

"给王世奎了,现在不能给你闻。"吴久霖说,"咳嗽得都要闭过气去了,还馋烟呢。"

王世奎偷偷笑,心里说:这两个老太爷,看着怎么像两个小孩子呢!

第二十六章

　　转眼就是正月十五，社火夜里就要倒灯结束了。社火头大清早就到李老太爷屋里请老太爷傍黑到关帝庙参加谢神仪式。老太爷身体刚刚恢复，还穿着厚棉袄围着火盆自己熬葱皮姜汤喝。听了社火头的话，问道："今年社火都耍了哪些个地方？"

　　社火头说："窑坪街下中上街、后沟、雷家湾一路上去，到花庙都耍了。"

　　"何家梁呢？何炳章可是团总，不好得罪的。"老太爷说，"一定要给他开财门，祈福消灾，让他高兴。"

　　社火头说："我晓得呢。耍了，团总老爷高兴着呢。"

　　"最远耍到哪里了？"

　　"刚过大南驿。"

　　"哪小南驿没去？"

　　"没去。"社火头说，"今年就没时间了。社火一办三年的规矩我们不敢随便更改，明年我们的社火一定到小南驿耍一回，说起来还都是老亲戚呢。"

　　"晓得就好。"老太爷说，"我也听说社火不办则已、一办三年这个规矩。再者说了，小南驿那里的商户和我们窑坪这些商户，早些年都有生意上的往来，也有些婚嫁往来，还真的是亲戚。"

　　社火头说："这些话，我都跟小南驿的主要头面人们说了。明年一定去。"

　　老太爷说："那就好，我们做事，都要做得有理，对得起人们的嘴眼。我就问，社火出去，没有啥意外的事情吧。"

　　社火头说："老太爷多虑了，我们一路都是小心谨慎，不敢肆意妄为。每到一处，必先请神、敬神，然后才开财门。离场时都要送神，不惹一点点麻烦。"

　　老太爷说："我还记得，每到一处，散场时必须要鸣放三眼铳，说吉祥话。今年你们的吉祥话是怎么编排的？"

　　社火头说："还是按照惯例，稍加变化。社火到四方，四方人安康。社火到此地，此地人吉利。社火耍后百事顺续，万事亨通。东去东成，西去西成，家家户户清吉平安。社火走后牛瘟痘瘟带上天空。"

　　老太爷说："不要小看这简简单单的几句话，暖人心呢。活在世上，谁不想个好啊。如果真能在社火走后把牛瘟、痘瘟带上天空，东去东成，西去西成，家家户户清吉平安，就是清平盛世了。"

　　社火头庄重地看着老太爷点头称是。老太爷说："说透了，也就是一个念想罢了，哪有这样的好事！"

社火头说："一年起始，社火就是一图热闹，二图喜庆，三图吉祥。我们说几句祝福的话，还不是自己说给自己听？"

老太爷说："我也喜欢听。听着高兴呢。一籽落地，万籽归仓；牛成对，马成双；猪羊满圈，鹅鸭满塘……听听多喜庆多富庶！"

社火头说："老太爷记性真好。我们的这些话就是说自己的愿望呢嘛。谁不想过好日子！"

老太爷说："今晚，多说点，多要一阵，多放些挂鞭，多点几个三眼铳。过了今晚，到明年才能看呢。"

醉香楼的妈妈从菊香的屋子里出来，叹息不止。菊香一直把自己窝在屋里，一天天憔悴下去。妈妈不仅心疼，更是担忧。菊香的身体状况似乎不是很好，常常躲在窗户后面，透着木格窗花看着外面的花园发呆。每次街上锣鼓走过，妈妈都要敲一下菊香的门板，说一声社火又出灯了之类的话，提醒菊香。她希望菊香有所触动，会轻轻地叹息一声，然后轻轻地开门出屋，然后轻轻地下楼。

十五的鞭炮都响过几次了，正月十五倒灯的最后一场社火锣鼓也敲过好几遍，妈妈才看见菊香的屋里点着了一只蜡烛。妈妈再一次敲响了菊香的门，菊香似乎不明白妈妈的意思，或者她是故意的，她说："妈妈，进来吧，我晓得是你。"

微弱的烛光摇曳不定，照得菊香的脸更显得苍白。

妈妈只好说："孩子，还是出去走走，看看今晚的社火也好啊，看看街上的红灯笼也好啊。"

菊香说："妈妈，我看那些干啥啊。我都在楼上这么长时间了，也没人来看看我，哪怕有人从汉中捎回来一句话也好啊。"

妈妈不觉喉头一哽，说："菊香，你怎么老是忘不掉那个人呢？"

菊香说："我也不晓得我这是怎么了。"

妈妈说："你让我都忘了我们是做什么买卖的了。这醉香楼本是烟花之地，出出进进的男人不晓得有多少，你怎么就单单记着一个王琰？"

菊香的脸上泪水奔流，说："是我没出息……"

妈妈说："我也是女人，我也有过这样的经历。其实妈妈也是死过一回的人，啥事情没见过！"

菊香哭出声来了，说："妈妈。"

妈妈说："你别难过，我给你唱社火小曲儿听。"

菊香说："我啥都不想听。"

妈妈说："今儿是正月十五，醉香楼除了你和我之外，再没有一个人了，我给你唱个《绣荷包》吧，也是前两天社火里的小曲，灯花姐们唱的。"

菊香看着也是满脸泪水的妈妈，点点头说："想唱你就唱吧。我听。"

下篇·窑 坪

　　妈妈比菊香大不了多少，也是和菊香一样是在烟花柳巷中混大的，在窑坪街上开醉香楼实属无奈之举。要管好一群平时以姐妹相称的女孩儿，妈妈没少费脑筋。妈妈用尽所有的积蓄，在窑坪租用一幢木楼，带着十几个一般大小的女子卖笑吃青春饭，就是看中这个小地方虽然偏僻却有？

　　　　初一到十五，十五的月儿高，
　　　　看春风儿摆动，杨柳嘛叶儿梢。
　　　　年年郎在外，月月不回来，
　　　　捎书嘛带信，要一个荷包戴。

　　妈妈轻轻地唱了，唱得窗外的那轮明月悄悄地藏在屋檐后面去了。地上流淌着的，已经不是寒冷的月光了，而是廊前红灯笼里洒下来的烛光。四周很静，隐隐约约传来锣鼓的声音，妈妈和菊香都晓得，所有的人都聚集到社火场上看倒灯社火去了。那是今年最后一场演出，没有谁会像她们一样，把自己关在屋子里自己伤心。

　　这应该是一个没有忧伤的欢乐夜。

　　妈妈唱，菊香也唱。她被妈妈的眼泪感染了：

　　　　你要荷包戴，就该亲自来，
　　　　为啥捎书呀，带了个信儿来。
　　　　打开花线包，丝线无一条，
　　　　打开扣针包，扣针儿无一苗。
　　　　打发上梅香女，快往街上跑……

　　这首抒情味十足的《绣荷包》被妈妈和菊香唱得只剩下忧郁和伤感，到最后，这两个在烟花粉脂里谋生的女人抱头痛哭起来，和外面热闹的气氛极不协调。其实这句话应该这样说更贴切：外面元宵节热闹的气氛和醉香楼里的冷清悲伤极不协调。

　　社火场上的李老太爷兴致一直都非常高，今夜他给社火的赏钱比任何时候都多。都到了后半夜了，李老太爷还没有疲倦的意思。社火头自然非常高兴，也十分卖力，举着社火大旗朗声高叫："老爷门前一堆柴，子子孙孙坐凉台。窑坪街上一树松，子子孙孙当富翁。要了一台又一台，秋风摆动喜连台。秋风摆动连台喜，叫金毛狮子上场来——"

　　都晓得这金毛狮子上场，即是预示社火终场了。可是李老太爷还沉浸在锣鼓

的声音里,给即将出场的张牙舞爪的狮子带头鼓掌。虽是高兴,但老太爷不晓得,今夜的狮子是李德明和李德亮俩兄弟舞的。这李德明和李德亮平时敦厚温顺,这回却在社火上对舞狮子情有独钟,甚至发挥超常,致使老太爷做梦也不会想到如此高超的狮子会是自己两个儿子舞出来的。

狮子一出场就气势逼人,人们既惊奇又敬畏,仿佛这只用炕单简单修饰的狮子头带有某种不可示人的神秘,威风凛凛的。缝在狮子身上那一束一束的麻线,都有神灵的护佑。社火头在一边挥旗一边高喊,遮盖了震耳的锣鼓声:"狮子神来狮子神,狮子本是天上神。白天上天去值日,黑了下凡拥护人。拥护小人百事顺意,拥护老人吉祥长寿。狮子到此地,此地人吉利。狮子到此庄,此庄人安康。"

说话间,狮子已经舞上了八仙桌搭成的高台。高台有三层桌子,底下是四张,第二层是两张,最高一层是一张。狮子在高台上转弯、扑、咬、腾、挪、闪、滚,动作干练惊险,灯光下所有的人都惊叫不已。

散场之后,老太爷亲手点燃一串挂鞭,笑着说:"都多少年了没有这样高兴过,今年的年啊,过得热闹。"

王世奎笑道:"老太爷,你还不晓得,今年的狮子是大哥和二哥舞的。"

老太爷自是不信,说:"三儿呀,你怎么说这种话和我开玩笑?你这是哄着让我高兴呢。"

王世奎指着不远处的狮子,说:"你可以去看看啊。"

老太爷说:"我还不晓得我那两个儿子?就晓得待在屋里喝茶闹酒,哪里能有这出息!"

王世奎也不理老太爷说话,朝着狮子跑过去,拉着李德明和李德亮过来,说:"大哥二哥,老太爷不相信今晚舞狮子的是你们。"李德明和李德亮只是嘿嘿地笑,也不辩解。老太爷还是不信,问:"真的是你们兄弟俩?"

王世奎说:"你都看着他们从狮子皮里钻出来了,怎么还不相信呢?"

老太爷笑了,说:"不是不相信,是不敢相信。"

李德明说:"幸亏我们兄弟没干啥大事情。万一哪天我们做个大事情,老太爷还是不相信。"

老太爷说:"去,我还不晓得你们?回去好好看看,身上有几个痣,都长在啥地方!"

恰好吴久霖吴老东家也过来了,看见李德明和李德亮还提着狮子头,说:"还不快去把狮子胡子烧了去?傻等在这里还想让老太爷多夸几句啊?"

不远处,果然燃起了大火。那些花灯纸、竹马纸、花船纸都在火焰里化成了灰烬。所有社火队的成员都从火堆上面跳跃过去,据说是要暂时摆脱社火神,回归到春节之后的正常生活之中来。

吴久霖说:"德明、德亮俩兄弟要得真是好啊。"

下篇·窑 坪

李老太爷说:"不是正经事情,你别给他们好脸势。"

吴久霖说:"这话你就说错了。你说说,啥事情才是正经事?不管他做啥,只要做好了做精彩了都是值得赞扬的。别说兄弟两个狮子舞得好,就是演小丑,演笑和尚,演好都不容易。再比如我们做生意开商号,没有那些个跑街给你出死力气,难说会有好生意。"

老太爷说:"你就别给他们说好话了。我自己生的儿子,我还能不晓得?"

吴久霖说:"别说,你还真不晓得他们。"

老太爷鼻子一哼,说:"就两个没出息的货。"

第二天何老爷在何家梁家里摆酒请客,感谢窑坪父老乡亲对自己的支持。请帖是何老爷亲自递的。何老爷说:"不能当了一个小小的团总就忘了自己的家乡,更不敢当着乡亲们的面摆一个团总的臭架子。该请的人我必须当面亲自恭请,以示诚意。"

何炳章带着一个团丁,在窑坪街上挨着商号递请帖,最后才到李家大院见老太爷。老太爷还在慢悠悠地吃他的水烟,水烟壶呼噜噜的响声富于变化,老太爷百听不厌。吐出的烟雾丝丝缕缕缠绕着透进窗户的阳光光柱,光柱打在铺着青砖的地面上,明亮而且光洁。何炳章恭恭敬敬地递上请帖,说:"老太爷务必赏光。"

老太爷只是略微一抬头,说:"没看见秉章带人来了,请坐请坐。"

何老爷哪里肯坐,说:"我还有事,不敢耽搁。"

老太爷说:"哦,我忘了秉章现在是戍城团总,是大忙人。"

何老爷说:"老太爷你就别挖苦我了。说到底我还是窑坪人呢。"

老太爷点点头,说:"我想你也会记得你是窑坪人。我想说的是,那年白马关修城之时,你居然和吴老东家争抢粮食!"

何老爷说:"老太爷训得对,老太爷训得对。我那时候也是没办法,迫不得已。"

老太爷说:"迫不得已就从窑坪想办法了?吴老东家也是救济灾民呢,你也做得出来!"

何老爷几乎无地自容了,身后的团丁识趣地退了出去。何老爷说:"赵益帮说好了他提供物资,谁晓得半路上会出变故。老太爷你就别说了,我晓得自己错了。"

老太爷咳嗽一声,说:"我也就是在这里说说,人面前绝对不提。"

何老爷说:"我还不晓得老太爷的为人处世?我都在上级面前多次提及老太爷,说老太爷宅心仁厚,处世练达。"

老太爷说:"你就不要给我嘴上贴封条了。你也不必说我的好话,只要窑坪平平安安、再无灾事就谢天谢地了。"

何老爷说:"有老太爷,有吴老东家你们这些顺天应民的仁者义士聚集窑坪,窑坪再有祸事,真是老天无眼了。"

"官大由官，天大由天，我们也只能是尽尽人事。"老太爷放下手里的水烟壶，站起来说："走，还是早点去何家梁喝酒去。"

何老爷朝着外面喊来团丁，说："好好扶着老太爷前面走。"

老太爷一甩手，拿起拐杖说："你以为我老得都走不动了吗？就这窑坪，我都走一辈子了，啥时候叫人扶过？"

走出上街就是金盆湾，灯草的染坊就藏在那些翠竹林里。老太爷说要进去看看，要在这里等吴老东家一起上何家梁。团丁说，上去了再等，说不定老东家已经在桌子上坐着了。老太爷说："你急啥？不就是上个何家梁吗，有啥可急的！"

正说着，就见转弯的地方冒出个人来，老太爷指着说："看看，看看，我就说嘛，我就在这等等老东家，老东家这不就上来了？"

吴久霖背着个手，不慌不忙地走过竹林，说："我差一点就跟不上你了，你也不晓得等等我。"

老太爷指着团丁，说："你问问他，看我刚才说啥话来？我说进去看看染坊，要在这里等你。"

吴久霖呵呵笑了，说："我就晓得，你一个人会觉得寂寞无奈，等我和你说话呢吧。"

老太爷说："你上来了，我也不去看染坊了。都闻见酒肉的香了，还是去瞅一眼我那个老亲家何白氏，看看她的身体还硬强不，脾气是不是长了。"

"要老都老了，还说那些话有啥用处。"吴老东家说，"不管她脾气长不长，反正都老了，顺顺当当说话的时间都不多了，还说啥怄气的话！"

"也就是个话头，要不，我们还有啥要紧的说？灯草现在每天都在她的眼皮子底下打理染坊，她不恓惶才怪。"

"那样，她怄你的气才对。"

"过了今天，我让王世奎和灯草回梁上去看看她。惹一回老太婆，让她狠狠骂一顿，也让她出出气。"

"那倒未必会骂。"吴老东家说，"她能成全灯草和王世奎，其实那时候就彻底地放下了。要不，她会松口？"

何炳章的新宅设计上非常别致，外门是圆形的雕花木门洞，然后是门厅。门厅宽大高深，左右可以各摆四张八仙桌。过门厅才是内门，也是雕花，两扇木板门扇一面的镂刻一面是八仙上寿图案，一面是姜子牙封神。进了内门就是用卵石镶嵌有百鸟朝凤图形的大院子，沿两侧厢房的廊檐摆着十几张桌子，已经上好了凉菜酒水。

老太爷并不就坐，而是踱步看四周廊下木板墙上的门窗雕花。看了一圈，老太爷笑着摇头，说俊秀是俊秀，就是太小气，咋看都不像是窑坪的建筑。吴久霖听了只是笑："啥样的房子才像窑坪的建筑？"

下篇·窑坪

老太爷说:"就是看着这种格局眼生,不习惯。"

吴久霖说:"再觉得眼生这房子也是修在窑坪的地界上,再不习惯也是修在窑坪的地界上,你说不像窑坪的建筑就不像窑坪的建筑了吗?"

老太爷又说:"太秀气。"

吴久霖说:"我这个外地人,你现在也不是把我当窑坪人了吗?这何老爷修这座房子,就是要秀气,才显得和我们谁都不一样。"

老太爷说:"他就是再显摆,再故作姿态,也还不是窑坪人!"

吴久霖说:"我就是说,他何老爷的这座宅子,就是再隽秀,再小气,再眼生,再不习惯,也还是窑坪的建筑。"

两个人都哈哈大笑起来。刚好何炳章过来看老太爷上座,不明白两人笑的啥,又不能问,只好讪讪地说:"两位东家不入座,别人都不敢坐。"

老太爷说:"好了好了,我们坐。"遂在廊檐下找一处空位拉着吴久霖坐了。何炳章跟过来,说:"这里哪是你们二位坐的地方?"满院子的人也在一边乱嚷嚷地叫唤:"两位老东家这么个坐法,明摆着是不给我们坐嘛。"

老太爷朗声一笑,说:"哪我们两个老不死的坐哪里才合适呢?"

"上厅房不是有特设的桌子呢吗?"底下一阵笑,说,"老太爷可真能装,装得跟真的一样。"

老太爷说:"我就是想和大家伙儿一起坐坐,说说话,喝几杯,热闹。"

底下嚷嚷说:"你总不能让我们坏了窑坪老幼尊卑的规矩吧——哪有老东家和我们同桌喝酒吃饭的道理?"

何炳章拍拍手,说:"老太爷和老东家,你们就不要让我们为难了,就去上厅房坐吧。"

进了上厅房的格子门,明三暗五的房子用透花的木门木窗隔断,里面装饰得富丽堂皇,每一道门的门槛都是一色黄心樾木,宽大、富态。老太爷说:"何老爷修这宅子时也是费了心思了。"

所谓的明三暗五就是在外面看房子是三间,但走到里面,却是五间。这是因为还有两间是包在两侧厢房里,在外面是看不出来的。

吴久霖笑着对何老爷说:"你怎么做啥事情都要藏着掖着,弄得秘不示人呢?"

何老爷说:"也不是我要藏着掖着,我能做个啥主!就是这一院子房子该怎么修,还不是匠人说了算?"

席间老太爷端杯在手,问何炳章说赵益帮那点粮食欠款现在怎么样了。何炳章说:"已经多次催讨,估计马上就可以清账。"

老太爷说:"这事情是你一手做的,你要负起责任,不要叫窑坪老小都拿手戳你的脊背说话。"

何炳章说："这个我晓得。"

老太爷又说："这赵益帮虽然看着叫人不舒服，做事情也有些不地道，可毕竟还是窑坪的商户。一旦他有了损失，我们脸上都不好看。"

何炳章说："老太爷说的是，我明天回白马关，再给催催。"

老东家插话说："还有呢，这偌大一个窑坪，吃吃喝喝的也还几百人口呢。你去了也给说说，我们窑坪不能没有一个像样的学堂吧。就不说孩子们学多少东西了，最起码《三字经》《百家姓》《弟子规》《朱子家训》这几样蒙学该要学学的吧，让他们认些字，从小学学咋样做人总该是必须的。"

何炳章说："这是好事情，连我也晓得'子不学，非所宜；人不学，不知义'这些古话。"

老太爷说："这些古话说得好吗？"

何炳章说："说得可太好了。"

"那你就得在官府里好好说一些话，不然就让我们的想法成了笑话了。"吴老东家说，"我和李老太爷家想好了，学堂前几年已经盖好，是现成的，剩下的事情就靠你了。请不到先生你就来教课。"

何炳章说："老太爷和老东家把我逼住了。我自己斗大的字不识三箩筐，哪里能教书？看来我得好好想想办法了。"

老太爷说："你以为我和你编谎耍啊？"

何炳章说："老太爷，我就说说。"

老太爷板着脸说："和我说话就好好说，别嬉皮笑脸的不当回事情。"

何炳章一愣，晓得老太爷给了他面子，没有说出狠话来，就知趣地圆场说："老太爷老东家教训得是。我自罚一杯。"

喝完酒老太爷就去了何白氏屋里。何白氏恰恰病了，卧炕，老太爷一看就难受起来。他拿拐杖敲着地面说："病了也不带个信来，你还是把灯草当外人，把世奎当外人，把我这个死老头子当外人！"

何白氏哼哼着半坐起来，说："也就是个风寒感冒，喝几盅葱皮姜汤发发汗也就好了。"

老太爷鼻子里哼了一声，说："说得轻巧，都一把老骨头了，一点点小病就可以让你回老家去，还小病！"

何白氏示意家里女佣给老太爷泡茶装烟。老太爷说："你当年骂了我一个满脸插花，说实话我心里怨恨你呢。后来我还是想明白了，凭啥要把灯草改嫁给我们世奎？你骂我还不是舍不得？"

何白氏喘息着说："我不是骂你，我是怨我自己，怎么就留不住那么一个好女子！说到底还是我命不好，苦。"

下篇·窑 坪

　　老太爷吸了一口烟，说："灯草跟了世奎，世奎没清闲过一天，灯草也没清闲过一天。我老了，不中用了，累死我家世奎，还要累死你们灯草。我这个德胜堂还不如早一点关张，让他们回何家梁来伺候你几年，他们也轻省。"

　　"娃们有娃们的事情，哪能因为我感冒了就耽误娃们？"何白氏说，"我当初狠心嫁灯草，就没想着还让她回来伺候我。"

　　老太爷说："难怪灯草那么要强，原来都是你的言传身教——你这一辈子要强的性子还是改一改好。"

　　何白氏反问："这都一辈子了，你说我还怎么改，还用得着改？"

　　老太爷磕磕烟灰，闭起眼睛说："你就让灯草和世奎回来伺候你几天。也就是给你洗洗衣服，做做饭，煎几服中药。你不晓得，灯草还是惦记你的，如果她晓得你病倒了，肯定会急的。"

　　何白氏说："感冒发烧哪能算个病！你别让他们晓得就行了。我命里就没有享受灯草服侍我的福分，别让她为难。我也晓得，金盆湾染坊里有一大摊子事情，够她受的了。听说，世奎年前去了汉中府，窑坪就留灯草一个人又是孩子又是染坊的？"

　　老太爷说："我也愧疚得很，这俩孩子啊，比我亲生的都要好。对德胜堂的生意，比我都要上心。"

　　何白氏说："那听你说话的意思，是我这个小感冒还要分他们的心神？！"

　　老太爷说："你不晓得，这俩孩子都是孝子，你病了不让他们晓得，事后可都要怪我了。我想啊，让他们上何家梁来伺候你，其实也是打算让他们歇息几天。"

　　何白氏终于明白老太爷的心思了。她坐起身来，这才释然地吐出一口气说："既然是让他们歇几天，就让来。我想见见他们，也看看孙子。"

　　老太爷还未走出何白氏家的大门，就听见肖善人又在金盆湾的竹林边高声大叫。这肖善人说话大多都是在人多的时候，偶尔说一句让人半懂不懂的话来。现在他说的是：

　　　　花开花谢春不管，水暖水寒鱼自知。
　　　　人生犹如采花蜂，到头辛苦一场空！

　　老太爷听仔细了，心里说："这个肖善人，别看平时疯疯癫癫的，说出来的话，却句句都是道理。窑坪这地方任谁都说不出来。"

　　他快走几步，想看看肖善人躲在金盆湾竹林的哪个地方。他想和他说几句话。可是，他一直从何家梁走到吊河坝了，都没有看见肖善人的影迹。

第二十七章

第二天送走何炳章团总，老太爷就让王世奎和灯草上何家梁伺候何白氏，说何白氏病了。灯草看着王世奎不知如何是好。王世奎看着老太爷，犹豫了好半天说："我得尽快去汉中府，把分号的事情弄上道了，还得早些回来打理窑坪总号的生意呢。窑坪这里是德胜堂的根基，丝毫马虎不得。"

老太爷说："少挣几个钱你会死啊？耽误几天生意你会死啊？何白氏说到底还是灯草的娘，也是你姨娘呢。她病了，你还记的是生意，你到底是出息了。"

王世奎被老太爷说得脸上红一阵白一阵的，好半天才拉拉灯草的袖子，说："拿些点心，我们去何家梁。"

老太爷说："倒不是拿啥东西就能暖和人心的。你们去，即便是空着手，何白氏她也是高兴的。"

王世奎说："我是怕她老人家不待见我们。多少年了，都没好意思去看看她老人家呢。"

老太爷说："那你就打算一直不去见了？这个头迟早是要开的，你这样想还害怕啥？再说了，何白氏也是刀子嘴豆腐心，她有啥可怕的？"

王世奎说："我就是怕……"

老太爷不等王世奎说完，就气恼地骂开了。他指着王世奎的脑袋，说："从窑坪去汉中府那么远的路你怕了没有？到汉中府开设分号你人生地不熟你怕了没有？冰天雪地赶着马帮上山下河你怕了没有？现在就看看一个有病的老太婆你倒怕了？"

王世奎说："做那些事情的时候，总觉得身后面有你老太爷呢。"

老太爷说："现在你身后就没有我了吗？你上何家梁，重要的是你身后还有灯草呢。有灯草你也害怕？"

王世奎憨憨地一笑，说："我不害怕。"

何白氏看着王世奎和灯草带着孩子进门，挣扎着起来，亲自张罗着要给他们擀长面吃。灯草急急地拉住老人，死活不让动手。王世奎也来帮忙，才把何白氏重新弄回炕上睡下。灯草说："娘，我和世奎忙，就没来看过你。要不是老太爷回来说起，我们还不晓得你病了。我这一嫁出去，你就和我生分了，都是我不好。今天叫世奎给你煎药，我给你做饭，伺候你老人家安安心心养几天。等你病好了，我们接你去廊桥边上住，你帮我带孩子，我也方便好伺候你。"

何白氏说："我自从嫁到何家梁，这一住就是一辈子。我习惯了，哪里都不想去。

下篇·窑 坪

你能晓得我有病了,也是我们的缘分未了,我打心里珍惜,也高兴。看着你和世奎恩恩爱爱的,也就放心了。人一辈子不图啥,就是图活个舒心,活个高兴劲。"

灯草说:"娘,你别说话,安心养着。我去给你做碗鸡蛋羹。"

何白氏点着头说:"你去做,娘还真的想吃呢。"

灯草让小艾过去陪何白氏,小艾极顶聪明,走到炕边就叫外婆,乐得何白氏病情一下子就减了三分。何白氏问小艾会哪些女红,小艾说,刺绣缝补妈妈早都教会她了,她一边带弟弟一边读书,都念到《论语》了。何白氏不晓得《论语》是何物,问道:"《论语》是不是一种刺绣的新花样?"

小艾很耐心地解释,说:"外婆,《论语》不是一种刺绣的新花样,《论语》是记录孔子老先生和他的弟子言论的一本书,是教人认识世界万物和道理的。"

何白氏说:"外婆没读过书,你不要笑话外婆。"

小艾说:"外婆晓得的事情,小艾还不晓得呢。"

王世奎听着这一老一少的对话,觉得很有趣。他静静地听着,不知不觉把药都煎糊了。灯草在厨房里都闻见了,跑出来问王世奎说:"你想啥呢?"王世奎忙把药从火堆里拎出来:"我是听小艾给她外婆说《论语》呢。"

灯草也觉得奇怪,问:"这一老一少怎么说起这个了呢?"

王世奎说:"还不是小艾卖弄自己的本事哩。"

灯草更加不明白了,说:"小艾有啥本事?"

王世奎呵呵笑了,说:"你女儿读到《论语》了,还不卖弄一番?"

灯草扑哧一声也笑了,说:"你这个女儿啊,见啥说啥。"

"女子就是话多。"

"说说话也好啊。"灯草说,"难得她们那么投机。"

王世奎悄悄地眨巴着眼,说:"啥投机哦,还不是外婆没话找话说。"

到了下午,何白氏说夜里想听唱书《李彦贵卖水》。灯草早早安顿小艾带着王永成睡觉,就忙着张罗唱唱书的事情。先得弄好烧面茶的调和,晚上的面茶是必不可少的。窑坪烧面茶是非常讲究的,一般是要准备两只陶罐,一只陶罐煮茶水,一只陶罐加入茴香、薄荷、红葱根、花椒叶和面粉、水一起煮,等到面粉水熬得差不多熟了,再注入煮得很浓的茶水再熬。熬熟了,倒入专用的小盅里,调入炒制好的洋芋丁、豆腐、鸡蛋、葱花、大肉丁,俗称"三层楼"。

面对一笼红艳艳的大火,一圈人围着火塘听唱书说古今,挨个儿喝一盅面茶,心里身上都是热乎乎的。

窑坪河流域会唱唱书的人很多,只要识得一些文字的人就都可以跟着唱。这些发黄的手抄唱书,在窑坪方圆的春节时是非常流行的。流传在窑坪的唱书唱本有三十几种,有《劈山救母》(又名《沉香子救母》)、《陈光瑞》(窑坪又叫《江

流儿》)、《红娥女》《玉环女》《毛红》《祝英台》(窑坪又叫《柳荫记》)、《张孝打凤》《王兰花》《张春芳》《湘子传》《古人秀》《张七姐》《清官图》《金牛记》《红灯记》《目连救母》《观音劝善》《王公解粮》《王连升》《王成选》《张四姐》《天门阵》《赵千金》(窑坪又叫《女驸马》)、《鹦哥记》(窑坪又叫《乾隆马再兴》)、《安安送米》(窑坪又叫《庵堂认母》)、《三孝记》等。这些唱本都是劝人为善、说因果报应的。

何白氏喜欢听《李彦贵卖水》，已经听过无数次了，她只要听到前面的一句唱词，闭着眼睛都能晓得下面的一句唱词该是啥。她之所以在今天晚上点名要听《李彦贵卖水》，主要原因还是她自己熟悉，能听懂。

《李彦贵卖水》说的是早年间，两个财势相当的财主指腹为婚，他们一家姓张一家姓李，张家生一千金，名张翠莲，李家生一男孩名李彦贵。后来男方家境衰败，张家父亲嫌贫爱富，对婚约反悔，千方百计地阻挠女儿和李彦贵的婚事。可是张翠莲至死不渝，立志非李彦贵不嫁，立誓说生是李家人，死是李家鬼。可是张家从中作梗，张家小姐和李家公子死活不能见面。后来由张翠莲的贴身丫鬟，一个名叫梅香的女子传话带信，让李彦贵装扮成卖水浇园的卖水郎。由于有丫鬟梅香的帮忙，李彦贵最后历尽种种磨难，终于以浇灌后花园牡丹花为由，见到了自己的未婚妻张翠莲。张翠莲看见李彦贵落魄的样子，心如刀绞，异常痛苦。她决定资助李彦贵读书考取功名，由丫鬟梅香设法送银子给李彦贵。最后李彦贵不负张翠莲，终于高中状元，回乡迎娶张翠莲。张父羞愧不已，无地自容，只好在婚宴上偷偷地跑掉了。

其实，何白氏之所以没有过分地阻挡灯草改嫁给王世奎，有相当一部分的原因和唱书《李彦贵卖水》有关。何白氏不想像张翠莲的父亲那样给后人留下千古骂名，况且，何白氏从心里不想让灯草难过。

唱书唱到李彦贵晃晃荡荡挑着一担水在街上趔趄的时候，何白氏再一次泪眼婆娑，在歇息的时候说："李彦贵多可怜。"

何白氏照例是哭着听完了《李彦贵卖水》的，何白氏的大炕上还有好几个妇女在陪着何白氏流泪，一直流到唱书结束。

王世奎也会唱唱书，从头唱到尾，不管七字句、十字句还是五字句他都唱得字正腔圆，声音优美。唱完最后"此书名为卖水记，宋朝流传到如今。婚姻本是天注定，万般由命不由人。世事都遂人意想，普通世上没穷人。不可与人施心计，不报后世报今生"时，王世奎才看见灯草也是泪流满面的。

何白氏有些不好意思，说："都听了多少回了，老是这个样子。明明晓得都是几百年的事情了，还当是真的一样。哭过了，自己都笑自己呢。"

王世奎卷起上的土纸上的唱书抄本，说道："这本书是谁的？借我也誊抄一本。"他的意思是，抄一本留给何白氏。灯草是听出来了，她晓得王世奎心里有些愧疚。

205

何白氏也晓得王世奎是想着给她抄写一本,不由得擦着老泪横溢的眼睛,说:"你那么忙,哪有时间抄抄写写的呢?"

王世奎说:"我可以在晚上弄,抄抄写写不算啥的。"

何白氏说:"那多辛苦啊。"

王世奎一笑,说:"过几天我去汉中府,那么长的夜,反正闲着也是闲着,权当我是喝茶消遣度时光。"

何白氏叮咛说:"可不敢耽误你生意上的事情。"

王世奎点点头:"你就放心,我夜里睡不着的时候誊抄,不会影响生意。"

何白氏故意做出怪嗔的样子说:"你要自己掌握时间,不要叫你们老太爷怪我没叮咛你。"

王世奎说:"嗯,我晓得。"

送走一屋子的人,王世奎睡不着觉,就披着棉袄坐在门槛上看月亮。

灯草也睡不着,陪何白氏在热炕上说话。只有菊香和王永成鼻息均匀地倚着何白氏酣睡,逐渐微弱的油灯光照在他们稚嫩的脸上,让何白氏顿生爱惜之情。何白氏悄悄地对灯草说:"咱娘俩还没有这样亲近过呢,谁晓得乍一亲近,你已经有俩孩子了。"

灯草不好意思了,红着脸说:"娘——"

何白氏慈祥地逐一摸过两个孩子的脸,说:"看着都叫人心疼呢。"

说了一阵子话,何白氏说,去叫世奎进来睡觉去,外面冷。灯草早就在心里惦念寒夜里还坐在门外的王世奎,感激地看了一眼专注孩子的何白氏,溜下炕,去门外叫王世奎了。

正月十五一过,窑坪开始有了来往的人流。到了十七日,窑坪逢集,清早就有过路的马帮把牲口拴在街头的拴马石柱上。清脆的铃铛声,在过完年之后第一次在窑坪响起。王世奎回到德胜堂,李进才掌柜拿着几卷账簿进来,摊在王世奎的桌案上。王世奎仔细看了一遍,觉得好像是最近进货记录少,问李进才。李进才解释说:"大掌柜你这一走,我们谁也不敢盲目进货,只是随缺随补,所以没有大的进货记录。"王世奎有点失望,说:"我走的时间又不是很长,店铺不至于不敢进货吧。"

李进才说:"你不说话,我们谁敢?"

王世奎生气地说:"我不在你们就不敢做生意,假如没有我王世奎,还没有德胜堂了?你们这是咋了,连一点点主动性都没有吗?"

李进才唯唯诺诺,连说是自己没进货经验,不敢擅自做主,老觉得进啥货都有亏钱的风险,就没敢进。

王世奎说,你们也太小心了,做了多少年掌柜了还不如祝显明,怎么越来越胆小！一句话说得李进才脸上红一阵白一阵，沉思半天才说："我还不是为号上负责。"王世奎有些失望，轻描淡写地说了一句："你都做掌柜好几年了吧，连一个懵头懵脑的赵益帮都不如？你们这样下去，德胜堂还说啥发展？我去汉中府不仅仅是白去了，而且是得不偿失。凡事要多动脑筋，不要瞻前顾后。照最近三个月的情况来看，如果长此下去，是叫人笑我们德胜堂呢。"

李进才掌柜又喏了一声，王世奎并不解气，说道："谁也不是天生就会出货、进货。都是凭了经验和察觉能力，是要费一番脑筋的。我告诉你们一句话，书上说的，君子生非异也，善假于物也。意思就是说会做事情的人并不是自己有啥过人之处，不是和别人有啥不同，只是他会看清事情发展的趋势，会借助事情，利用它的力量。"

李进才立时顿悟，说："我们是缺少思谋了，老是想着怕亏钱，其实是被这个怕亏钱蒙住了眼睛，结果是啥都看不见了。事情都是人做出来的，不是等出来的。生意的利润也是可以做出来的。"

王世奎叹一口长气，说："你终于是明白了。"

李进才说："明白是明白了，就是没有单独做过主，想想还是不行。主要是还不习惯。"

王世奎说："你可以问老太爷啊。"

李进才回答说："老太爷都多少年没有打理过生意了，啥好卖，啥利润高他一概不知，问了也是白问。"

王世奎说："那你就错了。老太爷亲自打理德胜堂好多年，经验比你比我都要丰富。他随便说一句话都是生意经，你还敢小看他老人家？"

李进才似懂非懂，说："就没见他说过啥生意经，这么多年也没见他说过号上啥话，就是一个甩手东家。"

王世奎摇着头说："你是榆木脑袋，怎么啥都不懂啊。老太爷那是懒得说你，也不方便说你，要你自己慢慢地悟，要你悟出一条经商的好路子。他是怕你不理解他的经验。"

李进才还在发愣，王世奎继续说："你好好想想，老太爷不说出来，就是他心里没有？我最清楚老太爷的想法：他是想用德胜堂现有的家底，给德胜堂以后培养经商人才。你现在真正明白了没有？"

李进才这才面带羞愧地点头，说："多谢大掌柜点拨，我真是懵里懵懂地接管德胜堂三个月。以后啊，我凡事自己多动脑筋，不要叫老太爷失望。"

王世奎说："你先操劳着，我去汉中府最多也就半年。半年之后，我回来看你业绩。"

吴久霖和段建成又是一夜未睡。

吴久霖态度坚决地说要筑仓收粮，汉中府的生意可以放一放。段建成说你这

下篇·窑 坪

一放，九思堂在汉中的生意黄了不说，传出还不去成了笑话。吴久霖说，我们是商户，有我们自己的生意经，管他别人笑话不笑话。段建成说，我去汉中府受了那么大的罪，就这样放下舍不得。吴久霖说，我们做生意还不是看生意的利润，受了罪没有利润还不是白受，有啥用？

段建成说："我就是不甘心这样放下汉中府的生意。都做起来了，不容易。"

吴久霖说："不容易是不容易，不容易不是利润。我们要的是利润！"

段建成说："做生意不是为了眼前的这点利润吧？"

吴久霖说："不是为了眼前的利润是为了啥？"

段建成说："长远的呢？"

吴久霖说："长远的是啥？我一辈子了，长远的啥也没有看见过。"

段建成说："眼前的利润不是唯一。"

吴久霖站起来一拍桌子说："不为利润我开商号干啥？我拿钱作乐啊？我不是有病吧！"

段建成眼睛红了，拿手揉揉，说："老东家，你没病，是我有病。我去汉中府都差一点回不来了，我是拿命作乐呢。"

"我晓得你去汉中府受了罪。"吴久霖说，"你不去汉中府，就在窑坪筑仓收粮，不是就不受罪了嘛？"

段建成不语了，只是低头啜泣。

段建成说："东家你也别怪我，我是跟着王世奎去了一趟汉中府才晓得做生意有这么大的困难，也有这么大的乐趣。而且，我晓得做生意也不是单单为了赚钱。"

吴久霖问："不赚钱我们九思堂做啥生意，真是作乐吗？"

段建成说："老东家，说简单了就是为了实现自己的人生抱负——这是我从王世奎身上学来的。"

吴久霖说："你现在不要跟我提王世奎，九思堂也不是给你用来施展人生抱负的地方！我现在要听的是，我们现在这个粮仓怎么弄，粮食怎么弄。"

段建成说："东家，我不想和你说粮食和粮仓的事情。我只想和你说汉中府九思堂分号的事情。现在已经到了开张的时候，我想听听我该啥时候动身。"

吴久霖说："我晓得你一直是怪我不上心生意，但是，经商各自有道，你也不要老想着我们和德胜堂一样。他们到王世奎这代，做的是怎么货通，我们做的是为了民生。其实都是花钱而不是赚钱，所以我们首先看到的是利润，没有利润哪里有钱可花？"

段建成说："像德胜堂那样做生意才是做民生呢。王世奎他图的不是利润，而是想到要做些事情。"

吴久霖说："你也别怪我，我是晓得今年又是大旱，我不说我们能赚多少钱，利润是号上的命根子这些话了。你只要想想，那年我们九思堂设棚救灾，假设我们仓里没有那么多粮食，我们就是想救谁都救不了，一个人都救不了。没有粮食，店铺里的那些茶叶能救命吗？铁器能救命吗？布匹能救命吗？土纸能救命吗？银元和铜板能救命吗？账簿能救命吗？"

段建成说："你要我丢下汉中府的生意，我就是想不通。"

吴久霖说："你以为我就是一定要丢下汉中府的生意吗？我们带着金子银子从陕西关中到这穷乡僻壤的小地方来，选一个窑坪，你以为我们是来隐居的吗？"

段建成哼哼唧唧说不出话来，吴久霖说："你怎么晓得我是要丢下汉中府的生意呢？只是我现在心里想的是粮食，是腊月间的那一声闷雷，是今年将要来临的干旱。"

灯草的染坊在寒意料峭的正月开始了纺纱，王世奎对这些工序一无所知，他只好继续窝在德胜堂店铺里给何白氏誊抄唱书《李彦贵卖水》。他突然记起和潘向荣老板已经好久没有来往，不晓得今年的土纸生产上有啥变化没有。他叫祝显明进来，对他说："你带几包点心和盐土，去看看潘向荣潘老板，就说我们德胜堂给他拜个晚年。"

祝显明临行时问："大掌柜还有啥特别的话给潘老板吗？"

王世奎说："潘老板他自然晓得我的意思，你就不要多嘴。"

祝显明狡黠地一笑，说："我晓得了。"

第二天，潘向荣带着几匹骡子，驮着土纸到了窑坪。他把牲口往拴马柱上一绑，就进了德胜堂。王世奎迎出来说："辛苦你了，潘老板。"

潘向荣拱手一揖，说："多谢王大掌柜还记着我潘某。"

王世奎还了一揖，连说请进。潘向荣进了德胜堂，笑着说："到底是老店，感觉就是不一样，大气。"

王世奎说："你是笑话我呢吧。"

潘向荣说："我哪里是笑话你呢？就只看看这店门的摆设格局，就晓得是行家里手弄出来的。不夺眼，不装腔作势，稳重大方，让人放心。"

王世奎说："你咋就尽拣好听的话说？"

潘向荣说："我也不拣好听的说了，你叫人看看牲口驮子上的货，我今年还是把身家性命全押在你这里。"

王世奎说："你这句话还是给我加压力，你这样的话给我说过已经不是第一次了吧？"

潘向荣说："我说几次了我自己都记不住，但是今天我还得旧话重提，你也别不耐烦。"

王世奎说："你这个老潘啊，我啥时候说不耐烦了？我得感谢你对德胜堂放心，对我王世奎放心。"

潘向荣说:"你我打交道不是一天两天了,谁还放心不下谁?"

王世奎说:"这窑坪周围一年差不多八千多个驮子的土纸,没有多少不经过你潘老板的手。我们每年走六七千个土纸驮子,大多也都是你潘老板从中撮合。我们德胜堂的土纸生意,有你潘老板的大半功劳。你是我们德胜堂的土纸老大。"

潘向荣笑道:"说破天我一个土纸农,也就这么一点点能耐。其实我也是仰仗了德胜堂信誉,沾了你们德胜堂的光了,没有你们在背后支持我潘向荣,这些纸农谁会听我的话?"

王世奎说:"我马上就要去汉中府弄德胜堂分号的事情,窑坪的生意交给李进才做掌柜,他有顾虑。我的意思是,土纸的事情我托给你,你要给德胜堂当好土纸掌柜。你只管给我往库里拉扯,不管卖动卖不动都给我拉扯。土纸是德胜堂的老本行,赔钱赚钱都得做。"

潘向荣:"你们是做顺当了,就没见过德胜堂的土纸赔过钱。"

王世奎笑了,说:"还是应该归功于潘老板的土纸质量好,品种齐全,人家要哪一种土纸德胜堂都拿得出来,这就是优势。"

说话间,伙计们已经卸完了驮子。王世奎对着伙计们说:"不要光叫我们高兴,也叫老太爷过来看看。顺便喊李进才掌柜过来,我有话说。"

正在说,就听门外老太爷的声音传来了进来:"潘老板潘掌柜到了,也不给我说一声。我刚刚听到,就赶过来打个招呼。主要是想感谢一下潘老板对我们德胜堂多年的照顾。"

潘向荣和王世奎都赶忙起身,恭立一边,等着老太爷进门。门口的太阳光一暗,老太爷就被人搀着走了进来。德胜堂店里既深又阔,柜台上卷着色彩斑斓的"窑坪花",柜台下是满坛满缸的陈醋和老酒,一排油篓里都是菜籽油。这些都是窑坪的特产。吊河坝不光有李家大院和吴家老宅,一些磨房和榨油房不但安在吊河坝的堰渠边上,窑坪的酒、醋作坊也都在吊河坝的一排排土房里。德胜堂是把窑坪这些东西当做主要推销产品陈列在显眼的地方上的。这是老太爷的意思,王世奎觉得这个主意很好,他从汉中一回来,就很欣赏老太爷展示窑坪特产的这个创意。

老太爷坐下,潘向荣先向老太爷请安。老太爷说:"我是黄土埋到脖子上的人了,只要看见年轻人做事情就高兴。我老是这样想,如果我是你们的年龄,和你们一起还可以做好多的事情呢。可是我老了,老了也就老了,我想得开。窑坪这地方就这么大,但是要做的事情却多得很呢。"

"我这山里人,赶着牲口到了窑坪,就觉得像进了城。老太爷看得起我潘向荣,王大掌柜也看得起我潘向荣,我这土纸卖给谁不是卖啊,我就觉得吧,还就卖给德胜堂。"潘向荣说,"我是感激老太爷和王掌柜看得起我。光面子话我说不好,

反正我这几千驮土纸就是烂在德胜堂的库房里，我也不怕。我就看重这份感情。我晓得，你们不会让它烂在库房里的。"

王世奎说："潘老板那么相信我们德胜堂，我们能让他的土纸烂在我们的库房里吗？何况土纸生意是我们德胜堂的半块门面生意呢。"

李进才进来，挨着王世奎坐下。王世奎看着他说："潘老板把他几千驮的土纸生意押到德胜堂柜上了，你敢不敢接？"

李进才拍拍手，说："我们德胜堂从来就看重土纸生意。王掌柜手里有那么顺当的销售渠道，我还害怕啥？假如王大掌柜去了汉中府，这笔业务就交给我好了，我保证不出任何麻达。"

老太爷呵呵大笑，说："到底都是熟人，说啥话都干练，也中听。我就是过来看看潘老板，你们慢慢说话，我出去走走。回去叫厨房弄点好菜，世奎你找找看哪里还有横川烧酒弄几壶过来，我们陪潘老板吃一顿便饭。"

潘向荣连说不要麻烦，老太爷已经走出店门，到了街上。老太爷隔门留下一句话说："都是自家人，有啥麻烦不麻烦的？让你的兄弟们也都一起过来，也热闹热闹嘛。"

王世奎说："我们也出去走走，让伙计们把牲口牵走，饮水喂料。今天夜里潘老板就住下，不走了。"

马铃儿响起，兰州的张义赶着马帮到了。

王世奎正在打算去汉中府，他叫来段建成和祝显明说着备货的事情。祝显明听见铃声就高兴得蹦了起来，说："这些货物不是现成的？连驮子都不用卸！"

王世奎轻轻一笑，说："你这想法确实是好，可是张义东家未必肯答应。"

祝显明不懂，说："为啥？"

王世奎说："你可以把你的这个想法提出来试试。"

张义还没进店，就看见九思堂的大掌柜段建成也在德胜堂店里，颇感奇怪。王世奎看出张义的疑惑，就告诉张义他们这是商量一起去汉中府张罗分号柜上的事情。张义更觉不可思议，看着王世奎问道："你们啥时候在汉中府设立分号了？"

王世奎说："不光是我们德胜堂在汉中府设立了分号，建成他们九思堂也在汉中府设立了分号。现在窑坪的生意开始做到汉中府去了。"

张义惊叹："你们真是敢想敢为。"

祝显明告诉张义说："我们正在说去汉中府的货物，刚好东家到了，这正好应了一句话，来早了不如来巧了。"

张义问祝显明："小掌柜说说，来早了不如来巧了怎么说？"

祝显明说："东家和我们一起去汉中府啊。"

张义连连摇头，说："哪有这样做生意的？我来窑坪，就是奔着窑坪这一片商号，要我再去汉中府，岂不是有黄鼠狼过界之说。即就是德胜堂卸完驮子，重新上货也只能是上回兰州路上的货，下汉中府这条路我也不能轻易走。"

祝显明还是不懂，又问："为啥？"

张义说："你见过不走熟路走生路的马帮吗？你见过丢下西瓜捡芝麻的吗？没有吧。"

祝显明直接蒙了："生路，熟路？芝麻，西瓜？"

王世奎笑了，说："你小子啊，拿谁都比你。自己没脑筋别怪父母亲。张东家已经习惯兰州一路到窑坪，他说不定连回货都计划好了，你让他走一条没去过的路，换谁谁都不去。"

看着祝显明一脸茫然，王世奎说："你见过织布吧，这经线和纬线各有自己的路数才能有一匹布，如果弄错了就啥都不是了，你能织出一寸布来？汉中府到窑坪的这一段，平常都是王琰东家的马锅头走的，你让张义东家走汉中府，就是把经线弄到纬线里去了。"

张义说："凡事都得有个方圆，我不是那种不知天高地厚、唯利是图的小人。我从兰州下来，也只认窑坪的德胜堂。"

段建成开玩笑说："你说你只认德胜堂，这不是得罪我们九思堂呢嘛。"

张义笑了："德胜堂和九思堂是亲兄弟，窑坪街上没有谁敢得罪你们。"

祝显明这才稍有开悟，说："我晓得了。"

王世奎说："就怕你还是一知半解。"

祝显明笑道："这还不明白？染坊染布，醋坊淋醋，桥就是桥，路就是路。"

王世奎说："看来，你还真的明白了。"

祝显明脖子一仰，说："我又不笨。"

王世奎问道："现在你明白我说的话了吧，说张东家未必应承。看看，张东家果然不会答应吧。"

祝显明说："其实，路又不是谁一家的，汉中府也不是谁一家的。张义东家想得太多了。"

张义说："你哪里晓得，从窑坪到汉中府的路途我是两眼一抹黑。我这脚户行当，都拖家带口的，不敢冒险啊。"

祝显明不以为然，说："别人走得，你就走得，大不了天明走路，天黑歇息。那么冷的天气我们还不是回来了？"

第二十八章

　　醉香楼里菊香整天素面啼哭，同样年轻的妈妈实在是没有更好的办法劝阻。她陪着菊香坐在绣炕边上，一遍遍痛骂负心的王琰。

　　窗外，和煦的阳光温暖着廊檐下的几株垂柳，柔柔的柳丝已经洇上了淡淡的新绿。柳枝间有一树白里透红的杏花，散发着沁人心脾的微香。

　　菊香问妈妈："是不是王世奎大掌柜又要去汉中府啊？"

　　妈妈说："我也只是听说，我明天去详细问问。"

　　菊香说："他年底去过汉中府，应该晓得王琰的情况。"

　　妈妈说："汉中府大了去了，在那里要找到一个人好比大海捞针，不容易的。"

　　菊香说："万一他们碰到过呢？"

　　妈妈说："好的，我明天去问问。"

　　菊香说："妈妈，你去问问，王琰啥时候回窑坪？"

　　妈妈说："他们怎么会晓得啊。"

　　菊香说："万一，他们见过面，说起过呢？"

　　妈妈叹一口气，说："妈妈明天过去给你问问。"

　　菊香央求妈妈说："妈妈，你明天一定给我问问。"

第二十九章

　　王世奎要走了，来吊河坝李家大院向李老太爷辞行。老太爷突然有点伤感地问王世奎："你真的近日就要走了？"

　　王世奎点头称是，说："就是现在走，走到汉中府也是二月二前后了。我原打算是要在二月二让汉中府的分号开门的。"

　　李老太爷说："我本来是想着你就守着窑坪的德胜堂商号，守在我这里的。可我也是鬼摸脑壳，稀里糊涂地走到了这一步，怎么就答应你去汉中府开设分号去了！既已如此，也不管汉中府的生意怎样，你都要给我平平安安地回来。"

　　王世奎单膝跪地，从怀里拿出一个账簿，双手递给老太爷，说："年前我从汉中府回来以后，就把它一直揣在怀里，想着你哪天记起来看它。现在我都要走了，老太爷还是不提要看这些账目，我只好在这里把它拿出来交给老太爷，你就看看。"

　　李老太爷老眼里又有了泪花，说："三儿，你见外了。你不就是德胜堂的大掌柜嘛！"

　　王世奎说："老太爷啊，这可是汉中府分号的账薄，就想叫你看看，晓得汉中分号的生意情况。我不能把它千辛万苦地带回来，又原封不动地带回汉中府去。至少，你得代总柜上留下它。"

　　老太爷说："好，好。我就代总柜上留下它！"

　　王世奎说："我走了之后，凡事你就多照看照看，李进才还是瞻前怕后，有所顾忌，会耽误店里的生意的。你得给多指拨指拨。"

　　老太爷看着跪着的王世奎，连忙伸手去扶，说："你放心，李进才也是为了店里的生意才会如此小心。我看得明白，李进才就是眼界太窄。"

　　王世奎说："我也晓得李进才是缺少单独历练，没有独立完成过一桩生意。他就是啥事都依靠我们，养成了蹑手蹑脚的习惯，放不开。"

　　老太爷说："这我晓得，但是我们德胜堂又不是专门培训大掌柜的地方。一个人要想发挥自己的才智，得要自己处处留心、时时学习才行。李进才虽然表表精灵，但是心智尚还蒙昧，只晓得经商的风险，却不晓得应对风险的方法，更不晓得风险和利润是相附也是相依的。我听说过一句话，叫作没有卖不出去的货，只有卖不出去货的商人。"

　　王世奎说："这一句话你要告诉李进才，他要是明白了就好了。要让他晓得，世上所有的货物不但可以变成钱，还是可以变出利润的。"

　　老太爷想了想，说："你得早些个回来。四月间你得回来。"

　　王世奎说："我晓得老太爷不放心庙会。"

老太爷说:"也不单单是庙会,四月间事情就多得忙不过来了。"

王世奎想了想,说:"我晓得,老太爷其实是舍不得我,不想让我离开太久。"

老太爷热泪盈眶,说:"三儿啊,看你脸上疮口还在结痂,却就又要走了。看着不忍心啊。"

王世奎摸摸还在结痂的耳朵,说:"现在好多了。再说天气一天天热了,这点小冻疮还有啥呢,还不是三两天就好了。"

老太爷嗔怪道:"三两天就好了?这回来都二十多天了怎么没见好呢?"

王世奎笑了:"不是天气还冷着呢嘛!"

老太爷说:"我怕你这样下去,还没到汉中府自己先倒下了。"

王世奎说:"不怕,一路上还有祝显明和段建成呢。"

老太爷叹着气摇摇头,不再说话。他晓得王世奎和祝显明、段建成三人的身体状况都不是很好。年前他们满身疲惫地回到窑坪街上,老太爷看着他们个个耳朵上流脓淌血,脸紫唇乌,心疼了好几天。

老太爷坐在炭火边的太师椅上,眼睛死死地看着王世奎,说:"三儿,此去汉中府路途遥远艰辛,风寒水冷的,再看看你们的身体这个状况,我真的是一百个不放心啊。"

王世奎说:"老太爷你就一百个放心好了。我们对这一程路已经熟悉了,又不是第一次走,不怕。"

"你说你不怕,我就会不怕了吗?我又不是不晓得去汉中府的山山水水。"老太爷说着站起来,"走,我们去看看灯草,看看灯草在忙啥。"

王世奎说:"老太爷你还是歇着,我让灯草过来看你。"

老太爷已经走到了门口,说:"我也想到街上走走,你陪我。"

王世奎只得扶着老太爷出了李家大院,往街上走去。青石板巷子有点干冷,墙脚里还有零星的残雪,几枝不怕寒风的红杏伸出墙外,露出一星猩红的颜色。三只瘦狗在窄窄的巷子里相挤着,颠颠地跑在他们前面,不时相互发出低沉的怒吠示威。

一出巷子,老太爷就不要王世奎扶他了。他挣开王世奎的手,说:"我自己走,我还能行。"

王世奎不得不放开老太爷的胳膊,任凭他借着拐杖"笃笃"地走在窑坪街上。冷风吹来,老太爷雪白的胡须飘扬起来,掠过天蓝色府绸棉袍。王世奎不由疾步赶上老太爷说:"咱回去,街上忒冷。"

老太爷停下脚步,略一踌躇,说:"有你从汉中府往回赶的时候冷吗?"

王世奎说:"我不怕,年轻。"

老太爷停住脚步,不高兴地说:"你的意思是说,我老了?"

王世奎不好意思地笑了,说:"我不是那个意思啊。老太爷万寿无疆呢,哪里就说老了？"

　　老太爷说："三儿啊，你也给我贴眼药，说冠冕堂皇的假话？我就没见过这世上谁会万寿无疆。"

　　王世奎说："我这不是哄老太爷高兴呢嘛。"

　　老太爷故意用拐杖戳着地面，说："三儿你是把我当做小孩子啊。我在窑坪几十年了，就你把我当三岁的小孩子。"

　　王世奎说："谁也不敢把你老太爷当小孩子啊。谁看见老太爷不毕恭毕敬的，从心里敬佩你。"

　　老太爷佯装生气，举起手里的拐杖，说："你还不是把我当小孩子哄啊。"

　　赵益帮早早地开了店门，忽然看见王世奎和李老太爷从门前走过，急忙出来打揖招呼。老太爷停下脚步，点头回应："赵东家发财。"

　　赵益帮献媚地笑道："借老太爷的光。"

　　老太爷看着赵益帮刚换的门板，说："新人新门新景象。赵东家真不愧是我们窑坪街上的后起之秀。"

　　赵益帮说："我哪敢称秀？还不是有老太爷和德胜堂走在前面，我们紧跟慢赶的也不敢和你老人家比。"

　　"我现在哪里还能走在前面？"老太爷说，"行将就木的人了，窑坪已经没有我啥事。剩下的时间，我就晒晒太阳，喝一杯清茶，吃一锅水烟。"

　　赵益帮说："我都还想着你给我的小店出出主意呢。"

　　老太爷连连摆手，说："我哪里能给你出主意啊，都老朽了，就这样在街上转一转也没有多余的力气。"

　　赵益帮请老太爷进店里坐坐，老太爷说就想走走，哪里都不想坐。赵益帮想想，说："那我就陪你走走。"

　　老太爷说："我随便乱走，又没有啥事情，不要耽误你。"

　　赵益帮固执地说："我才没啥事情，和老太爷一起走走我最高兴。"

　　老太爷笑了，说："那就走走吧。"

　　王世奎看着赵益帮笑了，说："我们去关帝庙看看，烧一炷香。"老太爷点点头，说那就多约合几个人去，也显得热闹庄重。

　　到九思堂总店里找到段建成，说起跟老太爷一起去关帝庙烧香的事情，段建成也很高兴，说请吴老东家一起去。老太爷挥舞起拐杖，说既然如此，就不妨在关帝庙弄一个聚会，杀羊宰猪，祭祀一回神灵，也好保佑你们去汉中府一路顺利。王世奎也赞同，说等吴老东家来了一起商量。段建成连忙安排去请吴老东家过来。

　　老太爷坐下，品了一口伙计端来的茶水，咂吧着嘴巴说不愧是西乡仙毫，果然清香爽口。段建成恭恭敬敬地站在一旁，和王世奎看着老太爷喝完一杯茶水。

续上滚开的水，段建成说第二道茶水才上味呢。老太爷笑道，我晓得有句话说头道垢痂二道茶。段建成呵呵一笑，说窑坪街上，就没有啥老太爷不晓得的。

吴久霖打着哈哈从外面进来，说："我说今天我们九思堂怎么就弥漫着祥光瑞气，原来是老太爷驾临了。"

老太爷说："我就怕你嫌我人老龌龊，今天虽然坐在九思堂里，心里却诚惶诚恐，极不踏实。一看见你这流金来银的大店，我就害怕你会骂我，说我玷污了坐过的这点地方，挡了你生财之路。"

吴久霖拱拱手说："老太爷你是骂我呢。"

老太爷也站起来拱手还礼，说："哪里是骂你，我这是和你打打口水仗，说一些不着调的话，寻个开心。"

吴久霖说："都是一把骨头的人了，我还不晓得你啊？"

老太爷说："就是啊，但愿以后我们俩在那边见了面，还是这么口无遮拦地说话，千万不要有隔阂才好。"

吴久霖说："那是一定的，我们俩能有啥隔阂！"

老太爷指指王世奎和段建成，说："刚才我们一起过来，想到他们不日将要再一次去汉中府，说起去关帝庙烧香的事情。我觉得吧，还是稍稍地约合一下，把场面弄大一点，一为窑坪地面祈福，二为保佑去汉中府路途上的平安。杀一头猪，杀一头羊，大家聚在一起吃一顿泡馍，既是了了一个愿心，也让窑坪好好开个年头。"

九思堂总店里飘着茶香，桌子上摆上了十几只热气升腾的细瓷茶杯。段建成特意吩咐过，一屋子都是东家和掌柜，茶叶要用上好的明前西乡仙毫，器具也要用瓦厂沟的细瓷茶杯。

众人喝茶，轮换着吸水烟。九思堂的水烟壶是白银的，做工精细，壶脚处有镂花图案，壶身是掐丝花草福字，壶脚到吸嘴的链子粗细适中，不臃不瘦，是窑坪水烟壶里的绝品。

老太爷指着手里的水烟壶，说："久霖你也真是舍得，把这么好的水烟壶放在生意店里让众人把玩。换做是我，我就舍不得拿出来。"

吴久霖说："老太爷你是笑话我九思堂没啥好东西。"

老太爷深吸一口水烟，说："我哪里笑话你了？我说的是实话，这么好的一个水烟壶，你怎么把它放到这里来了？如果不是你不喜欢，就是你故意拿出来给我们显摆。"

吴久霖连连叫屈，说："老太爷喜欢，我就送给你。"

老太爷噗地一声吹掉烟灰，说："我可没有夺人所爱的意思啊。"

吴久霖说："一个水烟壶，没想到老太爷会喜欢。你拿出那么多钱财修建窑坪廊桥都没皱一下眉头，我送你一个水烟壶还说啥夺人所爱！"

老太爷把水烟壶递给王世奎，说："三儿你现在就替我拿着这个水烟壶，难

下篇·窑 坪

得久霖有这份心。"

吴久霖说："生意上老太爷也没少照顾我们九思堂，窑坪出了一个老太爷，就好比古典《水浒》里的及时雨宋江。没有你在窑坪商户之间斡旋，窑坪的生意也不可能有今天这样一个欣欣向荣的局面。"

老太爷说："我有何德何能，都是你在那里胡说一番。"

吴久霖说："我吴久霖祖上就从陕西关中出来一路到了窑坪，看中这一方水土，一住就是几百年，从没有人把我们吴家看成窑坪老户，也从来没有谁肯把到手的生意拿出来让大家一起做。老太爷却成了一个例外，你是把窑坪看成了一个大商号，把德胜堂看成窑坪的一个小店铺。"

赵益帮插言说："我赊给白马关的货，老太爷都没少费心，好几次和何团总打招呼。"

老太爷说："都是张张嘴说说话的事情，能顶啥事情？窑坪还不是靠着你们大家打打拼拼才形成今天这样一个局面嘛？看着你们在窑坪极力创业，我死了也是瞑目的，高兴啊。"

说着话，九思堂已经集聚了一大群人，都说是听到李老太爷和吴老东家在店里说话，并且要去关帝庙祭祀祈愿，所以过来看看。段建成忽然记起啥似的，说："我们应该在窑坪设立一个商会，起一个好听的名字。让老太爷给我们当会长，操心我们窑坪的生意和各商铺的疑难事务。"

老太爷："设商会是一个好事情，但是我都老糊涂了，哪能当商会会长！"

吴久霖说："你老人家德高望重，如果要设商会，这个会长还非你莫属。"

老太爷银须摆动，连说不可："我连德胜堂都不管了，哪里还能当商会的会长？"

没想到设立商会的事情得到一致的赞许，让老太爷当会长的提议也得到所有在场的东家和掌柜拥戴。老太爷还想推辞，已经被不由分说地拥着往关帝庙走去，有人说祭祀的准备工作已经全部就绪，只等大家入场了。路上老太爷还在说着自己不能做商会的会长，王世奎说商会的事情还只是酝酿阶段，商会成立之后，商会会长要大家推选才行。今天只是大家一个愿望，老太爷你就只管想想今天关帝庙祭祀的事情。

王世奎嘴里虽然这样说，心里还是希望商会的事情即刻就弄个眉目出来，让老太爷出面当商会会长也是他的愿望。还没到关帝庙，他已经想好了商会的名称：九州商会。他想起九州商会这样的名字是因为窑坪的商家有来自九州十三省之说，此外，九州更具有远大的包容性，不狭隘……正想着一大堆理由，不觉已经进了关帝庙的山门，悠扬的钟磬声蓦然响起，余音袅袅。王世奎看见老太爷带头已经跪在前院的廊前，他的右边跪着吴久霖吴老东家。

到了大殿，供桌上已经摆好了刚刚宰杀的猪头和羊头，香烛台上插着燃烧的香蜡。住持焚烧完黄表，双手合十退立一旁。原本应该由老太爷宣读祭祀表文的，

老太爷还没磕完头站立起来，吴久霖吴老东家却跨前一步，三叩首之后朗声说道："是日鸣钟敲磬，弟子等一干齐聚宝殿，请了千千诸佛，万万菩萨。又请了关圣帝君、关平周仓一起见证。弟子等焚香献牲，一为地方清吉平安；二为世奎、建成去汉中府一路顺利；三为我等决意立九州商会，公推李老太爷任首任会长。诸佛菩萨、关圣帝君、虚空过往明鉴，弟子磕头了……"

吴久霖说完，纳身再拜。众人一怔，随即纷纷响应。王世奎心里非常高兴，连忙跪倒在人群中间，虔诚跪拜不已。大殿里一片肃穆，霎时钟鼓齐鸣。

老太爷还在诧异中，就糊里糊涂地跟着磕了头。

磕完头，老太爷才醒悟过来，才清楚商会会长的帽子已经落在了自己的头上。他站出来继续说着推辞的话，吴久霖一句话就挡住了老太爷的千言万语。吴久霖说："神灵面前的话，岂可儿戏？即使我们答应你不做会长，你晓得神灵是不是也会答应呢？"

谁也不敢冲撞神灵，老太爷只好摇着头不再说话，算是答应了任会长的事情。王世奎自然很高兴，他的心里，老太爷之外没有谁更适合当商会会长。私底下，段建成也这样说，说完了还加上了一句："老太爷不当会长，别人他想当也不敢当。"

后来修建商会会馆的事情吴久霖毛遂自荐地承担了下来。在吊河坝老宅旁边，他捣腾出一大块地来，半年时间就起了一座宏伟高大的建筑，按照王世奎的意思，命名为九州商会会馆。到公元2007年，窑坪小学在全国"再穷不能穷教育，再苦不能苦孩子"的呼声里需要扩建时，推倒了九州商会会馆。当拆迁队工人看到一层土布一层土漆地缠着的木头，惊讶万分。谁也没有想到窑坪的建筑里还有这样处理过的木头。

会馆竣工已经是秋后的事情了，王世奎千里迢迢赶回窑坪，参加会馆开馆仪式。红绫慢慢揭开，"九州商会会馆"六个遒劲的大字蓝莹莹地衬在漆黑的牌匾上。字迹雕刻手法娴熟老到，和两侧门柱上的楹联同出一人之手。楹联也是王世奎拟就，上联是"事与人便人称便千家饮誉"，下联是"货招客来客自来九州联珠"。横额王世奎想了很久也没有想出写啥合适，就没写，结果也就没刻。

鞭炮声里，人们纷纷交头接耳，称赞王世奎的字写得好，词句也好。段建成听到别人赞美王世奎的言语，心里也很高兴，但就是不好显露出来。那时候，九思堂又一次囤粮的计划正如火如荼地进行着，吴老东家不止一次地对段建成说，年前大年晚上的那一声惊雷到现在还在他的耳朵边上惊天动地地响。

醉香楼的妈妈狠喘着大气跑上楼，直接一头撞进了菊香的屋里。她带回的信息是窑坪将要设啥九州商会，德胜堂的老东家老太爷即将出任会长；另外，王世奎和段建成也将会于近日启程再去汉中府。

下篇·窑 坪

这最后一句话无疑是菊香最为在意的。那个遥远的汉中府,既陌生又熟悉,居然是那样让菊香牵肠挂肚,难舍难忘。菊香忍耐不住,掉着眼泪对妈妈说:"我想见见德胜堂的大掌柜王世奎。"

妈妈稍稍有点吃惊,不解地看着忧伤不已的菊香,她问:"你怎么去见德胜堂的大掌柜?你怎么见?"

菊香软软地跪下,泣不成声:"求妈妈帮我。"

妈妈一时不知所措,急急地往起扶瘫在楼板上的菊香。菊香哭得梨花带雨,死活不肯起来。妈妈不得已,只好茫然地点头,答应菊香给她想办法见王世奎。菊香这才止住了痛哭,在妈妈的搀扶下站起了身子。

妈妈替菊香抻抻裙摆,说道:"可怜的瓜女子啊,你怎么就那么瓜呢?一个不知根不知底的王琰,就把你弄得魂都丢了!"

菊香咬着牙说:"我让王大掌柜带给他一句话,如果他真的把我忘了,求他也给我一个答复。我不能再这样痛下去了。"

妈妈说:"有些话,是一辈子都带不到的。"

菊香说:"我只是想让他晓得,菊香想他。"

妈妈说:"可是,我们有啥办法才能见到王大掌柜呢?"

"我们都是在窑坪的街面上吃饭,喝的是同一口水井里的水。"菊香又一次流出眼泪,说:"求妈妈帮我。"

妈妈无可奈何地说,声音是那样软:"我想办法,我一定想办法要见到王大掌柜。"

菊香说:"妈妈要快,万一王大掌柜走了,我们都还见不上一面——他有自己的大事情。"

妈妈说:"菊香别怕,我就想办法。咱们今天晚上就去见王大掌柜。"

菊香再三谢过妈妈,跪下说道:"妈妈,话带到了,不管结果如何,我也就死心了。"

妈妈点点头,心里说:真要忘掉一个人哪有那么容易啊,不是说要忘掉就可以忘掉的!

晚上,妈妈和菊香到了廊桥边的王世奎家里。王世奎还没有回来,灯草在昏黄的洋油灯光下,疑惑地看着两个女人不安地坐在门外廊下,她不晓得这两个女人上门有啥事情。菊香和妈妈也一时不晓得说些啥好,三个女人就在灯光下惴惴地互相打量,谁也不便贸然开口。

最终,还是妈妈先向灯草问好,灯草礼节性地回应,还是不好询问她们来这里有啥事情。妈妈沉思许久才说:"我们来找王大掌柜,有事情相托。"

灯草不便细问,说:"我也不晓得他啥时候回来,有啥事情对我说,我可以转告。"

妈妈说:"我们需要当面和王大掌柜说,但愿嫂子不要多心。"

灯草说:"他这个人事情多,就是怕你们等不住他。"

菊香说:"我们等,等多晚都等。"

正说着,王世奎就噔噔噔地上了楼。门口的妈妈和菊香连忙起身,王世奎不由得一怔。妈妈上前一步自报家门:"王大掌柜回来了,我是醉香楼的鸨儿,她是菊香姑娘。"

王世奎晓得醉香楼,认识那里的妈妈,更是见过好几次菊香了。虽然王琰从来都没有给他说起过这个叫菊香的姑娘。王世奎略略点点头,算是打过招呼了。妈妈先是道歉,说冒昧打扰,实在是不得已,都怪自己教导无方,致使这些个姑娘们一个个的天真率性,不懂好歹,在王掌柜百忙之中还要烦扰一番,实在是迫不得已。

王世奎微微一笑,说:"都住在一条街上,并无冒昧之说。"

妈妈指指菊香,哀哀地说:"可怜我家姑娘菊香,心里恋着汉中府王琰东家,日夜茶饭不思,每日里素面痛哭。都是我醉香楼孽怨太深,我怕姑娘们出个好歹,只得贱脚踏进贵室,替姑娘出个头,求王大掌柜一件事情。"

王世奎心里不禁一凛,说:"何事?"

菊香不失时机地往王世奎眼前一跪,说:"就劳烦大掌柜给王琰东家带一句话,不管他是否还记得菊香,但求今生仍有一见。你就告诉王琰东家,窑坪醉香楼的菊香,想他!"

王世奎是读四书五经长大的,向来耻于招惹青楼是非。但是眼前的菊香让他有些意外,甚至多少有些感动。他冲着妈妈点点头,说:"让她起来,给王琰东家带一句话,也不是个多难事情。等我到了汉中府,如实相告就是了。"

菊香伏地磕头,说:"多谢大掌柜。"

灯草过来扶菊香起来,说:"这孩子!有啥事情直接给嫂子说。"

菊香一下子扑在灯草的怀里,泣不成声地说:"嫂子……我怕丢人……"

灯草拍着怀里的女子,真像个慈祥的大嫂。灯草说:"不丢人啊,女人爱一个男人有啥丢人的呢?不怕,咱不用怕。"

菊香从手上褪下一只翡翠镯子,郑重地交给王世奎,说:"王大掌柜,我就拜托你了。这只镯子王琰认得,你交给他,只需说我很好即可。"

王世奎点点头,说晓得了。

妈妈过来拉住菊香,向王世奎和灯草告辞,说:"冒昧打扰你们,实在是亏欠得很。等有了合适的时机,我再专意过来拜访大掌柜和嫂子。"

看着妈妈和菊香下楼离去,王世奎感叹不已,说自己居然不晓得窑坪还有这样痴情的女子,不晓得"醉香楼"还有这样痴情的女子。

灯草狠狠地剜了王世奎一眼,说:"世上就是女人痴心,男人的心全是朽木

221

头做的，啥都记不起来。"

九思堂刚过完年就开始了粮仓的修葺，粮食的收购也紧跟着就开始了。刚开始的时候都以为九思堂收购粮食是正常的补仓，不晓得他们是有意添仓储备粮食。

添仓的原因就是吴久霖常说的年底那一声惊雷。

窑坪周围，耕地大多都是林边沃土，稍稍的干旱和雨涝都不会影响粮食的收成，所以九思堂添仓储粮的事情做得非常顺当。下街高台上，泥巴、竹蔑、木头、瓦片的堆了一地，吴久霖让儿子吴生瑞亲自看着施工，中午都不回去吃饭。他说："粮仓是要装粮食的，一旦有点问题，粮食出点啥事情，可是为天地所不容的，是造孽呢。"

每逢集日，人背驴驮的都是粮食，径直向下街的高台而去。下街高台俨然成了粮食交易市场。

李老太爷听说九思堂添仓补粮的事情之后，坦然一笑，只说了一句："久霖是未雨绸缪，眼光高远。"

正是农闲时节，潘向荣联合周边纸农源源不断地运来土纸。和往常一样，德胜堂又一次面临库房紧张的局面。王世奎去汉中的事情不得不一拖再拖，足足往后了十天时间。

到了正月二十六，王世奎不得不再一次向老太爷辞行，说无论如何都得启程。老太爷说："我晓得你的想法，还是要赶在二月二开门利市。可是都到了这个时候，你又要星夜兼程了，我不放心。"

王世奎说："还有五六天时间，我路上放利索一点，不一定非得星夜兼程。"

老太爷说："你在哄我。我还不晓得你在想啥？开门之前，你还是要准备准备的，你想的是快马加鞭，三天三夜即可赶到汉中。世奎啊，其实没必要那么急，汉中府的分号，可以在二月初六开业，也可以在初八开业。啥事情都要随缘，不要强求。你这样急急切切的，我心疼！"

王世奎笑着说："老太爷，你说的我懂。我不急。"

老太爷说："你如果真的不急就最好。要我放心的话，你就二十八启程。俗话说'七不出，八不入'，二十八是出门的好日子。也省得你一门心思地紧赶慢赶二月二的日子。"

王世奎打着哈哈，说："老太爷你多虑了，我怎么能不听你的话呢？"

老太爷用手指头点着王世奎，说："你想的啥，以为我不晓得吗？"

王世奎不好意思了，说："我能想啥？我啥都没有想。"

老太爷说："我还不晓得你？"

王世奎终于无话可说了，不再辩解："我听你的话，二十八走。"

老太爷点点头，说："好好休息两天，啥事情都不要去想。"

王世奎很听话，说："谢老太爷。"

老太爷说："你也不要谢我，你出去，到窑坪街上走走，看看还有啥事情要办，免得到了汉中府还惦记着窑坪这边的事情。天远地远的，去了汉中府想起来就不方便了。"

王世奎说："我就去金盆湾看看染坊，跟灯草合计一下染坊的事情。别的，我也就不管了。"

"染坊确实是要看看的。"老太爷说，"你一走，也不晓得啥时候才回窑坪，染坊最近又是生产期。往后，天气一热，漂染就到了高峰期，你在汉中府，金盆湾的染坊够灯草一个人受的。"

出门到了街上，偏偏就碰上了肖善人。肖善人从一条巷子里出来，跌跌撞撞地迎面相遇。看见王世奎，肖善人似乎要躲一躲，但是窄窄的石板街实在是没处藏身。王世奎走近肖善人，肖善人居然毕恭毕敬地一躬腰，说："大掌柜好。"

王世奎第一次见到肖善人正正经经地说话，心里怪怪的，不晓得该如何回应。肖善人见王世奎愣怔在那里，再一次躬身打揖："大掌柜好。"

王世奎只好慌忙地点一点头："好……好……"

肖善人看见王世奎一脸不自然的表情，慌慌张张地退后一步，让王世奎从身边走过。王世奎一肚子的疑惑，他不晓得肖善人今天的举动和语言是不是属于正常。一直走到拐角的地方，王世奎还转回头看了一眼。肖善人仍旧站在那里，躬身垂首。

到王世奎转过了街角，肖善人都没有再说啥。王世奎觉得，肖善人这应该是第一次和自己相遇肖善人时表现出了少有的宁静。

下篇·窑 坪

第三十章

　　王世奎从窑坪启程前往汉中府的时候，照例是带了一个马帮小队。马帮还是郭家坝的十几匹牲口，驮子上打的是生地、黄芩之类的草药。王世奎年前在汉中的时候，就看过一家药店，闲谈的时候说起过中草药生意上的一些事情，回到窑坪之后，他就留意起了这些不起眼的草药。临走的时候，他还特意给李德明说过，要德胜堂收购这些草药。

　　段建成紧跟着王世奎，牵着一头高大的骡子，"嗒嗒"地从窑坪的青石板街上走过。紧跟着的是相送的东家和掌柜们，场面不热烈也绝不冷清。唯一让段建成不解的是，醉香楼的妈妈和姑娘菊香也在送别的人群里面向着他们挥手示意。

　　段建成不禁心生感激之情，向着送别的人们挥手。王世奎嘻嘻一笑，说："段大掌柜也是心细如绣花针眼啊。"

　　这时候，段建成的眼睛一直望着跟在后边的人群，只是隐约听到王世奎在说话。王世奎说："段大掌柜既然如此不舍窑坪，倒不如留下来好了。"

　　段建成笑了："王大掌柜都要去汉中府那个花花世界去，我段建成留下来倒没意思了。"

　　王世奎说："段大掌柜留在窑坪的理由像天上的星星一样多，我没有理由留在窑坪，所以得去汉中府受罪去。"

　　段建成说："王大掌柜你是笑我呢。我即使有星星一样多的理由，也不及你要照顾灯草的一个理由有分量。"

　　王世奎说："谁都晓得，灯草根本不需要谁照顾她。"

　　段建成想想，说："说得也是。你如果真的说要留下来照顾她，我都觉得怪兮兮的，不适应。"

　　王世奎说："就是，按说我已经不应该再去汉中府了。你也不该去，你们九思堂老东家一心想做粮食，你不在窑坪帮他，却跟我下了汉中，细一想，我们都有些对不住人。"

　　段建成说："我就想跟你到汉中，好好学学怎么才能做好大掌柜。至于东家收储粮食，我可以不操心的。"

　　"你跟我学？就怕耽误了你段大掌柜的前程。"王世奎说，"我啥都不懂，从来都是瞎胡捣腾。"

　　说着话，马帮已经出了街道。东河滩上的柳树爆出了嫩芽，远远看去已经是一片鹅黄色。河道里的卵石，泛着圆润冰冷的寒光。一阵风吹过，王世奎摸摸结痂的耳朵说："到底还是暖和了。"

王世奎和段建成在河边站住，转身一揖："请回吧。"

众人齐齐挥手，看着马帮踢踢踏踏地下了河，向东逶迤去了。

李老太爷忽然扑簌簌地落下眼泪，银色的发须在风里飘扬起来。王世奎看见了老太爷热泪纵横的样子，一难过，鼻子就酸了，眼睛里溢满了泪花。

他毅然翻身骑上一匹黑马，挥鞭打马向河里冲去。

老太爷不禁心头一颤，伸手向着王世奎离去的方向："三儿……走了……走了！"

人群里忽然挤出肖善人来，摇晃着双手，不说一句话。

几排街面房的木瓜院，赵益帮正带着三匹骡子等在那里。驮子上是满满当当九麻袋五倍子。赵益帮对德胜堂和九思堂在汉中府开设分号的事情非常羡慕，私底下注意王世奎和段建成的动向很久了。从过罢年之后，赵益帮就开始留意王世奎和段建成的一举一动，并且开始计划自己的汉中之行。他看见王世奎准备草药驮子，就弄好了九麻袋五倍子，他晓得王世奎不会在窑坪待得太久。

弄驮子的时候，赵益帮还是颇费了一番脑筋的。窑坪的中草药种类繁多，赵益帮自己又没有去过汉中，更没做过药材生意，不晓得药材行情，他之所以选择五倍子，是考虑到窑坪市面上五倍子很多，容易起庄。赵益帮想的是，如果行情好的话，不失是一桩好买卖，最差也不至于丢掉本钱。赵益帮准备的这次汉中之行，是当做一次市场考察行动的。遥远的汉中，对赵益帮来说既神秘又明朗。神秘的是，汉中在哪方是怎样一个样子他一概不知；明朗的是，汉中对他来说简单得就只是一个做生意的市场。

木瓜院到窑坪路程虽然不远，却要绕着窑坪河过几十道水。几十道水下来，已是艳阳高照了。铃声叮叮当当传到木瓜院街头的时候，赵益帮已经是望眼欲穿了。他是连夜找好牲口，备好驮子，天不亮就赶着牲口离开窑坪等在木瓜院街口的。

他晓得，这里是马帮走府入川的必经之路。只要想从汉中或者四川、湖北进入甘肃，非得要过木瓜院。同样，要从窑坪出甘肃，无论你去哪里，都得走木瓜院。这里是去汉中和四川的分路口，上入木岭到郭家坝，从平沟过巩坝就到了两河镇，再往南过了燕子砭、宁强，顺着就到了四川的广元地界。往东走经七里砭过置口渡一路都是去略阳的官道，沿途的油房坝、鱼池子、徐家坪都有大大小小的脚户店。

赵益帮听见马帮的铃声，神情为之一振。他对身边的伙计说："王大掌柜到了。"

冷风里，身边的牲口兴奋地喷着响鼻迎接窑坪河里下来的马帮。王世奎没有想到在这里会碰上赵益帮，他从来就不晓得赵益帮还有去汉中府的打算。赵益帮喜盈盈地上前拉住王世奎骑着的黑马缰头，说："两位大掌柜，我在这里等你们好久了。"

王世奎跳下马背，惊讶万分："这个时候赵东家怎么会在这里？"

赵益帮笑了，说："我是想着跟两位大掌柜去汉中府开开眼。"

王世奎也笑了，说："早就听说赵东家心眼很多，没想到今天我还真见识了。"

下篇·窑 坪

赵益帮说:"都是损我的话,我哪里心眼多?我心眼多还能被你介绍的白马关的生意给套住?何老爷还能找我买粮食买物资?"

王世奎有点不好意思,笑着说:"赵东家你是怪我呢?"

赵益帮说:"天地良心,我哪里有怪你的意思?整个窑坪,我最服气的还不是你王大掌柜?"

王世奎心里还是有些愧疚的,他说:"其实,我也后悔让你去做那么一笔生意。"

赵益帮说:"你千万别那么想,做生意本来就是有风险的,我晓得你当时是好意呢。这世上好心办成的坏事又不是就你一个,这只能说明这个事情本身就有问题,人又不是神仙,哪里能晓得事情的最后结果?"

王世奎的脸红红的,说:"就是,有些事情实在是太复杂了,变数也多。"

赵益帮说:"所以啊,我就天不亮等在这里,实指望两位大掌柜带我去汉中府一回,一来开开眼界,二来找点生意上的门路。"

王世奎说:"赵东家能和我们做伴同去汉中府,是天大的好事。我们德胜堂九思堂还有赵东家的店铺都在汉中府开办生意,也是窑坪所有商号的幸事。"

段建成已经骑上了马背,他说:"赵东家真会选时间,这个季节到汉中府去,一路上春风吹面,看不够的景色。"

赵益帮举手打揖,说:"多谢两位大掌柜带携。"

王世奎也重新上了黑马,还揖:"有了赵东家一路同行,真是我们的福气。段大掌柜,叫马锅头大哥走起来!"

段建成调顺马头,高声吆喝一声:"走起来喽。"

这时候暖烘烘的太阳照着木瓜院的小街道,身后蜿蜒曲折的窑坪河波光粼粼,而横亘在眼前的入木岭高耸入云,竹木森森。前面的骡子一声嘶鸣,引起后面牲口的接连回应。

冰雪刚刚融化的山间驮道顿时人喊马嘶,充满了生气。

赵益帮跟着王世奎他们一起去了汉中府,刚开始谁也不晓得。

窑坪这时候所有的人都忙着,最不济的也弄几斤胡麻油在集市时炸几锅麻花馓子,或者打几鏊子火烧之类的,做个小买卖。没有谁会注意像赵益帮这样的小店铺东家的去向。窑坪街上,人们每天都有忙不完的事情,来来往往的客商肩挑背背,人扛马驮,把个窑坪街塞得满满的。大到铁锅土纸油篓酒缸,小到针头线脑胭脂水粉,甚至柴草木炭、小猪母鸡都有交易。

从廊桥往上走,中街一溜儿的店铺商号。聚同春、义兴复、天玉源、顺盛奎、德生祥、聚义成、双盛德、俊顺成、义万堂、万盛通、永顺福以及九思堂和它的各小号,还有德胜堂等这些百十号大大小小的店铺鳞次栉比,店牌幡子迎风招展。

老太爷在街上露面的次数多起来了。王世奎不在店里,老太爷只好隔三差五

226

地亲临店铺巡视一番。有时候，他还会顺便到别的店铺串串门，说一说经营上的事情，以尽窑坪九州商会会长的职责。

连着几次到赵益帮的店里，都没见到赵益帮出来说话。老太爷不由心里生疑，问店里的掌柜伙计，都支支吾吾说不晓得东家去了哪里。老太爷有些生气，说你们是不把我当商会会长看。掌柜和伙计们见老太爷这样说，再也不敢隐瞒，只好如实相告。不想老太爷听了却异常高兴，说："赵东家有此魄力，无愧于我们九州商会，无愧于窑坪，值得提倡。"

老太爷的水烟壶吸得呼噜噜响，每进一个店铺，就说起赵益帮偷偷跟着王世奎下汉中府的事情，赞誉之情溢于言表。

下街高台吴家的粮仓已经全部修葺完毕，各色的粮食被九思堂用银元和铜板换了去，一点一点地装进了高台的粮囤里。吴生瑞很听话，一心一意地按着吴老东家的意思做着囤积粮食的事情。老太爷到了高台，吴生瑞毕恭毕敬地迎着老太爷上座喝茶。老太爷一脸喜气，说："没想到生瑞贤侄年纪轻轻，竟然独自担当如此大任，可喜可贺啊。"

吴生瑞嘻嘻一笑，说："老太爷你过奖了，我只是听从老父亲的安排，按他老人家的意思做一点点力所能及的小事情。说到底就是修修仓库，然后就是过秤收粮算账，你看这里又不是我一个人在忙。"

老太爷点着头说："孺子可教也！"

吴生瑞泡好一杯茶，双手端给老太爷，说："这是我藏着的汉中炒青，虽然不中看，但却香浓适中，我特意泡了一杯给老太爷尝尝。"

正说着，外面传来嚷嚷的声音。老太爷和吴生瑞一起踱步到了外面，原来是有人要买走十斤荞麦，伙计们死活不卖。那人苦苦哀求，伙计说："这里不是市场。我们只管收购，不管出粜。你到集市上看看吧。"

吴生瑞不晓得这位衣衫褴褛的人为啥要从仓库里买走十斤荞麦，他问："你非得要十斤荞麦吗？"

那人说："老娘重病，就想吃一口荞粉。我们离窑坪几十里路，从街上买荞粉拿不回去，就想买几斤荞麦回去给娘做荞粉吃。"

"集市上你没去看看？"吴生瑞说，"说不定街上就有荞麦出粜呢。"

"我都转半天了，就是没看见有粮食出粜。都说粮食都到了高台，老吴家九思堂设仓悉数收尽了。"

吴生瑞叹一口气，说："我们在这里设仓收粮，老百姓就在街面上见不到粮食了。这个事情这样做法，有些欠妥。"

老太爷连连点头，说："世德，你有此想法，比我们谁都强。"

"我在窑坪生长了二十几年，看着你老太爷和父亲兢兢业业地做事，心里一

227

直敬重有加。现在我也有了做事的机会，自然就要多想一些。"吴生瑞转身对伙计们说："给这位乡亲称十斤荞麦，不要收钱，算是我们商会送的。也是九思堂的一点心意，一点道歉的意思。此后我们仓里添粮也得到集市上去，公买公卖，不可垄断。"

衣衫褴褛的老乡千恩万谢地拿着十斤荞麦走了，老太爷赞赏地看着吴生瑞说："真是一个德才兼备的年轻人。"

老太爷笑着离开了高台，往街上走去。吴生瑞冲着老太爷的背影，对伙计们说："不论做啥事情，都要在老太爷面前有所收敛。老太爷喜欢的是和气、恩惠、舍与，我们千万要依着他的脾气。"

伙计们说："往后我们真的要去街上收粮食？"

吴生瑞说："样子肯定是要做一做的，咋也不能叫老太爷生气，说我们阳奉阴违就麻达了。这是面子上的事情，有老太爷的面子，也有我们九思堂的面子，更重要的是老东家的面子。"

伙计们纷纷点着头，说："晓得了。"

灯草开始着手染坊的事情了。

王世奎不在，灯草不得不提前准备。年前收来的布匹已经漂染完毕，都已经上了货柜，批发的批发了，卖的也卖了。今年，灯草打算只是帮人家漂染，不再自己做纺织印染的买卖了，太劳累。最主要的是，灯草又有了身孕，没有太多的精力打理染坊那么多的事情。给人家漂染，只算漂染的费用，相对要简单得多。

金盆湾溪涧已经开满了繁盛的水桃花，杏花也点缀在竹林边上。灯草顺着后沟的溪水慢腾腾地往金盆湾的染坊走，正是春泛，溪水比平时大了许多，也浑浊了许多，一路又是泥泞，脚下滑得厉害。灯草不得不小心翼翼地走，生怕跌倒在刚刚解冻后的溪水里。

竹林翠色欲滴，染坊水缸里的水在年前就舀干了，怕结冰冻破那些厚实的大染缸。池子里彩色的冰凌也融化了，重新恢复成了几池子颜色艳丽的染布水。灯草一直用最好的颜色染料，有极强的粘附力，不易沉淀析出，所以结冰的时候，这些水池里的冰都是彩色的。两个伙计开门进了染坊的院子，一树红灿灿的杏花扑面而来，嗡嗡嘤嘤的蜜蜂穿梭在花间枝头，一派繁忙的样子。

灯草刚进大门，忽然一阵眩晕，几乎跌倒。

王世奎一走，灯草觉得慵懒了许多。可能是身孕有了反应，灯草忽然感到有些烦闷，有些空虚，更感到有些劳累和无助。灯草这一晕，吓坏了两个伙计，他们赶紧扶住灯草，让她在院子里的捶布石上坐下来。院子里的阳光很暖和，灯草让跟来的伙计打扫染坊的院子和作坊，自己则微闭着眼睛感受着这一份惬意。眼前，漂染池里的水在微风里春波荡漾，灯草嗅到染料的味道浓浓地在风里飘散。

肚子里的孩子已经差不多三个月了，灯草这时候才感到了前所未有的疲惫和无助。前两个孩子，小艾和王永成，谁在身上都没有现在这么难受过。王世奎走的时候，灯草就晕眩过，但是她没有告诉王世奎这些。她给王世奎的行李包袱里，只是偷偷地打进了一对自己常戴的耳坠，她想，如果王世奎想她了，就可以看看他最眼熟的耳坠，毕竟是她戴在身上的东西，她相信王世奎是不会没有感触的。

库房里的膏子还很富足。这些都是王世奎操心弄好的，不需要灯草太费心。搭架和染缸都还很好，只要把溪涧崖逢里的水用竹筒接过来，染坊就可以开工。她记得王世奎临行前说过，二月二就是吉日，染坊可以开张。现在她必须对染坊有一个了解，做好开工前的所有准备工作。

她给老太爷说了，今年二月二要祭奠敬神，要请黄道婆的神位，要在关帝庙设坛烧香祷告。老太爷都是点了头的，他甚至表态说要在二月二杀一头肥猪。这一点灯草明白，汉中的德胜堂和九思堂分号原定也是要在二月二这一天开张的。

灯草看着染坊没有啥可操心的事情，就叫两个伙计回去，自己却独自坐在捶布石上晒太阳。多少年了，灯草从来没有像今天这样消闲过，她觉得自己真的身心疲惫到了极点。

但是一旦这样坐下来，她却一点都不习惯，不适应。

回去吧，她想，这样坐着一点意思都没有。

抬起头，灯草看见何家梁上那棵樾木树也抽出了血红的嫩枝梢，她忽然想起了病中的何白氏，她觉得这么近了，自己也没事情，该着去看看老人家了。

兰州张义的马帮来了，除了往常的"马骏川""义和成"水烟，驮子上多了一些翻毛皮衣。老太爷亲自到店铺里接张义，张义从驮子里拿出一件翻毛皮衣给老太爷，说："我一直从心里敬仰老太爷的为人处世之道，早就有心给老太爷送一件有意义的东西。现在我驮子里有这翻毛皮衣，刚好给老太爷御寒，也是我的一点孝心。"

老太爷摩挲着手里的翻毛皮衣，一边推辞一边啧啧赞叹，窑坪没有谁见过这样的皮衣。

张义实诚地说："老太爷你先穿上叫我们看看，如果觉得有啥不合适的，我给你老人家换换，然后给送家里去。"

老太爷笑了笑，说："难得你一片好意。如果你这些翻毛皮衣在年前冬天运到，就物尽其用了。"

张义说："老太爷身处安静的窑坪，哪里晓得我们是提心吊胆地从兰州一路下来的。世道不太平，到处都是灾民土匪。我们这次下来，准备了差不多一百天时间，过完年买了镖才敢走起。就这样，还是磕磕绊绊的，尽出麻达。"

老太爷说："哦，这过年时节，想来路上就少一些事情了——谁不过年啊。"

张义嘿嘿笑了，说："老太爷你不晓得，还真有不过年的。我们从甘谷下来的时候，从黄土梁上杀下来一队人马，若不是镖局找得得力，怕也就麻达了。"

"哦？"老太爷一脸诧异，说："还真有不过年的人？"

张义说："老太爷有所不知，偏西北方向已经接连好几年时间旱情严重。抬眼望去都是一片黄土，哪里禁得住这样烤晒。不得已，只好用运各自的手段谋生路，其间就有了啸聚山头铤而走险的好汉了。"

老太爷摇摇头，说："我想象不出来。"

话虽如此，但他还是暗暗担心起王世奎来。汉中府不在偏西北方向，但同样远天远地，那么远的路途，谁晓得会有啥想不到的事情发生。说不定哪里会蹿出一些人马来，生出一点啥事情，那可怎么是好？老太爷不禁深深地忧虑起来了。自从王世奎去汉中府开设分号，老太爷的心就没有踏踏实实地放下过。现在被张义这么一说，原本就悬着的心猛地收得更紧了。

店铺里的人们都看出了老太爷的担心和忧虑。

张义不得不说一些诸如吉人自有天相等等的宽心话，老太爷强挤着笑，说："世奎他是走过汉中府的，我一点都不担心。年底冰天雪地的，他都冻得那个样子了，还不是好好地回来了嘛！"

所有在场的人都说王大掌柜好人好报，不会有啥事情的。老太爷很高兴，说："二月二迎神祭祀的事情，我看啊，刚好张义东家赶着来了，就没必要非要等着到二月二了。我们今天就碰个日子，安顿关帝庙开门迎客，今天就把这个道场做了，宁赶早不赶晚。"

众人都明白了，老太爷还是心有疑虑，想给王世奎王大掌柜祈求平安。原本计划在二月二为汉中分号开张的祭祀，因为老太爷的担忧而提前了。

这次祭祀，没有喧闹，一切都是肃穆的。谁都晓得，老太爷有心事，不高兴。

回到李家大院，老太爷对着李德明和李德亮说："你们一定看出来我对三儿牵挂，但是你们别不高兴。"

李德明说："老太爷，你放心，我们没有不高兴。"

老太爷把玩着手里的铜水烟壶，眼睛紧盯着俩兄弟，并不说话。李德亮心里虚虚的，一根一根地看着手指，说："没有不高兴啊，我们谁不盼着我们李家的生意一天更比一天好啊？"

老太爷阴着脸，放下铜水烟壶，说："我就晓得，你们兄弟俩一直看三儿是外的。你们错了，能在一个锅里搅稀搅稠，不容易。你们今天可以不把三儿当成亲兄弟，明天你们俩亲兄弟也会互不相认！这些年来，你们啥也没有学会，我今天告诉你们，所有的商户都靠紧了，才有生意。你们三兄弟靠紧了，李家才有生意。你们出去蹲在街上看看，窑坪街上几百年来留下来的是啥？还不是挤在一起的青石板？谁想要试试从街上抠出一块，难！"

李德明说:"我是很少和二弟说,三弟是我们李家的顶门杠。他给我们李家做事,从来都是下死力气。这些年他做德胜堂的大掌柜,不但学会了生意之道,也明白事理,深得人心。二弟只是在骡马店里学会了看别人,却很少认真地看过三弟吧。"

李德亮不屑地一哼鼻子,说:"他充其量就是我们李家的一个大掌柜而已。说丑一点,是我们李家收留下来的下人而已……"

老太爷不等李德亮说完,把桌上的水烟壶拿起来重重一放,失望地说:"李家有你这样的子孙,迟早都是祸害!我们李家德胜堂之所以能在短短的时间里兴盛起来,一是能宽厚待人,二是多亏了三儿操心。这些你都不晓得啊,可见你既不容人于己,也不会操心柜上。亏你天天候在脚骡店里,虽然阅人无数却冥顽不灵。唉,你就守好你这李家脚骡店,做好你脚骡店的生意吧。"

李德明鼻子一酸,说:"老太爷……"

老太爷摆摆手,咳嗽着说:"我已垂垂老矣,尚能容外姓世奎三儿于我们李家,你却不能!窑坪几百年的生意,从来就是以仁义、信义取胜。今天看来,要像老二的狭隘之心,生意绝无长久!"

李德亮一时羞愧,不敢多言。李德明上前轻抚老太爷削瘦的背脊,让他的咳嗽得以缓和。李德明边拍边说:"老太爷你消消气,我们兄弟知错了。"

老太爷轻轻叹息,说:"你们何错之有啊,都是我教子无方,愧对窑坪李家先人。"

李德亮偷偷装好一锅烟丝,悄悄地递给老太爷,手忙脚乱地打亮火镰,点燃火绳给老太爷点烟。老太爷爱怜地看着德明和德亮,说:"想必你们都听说过手心手背都是肉的话。我这一辈子啥事情都没有做好,但是得意的就是养大了三儿,德胜堂有了三儿,我也可以在李家老坟里沾沾自喜,无愧于祖宗。你们哪里晓得,世奎对德胜堂意味着啥!要说衣食住行,我们李家啥都不缺,只要守着这些个家业这一辈子啥都不用愁,全都够了!但是,有了世奎,有了三儿,德胜堂会在窑坪一天天壮大了,强了,走到前面了,甚至于走得更远了。你们想想,九州商会会长,怎么就落到我头上了?那么容易吗?啥原因都没有,就那么几间店铺,一个脚骡店?"

李德亮看着老太爷吸了一口烟,才敢说:"老太爷,我们明白了。"

老太爷徐徐吐出一口烟,说:"不,你还是不明白。等你真正明白了,你也就和我一样老了。"

李德明说:"老太爷放心好了,我们对待三弟世奎,一定和亲兄弟一样。"

老太爷说:"那只是你们必须做的,必须做的。你们三个,本身就是亲兄弟!"

李德明和李德亮同时点头。老太爷说:"你们都是那么大的人了,德明都四十八了,快五十岁了。你们兄弟笼统十个,现在只有德明、德亮两个,哦,不,还有三儿世奎。不容易啊。我这一辈子,就明白了一个道理:人抬人高,水抬船高。一辈子做一件事,太难了——你们真的不明白!"

下篇·窑 坪

又吸完一锅烟，老太爷磕着烟灰，忽然又记起了一件事情，对李德明兄弟俩说："把今天的猪下水挂烟头上熏着，三儿最爱吃猪下水。记着。"

懵懵懂懂的李德明和李德亮连连点头，说记下了。老太爷催着说："啥记下了记下了，现在就去挂上，熏着。"

赵益帮去了汉中府的消息终于还是在四十里的窑坪河漫延开了。人们说德胜堂和九思堂在汉中府开设分号的事情，说着说着就说到了赵益帮带着三匹骡子跟着王世奎和段建成一起去汉中府。都说赵益帮居然自不量力，羞答答地跟着大户商号去汉中府丢人去了。

"汉中府那么大，是他赵益帮去的地方吗？早些时候，是坐皇帝出将相的地方，他赵益帮也敢去？"

"王大掌柜也真是，带赵益帮去汉中府丢人。汉中府是好去的地方？带三匹骡子，听说驮子上打的居然是五倍子，回来的时候啊，要卖掉骡子讨饭回来都是天照顾他了，还下汉中府！"

"汉中府的生意那么好做，王琰东家还用得着到窑坪来？到底是赵益帮有毛病还是王琰东家有毛病？"

"依我看啊，压根就是德胜堂九思堂两家商量好了，骗赵益帮这样的店铺。想想也是啊，赵益帮不明不白地就发了财，也该着他倒霉——汉中府人生地疏，是他去的地方？"

"五倍子？五倍子值几个钱？我看啊，赵益邦的脑袋是叫驴给踢了！"

这些话，吊河坝堰渠边洗衣服的妇女们说，老银杏树下吸烟闲聊的人们说，集市上围在一起喝散酒的人们也说。总之，传得远了，白马关的何老爷何团总听到了。他坐在鹰嘴岩下的署衙里听完团丁的学舌，满脸气愤，一撇手里的青花瓷茶杯，说："全是放屁扯淡之言。想我窑坪，能经营几百年，会出这等尔虞我诈的事情？且不说九思堂这等老店，就连德胜堂'德生祥''聚义成''双盛德'这些个各色店铺都规规矩矩，生怕落下病根。假如我何炳章在窑坪弄个店面，也万不敢耍啥手段。我生于窑坪长于窑坪，还不晓得几百年的窑坪？"

"都在这么说呢。"团丁当然不晓得上司为啥生气，只好再三解释，"只要在街上走，总能听到有人在说这件事情。"

何炳章嗤地一声笑了，说："纯粹是搬弄是非，无中生有！窑坪怎么会出这样的事情？你们都给我记着，这种话以后少着给我说出口！"

第三十一章

　　菊香听说张义从兰州到窑坪这趟是买了镖才算平安到达的，心里也无端地忐忑起来。王世奎临行的时候，替她给王琰带着一份心思。翡翠镯子不算啥，王琰不会稀奇这么一个小玩意的，但是，他也许看见这只镯子就会想起远在窑坪的菊香，晓得菊香还想着他。

　　那么，王世奎的行程平安吗？

　　同样担心的还有灯草。菊香悄悄地来到廊桥边的楼上，灯草正在偷偷掉泪。

　　擦掉眼泪的灯草，对这个与自己毫无关系的女人心生怜惜和好感。她让她坐在自己的炕沿上和自己说话，窗外是丝丝细雨，毛茸茸的嫩绿的柳树枝上挂满了大颗大颗的泪珠似的雨滴。街上很少有人走过，只是偶尔会有清越的马铃声从街头叮叮当当地响过。

　　菊香问灯草说："你家世奎哥哥天远地远地去汉中府，你晓得路上可否平安？"

　　灯草茫然，不知如何作答。沉思良久，想起关帝庙隆重的祭祀祈福场面，只好把心事寄托给神灵说道："他有关帝圣君保佑，我想没啥不妥当的。"

　　菊香点头，默然祈祷说："但愿帝君显灵。"

　　灯草说："妹妹你放心，世奎这些年来在生意场上，上不负东家，下不欺客户，一颗心水一样平，如若神灵不保佑他，就有失公允。"

　　菊香动情地望着蹲在地板上玩布老虎的王永成，说："天可怜见，世奎哥哥也许早已经到汉中府了吧。他一路上才不会有啥事情呢。"

　　灯草幽幽地叹息，说："凡事都有定数，谁晓得会怎么样呢。"

　　菊香说："嫂子你不用担心，你没听说过'敬人者，人必敬之'这句话嘛，世奎哥哥敬老爱幼，自有天助。"

　　"我们在窑坪，对外面一点点信息都不晓得，只好自我宽慰而已。"灯草幽幽怨怨地说道："我们在家里操死了心，人家还不一定会领情呢。"

　　菊香看着窗外的雨丝，说："世奎哥哥一直记着你呢。有时候，我很羡慕你们，都是你们上辈子积修得好，修得一辈子的和美。"

　　灯草眼圈一红，说："好啥好，人家只记着生意，我和孩子都不算啥。我现在就不明白，这些男人到底是怎么啦？"

　　一句话提醒了菊香，她对灯草说："你可以去问问李老太爷，看看世奎哥哥到汉中府了没有。"

　　灯草说："这句话，我不好在老太爷跟前提。我只是相信有关帝老爷护佑，世奎他会一路顺利的。再说了，他在窑坪到汉中府这条道上走过一个来回，该在

下篇·窑 坪

哪里歇息、该在哪里吃饭都是熟悉的了。"

菊香看出灯草心里还是虚得不行，虽然她口口声声说没啥可担心的，但是眼睛里却装满了无法隐藏的焦虑。

正说着话，楼下有人喊灯草嫂子。灯草打开窗户，伸出头去，看见是德胜堂的小掌柜。小掌柜也看见了灯草，蹦着脚跳，说："王大掌柜到汉中府了，老太爷叫我过来给嫂子说一声。"

灯草点着头，眼泪却刷刷地滚落下来。按照行程推算，王世奎又是星夜兼程地赶路了。这个不要命的男人，叫灯草又心疼又担忧。

菊香从心里呼出一口气："到底是平平安安地到了啊。"

王永成看见灯草忽然热泪铺面的样子，停止了玩耍。屋里很静，可以听见雨丝穿透湿冷的空气的声音。灯草回头，发现菊香也在抽噎不止，便强装破涕为笑，过来拉着她纤细的手说："你看看我这是怎么啦，我们这是怎么啦？我们应该高兴才对啊！"

菊香用力地点头，说："对啊，我们应该高兴才对。"

灯草说："这阵子，世奎可能已经把镯子都给王琰东家了吧。"

菊香说："你就快别说镯子的事情了。王大掌柜事情那么多，大事情都忙不过来，我还平添了一份麻烦，心里早就后悔死了。"

灯草说："这世上，就数我们女人最没出息，整个心里就只能装一个男人。你看看，男人的心里可以装下一个世界，他们啥时候心里只装过一个女人？"

菊香一时无语，好半天才幽幽地说："我们啊，就是啥都装不住。比如我，自己放不下也就罢了，却偏偏要王大掌柜带一个镯子给他，要他晓得这些，说不定倒叫人笑话我了。"

吴久霖亲自带着两个伙计到李家大院来看老太爷。老太爷也是刚刚放下那颗悬着的心。一听说张义是买镖从兰州下来的，还说起路上早已经不太平的事情，老太爷心里十分懊悔。外面天大地大，谁晓得会发生啥事情。一旦有点意外，那将会成为死不瞑目的遗憾。别的不说，就是世奎，那么一个可怜的孤儿，也是他看着一点一点地长大的，如果他有了事情，自己良心上没法交代。灯草呢？小艾呢？王永成呢，还有灯草肚子里的孩子呢，他们怎么办？

老太爷拱手迎吴久霖进屋，吴久霖高兴地回礼，说："二月二分号开张的事情，靠实了。"

老太爷说："我都不记这个事情了。我现在想的，是做好窑坪的事情就行了。啥汉中分号，多大的生意，到了我这个时候，都不想了。"

吴久霖说："我也是得过且过，但是年轻人不会这么想啊。段建成跟在你家世奎身后，只一趟汉中府，受了那么大苦不说，反倒还乐呵呵的，像拾捡到了金元宝一样高兴。其实想想，如果你我是他们这个年纪，也会和他们一样，受些个苦真还会高高兴兴的！"

老太爷让人泡一壶早青，拿一盘馃子。听吴久霖这么说，也点点头，表示赞同："是啊，人老了，就瞻前顾后，想不开事情了，其实是有心无力的。想年轻的时候，你我也是不怕天不怕地的，想干啥谁能阻挡得住？"

吴久霖说："都是陈谷子烂芝麻的事了，说那些还有啥用？我们就说说二月二在关帝庙祭祀娱神的事情和九州商会会馆吧。"

老太爷说："都叫你费心了。"

吴久霖说："我们老吴家来到窑坪，少说也有百余年了，可总就是一个外乡人。幸亏年初老东家开山门的时候，硬是叫我们老吴家进了关帝庙，这才算是成了地地道道的窑坪人。之前，我们老吴家无论怎么做，都觉得根基不牢，心虚气短。"

老太爷呵呵笑道："之前，都是我们做事做不仔细，想事想不周密。都是老邻居老伙计了，还事事都把你老吴家当作外人。"

吴久霖让伙计拿来结构、水法图纸，铺开，说："老太爷你先看看有啥不合适的地方。"

老太爷倒出茶水，说："喝茶水吧，我能看出个啥子午卯酉来，还不是要你多费心。"

吴久霖说："你还是看看吧，你是九州商会的会长呢。"

老太爷摇摇头，说："我不懂，就不看了吧。"

"要世世代代地留下去，丝毫马虎不得。"吴久霖说，"大小出点麻达，就要叫后人骂死了。"

老太爷喝完碗里的茶水，站起来说："耳听百遍，还不如眼看一遍。走，我们还是到地方去看看。"

到了工地，最显眼处就是花岗岩石料。有棱有角的石料大大小小摆了一地。木匠们正在噼噼啪啪地挥舞着工具，白花花的木屑四处飞溅。地基的沟壕已经掘出一人深了，正一边在往沟壕里填筑石头，一边往石头的缝隙里灌入三合土的泥浆。老太爷看着很高兴，赞赏地说："久霖啊，你费心了。"

吴久霖说："这些年来，我就看着老太爷怎么做事怎么做人。窑坪几百户商号的事情，老太爷都如此上心，我哪里敢有丝毫马虎，给后世留下个骂名。"

老太爷戏谑道："久霖啊，你也学会说光面子话了！"

吴久霖说："我怎么敢在老太爷跟前说光面子话呢。就是想着把这件事情往圆满里做，做得好好的。"

老太爷拱拱手说："我就晓得久霖能做好这件事情。"

"都是老太爷给我这个做事情的机会。"吴久霖回礼，也拱着手说，"我不做好这件事情，连我自己都对不住。"

下篇·窑 坪

老太爷往一块方方正正的花岗岩上一坐，说："别的就不说了，单看这些石头，就晓得你都是费心思弄来的。"

吴久霖说："我在窑坪活了几十年了，一直在看着你和德胜堂，你们做哪一件事情没有费过心思呢？我看也看会了。"

谭木匠谭吉荣的徒弟谭秀成主持修造商会会馆，老太爷喊过谭秀成，问起谭吉荣的情况。谭秀成眼圈一红，说老人家已经作古三年多了，没有麻烦任何人，就连寿材都是自己提前打制好的，薄薄的几块白杨木板。谭家老坟里一堆土丘，就是老人家的最后归宿。

如此一说，老太爷和吴久霖都不由得感慨了好半天。谭秀成说，其实老木匠走得很轻松，一碗凉茶水都没喝完，就像被呛着了似的，没受一点点苦。老太爷说，人一辈子到头能像老木匠一样的落场，也算是善终，身后还有那么一大群徒弟徒孙相送，这一辈子在阳世间也就没有白来。

吴久霖接过话头说："廊桥还在那下街的贺家沟水面上架着呢，老木匠却没了。现在看见廊桥就像看见了老木匠一样。"

谭秀成说："师傅活着的时候，一直说不论做啥事情，只要做就都要上心，就都要做得更好。我们最服气的，就是师傅一辈子都是这样做事情的。"

老太爷说："如果你是这样想的，那么你主持修商会会馆我们是放心的。虽然不一定都能做到极致，至少每一处都是费过心思的。"

谭秀成点点头说："老太爷说的是。师傅的眼睛一直都在看着我们呢。"

后沟肖家庄肖善人还没出庄就喊叫起来了。虽然时令尚早，春播还是很遥远的事情，但是肖家东家已经借收租子的机会开始收揽零星的土地了。管家和佃户们在院子外面辩论不息，严重影响了在偏厦房休息的肖善人。他掀开捂在身上的破旧棉絮，依旧披散着头发，出了大门挤出人群往窑坪走去。

天色暗着，看不出是要下雨还是要放晴。空气憋着劲地冷，好像冬天还没有过去一样。崖畔上热闹地开放的迎春花，黄黄的颜色变得有些惨白。它们晓得：倒春寒了。

倒春寒是一种特别的天气。节令虽然到了春天，一旦遭遇倒春寒，气候就会在瞬间突然变得寒冷，这种彻骨的寒冷过去，所有萌发过的枝枝梢梢都会接连枯萎，甚至死掉。这种天气还最容易引发另外的一种伴生天气，那就是春天里再下一场雪——俗名黑霜，那么这一年中一些草木就别想开花结果了。

反常的天气使人惊恐，肖善人生气的喊叫在别人听来毫无意义。肖善人出庄的时候说的是："金也空，银也空，死去何曾在手中。妻也空，子也空，黄泉路上不相逢。宅也空，田也空，换了多少主人翁……"

肖善人从庄边的那棵大杏树下走过去，飘落下来的杏花瓣洒在他披散的头发

里,他毫不知觉,大踏步拐过了庄口,颠颠地走了。

肖家庄,东家肖占祥院内,佃户肖勤勤正把蘸了印泥的拇指按在地契上。他家的三亩半坡地,年前借了一头牛细细地耕了,想在开春种包谷,顺便插种一些豆角和北瓜用于贴补粮食的欠缺。现在,由于地租无法足额交付,不得不把自己这点仅有的土地交给东家。按完指印,他们全家就是东家纯粹的佃户佃农了。

操持地租和地契事情的是大管家肖继春。这人五十岁了还眉清目秀的,没有胡子,说话也尖声尖气的,私底下窑坪人都叫他娘娘腔。但是不要小看这娘娘腔,他不但说话时咄咄逼人,而且做事干净利落,工于心计,账务精明,几十年来一直是肖家的红人。但凡大小事务,肖家皆全权托付肖继春处理,东家从来不去过问。

肖家这上千亩土地的收入、付出以及经营几十年来都是娘娘腔肖继春一手管理。农忙的时候,东家也会参加劳动,一家人风里雨里早起晚睡和佃农没有区别。倒是娘娘腔肖继春一使力气就上气不接下气,所以成了脱产的专职管家。由此,他老是感觉对不起东家,做事的时候更是为东家着想,一点也不敢马虎。

尽管如此,佃户们却更惧怕东家肖占祥。只要看见肖占祥过来,田间地头立时就会噤声,原来打算想歇息一时的人们也会打消这个念头,继续躬身劳作。

仔细想想,肖占祥是唯一走完了肖家庄所有地头的人。他干过所有的农活。节气就藏在他的心里,他播种、收割都是庄户人家的指向标,他走在头里,一庄人紧跟在他的后面。

按完指印的肖勤勤看着红红的大拇指,心里说:没有那三亩半坡地,心里倒还没有了牵挂,以后就只管跟着东家做活,省了精打细算的劳心,凭着一身力气,一家子的日子也不会差到哪里去。不说顿顿吃干饭吧,一家人混个饱肚子应该没啥麻达。

虽然心里这样想着,还是觉得缺了一点啥。土地就像一件易碎的东西,一旦掉到地上,就再也拾捡不起来了。

他心里空空地回了家,媳妇采青端上一碗酸菜拌汤,他随手拿过一块包谷面饼子大嚼起来。他想把土地抵了地租的事情说给采青,但是终于没有说出口。对于一个女人,说那些话是没有作用的,他自己就是一家之主。再说,事情已经做过了,说出来给一个小女人听又有啥意思。

他看着自己温顺的女人,到了嘴边的话题被他和着拌汤玉米面饼子一起咽了下去。

他们还没有孩子,上面只有一个父亲,母亲在前年去世了,死于头疼病。父亲不老,五十岁不到,也还是家里的好劳力。他把土地抵了地租的事情给父亲偷偷说了,父亲没有吭声,只是蹲在门槛上连吸了好几锅旱烟。

"自己没有那三亩半地,倒还少了许多麻烦。"最后,肖勤勤开导自己的父

237

亲说。他脸上还是有一丝愧疚，他晓得自己编造的理由连他自己都说服不了，"每年耕种那三亩半土地，还得为抢种抢收操心。现在没了，倒还省心。"

父亲终于忍不住磕掉烟灰，站起来说："要想省心，就不要活人。现在最省心的怕是你母亲了，她是啥事情都不操心了！"

媳妇采青过来端走了碗筷，肖勤勤这才觉得娘娘腔的肖继春有些厌恶。他想，如果自己去求求东家，说不定就会答应把地租往后拖一拖，自己也就不会往地契上按指印了。虽说自己那三亩半坡地也产不出多少燕麦，一家人照样吃不饱肚子，但有时候，有一点牵挂比没有一点牵挂要踏实。这好比自己一件褴褛的衣衫，虽然破旧，但是丢掉了终归还是不舍。他记得小时候有一年寒冬，冷风夹带着雪霰子四处肆虐，瑟瑟发抖的肖勤勤睡觉都梦见拾捡了一件破布衣衫。

乍寒的窑坪街上，只有肖善人孑然独行。料峭的寒风吹起他散乱的头发和衣襟，街边的店面旌幡失控地上下翻飞。空空荡荡的街上，连一片树叶都没有，没有人的窑坪显得格外干净。

肖善人不再说啥，只是在冷风里东走西走。在他眼里，窑坪是一个脏兮兮的无处可去的地方。

最后，他拐过后街，攀爬了十三级石阶，走进了关帝庙。

也许此刻的关帝庙，才是肖善人觉得最为适宜的安身之所。

第三十二章

　　灯草满脸忧郁地站在窗户后面，听着外面的风声呜咽。她虽然穿着翻毛的皮衣，但瘦弱的身体还是瑟瑟发抖。倒春寒是她有生以来第一次遇到，刚刚暖和了的天气忽然间就变脸了，暖烘烘的日子一夜就没有了，凛冽的寒风使她不由得心生恐惧。叫她甚为担忧的是远去汉中府的王世奎，不晓得他那里是不是也是这样寒冷。

　　染坊已经成了灯草的累赘，她肚子里的孩子已经不止一次地抗议她对他（她）的不在意。她晓得自己现在已经不适合再去做事情了。

　　她已经是两个孩子的母亲，而且肚子里还怀有一个孩子，现在仍然诞着脸皮做那些男人们都不一定能做好的事情，虽然不容易，但是也很惹眼。

　　女人在窑坪做事情当东家的，从来就没有过。王世奎帮着她弄出一个染坊，然后种上一地的棉花，剩下的事情都要她灯草一点一点地去想去做。再好的生意，都有不如意的时候，受了难为，灯草也不好给王世奎说。她能看见他很忙。

　　德胜堂没有他不行，他没有德胜堂也不行。这世上的事情，就这样缠缠绕绕地说不清。

　　灯草摸摸自己的肚子，感觉到孩子似乎在肚子里踢腾。王永成蜷在被子里熟睡了，小艾在她自己的屋子里背唐诗。孩子们第一次穿上翻毛皮衣，居然是在春天里。他们高兴地摸着细细的羊毛，闻着微微的膻腥味道，满脸说不出的高兴。

　　张义带到窑坪的翻毛皮衣不是太多，老太爷给王世奎一家每人都买了一件，这种殊荣不是谁都可以得到的。一是张义带来的翻毛皮衣并不多，二是老太爷的赠送有特殊的奖励意味。

　　这么贵重的东西，老太爷一般是不会轻易出手的。

　　现在，王世奎的皮衣还软软地叠在炕头上，可是屋子里就是没有人。远在天边的汉中府，是不是也和窑坪一样的寒冷呢？

　　每天晚上，孩子们一旦入睡，灯草的心立时就空了。王世奎在窑坪的时候，虽然一天也很少见面，但是他有个头疼脑热的，灯草一定会最早晓得的。她一直放心不下的就是王世奎万一在汉中府生病了怎么办。

　　多少回，灯草在梦里醒来，摸摸身边空荡荡的地方，会突然有一种恐惧。身边熟悉的男人没有了，感觉就是这个男人又丢了。她失去过一个男人了，这种感觉是多么相似！她不敢想。

　　她虽然清楚地记得那天王世奎带着驮队去了汉中府，但天远地远的，谁晓得这会子在汉中府，王世奎他们会发生啥样的事情，会不会有啥意外⋯⋯

　　两行眼泪从脸颊滑落下来，她怀里不晓得啥时候已经抱着王世奎的翻毛皮衣。

下篇·窑 坪

眼泪滴落在皮衣上，发出轻微的声音。她擦干眼泪，叹着气把手里的翻毛皮衣放回到炕头上去。

小艾拿着书本进来，问灯草："妈妈，唐诗里李白有一句说'举杯邀明月，对影成三人'，这'对影'怎么就能'成三人'了呢？月亮它也不是人啊。"

灯草连忙转过脸去，面对着墙壁说："古人说的话，我怎么晓得。等你爸爸回来，你问他去。"

小艾扑哧一声笑了，说："妈妈你怎么啥都不晓得啊？你就只会晓得染布。"

灯草心里有些凄楚，一时不晓得该怎么和小艾说话。

小艾已经长成了一个大姑娘，她从来不缠着王世奎和灯草，很小的时候就懂事。王世奎一直叹着气说，可惜小艾不是男孩子。小艾喜欢读书写字，也喜欢针线女红，这在四十里的窑坪河都是出类拔萃的，更别说是个小女孩子了。

灯草看着女儿，说："你爸爸就快要回来了，他虽然在汉中府，心里却惦记着我们的小艾呢。"

小艾看一眼灯草翻毛皮衣里裹着的凸出肚皮，嘻嘻一笑说："爸爸怕是惦记着妈妈的肚子吧。"

灯草娇嗔小艾说："小孩子家家，胡说一些啥呢？"

小艾抱着书往屋里走，边走边说："我晓得的，你们别想瞒昧得了我。"

灯草还想说啥，小艾已经回房里了。木板门吱呀一声一开一关，小艾就把自己隐藏起来了。灯草不由得皱眉叹息：这一家子都是些啥人啊，一个一个都不听话！

楼上复归宁静，灯草款款坐下，一时不晓得该做啥。王永成在睡梦里咂吧着小嘴，仿佛是在吃啥香甜的东西。灯草的心一下子柔软下来，她记起应该给王世奎做一双条绒面的布鞋了。香椿木的板箱里，她珍藏着一块黑色的条绒布，给王世奎做一双布鞋，是早就想好的事情。

肚子里一阵小小的翻腾，灯草幸福地坐下来，脸上泅出一丝激动而满足的笑容。她自己都有些想笑：都是两个孩子的母亲了，又不是第一次怀孕，这无缘无故高兴啥呢？

正在发愣，楼下传来菊香的声音："灯草姐姐在家吗？我是菊香，想见见你。"

灯草连忙掀开窗户说："我在呢，快上楼来，外面忒冷。"

小艾一个人站在街上，冷风一次又一次地掀动她青色的衣裙。菊香扬着手里的一张纸，说："王琰从汉中府来信了，姐姐你替我看看他说了些啥。"

灯草的心里咯噔一声，不禁一热。现在她只要一听到汉中府就不由得要想到王世奎。她甚至这样想：是不是王琰写给菊香的信里，有王世奎的消息。

小艾上来，不晓得该站着说话还是该坐下说话。灯草拿过那张写着字的纸，一句句看下去，没有一句提起王世奎。灯草脸上的热一点一点消退了，终于有一点点失望。

王琰的信中说，自己已经病入膏肓，有可能一辈子都再也到不了窑坪来了，

240

但他还记得小艾对他的好，他将会一辈子记住菊香这个女人。王琰真诚地说，如果下辈子有可能，他和小艾一定要做夫妻。

灯草看完信怔住了，她不晓得该怎么给菊香说。

半天，她侧过脸去，望着窗户上的窗花纸，说："王琰东家说，过几天天气转暖了，他和我家世奎一起来窑坪看你。"

小艾一脸欣喜，说："真的吗？那太好了，我有一肚子的话要给他说呢。"

"真的。"灯草没敢转脸，她害怕小艾看见她脸上的泪痕，她说："真的啊。"

谁也没有想到，王世奎很快就回来了。天气刚刚有所好转，冻死的树枝还没有重新发出新梢，一场细雨开始滋润沿河两岸的土地。节气已经过了清明，偶尔可以看见燕子的影子在空中掠过。

灯草在窗户后面纳着鞋底，忽然听到有人上楼的声音。她疑惑地看着楼梯口的位置，心里犯着嘀咕：会是谁呢？很快，她就听出了来人是谁，她高声叫着小艾，说：你爸回来啦！

灯草晓得小艾不在楼上，她这样喊是想分解一些激动。王世奎从楼梯口露出头的时候，灯草却啥都说不出来了。她张着嘴，眼眶里满是泪水。

王世奎手里提着个油纸包，喜滋滋地上了楼。看见发愣的灯草，王世奎灿然一笑："灯草，我回来了。"

灯草一时语塞，千言万语不晓得该从何说起，噙在眼眶的泪水倏然滚落了出来。倒是王世奎轻轻地放下手里的油纸包，拥住了灯草。王世奎感觉到灯草的身子在微微发抖。王世奎关切地看着灯草，他们谁都说不出一句话来。

后来，灯草问起王琰，说小艾已经来打问过好几回了。王世奎脸色忽然就难看起来，说王琰再都不会再来窑坪了。灯草急问怎么回事情。王世奎一字一句地说："王琰东家已经过世了。他全身都是病，后来鸦片都没有作用了。他走的时候，瘦得就像一堆骨头架子。"

灯草怎么也不会把王琰和一堆骨头架子联系到一起。她不相信地问王世奎说："他还那么年轻啊，怎么就不在了呢？"

王世奎叹着气说："黄泉路上没老少，这些都是命里注定啊。就是王琰东家太受罪了，每天躺在炕上，手脚都要别人帮着挪，自己动不了，吃喝拉撒都要别人帮忙才行。这样想想，他还是走了好。"

灯草说："菊香已经来过好几回了，老是打问汉中府的情况，我晓得她是想打探王琰东家的消息。"

王世奎说："事已至此，就实话实说吧。"

灯草说："断了念想倒是最好，就怕菊香接受不了。"

王世奎想想说："事实如此啊，她菊香不接受又能怎么样？只是我们不要告

241

诉她王琰东家受罪的事情。我们就说是意外猝死，没受罪，走得很安详。"

灯草叹息着，说："前两天菊香还拿着王琰写来的信要我看，哪承想会是这样一个结果！其实，那封信里已经有了王琰东家不久于人世的信息，可是我愚钝，竟然没有领悟出来。"

王世奎说："王琰东家不但聪颖，而且善良。他活着的时候，是我们的楷模。"

灯草说："人已经死了，你就净挑好听的说吧。"

王世奎叹了一口气说："只不过是你不了解王琰东家罢了。"

灯草说："我晓得，我就是故意说说而已。"

老太爷坐在李家大院的门厅里等王世奎。穿堂风重新开始煦暖起来，花坛里的牡丹也再一次露出芽苞，冻干的枝丫已经被剪掉了。门口的金丝柳迎风飞舞，炫耀它超强的生命力——鹅黄已经染上了长长的枝条，那些叶芽以最快的速度开裂，吐出固有的颜色。

老太爷面前摆着铜火盆，木炭火吐着淡淡的火苗。小巧的陶罐里，老太爷的炒茶正咕嘟咕嘟地煮着。王世奎从德胜堂店里匆匆赶来，手里提着给老太爷带回来的"早青"。老太爷喝掉一杯炒茶，说："三儿你怎么又到店里去了？"

王世奎说："想去看看，也没啥事情。"

老太爷给陶罐里注入开水，说："你一走啊，我还真的不习惯。店里没你，我总是无缘无故地担心。"

王世奎说："其实，店里还是挺好的。"

"明知担心多余，但还是担心。"老太爷笑道，"都是老了的缘故，对谁都不放心，死脑筋啊。"

王世奎替老太爷续上木炭，给铜壶里添满水，说："在外面，心里老是惦记着老太爷的身体，惦记着店里的事情。我也是一百个不放心啊。"

老太爷笑了，说："你就没惦记灯草？没惦记小艾、王永成？"

王世奎也笑了，说："老太爷见笑了，说没惦记那是假话。"

老太爷笑完了，问王世奎说："王琰东家可还好？"

王世奎眼圈一红，说："王琰东家不在了……"

老太爷大惊："不可能！王琰东家怎么会不在了？"

王世奎说："我们都不晓得，王琰东家自小就有心疼的毛病。他家里听信了游医，用烟土止疼，都十几年了。"

老太爷沉默了半晌，又叹息着说道："可惜了！"

王世奎说："一切都是命中注定，谁也没有办法。"

老太爷点点头，不再说话。王世奎说："醉香楼的菊香，前两天还拿着王琰东家的信，要灯草给念呢。"

老太爷说:"这些个事情我都听说了。难得我们窑坪醉香楼出一个菊香这样有情有义的女子。你觉得这件事情要她晓得好还是不晓得好?"

王世奎说:"瞒着也不是办法,这事情迟早她都得晓得。要我看,还是早些个给说了,断了菊香的念想也好。就是怕她经受不住,她天天在想着王琰东家,结果等来了这样的消息……"

老太爷想了想,说:"过一阵子你去店里,拣颜色好些的绫罗绸缎,再包些胭脂水粉这些女人家用的让人送到醉香楼去,就说是王琰东家留给她的。"

王世奎说:"我们窑坪有你这样开明的大东家,醉香楼出一个菊香这样的女子也不足为奇。"

老太爷蹙着鼻子说:"你就会拣我爱听的话说。你倒是说说,你这次去汉中府有啥新的想法?"

王世奎说:"我白吃了老太爷几十年的饭食,哪有啥想法。非得要说想法,我倒是觉得西乡的'早园抢青'如果运到窑坪转手,利润一定丰厚,也便于捎带。"

老太爷问王世奎:"你说说,'早园抢青'是啥货物?"

王世奎解释:"说通俗一点,就是茶园里最早的茶芽。这东西极少,炒制也要有相当功夫。数量极少,堪称绝品。"

老太爷点点头,说:"这样说我就明白了。这种贵重茶叶,要运到兰州、天水一带才有销路。我们这地方地薄人穷,没几个人喝得起'早园抢青'"

"好生意富三家呢。"王世奎说,"'早园抢青'价钱好茶农受益,利润好贩运者受益。我们不求直达兰州、天水一带,运至窑坪就已经足够了,剩下的事情交给张义,由他找寻经销的人。"

老太爷说:"这倒是一个好方法,也是一个好生意。"

王世奎说:"我这次回来,一是看看老太爷,二就是想和你商量这个'早园抢青'的事情。"

老太爷说:"这茶叶的名堂太多,你倒是跟我详细地说说。"

王世奎说:"其实我也不大清楚。我问过往年倒腾茶叶的商户,他们说采摘和炒制时间不同,名称不同。这'早园抢青'俗称'抢青',质优量少,由于时间太早,茶树刚刚萌芽,可谓百园挑一。稍后即是'明前茶',顾名思义就是清明前采摘炒制的,数量也不是很多,口感甚好。再次之,就是'早三园',已经属于大宗茶货了。到了末尾就是'立夏桩',茶叶产量最高,炒制粗糙,价低利薄,最好销售。炒制工艺和茶叶形状不同茶叶名称也不同银毫、雀舌、茗眉、秀眉、炒青……口感和档次也各不相同。"

老太爷很高兴,凝神看着王世奎,说:"走一趟汉中,也长学问了。"

王世奎笑着说:"老夫子说得好,三人行,必有我师!可见学问到处都有。"

"今天我也长学问了,也长见识了。"老太爷吱溜一声喝干茶盅里的炒茶,站

下篇·窑 坪

起身说:"三儿啊,我们先不说茶叶,我们先说说眼下我们德胜堂该咋做才是?"

王世奎说:"凡事都要三思而后行,我也没有想好德胜堂以后咋做。只是觉得我们现在两个地方都有商号,就应该有个总局规划,细致到牵一发而动全身才好,如果做到了,将是窑坪街上商户们的一个模样。"

老太爷咳嗽起来,断断续续地说:"老三啊,你就好好想想,我也想想,看我们德胜堂到底咋样做起来最好。我们不是开几家店铺、赚几个银钱就能喜滋滋地进祖坟见老祖宗的人!最不济我也是九州商会的会长呢!"

王世奎说:"老太爷德高望重,谁能望你项背?"

老太爷一边咳嗽一边摆手:"三儿,你又拣好听的话唬我。"

高台上吴家的粮仓已经全部封仓了,吴久霖亲自看着泥工在仓顶上糊完了最后一把泥。

仓里各色粮食的成色都是上好的,窑坪河流域粮食不是太多,但是质量还是很好。吴久霖心里敲着小九九,满脸欢喜。

天气确实不是太好,腊月二十九在关帝庙听到的炸雷到现在记起来仍然让人心有余悸,有关天气不顺的谚语已经初露倪端。都是老先人们几千年总结出来的经验,不可不信。吴久霖这样想着,一步步从高台上下来,向窑坪街上走去。他听说德胜堂的王世奎回来了,想听王世奎说说段建成在汉中的详细情况。

商会会馆过几天就要起木架子,水桶粗的圆木在宅基地上散发着木头的香味。只要等到选定的吉日,房架子就会雄壮地矗立在窑坪上街的吊河坝。一想到这里,吴久霖吴老东家心生一种豪迈之情。小小窑坪,可以做这等大事的,舍我其谁?

短短两个月都不到,修仓屯粮和会馆打地基、房梁都已完毕,由此足以证明吴久霖是帅才或者将才,是窑坪街上的人精。

到了德胜堂,伙计们说大掌柜不在店里。吴久霖再问去了哪里,伙计们都摇头说不晓得。吴久霖悻悻然从德胜堂店铺的门里跨出来,心里嘀咕起来,就这么大一个窑坪,他还能钻进地缝里去。

先来到廊桥边的楼下,吴久霖扯着嗓子喊王世奎。灯草掀开窗户说吴老东家呀,世奎出去还没回来呢。再走到李家大院,看见老太爷正独自仰躺在门厅里的躺椅上吸水烟,吴久霖上前拱手施礼,朗声说:"老太爷好福气!"

老太爷看见吴久霖,连忙起身。吴久霖上前扶住颤巍巍的老太爷,一股子水烟的味道浓浓地刺激着他的鼻腔。吴久霖打了一个喷嚏,说:"好烟!"

老太爷说:"都是托了你们大家伙儿的福。"

吴久霖问:"听说世奎回来了?"

老太爷点着头,说:"是回来了,可是这会子不晓得又去了哪里。"

吴久霖说:"我以为他在你这里呢。"

244

老太爷哈哈一笑："他刚走不一会儿啊。"

吴久霖脸上露出一丝遗憾："我在找他呢。"

老太爷说："你找他干啥！你来了就不要急着走，咱两个喝喝酒说说话。"

吴久霖心有不甘地四处张望。老太爷不高兴了，说："你怎么不相信我说的话？难道我会把王世奎藏起来吗？"

吴久霖尴尬不已，唯唯诺诺地说："我是看看世奎回来给你带啥东西了没有，我哪里敢不相信你说的话！"

老太爷指着门厅里桌子上的油纸包："他带回来给我的东西，在那里呢。"

吴久霖不安地坐下，说："我是想晓得，我们九思堂汉中分号的事情，所以过来问问——这不是心里急嘛。"

老太爷说："我们都老了，还操那些个心干啥。德胜堂汉中分号有王世奎在，九思堂汉中分号有段建成在，两个都是号上的大掌柜，你还担心个啥，又急个啥啊？"

吴久霖说："汉中分号的事情没有消息，我心里咋也不踏实。"

老太爷指着吴久霖的鼻子笑了："赵益帮也在汉中府，三家互相照应能有多大的事情啊！有了事情，还能瞒昧着我们？"

吴久霖说："话虽如此，但就是不踏实。"

老太爷倒出两杯香味醇厚的窖藏横川烧酒，说："喝酒，喝完酒你就踏实了。"

吴久霖喝下一大口酒，咕咚一声咽了下去，皱着的眉头隐隐跳动起来："我不如你，我是无论啥时候，都不踏实。"

老太爷深深地叹息，说："我说久霖啊，你就是放不下的太多了。我说一句话，不管你有多少放不下的，到了时候你还得统统放下——万事不由人啊，你我说了不算。"

吴久霖说："这些个道理我们都懂，可我天生就是一个操心的苦命人。有时候啊，我自己都在骂自己呢。"

老太爷给吴久霖倒上第二杯酒，说："你放心，有世奎在汉中府，你们九思堂吃不了亏。"

"这个我是晓得的。"吴久霖端着酒杯，看着杯子上的青花，说："世奎这孩子，宁愿自己吃亏。他心公着呢。"

老太爷也猛地一仰脖子，喝干了杯子里的酒，说："晓得就好。"

王世奎第一次走进醉香楼，心里有一种说不出的恐慌。菊香站在走廊的末端，看着王世奎拐过楼梯口向这边张望，就甜甜地叫了一声："世奎哥哥！"

王世奎一愣，终于看清是菊香。

醉香楼干净整洁得超乎王世奎的想象。两层的木楼窗明几净，楼板上铺着毛毡，

下篇·窑 坪

檐上的灯笼一字儿排开，喜庆得像要有人拜堂入洞房一样。窗户上的纱帘，恰到好处地遮挡着隔断的小房间。菊香的闺房小巧但却精致，炕楞上镂花的火炕隐在粉色的薄纱炕幔后面，炕前的梳妆台上摆着油脂、粉饼和胭脂、头饰等等一应物件，几案上摆着古琴，一边的香笼里烟雾袅袅，整个屋子里就混合着脂粉和熏香的味道。

王世奎放下手里的东西，在一只琴凳上坐下来，说："王琰东家带给你的东西，我给你送过来。"

菊香一脸喜悦的神色："那么，他人呢？"

王世奎说："他大病初愈，不便跋涉。"

菊香理解地哦了一声，说："你啥时候回汉中府去？"

王世奎说："过几天吧，窑坪还有一些事情得抓紧处理，完了立马就走。"

菊香说："我也有一件东西，麻烦大掌柜带给王琰。"

王世奎想了想，说："王琰东家说了，要给你赎身呢。"

菊香听了潸然泪下："大掌柜回去，先代我给东家说个谢字。日后，我定当以死相报。"

王世奎想起王琰来，不禁动容："好好的说啥死呢？"

菊香说："菊香自幼不幸，孤苦伶仃。多亏妈妈收养，在醉香楼虚度十几个春秋。遇见东家王琰知冷知暖，呵护有加，让我始知世间恩爱。不想好景不长，王琰东家一走，音讯全无。每每想起都恍惚如南柯一梦，悲痛不能自已。"

王世奎再也忍不住了，泪如雨下："以后，我就是你的亲哥哥……"

果然，菊香一看王世奎满脸的悲戚不由得疑惑起来了："大掌柜，你一定有事瞒昧着我。"

王世奎哽咽着了半天，只好如实说道："王琰东家，他已经不在了……他是猝死，没有受罪……"

菊香没有听完就背过气了，王世奎喊来醉香楼的妈妈，连掐带拧才让菊香哭出声来。菊香的淡妆花得一塌糊涂，泪水如肆意横流的小溪。

菊香说："我就晓得，我和他长不了的，这是我的命。"

菊香又说："都是我害了王琰东家，我小时候害死了父亲又害死了母亲……连算命先生都说我命犯天煞……"

菊香还说："大掌柜，你要是不害怕我命犯天煞就当我菊香的亲哥哥。"

醉香楼的妈妈泪眼婆娑："我的菊香，大掌柜不怕你命犯天煞，我也不怕。我就是你的亲姐姐！"

菊香紧紧抱着妈妈哭喊："姐姐……"

第三十三章

　　灯草看着自己的肚子越看越发愁。又不是没生过孩子，但还是搞不懂这回怀孕怎么就这么显眼呢！腆着肚子上楼梯，从来就没有这样吃力过。很多时候，灯草都在怀疑自己是不是生病了。只有肚子里的孩子闹腾起来，灯草才会悄悄地乐一回。

　　王世奎摸着灯草的肚皮，说："还不是你偷吃的结果？就没见过你这么嘴馋的人，吃多了吧？"

　　灯草这时候幸福溢满身体，她把头倚在王世奎的胸膛上说："都是你害的。"

　　王世奎吹熄洋油灯，说："睡觉吧，都累一天了。"

　　灯草说："哪里只是一天啊，跟着你就没消停过。每年都要累三百六十五天，没有哪天可以休息。"

　　王世奎拍拍灯草的脸颊，说："连嘴巴都是那么要强，不饶人。"

　　灯草叫嚷："王世奎你欺负人。"

　　王世奎笑着连连讨饶，说："我错了，我错了还不行吗？"

　　灯草依旧不依，揪着王世奎的鼻子说："谁不晓得你是窑坪德胜堂的大掌柜，你能有啥错？你错了也是对的。"

　　王世奎顾忌灯草的肚子，一动也不敢动，齉着鼻子说："圣人也有犯错的时候，我一个小小的掌柜哪能没个错！"

　　灯草越发揪得紧了，问王世奎："你也配说啥圣人？"

　　王世奎说："你是故意给我往头上泼脏水，我哪里说过自己是圣人了？好了，我啥话都不说了，就为了你肚子里的孩子，我叫你圣母，叫你姑姑，婶婶。"

　　"就差叫亲娘了！"灯草丢了手，哼了一声，说："我晓得，你是给我说几句好听的。哄我高兴了，你就会丢下我们母子不管了。"

　　王世奎委屈万分："天地良心，我啥时候丢下你们母子不管了？"

　　灯草说："谁不晓得你心里只有德胜堂，只有德胜堂的生意。"

　　王世奎说："你不是也心里只有染坊吗？"

　　灯草一听沉默半响，悠悠地叹气："唉，我们这都是怎么啦？"

　　屋里不是很黑，有一丝月光透过窗纱钻了进来。
外面野狗的厮咬声异常惨烈。

　　第二天天刚亮，菊香就来敲门。门环敲击门板的声音那样叫人心悸。灯草和

下篇·窑 坪

王世奎都还在睡梦里。灯草先被惊醒了,她摇摇王世奎,说:"听,是菊香的声音。"

王世奎醒来,侧耳细细一听,说:"真是菊香的声音。"

灯草去开了门,见菊香满脸倦色,眼睛也红肿着。灯草不由得在心里叹了一口气,说:"妹妹快点进屋。"

菊香无比激动地说:"妈妈已经给我赎身了!"

灯草诧异非常,根本不相信。菊香说:"妈妈已经把赎身契约都给我了,她让我来寻你。"

灯草反身关好门,说:"先上楼。"

王世奎已经穿戴整齐,忙忙地洗完了脸,听灯草和菊香一说情况就拍着巴掌说好。灯草说好像由妈妈给菊香赎身不合规矩,王世奎反对说规矩大不过情分,窑坪是一个情字大过一切的地方。

菊香激动得哭泣不已,说现在自己虽然自由了,可是身边却没有可以依靠的人了,醉香楼不能再住进去,现在自己都不晓得该何去何从。

灯草安慰菊香,说:"姐姐这里就是你的家。你来这里,也给姐姐做个伴。世奎过几天去汉中府了,姐姐这里也怪孤单的。"

菊香一听灯草说汉中府,心里更加难过,直哭得肝肠寸断,死去活来。灯草心软,忍不住也抽噎起来。王世奎看着也难受起来,就悄悄地走出去,到店里去了。

街上没有人,王世奎踟蹰了半天才到店门口。伙计们正在下门板,看见王世奎过来,纷纷问候"大掌柜好"。王世奎一一点头答应,想想还早,就径直往吊河坝走去,他想趁早去看看老太爷,说几句话。

老太爷每天起来得都早,正看着人们在院子里洒扫。王世奎看见高瘦的老太爷佝偻着背脊在一边指指划划的,鼻子又是一酸,一阵凄楚——岁月无情,任谁都有老的时候。

王世奎在一旁站了一会,老太爷也没发现。最后王世奎不得不叫了一声,老太爷才转过脸来,惊奇地问道:"世奎今天咋这么早啊?"

王世奎说:"老太爷才早呢。"

老太爷哈哈大笑,说:"你没听说过老人三大宝嘛:贪财、怕死、瞌睡少吗?只要一上年纪,就睡不着了。赶着老呢。"

王世奎也笑了,说:"老太爷你真会说笑话。"

老太爷说:"这么早你肯定是生水没打牙呢吧,走,咱父子俩喝早茶去。"

王世奎说:"我来看看老太爷就走,去店里呀。"

老太爷说:"去店里也不在这一时半会儿,你去汉中府几个月还不都是好好儿的?你就陪我喝茶吧。"

王世奎只好跟着老太爷坐下来,煮炒茶吃烤馍片。老太爷看着王世奎说:"难得我们坐在一起吃这样一顿静心静气的早茶。"

王世奎说:"我忙,老太爷更忙。"

老太爷摇着头,说:"我还能忙啥呢!那么多事情,都是你忙里忙外的,我是一点点忙都帮不上了。"

王世奎说:"不是你老太爷,这窑坪地面上哪里会有我王世奎?没有德胜堂商号,也不会有我这个大掌柜。其实啊,说到底我这一辈子都是老太爷给的,都是德胜堂给的。无论怎么做,我都没办法报答这些恩德。"

老太爷说:"你这样说就颠倒了。我们德胜堂自从有了你,才一步步走出现在这个场面。德明、德亮没有你这样的胆识,也没有这样的能力。我老太爷能这样优哉游哉,还不是有你替我操心?"

王世奎想了想,说:"假如王琰东家身体安然,汉中分号的事情我们可以依靠他,要少操多少心呢。现在出了这么大的变故,大大小小的事情都得我们自己尽力去办,就连汉中府上来到窑坪的杂货都要提前提点。倒是兰州的张义还可以依靠,但愿不要再出啥岔子。"

老太爷端着茶盅愣神,半天才说起醉香楼菊香:"窑坪醉香楼有一个菊香,也是青楼里的佳话。可怜菊香这孩子,命运不济啊。"

王世奎说:"菊香今早到我楼上,说是妈妈她赎了身,现在没处去。我让她就住在我们家里,我常不在,她刚好给灯草做个伴。"

"这样最好,家里又不是没地方住。"老太爷说,"没想到醉香楼的妈妈也是个有情有义的女子。"

王世奎说:"灯草现在怀着孩子,家里有了菊香,我也会放下心。我思谋着我这次一走,灯草又要生养,今年染坊恐怕没法开了,得关门。"

老太爷说:"先不急,慢慢来。染坊停业也不是办法,即使非要停业,也得有个万全之策,免得给人家的印象是染坊倒闭了。"

王世奎为难地一笑,说:"好。"

老太爷挑起一撮发白的茶叶说:"你看看,能把茶叶炒到这个火候的人不是很多,我敢说窑坪没有第二个。"

王世奎捡过一片炒过的茶叶轻轻一捻,闻闻说:"熟而不焦,脆而不黄,茶香四溢,味道醇厚。老太爷不愧是炒茶高手。"

老太爷慢悠悠地说:"炒茶喝了四五十年了,不说是有经验了,至少是学会了。把握不好这么一点点火候,那还不成了笑话了?"

吴久霖没见着王世奎,心里老是放不下。

在他想来,段建成半道出家功力尚浅,还不足以单打独斗,更何况汉中府离窑坪又那么远,实在是一千个不放心一万个不放心。虽然九思堂家大业大,但再多的家产也经不住折腾。海水都还怕瓢舀,大象怕虫咬呢。

下篇·窑 坪

　　王世奎回到窑坪，肯定有很多事情要办，即使见面了也不一定有时间和他说多少话。吴久霖心里像钻了无数的虫蚁一样难受。

　　他叫来吴生瑞说想到关帝庙里去上个香，磕个头。吴生瑞不解地看着老父亲，心生疑惑："有事吗？"

　　吴久霖有点恼怒，瞪了一眼吴生瑞说："没事还不兴进去烧香吗？"

　　吴生瑞不敢迟疑，连忙安排，说老东家要进关帝庙烧香磕头敬神。

　　走到中街，迎面王世奎恰巧过来，吴久霖心情顿然开朗了，老远就大声喊叫起来："世奎老侄，世奎老侄！"

　　王世奎怀里抱着一摞金盆湾染坊的详细往来流水账，想回去看看做个汇总。灯草再怎么会打理染坊，但是账务还得要王世奎亲过一遍的。听见吴久霖的吆喝，王世奎才从沉思中惊醒过来，他笑道："吴老东家这是去做啥呀？"

　　吴久霖说："心里焦躁，去关帝庙求神灵啊。"

　　王世奎说："还以为啥事情呢，去关帝庙烧香也用不着这么多人啊。"

　　吴久霖环顾周边一圈说："人多了显得心诚。"

　　王世奎又笑了，说："又不是吃大户，人多了神灵也嫌烦人呢。"

　　"既然来了，就都进去磕个头。"吴久霖说，"神灵面前可不敢诳语，说到了就一定要做到。"

　　王世奎说："如果在任何事情任何时候我们都不打诳语，说到做到，那该是多好。"

　　吴久霖说："你也进去磕个头？"

　　王世奎说："我还有事情，就不进去了。"

　　吴久霖说："也不用你多大时候。"

　　王世奎说："我不方便进去，走了。"

　　吴久霖拉住王世奎的袖口，说："你去哪里了？我到处找你找不到。一会有话和你说。"

　　王世奎想了想说："我回家里去。你等会儿去家里找我。"

　　吴久霖拽拽王世奎："那你一定等我。"

　　王世奎拍拍厚厚的流水账说："我今天哪儿都不去，就在家里看这些。"

　　看着王世奎走过街角，吴久霖才踏上关帝庙的第一级石阶。他还要走十二级石阶才能走到关帝庙的山门外面。这十三级石台阶，是远近闻名的"窑坪十三坎"。生意上来过窑坪的人都晓得这十三坎。哪个做生意的人到窑坪还不去关帝庙去求财神？

　　烧完香磕完头，吴久霖让吴生瑞先回去，自己径直往王世奎廊桥边的家走去。大门没有关，吴久霖站在大门前的街上刚要喊，王世奎已经在楼上的窗户后面说老东家等等，我下楼接你。吴久霖略一犹豫，王世奎已经噔噔噔地从楼梯上跑了下来接到了院里，拱着手说："老东家是第一次来，没迎到院外，失礼了。"

吴久霖伸手拉住王世奎，说："老侄和我还客气啊？"

王世奎正色说道："这是礼数，咋能说是客气呢？"

两人上了楼，灯草腆着肚子给吴久霖泡茶、装烟。菊香也过来给老东家施了礼，添了水。吴久霖看着灯草进屋，问王世奎："媳妇怕是就要生了吧？"

王世奎点点头说："快了。"

吴久霖的话题由此展开。他深吸一口水烟，然后再徐徐吐出，说："既然如此，你还怎么走得开去汉中府打理分号的生意呢？"

王世奎递给吴久霖一根火绳，说："汉中府的生意情况有了变化，我也一时不晓得该怎么做了。"

吴久霖急问："汉中府的生意情况有了啥变化？"

王世奎说着就伤心了，掉着眼泪说："王琰东家不在了……汉中府没了他，我们所有的上路货物都得自己费心。"

"真是黄泉路上没老少啊。"吴久霖叹息着说，"我们一大把年纪的，倒是活得旺旺的，老不死。"

王世奎说："老东家看你说的。这都是命，谁都得认。"

吴久霖又问："既然是这样一种情况，你不去汉中府恐怕不好。现在窑坪有三家商户在汉中府有生意，你是中流砥柱，是领头的大雁。我们两家都看你的，都听你的。你不去汉中府，我们看谁的？听谁的？还不成了无头的苍蝇！"

"俗话说得好，车到山前必有路，船到桥头自然直。老东家你安心吃你的烟，喝你的茶，事情不会像你说的那个样子。"王世奎把水烟壶重新递给吴老东家说，"我不是还没想好该咋办呢嘛。没有我王世奎的时候，窑坪的生意都已经做了好几百年了，也没见天塌下来。"

吴久霖顾不上吸烟，说："那不一样。不怕记错账，就怕打错算盘。"

王世奎吹亮火绳，给吴久霖点烟："账不能记错，算盘也不能打错。这些事情我们要慢慢地思谋。"

吴久霖这才点着头把水烟壶凑到王世奎吹亮的火绳上。吸了一口水烟，鼻子里咕噜着说："好烟。"

王世奎熄灭火绳，说："这烟丝啊，都是张义从兰州带来的，说是啥洛门烟丝。"

吴久霖只是点头说好。王世奎想了想自我纠正说："不过，我听说洛门不在兰州，而在天水。"

吴久霖又吸完一锅烟才说："只要烟丝好，我们才不管它洛门在兰州还是在天水。"

王世奎叹息一声，说："看起来我们还是井底之蛙，连洛门在哪里都不晓得，

251

徒有商家虚名。"

吴久霖惊异地说道："你南行千里去汉中开设分号已是不易，莫非还想西去天水、兰州做生意？"

王世奎摇着头，笑道："虽有想法，但是不可行啊。"

吴久霖问："为啥？"

王世奎说："一则我们人手不济，二则西地生疏，三则有张义常来常往。因此，我们实在没有理由西去天水和兰州。"

吴久霖说："嗯，是没理由。"

王世奎说："说起来，这张义东家也该是快到了吧。"

吴久霖吸完一锅水烟，说："往年，这时节张义东家的马帮早就到了。也不晓得今年是啥情况，估计，也该快到了吧。"

王世奎露出一丝忧郁的神色，说："我也想着，都现在这个时节了，张义东家早该来了啊。"

"事情都有变数，张义东家迟迟未来必定有其缘故。"吴久霖说，"说不定，现在张义东家的马帮已经过了太石山，三两天之内就会在窑坪街上卸驮子。"

王世奎说："没事，无论如何，我等着。"

吴久霖说："这世间的事情，怎么都这么熬人啊？一点点针鼻大一点事情都要叫人劳神费心。事情少做一点吧，总觉得这一辈子没有尽力。做多一点吧，又有操不完的心。弄砸了心疼，弄好了又伤神。有时候还真是不晓得咋弄！"

"想好了的事情，慢慢做吧。事情又不是想做好就能做好的。"王世奎说，"谋事在人成事在天，我们只能想到，至于成与不成，我们谁说了都不算。。"

吴久霖最后终于绕到最想晓得的事情上了，说："世奎啊，汉中府分号我现在还一无所知，你倒是说说，行还是不行？"

王世奎站起来说："老东家，我就给你一句话，三个字——肯定行。"

吴久霖也站起来："虽然我不晓得细情，但是王大掌柜说的话，我信。此外我还得重托你好好看待九思堂在汉中府的分号，说到底打折的胳膊往里弯，都是窑坪出去的买卖，九思堂和德胜堂分号是一条绳子上拴着的蚂蚱，绳子的疙瘩就捏在你王大掌柜的手里。"

王世奎谦虚地一笑，说："老东家你高看我了。充其量我王世奎就是德胜堂的一掌柜，哪里有那么大能耐？只是汉中府和窑坪隔山隔水的，可是在汉中府就九思堂德胜堂和赵益帮三家是窑坪的生意，想不相互照应都难。老东家还说啥打折的胳膊往里弯，就是不打折的胳膊也往里弯呢。"

吴久霖嘿嘿地笑："我这不是打个比方嘛。"

一个柳絮飘飞的午后，张义的马帮终于叮叮当当地到了窑坪街头。马帮在窑坪街头出现，不是啥新事情，反倒是如果哪一天没马帮在窑坪卸驮子，却显得不太正常。那天卸驮子的时候，张义反反复复给所有的东家、掌柜介绍一个矮壮的白面中年汉子："这位是哈林，我们叫哈爷。"

王世奎晓得张义东家不会无缘无故地带这个叫哈林的人来窑坪介绍给大家。这个哈林是兰州盐城堡人，一直做皮货生意。前一次张义带回窑坪的翻毛皮衣就是哈林给弄的，没想到在窑坪这么小的地方也还有市场，哈林便跟着张义远涉千山万水到了这个陕甘川交界的这个地方，想看看这个张义嘴边常说的窑坪。

如此一来，张义东家和哈林两人合起来的马帮就更为壮观了，长长的窑坪街上，全是骡马。据张义讲，此番一路从兰州下来，路上极不太平，幸亏人多马多声势浩大，才免去了许多不必要的麻烦。最为惊险的一次是马帮走到磐安地界，从黄土峁后的山脊上冲下来一群破衣烂衫的地方匪徒，都走到驮子跟前了，不知何故又转身撤离了驮道，喊叫着远去了。张义和哈爷说到此处，仍然是一脸后怕，说千难万难，总算是到了窑坪了。

哈林叹息着说，他跟着驮队常常进出新疆，虽然沙海茫茫，疾风劲驰，数天不遇行人，但也没有这般叫人心惊胆战。听磐安的地名，倒像是一个不应该有事的地方，却差一点点就有了大麻烦，一点也不磐安。

王世奎用手指挑起一团落在杯子里的柳絮，噗地一声吹落。说："听你们说说这样的事情，我都吓破胆了，幸亏我们没遇到过。看来这路上的生意愈加不好做了。"

张义叹息道："还是你们好，蹲在窑坪街上挣大钱。"

王世奎笑了，说："哪里是挣大钱，还不是没办法？窑坪街上大大小小一百多家商铺，都一样守着，谁能晓得谁挣钱了？"

张义还是笑："满窑坪就你王大掌柜会说话。不过啊，估计你在路上遇到那样的事情，同样会手足无措。"

王世奎说："岂止是手足无措！我自己晓得，一旦遭遇这些事情，我肯定是屁滚尿流了。"

张义说："有时候想起这些事情，都不想再走这条路了，可就是放不下。每次都想，但愿这次出行顺顺当当。该敬的神灵都一一敬过了，一路上从来没有安心过，生怕出一点点状况。但是当事情没法避免的时候，其实也就坦然了。生死有命富贵在天，这是谶语，无可逆转也无可挽救。还有一句话说，命里只有九分粮，走遍天下不满升。这样想着的时候，就觉得一切都无所谓了。我们这样奔波只是自己想这样折腾，每个人都有自己要做的事情。"

"你这么一说，倒叫我想起了另外一句古话，就是拾银子也得弯一下腰。还有一句是，天上不会掉馅饼。"王世奎说，"我们都是鸡一样的命，啥东西都要自己一把一把地刨，不自己抓紧刨就啥都没有了。"

下篇·窑 坪

张义说:"别的不说,这几年从兰州到窑坪来来往往地走,不走都不行。有时候想啊,这么远的路程这样走到哪年才是个头。可是一旦停下来,就觉得自己有一件非做不可的事情被搁下了,心里那个急啊,做啥事情都不对头了,心里空落落的。"

哈林说:"都是劳心劳力的苦命人,就不要想着天上掉馅饼的事情。即使真的掉下来了,也会砸破额颅骨的。"

王世奎说:"就是,我们这些低头找食吃的货色,哪里会有那么好的运气!说不定眼看着天上往下掉馅饼了,可是拿到手里也许就会变成了烫手的山芋。"

张义说:"别说这些闲话了,先说说这么多驮子的货物怎么卸吧。"

王世奎想了想说:"要不我先去问问老太爷,看是不是匀出一些驮子送到汉中府去。"

张义连连摇头,说:"大掌柜你就别节外生枝了,我这趟货物能到窑坪已是万幸,再不想往前走半步了。"

哈林也说:"路途不太平,每走一步都叫人提心吊胆的。再者说了,出了窑坪往前,张义东家也不熟悉。"

王世奎说:"其实我们都一样,都想着做好一件事情,结果才把自己弄得瞻前顾后,身心疲惫。如果我们只想着熬日子,并不想做好做不好,说不定还反倒好做了。比如你的驮队要到窑坪,就不要先想着生意是亏是赚,只要把马帮赶到窑坪了,才有说生意的资格。即便是说了生意,也有许多的变数,比如崩市呀,挤兑啊,反正那些个天灾人祸的事情多了,最后的结果是啥很难说得清楚。"

哈林说:"我在盐场堡蹲了几十年,生意不大也不小,没事的时候天天看黄河静悄悄地绸子一样平静。我老是在想,那么静的河面,其实用不着架桥,踮着脚踩着水面就过河了。但是,我晓得真实的情况是,这看似平静的黄河水,一年要掀翻多少羊皮筏子,吞掉多少活生生的生命!后来我就明白了,所有的事情都是一样,看起来平静的黄河水,其实暗地里都是浊浪汹涌。"

王世奎笑着冲哈林一躬身,说:"哈爷,还是古话说得好,三人行必有我师焉。我虽然从未见过你黄河,但听哈爷这么一说,也略知一二了。"

没想到矮壮白面的哈爷也会脸红:"我这都是胡乱说的。张义东家晓得,我只是粗人一个,没有啥大道理,说的话都是自己琢磨的。"

王世奎感叹道:"可见,我们都不如你。"

哈林开玩笑说:"王大掌柜你说这话就是欺负我外来的人了,说得不好听就是骂我呢。"

王世奎一脸庄重地说:"哈爷想多了,我这说的是实话。我在汉中府看到浩荡的汉江,心里也想到过好多的东西。有时候我也想不明白,那么大的汉江没黑没明地淌着,这世上到底哪里来的那么多水啊?可是一听哈爷说话,才晓得这些

道理竟然是这么浅显。我们心里只装着生意,别的就一概不知了。我们做生意也是踩着浪尖过河,别人说不定看得提心吊胆的,我们自己还不自知。"

张义说:"哈爷从没到过这样山清水秀的地方,他一直都是走沙漠荒滩,戈壁草原。这次到窑坪来,哈爷没少惊叹过,说这一路上都是天堂一样的景色,说生活在这里的人们都是神仙。"

王世奎笑道:"我一点都不觉得自己是神仙,反倒觉得劳累得多。有时候就惶恐,不晓得这一辈子怎么庸庸碌碌就几十年,更不晓得自己到底还能做点啥事情。满窑坪街都是店铺,开张的开张,关门的关门,几百年来一直都是这样。我就想着,要能使这些铺子一直开下去,得给这些铺子找一条不关门的路子。"

张义说:"你先把外面的驮子想办法卸了吧。"

王世奎说:"我就想着这些牲口在窑坪歇息歇息,然后就直走汉中府。"

张义摇着头说:"算了。我还是只认窑坪,只认德胜堂。"

王世奎出门往街上一望,指着驮队说:"这一街场的驮子,任谁都一时半会没办法。实在不行,我还得去问问老太爷。"

德胜堂的店铺里一时没有了声音,人们都开始端起茶盅喝茶。伙计们唱卖唱买的声音格外响亮。

王世奎走到店铺门口又折身回来,想了一会儿说:"还是算了。小事情不要惊动了老太爷,我自己想办法给你卸驮子腾牲口吧。"

大街场上,柳絮还是那样轻盈地飘飞,大雪一样。

西淮坝大沟的袁氏铁铧作坊的人找上门来,嚷嚷着要见大掌柜王世奎。王世奎不在店里,伙计们到处都找不到王世奎的影子。恰好老太爷路过店铺,驻步问来人有啥事情。

来人认识老太爷,连忙请安。说:"我们东家让我来窑坪给老太爷说,我们手底下的作坊,不晓得收了谁订铁铧的定钱,说被人包了。我们不晓得今年德胜堂有啥打算,所以前来问一声,毕竟袁氏和德胜堂是老交情了。"

老太爷沉吟良久,问:"你们真的不晓得是谁在那里订货吗?"

"刚开始还以为是贵号,就想着反正都是德胜堂的生意,就没在意。这几天看着好像不对,掌柜和东家这才打发我过来看看。"

"这还真是怪了。"老太爷说,"西淮坝的铁铧向来都是在窑坪进出的。说清楚了也不是多大的生意,用不着费此周折直接从你们那里走货啊。再说了,窑坪街场上,商铺都是公买公卖,从来都是先求生意信誉,然后才求生意利润。如今有这样的事情,实在是没有道理啊。"

"这也是我家东家、掌柜不解的地方。"来人说,"我们从来都是和窑坪街上各商号来往,一来知底,二来各自凭了情分。现在这么一弄,就觉怪兮兮的,

255

不踏实了。"

老太爷点着头说："就是啊，都互相依赖惯了，你们铸铧我们卖铧，谁都没想过哪一天这条链子会断。"

"谁都晓得市场在窑坪，今天市场却到了我们的作坊。"来人说，"我们东家、掌柜说，断掉的链子即使接上也会有痕迹的。"

"还是你们东家、掌柜想得周全。"老太爷不由得点头赞叹，说："回头我让世奎抽时间去你们那里一趟，看看到底是怎么回事情。"

说完了，老太爷又叮咛了一句："回去告诉你们东家、掌柜，我们不会让这条链子随随便便地断掉。我认可他们说的话，断掉的链子就算接上了也会有痕迹的。"

王世奎得到的消息说，西淮坝这一带真是有人遍撒定金，许多铁铧作坊已经收取了定金，签了协议。但是，奇怪的是收购方是一个谁也不熟悉的名字。最叫王世奎担忧的，是不晓得这个人还会做出啥样的事情来。像这样在作坊订货，不经过一片街场走货的事情，从来都没有过，是破天荒是第一次。

不管是哪路客商，看重的都是窑坪这几百号商家。没想到突然出现这么一个状况，真叫王世奎有些诧异。

眼看就是春耕，铁铧已经成了紧俏的货物。但是铁铧都在别人的手里，要想起庄走货实在是不易了。王世奎和袁氏 铁铧作坊接头好几次，都搞不明白订货方是谁。没办法，袁氏 铁铧作坊的沙模已经用完了还是和预计的数量相差甚远。

王世奎所担忧的不是这次铁铧的生意，而是不晓得这个人在往后的生意上还会做啥事情。李老太爷、吴老东家也不止一次地说起过这个事情。最后的意见是：无论如何都要阻止这一次意外，不要让几百年的生意有这样的开头。

老太爷叹息着摇头："看来，是我们窑坪这些商户自身有问题。都火烧到屁股了，我们还一点都不自知。我这次才觉得窑坪商会还是有作用的，如果我们大家都拧成一股绳，哪里还会出现这样的事情！"

吴老东家说："如果不是袁氏 铁铧作坊来给我们说这件事情，我们谁都不晓得还有这件事情。可见，我们几个店铺还是有自己的问题。我们的跑街坐在店里，总以为顺顺当当的生意没有事情，用不着操心——这都是王大掌柜不在窑坪的缘故。"

老太爷说："即使三儿在窑坪，也不见得就没事情，该咋还得咋。"

王世奎接过话头说："我觉得铁铧不是主要的问题，主要的问题是我们不能再墨守成规，而是要广开财源，想办法拓展经商的门路。如此一来，我倒觉得我们在汉中府开设分号是对的。"

老太爷笑着说："我们没谁说在汉中府开设分号不对啊。"

王世奎说："我的意思是说,在汉中府开设分号只是一个开头。我们不妨从各个方面去做生意,不怕有哪一个环节出问题。而且,环节越多越是互相有联系,互相有照应,信息也及时。"

屋里一时静了下来。老太爷微微点着头说:"细想想,还真是这么个事情。但是我想不明白的是,这个偷偷摸摸弄这事情的人到底是谁,他是不是真的要做这铁铧的生意?"

"我也没想明白。"王世奎说,"不过,我们第一步还是得把这个铁铧生意抢回来,做了几辈子的生意不能这样稀里糊涂地没了。"

第三十四章

　　金盆湾的染坊还没有决定好是否要关门停业，灯草也还没有回到廊桥边上的阁楼里安心生养，李老太爷却突然无疾而终了。

　　那天是个晴天，太阳很好。李老太爷忽然来了兴致，打发伙计喊来了李德明、李德亮两兄弟，还叫来王世奎，说天气好，爷们儿好好一起拉拉家常。店铺和脚骡店都没有太忙的事情，四个人就在吊河坝老太爷的院子里煮茶说生意经。

　　王世奎没有回汉中府，他正在忙铁铧的事情。好不容易打发了零散的马帮，袁氏铁铧作坊的库存已经告罄，幕后订货的客商却始终没有露面。

　　说话期间，一只花喜鹊喳喳叫着从房檐上飞过，还拉下一粒白色鸟粪。老太爷笑着说，将有好事降临。众人齐问为何？老太爷说："没看见喜鹊飞过它都不忘给我们报喜，难道这不是大吉之兆吗？"

　　王世奎也觉得有道理，就想起铁这件为难的事情，说可能这铁铧作坊订货的事情要水落石出了，可是正说着话，就见老爷渐渐低下头去，好似打瞌睡了将要睡去一般。李德明摆摆手，示意大家小声，不要打扰了老太爷的瞌睡。

　　不知是何缘故，王世奎这时候忽然觉得不太对劲，他例外地细心了一回。只见他轻轻起身，走近老太爷，伸手触及老太爷的鼻子，发现老太爷已经没有了鼻息。慌忙中，王世奎双手抓住老太爷的肩膀连声大呼，可是，就是不见老太爷有所回应。王世奎遽然放声大哭，随后大家才反应过来。

　　正在慌乱中，门外肖善人一步闯了进来，疯疯张张大呼小叫起来："该走就走，该来就来。"说完了，回望一院子哭闹的人群，呸地吐出一口唾沫，又说："一群畜生！"

　　李德明正在悲痛又被羞辱，拿起一根木棍赶肖善人出门。肖善人回头继续冲李德明骂个不住："就是畜生，你就是畜生。"

　　王世奎心里万分难过，哭着劝回李德明，说老太爷刚走，不要理会这些事情。关上大门，叫伙计们抬来老太爷的棺材，安排后事。请来的相公劝慰说都不要哭不要闹，老太爷一辈子享尽了富贵，没啥可憾之事。眼下，是要老太爷安然入棺才好。

　　王世奎先叫李德明去请吴老东家过来。吴久霖一刻也不耽搁，赶到之时，伙计们才刚刚按照相公的盼咐把棺材支好。吴久霖说："按礼，老东家是大福大贵之人，我们不可莽撞。但是人去如吹灯拔蜡，你们做小辈的，就先给东家烧送路纸吧，免得他还留恋着这老屋子。"

　　李德明是长子，用银元拓印了一捆土纸，带头到门外的大路口哭喊着烧了送

路纸，又从吊河坝开始，挨家挨户上门磕头报丧，请人们守夜帮忙。

设好灵堂，早有人给老太爷洗净了身子，穿上寿衣入了棺材。灵堂的纸幛一拉开，就把活人和死人分开了。幛子前面是影影绰绰晃动的孝子和吊丧的人们，他们全都浸在透过窗棂的斜阳余晖之中，幛子后面就是睡在棺材里，脸上蒙纸的李老太爷。

王世奎披麻戴孝，木然地随着李德明和李德亮烧纸，号哭。他只要一看见这老屋子里的任何一件东西，都会想起老太爷来。他一直把老太爷叫老太爷，但这个老太爷的称谓，在他心里比叫父亲和叫大都要亲切。

阴阳先生叮叮哐哐地敲响钟磬，做起道场。灵堂霎时间烛光摇曳，香烟缭绕，老太爷的院子变得肃穆起来。王世奎的心里也肃穆起来了，他觉得这是一个庄严的时刻，仿佛老东家就在香蜡烛光里慈祥地看着他笑，嘴里在喊他说："三儿……"

黄昏时分，吃过野菜稀粥的灾民也都来到老太爷的院子里给老太爷守灵。一时间院子里连插针的地方都没有了，王世奎只好吩咐打开大门，在大门外面也生上炭火，让后面来的人们蹲在门外烤火。

香火摇曳的灵堂幛子上的对联写的是：恩泽集市点点惠乡里；富贵平生寸寸报长街。横批是：德荫恩庇。

王世奎不晓得这幛子上的词句是谁写上去的，只是感觉非常妥帖。老太爷在的时候，把号上的生意塞给王世奎，自己四处给人家"贴眼药"，生怕别人家疼了痒了。可就是不惦记自家的事情。

王世奎一生佩服老太爷的就是他的这种做事风格。这种风格将会影响他一生一世。

到了后半夜，喝完夜饭面汤，王世奎在棺材一角的草铺里睡下，拴在棺材下面的倒头鸡懵头懵脑地窜到了脚边，毛乎乎的有点吓人。灯草挪着臃肿的身子挨着王世奎躺下。草铺的干麦草味道在周围四散弥漫，这是一种王世奎久违了的味道，王世奎翕动鼻翼，贪婪地吸着这种干麦草散发出来的味道。

灯草不明白，她看着王世奎问："你怎么啦？"

王世奎也不晓得自己怎么了，他对泪流满面的灯草说："我没怎么，就是总想起老东家。就像他还活着，还在他的房里睡觉。说不定啥时候睡醒了，就会到这堂屋里来喊我起来跟着他去店里。他还会在我做错了事情之后，叱骂我太笨……"

灯草说："老太爷没能看见我还会给你生个儿子的。"

王世奎说："老太爷哪里会走远，他就在窑坪看着我们做事。他啥都能看得见的，还会骂我不会做事。"

出殡发丧那天，送丧的人们挤满了街道，远远看去就像窑坪的年集。

吴久霖看着这个大场面，对吴生瑞说："李老东家真是有福，走得真是时候，

259

下篇·窑 坪

居然能沾这么大的光。别的事情我都不稀奇,只要在我死了之后,也会有这么多人来送我,就不枉我今生来世上一回。"

吴生瑞看着满脸怅惘的老父亲,心生怜惜之情。他捡起吴久霖落在地上的木杖,说:"大,你放心。"

吴生瑞看见,满头白发的老东家吴久霖一下子又老了许多。

汉中府分号的段建成表现出不一般的生意才能,超乎王世奎的想象。

老太爷去世之后,王世奎一下子成了窑坪街上的陀螺。号上、店里、纸坊、铁铧作坊、染坊上上下下都要他过问操心。还没有理出个头绪的时候,汉中府的驮子已经到了店铺门口。满满当当二十个包着油纸的驮子、一色的陕青茶让王世奎惊异不已。卸完驮子,王世奎泡了一壶刚到的新茶,边喝边点头称赞:"嗯,好。好茶!"

只有王世奎自己晓得,他喝下去的茶水,比蜂蜜水都要甜。

李进才是一个精明的人,在生意上总是有他自己的见解和做法。最让王世奎放心的是,李进才在人际交往上非常老道。他说话很得体,特别是谈生意的时候,他有理有据,态度不亢不卑娓娓道来,常常使得对方不得不点头。

这二十个驮子的茶叶,正是王世奎急着要的货物。秦城、西和一带的客商不止一次催促要陕青茶早茶,可是王世奎手上的杂事情太多,脱不开身。段建成弄回到窑坪二十驮茶叶,正是时候。秦城、西和的马帮就住在脚骡店里,巴巴地想着茶叶。

回头,王世奎倒出库房里的川芎、黄芩和柴胡,让伙计们打成驮子。他明白汉中府伞铺街柳营巷的药材市场上,这些都是紧俏的货物,给李进才不会造成太大的压力。王世奎想,李进才毕竟还是锻炼阶段,难怅的事情交给他还不合适,也不放心。

正忙着,吴生瑞找到店里来了,说吊河坝商会礼堂的木头架子已经好了,老东家要大掌柜过去商量选个吉日,立柱架梁。王世奎说:"这个事情由你们老东家看着说了算。"

吴生瑞说:"老东家说了,老会长虽然不在了,但是会首还是你们德胜堂。老东家还说了,王大掌柜到场是必不可少的,就算老会长在世,也少不了大掌柜。"

王世奎推辞说:"商会的事情有老东家主持,我们晚辈自然信服。我哪里敢涉足!"

吴生瑞说:"你是不相信,可是老东家就是这样说的。"

王世奎说:"我只要能操持好德胜堂的生意已经很不容易了,哪里能不自量力,跻身到商会里去?"

吴生瑞说:"众所周知,德胜堂在窑坪举足轻重,大掌柜对整个窑坪的生意

都功不可没，所以老东家请你过去商量立柱架梁的事情，是想了一遍又想了一遍的。"

王世奎深受感动，说："难得老东家这样看重德胜堂，看重我王世奎。你回去对老东家说，我马上就过去，给他老人家请安。"

吴生瑞已经转身出了店门，拱手说："那我告诉老东家，就在吊河坝木场上等你。"

王世奎送吴生瑞出门，回头对店里的伙计们说："快去找德明、德亮他们，到吊河坝木场等我。"停顿了一会又说："顺便到各店铺打个招呼，就说老东家有请，商量九州商会礼堂立柱架梁的事情。"

伙计应声而去，王世奎怔怔地站在门后，说："要是老太爷还在就好了。这么大个事情，他不点拨一声，我真的不晓得该怎么办了。"

门外，传来马帮过街的声音。王世奎不得不把一脸的愁云扫光，换上喜滋滋的表情迎出门去。

等到老太爷尽七纸那天，吊河坝李家大院照样拥挤着披麻戴孝的人。王世奎心里虽然哀痛，但看到这样的场面，还是有些欣慰。到底老太爷德高望重，在窑坪有这么好的人缘。老太爷离世仅仅四十九天，尸骨未寒，应该能够感知到这种旺盛的人气。

老太爷的坟前，火光冲天，烟灰飘飘。石头供桌上，煮熟的猪头和鸡鸭鱼肉都盛在大海碗里，外加一碗老太爷喜欢的菜豆腐，王世奎还特意往火纸堆里揉碎了几柱洛门黄烟。祭奠的茶水也是老太爷常喝的陕南炒青，汤色黄亮，香气浓郁。老太爷活着的时候，常常一边吸着洛门黄烟，一边放一壶陕南炒青。这是多少年来固定的场面。这个场面深深地烙在王世奎的心里，老是挥之不去。

烧完纸，王世奎刚刚回到李家大院，就有伙计颠颠地跑来说：大掌柜快回去，嫂子要生了。

王世奎略略一愣，赶紧出门往回走。远远地看见廊桥边围着一圈人，王世奎顾不上看，急急忙忙进院上楼。灯草永远都是一个不愿意让王世奎担心的女人，他上楼的时候已经听到了婴儿的哭声。迎面接生的产婆笑吟吟地出来，恭喜王世奎说："给大掌柜道喜了，灯草生了龙凤胎，母子平安。"

王世奎从怀里掏出两块铜板塞给产婆，拱手谢道："让你老人家操心了。"

产婆乐呵呵地笑："哪里呀，还不是我该做的事情。"

王世奎撩开麻布门帘进屋。灯草安静地躺着，边上的两个婴儿睁着好奇的眼睛看着屋顶，却对王世奎视而不见。王世奎看着疲惫的灯草说："出生的时候我不在，你都没意见，他们倒还有意见了。"

灯草宽厚地一笑，说："我今天没到老太爷坟上去，心里愧得慌。他们俩和

下篇·窑 坪

老太爷没见过面，没感情，所以对你有意见。"

王世奎说："难得你有这样一片心意。只要你心里有老太爷，不在乎你到不到他的坟上去。"

灯草眼里含了眼泪说："老太爷不在乎我自己在乎。"

王世奎轻轻擦去灯草的泪水，说："你别这样说话，你这样说话我就难受了。你生孩子这么大的事情，我居然不在你的身边。老太爷现在不在，如果在的话，一定会指着我的鼻子骂死我的。"

灯草握住王世奎的手说："世奎啊，这辈子我跟了你，就是忙了些。但我晓得你不仅只是在乎德胜堂，不仅只在乎生意，你也在乎我。"

王世奎点着头，说："灯草啊，你晓得就好，晓得就好。"

灯草也在点头："只要你在乎我，我就是死了也值了。"

王世奎捂住灯草的嘴："不许胡说，我不要你胡说。"

灯草问："你是不是该准备去汉中府了？"

王世奎点点头又摇摇头，说："过几天再说吧。"

灯草说："你不要担心我和孩子，我都养活了小艾和王永成两个儿女了，没有什么事情。只要这两个孩子满月的时候你能在窑坪就行了。"

王世奎说："我现在怎么能走呢？一是老太爷刚出尽七，尚未过百期；二是你刚刚生完孩子，双胞胎缠人，没人帮你不行；三是老太爷不在，德胜堂大小事务没人做主，并且染坊的事情也要安排……我怎么能在这个时候走呢？"

灯草说："其实……我也不想叫你走。"

王世奎刮着灯草的鼻子："我就晓得。"

灯草说："你晓得啥呀？你啥都不晓得。"

王世奎说："如果我真的啥都不晓得那就好了。"

灯草说："你就晓得德胜堂的事情，此外你啥都不晓得。"

王世奎愧疚地说："我是冷漠了你们母子。我晓得。"

灯草说："只要你把你想做的事情做好了，我们母子出去在窑坪街场上风风光光的，就是最好的事情。这个别人谁也做不到。"

王世奎问："你以为就我可以啊？"

灯草说："别人都有自己的私心，窑坪就你没有私心，所以就你可以。"

王世奎抱起一个孩子，说："谁说我就没有私心了，都说孩子是父母的心头肉，我也看着自己的孩子就是心疼，长得漂亮。再说了，有了私心，才会晓得自己该做啥，有私心也不是坏事情啊。"

灯草说："有私心，事情就做不大。"

王世奎说："不说这些私心不私心的了，先给孩子起个名字吧。"

灯草说："起名字的事情还得我去求人吗？谁不晓得你是窑坪的大秀才。"

王世奎说:"给孩子起名字的事情,让我再想想。"

灯草说:"我听你的。"

王世奎笑着说:"嗯,灯草真乖,真听话。"

灯草也笑了,说:"你倒说说,我这么些年来哪次没听你的啊?"

这一对双胞胎中,原来起名叫王惠的女孩儿被送到汉中给了王琰家的女人张慧仙做了养女。灯草心里一万个舍不得,但还是架不住王世奎劝说,答应了。王世奎说:"王琰东家为人忠厚,可惜命薄,他家帮我们养一个女子,往后去汉中,也是个亲戚路。再说了,娃在哪里长不是个长?"

灯草亲着王惠的小脸蛋,说:"我们欠着王琰东家的恩情,也就靠这个小女子留一条走动的路了。这个女子,命里就不是我们的娃。"

这两件事情一时成了窑坪上上下下的主要话题。没有人不说王世奎积修得好,一次就生了双胞胎孩子。更多的是感叹,说年轻人做人就要像王世奎那样,做老人就得像李老太爷。王世奎处处想着别人,尊老爱幼做事秉公,积修得灯草生养的时候利索不说,两人命里带着那么大的福气,多子多福啊。再说老太爷一辈子仁义终得善终,说咽气就咽气了,一点罪都不用受。

这些话在窑坪传得沸沸扬扬的,到后来就有了传说的成分。

到了四月份,张义和哈爷再一次到窑坪,听到的传闻已经是说老太爷去世之后到了阴曹地府,凭着自己的积修给敦厚的王世奎讨来了一儿一女。李德明和李德亮对这些说法始终黑着脸,不发表意见。

德胜堂的运转很正常,唯一让王世奎烦恼的就是金盆湾的染坊。灯草实在没办法常去染坊,并且棉花的播种也因为春寒的原因搁置了。王世奎不止一次到过染坊,看着日益疯长的荒草,心里涌出无端的凄楚。

哈林自然不晓得窑坪的历史。他跟着张义到窑坪,只认识王世奎。他晓得王世奎是德胜堂的大掌柜,晓得到窑坪做生意,只要认识王大掌柜就够了。

其实,王世奎这时候感觉到很吃力了。别的费心不说,单就是金盆湾的染坊,就让他头疼。灯草丢给他染坊让他打理,他觉得现在的染坊就好比鸡肋,食之无味弃之可惜。虽然就那样搁着,但还常常让他欲罢不能,时不时就会想起来,然后重重地叹息。

哈林不止一次看见过王世奎面对金盆湾的染坊发呆,可是他不晓得金盆湾是灯草一手打理过来的。他只是听张义说起过"窑坪花",也晓得"窑坪花"就是在金盆湾染坊染出来的。

灯草也在言语间多说起金盆湾染坊,往往说着说着就沉默了,眼含不舍的内疚。王世奎看在眼里,心里也无比怅惘,但是也颇觉无奈。

下篇·窑坪

第三十五章

　　果然如吴老东家吴久霖所猜想的，天气一过三月就不再有一丝雨。春寒和干旱叠加，使得四十里的窑坪河突然没有了生气。燥热的窑坪街场却没有显示出丝毫的萧条，来来往往的驮队非但没有减少，马帮的数量还增加了。以往三十头牲口的马帮，现在都是五十头以上，跟赶牲口的伙计也增加了。听说路上愈加不太平，驮队都组起了大帮口，以便震慑路匪，也好互相照应。

　　牲口一多，驮子也就多了。王世奎不知不觉地充当了九州商会会长的角色，为这些驮子的上下货物操心。窑坪的货物周转量开始了急剧上升。好在汉中府的分号再不需要王世奎操心，这使他有足够的精力处理窑坪的事务。

　　陡然就到了五月，骄阳火一样炙烤窑坪。廊桥里，顺河风热乎乎地游荡，衣衫褴褛的酒徒们靠着栏杆酌酒，一些小孩子脏兮兮地在桥面上追逐嬉戏，贺家沟河面上的垂柳柳条随风一下一下地拂着廊桥的廊檐。哈林没事，一步步走过廊桥，这个山青水秀的窑坪，叫他老是感到惊奇。从兰州走来，一路看惯了满目的苍凉，何曾想到这里会是一番青翠欲滴的景致。

　　虽然好久不下雨了，但这里还是不改青山绿树的面目。

　　最叫哈林看不懂的是，繁忙的窑坪，居然还也有这样一些闲散的人们。正在看着想着，桥对面就摇摇晃晃地冒出来一个人，冲着哈林撞了过来。

　　哈林还不认识这个邋遢的人，他是肖善人。

　　肖善人不看站在桥上的哈林，他大踏步自顾从桥板上走过，嘴里嘀嘀咕咕地说着啥。哈林记住了这个肖善人。

　　回到德胜堂铺子里，见着王世奎，哈林就问起在廊桥上碰见的这个人，王世奎一听就晓得是肖善人。王世奎告诫哈爷说："你少理会他。"

　　哈林一笑，说："其实，我倒还觉得有意思。这窑坪南来北往的人多了，他不仅放浪形骸，甚至没有一点点的约束意识，眼里无人，该是要放下多少才能做到。"

　　王世奎说："肖善人就是窑坪的疯子，没谁理他。"

　　哈林说："大掌柜就没看出来他不是疯子吗？"

　　王世奎摇摇头，说："自我记事起，他就没说过一句正常话，没做过一件正常事情，不是疯子是啥？"

　　哈林说："你们恰恰错了，他真的不是疯子。"

　　王世奎说："全窑坪人都晓得肖善人是疯子。"

　　哈林说："那么你们全窑坪人都错了。凡是认为他是疯子的人，都错啦！"

　　王世奎不解了，他说："谁不说他是疯子？"

哈林说："你晓得他今天说的是啥话吗？"

王世奎摇摇头说："我不晓得啊。"

哈林一字一句地说："他嘴里咏诵的都是禅宗谶语，并非疯话。何况他的眼神灵动活泛，却无视一切，哪里有这样的疯子。"

王世奎笑道："我们肉眼凡胎，看不到这些。"

哈林说："只要你留意，你就会看懂肖善人真的不是疯子。"

王世奎这时候才慢慢想起肖善人的言语举止，似有感触。他说："还是哈爷慧眼独具，不像我们这些饭袋，啥都不懂。"

哈林说："大掌柜一门心思做生意，哪里会像我这样，就喜欢琢磨个人。我们这个年龄，虽然已经见识过各种人，但由于各自侧重不同，我们看到的结果也就不同。"

王世奎说："哈爷说得有理。但我就是一个人云亦云的人，说白了就一俗人，想脱俗都难。"

哈林说："人不同，心思不同，看待事情的结果也不同。大掌柜心里装的全是生意，所以只会看生意，并不一定会看人。"

王世奎说："我听肖善人说话听得多了，听过也觉得有些怪，但就是没有细想过。我还记得他说过"日日杯深酒满，朝朝小圃花开。自歌自舞自开怀，无拘无束无碍"这些话。那时候还想着肖善人说这些话是啥意思嘛，现在哈爷这样一说，我还倒明白了。"

哈林并不搭腔，只是笑。王世奎说："我当时还暗自骂肖善人说，啥日日杯深酒满，啥自歌自舞自开怀，一个疯子晓得啥日日杯深酒满，朝朝小圃花开。还自歌自舞自开怀，无拘无束无碍呢，看着都邋遢死了。"

哈林说："眼睛最会欺骗人，也最容易欺骗人。眼睛看到的，不一定是对的。世间许多东西都是眼睛根本看不见的。"

王世奎慢悠悠地说："现在，我懂了。"

最后一批春茶运到窑坪，李进才也跟着马帮一起回到窑坪了。这批茶叶过后，就是"立夏桩"了，说啥德胜堂都得库存一些春茶。"立夏桩"虽然量大，但带着茶梗的大茶叶已经不属于细茶了。细茶是留给有钱人喝的，价高味道也好；立夏桩是街面上卖给大众喝的，价钱低。

李进才一过廊桥就跳下牲口，蹽开步子往德胜堂赶。他晓得大掌柜王世奎一定就在店里。青石板上，李进才脚步敲击的频率超过了骡马的蹄子。刚到店门口，王世奎已经晓得消息迎了出来。王世奎高兴地喊："进才啊，你可是回来了。出息得我都认不得了。"

李进才既兴奋又不好意思地说："大掌柜……"

下篇·窑 坪

王世奎吩咐伙计们看座泡茶，顺手揽着李进才的肩膀，说："还想着你也焦头烂额了呢，没想到你还是那样一副精明相。进才啊，回来就别急着回汉中府了，留在窑坪帮帮我。"

李进才脸红到了耳根，说："大掌柜别笑话我了。"

王世奎悄悄地说："我说的是真的。老太爷一走，剩下大大小小的事情都得我一个人打理，都要累死了。你不晓得，我都招架不住了，睡梦里都想着你回来帮我呢。"

李进才腼腆地笑着说："大掌柜还在笑话我。"

"我真是这么想的。可是我也晓得，汉中府也离不开人呀。我这都愁得夜不能寐，食不甘味了。"王世奎说，"进才啊，我们德胜堂再出一个你这样能干的伙计，我们就轻松了。"

李进才回头看看，说："大掌柜你还别说，我们汉中府分号里就有一位，他比我强多啦。"

王世奎大喜，忙问："是谁？他现在在哪？"

李进才说："和我一起到窑坪了，等会儿我让他来见大掌柜。"

王世奎跟着回头，看着门外攒动的人头大声对李进才说："你就别等会儿了，叫他先进来我看看。"

李进才说："你不是大掌柜嘛，凡事都得有个章程对不对？哪能想见谁就吆吆喝喝的，你得有个规矩有个姿态。"

王世奎说："嗯，你说得很有道理。进才啊，你不晓得我多急，这不，啥都记不起来了。"

李进才笑了，说："还是先把驮子卸了。晚上我和他一起来见大掌柜。"

王世奎也笑了，说："肉烂了它在锅里，如果他真是个人才，真是我们德胜堂的宝贝，还在乎半天时间吗？我也真是的，急啥啊！"

德胜堂的门外，街上飘着浓郁的茶叶香。

吃完晚饭，衔山的夕阳如血，红红地照着长长的窑坪河。街场上也满是乘凉散步的人。王世奎站在廊桥边楼上的窗户后面，看着街上的人群，静静地等着李进才。他最想见的，是李进才说过要引荐的这个人。

终于，李进才在楼下喊大掌柜了。王世奎从窗棂里看见李进才身边一个看不清面容的年轻人，端端正正地站在那里。王世奎下楼开门，让座沏茶。李进才才对青衫青年说："陈琪啊，这位就是我们德胜堂总号的大掌柜。"

这位叫作陈琪的青年一身洗得发白的青衫，一脸的精神，他站起来深深地施礼，说："陈琪冒昧见过大掌柜。"

王世奎脸上露出笑容，说："都是自家人，不必客气，坐下喝茶。"

266

陈琪退几步，坐下，说："还是大掌柜的茶香。"

王世奎说："也没啥特别，就是街头那口水井里的水，最适合泡这银毫，不但容易入味而且醇厚、甘洌。"

陈琪说："难怪。我说这碗银毫怎么会这样甘醇爽口，原来都是这井水的缘故。"

王世奎稍稍有点惊奇，问："你喜欢喝茶？"

陈琪说："喜欢。"

王世奎再问："喜欢到啥程度？"

陈琪答道："知色知味。略高于牛饮。"

"你常喝茶吗？"

"不常喝的。但凡喝茶，我都要细心品味，最怕茶叶的醇香从嘴边溜走。这也是我做人的原则，不论啥事情，都得用心。"

"你做到了吗？"

"往往是做不到。过后才晓得非常后悔。"

王世奎点着头，说："我们谁也做不到事事用心，都是过后才晓得后悔。但是只要晓得了，而且晓得后悔，就好。"

陈琪说："大掌柜，其实我有时候自己一个人暗自痛苦的时候，就想着别人，他们不用思考，是不是就不晓得痛苦？"

王世奎说："这个问题我现在没法回答你。可是我可以告诉你，天将降大任于斯人也，必先苦其心志，劳其筋骨，饿其体肤，增益其所不能——这是书上说的至理名言，不晓得你读过没有？"

陈琪点点头，说："大掌柜，我读过。"

王世奎说："明天，你和进才一起到德胜堂，我们有事情商量。"

李进才借故说要王世奎带着看看小艾的绣房，然后关上门问王世奎对陈琪的感觉。王世奎呵呵笑了，说："他知书达礼，但还心智有惑。他那么个年纪，已经不错了。但愿明天到店里不要叫我失望。"

李进才说："陈琪的业务娴熟干练。他真是个人才。"

王世奎听说不觉面露喜色，连说："好，好。"

出门来，王世奎又对李进才和陈琪说："我这里还有一酒笼横川烧酒，舀一壶喝喝咋样？"

李进才说："我没看见过陈琪喝酒，今天不妨看看。"

陈琪红着脸推辞："我哪里敢喝酒啊，就是闻到酒味都会醉倒的。"

王世奎说："反正今晚就我们仨，你就醉一回。"

陈琪说："我怕你们笑话我。"

王世奎一边舀酒一边说："都喝醉了，看看谁还笑话谁。"

陈琪说："肯定是我先醉，你们笑话我。"

下篇·窑 坪

　　李进才说："那就等你醒了，换过来接着笑话我们好了。"
　　陈琪笑了，露出一对小虎牙，说："那我就不怕了。"

　　第二天，李进才和陈琪看着王世奎送走最后一批驮队才定下心喝了一口茶水。李进才对陈琪说："大掌柜天天这么忙。"
　　王世奎笑笑，说："没办法啊，谁走到这一步都没办法。"
　　李进才过来给大掌柜装了一锅水烟，并打亮火镰点着火绳，说："大掌柜先松口气。"
　　王世奎笑着打开李进才的手，说："我还不习惯你这样。"
　　李进才轻笑，不好意思地说："其实，我也不习惯。"
　　王世奎被烟呛得咳嗽不已，说："不习惯，你偏偏还要这样扭捏。"
　　说话间，外面说是张义的马帮又到了。王世奎有一点吃惊，他不晓得张义这趟来往怎么这样快速，在他想来，这前后还不足一月的时间。
　　迎张义进门，王世奎问张义为何如此神速。张义一脸的高兴，口里却说：我这次是投奔你来了，求你大掌柜来了。
　　王世奎更加不解，问怎么回事。张义说因为西北闹匪事，当局要加强防范扩充军需，天上掉下个要命的差事，就是发给张义几十驮棉花，要他赶制军服。他还没有回去，那边的人就守在盐场堡等着他。没办法，想到窑坪金盆湾的纺车织机和染法，就星夜赶路回到窑坪。一路上幸亏驮子上的是棉花，碰上的绺子都只是要钱要好东西，看着棉花既不能吃又不能穿，这才能稍稍给点银子铜板打发了。
　　张义说："眼下，就你大掌柜能救我了。"
　　王世奎放下水烟壶，叹息着说："实不相瞒，其实你也是晓得的，我也是为金盆湾的染坊发愁呢。"
　　张义说："我晓得嫂子现在无法抽身，可我也是再没别的法子了。我就晓得你家有染坊，还能纺织。"
　　王世奎说："染坊虽在，可惜已经瘫痪好久了，你让我怎么弄？"
　　张义眼巴巴地看着王世奎，说："我一路上就一直在想，到了窑坪你一定会帮我，只要你在窑坪，我就不怕。"
　　王世奎转过身，眼睛紧紧地盯着陈琪说："你让我想想。"
　　李进才晓得大掌柜的意思，也去看着陈琪，问："你听明白了？"
　　陈琪点着头，说："听明白了。"
　　李进才又问："你有办法吗？"
　　陈琪说："有些事情，我得先问问大掌柜。"
　　李进才说："啥事？你赶紧问啊。"
　　陈琪站起来，拱手说："大掌柜，染坊的纺车可还好？"

王世奎说:"自去年冬天停业之后,就没再用过,是好是坏我也不清楚。"

陈琪又问:"织机呢,还能用吧?"

王世奎说:"我还是不清楚。"

"那么,染坊的设备该还完好吧?"陈琪不急不躁,接着问道,"水、膏子这些东西染坊里还应该有的吧?"

王世奎说:"大家都晓得,今年因为天气的缘故,窑坪河棉花种植错过了季节,又因为灯草不能打理染坊,致使染坊停业。我们没有合适的人选和更多的精力打理染坊,正愁着哩。"

陈琪静静地听完王世奎的话,说:"大掌柜,我看我们还是先去看看染坊的具体情况再说,只要纺车织机没啥大毛病,我们要有了这几十驮子的棉花,还怕染坊运转不起来吗?"

王世奎问陈琪说:"假如纺车还能用,织机也还能用,你敢把染坊的担子挑起来吗?"

陈琪想了想,没说话。他挺着身子走出德胜堂到了街上,看了看满驮子的棉花,终于开口了:"如果我有啥不敢,我就不会从汉中府到窑坪来了。"

王世奎笑着拍拍李进才说:"你以为你这趟货是一笔好生意啊?我不稀奇你这些细茶,不管它能赚来多少银元。最贵重的,是你带回来的这个陈琪!"

李进才一脸的自豪,说:"那还用说!"

金盆湾的染坊虽然半年没有动用过了,但是染坊里的设备都还是完好的,足见灯草对染坊是多么上心。王世奎看着染坊轻轻松松地就红火起来,心里不禁叹息:到底是女人心细!

弹花、纺纱、织布、漂染、翻拣、晾晒、剪裁、缝制、打包,一时窑坪成了一个大加工厂。张义的马帮往兰州驮衣服,往窑坪驮棉花,开始了马不停蹄的来往转运。王世奎做梦都不会想到,原本想着要关门歇业的染坊,居然就这样出乎意料地成为窑坪一时最好的生意了。

张义也没有想到,这个他最担心的生意,被陈琪安排下来,不但省心,还省事。窑坪成了制衣厂,他张义成了东家和行商,兰州的当局成了主顾。这个被逼迫的生意能做成这样,真可谓皆大欢喜。

到了这个时候,王世奎才松了一口气。他回到家里对灯草说:"你想象不到金盆湾现在有多忙,有多热闹。"

灯草说:"比我最忙的那一年还忙还热闹吗?"

"比你打理的哪一年都要忙。"王世奎说,"你根本想象不到。"

灯草满脸兴奋的表情,她说:"如果真的很忙很热闹,那我很高兴啊。"

王世奎拍拍灯草的脸,说:"傻瓜,你不嫉妒啊?"

下篇·窑 坪

灯草笑了，说："我嫉妒啥呀？我也担心染坊会就此结束呢，现在能有那么热闹，我也有说不出的高兴呢。还是你厉害。"

王世奎说："都是天意，任谁有天大的本事，没有兰州的张义，没有陈琪，今年谁都无法收拾好金盆湾的染坊。"

灯草说："哪天我也去看看染坊，看看陈琪。"

其实，他们不晓得，由于金盆湾染坊的纺织漂染和衣服的制作引起的一系列的商业效应，使得那一年的干旱对四十里的窑坪河流域没有产生太大影响。荒年的年底，窑坪街上还有火烧馍馍和面茶的小买卖。

《康县志》对那一年旱灾的记述是这样的：

是年，干旱少雨。县域全境夏粮无收，秋作物亦无收。沿河尤甚。

我不理解的是，这段记述为啥和其他的灾害记述不一样。第一句，"是年，干旱少雨"的记述，在别的词条上的记述风格应该是"是年天旱"，这样在记述上才统一。第二句，"县域全境夏粮无收，秋作物亦无收"，这段更加繁杂无章，翻遍县志再也找不到这种记述方式。第三句"沿河尤甚"为啥偏偏要在最后的叙述之后单列出来呢？按照《康县志·灾害志》一章的总体叙述，是应该把这句"沿河尤甚"放在第一句"是年，干旱少雨"后面的。

最叫人不懂的是，"是年，干旱少雨。县域全境夏粮无收，秋作物亦无收。沿河尤甚"全句没有提及灾民的情况。而其他词条都是要说明受灾人口数量和死亡数字的，偏偏这条也没有。

这是啥原因呢？是不是只有天灾而绝无人祸之故呢？

不远的阶州直隶州分州城白马关，戍城团总何炳章老爷听闻窑坪繁盛异常，就带着几个团丁回家看看。一路上旱情扰心，马蹄过处，尘土飞扬。待到了窑坪，居然看不出一丝旱灾的迹象。街场上到处都是饮食，人来人往地看不出有饥饿的样子。人们的交易也随意，货物齐全，买卖兴隆。

往何家梁走，但见得从窑坪吊河坝到金盆湾全是弹花、纺纱、织布、漂染、翻拣、晾晒、剪裁、缝制、打包的伙计。驮队也夹杂其中，装、卸驮子也很繁忙。看见何老爷回来，人们谦恭地致意问好。

何老爷一边拱手示礼，一边在心里纳闷：窑坪真的就没有旱灾发生吗？

迎面不断有人提着篮子或者背着背筐从身边走过，何老爷看了，里面装的全是鲜嫩的荞麦苗，这种荞麦苗当地叫做荞芽，是可以当菜吃的。

还在旱情刚刚露出端倪的时候，后沟的肖家已经听从了王世奎的叮嘱，在干旱的土地里种上了荞麦。出苗之后就让人们前来采割，回家之后和着细粮吃。当旱情严重的时候，人们已经养成了把荞芽当主粮吃的习惯。荞麦耐旱，播种的时候不怕土地干旱。窑坪河对小麦和荞麦的播种要求有一句谚语：刨灰的荞，和泥的麦。在窑坪河流域，人们的语言习惯里说的荞就是荞麦，麦专指小麦。

上了何家梁，放眼往后沟看去，一眼望不到头满地都是脆生生的荞芽。

这种耐旱的作物不怕采割，在刀茬处最容易蘖生新的枝叶。一把种子很可能就是好几背篼荞芽。何炳章很欣赏窑坪的这种做法，他自言自语地说：这样搭配饭食，窑坪一年下来可以节约不少粮食。

这时候，何炳章看见何白氏从房角过来，太阳照着她满头的白发，衬着套在头发外面的黑色发网，更显得她的头发如霜似雪。何白氏很硬朗，老远就喊何炳章。何炳章听见何白氏的声音，立即上前扶住老太太，说："老嫂子你去哪里呀？"

何白氏说："这不是听着你回来了嘛，出来看看。"

何炳章说："嫂子你不出来，我也会来看看你的。"

何白氏说："我就晓得，你最爱吃嫂子做的油香。"

何炳章笑着说："灯草也爱吃你做的油香。"

何白氏说："可是她忙。我晓得，你也忙。没个时间来吃油香了。"

何炳章说："我们这是闲忙，没用的忙。"

何白氏说："看你说的。你去了白马关给国家当差，忙国家的事情。灯草生了双胞胎，忙着喂孩子呢。"

何炳章说："这我晓得，她不喂孩子的时候，忙染坊的事情。王世奎一门心思扑在德胜堂的生意上，哪里顾得上帮她呀。"

何白氏说："世奎这孩子，虽然顾了生意，也还算有情有义。在窑坪街上，他上不愧对东家，中不愧对朋友、伙计，下不愧对妻、子。我虽然身在何家梁，却还时时打问，晓得一些他的情况。"

何炳章说："我在白马关也听说了。这个王世奎，真的还是个人物。"

何白氏说："一为李老太爷教导有方，二是世奎自小儿良善，三是窑坪风俗礼节的影响。这世奎啊，也是他命里的造化好。偏偏就到了窑坪，偏偏就被李老太爷看见了，还不就是命？"

何炳章点点头，说："大旱天气，居然能想出种荞芽当粮食吃的怕也只有窑坪这个地方——这可是个救命的好主意。"

何白氏说："老天可怜窑坪，打发你们这些人来窑坪救苦救难，真是窑坪的福气。"

何炳章说："嫂子你说得有些重了。我们生在窑坪才是这辈子的幸运，没有窑坪，哪会有我们这些人的这些作为。"

何白氏说："你说得也是，这四十里的窑坪河，也就只有窑坪才会有这些人。"

何炳章问："嫂子你晓得这种荞芽抗饥荒的主意是谁的？"

何白氏说："应该是世奎的意思吧，别的谁也想不到这样的办法。"

下篇·窑 坪

何炳章说："肖家肯听他的？"

何白氏说："都说世奎做生意能掐会算，肖家是把种荞芽当做生意才种的。王世奎给他们算过账，一升荞籽要当三斗荞麦卖，他们肖家又不是傻子。"

何炳章说："我看着那些个荞芽没有卖钱啊。"

何白氏说："全窑坪的人都在救人，就肖家的财势，还能稀奇几把荞麦籽？你不晓得，吴老东家都压不住了，又打开了两个粮仓，熬菜粥救济灾民呢。"

何炳章说："这几年，凡事大大小小都亏得这些个东家们。也是，窑坪几百年来，哪一次灾难不是亏得东家们极力支撑才得以度过！"

何白氏说："这几年啊，也不晓得是咋了，窑坪河就没个太平日子，不是涨水就是干旱。要不是有东家们在那里撑着，还不晓得要饿死多少人。"

何炳章说："嫂子，你不晓得白马关石城要不是有窑坪东家们，也不晓得要修到哪年哪月啊。白马关石城修起了，窑坪的声誉也就有了，现在外地人竟然不晓得白马关但却只是晓得窑坪，说起来连我都奇怪呢。"

何白氏呵呵笑了，说："窑坪人来人往热闹了好几百年了，白马关修起来才几年？外地人不晓得窑坪晓得白马关才奇怪呢。"

何炳章说："嫂子说得对，谁不晓得陕甘交界的地方有个窑坪啊，住着九州十三省的人呢。"

何白氏说："不光是九州十三省的人在这里，更主要的是，在窑坪做生意的人，都不是正儿八经的生意人。"

何炳章不懂何白氏话里的意思，问道："在窑坪做生意的人为啥就不是正儿八经的做生意的生意人呢？"

何白氏笑道："俗话说，商人都是以利为目的，无利不商无利不商，可是你看看窑坪的商户也好，来窑坪做生意的东家、掌柜、马帮也好，哪一个是把利看作第一的呢？我听得祖辈上就说，窑坪能在这茶马道上热热闹闹几百年，其实就是热闹了一个情，热闹了一个义。"

何炳章说："还是嫂子晓得的多，我虽然常常在外面闯荡，却还是没有嫂子晓得的多。"

何白氏笑了，满是褶皱的脸上露出得意的笑容："我出不得远门，就靠着这里打听一点事情那里打听一点事情，只要别人一说就记下了。哪里比得了你们，到处跑，却是啥都记不得。"

何炳章说："嫂子说的是。"然后回头，对团丁们说："快扶老嫂子到家里坐，烧水泡茶。"

何白氏说："灯草还在屋里头呢，我得回去了。再说，你那茶叶太淡，我喝不习惯。我一直喝的是茯茶，你那里没有。"

说完，扭着小脚回去了。

何炳章看着遍野的荞芽出神，他晓得，今年的干旱对窑坪来说，真的不算个事情。

回到白马关，何炳章对上司说了窑坪对抗饥荒的事情，并建议把种植荞芽做为抗旱的主要措施，以填饱肚子为第一目的。当时阶州直隶州分州白马关守城州府当值的官员是黔东人士王德沁，由于矮壮，故后世称"王矮子"。王德沁曾两度署理分州白马关，颇有政绩，深得百姓爱戴。

他初到白马关，就在云台石门修造关山书院，开办学堂，延请名士名师教导，规定凡入学的学生一律免收费用，学校一切开支均由官府负担。还奖掖教员，极力扶持优秀学生，培养了一大批人才。因为关山书院声名远播，使得阶州等地的学生也舍近求远地来关山书院求学。此外，他还亲临工地督修白马关翻越关山到铺子坝的山道，方便了来往行人和当地百姓，把从窑坪到关沟门西汉水渡口的路途变得宽阔平整了许多，下雨下雪的时候，可以绕开山高道险的乔家山，从白马关过关山到渡口过西汉水。他第二次署理分州白马关，客死在白马关任上，被葬在石城最高处的鹰嘴峰下。厚重的油柏木棺椁被当地老百姓肩扛手抬，脚踩着石头城墙发丧到打好的墓地。坐在墓基的石头上，可以俯视白马关全貌。

窑坪河大旱这一年，王德沁刚刚第一次到分州白马关上任，听了何炳章的建议，不觉心头一亮。他看着毒辣辣的太阳，心头早燥热难当，但是听说窑坪种荞芽抗旱接济粮食，心里立时觉得像是被秋风吹过去一样凉爽。

当日，从白马关开始，四处可见官府告文：

……烈日肆虐，黍麦不收，民不堪其苦，食不果腹。幸而窑坪后沟广种荞芽，采食茎叶……盖荞麦极易萌蘖，不受干旱之扰，可解口粮匮乏之忧。故本府特告民众，宜荞区如响应则万民之幸甚，旱区之幸甚……

此后，窑坪河流域大面积种植荞芽，以度荒年。并且采食荞芽之俗延续至今。

我想这因为大面积的荞芽种植而大大缓解了官府无粮救灾的尴尬，也许就是县志里只说"干旱少雨。县域全境夏粮无收，秋作物亦无收。沿河尤甚。"全句没有提及灾民的情况，尤其没有提及受灾人口数量和死亡数字的原因——那一年全境只是有灾而无祸，没有死亡——这是我的猜测。

何炳章团总马不停蹄地四处奔走，一边调运荞麦种子，一边督促种植。在救灾抗旱这件事情上，他处处留意，甚至比王德沁还要上心。直至看到各处都有荞芽充饥，他才略略松了一口气。其实，连他自己都晓得，这并不是他戍城团总的分内之事。

他再一次回到窑坪，找到吴生瑞。吴生瑞正愁找不到何炳章讨要荞麦种子的欠银，看见何炳章何团总进来，极力装出一副要哭的样子，说："何老爷你来得正好，你倒说说粮食钱啥时候给我？"

何炳章说："你就不要哭穷了。你不看看到处民不聊生的样子，如今哪里还有钱给你？过罢年明年秋后连本带利一并付给你。"

吴生瑞说："我怕你弄个和赵益帮一样的事情。"

何炳章说："赵益帮咋啦？他的钱王德沁老爷一来就给拨付清了，还是算了利息的，哪里亏了他了？如今他窑坪的铺子不大不小地开着，汉中府同样有了分号，我不晓得他到底还说啥话了？"

吴生瑞说："我们只是晓得白马关筑城时要他采买物资粮食，后来被拖欠了款项。"

何炳章说："再不济我还在呢，再不济我还是戎城团总呢。"

吴生瑞想了想说："你说得很对啊。可是你啥时候给我粮食钱呢？"

何炳章问吴生瑞说："你啥时候听说过官府欠商户的钱了？"

"我经见得少，就认得你这个官府里的人。"吴生瑞说，"你把我这里的荞籽弄来弄去的，我的眼都晕了，我只认你。"

何炳章说："那是自然，你就只认我欠你家多少粮食钱。"

"你如此说，我也就放心了许多。最坏你还是个窑坪人吧。"

"有我在，你哪里不放心？"

"荞籽被分到各家各户，我都不晓得怎么办了。他们倒是好，只晓得吃食，哪里还管给钱！"

"当年你家开棚舍饭，你问谁要钱去了？"何炳章又说，"你就是想不开。"

"用银子买来的粮食，被你一仓一仓地分了出去，你叫我想开？"吴生瑞说，"这又不是我们吴家开棚舍饭，我收不回来银子还怎么在窑坪做生意？"

"你就晓得生意。"何炳章说，"但是老是惦记着生意的人没有生意，这是至理名言。"

吴生瑞说："你就在那里吓唬我吧。"

何炳章说："你以为我吓唬你，你可以回去问问老东家看看他怎么说。老东家到窑坪把哪一件事情当做生意了？他是在窑坪把生意当作一件事情来做，你现在是想把一件事情当做生意来做。"

"把一件事情当做生意来做不好吗？窑坪这个地方都把生意当做作事情，从来就没有人肯把事情当做生意。"吴生瑞说，"我这样做不好吗？"

第三十六章

到了七月,天气还是依然赤日炎炎。弯弯曲曲的窑坪河又一次快要断流,顺河风一吹,河底淤泥散发出的热烘烘的鱼腥味就扑面而来。烙脚的卵石裸露在沙滩上,浑身散发着烤人的热气。原先在河滩上招摇的草丛终于没有了影迹,水边的那些泥沙本来都是隐藏在水中的,现在却不得不被水遗弃在烈日之下暴晒。长长地拖在水里随着水流摇摇摆摆的水藻,填充着日渐干涸的窑坪河。

吊河坝街头的李家脚骡店门口,不得不预备几口巨大的石水缸,每天在石缸里蓄满河水,好给住店的牲口饮用。

九州商会会馆的修建工程暂时停工,酷热的天气连狗都不愿意动弹。往年聒噪的蝉压根儿还没来得及出声,就被活活闷死在干燥的土层里了。树荫遮盖的窑坪廊桥上,几个无处可去的老乞儿慵懒地躺在木桥面上,大多时候都在酣然入睡。

肖善人也混迹于这些乞丐之中,仰躺在桥栏边,让热风掠过身体。他不再说话,懒懒地睡着自己的大觉。每天的荞芽熬杂面粥喝得他和其他人一样没有脾气,他甚至不想动一动,白天黑夜地睡在桥面上,有时候听听睡不着的人们说一些不着边际的闲话,他会无缘无故地嘿嘿自笑几声。但是,他们谁也没有心思去理会别人。

何炳章带着团丁从桥上走过,居然没有谁理睬他们。何团总有些不高兴了,他看着乱七八糟的脏兮兮的腿脚,说:"这些人吃饱了就这样睡下去吗?"

跟在身边的吴生瑞凑过来说:"还不如给这些人供饱吃食之后,让他们修葺后街背上的关帝庙。你没看看关帝庙虽然还有香火,但已经破败不堪了。"

何炳章说:"此事好是好,就是少了领头怕不好办,没人肯操心啊。"

吴生瑞紧走几步,跟上何炳章说:"我领不好这个头啊?"

何炳章看看吴生瑞,说:"不是怕你领不好这个头,而是眼下这个光景,人心不齐啊。少东家你四下里看看,树叶都要落光了,谁还有心思干活呢。"

吴生瑞说:"越是这样一个光景越是好弄。"

何炳章满脸疑惑:"越是这样一个光景越是好弄?商会会馆修建都停了,关帝庙还怎么修?"

吴生瑞笑了一笑说:"你不明白。"

何炳章说:"又不是做生意,我还能有不明白的?"

吴生瑞说:"万事同理,做生意和做其他任何事情都是一样的。"

何炳章说:"你倒是说说眼下这般光景,你有啥好办法修葺关帝庙?"

吴生瑞说:"把今年的大旱全赖给神灵,我只说修葺关帝庙我们要祈神求福,做功德结善缘。另外参加劳动的每天中午除菜粥再加一个杂面馍馍,三天管一顿稀面条。我就不信没人肯搭理这么个事情。"

何炳章点点头，说："到底还是少东家会来事情，我们是想破脑袋都想不出做这件事情居然会是这么简单。"

吴生瑞说："听起来简单，当然还得费点心思的。这一点事情何老爷你就别问了，我不方便告诉你这些的。"

何炳章点点头说："都说商人嘴里没有实话，看来此话一点都不假。"

吴生瑞蹙着眉头喊冤："我敢在何老爷跟前说假话糊弄你啊？就是这些手段你不晓得也罢，反正我把修葺关帝庙的事情弄得漂漂亮亮的就行，你就等着回来看重开山门吧。"

何炳章说："那我就等着，看你咋能把事情弄漂亮。"

吴生瑞说："天干火着的，窑坪还能修葺关帝庙，还能吃饱肚子，这不是很漂亮的事情吗？"

何炳章说："你还就指望着天干火着的在窑坪修修关帝庙、让人们今年能吃饱肚子就可以漂亮千年万年啊？我的意思啊，谁能让这些个没事情可干的人们起来，也都做一些事情，窑坪这么大一个地方，这么多事情还能让他们这样一直睡下去，就这样一辈子等吃等喝啊？"

吴生瑞叹口气，说："我就一商人，还能怎么着啊！说实话，还不是学修时候的办法！"

何炳章说："我也是，说这些有啥用呀。我们都是谁啊，能做多大个事情呢？能给这么些人吃个肚子饱，已是一件非常不容易的事情了。四十里的窑坪河，恐怕就你吴家可以做到。"

吴生瑞说："这个主意还是王世奎王大掌柜想出来的，我们吴家只是出了一些粮食。"

何炳章若有所悟，说："我就应该想到王世奎，他是我们四十里窑坪河的一个人精，这世上就没有他想不到的事情。"

吴生瑞说："还是他肯想肯干，也见过世面。有句话怎么说来着——王世奎睡着都比我们醒着强。"

何炳章哈哈笑了，说："那你是抬举他了。话说到底，你终究是九思堂的少东家，他再厉害，还不是德胜堂的一个伙计？"

吴生瑞也笑了，说："可是，你啥时候看见德胜堂有谁把他当伙计看了？老太爷在着的时候，口口声声地叫三儿！"

何炳章换了脸色，神秘兮兮地把脸凑到吴生瑞耳边，悄声说："我 tingshuo 前两天王世奎又去了汉中。听说现如今天下大部分民众困苦，吃不饱穿不暖的，哪里都是盗贼四起，难求平安。他王世奎一介书生，手无缚鸡之力，徒有口舌之利，却能如此畅行于窑坪和汉中府之间，我看，玄之又玄。"

吴生瑞说:"王世奎聪明敦厚,历来是有惊无险,不会有啥事情的。"

何炳章一脸的鄙夷神色,拍拍腰里的手枪皮套,鼻子里哼了一声,说:"现在啊,就这个管用。人的肚子都空着,光嘴巴会说顶个屁用。命都快没了,听人说说好听的话能当饭吃啊?我不相信谁看见银子不会动心!"

吴生瑞略略有点犹豫,想了想说:"有些事情,难说。"

何炳章说:"你不爱银子?你不爱银子还做那么大的生意做啥?"

吴生瑞微微一笑,说:"你不会明白。"

何炳章说:"我怎么会不晓得?我连这么点点事情都不晓得怎么能当上白马关戍城团总,又怎么能背上洋盒子?"

吴生瑞说:"我们之间多少还是有些不同的地方,你看不透我,我也看不透你。这不像我和王世奎之间那么明了,我们之间不论谁做了啥事情都没有那么要让人费脑筋。"

何炳章大惑不解:"我觉得,你们做生意的人才让人费脑筋呢,整天就琢磨着赚钱的事情,那才劳神。"

吴生瑞的目光追着一只耷拉着耳朵的癞皮狗转过一处店铺墙角,看见那个墙角突兀地拐出来一个人,居然是粉袖绿裙的醉香楼菊香。菊香并不和他们说话,袅袅娜娜地向廊桥边王世奎家的木楼走去。

他们谁也没有看见,菊香手里提着三块包着油纸的当地叫作灰豆腐的食物,这种灰豆腐其实是包谷做成的糍粑,是实实在在的粮食。灰豆腐的制作颇费功夫,先要把包谷用灰水浸泡,泡透了才用手磨磨浆,熬煮成稠浆,冷却成型,再上蒸笼蒸制。

灯草吃荞芽也有好多时日了。菊香不止一次地在看见灯草领着王永成到后沟采荞芽,大篮大篮地提回家里。她甚至去灯草的楼上看过,小艾和王永成老是跟在灯草的屁股后面喊饿。灯草家的案板上,团着几个翠绿的荞芽菜团子。

菊香上了楼,灯草正在楼门口端着一簸箕豌豆拣里面的杂物。看见菊香,灯草热情地叫了一声:"菊香妹妹,你今天怎么来了?"

菊香很高兴,亮了亮手里的东西,说:"姐姐你看,我拿啥来了?"

"糍粑!"灯草一时惊喜,眼圈一下红了,说,"妹妹你这是……"

菊香说:"这是从郭家坝弄过来的……世奎哥哥不在,你们也都受苦了。"

灯草说:"受苦的又不是我们一家。你不晓得,我们东家也都吃荞芽接济着呢。这样的年成,没有谁不受苦的,我们窑坪没吃草根树皮已是不易。"

菊香想引开话题,就笑着说:"灯草嫂子受了世奎哥哥的影响,说出来的话也是文绉绉的。有啥易不易的,还不是一天天过来了?"

灯草也笑了,说:"就是啊,即便是你世奎哥哥在,难不成我们母子还不吃

277

下篇·窑 坪

荞芽菜了？"

菊香放下手里的糍粑，说："嫂子，这个顶饿，是粮食。"

灯草叹口气说："这年月啊，就粮食还顶事。"

菊香说："我都没见过这样的事情，都不晓得要做一些啥才好。"

灯草说："谁想见这样的事情啊，谁也不想。"

菊香说："荞芽虽然可以填饱肚子，但是到底不是正经粮食。我们大人倒还可以，让孩子们吃那些东西，叫人看着难受。"

灯草说："不论谁吃那些东西，都叫人难受。你想想，谁不是亲娘怀胎十个月生下来的？谁不是吃娘奶长大的，谁不是有血有肉的人啊……遇上这样的事情，我们只要能够活下来就是福气。"

菊香捏着一个荞芽菜团子，轻声说道："嫂子，谁也没有你大气，谁也没有你想得开。"

灯草说："我这不是没办法嘛！"

菊香说："嫂子你不是没办法，你是顾着世奎哥的脸，你不想给他抹黑。"

灯草说："我哪有啥办法？窑坪能保全到这么一个样子，已是很不容易了。谁晓得外面情况到底咋样了呢。你没看见流落到窑坪地界上的逃荒人老老小小的那么多，也不晓得世奎他是饿着呢还是饱着。"

菊香喷喷着说："你就是又惦记家里又惦记外面的，操不完的心。我没法和你相比，我是一个人吃饱全家不饿。一辈子真心真意地爱过一个王琰，可是我没福气和他过完一辈子……看看你，我是又愧又羞，整个儿是行尸走肉，没心没肺的，能算个啥呀！"

菊香说着说着就哭了起来，灯草伸出纤纤素手抚着菊香的肩头，说道："都是各人的命，你不要自责。好歹都是命运，怎么能怪着你呢。菊香，你看看嫂子，一辈子也跟了两个男人，受苦受罪的劳碌命。不是有句话说女子都是菜籽命，撒到哪就得在哪发芽吗？菊香，这些，都是命。"

菊香使劲地点头，说："嫂子，这些我信。但我不敢和你比。"

灯草的眼睛红了，说："你没必要和我比，你就是你，你那么善良，那么漂亮。我上辈子欠了王世奎的，这辈子是来给他还债的。"

菊香擦着眼泪，不好意思地笑了说："看看，我们这样子是怎么啦？！"

灯草说："其实呀，我们能在窑坪这个地方过一辈子，也是修来的福气呢。"

菊香说："嫂子，你的这句话我也信——我就爱窑坪这个地方，这里好人多。"

刚在笑，小艾从她的闺房里出来看见了菊香，叫着姨姨，说："姨姨，小艾真笨，昨天我弹奏琵琶时，忽然又忘了音阶宫商角徵羽的转换，弹出来的音色干巴巴的，一点儿也不好听。"

菊香说："过来姨姨教你。"

菊香接过小艾的琵琶，先是调弦试音，叮叮咚咚地弹拨之后，手里的琵琶调角转徵，按宫引商，曲愈清而大雅，弦渐冰转平臻。小艾连声说好，问菊香说："姨姨你是怎么弹的？这么好听。"

小艾说："这一曲《旱船调》并不比《高山流水》差。你按古法严格习琴，心到神到，眼到手到。待你指法娴熟，自成一气。千万不可强求。"

小艾说："姨姨你就把这曲《旱船调》弹奏一回吧。"

菊香点点头，微闭双眸，眉头紧蹙。只见她微微吸气，轻动玉指，骤然之间，叮叮咚咚几下急促响声，如同夏日里雨打芭蕉一般，曲调昂扬，再由羽转宫。本是琵琶独有的金盘落玉之音，让人清心明志的节奏，竟然被菊香弹出了滔滔江河的声音。再转，高山松涛，涧溪潺潺。又转，终于是郎呼妹应，情意绵绵之音如泣如诉……再看菊香，长长的眼睫毛上挑着大颗大颗的泪珠，在跳，在颤。

灯草晓得，菊香是又想起了王琰。这曲《旱船调》是王琰教给菊香的。

灯草端过一碗稀粥给菊香，说："妹子，实在不想回醉香楼住的话就搬过来，也好给嫂子们做个伴。"

何炳章带着团丁回窑坪，心里多少还是有些优越感的。自己腰里的盒子无端地让他心里生出许多豪气来。走过窑坪街时，他挺胸叠肚，身上的官家服饰一直是他得意的底气。他总想着有啥机会来吃喝支使跟在后边的团丁，来显示和炫耀自己的团总身份。

何炳章是不用吃荞芽的。再大的饥荒，官家人都不会挨饿。捐税收上来还不都是给官家人用的吗？何炳章是深谙此道的，要不他才不会丢开繁华的窑坪，去白马关做一个戍城团总的。

回到窑坪，何炳章一方面是想回来看看，一方面是有一种荣归的虚荣心作祟。他每次回到窑坪，都有一种衣锦还乡的感觉。他不管吴家有多大生意，也不管李家有多少产业，也不管肖家的土地上产了多少粮食，他看重的是自己走过之后那些羡慕和敬畏的目光。

有这些目光就够了。走在窑坪街上，用眼角睃视着这些目光，何炳章的感觉就好似喝横川烧酒醉了一样惬意。

大灾中，窑坪的繁华还是受到了一点影响。何炳章不晓得，张义好几次到窑坪，都只是赶着马帮驮走了吴家粮囤里的粮食。张义透露给吴久霖的信息，说是干旱之地不只是窑坪周围，一路走来，到处都是饥民。一出西和地界，全陇西早已是赤地千里。冒烟的黄土沟壑后面，说不定啥时候就有一帮马匪吆喝着钻出来，又抢东西又抢牲口，枪子儿嗖嗖地打在路边的灰土里，不由你不舍财保命。镖局也是，许多镖师都做了马匪，也有镖师和马匪互相串通一气的，走马帮已经是全凭运气了。

可见，世事已经变得叫人害怕起来。窑坪之外，谁也不晓得还有啥事情每天

下篇·窑 坪

在发生。

嘉陵江水道已经矶石显露阻滞不通，来回四川的货物，不得不完全依靠背脚子了。这一年，窑坪河的背脚子从短途运输的角色开始加入了长途运输的行列。

略阳的码头，没有了船舶来来往往的影子。岸边停泊的货船，船头都被埋没在河沙里面，清浅的嘉陵江水，留恋地绕着从船边流过，却再也托不起空空的船壳了。

何炳章不晓得这些，他根本不用惦记这些事情。每天三顿饭，缺谁的都不可能缺了白马关戍城团总的。他回到窑坪，也不是纯粹来体察民情的，体察民情轮不上他一个团总。他是回窑坪老家看看。

他想见王世奎，王世奎不在。他想见赵益帮，赵益帮也不在。

陪他转悠的，就只有吴生瑞。这个不到三十岁的年轻人，商人气比王世奎和赵益帮都重了一些。但是何炳章和吴生瑞走在一起，还是不能无所顾忌。

粮食是一个敏感的话题。但是眼下这样一个情况，不说粮食说啥呢？吴家囤粮的高台是一个惹眼的地方，每次开囤的时候，吴家都要关掉所有的店铺，集中人手来以防发生意外。

何炳章看不起吴生瑞。对吴家，他心里只佩服老东家吴久霖。吴生瑞跟着他在窑坪街上溜达，他看吴生瑞的眼神就和看他的团丁没有区别，他觉得吴生瑞也就是给九思堂守着高台上的粮仓而已。虽然吴生瑞命好，生在了老东家家里，但说到底还是没有王世奎泼辣大气。虽说王世奎只是德胜堂的大掌柜，是李家老太爷收养的三儿，但他在窑坪德胜堂的产业中却是谁也没法替代的。

甚至，整个窑坪的生意中，何炳章都看重的是王世奎。

何炳章头也不回，问跟在身后的吴生瑞："你倒说说，王世奎会在啥时候回窑坪来？"

吴生瑞说："王世奎那么一个会做生意的人，一时半会儿怕回不来。"

何炳章也不理会吴生瑞，只顾自己说话："三五天，王世奎一准回来。"

吴生瑞说："天干物燥的，王世奎生着那么一双专会看生意的眼睛，他哪里还会轻易回窑坪。说不定他现在已经自己开始做啥大生意了呢。"

何炳章说："你说错了。我晓得王世奎不但会做生意，还是一个讲情义的人。他一旦晓得窑坪的情况，不会不回来的——窑坪的事情他也不会不晓得。"

吴生瑞想了想，说："这个我信。那年年底大雪封路，他一路从汉中府赶回窑坪，耳朵都差一点点冻掉了。只要是他拿定主意想要做的事情，根本就没有啥可以难住他的。"

何炳章说："看起来，你还是了解王世奎的啊。"

吴生瑞说："其实，我们九思堂的好多生意，还都是王掌柜给撺掇的呢。"

何炳章也不惊奇，说："如果有一天窑坪的掌柜和东家都像王世奎般开通，

窑坪就是一个铁箍的生意地了。"接着点头不止，"不容易啊。"

吴生瑞一时不明白何炳章说的不容易是指啥事情，但又不好细问，就带着疑问跟在何炳章后面。跟了半天，忽然记起啥似的说："我看哪，王世奎要是回来早就回来了，用不着还要三五天。"

何炳章疑惑了，回过头看着吴生瑞问道："说明白点，你倒是说说，王世奎心里想的是啥，你说的又是啥。"

吴生瑞说："也不是我们想不到，是我们谁都不愿意那么想。天旱的又不是只有我们窑坪，从汉中府到我们这里的路上恐怕也不是很太平。"

何炳章一愣，连忙说："啊呀，真的还说不上。生瑞呀，说不定世奎真的遇上啥事情了。"

吴生瑞想了一想，说："我是那么想的，但是心里又想着应该不是我想到的那个事情。"

何炳章问："你想到的是啥事情？"

吴生瑞说："啥事情我说不好，说出来也复杂。这人心里啊，心里一直扑通扑通的，也不晓得怎么了。"

何炳章说："你呀，就是心里惦记着王世奎，老怕有啥事情落到他的头上。"

吴生瑞叹着气说："咋能不惦记啊，窑坪就这么一点点地方，低头不见抬头见，谁还能忘了谁呢……都是我们没出息。"

何炳章说："不是谁有出息谁没出息，我们互相有个惦记，本身就是一件很好的事情。"

吴生瑞说："所以我就担心王世奎，但愿他们不会有啥事情。"

果真如吴生瑞的预料，王世奎已经开始从汉中府往窑坪走了。他也真的晓得窑坪河的旱情，虽然不太清楚，但是他估计窑坪可能已经是饥民遍地了。他甚至不止一次地想到小艾和王永成由于饥饿而缠着同样饥饿的灯草哭闹。

沿着汉江向上，走出沔县在沮水分路处，果见沮水小了许多，王世奎的心一下子提到了嗓子眼上。他无法预料窑坪的情况到底是啥样子了。

急急忙忙赶到渡口，已是傍晚时分。

摆渡的船家是一位老人，已经歇息下来了，任凭王世奎苦苦哀求，老人家都不为所动。眼下的沮水浑浊干瘦，河道里到处都是浑圆的石头，缝隙里生出一些绿绿的草，在夕阳下的河风里轻轻摇摆。

王世奎望着荒凉的渡口，不得不摇头叹息。

摆渡的老人看了一眼茫然而又焦急的王世奎，又一次低下头去闭目养神。仿佛这些急着渡河的人马，与自己无关。王世奎拿出两块银元，说："老人家，我们多给你钱，就麻烦你渡我们过去吧。"

老人家眼都不睁，说道："眼下，要钱何用？"

王世奎说："你就行行好吧。"

摆渡老人还是不肯睁眼，说："眼下，行好又有何用？"

王世奎不禁哭了，用袖子擦着眼睛说道："得知家乡旱灾，本来归心似箭，哪晓得一条小小的沮水，就这样隔断了前程。"

摆渡老人还是不睁眼，说："到了这里，就算你归心似箭又有何用？"

王世奎连连拱手，说："但求你老人家发发慈悲，渡我们过河……"

话未说完，摆渡老人摇摇头打断王世奎说："路在你的脚下，求我何用？"

王世奎不知摆渡老人的话意，指着泛浪的沮水河，茫然地说："河水滔滔，没船怎么过河？！"

摆渡老人猛地睁开眼睛，犀利的目光射过沮水，说："后生，你没过河，怎么晓得没船就不能过河？"

王世奎心里一震，晓得摆渡老人不是泛泛之辈，连忙举步向前双膝跪地施礼，叩头说："晚辈愚钝，但求老人家明示。"

摆渡老人指着河水宽阔之处，说："水落石出处，你不见沙滩缓流吗？你不要怕宽阔处多涉水域，其实那里才是最为浅显。我看后生也是个有心人，又见你们人多过河心切，也就给你指一条最为实用的途径过沮水去。我这样一条小船，一时怎能渡你们这些人过河？最快也得三两个时辰，哪有同时徒步涉水快捷！"

王世奎这才恍然大悟，再一次谢过摆渡老人。摆渡老人呵呵笑道："同船过渡也讲究个缘分，看来，后生和我老朽也是无缘同船过渡。"

王世奎一时语塞，只觉得喉头哽咽。看着骡马驮队已经过河，把手里攥着的那两块银元恭恭敬敬地放在摆渡老人的脚边。老人看着站在船上的王世奎，说："我又不曾渡你过河，何故要收你钱财？"

王世奎说："老人家指出一条大路，堪比渡我等过河。"

摆渡老人哈哈大笑，说："我哪里指你一条大道了？你可看好，我这渡口，就此一条渡船渡河，此外哪里有啥一条大路？我问你，你可看见一条大路了没有？"

王世奎晓得老人家不肯收下这些钱。再想想以前每至渡口，都要受人掣肘，不由得感慨万千，又一次泪如泉涌。

摆渡老人过来拍拍王世奎的肩膀，说："年轻人，我看你也不是纯粹的商人，闲话休提，快快收拾过河去吧。你不看，他们已经都在河对岸等着你呢。"

"我是一个不太合格的商人。"王世奎擦干眼泪，再一次施礼央求："老人家，你就渡我一回吧。"

摆渡老人又笑了，爽朗的笑声惊飞了栖息在岸边石缝里的一对水鸟，"看起来，我们俩还是有缘分的。掌柜您坐好，我这就起篙了！"

夕阳的余晖里，一条小渡船，慢悠悠地滑过波光粼粼的沮水河面，向着对面

的河岸上划去。船上，摆渡老人和王世奎都爽心地笑着。

没有谁晓得他们还说了一些啥。

一过沮水，对岸就是茶店驿，王世奎之前在这里也没少停歇。那些大帮的驮队每到沮水茶店渡口，都要在茶店驿安顿下来，原因是上下几十里的地界上都没有足够大的骡马店住宿。东南往汉中府的方向是七里店，西北往略阳方向是五间桥，都只是有几户人家、几条通铺、几间马棚的小庄户，人和牲口一多，就有些照应不过来。帮口稍大一点的商队必须在茶店驿打尖歇脚，第二天早早赶路，到夜间刚好下行到沔县或者上行到峡口驿。

茶店驿还是那个样子，沿着窄窄的青石板路两边都是两层的木板房，门窗和柱子上油漆都已经斑驳了。也有几家小店铺，经营着油、盐、酱、醋、茶叶和针头线脑这些日用品。

到上街头老余家大脚户店门口，老余颠颠地迎了出来。王世奎问老余头："店里可有牲口硬料？"

老余头说："有刚备的杂色小豆。不瞒掌柜说，这个时候这些东西人都吃不到。"

王世奎说："弄些干净的水来，晚上的夜草要给牲口弄足……"

老余头不等王世奎说完，点着头说："掌柜放心，就是我老头子不吃不喝，也要给您把牲口侍弄好了。"

王世奎叹着气说："可不敢耽误了啊。"

老余头灵省地答道："您就好吃好喝好睡吧，剩下的事情有我呢。"

第二天天色微明，马帮已经整好了驮子准备启程。

王世奎一夜未曾合眼，老早就起来洗漱完毕，草草吃了一口面皮，连菜豆腐汤都没喝。门外传进来人喊马嘶的声音，让他纷乱的思绪归拢到早日赶回窑坪上来。他强打起精神来到门外，忙着指挥给牲口上驮子的李进才看见王世奎出来，就上前说："马上就好了。"

王世奎看着同样疲倦憔悴的李进才，说："慢慢来，也不急这一时半会儿的。"

李进才笑笑，说："话是这么说，可是不急才怪呢。大掌柜你自己是不晓得，这些天来你都苍老了许多了。"

王世奎说："苍老了许多也不是这几天的事情，都说岁月不饶人呢，这话一点都不假。"

李进才不觉眼圈就红了，说："还不是操心操的！"

王世奎说："我这天生就是一操心的命。不说这些了，赶紧启程赶路吧。"

李进才清清嗓子，站在头骡跟前，扬起鞭子甩出一声脆响，紧接着吆喝一声："嘚——起——走了——"

下篇·窑 坪

经过历练，李进才已经老成了许多。

这个清瘦的年轻人已经不是只会出谋划策了，面对各种商业问题，他都可以独当一面。

中午，马帮过了杨家坝，就进入了密林峡谷。这里遍地是铁矿石，山路上峭壁万仞，怪石突兀，道路险绝。幸而眼下干旱使得草枯树焦的，盘山的路倒显出少有的宽阔来。牲口都很卖力气，扬着脑袋吭哧吭哧地你追我赶，背上的货物很沉，压得满身都冒着汗水。

渐渐地树木阴翳起来，感觉也有了一丝凉风。走到一处平坦之地，李进才招呼大家停歇休息。忽然隐隐约约有臭烘烘的死尸味被风吹了过来，接着就有小解的伙计大呼小叫地跑了回来，满脸惊惧的神色："不得了啦，一大堆死人。"

众人皆惊，纷纷起身看着跌跌撞撞跑回来的伙计。有胆大的过去看了，黑着脸回来，说："好像是一家母子三口，尸体叠在一起，最小的娃娃把嘴拱在妈的怀里……像是还在吃奶……看不下去！"

王世奎闻听这一句，心里蓦然感到沉重无比。不论这一家母子死于何种原因，但是这个场景本身就是一个催人泪下的。他不想去看，也没有足够的勇气去看母子三人尸体叠在一起的惨象。最叫人疑惑的是，这荒山野岭上怎么会有女人和孩子抛尸于此呢？

王世奎心里一阵战栗，他不由得想起窑坪廊桥边上的灯草和小艾、王永成，不晓得现在他们母子情况怎么样了。他一步也没敢挪动。据眼下的情况推测，最大的可能就是这是逃荒的母子，磕磕绊绊地到了这座前无人烟后无村舍的大山上，终于饥肠辘辘体力不支，从此就再也没有站立起来……王世奎是这样想的：要不是逃荒，孤儿寡母的跑到这山林里干啥呢？

他挥挥手，叫来李进才，让他喊几个人去想办法把母子三口给草草地埋了，以免被鸟雀和野物弄散了死尸，叫后面过路的人看了也心里不落忍。

李进才虽然也不忍去和母子的尸体照面，但他看到王大掌柜悲痛凄楚而又消瘦的脸庞，心里还是隐隐作痛，不得不点头答应下来。汉中府的生意风生水起，都是在王世奎大掌柜的照料之下一点一点做起来的。事无巨细，王世奎呕心沥血都是亲力亲为，不分白天和黑夜。一段时间下来，王世奎原本乌黑的头发居然夹了许多的银丝，脸色也显得苍老了一些。

此去略阳路途尚远，更不要说到窑坪了。李进才要王世奎带着马帮前面先走，他留下四个壮年汉子和他一起掩埋母子三人的遗体。王世奎吆喝起马帮，然后转身叮嘱李进才说："不要急，坑要弄深一点，盖厚实一点，山上野物多。我在前面等你。"

李进才说："大掌柜你就放心先走，我们一定想办法让死者入土为安。另外你也不必等我们，我们都是净身子，没拖累，走路快，能赶得上。"

王世奎带着马帮走入密林之中，没了身影。只留下马帮清脆的铃声叮叮当当地洒了一路，最终渐渐远去了，消失了。

莽莽苍苍的山林最远处，隐隐约约地看见的那座山峰，就是必须要翻越的煎茶岭。

追上马帮，已经是黄昏时分了。西渠沟的溪水已经断流，口干舌燥的马帮只好赶到何家崖，在大河边饮水休息。李进才他们身上的衣服都被汗水浸透了，干热的河风吹来也感觉不到一点点的凉爽。走到河边，他们争先恐后地连衣服扑到河里，仰面躺着，让细细的水流一寸一寸地抚摸着肌肤。

河边的柳树，嫩枝嫩叶都被过路的逃荒人采食殆尽了，胡须一样漂在水里的气生根周围，长满了藻类。水是热的，看不见小鱼小虾。岸上，水草都被割得干干净净的，有些地方连根都被掘走了。李进才很难想象，这些东西居然也能够被饥饿难耐的人们用以添充肚子。

他想起刚刚掩埋了的母子，如果有几口水喝，如果还有一点点力气，他们也许不会死在山林深处。人有时候是在死亡线上挣扎着想活命，结果往往就会不知不觉地走回到死亡，甚至更快更直接。

啥叫命？这就叫命，根本摆脱不掉的就叫命。

李进才没读过多少书，但他跟了王世奎多年，受王世奎影响很大，虽不知书却也达理，学会了遇事先为他人谋。他生性善良，做生意讲究缘分和情谊，这是王世奎最为看重他的原因之一。这个二十岁左右的小伙子，王世奎有意把汉中府的分号的生意交给他，让他在那里当分号的大掌柜，只是觉得他还年轻，怕他遇事不够冷静。

这次回窑坪，王世奎本想叫李进才留在汉中分号，但想到灾荒面前，汉中府的生意根本不算啥，就叫李进才跟自己一起回窑坪去。汉中府伞铺街上真惠堂的赵益帮和九思堂汉中府分号的段建成也想回窑坪，可是临到走的时候，却都舍不下汉中府的生意，说暂时就不回了，托王世奎帮忙带几匹牲口驮子回窑坪。王世奎不便推脱，便欣然应允了，收拾停当之后，带上李进才赶着三家的马帮往窑坪回来。

傍黑，又翻过一个小山垭，人和牲口都非常疲惫。王世奎看到人困马乏的，想到前面不远就是亮马台，那里有一个比较大的脚骡店，干脆到那里过夜最好。就喊李进才过来，让他前面走，到亮马台去打前站，弄好夜里的饭食。

李进才已经缓过气来，正坐在一块滚烫的大石头上拧着衣服。大热天，钻到水里这么一洗，身上到底舒服了。听见王世奎叫他的名字，李进才一边高声答应着，一边急急忙忙地穿上还在滴水的衣服。王世奎问李进才还记不记得亮马台霍家店，

下篇·窑 坪

李进才回答说记得，不就是那个霍大麻子的脚骡店嘛，我还记得他家的浆水泡馍好吃呢。

王世奎笑了笑，说："那你就快点先头去霍家店招呼，我们随后也就到了。"

李进才答应一声，说："那今天的晚饭就吃浆水泡馍。"

王世奎笑道："你啊，就晓得浆水泡馍。"

李进才接过话头说："又不是没听说过这么一句话——上山下河，浆水泡馍。馍馍噎死，浆水救活。"

王世奎说："你就快去吧，见了霍掌柜，就说窑坪德胜堂的王世奎随后就到，麻烦他给牲口找点硬料，明天好早起赶路。"

李进才拍拍身上的湿衣服抬脚就走，王世奎赶上几步，叮咛说："眼下，别的不怕，就担心牲口的硬料跟不上。"

李进才说："大掌柜，我晓得了，一到霍家店我就提你的名号，让他想办法。"

王世奎转身对着满河滩休息的伙计们说："今天不急，大家在这宽敞的河坝里洗洗身上的汗渍，好好歇息。由此不出三五里就是亮马台霍家脚骡店，牲口放屁的工夫就可以到了，晚上吃完饭也要早早歇脚，明早天不明就起来赶路。趁凉好走，人和牲口都轻松。明天晚上，我们就可以到接官亭驿了，赶赶说不定可以赶到阁老岭呢。后天晚上，咋说都到了略阳城了。"

第三十七章

　　略阳城的嘉陵江码头水位已经降到江心，露出了沙滩。东门外的江神庙大门紧闭，原先在门前接踵叫卖的小贩不见了踪影。江神庙里那十几棵虬枝嶙峋的千年古柏相拥着伸出些枝叶，给嘉陵江边的这个小城遮出一片阴凉来。

　　王世奎赶着马帮从李家院方向往城里来，老远就看见了那一簇古柏树。李进才的意思是马帮就不进城去了，直接渡过绕城的八渡河河水从象山嘴赶到横县河渡口歇息下来。王世奎也同意李进才的提议，一是天色不早了，二是觉得进略阳城也没啥事情，故而没有进城的必要。可是，一些伙计却要求去略阳看看，顺便给家里买一点东西带回去。

　　李进才略略迟疑了一下，还是看了看王世奎。王世奎虽然满脸焦急的神情，面对伙计们，他还是点点头说："进城吧。"

　　伙计们一阵雀跃，王世奎晓得他们的想法不尽相同，给家里买东西大多都是借口。脚户们风餐露宿非常辛苦，一到繁华之地就迈不动步子了，烟花柳巷深处的莺声细语是看不见的手，软软地就扯住了他们风尘仆仆的衣袖，再也挣脱不开。

　　找到一家脚骡店住下，牲口驮子收拾停当，还不见夕阳下山。一些伙计早就不见了踪影。王世奎和李进才相视一笑，就踱步走出脚骡店，往街衢上走去。

　　略阳紧依着嘉陵江河道，距离窑坪也就三五日的路程。从这里走水路，顺流而下可从广元至成都，也可以由嘉陵江至重庆进入长江航道远通吴楚。逆流而上，则可越白水、渔关。陆路四通八达，实为水陆交通之要道，也是陕甘川货物集散的大码头。

　　王世奎和李进才到了街上，却看不见想象中的繁华景象。这多一半原因就是旱灾，人们连肚子都吃不饱，哪里还有心思置换那些没用的东西！此外，嘉陵江水道阻滞不通，来往的客旅也就稀少了，人们都躲在自己的家里，自己愁自己的事情。

　　街上的冷清，让王世奎有些失望。记忆里的略阳城人山人海，吆喝买卖的声音一浪高过一浪，堆在码头上的货物，从来就是装运不完的。可是李进才看着眼下的略阳，老是觉得还没有窑坪繁华。他虽然这样看，但却没敢把这话说出来。他想起一件事来：略阳城今天都是这般萧条的光景，不晓得窑坪现在到底会变成一个啥样子。

　　王世奎越走心里越慌。沿着八渡河绕着城墙转了一圈，又穿了几条街巷，巴望着能够遇见一半个熟人，也好打问一下窑坪最近的情况。一直到了西街什字，才在一棵老柳树下的阴影里看见了蹲在道边卖干菜的老郑。老郑是郑湾孤寡老人，常在窑坪和略阳之间做一些别人谁也看不起的小买卖。比如几颗鸡蛋啊，别人选

下篇·窑 坪

下来的品相不好的一筐柿饼啊，几斤小药材啊……他也弄一些针头线脑的回窑坪在周边庄户里买卖，就图个成本小，赚个脚力钱。

老郑认识王世奎，王世奎也认识老郑。老郑常到铺子里打烧酒，一次一两，打到酒就一口喝干，喝干了付钱，付完钱就走。好几次王世奎都想着和他打一声招呼，可是老郑总是喝完酒之后放下酒盅就走了，一脸谦卑的表情。现在在略阳忽然相遇，王世奎老远就吆喝柳荫下卖干菜的老郑。老郑诚惶诚恐地站起来看着一路疾走而来的德胜堂大掌柜王世奎，一时不晓得该说句啥话。

王世奎问起窑坪最近的情况，老郑说还是那个样子，只是萧条了很多。王世奎问旱灾，老郑说："窑坪还好，都能吃饱。"

李进才不相信，问："干旱好几个月，别的地方都饿死人了，窑坪还能吃饱？"

老郑吭哧吭哧地清理完嗓子说："真能吃饱。"

李进才睁大眼睛，又问："吃啥？"

老郑说："后沟的地里种了荞芽，掺着粮食吃。"

王世奎说："那吴家高台上的粮仓呢？有没有谁放粥舍饭？"

老郑说："听说老吴家的粮食都卖给外地人了。"

王世奎的眉头不由得一蹙，问："那还有啥办法顾及逃荒的人们？"

"很少有逃荒的人来。"老郑说，"听说何老爷带着团丁守在窑坪，不让外地逃荒的人进来，说是扰乱治安。"

"你咋啥都是听说啊。"王世奎听完很是气愤，说："逃荒的灾民到了窑坪，地方上不主动帮助渡荒，还驱赶人家，传出去成啥了？不说我们出去没脸见人，往后谁还肯到窑坪来？"

李进才也有些急了，跺着脚说："只顾肚子，不顾羞丑。何老爷咋能做这些事情呢！"

老郑说："人家何老爷有权有枪，吴老东家有钱有粮，窑坪的事情现在还不是人家说了算？"

王世奎说："由他们这样算下去，窑坪还能有好吗？今后任谁提起窑坪，都会讨来一片骂声。"

老郑说："连着都好几次灾荒，窑坪又舍衣服又舍饭食的，救了人命也落下了好口碑。现如今，堵着大门口不放人进来，已经有人骂开了，说我们窑坪为富不仁，悄悄地关起门做一些见不得人的勾当。"

王世奎叹息道："他们如此做法，等到灾荒过去，看还有谁肯到窑坪街上来！"

李进才到底年纪小，沉不住气，一下子脸色都变了："他们的眼光怎么看那么近啊？怎么看怎么像是一个势利的老财地主。还做啥生意啊，干脆关上门守着家业过小日子倒还舒心一些，赚钱赚到黑了心了。"

王世奎嗔怪李进才多嘴，转身又问老郑说："你卖干菜，还行吧？"

288

老郑说："要是放在以前啊，这干菜不算个啥。可是眼下到处都是荒灾，我这一担干菜就值钱啦——有这样一担干菜，可以救十几个人的命呢。"

李进才突然就想起翻越煎茶岭时遇见死了的那母子三人，如果他们有这样一担干菜，也许就用不着拖家带口地出去了，他们可以守在家里煮那些干菜充饥，只要有吃的就能活下去。

王世奎问老郑："你这一担干菜，在窑坪不难弄到吧？"

"这样的干菜窑坪河还是有的。"老郑还是颇有优越感的，他高兴地说："大掌柜你好久不在窑坪，你不晓得我们窑坪真的还不缺吃的。满坡满地的荞芽，割完一茬又长一茬，鲜菜都吃不完呢。"

王世奎吁出一口气说："如此说来，也算有人做了一件好事！只是荞芽性凉，吃久了会闹肚子。"

老郑笑了，说："你哪里晓得，九思堂吴老东家在廊桥桥头煮了大锅的姜汤给来往的人们喝，只是少了一点面食。"

王世奎叹息着说："还是老东家心细。他虽然不执掌九思堂了，但还是处处往大处想，给我们做出了样子啊。"

李进才说："我怎么越想越觉得还是老一辈的人好啊。"

"说啥呢？你是怎么说话的？"王世奎再一次嗔怪李进才，嗔怪完了转身对老郑说："你这就跟我走，明天咱一起回窑坪。"

老郑不愿意，说："我跟你回去干啥？我要在这里卖干菜呢。"

王世奎说："你跟我回去，你就给我每天买干菜。"

老郑说："你要干菜干啥？"

王世奎说："回去了你就晓得了。"

老郑说："我不回去，我这一担干菜还没卖完呢。"

王世奎说："你这一担干菜我买了还不行吗？"

老郑说："我不信。你才不会要这些干菜呢。"

王世奎说："你怎么不相信我啊，我能骗你吗？你这些干菜，我说要了就要了，你要不相信我现在就付钱给你。"

老郑虽然还是半信半疑，但他只好点头，说："好好，王大掌柜说话我哪能不相信啊。谁的话都能不信，大掌柜的话咋能不信啊！王大掌柜先走，我随后就到。"

王世奎说："我就实话给你说了吧，：你跟我回窑坪，我要设棚救济方圆灾民，你就给我多买一些干菜来，和荞芽搭配着吃。"

李进才这才恍然大悟："大掌柜，你千方百计地弄那些白米，把它们从汉中府驮回来，原来早就想好了用场啊！"

王世奎点点头，冷静地说："一听说旱灾，我就记着筹备这些白米。既然都弄好了，就该着它救人济世。我们德胜堂的牌子，不是让它空悬着的！"

下篇·窑 坪

　　第二天不到中午，马帮就渡过了罝口渡。赶到徐家坪后原打算要在那里歇息一会儿再走的，马锅头却说下午天气热，还不如早半天多赶路，下午多休息。王世奎想着也有道理，就同意到猫儿沟歇息吃干粮。

　　刚过明水坝，忽然迎面一群彪悍的马队堵在路上，直嚷嚷要掌柜出来说话。走在前头的李进才走过去打拱施礼，说天干物燥的，大家急着赶路，望大爷们高抬贵手放过驮队。

　　一位大胡子领头人摆摆手，说："小兄弟，你既然晓得天干物燥的，就该晓得兄弟们守在这儿不容易。你说今儿个碰上了，是不是缘分啊？"

　　李进才点点头说："还真是缘分。"

　　大胡子斜着眼睛，问："那么你说，该怎么办？"

　　李进才说："都说到缘分了，那就请各位大哥给个面子，放我们回窑坪。你看看，这一大群人马都赶好几天路了，为的就是早一天赶回去和家人团聚。"

　　大胡子抖抖手里的缰绳，说："那好说。我看哪，你们就卸下牲口背上的驮子，我放你们平平安安回家去。"

　　李进才说："大哥，这话我做不了主。你不看我们千里迢迢赶着牲口为了啥？"

　　大胡子也不理会李进才，高声怒喝："你既然做不了主，就叫你们能做主的出来说话！"

　　"大哥……"李进才还想说啥，王世奎却过来站在李进才前面举手打拱。他接过李进才的话头说道："我可以做主。"

　　大胡子哈哈大笑，看着王世奎说："好啊，那你就卸了驮子，好早早地赶路回家去。"

　　王世奎说："驮子不能卸，卸了驮子我没办法交代。"

　　大胡子不高兴了："我是叫你说话了吗？我说的是，叫你们能做主的出来说话。"

　　王世奎坦诚地说："我就是驮队马帮的掌柜。"

　　大胡子一摸腰里的马刀柄上的红绸子穗，说："那就少废话，快卸了驮子。我想要的是东西，不想要谁的命。"

　　王世奎说："你卸了驮子，就等于要了我们的命，甚至更多人的命。"

　　大胡子左右看看，说："闲话少说。兄弟们，咱自己动手，看看谁敢挡着。"

　　马队里的人纷纷跳下马背，向马帮拥过来。李进才挺身挡在路的中央，厉声高叫："谁敢过来！"

　　王世奎一把拉过李进才，冲着大胡子说："兄弟，我们一路回来，经过大风大浪，也不会在这小小的阴沟里翻船。你要卸驮子可以，我有一个条件。"

　　大胡子举手拦住马队，质问王世奎说："讲，啥条件？"

　　王世奎说："我给大哥也说一句实话，我这些驮子上的都是白米，要运回窑坪设棚救灾。我晓得这灾荒的厉害，想必大哥也是受了灾荒，迫不得已才要劫了我们的驮子。但如果大哥把这些白米也用来设棚救灾，我情愿把这些驮子悉数卸给大哥。"

大胡子显然不相信王世奎说的话，他上上下下打量着王世奎和李进才："你们是谁？"

王世奎说："我是窑坪德胜堂大掌柜王世奎，身后的这位小兄弟是德胜堂掌柜李进才。"

大胡子说："窑坪听说过，德胜堂也听说过，王世奎王大掌柜我也听说过。你倒说说，你叫我怎么相信你就是窑坪德胜堂的大掌柜王世奎呢？你又怎么叫我相信你这些东西是回去设棚救灾的呢？"

王世奎说："同饮一河水，我何必要骗大哥你。如果实在不信，你可以卸下驮子上的白米，我也可以协助大哥设棚舍粥。"

大胡子摇摇头说："我倒不是非要劫了你的驮子，只是我无法相信你就是窑坪德胜堂的王大掌柜。"

人群一时静了下来。马帮后面的老郑这时候挑着他那担干菜冒了出来，擦着脸上的汗水，嗫嚅地说："他真的是窑坪德胜堂的王大掌柜。我本来在略阳贩卖干菜，都被王大掌柜说动，跟他回去熬菜施舍，救济周边灾民。这位爷，你若不信，可以来看看我的担子，这些干菜可是我从窑坪挑到略阳，又从略阳挑到你这里的。"

大胡子愣了，问老郑："真话？"

老郑郑重地点头："真话！"

大胡子："不假？"

老郑："不假！"

大胡子呼哨一声，说："好，我且信你。但你那担干菜你得给我留下，我们的规矩是不放空鹰。"

老郑对扁担和箩筐有些不舍，说："还指望回去用这扁担和箩筐给王大掌柜收干菜呢。"

大胡子听出老郑的心思了，一挥手，说："我还稀罕你这副破箩筐扁担吗？收了筐里的东西，留下扁担和箩筐。"

王世奎惊魂稍定，对大胡子说："大哥……"

大胡子指着王世奎说："不论你说的话是真是假，我今天都当真话听。我不为难你们，但有一点你得记着，我天天在这条道上，说不定哪天还会遇见你王大掌柜。不是我要放你们过去，是这些驮子上的东西要你们回去。你回去果真用这些驮子上的东西救济灾民了，也要算我一份。"大胡子呵呵大笑，手里使劲勒转马头，高声喊道："我今天真留了你的驮子，还得设棚舍粥，我没那时间。"

一切都像在梦里一般，大胡子和他的马队风一样地消失了。

下篇·窑 坪

猫儿沟里传出的山歌怎么都不像是劫匪唱的，还是王世奎熟烂于心的《吆吆妹》：

一把扇儿么吆吆，两面黄来么吆吆，
一面姐来么吆吆妹，一面郎么吆吆。
虽然只隔着么吆吆，一张纸来么吆吆，
就像隔着么吆吆妹，九架梁么吆吆
……。

王世奎猛地摸了一把脸，向着空中打了一记响鞭。

李进才跟着牲口，沿着嘉陵江岸，往窑坪方向走去。往前十多里地有一大庄叫樾木院，那里是窑坪河的出口。到了樾木院，马帮还得甩开窑坪河向南拐进大水沟，顺秦家河往西走秦家坝。再北回往上走几十里路，赶黑可以到鱼池子住一宿，次日翻过分水岭再回到窑坪河，估计傍晚就能回到窑坪了。

到走马岭的时候，李进才看见陡峭的崖壁心里直打鼓。经过猫儿沟事件之后，李进才心里一直发虚。那一次虚惊多亏王掌柜说得好，再者那些劫匪也算是好汉，不是爱财如命的草莽，只听说驮子上的东西是用来救灾的，就干干脆脆地收了手，没有为难他们。可是假如再一次遇到这样的事情，恐怕不会就这样轻轻松松地说几句话就可以走掉。李进才晓得，如果再遇到劫匪，运气绝对不会再那么好。如今到处都是挨饿的人，一口可以下咽的东西都是贵重的救命的吃食，还别说几十匹牲口背上驮的都是白米。

银元可能现在都没用，但是白米却是惹人的，何况那么多的白米。

果然，还没上走马岭，就听得前面路弯处叮叮咚咚滚石头的声音。接着，走在前面的李进才抬头就看见头顶一处悬崖后面冒出一群人的脑袋。那些冒出来的脑袋，看着下面的马帮大呼小叫起来："留下驮子，让你们过去。"

李进才急忙让马帮停住，上面的人也住了手。那些滚下来的石头相撞着，轰隆隆地从前面滚落了下去。王世奎赶着走到前面，对李进才说："不是盗匪，是这里的山民。"

李进才疑惑不解，只是焦急地看着王世奎，问："咋办？"

王世奎说："不怕。"

李进才说："不怕才怪。现在怎么过去？"

王世奎说："你大声吆喝，让他们下来拿米来。"

"大掌柜你说啥？"李进才大吃一惊，"你这不是招惹土匪们吗？"

王世奎指着驮子问李进才："你说说，我们这些白米弄回来是干啥的？"

李进才说:"救灾的啊。"

王世奎又问:"救啥灾?"

李进才答道:"久旱无雨庄稼歉收,民众困苦食不果腹。"

王世奎再问:"以你猜度,灾情到了啥程度?"

李进才想了想,说:"以时日推,当至口无余粮,嗷嗷待食。"

"你看轻了。"王世奎摇摇头说,"你都忘了煎茶岭毙命荒岭的母子三人了。"

李进才脑子里立时浮现出饿死在煎茶岭的母子。他带人掩埋他们的时候,他愧疚自己没早到那里,如果自己早到了,他们母子还没饿死的话,他可以用水囊里的水,用袋子里的米救活他们,然后送他们回家。他想,大掌柜一定还会送他们一袋白米,让他们母子度日活命。

李进才听着王世奎的叹息,忽然落下眼泪来了。落石的声音还在继续,王世奎的声音也在继续:"我想,这么些时间过来,已经不止只是嗷嗷待食了,而是老幼妇孺多有饿死……"

头顶又有石头往下滚落。

王世奎催促李进才说:"快喊,就说别再浪费力气了,这里有白米分给大家。"

李进才擦着脸上的泪迹,不情愿地说:"这些白米是驮回窑坪去救灾的,怎么能在这里分给他们?"

王世奎说:"既是救灾,还分啥地方?你倒是说说谁该救谁不该救?"

李进才说:"不是打算回去在窑坪设棚的吗?"

王世奎生气地拍了一下李进才的脑袋说:"叫你喊你就喊,没见过你这么死心眼的人。这些白米就是给灾民吃的,他们为啥就不能吃?喊呀!"

李进才这才双手拢了个喇叭,仰起头冲着石崖上喊了起来:"我家掌柜的说了,你们下来,这里有白米分给大家。"

石崖上面再一次停了手,有人回话说:"谁信你们啊。快点放下驮子退回去,我们拿到东西就放你们过去。"

李进才看一眼王世奎,继续喊:"我说的是真的。"

上面也说:"放下驮子,我们就信你们说的是真的。"

李进才再看一眼王世奎,说:"你们倒是下来啊,下来就晓得我说的是不是真的。"

上面说:"你是骗我们下来收拾我们吧,我们才不上当。"

王世奎小声对李进才说:"听出来了吧,他们真的不是盗匪,而是当地山民。"

李进才点点头说:"是山民,可是他们不肯下来。"

王世奎说:"没事。"然后他对着石崖上边的人说:"我们是正经的生意人,要从此处借道回去。留下几个驮子没啥问题,可是我不能把驮子全都留下。"

上边说:"那你就别想过去。"

王世奎说:"我说啥都得从这里过去,很急,望大当家的通融。"

上边停了一下,又问:"你是谁?说话也不想想,不留下驮子还想过去,能行吗?"

王世奎扬扬手,说:"窑坪德胜堂大掌柜王世奎,雇了牲口驮着白米要从这里回去。不留下全部驮子,还要从你这里过去,是因为要回窑坪设棚舍饭,救济干旱引起的荒灾。"

上边哑了。

山谷一时没有了声息。过了好半天,上边有人问:"真是王大掌柜?"

李进才指着王世奎说:"这位真是王大掌柜。"

上边说:"既是王大掌柜,我们就信。劳烦王大掌柜稍等,我们下来了。"

半晌,有几个衣衫褴褛的粗壮汉子来到王世奎跟前举手打拱,说:"不知是窑坪德胜堂王大掌柜今日路过,我们实在是愧歉得很。"

王世奎也打了一拱,说:"我也不晓得大家会在这里相遇。既然相遇,就留几袋白米给大家分分,也好给家里一口吃的。"

汉子纷纷交头接耳:果真就是窑坪德胜堂的王大掌柜。回头向着高处石崖上留着的人们说道:"下来吧,见见窑坪德胜堂的王大掌柜。"

上面的人们乱哄哄地拥了下来,围着王世奎。王世奎找了一处大石头招呼大家坐下来,他说:"不隐瞒各位,我这几十头牲口,驮的全是白米。我这急着往回赶路,就是听说旱情严重,回来给没粮食吃的乡亲弄一口稀粥喝。在这里遇上了,就拿一点回去。我这里还急着呢,谁晓得窑坪还有多少人在等着这些白米救命呢!"

人们都不说话,各自找了石头坐下来。背上压着驮子的牲口们也安静了,低头嗅着路边的小石头,不时地喷一声响鼻。王世奎动情地说:"兄弟们搬几袋牲口背上的白米回去吧,你们走了我们也好赶路……"

汉子们还是谁也不吭声。王世奎站起来,走到驮子跟前,掀下几袋白米,说:"拿上回吧。"

汉子们面面相觑,还是没人说话。王世奎急了,说:"就这样都坐着,要坐到啥时候呢?你们要回家给家里挨饿的人做吃的,我们要回窑坪安顿粥棚,时间等不起。"

终于,一个中年高个子站了起来,冲王世奎深深地打了一拱,说:"我们这些山野中人,不懂规矩。今天这事也是不得已而为之,家里都是几十天没见过粮食了,眼瞅着老人和孩子挨饿,心里不忍,故而在此得遇大掌柜。"

王世奎说:"我这些白米不是用来买卖的,你们拿去几袋给家里熬粥,也是物尽其用。"

中年人说:"可是你这些白米是要在窑坪设棚的……"

王世奎打断中年汉子："只要是挨饿的人吃了，救了人们的命，还不是一样？你们早一点搬走这几袋白米，家里就能早一点喝到一口有白米掺和的稀粥……"

　　中年人忽然落泪，回过头招呼周围的山民："都过来，给王大掌柜叩个头，谢王大掌柜的善举。"

　　王世奎急忙拉住中年人，连声说："我王世奎何德何能，都是托了窑坪德胜堂的福，才有这些白米给大家充饥救命……"

　　中年人说："话是如此说，但都是大掌柜肯为灾民们谋。天下有钱的人多得很，可是又有几个人愿意如王大掌柜这样做事？"

　　王世奎说："大家有所不知，我们窑坪德胜堂历来就是以德立市。老太爷在世时，事事都以道义而为，从不损人利己，已经成了德胜堂的店规。我们这样做，其实都是老太爷的意思。"

　　中年人千恩万谢，吆喝人们过来一起推开堆在路上的石头，整理出路面来让牲口驮队们通过。

　　翻过走马岭，王世奎笑呵呵地问李进才："刚才吓着你没有？"

　　李进才说："说没吓着那是假话。"

　　王世奎又问："怎么就吓着了？"

　　李进才说："只是想着马上就要回窑坪了，哪里还晓得出来这么一些劫道的。轰轰隆隆一阵响，石头就摆了一路。"

　　王世奎笑了，说："这样的年馑，不遇上劫道的才怪。"

　　李进才说："这样的事情再遇到几回，驮子上的白米就该散尽了，还说啥回窑坪设棚舍粥的事情！"

　　王世奎说："这件事情你要想开，粮食没了我们还可以再买回来一些，哪里用得着就用到哪里去。你看看，我们这样一路回去，德胜堂的名号可是传出去了。德胜堂的好名声可是多少钱都买不到的。"

　　李进才这才笑了，说："大掌柜做啥事情都不会丢开德胜堂。"

　　"不管做啥，我们都要想到我们是做生意的生意人，赚钱亏钱倒不是首要的事情。"王世奎说，"但是，我们得记住，生意人就是生意人。"

　　马帮在傍黑赶到了鱼池子的樊家坝，歇息在樊家脚骡店里。

　　本来李进才还想再往前赶一赶，到分水岭脚下再住。但跟王世奎一说，王世奎答："反正还有一天的路程，不要急。就是赶，今晚也赶不回去，让牲口和伙计们也歇歇脚，明天精精神神地回窑坪。"

　　李进才仰起脸看看天边最后的一抹淡淡的霞光，吆喝伙计们卸下驮子，给牲口饮完水，拴进草棚里喂上精料。他对伙计们说："今天晚上好好歇息，明天赶

下篇·窑 坪

早启程，下午就可以回窑坪了。只要一到窑坪，我们大掌柜请大家大块吃肉大碗喝酒。我们大掌柜说了，想要吃肉，早些赶路。"

伙计们纷纷叫好，嚷着说："那就连夜走呀。"

李进才说："天黑了赶路，也不怕失脚栽到干河沟里喂狼，吃不上肉反倒叫狼把你们的肉给吃了。反正今天晚上又回不去，还有一天的路程，急啥呀。明天，早走早到。"

"真的大口喝酒大口吃肉吗？"

"我要吃大坨的，两只手都捂不住的白肉。李掌柜晓得窑坪哪里有两只手都捂不住的白肉？"

李进才听着伙计们说起了荤话，不好意思地红了脸。这些赶牲口的年轻汉子们风里雨里地赶路，练就了一张说荤话的利嘴，只要有机会，他们这些粗口就越说越没有遮拦了。

果然就有人把粗口丢了过去，说："你回家里去啊，你媳妇有两大坨肉你捂不住。还有啊，你姨妹子也有两大坨肉，你也捂不住。滑溜溜地在衣服里面晃荡着呢，馋死你！"

还嘴的人说："我才不稀罕你媳妇和你姨妹子的那些个晃荡肉，你不在的时候，我一直摸一直吃，都腻了。你想想，是不是大坨的肉上都有痦子，指头大小？"

好在都不会恼怒，不会生气，只是当作乐子说一回，在场的人也都浪浪地笑上一回。

李进才每回听到这些段子，只好装聋作哑。他还小，不便接口，甚至听到这些粗口他都不敢抬头看人。他最害怕别人拿他说道，开他的玩笑。有时候，王世奎都在跟前，伙计们就说起他的笑话，让他有钻地缝的想法。

"你媳妇没有两坨肉？你姨妹子没有两坨肉？你摸啊，你吃啊，也不怕噎死你个龟孙子。你家老汉累死累活地做下你不容易，还指望你赶牲口挣钱给他们养老送终呢，偏偏你给那两坨白肉给噎死了，他们咋想咋不划算，还不都给怄气怄死！"

"噎死怄死都不怕，我儿不是也能赶着牲口挣钱了嘛！"

李进才不止一次听他们斗嘴，劝不住也不好劝。谁说话他们就能扯上谁。再荤再入不了耳朵的话，他们说起来像大热天喝凉水，根本不需要犹豫，而且像是口干了很解渴的样子。

王世奎一脚踏进马棚，这些说荤话的嘴巴才突然闭住。伙计们说这些话的时候只避王世奎一个人，他们都说大掌柜是读过四书五经的秀才，这些极其不雅的语言说啥也不能传进大掌柜的耳朵里去。

王世奎看着马槽里的草料，说："走这么些日子了，牲口要多吃精料。明天一鼓作气就可到达窑坪。人和牲口一个道理，走这些路也不容易。人渴了饿了还晓得说出来，喊渴喊饿的。牲口渴了饿了还是低着头跟前头的牲口走，迈不动蹄

子了还在奋力……"

王世奎还没说完,马锅头也进来了,低着声说:"大掌柜你不用细说。在我们脚户帮里,不爱自己的牲口,就如父亲不爱自己的儿子。"

王世奎点点头,说:"嗯,我晓得了。这几天,我也长见识了。"

鸡叫第三遍,天色还没有麻麻亮的时候,王世奎已经带着马帮走出了几里地。按王世奎的打算,早上天气凉,早些赶路,到中午之前便可以翻过分水岭。那时候天气热了,也就轻轻松松地蹚进窑坪河。只要进入窑坪河,再不用歇息,马帮踢踢踏踏踩着一路水花,不急不忙地两个时辰就可以回到窑坪街上。

黑蒙蒙的天上,月亮早就落山了,明亮的星星眨巴着眼睛看着地上的这一群人和牲口。黑暗中,李进才心里怦怦乱跳,他老觉着有点害怕。

他赶上走在前面的大掌柜王世奎,悄悄地说:"天色不太好,我们歇下,等天亮了再走。"

王世奎晓得李进才担心的是啥。其实这样走出了不远,他就有些后悔。到处都是干旱,到处都是饥民,这样黑灯瞎火地赶路,谁晓得在啥地方会冒出啥人来。离窑坪越近,越要小心,大风大浪闯过来却在阴沟里翻船的事情不是没有。路上两次险遇,幸亏只是饥民而和侠义的强盗,只不过说说话就轻轻松松地过去了。当地人实在,天灾面前还能顾及别人,尽管自己饿着肚子,听说驮子上的白米是用来救助别人的,也能让出一条路来。

王世奎看着眼前黑魆魆的山峦,对李进才说:"你去前头截住马帮,就说让大家在此歇息,天亮以后再启程赶路。"

李进才连连点头,急急忙忙地去了。王世奎到一处宽阔地,把手里的牲口摸黑拴到一块大石头上。后面跟来几个伙计,也拴好了牲口,在平坦的地上卸了驮子,就倚着驮子坐下来休息。王世奎打着火镰,点着火绳吃烟。水烟壶带着不方便,就用竹根节做了烟杆吸水烟。王世奎只习惯吸兰州水烟。

一根烟杆,大家换着吸,忽明忽暗的火星,一下一下地映照着不同的面孔。

凉爽的夜风吹在每个人的身上,说不出的惬意。

王世奎摸摸腰间布袋里带给灯草的小玩意,它们还安逸地藏在那里。想起灯草,王世奎心里美滋滋的。小艾和王永成也好久没见到爸爸了,他们该也想见爸爸了吧……自己在汉中府,忙完了闲下来,一直在想着窑坪,想着德胜堂,想着灯草,想着小艾和王永成。那是一种幸福的想念。

李进才窸窸窣窣地摸回来,挨着王世奎坐下,压低声音说:"都歇下了,外面比屋里凉快,已经都睡着了……这么赶路,还是乏了,坐下就睡着。"

王世奎心里有些歉意,说:"一从汉中府出来,我们就一直奔着往回赶,急着回窑坪,就不曾想过赶着马帮走这么远的路,是需要时间慢慢地走,急不得。"

下篇·窑 坪

李进才说:"大掌柜,你别说话了,你也要歇息。"

王世奎感激地点着头说:"晓得了,我们都需要歇息。"

太阳从东山顶上升起来的时候,热浪也随即而来。

马帮已经快上分水岭了,走进一个叫作七里矼的村庄。分水岭山腰上的七里矼,据说走出大庄要走七里的路程,七里长的大庄户就浸在血色的朝阳里,没有一丝活气。应该是早饭的时候了,可是看不见一丝炊烟在黑压压的房舍间升起来。田地间看不见庄稼的影子,连小草都不见长。一些树木,光着枝丫,一片叶子都没有。王世奎看着,心里很是恐惧。他三十多岁的人了,记忆里从来没有见过这样的景象。

往常,七里矼其实也是有大脚骡店的,可是眼下看起来已经凋落和荒芜了。

Z字形的山路上,几十匹牲口有力地踩着蹄子下的黄土,铃铛声传得很远很远,惊飞了歇在树上的一群乌鸦。

走到分水岭山垭口,牲口和人都已经呼哧呼哧地直喘粗气。王世奎走到前面,招呼大家稍事休息。他说,过了山垭口,就是木瓜院的地界,从木瓜院再沿窑坪河逆水上行,也就是七八里蹚水路。此后应该是一路再无事端了,大家好好歇息,吃完晌午饭后赶路,后晌也就能拢到窑坪了。等卸完驮子,也就是大碗喝酒大口吃肉的时候了。

山垭口霎时人欢马叫的,热闹了起来。

往前面山脚下远远地望去,依稀可以看见一丝弯弯曲曲的河流如细细的带子。

那就是窑坪河。

【末篇】 商户

末篇 商户

第三十八章

　　窑坪到底还是萧条了许多。
　　肖善人斜躺在廊桥边上，稀稀拉拉的人们从眼前来来去去。他闭着眼睛，谁也不看。这些衣衫褴褛的男女，多是面带饥饿的倦容，他们在窑坪周围踌躇，不肯远去。传进肖善人耳朵里来的声音是愁苦的。
　　肖善人不想听这样的声音。从前的窑坪，街街巷巷充斥的都是吆喝生意买卖的声音，那些马帮走走停停，铃铛声和牲口的蹄声更是帮衬……
　　肖善人细细地琢磨桥面上的声音。他先听到木棍敲击桥面木板的声音，接着听到有一个人在自己身边不远处坐了下来，窸窸窣窣好半天才静了下来。一把板胡呜呜咽咽地响起来，像要对谁哭诉啥。肖善人心里一疼，睁开眼睛看见不远处一个瞎子靠着木栏杆坐着，膝头支着板胡，正摇晃着身子面对着他拉一支曲子。
　　板胡响过一阵，瞎子边拉板胡边开口打起了《莲花落》：

> 说我的家来家不远（哩柳莲，莲花落），
> 略阳县府马蹄湾（哩柳莲，莲花落）。
> 贱脚踏到贵宝地（哩柳莲），
> 只因旱灾闹荒年（莲花落）。
> 老人娃娃全饿死（哩柳莲），
> 草根树皮都吃完（哩柳莲，莲花落）。
> 给人说起人不信（哩柳莲，莲花落），
> 去年挨饿到今年（花儿落莲花，莲呀莲花落）。
> ……

　　肖善人不禁细看拉板胡打《莲花落》的瞎子，只见他中等身材，面容清瘦，

末篇·商 户

边唱边流泪不止。肖善人平生第一次走近一个人,他蹲下身子,看着一束马尾在弦上滑来滑去,瞎子的手指弹动间,如哭如诉的声音就汩汩地流了出来。

"真是怪,"肖善人自言自语,"这么个玩意儿怎么就能发出这样的声音呢?一截木头疙瘩,居然也能晓得挨饿,也晓得死人,也晓得哭!"

瞎子听出身边有人,停住了拉板胡和打《莲花落》,转过头问肖善人说:"不知这位是谁,咋会把我这乞讨之人看在眼里?"

肖善人看着瞎子白花花的眼仁吓了一跳,他站起来,说:"覆巢之下无完卵,这么大的荒灾,没饭吃的又不是你一个。"

瞎子点点头,说:"上天造人,各有不同。我这眼睛不好,却让更多的人可怜我。如此一来,我还倒是占了便宜,多亏了眼睛,这才一路吃着百家饭,到了窑坪这个街上。唱一出《莲花落》也不是为了混肚子,是唱心酸啊。"

肖善人今天格外耐心,居然听一个瞎子说话,连王世奎过来都没有发觉。

王世奎一个人从王家院过来上了廊桥,他是要回家里去的。灯草还在家里等他吃饭。小艾说下午要请菊香过来教她弹琴和描红刺绣。他吃完饭还得去店里看看。粥棚的事情也不晓得李进才弄成啥样子了……

王世奎不晓得这么萧条的窑坪,自己为啥还会有这么多事情,咋跑都跑不过来。

肖善人和瞎子在那里说些啥呢?王世奎想,肖善人平时可不是那样的,他不和任何人说话,有时候蓦然一句,也是云里雾里的,让人半天想不明白。可是眼下,一个逃荒卖唱的瞎子,他们之间会说啥呢?

近了,王世奎有意停下脚步来。

肖善人看着瞎子的白眼仁,说:"有啥心酸事,你接着唱。"

瞎子扑哧一声笑了,说:"你这人真怪,哪有人要别人唱心酸事情的?你这么一说,我倒还唱不下去了。本来闹心,现在却有些失笑。"

肖善人说:"世上哪有啥闹心事?心酸只是你自己找的。你哪里会晓得,你是明眼人,我们这样的才是瞎子。"

"眼前这位是拿我开玩笑哩。"瞎子有点气恼,转脸说:"我这一辈子,既不晓得别人脸上有几只眼睛几只鼻子,也不晓得太阳是圆的还是方的,一切都要借助别人的传言才能晓得身外之物的模样大概。你却这样说话。"

肖善人诚恳地叫起屈来,说:"我向来无心和别人说话,觉得他们之间互相说话还不如畜生实诚,假惺惺的没意思。今天我和你第一次说话,你却把我也当做畜生了!"

瞎子终于一惊,丢下板胡站起身要走:"我不晓得哪里得罪了眼前这位先生,我只是要饭乞讨,糊弄一口饭吃,并无多想……"

慌乱中,瞎子磕磕绊绊几乎要摔倒在桥面上。王世奎急忙走上前去扶住,转身对肖善人说:"你就别说话了。"

肖善人梗着脖子，说："我说话怎么啦？也就是一句实话而已。"

王世奎说："你啊，回家去吧。"

肖善人说："我就是想听听他打《莲花落》。"

瞎子说："你变着话骂人。"

肖善人说："我没有骂你。"

王世奎扶着瞎子，解释说："他轻易不和别人说话，一旦说出话来，别人就是觉得骂人，背地里都叫他疯子。你初来乍到，不晓得他说话从来就是这样，毫无骂人的意思，"

瞎子重新坐下，问王世奎说："我的板胡呢？"

肖善人早已把板胡抢在手里，殷勤地给瞎子递过去，说："在这里呢。"

瞎子接过板胡，翻着白眼仁说："你虽然帮我捡起了板胡，我也不唱《莲花落》给你听。"

肖善人呸了一声，说："你给我唱，我也不听。"

瞎子说："我唱给这位先生听，我唱给别人听。"

肖善人跺着脚说："你给谁唱我都不听。"

瞎子跷起二郎腿，支起板胡，重新打起《莲花落》。王世奎看见肖善人远远地走了，然后又从别处踅了回来，悄悄地藏在桥坊中间的雕花柱子后面去了。王世奎看见，瞎子的耳朵稍稍有些动了动，嘴角露出一丝狡黠的笑意来。

逃荒到了邓子院（哩柳莲，莲花落），
核桃壳壳能磨面（哩柳莲，莲花落）。
肚子饿了喝凉水（哩柳莲），
一天要喝好几遍（莲花落）。
幸亏逃荒到窑坪（哩柳莲），
才有米汤往下咽（哩柳莲，莲花落）。
荞芽野菜能救命（哩柳莲，莲花落），
奈奈何何一半年（花儿落莲花，莲呀莲花落）。
……

后晌，回到德胜堂店里，王世奎还在想瞎子和肖善人的对话。他又给管粥棚的李德明说了一遍，叮嘱要把粥熬稀一点，多加荞芽，尽量省出一些白米，需要救济的时间还长着呢。李德明笑了，说："这个我晓得，我又和自家的白米没仇，不会拿白米出气。"

王世奎说："谁也和白米没仇，我们这样节省是可以做得久一些。我今天听了一句话——荞芽野菜能救命。可见，我们窑坪的荞芽也成了救命的粮食了，这

303

末篇·商 户

样的荒年里，只有吃食才是最能叫人记住的东西。"

李德明说："给他们吃白米他们都记不住，吃一回荞芽倒还记住了。"

王世奎说："吃啥不重要，重要的是给谁吃了，吃了多长的时间。也就是说，你给他们吃的东西，起了多大的作用。"

"作用太大了。"李德明说，"救活了他们的命啊，这作用不大吗？"

王世奎笑了，说："白米和荞芽，都救活了他们的命。但是荞芽易得而白米难求啊，老百姓记住可以得到的东西，往往要比记住只能看见的东西容易得多。"

李德明说："可是他们都已经把白米吃进肚子里去了。"

王世奎说："你不晓得，他们自己就可以采来荞芽充饥，而吃你的白米是要等着看你的眼色的。你啥时间给啥时间才能吃，他们自己做不了主。"

"吃我的白米，他们还想自己做主？"李德明说，"那怎么行？"

王世奎说："所以，他们记住的是荞芽和野菜，而不是白米。"

灯草每次去后沟采荞芽往回走，经过金盆湾的时候都是要去看看染坊的。干旱，后沟没有了水，金盆湾的染坊也就没有了生意。陈琪找过灯草，说了染坊缺水的难处。灯草问陈琪怎么打算，陈琪说："眼下灾荒，我们再怎么折腾也无济于事。我想的是怎么才能做好以后的事情。"

灯草问陈琪以后的事情是啥，陈琪说先收拾好纺织印染的设备，等雨。灯草不由得叹息，说："金盆湾的染坊起起落落，是生不逢时。我和世奎千方百计地费心，指望染坊能够支撑起一点门面来，谁晓得临了还是没能熬过今年这道坎。"

陈琪自觉有些对不住灯草，愧疚地说："都是我陈琪没有能力，让染坊关门了，对不住大掌柜……可是，久旱必雨，只是还没到时候。"

灯草悠悠地叹息，说道："天时不济，要断我生意。陈琪小兄弟啊，不是你没能力，而是整个窑坪河天干火着的，人都饿着肚子，还说啥染坊！"

陈琪说："当初，我是看好染坊的生意，不承想不到一年，竟然成了这个样子。我现在都不晓得怎么面对大掌柜和东家。"

灯草说："不怪你，这个样子任谁也没有办法。大掌柜过几天一准回来，你先帮他打理其他事情，过个一年半载，我就不相信真还没有下雨的时候。你也别急，染坊的生意还会做起来的。"

陈琪说："我晓得了。无论如何，这个染坊我还是要帮东家做下去的。"

王世奎一回到窑坪，就叫陈琪帮着李德明设棚舍粥。李德明从心里不情愿王世奎给他安排事情，但还是想到舍粥是卖好沽名的事情，也就没说出啥来。王世奎指着陈琪对李德明说："你带着他去，粥场上你让他掌勺子舀粥，让他洗荞芽野菜，不要想着他是染坊的掌柜。"

李德明不好再说啥。王世奎对着陈琪说："你年轻，跟着少东家做事要勤快，多做事情对你没坏处。"

　　陈琪说："大掌柜，你说的话我听明白了。你就放心好了。"

　　王世奎说："就怕你听不明白，偏偏说听明白了。"

　　陈琪说："大掌柜，别的我不说，你在德胜堂做事情，我都听过见过，我就按你做过的做。"

　　王世奎说："好，我就看着你怎么把一锅稀粥舀到逃荒人的碗里去。我也要看看你给逃荒的人们怎么煮一锅救命的稀粥。"

　　李德明说："大掌柜你就放心，有我吃的就有粥棚里吃的。"

　　"大哥说的话我信。可是要做好舍粥的事情，也是不容易的。"王世奎说。他停了停，又说，"一是人多，二是时间可能会很长。你要多动脑筋，想想怎么做才能把人救活——我们让人吃几顿饭不难，但是要把人救下来可不容易啊。"

　　李德明说："三弟啊，说这话你是笑我呢。给人吃饭救人活命我都做不好吗？说一千句一万句，还不就是两个字——粮食，到了最后还就是钱。你怕我们没钱吗？"

　　王世奎问李德明："钱能吃吗？"

　　李德明不解，说道："钱不能吃，但是可以买粮食啊。"

　　王世奎又问："谁卖给你粮食？"

　　李德明说："老吴家。"

　　王世奎再问："老吴家没有粮食了呢？粮食不是河水，河水都有干的时候。再说了，他不卖给你粮食了呢？你拿钱买啥？"

　　"有钱不卖粮食他老吴家脑壳里没毛病吧。"李德明说，"再说了，有钱哪里买不到粮食呀？"

　　王世奎说："有钱买不到的东西多了。有时候，有钱没东西可买，谁也没办法。大哥，你怎么就晓得有钱就一定能买到粮食？"

　　李德明说："天下那么大，怎么会买不到粮食呢？"

　　王世奎说："天下很大，确实有很多的粮食，大哥你晓得还有多少张嘴等着吃饭，还有多少双眼睛在看着那些粮食吗？你就一定能买来粮食救人吗？到了那个时候，你还会费心费力地买粮食来救人？！"

　　李德明信誓旦旦地说："只要有钱，我就会。"

　　王世奎轻摇着头，说："我不信。"

　　李德明生气地说："你不信我也没办法，我不跟你说了。"

　　陈琪看着李德明走远了，拉拉还在发愣的王世奎，说："大掌柜，少东家走远了。"

　　王世奎惊醒似的看着陈琪，说："你去找老郑过来，要他尽力帮着你多买一些干菜，这东西便宜，也经用。熬粥时多加荞芽，粮食节约着，尽量省着吃。谁晓得还来多少饿着肚子的人，谁晓得还要干旱多少天啊！"

末篇·商 户

陈琪说:"大掌柜你放心,我晓得了。"

王世奎叹着气,又叮咛说:"千万记着,粮食,一定要省着吃。"

又说:"钱也会有用完的时候,你记着给少东家提个醒。"

陈琪说:"我晓得了。"

吴久霖找到王世奎的时候,王世奎正在九思堂和吴生瑞说粮食的事情。吴久霖不止一次地想要找王世奎说话,他现在自觉身体一日不如一日。李家老太爷一去世,他有了一种莫名其妙的悲凉感和紧迫感。他忽然觉得,居然还有那么多的事情没做,居然还有那么多的事情放不下。

老东家被搀着进门,全店里的人都站了起来。吴久霖示意大家该干啥干啥,然后对着王世奎说:"王大掌柜,我找你都半天啦。"

王世奎举手打拱,再次向老东家请安,说:"不晓得老东家有事,实在是不好意思。"

吴久霖在正厅坐下,说:"眼下,窑坪到处都是逃荒的人,拖儿带母的。这几年啊,也不晓得谁得罪了老天爷,隔三差五地弄个饥荒,这样下去,窑坪还真就成了天下食坊了。原先想着,我们吴家也该给出点力,想着再弄粥棚舍饭,没承想你们德胜堂抢先弄了。你们弄了就弄好,我们九思堂在高台上的粮食就留给你们,这点事情我做主。"

王世奎不禁呀地叫出声来了,说:"老东家,你真是活菩萨!你不晓得我这半天正和吴生瑞兄弟说粮食的事情呢。这个时候,愁的就是粮食。"

吴久霖端过茶杯,吹着茶水上面浮着的茶末,说:"吴生瑞他怎么说。"

吴生瑞急忙抢过话头,说:"这不正说着呢嘛。"

吴久霖龄说:"说到底啊,都是窑坪的商户,怎么能在这件事上分个你我呢?"

王世奎说:"难得老东家你有这么博大的胸襟,我们这小一辈做的事情,你都替我们安排好了。我不敢说替挨饿的人们谢你,但我自己必须给你磕个头。"

吴久霖笑着按住王世奎,说:"看看你见外了不是?如果你家老太爷活着,他听我这么说才不会谢我,他偷偷高兴呢。"

王世奎不好意思了,说:"那是你们老人家合得来……"

吴久霖笑了,说:"做这样的事情,我们从来不分彼此的。有时候也较劲,但最后都是要把事情弄好。"

王世奎点着头说:"我晓得的,我晓得的。"

吴久霖还在笑,笑得脸上的皱纹都蹙成一团了:"其实,你们哪里能晓得我们的事情!你别看我和你老子李老太爷各顾各的,要紧的时候,我们还是能想到一起去的。世奎你信不信,我们只要一遇到事情,就会想到联手。只要自己有了动作,就晓得对方接下来会有啥反应……"

王世奎说:"难得你们心有灵犀。"

老东家吴久霖龄咳嗽几声,说:"别人以为我们是对头。其实啊,我们在窑坪街上一起做生意几十年,啥时候都没作过对,相帮了一辈子——不容易!"

"真是不容易。"王世奎说,"有了你们这一辈老东家的风范,所以窑坪的生意才有了今天的样子。一些东西,我们一辈子都学不会。"

吴久霖笑道:"世奎啊,你现在就做得很好,用不着学一辈子。"

王世奎说:"老东家这么说话叫我很惭愧。说到底我就是德胜堂的一个掌柜,大家都晓得我的身世。亏了老太爷把我一直当儿子对待,才有了我的今天,我才能够做一些事情。和老太爷、老东家们相比,我是井底之蛙,没见过啥大世面……"

"世奎啊,李家老太爷没看错你,我也没看错你!"老东家吴久霖打断王世奎的话说,"把商号从窑坪开到汉中府的人,你是第一个。能把商号当家的掌柜,你也是第一个。"

王世奎说:"都是你们老一辈在后面扶助,单凭我王世奎能做个啥事情出来?没有大家,说不上我这会子也在廊桥上等着谁给我一瓢干菜荞芽稀米粥压饥呢。"

吴久霖说:"你等着干菜荞芽稀米粥!那怎么会,这还不都是命运的安排嘛!你做到这些了,也你的是造化,你想不做都不行。"

王世奎说:"我能做些啥,还不是大家都在做?"

吴久霖指着吴生瑞说:"听听王大掌柜是怎么说话的?好好学着。"

吴生瑞点着头说:"是,是。"

吴久霖说:"这九州商会的事情,一搁就是半年。现在旱情燎人,还不如把这事情弄妥当了。加上还要祈雨,做啥事情都得有个领头的人不是?"

王世奎点着头说:"这事情再耽搁不得了。窑坪这个地方说大不大,说小不小,上下街百十号商铺,加之前后百姓居民,开酱铺的,做烧坊的,少说千十口老小,商会得早些牵好头,帮大家做些事情来。"

吴久霖环顾了一遍店里的人,放下手里的茶杯,说:"商会会馆早都修缮完毕,每日里大门紧闭难看不说,里边院子该要洒扫吧。说得不好听了,就是庙宇道观,也该早开门晚闭户,要人看看那些泥胎佛爷菩萨们吧。"

王世奎说:"会馆开了门,大家遇上事情商量也有个地方。现如今,有个事情都不敢说出去,一是没个人牵头,二是没地方聚集。各人商号里的难心事,都自己悄悄地想办法,生怕别人晓得了笑话。商会一旦设立起来,开门的第一件事情,就是要各商号把商会当成自己的总号看待,谁家有了事情,大家帮着解决,不管谁的事情,都是九州商会的事情,是大家的事情。"

"这样的事情,我和你们老太爷想了一辈子。"吴久霖平静地说,"老太爷走了,他没见着。可是,九州商会开门我能见着,等我过去了,一点一点地告诉他九州商会的事情,他一定高兴。"

末篇·商 户

王世奎从心里有些难过,他说:"老太爷说好了要当商会会长的,谁晓得……"

"要说啊,老太爷心公,不会偏袒谁。可是真要做事情,年纪大了也不行。"吴九霖老东家指着吴生瑞说,"世德啊,你说说,让世奎做商会会长怎么样?"

王世奎着实吓了一跳:"老东家你说啥呢?我王世奎多少斤两我自己最清楚,哪里够做商会会长?窑坪上百号商号,哪家商号的事情我能解决?就不说谁肯听我的话,就是肯听话,我又能说个啥话出来给人家听?"

吴久霖笑道:"有句话叫作啥有志不在年高,还有一句说啥秤砣虽小压千斤。你走南闯北,窑坪还有谁比你更合适当会长?"

王世奎说:"老东家你这是笑话我没出息。有你老人家在前头,我跟着你走就行,如果你不肯带着我走,我就不晓得这脚丫子跨出去往哪里搁。谁都晓得,我只是德胜堂的大掌柜,做好德胜堂的事情已经很不容易了,哪里有资格做九州商会的会长!"

吴久霖说:"世奎啊,你说的我懂了。还是你想得周到,会长你可以不当,但是会长的事情你不能不干。"

王世奎说:"我听老东家的,听会长的。你们说要我做啥我就做啥,德胜堂是商会的一分子,我又是德胜堂的大掌柜,于情于理都该给商会做一些能做到的事情。"

吴久霖说:"世奎做事情,我们大家都放心。"转头又看着吴生瑞说:"跟着王大掌柜,好好用心做事情。记着,在窑坪,钱不是唯一的!"

第三十九章

以往这个时候,窑坪河两岸的燕麦已经收完,麦场上应该是打碾晾晒的情景了。可是今年的麦场上随处都是逃荒的饥民,他们躺或坐,一律破衣烂衫,面黄肌瘦。按时令,已经入了秋了。

天气不见凉下去。只要太阳从东山出来,地面上就像一盆火在炙烤。九州商会推选会长的事情终于被定了下来,六月六关公会上,在关帝庙祭祀时就已经定下七月十五的日子。

七月初,商会会馆的门窗和柱子补完最后一道清漆,院子里也铺上了地砖。家具摆设陆续办置停当以后,吴久霖老东家安排人住了进去,每天洒扫,在房角处栽植一些耐旱的木槿,水井打在院子一边的那棵老柏树下面,清洌洌地冒着凉气。老东家再三嘱咐:"商会会馆还没有启用,不可让闲杂人等出入。现如今街上人多,到处都是灾民,他们一旦挈儿带母地闯入,既不好往会馆外驱赶,又不好在会馆内收留,就成了难题了。"

住进会馆洒扫的,是九思堂的大伙计小河南。小河南打小从河南洛阳跟着家里人乞讨到了窑坪,吴久霖看中了他的机灵,便留下他们一家,让小河南跟着自己在店铺里打杂。幸好小河南的父亲擅长打铁,也就在窑坪安顿了下来,在下街的王家院开了铁匠铺,专门打制牲口的蹄铁,给牲口换掌。

小河南年轻,做事情认真负责,老东家一直把他留在自己的身边。有要紧的事情,他都要交给小河南去做,他对别人说:"这孩子做事,我放心。"

果然,一直到七月十五早上,商会会馆都没进去过一个闲杂人,栽植的木槿花繁叶茂。王世奎跟着老东家吴久霖早早来到会馆,怎么也联想不起会馆外面是一个赤日炎炎旱情严重的世界。王永成跟上来,打开会馆正厅的大礼堂大门。老东家看着厅堂上的香案,说:"去关帝庙请关老爷来,让关老爷来会馆见证我们推选会长。"

王世奎说:"老东家,你在这里先转着看看,我去关帝庙请关老爷来。"

老东家说:"好,王永成陪着我先看看会馆。你要多带几个人去,小心一点,不要磕着碰着了。"

王世奎点点头说:"好的,又不是多远。"

老东家又说:"无论如何,要请关老爷来。"

王世奎答应一声,走出商会会馆的大门。老东家又追着说:"顺路招呼各商户,早点来。"

话音未落,院子里扑棱棱飞进一群金丝麻雀,落了一地。老东家一时高兴,问小河南说:"今年天旱,虫蚁少,草籽也少,哪里飞来这些鸟来?小河南你看,

末篇·商 户

这是不是祥瑞之兆?"

这时候小河南也有些纳闷。按说,眼下这样的情况,一般没有鸟雀乱飞。就连喜鹊之类的,不是渴死就是热死,剩下来的,不是羽毛蓬乱污秽不堪,就是躲在水边不敢离开。可是商会院子里居然飞来一大群金丝麻雀,唧唧喳喳叫得异常热烈,好像它们不是从外面的热浪里飞进来的,几个月的干旱好像一点也没有影响到它们。小河南说:"东家,确实是祥瑞之兆啊。"

老东家异常惊喜,又问:"真是祥瑞之兆?"

小河南说:"是祥瑞之兆。东家你仔细想想,这几个月里,我们谁见过麻雀?今儿会馆开门,却飞进来这么多,还是金丝麻雀!"

老东家吴久霖连连拍手说好。那些麻雀却并不害怕,依然唧唧喳喳在院子里蹦跳。

小河南从伙食房里拿出一把小米往院子里一撒,那些麻雀忽地聚集抢食。老东家有点不高兴了,责备小河南说:"这时节,粮食你也敢糟蹋?"

小河南说:"我怕它们受了惊吓,飞了。"

老东家说:"人都没粮食吃,鸟雀飞了也就飞了,哪里还敢用小米喂它们!"

小河南说:"其实啊,鸟雀们吃了小米,也不算糟蹋——它们也要活命啊。"

老东家扑哧一声笑了,说:"全窑坪,就你聪明,会说话。"

王世奎带着人到了关帝庙,磕头,焚香烧纸。只一个卦,就显示关老爷乐意去会馆做见证。主持请关老爷仪式的和尚烧完黄表,口里念念有词,拿起香案上的牛角卦签连丢三下,对跪在身后的人们说:"关老爷很高兴,他老人家愿意去身后会馆做见证。我说连打阳卦,就连给了三个阳卦。"

王世奎领着人们磕完头,然后恭恭敬敬端过香炉烛台出门。后面的人从龛上抬起木头神像轿子,小心翼翼地跟着香烛出了关帝庙。

刚走上中街,疯子肖善人从巷子里斜着钻了出来,嘴里唱着刚刚学会的《莲花落》,大摇大摆地走在请神队伍的最前面。不用谁说话,肖善人居然晓得带着这一群人们抬着轿子往会馆走,王世奎觉得有些不可思议。

各商户东家、掌柜开始络绎不绝地走在街上。窑坪商会开会馆还是第一次,商会拟写的章程早就被抄写了好几十份,在各个店铺的东家和掌柜手里传阅。那种从没听说过的制度和规程有很大的吸引力,不由得这些东家和掌柜们相互交头接耳议论纷纷。他们最为看重的,是这个新事物是由九思堂和德胜堂两家商号倡导的,更何况商会的会馆竟然修得从没见过的宏伟高大。因此,人们对这个商会不但稀奇,而且充满期待。

关老爷的轿子跟着肖善人到了吊河坝,隔着李家大院就看到高高矗立着的会馆和那几棵翠柏。

远远地看见老东家吴久霖就站在会馆的大门口迎关老爷的神轿。

热热闹闹的人群中，走在最前面的肖善人在唱着一曲新的《莲花落》：

皂角树上一身刺（哩柳莲，莲花落），
商户家给人寻不是（哩柳莲，莲花落）。
吃饭常把面汤喝（哩柳莲），
商户家还嫌我吃得多（莲花落）。
……

肖善人一路唱到会馆大门前面，猛地看见一脸肃穆的吴久霖，戛然住了口。略一迟疑，他转身挤入嘈杂的人群里，再一次声嘶力竭地高声叫喊："啊呀呀，猪……狗……畜生……"

人们对肖善人的所有言语不为所动，疯子肖善人的行为他们已经习以为常。无论肖善人有何种怪异的举动，在窑坪人眼里也是见怪不怪了。

关老爷的轿子被人们簇拥着抬进了会馆，供奉在正厅堂上。香烟缭绕之中，会馆霎时变得肃穆庄严起来。人们纷纷噤声，跟着老东家吴久霖齐刷刷地跪了一地磕头。早有执事先生捻香烧纸，口里说礼道："先拜，天地君亲师……天有日月星，地有神鬼人，君有帝臣民……后拜，财神关帝圣君，怀抱金山银山，看重窑坪民风朴拙，撒下金豆银豆，我等愚民才得以吃用不尽，积成光景……再拜，神灵护佑，地显灵光，四十里窑坪河聚人集财，故有街衢茶市，行旅马帮，贩卖贩买……再又拜，蒙祖上慧眼选福荫所在，先民开疆劈棘，得一河相隔鸡鸣两省之地……"

王世奎倾耳细听，执事说的原来是感恩之辞。约莫过了半个时辰，礼毕，然后老东家说话。老东家站起来面朝大家，嘴巴有些漏风了，但是说话却很是硬朗。他说在窑坪设立商会，是沾了天时地利与人和的光，都是窑坪祖上积德的缘故。多年来，窑坪商户之间绝少争执，都能相互帮衬，定是受了先人们质朴风气之影响。老东家看着跪在地上握香俯首的商户们，说："基于此，我们要在窑坪设商会，领先人遗风，再接再厉树帮扶美德。商会设立之后，一家有事百家有事，商户之间要多商量。今天，我们要推举人做会长，凡到会的都要想想，看谁能给窑坪的商户们操心。"

说罢，老东家复转身面对关老爷神像，捻香闭目，身后一片寂静。

王世奎忍着，他觉得接下来不太适合自己说话。跪在周围的大多都是商铺的东家，他只是一个商号的掌柜，哪有跟着吴老东家后面说话的道理！按说，老太爷如果活着，他就是铁定的会长，可是他去世之后，这设立商会推举会长的事情就被轻轻地搁下了。接着就是旱灾，现在商会能设立，也是幸事，可以说是久旱逢甘霖，可以帮逃荒的灾民多捱些时日。

如今，窑坪的生意也冷了下来，货物也没有多少出入，外地的商队很少路过。

末篇·商 户

兰州的张义和哈林说好的要来窑坪驮走吴生瑞卖给他们的三十石粮食,可是已经都过去三个多月了,粮食还剩在仓里。九思堂的大掌柜段建成似乎就留在汉中杳无音讯了,没有人能从远处带来他们的消息。来往的逃荒人,都是只关心着自己饿瘪的肚子,没有心思听闻别的。

王世奎不说话,大家就都没人敢说话。谁都觉得自己这会子说话不合适。有人偷偷抬眼望着跪在人群里的王世奎,可是只看见他静静地跪着,一动不动。

穿着蓝布长衫执事看一眼吴老东家,终于明白了老太爷的意思,高声司礼:"由——九思堂老东家——吴久霖——宣布——会长人选——"

吴久霖举手作揖,把手里捻着的香插入香炉,然后威严地一转身,睁开了闭着的眼睛说:"老朽,九思堂吴久霖,受神灵示意,会众商户之意,站出来推举,九州商会第一任会长,由德胜堂大掌柜王世奎担任!"

王世奎慌忙俯身前跪,连声说:"老东家你这是要折我阳寿!"然后起身转过来,再跪下,说,"众位东家、掌柜,给九州商会做事情,我王世奎义不容辞。可是我一个小掌柜,能做到啥能想到啥?有这么多东家、掌柜,任谁都要比我王世奎合适做会长——无论如何,这个会长我不能做!"

东家、掌柜们开始议论纷纷,厅堂里一片嗡嗡的说话声。

吴久霖说:"我先说说人选理由。一则,李家老太爷在世时,公论会长是李家老太爷的,这个大家都晓得。假如老太爷尚在世的话,他做了这个会长,具体事务还不是由着王大掌柜打理?"

底下又是一片嗡嗡的声音。

吴久霖挥挥手,嘴上银白的胡子抖了抖,说:"二则,这几年窑坪街上的生意,哪一家哪一件没有过过你王大掌柜的眼睛?凭良心,你总是怕着别人家的生意不济,凡是挣钱的可靠生意,你都匀出一些来给别的商号,大家都说说,谁家没做过王大掌柜匀过来的生意?"

王世奎急得满脸通红,说:"那是我怕德胜堂做不过来,耽误了人家生意。说到底还是大家帮了德胜堂的忙。"

"三则,你去汉中府开设德胜堂分号,不夹带私心,带着九思堂和赵益邦一起去汉中府,前后没帮着少费心。如果你做了九州商会会长,没有谁想着你会私心。"

王世奎说:"老东家你别夸我了,我哪里操啥心了,就是顺便……"

"四则,近年来,天公失德,旱涝叠加,远近饥民饿腹哀号。哪一次不是你从中斡旋,调剂菜粮周济?……"

正说着,门口一黑,就听见是何老爷何团总何炳章的说话声:"我们窑坪这么大的事情,也不说一声给我,是嫌弃我还是怎么的啊?"

吴久霖迎到门口,说:"哪里话哪里话,我们这个事情之所以没敢打扰团总,一是怕你公务繁忙,二是觉得此事只是我们百十号商家自己的事情,麻烦团总似

乎不太合适。"

何团总不高兴，气恨恨地说："不管咋说，我还是窑坪人吧。这个场面，我怎么能不来呢？"

吴久霖吩咐伙计给团总看座。何炳章坐下，端起茶碗喝水，鼻子里还是哼哼着，说："怎么不把我当窑坪人看啊。"

吴久霖连声道歉，说："既然团总来了，你就主持这个商会推选会长事宜吧。"

何团总这才高兴了，站起身子推脱说："我又不熟悉你们商会，我就听听，就听听。你们该咋搞咋搞。"

吴久霖推推何团总说："你既然都来了……"

何团总决绝地坐下，笑道："我既然来了，就说明我自己把自己没当外人看。老东家你别为难我，你晓得我嘴拙，不会说话。我来权当见个证。"

吴久霖看看神龛上的关公像，犹豫着说："我们请关帝圣君给我们见证呢。"

何团总吓了一跳。他嚷嚷着进门，没有看见香烛后面的神像，这时候看见了，一下子心虚得不行。他慌忙点香烧纸叩头，团丁们也跟着参拜，脸色惨白。

拜完了，何团总不敢再坐，恭恭敬敬地站在一边，说："上有神灵，吴老东家你们接着说你们的事情。"

这时候底下跪着的东家和掌柜都似明白了一般，一口劲地推选王世奎。王世奎看着听着，焦急得心里直发毛，他不管不顾地站了起来，激动地说："多蒙东家、掌柜看待，你们能说这样的话，说明我还能够给窑坪做点事情，能给窑坪的商户们做点事情。可是我说啥都做不了这个会长。"

停了停，他重新跪下，说："我希望，我们商会的会长是一个德高望重的人。本来说好商会会长是我们德胜堂老太爷，可是他现在不在了——他才是我们商会第一届会长。第二届会长，我想还是由九思堂老东家担当。我王世奎还是尽力相助，就做个九州商会的大掌柜吧。"

吴久霖稍一沉默，说道："我已老朽，难当会长大任……"

王世奎上前扶住摇摇晃晃的吴久霖，说："老东家不敢担当，还有谁敢担当？"

吴久霖抬起手指，指着王世奎说："大掌柜，你……"

王世奎热泪盈眶，说："老东家你再说话，我就没脸站在你身边了……"

吴久霖颔首，满头银丝飘飘："好，好。我不说了，我不说了！"

回到德胜堂店里，李德明问王世奎说："老三，吴家老东家推举你做商会会长，眼看就是水到渠成的事情，你怎么只做个商会大掌柜？"

王世奎说："我不配。"

李德明说："老东家保举你的理由一大堆，你怎么不配？"

李德亮也掺和进来说："你不配，全窑坪再也没有配的人了。"

末篇·商 户

王世奎问道:"大哥,二哥,我做会长,能做个啥样子?"

"起码,你是我们德胜堂的人啊。"李德亮说,"我们德胜堂会跟着你沾光不少啊。"

王世奎烦躁地说:"把九州商会变成德胜堂私家的,不能给窑坪百十号商号公干,不能做出一点对窑坪有用的事情,你们说那还是商会会长吗?如果当一个商会会长想的是这些,你们没看见会馆正厅神龛上的关老爷,他可是看着呢。"

李德亮和李德明的脸色唰地一变,不再说话了。

第二天中午,王世奎带着灯草、小艾和王永成去粥棚喝粥。吴老东家当会长的第一件事情就,是倡导窑坪商户从当天起不再烧火做饭,而是一起到粥棚喝粥。把省下来的粮食,全部拿到粥棚里来。

王永成年幼,捧着粥碗喝得兴高采烈。小艾已经长成了大姑娘,在外面这样吃饭难免有些害羞。正为难着,"醉香楼"的妈妈也领着菊香和一群女子过来了,王世奎看出了小艾的心思,就端过一碗稀粥递给她,说:"往后,这样的日子也许会更多,小艾你要慢慢习惯……你看,菊香姨姨不是也来这里喝粥了吗?"

渐渐围上来的人多了,四处都是呼噜呼噜喝粥的声音。王世奎喝完粥,学着别人舔干净碗里的粥渣,正要起身往回走,却见老东家吴久霖也颤巍巍地来到粥棚喝粥。老东家对舀粥的伙计说:"我老了,肚子不好,要清不要稠了。"

王世奎走过去,看见老东家碗里的粥清得可以照见他雪一样的胡子。老东家笑着招呼王世奎说:"快来呀,这米粥就是香。你们德胜堂是做了一件天大的好事情啊。"

王世奎喉咙间一阵哽咽,眼泪就要下来了。他发现,这个老人身上,有许多和老太爷一样的东西存在。

王世奎到底想不起该说句啥话。就捡起刚才喝粥时听到的话说:"老东家,你看我们是不是得求神祈雨啊?这天气,再看不见下雨,就实在没办法了。稀粥喝下去,能顶多大的事情啊!"

老东家吱溜一声喝了口粥,说:"我也早就在想该要求神祈雨了。可是这窑坪地界,天南海北的人聚在一起,就怕想法不一样啊。"

王世奎说:"眼下这般光景,都还不得入乡随俗嘛。谁看着这个样子心里不慌?你老人家只要发话了,大家不都得听你的?"

老东家说:"如若真能祈到雨来,不仅解了我们窑坪粮食的难处,也解了灾民的困苦。昨天,我在粥棚碰见老郑来说,这四十里的窑坪河,干菜也少了。"

王世奎问:"老东家你昨天到粥棚有啥事情?"

老东家说:"就是想看看,也没啥事情。年纪大了,想到处走走。看着菜粥稀汤寡水的,心里也不太落忍啊。"

王世奎说:"既如此,就求神祈雨做一番道场。多花费几石粮食,反正怎么吃都是吃,不在乎了。"

老东家说:"这件事情,你要好好斟酌,咱们不图热闹,只望那么一场透雨。做事的时候,要心诚、恭谦。祈雨是一个大道场,祈不来雨,会叫人笑话我们,说我们闲话。"

王世奎想了想,说:"这雨祈不祈是我们的事,下不下是老天爷的事。怕别人笑话,说些闲话,我们可以不去想这些事情。俗话说,心诚则灵,我们祈下雨来,还不是天大的好事,也算是商会替大家做的第一件事情吧。"

老东家不置可否地笑了,说:"这祈雨的事情是你起的话头,我就晓得你都想好了。我这里,听听你说,晓得也就好了,细节上,还不是全靠着你们?我这把骨头,说不得话,走不得路,更敲不动锣鼓,抬不起神轿。世奎,你就试着祈一回雨,弄个气势出来。"

老东家干瘦的手臂用力一挥,说:"你放开胆子去做,别想着我。我都是快要入土的人了,不看着你帮我做些事情,死了没脸去见你们老太爷啊。世奎,我晓得你有能力也有想法,我是商会会长,你是商会大掌柜,你就替我做些事情,替商会做些事情。我相信你。"

王世奎说:"老东家,我晓得了。"

老东家吴久霖浑浊的眼睛死死地盯着王世奎,说:"你现在不光是德胜堂的大掌柜,也是商会的大掌柜啊。"

"老东家你放心。"王世奎回看着这双眼睛,心里不禁一沉,说:"我王世奎晓得该怎么做了。"

祈雨的道场是第二天天麻麻亮时开始的。三捻铳在干热的窑坪街上响起来了,李进才还赤裸着汗津津的身子躺在大炕席上熟睡。睡梦里,他看见一队看不清面孔的人马朝着他和大掌柜的马帮奔来,大掌柜让大家看好牲口驮子,自己却跑上去。忽然那些人拿出枪来,朝着大掌柜开了火。大掌柜浑身是血,却还笑着对那些人说客气话,说驮子上的是粮食,是驮回去救人命的……李进才吓醒了,擦着满头的汗水,连声叫着:"大掌柜!大掌柜!"

留在店里打扫的伙计刚好到了楼上,听到李进才的喊叫,急忙推门进来,问李进才道:"李掌柜,大掌柜去祈雨了,不在。你叫他有啥事情吗?"

李进才抚着怦怦乱跳的胸口,回答说:"没啥事情,你去忙吧。我去找大掌柜去。"

伙计退出门外,隔着雕花木窗棂说:"晓得了。大掌柜这会儿该去黑池龙王庙请神去了。"

李进才翻身下了炕,出了店铺的门往上街追去。这窑坪的黑池龙王庙就在上

末篇·商 户

街的黑蜂坪上，几棵黑魆魆的柿子树绕着矮小的破旧泥屋。里面就供着黑池龙王的木头像。李进才从来没有进去过。

没出中街就跟上了祈雨的人群。走在前面的王世奎青衣皂鞋，执事打扮，衣着全然不似梦中模样，李进才这才大大地松了一口气。他走到王世奎身边，不好意思地笑了一笑，说："睡过头了，还以为跟不上了。"

王世奎说："没事，天气热，年轻人就是瞌睡重。"

李进才又笑了一笑，说："可是，我没见过祈雨，就想看看。"

王世奎说："祈雨又不是啥热闹事情，有啥可看的？既然来了，就多磕几个头吧，心诚些。"

李进才点着头，说："嗯，这个我晓得。"

这个时候，李进才和大家一样，心里充满着敬畏，好奇，也有恐慌。他们谁都不说话，沙沙地走在高低不平的土路上。干旱带来的尘土，在这个早上最后一次飞扬起来。

第四十章

  黑蜂坪地势陡峭，崖壁参差。人们打攀上去打开庙门，只见屋角蜘蛛网满布，地上老鼠屎横陈。王世奎暗自叹息：都是我们这些凡胎肉体只记得活人，不记得神灵，难怪这大地上天干火着的，还不都是神灵怨愤！

  窑坪河有一句话说人是吃食的懵猪，刀子插进脖子里都不晓得是在挨宰，只是可着劲嗷嗷嚎叫。

  王世奎带着人，按着请神的礼数焚香、烧纸。随行的阴阳先生捏着牛角卦蹲在香案前的地上，口里说着听不清楚的话语。王世奎耳朵里听着阴阳先生叽叽咕咕地祷告，嘴里念念有词，心里想着庙外的旱情和逃荒的灾民。

  阴阳先生祷告完毕，连丢了三次牛角卦签，说："大掌柜，黑池龙王已经答应给我们降雨。"

  王世奎连叩三个响头，起身说："好，那就请黑池龙王！"

  跪着的人们一齐叩头，起身。前面的年轻人上前抬起香案后面的轿子，连同轿子里的神像一起抬出了庙门。按照窑坪求神祈雨的固有程式，主要目的就是千方百计地要司雨的龙王在这个祭祀祈雨的过程里高兴，只有龙王高兴了，才肯借雨。

  娱神的场地就设在黑蜂坪下面的坝子上。天旱，河道边大量的土地弃耕，沙砾灼热，连野草都没有。香案和经幡早就设好了，神汉们一律身着大红色的衣裤，脚上穿白袜麻鞋，头上的包头布巾也是红色的，长长地垂在腰际。他们每人手里握着一把羊皮鼓，身后是几堆冒着浓烟的柴草火，柴草火是用来烤羊皮鼓鼓扇的。羊皮鼓鼓扇越干，敲击发出的声音越脆越响。但是这样干燥的天气，烤羊皮鼓鼓扇根本就用不着，点燃柴草火堆纯粹成了一种形式，只是为了沿袭固有的程式和烘托一种神秘的气氛。

  王世奎走在后面，到了坝子上时，已经是人山人海。

  人们虽然肚子不是太饱，但是看热闹的热情却一点都不减。听说要在黑蜂坪下面求神祈雨，就相互告知，络绎而至。久旱祈雨，是顺应民心的大事情，人气也是很要紧的，人多，场面才会热闹。窑坪河干旱这么长的时间，没有啥可以让人们高兴的事情，这祈雨的羊皮鼓，从形式和场面上本身就是给旁人看着热闹的。

  王世奎对着安放停当的龙王神轿子，再一次跪拜。他是从心里期望用自己的诚心来打动龙王，给干渴的窑坪排忧解难。场面铺摆到这个地步，王世奎已经心无别念，他满心想的就只是一样东西：雨。

  开始请神，神汉们全都闭目肃立，等着神灵附体。阴阳先生跪在神像前，一边焚烧纸钱，一边祷告："杨枝净水，遍洒三千。性空八德利人天，福寿广增延。

末篇·商 户

灭罪除愆，火焰化红莲……如今弟子设此神坛，广告香愿：如果灵验，许黑池老爷三十六愿……"

三十六愿即是宰杀一只羊用来祭祀酬神。窑坪的规矩，酬神的牺牲分做三等。一等是骟羊，俗称三十六愿。二等是黑猪，俗称二十四愿。三等是公鸡，俗称一十二愿。阴阳先生话刚刚说完，跪着的王世奎说："弟子等在此长跪请雨，但凡应验，弟子做主给黑池老爷换一件新袍。"

阴阳先生听说之后，猛然提高嗓音，说："黑池老爷听清楚了，弟子们长跪请雨，但凡应验，三十六愿之后，再给黑池老爷换一件新袍。"

牛角卦签再次落地，阴阳先生脸色一喜，说道："黑池老爷答应借雨，有请法官。"

所谓法官，即就是整个祈雨仪式里做法念咒、加持神汉祭祀求雨的领头。法官和神汉们装束一模一样，只是法官手里握的不是羊皮鼓，而是一把用以洒水的高粱刷子。

法官上场，神汉们纷纷放下手里的羊皮鼓，跟着法官跪地叩拜，焚香烧纸之后，齐声高喊："吾召轸水神，参壁生雨风，箕豹起风云。亢龙随蛟舞，五星起阳庭。窿居坎所，关伯撼水车，牛金阿香女，娄狗水精灵。鬼羊生克火，悬澍丹田中。寸泽盈海渚，旱魃灭踪形。五雷神显武，急急如律令。"

俄而，只见四位神汉起身，抬起香案后面的龙王轿子，站稳脚跟，如在旱地生根了一般。

法官不断地往火堆里添加烧纸和黄表。

天已大亮，如火的太阳和往常一样升起，酷热难当。抬着龙王轿子的神汉们矗立在香案之前，丝毫不动。跪着的王世奎只觉得膝盖之处胀痛，好似没有了腿脚。他头上的汗水，从脸上滚落下来，滴在膝盖边的沙砾上。身上的衫子，浸透了，紧紧地贴上肩背，只要一拧，就可以掉下汗水来。

从老泉湾取来的水先被摆在香案的最中间，盛水的大钵是黑池龙王庙里的法器。香火缭绕中，钵里的水看起来格外清凉干净。供奉过一炷香的时候，装水的钵被移交到了王世奎的手里。

吴久霖吴老东家被人搀扶着，也到了黑蜂坪下。他不坐抬竿，也不骑牲口，他是一步步从窑坪走来的。他说，祈雨这么大的事情，走着来心诚。

吴久霖一来，王世奎也没有回头。他手捧那陶土钵，静静地看着钵里干净清凉的水，心里默默想着一场未知的大雨普天而降。赶来的吴久霖不顾喘息，扑通一声跪在王世奎前面，连连叩头，说："黑池显灵，福德正神，至明至清。护佑乡里，眷顾路人，夜路难行，与吾指明……"

王世奎回头一瞥的时候，忽然看见香案上的香烛在太阳的炙烤之下，轻微地爆出一些火星。惊愕之时，铁塔一般站立着抬龙王神轿的神汉们开始了前后摇晃。

法官脸色一变，言语也急骤起来："……吾召轸水神，参壁生雨风，箕豹起风云。亢龙随蛟舞，五星起阳庭。窿居坎所，关伯撼水车，牛金阿香女，娄狗水精灵。鬼羊生克火，悬澍丹田中。寸泽盈海渚，旱魃灭踪形。五雷神显武，急急如律令……吾召轸水神，参壁生雨风，箕豹起风云。亢龙随蛟舞，五星起阳庭。窿居坎所，关伯撼水车，牛金阿香女，娄狗水精灵。鬼羊生克火，悬澍丹田中。寸泽盈海渚，旱魃灭踪形。五雷神显武，急急如律令……"

神轿在神汉们的肩膀上腾挪跌宕。烈日里，抬着轿子的神汉们脚踩干旱的土地，步伐铿锵。人们忽然开始吆喝起来，声音一浪高过一浪。

法官起身，说："黑池说了，要一十二愿。"

吴久霖带头，众人齐答："许了！"

法官说："黑池说了，"要二十四愿。"

"许了！"

"黑池说了，要三十六愿。"

"许了！"

"黑池说了，要新袍。"

"许了！"

"黑池说了，要羊皮鼓谢神，酬神三天。"

"许了！"

……

时近日中，吴久霖吴老东家受不了炙烤，满嘴起痂蜕皮，几近昏倒，不得已被人搀扶了回去。

王世奎目送老东家离去，退跪一边。

眼明的人们看见，在老东家离去的东边南边天际，黑压压的云团积聚一起，翻滚着向窑坪河涌了过来。

地上，还是没有风。

王世奎满眼是泪，仰天长叹："老太爷啊……"

约莫半个时辰，第一滴雨带着尘土，叭的一声砸在窑坪河的某一个地方。紧接着天河被撕开了一道口子，倾盆大雨终于倾倒了下来。这时候，一阵接着一阵的大风才来助阵，拽扯着雨幕想要遮盖住这个久旱的世界。

神轿在风雨之中，疯狂地颠簸、奔跑。

"老太爷啊……"又一声有力的喊叫之后，德胜堂的大掌柜、九州商会的大掌柜王世奎，终于呼出了那口憋在胸腔里的气，软软地晕厥在水流成河的沙砾地里。

最为奇怪的是，这场大雨竟然雪水一般地冰凉。窑坪河那一年的七月，在一场大雨之后出现了持续三天的奇寒。原本可以袒胸露背的炎夏，人们不得不穿上

末篇·商 户

夹衣在泥泞满地的野外看了三天酬神的羊皮鼓。

直到酬神的最后一天了,王世奎还是昏睡不醒。

灯草尽心尽力地守着王世奎。王世奎每天只是能从干裂的嘴唇边润进几滴用甘草煮成的糖水,谁也不晓得他还会不会睁开眼睛,还会不会开口说话。

小艾和王永成姐弟俩小心地待在家里,哪儿都不去,帮着灯草看护眉眼不睁的王世奎,在小泥炉上用木炭火煮稀粥,巴望着曾经忙忙碌碌的父亲忽然坐起身来,说一声:"我饿了。"

还愿的羊皮鼓从东到西,又从南到北,整整响了三天三夜。一十二愿的公鸡杀了,二十四愿的猪杀了,三十六愿的骟羊也杀了。人们在感谢黑池龙王借雨,也看着酬神娱神的热闹。可是他们不晓得这德胜堂的大掌柜,刚刚当上九州商会大掌柜的王世奎到底怎么了。

这一天,人们吃着肉,喝着汤,窑坪一时看不出是旱灾带来的年馑……

把黑池龙王送回黑蜂坪龙王庙已经是日落西山的时候了。这场大雨后,窑坪河的土地恢复了湿润气息,泥缝里钻出了一些草芽来,远远看去,显出淡淡的绿色。瘦小了的窑坪河,也重新丰盈起来,该回到河坑里的石头也都回去了,它们一下一下地掀着急急地东流的窑坪河河水,想把它流淌的速度减下来。

安放好黑池神像,人们小心翼翼地退了出来。李进才以头触地,心里默默祷告:"黑池龙王,保佑我家大掌柜王世奎醒来……"

菊香从醉香楼出来,看见很久未见的笑容又回到了人们的脸上。这样一场透雨,那些适时的作物种子又可以下地生根了。附近逃荒的人们陆续离开,他们得借助墒情安排好后半年的耕作生产。

菊香今天不是去粥棚吃饭的,她想去廊桥边上的王世奎家里去看看。王世奎祈雨昏倒的事情在窑坪街街巷巷传言,已经好几天了,她不晓得到底怎么了。灯草也没见出来过,她想和灯草说一些体己的私房话。

从廊桥上走过,桥下面是刚刚变清的贺家沟河水。菊香远远地看见,肖善人提着裤脚,一步步踏进桥下面的贺家沟河水里。菊香不晓得肖善人又要做啥,但又不能停下来看着,只得放慢脚步从桥上走过。刚下桥头,忽然听得一声惊呼,回头看,已经不见了水里的肖善人。

菊香大吃一惊,湍急的河水里,疯疯癫癫的肖善人一下子不见了,他能去哪里呢?这个肖善人平时看起来好像不太入眼,总是叫人不太舒服,谁看见肖善人都要躲开,不想和他说话,但是说到底没有伤害过谁,最多就是说几句人们听不明白也不爱听的话,显得有些凶巴巴的样子。可是,现在他忽然从水面上消失了,连菊香这个平常和肖善人见不上面的都从心里咯噔了一声。

肖善人摔倒在河里了，水浪淹没了他。

看见肖善人被水冲走的人很多。他们眼巴巴地急着指指点点，一时间没有了主意。从贺家沟出来的水不太深，水流却急，没有人敢跳下水里去救肖善人上来。

叹息声中，只见一个人影纵身跳进了水里，扑腾着扑腾着就没了影子。菊香更加吃惊，心里扑通扑通地乱跳。她哪里见过这样的事情，眼睛里除了惊惧之外，竟然噙满了泪水。

一阵晕眩袭来，菊香几乎站立不稳。她不由得蹲下身子，不敢往桥下的水里看。待听得人们再一次叫起来的时候，菊香重新站立起来。她看见河岸边的卵石滩上，坐着两个湿漉漉的人。一个是肖善人，一个居然是德胜堂的少东家李德明，他们周围围着一大群人。

肖善人咳嗽几声，站起身摇摇晃晃地走了，到了桥上，还鼓劲打了一个响亮的喷嚏。李德明浑身湿淋淋地躺着，大口大口地喘气，他艰难地抬起手来，指着从桥上下去的肖善人，说："狗日的，肖善人，老子为了救他差一点就没命了……他倒好，从水里出来，屁都没放一个，跟没事一样，说走就走了。"

人们也都开始议论肖善人，说一些与自己毫无关系的闲话，骂几声不知好歹的东西。只有李德明瘫在沙地上，连身上的衣服都束缚着他，让他不能动弹。

李德亮听到李德明救落水肖善人的事情之后，带着人急急忙忙赶来。肖善人早就没了影迹，只剩下李德明躺在河边，有气无力地哼哼唧唧咒骂肖善人。

看见李德明安然地被人们围着，李德亮这才放下悬着的那颗心。他走上前去，散开了围着的人群，对李德明说："哥，你也太吓人了——咱回去歇着吧。"

李德明看见李德亮来了，忽然眼泪吧嗒吧嗒地滚落了下来，说："老二啊，那个狗日的肖善人，疯子肖善人，老子拼了命救他，他居然不当一回事。"

李德亮说："哥哥，肖善人他早都走远了，你说这些话他又听不着。咱不说了，咱回去，回去好好歇着。"

李德明也不起来，只是说："我救了他的狗命，说啥他都该着谢我一声吧？没想到这个狗日的不当回事情……"

李德亮蹲下身子，扶着李德明的肩膀，说："哥哥啊，你当初救他的时候，想没想到要他说一句谢你的话？"

李德明说："光急着救人了，没想。"

李德亮说："那你还说啥？走，咱回。"

李德明挣扎着起身，衣服上的水滴答滴答落了一地。李德亮说："谁都晓得他是一个疯子，你还要他说声谢你的话？哥，咱只想着救人，这就对了。想着要他谢你？你说怎么谢才是个谢？命都是你救的，还要他怎么谢你？"

"我看见他我就来气！"李德明依然气哼哼的说，"真是个疯子，不是人。"

李德亮说："其实，你只要看见他还在窑坪晃动着，你就立马可以想到这个

末篇·商 户

人是我从水里救出来的。这个时候啊，他就是在谢你了。"

"狗日的，肖善人……"

"哥，你别骂也别生气，你就是气破肚子骂破喉咙他肖善人也未必会理你。你想想，他啥时候理会过别人？"李德亮宽慰李德明说，"你这里气破肚子骂破喉咙，慢说现在他人不在这里，即就是他人在这里也不会理你。"

李德明吐掉嘴巴里的水，站起身来，被几个伙计们架着往回走。

李德亮跟在后面，他怎么想都想不明白大哥李德明怎么会下到河里去救一个疯疯癫癫的肖善人。他最了解大哥，他做事情很少想到过别人，可是今天，他怎么会跳到河里，去救一个与自己毫无关系的肖善人呢？

李德明不住嘴地骂着，被人架着上了廊桥，从菊香眼前走了过去，后面跟着一大堆看热闹的人。

菊香很少从醉香楼出来，哪里见过这样的事情。一看见这么多人围着李德明一路说话，早就忘了去看王世奎和灯草的事情，她的心思已经被眼前的李德明兄弟牵挂住了。一直跟着看热闹的人们走到吊河坝李家大院门口，菊香这才一副醒悟过来的样子，转身匆匆往廊桥边的王世奎家里走去。她记起了灯草，她们已经好几天没见过面了。

大门关着，轻轻一推也就开了。小艾正躲在楼梯口的檐下偷偷掉泪，没有看见已经进了院子的菊香。菊香上楼，走到小艾身边，小艾才忙忙地拭去泪水，强笑着叫了一声姐姐。

菊香摸摸小艾的头，纠正着说："小艾啊，告诉你多少次了，以后不准叫我姐姐，要叫我姨。"

小艾摇摇头，说："妈妈说了，你那么年轻，我不能叫姨。"

菊香问："大掌柜现在怎么样了？"

小艾听见问王世奎，眼泪又下来了，说："还是那样……睡着了不醒来……"

菊香蹲下来给小艾擦泪，说："小艾你别哭，你爸爸他吉人自有天相，不会有啥事的。他真是累了，睡两天就好了。"

小艾说："爸爸哪里是睡两天啊，他都好几天了，还是不醒来。"

"那他就是很累很累了，需要多睡几天。"菊香说，"小艾啊，信不信明天早上你醒来就看见你爸爸在窗前读书呢？"

小艾点着头，说："我就天天想着爸爸忽然会醒过来，他就从来没有这么睡过。多少年来，爸爸都是起来最早的啊……"

"所以啊，他现在是补着睡觉。"菊香站起来，抚着廊檐下的木栏杆说，"他休息几天，醒来就又不能好好睡觉了。这样一想，倒还真的不希望他现在就醒过来，多休息几天才好。"

"可是，我想和爸爸说话。"小艾又开始抽泣起来，她哭着说："爸爸整天闭

着眼睛，看都不看我们一眼……"

"妈妈呢？菊香，你妈妈在哪里呢？"菊香拉着小艾的手往屋里走，"她可以和小艾说话啊。"

小艾说："妈妈的眼睛都熬肿了，老是流泪，擦也擦不干，擦也擦不干。"

进屋果然看见灯草靠着一张木椅睡着了，微闭的眼睛红肿着。炕上躺着昏迷的王世奎，王永成蜷在灯草的怀里，屋子里静悄悄的，没有一点点声音。菊香这才晓得小艾在屋外廊檐下独自流泪的原因：这个懂事的孩子，她是怕吵醒刚刚熟睡的灯草。

九州商会第一任会长、九思堂老东家吴久霖听说李德明救肖善人差一点丢了命，不由得叹息一声，说："老李家这德胜堂，该不是运气不好，遇到啥坎儿了吧！"

他叫来吴生瑞问详细情况，没想到吴生瑞天天躲在店铺后面喝茶，连粥棚都没去。吴久霖气得摔烂了手里的细瓷茶碗，要他出去找几个神汉来，去王世奎家里打醮禳解。

吴生瑞出去了。吴久霖才气哼哼地转身出了店铺的大门。走到街上，他又折转身往中街廊桥边上走去，他对跟着的伙计们说："回去，拿上一包糖，跟着我去看看王大掌柜。"

伙计回去拿糖，吴久霖一个人站在街上自言自语地说道："这些事情，怎么都落到老李家了呀？我那些不争气的儿子，哪天也给我老吴家长长脸啊！"

想了一阵，又说："该着的，躲也躲不脱，不该着的，想也没有用。"

又想了半天，说："我怎么想着把这些事情弄到自己头上呢？又不是啥好事情。如果真的遇到了，又该愁死我了。"

这样胡乱想着，回去拿糖的伙计颠着大步到了跟前，说："老东家，咱走。"

吴久霖的思绪还没有完全从矛盾的世界里回到现实中来，但他还在想着这件事情怎么没有出在九思堂却出在了德胜堂，祈雨后昏睡过去的王世奎，还有救肖善人的李德明。其实，老东家从内心深处是很赞赏这些事情的。虽然看起来不怎么称心，但是听起来好听，传出去也好听。

伙计提提手里的糖，又一次催促老东家说："糖拿来了。"

老东家反应过来，连忙点头，说："嗯，咱走吧。世奎侄儿不晓得现在咋个样子了，老是叫人惦记着，放不下呀。"

到了大门口，老东家破开喉咙喊灯草。小艾懂事地到大门口来开门迎老东家，吴久霖看着小艾，感慨地说："都大姑娘了。"

小艾说："吴爷爷，小艾是白长了这么大的个子。"

吴久霖怜爱地说："小艾啊，看看你说啥话呢。我问你，你爸爸现在怎么样了？"

小艾说："他还在睡，就是不醒来。"说着，就流出了眼泪。

323

末篇·商 户

吴久霖说:"小艾你前面带路,我去看看你爸爸。"

小艾点点头,默默地带着吴久霖往楼上走。在菊香眼里,吴老东家没有李老太爷可亲,但是也很和蔼。老东家和小艾走得很近,小艾闻得见老东家身上那种淡淡的水烟味道。

走进屋里,灯草还在熟睡,菊香静静地守在灯草的身边。怀里的王永成不晓得啥时候醒了,睁着大大的眼睛,看着一屋子的陌生人。菊香看见老东家进屋,连忙起身施礼。老东家略略踌躇了一会,才摆摆手,说:"是菊香姑娘吗?等会儿你得暂时回避一时,怕神汉进来吓着了你和王永成。"

菊香再次谢过老东家,说:"没想到老东家竟然如此细致,小女子是何等人,也敢要老东家操心?"

老东家说:"你啥时候听说过窑坪把人分成三六九等了?这么些年来,就连东家和伙计,谁说过啥生分的话?就连疯子肖善人,还不是德胜堂的少东家从水里救上来的吗?这窑坪上百户商户几千人,谁做啥我们不能管,谁不做啥我们也不能管。但只要是一个人,这个人我们就不能不管。"

菊香点着头,看了一眼还在熟睡的灯草,小心地摇了摇她倚着的木椅子。灯草一下子醒了,紧张地左右一看,看到站着的老东家,忙起身放下王永成,嗔怪菊香和王永成说:"老东家来了,也不叫醒我。"

老东家宽厚地说:"灯草啊,你是太累了,看你睡得熟,就没喊你。"

灯草说:"我哪里有东家那么多的事情,哪里敢在老东家面前说累!还不都是自己惯的毛病!"

老东家说:"王世奎病倒不起,没人替代你啊。没黑没明的守着,就怕他忽然醒来你不晓得,自己不在他的眼前……我说的对吗,灯草?"

灯草的眼泪又一次落了下来,说:"有这么些人惦记,世奎他不醒来都不由他。"

老东家一脸的凝重,看着昏睡的王世奎,说:"灯草你放心,我们想尽办法,也要让他醒来。"

灯草感叹不已,说:"我们这一辈子都是靠了德胜堂和九思堂。没有老太爷和老东家,就没有我们。"

老东家说:"说哪里话。其实啊,我们都是靠了窑坪,靠了窑坪这么多的人。没有窑坪,哪里还会有我们这些人,哪里还会有我们这些人做的事情!"

灯草说:"我啥都不懂,我就老是想着世奎说不定在我不注意的时候就醒来了。多少回,我偷偷转过脸,想着转回来的时候,世奎的眼睛有可能睁开了……可是,我悄悄地转过去多少回,世奎他还是那样睡着……睡着……"

老东家一时难受起来。在他的记忆里,从来没有看见过王世奎哪天没事清闲过。德胜堂的账务大小都得从他的算盘里走一遍,此外还有马帮驮队上货卸驮子,后来种棉花、弄染坊,然后去汉中开设分号,没有一件事情他不操心。那些细碎

的日常事务，使得王世奎更像被抽了一鞭子的陀螺，没个停下来的理由。

老东家抓住王世奎的手捏了又捏，那双手温热绵软，在老东家皱巴巴的手里被反复捏着不肯丢开。老东家泪眼婆娑，叹息着说："我晓得，大掌柜这真是累的——这几十年来，不光是德胜堂的生意，窑坪啥事情离得开过你啊。"

灯草说："是我们离不开窑坪。"

老东家说："以王世奎的性格和做事方式，他走到哪里都是做事情的人。他能在窑坪，是我们的运气好。"

"不是啥运气，这些都是我和他的命。"灯草抽抽嗒嗒地说，"命里只有七斤米，走遍天下不满升。我们该着在窑坪吃这么多年的饭，现在如果他就这样走了，也就是我们一家吃完了窑坪的禄粮……"

老东家丢开王世奎的手，说："我已经请了人，晚上在世奎炕前打醮念赞，起鼓禳解，还得麻烦你招呼周全。"

灯草感激得眼泪直流，差点给老东家跪下。她说："都是老东家想得周到……如果王世奎醒转过来，我要他给你做牛做马。"

老东家无可奈何地说："就像你说的，一切都是命。我也没有更好的办法，只是尽尽人事。这心里，就没想过王大掌柜会出个啥事情来。老是想着，他就是睡一觉瞌睡，休息几天就好了……"

灯草说："都是这样想的，也是说他就是瞌睡了，睡几天。"

老东家无限爱怜又无比担忧，他说："就是不晓得世奎醒来，会是啥样子！"

灯草说："只要他醒过来，就是不知人事，吃喝拉撒都不晓得也行……我伺候他……"

吴生瑞带着请来的神汉到楼下喊灯草嫂子开门的时候，夕阳已经斜照着这栋小木楼，晚风在窑坪街巷之间穿来穿去。院角一株线柳，披散着一树细枝，轻柔地飘扬。灯草一步步走下木楼，来到院子里，迎着众人深施一礼，说："劳烦各位到家里来，辛苦了。"

吴生瑞带头还礼，说："能给王大掌柜做点事情，是老太爷盼咐了的，也是我们愿意做的。王大掌柜以前的时候，没为哪家辛苦过？说实话，王大掌柜这一睡啊，都睡得我们六神无主了。"

灯草说："我晓得，你们都在抬举他。我先替他谢谢你们。"

吴生瑞等人乱纷纷地说，能帮大掌柜做点事情，是求之不得的，你千万别说谢的话。

灯草一时不晓得该怎样说话了，只是红肿的眼睛里泪珠滚落了下来。

众人心里不落忍，鼻子也酸了，跟着吴生瑞推开楼下一间闲着的耳房，打扫安置了一番，抬来一张方桌，写写画画了起来。

末篇 · 商 户

　　这是神汉们禳解仪式前必备的程序。这些写画的东西，据说是可以通灵的文书，是神汉们用来和神灵们交流的先期契约。在禳解仪式刚刚开始的时候，这些花花绿绿的文书要和黄表一起焚烧，所以他们开始分工，在仪式开始之前做完文书，还有那些装饰坛场用的彩色花花纸，也要一并染好。

　　一直到了暮色四合，一应备齐。

　　老东家临走时留下话了，说是晚上的禳解道场，开坛的时候一定要等他。神汉们不敢不给老东家面子，说着闲话等老东家到场。

　　神龛已经设了起来，草纸糊成的灯碑后面，一盏清油灯摇曳着豆大的灯焰，映着草纸灯碑上的两行毛笔字：魍魉遁形留清平世界，人心归真致祥瑞乾坤。

　　神帐两边也有一副偈语对子，写着：一呼不远，阴阳隔纸本是一家；三思乃成，天地分道才算同体。

　　吴生瑞坐在一边喝茶，他看不懂这些神汉写画的都是些啥。但他晓得，老东家快要到了，这个给王世奎禳解的道场，老东家他一定不会迟到。

　　果然，一炷香刚刚烧到一半，就听见门口有人嚷嚷着说老东家来了。吴生瑞放下手里的茶碗，跟着人们迎出门去。老东家身着棉布小夹袄，头戴毡帽，一副准备熬夜的装扮。身后的伙计悄悄地对着吴生瑞说："老东家说非要等到王大掌柜醒来才回去。我们就怕他老人家熬不得夜。"

　　吴生瑞说："你也别急，我们慢慢等着看，后半夜老东家必须得睡觉。"

　　伙计说："就怕老东家不听我们的，他要做啥，我们怎么能拦得住？"

　　吴生瑞想了想说："没事，把老东家也叫来，他可以帮着我们说话。"

　　伙计点点头说："就怕老东家的话他也不太听。这事情，怕还得看王大掌柜啥时候醒来。"

　　吴生瑞指使伙计说："不论怎么说，你还是去把老东家叫来。他在，我心里还多少踏实一点，这个时候，看老东家的架势，我心里慌得没个底。"

　　伙计只好答应说："那好，你看着大掌柜，我就去喊老东家过来。"

　　吴生瑞说："记着，回去了对老东家说，就说老东家身体不舒服，要他过来照看着。他来了自然会想办法。"

　　伙计说："嗯，这点我晓得。老东家一直都佩服王大掌柜，只要说今晚给王大掌柜做禳解道场，他肯定要来。"

　　吴生瑞说："还真是，老东家就推崇王大掌柜。"说着话又催促伙计说，"还不快点去，老在这里瞎耽误啥工夫！"

　　吴生瑞挨着父亲老东家吴久霖坐了下来，立时闻到一股好闻的水烟味道。这种水烟味吴生瑞已经闻了二十多年了，他虽然自己不吸水烟，却从小就闻着水烟味道，对老父亲身上的这种最为熟悉的水烟的味道有一种非常亲切的感觉。

老东家坐稳之后，神汉们的领头人上前来问是不是起鼓开始。老东家看看身边的吴生瑞，说："你们开始吧。吴生瑞你扶着我上楼去，看看王大掌柜。"

上楼，王世奎还是和上午老东家看见的一样躺在炕上。他眉头舒展，脸色平静，气息稳定均匀，身体舒展，他没有一次这样安详地睡过。

借着昏暗的灯光，老东家看着熟睡的王世奎，心里生出无限的怜惜。他从心里叹息，说："这么好的一个人，如果真这样睡下去，老天爷就黑了心瞎了眼了！"

正想着，猛地听见楼下一通鼓响。老东家只是觉得脚下的楼板嗵嗵地乱跳，头顶上灰尘都落了下来……恍惚间，他看见王世奎那只露在外面的手，连着抖动了起来。老东家不觉一阵狂喜，他一把抓住王世奎抖动的手，顺眼往王世奎的脸上看去，王世奎的眼睫毛忽然也轻微地颤了起来……四目相对，老东家和王世奎都有一种惊喜和激动……老东家吴久霖的心里一下子空了，他仰头向着屋顶大声地说："老天爷啊，我一直就说，你的心不黑眼不瞎，不会让王世奎不醒来的……"

神汉们还是按照禳解的程式，闹腾了整整一夜。

醒过来的王世奎喝了一小碗熬烂的稀粥，和守在炕边的老东家他们说了半夜话。王世奎要老东家回去睡觉，隔一天他去看老人家，老东家不依，硬是坐到了鸡叫才走，任谁劝说都不听。

德胜堂的小伙计李培海从来没见过神汉禳解道场，看着几个壮年男人装扮得花花绿绿的，敲敲打打地说唱，感到非常稀奇。

这李培海才十二岁，精精瘦瘦的，小鼻子小眼，却是分外灵省。不但李德明喜欢，大掌柜王世奎也从心里喜欢这个小不点伙计。前两年李培海跟着父母亲从南郑逃荒过来，在一个冬天流落到窑坪街头。李德明看着小小年纪的李培海可怜，就不由得动了恻隐之心，把他带回到铺子里，交待给了王世奎，让他留在店里做了一名小伙计。

王世奎对李培海格外照顾，凡事处处要求，有时候伙计之外的事情，王世奎也给李培海安排。小小的李培海很听王世奎的话，王世奎要他做啥他就做啥，做不动的也做，让看着的人不得不心生怜悯。王世奎去汉中府以后，李培海更加卖力，九思堂的老东家常常叹气，说德胜堂不晓得在哪里烧了高香，实心眼的人都去了德胜堂。

这李培海年纪虽小，走过的地方却多，见过的事情也多，却偏偏没见过还有这样的场面。他很惊奇神汉们的表演，他无法想象神汉们用这种表演就能叫醒昏睡几天的王世奎。他这样一想，顿觉这种表演不但神秘，而且叫人无端地感到恐惧。活生生的神汉们一打扮，穿上花花绿绿的衣服，居然就可以和看不见摸不着的神灵们沟通交流……这种感觉充满悬念也充满奇异，转而，对神灵的敬畏全部移到

末篇·商 户

了这些神汉们的身上。在人们眼里,这些穿戴奇异的神汉们已经不是神汉,不是肉体人身的普通人,而是神灵本身了。

李培海看着眼前神汉们的装束,顿觉耳目一新。这些平时常见面打招呼的人,一旦穿上奇异的服饰,一下子就变得神秘起来了。

李培海挤出人群,他想去看看刚刚醒过来的王世奎。

李培海对王世奎的那种感情,和王世奎对老太爷的感情丝毫不差。李培海悄悄进去,吴老东家刚走,屋里还留有浓烈的水烟味道。

吴生瑞还在屋里,他正陪着王世奎说话。王世奎半闭着眼睛,极度虚弱。看见李培海进来,王世奎还是抬抬胳膊,示意李培海坐下。李培海走到王世奎炕头,挨着炕沿轻轻坐下,说:"大掌柜,你终于醒了……"说着话,喉咙一阵哽咽。

王世奎哑着嗓子,声音非常微弱地说道:"生死有命,富贵在天……我能醒来,已是奇事……"

李培海点着头说:"都是大掌柜宅心仁厚,感天动地……"

王世奎露出一丝笑意,说:"看起来,你小子又读新书了,都晓得这些个词句了……很好……"

"大掌柜不是常常教导我们要常读书读好书的吗?"李培海说,"你昏睡的这些日子,我不晓得我该干些啥事情,所以在烦闷的时候就读了几本书。"

王世奎点头赞许,说:"嗯,很好……很好……等我好了,我带你,出门去,历练历练……"

第四十一章

到了初冬，补种的秋粮秋菜都已经收储完毕。

这个时候的窑坪，已经看不出有啥异常，每天有大队的马帮来往于街衢之间。每逢集日，周边赶集买卖的百姓照样早早就到了，九思堂、德胜堂等等这些大大小小的店铺里都挤满了人，那些远道而来的驮队，只好停留在窑坪街的外面，把牲口拴在柳树林子里，伙计们或靠着驮子休息，或去街上溜达……

四十里的窑坪河，重现出了繁华热闹的场面。

这是公元1929年。《康县志.大事记》记载：

1929年（民国18年），天大旱，为百年所罕有。禾稼干枯，粮食未收，民众大饥。
是年，始置康县。县治云台白马关。贺丹铭出任康县第一任县长。
是年，康县太石甘柏阁俊山聚事，率其人马劫富济贫。

窑坪的消息是庞杂的。哈林从兰州带来的一个最叫人丧气的消息是，沿途已经有大股军事武装抢钱劫物，马帮贩运困难重重。王世奎问起张义，哈林说是已经好几个月不曾见面，只是听别人说去西宁未归。

那是一个寒气逼人的夜晚，哈林看着卸完驮子，招呼伙计们去李家脚骡店歇息，然后他自己就跟着王世奎去了桥边的二楼去喝茶。茶是罐罐油茶，红彤彤的木炭火吐着淡蓝色的火苗，照着两个不同形象的男人。哈林是回民，络腮胡子，粗壮威猛，直率坦诚，穿着羊皮马褂，看似剽悍。而王世奎则文弱秀气，一身蓝色棉布长袍，眼神睿智，言行举止温雅得体。这样的两个人坐在一起，围着火炉煮油茶喝，实在是不多见的场景。

二寸高的油茶罐，三罐油茶才能倒一杯，一口就喝干了。就着烤黄的馍片，两个人有滋有味地吃着、喝着、说着。到了后半夜，两人喝到兴头上，一点瞌睡都没有。哈林奇怪地说："咋回事？原本想着乏了要早点睡觉，怎么这么清醒，没瞌睡？"

王世奎说："都说这浓茶提神，看来是真的。"

哈林笑了，说："都是经验之谈了，你怎么才晓得是真的！"

王世奎说："我很少这样喝茶的。"

哈林说："都是我，影响大掌柜你休息了。"

王世奎也笑了，说："这么长时间了，我也难得有这么高兴一回。我天天在想着，哪一天能和你，能和张义坐一起，说说心里话呢。"

末篇·商 户

　　哈林说："我原来就是一牲口贩子，没读过多少书。跟着张义颠颠地到了王大掌柜这里，别的不说，就觉得你这人实诚，可交。"

　　"我记得我们老太爷在世的时候，一直在告诫我们不可想着占谁啥便宜。他老人家说，人啊，老是占便宜就不是啥便宜，老是吃亏就不是吃亏。头顶上有眼睛看着你呢。"王世奎说，"我也就一直在想，倒还不是头顶上有没有眼睛看着，而是人都要有个良心，你总不能让谁一直吃亏吧。"

　　哈林喝干一杯油茶，说："我记得第一次到窑坪，我去拜你们的关老爷，在关帝庙里你给我念的碑文说：圣人以神道护教而天下服，尝闻汉寿亭侯忠义神武灵佑仁勇威显关圣大帝，自通都大邑下至山颐海邀村墟穷僻之壤，其人自贞臣贤士仰德崇义之徒，下至愚夫愚妇儿童走卒之微贱，所在崇饰庙貌，奔走祈禳，敬思瞻依，凛然若有所见……那时候，我就在想，人若能做到如此，不成神都难。"

　　王世奎哈哈一笑，说："我只是照着碑文通读，没想到你倒是全记下来了。好记性。"

　　哈林说："我虽然没读过书，但记性确实好。我们诵经，那么长的经卷经文我一遍也就记住了。"

　　王世奎赞叹说："记性如你的人，应该不多。"

　　哈林说："我也只是对这些喜欢的事情感兴趣，记起来也就容易。不喜欢不感兴趣的事情，我可是一塌糊涂。"

　　王世奎拨着炭火，说："我是不如你，只是空读了几卷圣贤书。到现在啥都没记下……"

　　哈林说："大掌柜能够晓得一辈子该怎么做，还不是记下来这些你自己喜欢的文句？哪像我，虽然记得这些警句，做人做事却是懵懵懂懂，没个方向。"

　　王世奎苦笑，说："我哪有啥方向，还不是人不逼人事逼人！每天睁开眼睛，看到街上来来往往的人，就不得不想想今天的生意。做着手边的生意，就不得不想想后面的生意。做着自己的生意，还得想想做生意的人……反正啊，该想的事情想也想不完，该做的事情做也做不完。有时候，就想着那些人事不知的日子，倒还觉得轻松。"

　　哈林叹息，说："我一路从兰州下来，就没睡过一个安生觉。盗匪肆意横行担心驮子，天气变化就担心伙计们的身体，道路艰险还得担心牲口的安全……歇息下来，也就不想再走了。"

　　王世奎丢下手里拨弄炭火的火箸，哈哈大笑，说："真有意思。你倒说说我们这样做是何苦呢？不说上有老下有小了，不受这份罪也还过得去吧。"

　　哈林说："大掌柜，我说句心里话，我哈林丢得下马帮脚户，你丢不下窑坪的商户。我还晓得你不但丢不下，你还得搭上一辈子，像我们常说的一句话——采蜜的蜂子命，驮货的骡子命。"

王世奎这时候转为苦笑，看着哈林满脸的胡子。哈林摇着头，说："王大掌柜你也别看我，我告诉你，这都是命，你的命——你丢不下。"

王世奎又叹着气，说："这话啊，都让你说尽了。我呀，就是丢不下。"

哈林说："我现在忽然晓得窑坪为啥有一座关帝庙了。关帝庙要教导的就是那块碑文里说的'行，必以成名；义，必以为教'"

王世奎说："你记得挺全面的。"

哈林说："我就记得那块碑文。"

王世奎说："我就不记得。"

哈林说："你是记得碑文的教义，我是记得碑文的文字。我哪敢和你比啊？"

王世奎说："我真的啥都不记得，我就是老想着老太爷，老想着怎么才能对得住老太爷。"

这一夜，窗外发白哈林才打着哈欠告辞。而王世奎却毫无睡意，他起身披上布衫，在书桌旁坐下，磨墨捻笔，书写一纸早就熟稔于心的倡议。只见他略略沉思，落笔小楷：

积水成溪，浪涌千里。聚丝拧股，可揽舟拽帆。兹我窑坪，区区小街，长不过百丈，阔亦不足一箭之地，然商贾积聚，买卖繁盛，几度兴衰，已逾三百年。

至此，我辈当承前启后，为后辈儿孙植树乘凉，兴茂集市，才未为辜负天时地利之便。先，有九州商会立于市，嗣后，有我代行会长之职。鄙人才疏学浅，自知寒微，唯兢兢业业，昼夜思谋不敢懈怠，方不愧对。今商旅更为艰辛，盗贼四起，路途阻滞，货运不畅，一为窑坪洋货匮乏，二为地产不厚，内需空敝……恐长此以往，交易渐微，有失利市。在册商号，共计一百一十四家有余，除店铺交易之外，鼓励移收购囤积、稼穑种植、作坊制造、转运买卖等行当。还可适量允许出现烟馆、当铺、纸活……

天色大亮，王世奎笔锋稍一停顿，一滴墨汁顺着笔尖落到枸皮纸上，洇出雪花一般大小的墨迹。他笑笑，顺手换上第三张纸，继续往下写道：

但凡有创业拮据者，可与商会契约，或借资，或赊物，合规矩者不敢阻挠。或商户间结盟，或一户分立多户，商会照实核准予以承认……与此种种，莫不是为我窑坪着想。若能如此，实属喜莫大焉，幸莫大焉！

早上的第一抹太阳光，已经透过纸糊的窗棂，照在王世奎的书桌上。

一夜未曾合眼，他居然没有一丝倦意。

末篇·商 户

这个时候，汉中府伞铺街德胜堂分号里，伙计刚刚卸下门板，开始洒扫店内地面。沿汉江吹来的冷风，簌簌地掀着桌面上的几页草纸。洒扫的伙计打了一个寒战，抬头看见门外几个男子挤了进来。伙计忙扔下手里的笤帚上前搭讪："几位哥，是要些啥东西？里面看着。"

"咦，你怎么说话的？"打头的斜着眼睛看着讨好的伙计，语气里满是不屑和鄙夷，"叫爷，叫大爷。"

伙计还是堆着笑，说："嗯呀，进门都是爷——大爷。"

还是打头的扯着嘴说："啥进门都是爷？就我们几个，叫爷。"

伙计立时明白是遇上找茬的了，忙不迭地招呼道："爷，几位爷，里面看着。"

打头的随手一个耳光，打在伙计的半边脸上。他自己牙疼似的抽着嘴，说："叫你不会说话。记着，一个一个叫爷。"

伙计捂着半边脸，牙血从嘴角流了出来。他惊恐地看着这些气势汹汹的人，哀号道："大爷，我做错啥了？"

跟在后面的一位矮个子过来，揪住伙计的领口，说："要爷给你说你哪儿错了？你倒是告诉爷爷你错哪儿了！"

闹腾间，祝显明急急地出来打圆场。他拱手打揖，转着圈说好话："大爷请松手，都是鄙店招呼不周，几位爷千万不要计较……大爷请松手……"

矮个子丢开伙计，回头冲着祝显明恶声恶气地说："小子哎，你算哪棵葱？要爷们松手，我看你是皮痒痒了？"

祝显明连声说："我是小店的代行掌柜，各位爷，有话好说。"

"小小年纪，满嘴诳话。"打头的面露凶光，说："这小子，敢欺负爷爷们眼拙，拽过来给我往死里揍。"

祝显明连连后退，摆着手说："爷爷们，咱有话好好说。"

打头的说："就怕你小子做不得主，还是请你们掌柜出来说话，免得你小子受皮肉之苦。"

慌乱中，祝显明记起王世奎说过遇到啥情况都不可自乱了阵脚，便强作镇静之态，说："秤砣虽小压千斤，甘罗十二当宰相。我祝显明怎么就不能当德胜堂代行掌柜了？"

打头的这才正眼看着祝显明，说："咦，听你这娃娃说话，倒真有点像掌柜的样子。今儿摊上这事，你给说说咋办吧。"

祝显明拐不过弯来，问："这位爷，啥事儿，你给提个醒，啥事咋办？"

打头的哧的一声冷笑，说："小哥你是揣着明白装糊涂。今天这事情想要完结，你这店里要破一点财就好说。"

祝显明说："愿闻其详。"

打头的板起脸说:"就给你说明白一点,把店里的钱拿出一点来,给我们爷几个分了。"

祝显明哎呀一声,说:"真是不巧,店里刚刚开门,还没有啥进项。昨天下午又把一点碎银子放进了票号。几位爷,你们看是不是过几天……"

矮个子哇呀叫了一声,抓住祝显明的领口说:"耍弄爷?爷就怕你太听话了不好意思下重手,你倒还体谅爷的苦衷。"

打头的把手一挥,几个人直奔柜台后面,从里面的展台上搬出一尊白玉观音菩萨像来。打头的说:"没钱是吧?店里没钱好说啊,就这个东西,兄弟们把它分了也就凑合。"

矮个子一甩手,丢开祝显明说:"咱走了。明天再来。"

祝显明这才晓得,这些人是有来头的。其实,一切都是借口,想弄走这尊白玉观音才是真的。这尊白玉观音是王世奎大掌柜弄来的镇店之宝,是花了大价钱的。玉是从巴山深处的矿山淘得的白玉上品,雕刻工匠是有名的老匠人,精雕细刻历时三年才做好,成了老人的封刀之作。整尊观音造型典雅别致,特别是面部如凝脂,表情似笑非笑,雍容典雅。虽然形制不大,却也价值不菲。王大掌柜耗资耗力,才算满意地把这尊白玉观音请到了店里,摆在后台上,并嘱咐店里每日里用香、花、果、烛供奉。

无论如何白玉观音不能从自己手里丢失!祝显明挣扎着说:"各位爷,别的都还好说,唯独这尊观音动不得。"

矮个子摇晃着手里拽着的祝显明,说:"你不是这里的掌柜吗?你不是可以做主吗?你不是说没有钱吗?爷爷们就是喜欢你家这个东西,今天就要它。"

祝显明踢腾着腿脚,哀声连连说:"现如今,本来就不是清平世界,几位爷还要这么做,就是趁火打劫,不地道!"

打头的狞笑一声,说:"小哥,你说得对。如果是清平世界,我们哪里敢明目张胆地来你这里拿这么贵重的东西?今天啥话都不说了,这个东西我们拿了,小哥你好自为之。"

祝显明一急就咬了矮个子一口,矮个子哎呦呦一声,疼得甩手。祝显明趁势扑上去抱住白玉观音,声嘶力竭地喊着说:"信不信,宁为玉碎不为瓦全!"

矮个子缓过神来,冲着祝显明的肩头就是一拳,说:"小子哎,你说啥玉碎啥瓦全?等会儿你肉疼了就玉也不碎了,瓦也不全了。"

店里的伙计们哪里见过这种场面,全都呆若木鸡,不知如何应对。看着祝显明抱着白玉观音挨了打,这才一窝蜂拥上来,连撕带咬地乱作一团。混乱中,祝显明终于抢出了那尊白玉观音,塞给身后的一个伙计,然后返身挤入人群,一屁股坐在地上大声哭喊起来:"叔叔姨姨们帮帮我啊,青天白日出强盗了……"

一阵闹腾,早有街坊进来,喝住了进店作乱的人。打头的看已经占不了上风,

333

末篇·商 户

指着哭喊的祝显明说："听着，我看在众多乡亲的面子上，今天就到此为止，不与你计较。下次，别再冲撞着我们。"

说完，带着一群人灰溜溜地出门走了。

送完街坊，祝显明看着差点被抢走的白玉观音，极度怅惘。他对着伙计们说："都晓得不怕被贼偷就怕被贼惦记着。这尊白玉观音是被这些人给盯上了，可是我不晓得咋办。我就想着，师傅能在汉中府就好了，他有办法。"

伙计中有人插话说："谁晓得大掌柜啥时候来啊！万一，那些人明天就又来了呢？"

祝显明一听，急得眼泪又簌簌地下来了，说："那咋办啊那咋办啊！"

大家谁都不晓得咋办。半晌，才有人提议说不如送回窑坪去。祝显明问："这个时候谁能把这尊观音从汉中府送出去？如果送不到窑坪，还不如送去到赵益邦伯伯那里放着。"

还没说完，问题就又出来了，万一被人掉包了怎么办？

没有谁敢出来保证白玉观音不会被掉包，又是一阵寂静。到了中午，祝显明说："倒有一个办法，那就是暗度陈仓。"

按照祝显明的暗度陈仓，是把白玉观音就藏在店里，根本不用挪窝，只要放出信就说有人打白玉观音的主意，德胜堂汉中分号怕东西难保，已经暗里偷偷地送回窑坪总号了，让那些人听到这个假消息死了贼心。

大家都觉得这个主意好。祝显明告诫大家，说："这事情，只能你知我知店员知，神知鬼知天地知。万一泄露消息，大家就谁都没有个好日子过了。"

大家纷纷点头，说这点利害关系谁都晓得的。

祝显明说："这个事情啊，还得尽快让王大掌柜来汉中府处理。我只怕我守不住这件东西。"

伙计们虽然心有余悸，但还是松了一口气。祝显明说："得尽快弄些秋茶，回一趟窑坪。一则真真假假地遮人耳目，二则回去看看，让大掌柜出一个万全之策，顺便送一些秋茶到窑坪去。"

伙计们纷纷嗟叹不已，忧心忡忡地说要紧的人都回了窑坪，汉中府的分号这生意谁来做主啊……

"都是你们低估自己，却恰恰把我看高了。"祝显明说，"我自己清楚，大掌柜把我搁在这里带着大家打理分号，虽然是看重我，实际上是让我们大家抱成一团来应付店里的事情。大小事情都是我们大家的事情，都是兄弟们的事情。给我解围帮忙的时候，也锻炼了大家的处事能力。我不回窑坪，我想我们不论哪个兄弟，都能把驮队赶回窑坪，把茶叶送回去，同时也把白玉观音送回窑坪的消息带出去。"

334

众人一齐点头，说："你好歹也是分号掌柜，这事情，你拿主意。"

祝显明不得不泪水涟涟地说："我也不是啥掌柜，这事情摊到我们头上，也就只有咬牙的份。我不是点兵点将，我们一起把这件事情做好，想回去看看家的，就趁着马帮一道回去一趟。"

"掌柜回去，才能给总柜一个交代……"有人嘀咕道，"我们回去，心里没底，不晓得怎么向王大掌柜说话。"

祝显明沉默一会儿，说："其实我也晓得我走不开，白玉观音放在店里，我还是有些担心。可是我留下来，人家会不相信要把白玉观音送回窑坪的事情……这样，我出去采买好茶叶，然后回来装病，就说窑坪催货催得急，不管你们谁挑起担子，都要把货物安全送到。"

账房摇摇头，说："这种担子，不是任谁都能挑得起的。"

祝显明无助地望着账房，说："我想的是，我和大家都差不多。王大掌柜走的时候，我只不过是多说了几句豪言而已。"

账房说："这也就是你和伙计们的不同之处。"

祝显明再一次眼泪喷涌而出，急急地说："可是，我现在怎么就没有好的办法了呢？就连一群无赖，我都对付不住。"

账房说："掌柜年纪太小，遇事太少。外面早兵荒马乱的，到处都不太平。我们遇到的最多只是地痞而已，掌柜你不必焦急至此。如果王大掌柜在，肯定要笑话你了。"

祝显明一脸迷茫，说："果真如你所说，外面早已是兵荒马乱的话，这生意还怎么做，铺子还怎么开？"

账房笑道："生意原来怎么做你现在还怎么做，铺子原来怎么开现在你还怎么开——这些也是王大掌柜教我的，我现在卖给你，权当是王大掌柜给你的锦囊妙计。"

末篇·商 户

第四十二章

深秋的窑坪很像是一幅画。窑坪河弯弯曲曲从大南驿下来，银链似的一泻千里。周围斑斓的山野，绕着这条河，竭力展示着各种的雄伟，或高大，或宽厚，但都不是那么盛气凌人，而是像一群听话的孩子缠着母亲——窑坪河要奶吃。他们虽然都穿着盛装，却都是那么低眉顺眼，露出一副副讨好河流的样子。

河边的杨树和柳树，已经落光了树叶，露出柔柔的枝丫，在早起的晨雾中摆动着身姿。街上的那一渠水，轻轻地摆着长长的荇菜。一些小鱼在荇菜间穿出穿进。

王世奎每天都起得很早。他从河边的银杏树下踱步返回到街头，上街头老赵家的那群鸭子才从鸭圈里挤出来，嘎嘎大叫着飞出老远，扑腾扑腾地落到对面山脚下的河潭里去。老赵家开着酒、醋坊，用酒糟和醋糟养了一大群鸭子，他家的鸭子肉王世奎吃过，有一种说不出来的香味。窑坪河养的鸭子也不少，就没见过那么肥还能飞那么高那么远的。

王世奎把跟着鸭子飞过去的眼神收回来，心里就再也轻松不起来了。

虽然秋高气爽，窑坪却出现了萧条的迹象。从前，这个时节虽说是窑坪秋雨霏霏的时候，四处泥泞，但脚骡店里的火堆旁每天都有烤鞋袜的脚户们。今年秋天的窑坪，尽管天气晴朗，可是拴马桩周围却没有了以前的那种拥挤，很少有等着卸货的牲口拴在那里。

都是这纷乱的世道！王世奎长叹一口气，心里无比愤懑。一眼看出去，窑坪的店铺一家挨着一家，从人来人往熙熙攘攘变得门可罗雀，让满街的人都无法适应。商会不止一次讨论这个问题，往往到了最为关键的地方就卡住了：一是货物阻滞，一是钱币流通。谁也没有更好的办法来解决这两件事情。花去大量的资金收购来的草纸和药材都静静地躺在库房里，从汉中府历尽千难万险弄回来的茶叶，唯一一次积压在店里没有运出去。吴家的粮仓也满匮满囤的了，却成了老鼠们常常光顾的地方。

商会筹集大批的钱财，修建了大型仓库，用于储备商品。为了弥补资金不足，商会发行了巨额的帖子，用来在窑坪流通买卖、通兑……可是无论想啥办法，窑坪却还是一天天地冷清了下去。到了这秋寒料峭的时候，如果是在往年，菜蔬、山货、粮食、土纸、土布、兽皮摆满了街衢，过路的马帮无论如何都要在窑坪逗留，这个本来应该渐渐红火的季节，今年却始终没看见有啥好的起色。这种空旷是王世奎从来也没有遇见过的，他一点都不适应这种忽然间的异常，面对窑坪，他心里非常焦虑，非常不安。

吴老东家不止一次地劝慰王世奎说，四处都是兵荒马乱的，这种萧条的情况又不只是窑坪，再急也没有用。王世奎听了只是叹气，忧心忡忡的样子叫吴老东家看着心疼。

那天清早，踱步回来的王世奎慢慢悠悠地走到德胜堂门口，刚刚抬脚踏上石台阶，店里的伙计忙忙地迎了出来，对着他说吴老东家今早去世了。王世奎心里咯噔了一下，还是有些不太相信。

昨天晚上，他和老东家还坐在一起商议商会的事情。老东家的话还在耳边没有散去，怎么会不在了呢？他记得半夜起身往回去的时候，老东家虽然是咳嗽了几声，但也是底气十足，听不出有啥征兆。临了，老东家嘱咐王世奎说："三十年河东三十年河西，凡事都有定数，不可强求。你也不要急，说不定哪天窑坪都没了也说不定，我们谁又能挡得住呢？如果窑坪还会兴起，也不是你我的功劳。这些年来，我们只是尽尽人事，窑坪该是咋样就是咋样。"

老东家的话是这么样说，可是王世奎不这么想。没有人去做事情，一切都是不存在的。德胜堂，九思堂……窑坪街上如果没有这些名号，那它还是窑坪吗？老东家的话说得太深太远，听不懂也看不透，但那些话蕴含的道理，王世奎在书上读到过。

他到快天亮的时候都还在想着，哪天要老东家给他细细地讲讲这些话的意思，可是他怎么就走了呢？

他一着急，就没进店去，而是转身去了吴家。他急于弄清楚的，是老东家到底是不是真的去世了。这么大的事情，又是关于老东家的，按理应该没人敢胡言乱语，只是王世奎心里不愿相信这个事情。

王世奎老远就看见吴家的大门上贴着挽联，土纸上乌黑的墨迹刺疼了王世奎的眼睛：悲哉堂前尘埃起，痛唯亲容肝肠裂。

王世奎眼前又是一黑。老东家走了，这个窑坪街上还能帮自己的人也走了！这样的非常时期，你叫我王世奎今后遇上事情和谁商量呢？！

一阵冷风吹来，王世奎不禁打了个寒战。几片树叶，从树枝上飘落下来，打着旋，从王世奎眼前飞过，转过墙角不见了。王世奎不由得寻思道："那几片红树叶是不是老东家的阴魂，他还在留恋窑坪，回来暗示我啥？"

一进大门，吴生瑞就伏在地上给王世奎磕头，哭着说："王大掌柜啊，老东家他不管我们了……"

王世奎的眼泪跟着就下来了，他模糊着眼睛哽咽地说："老东家兢兢业业，一辈子为窑坪的兴盛操心。九思堂被他老人家弄得风生水起，声名远播，商会他也没少操心。现在，他走了，大小的事情都留给了我们……老太爷撒手了，老东家也撒手了，我们接得住也得接着，接不住也得接着。"

末篇·商 户

吴生瑞磕完头，满脸是泪。王世奎拉着他在长条凳上坐下，既是宽慰吴生瑞，也是宽慰自己："寒冬之后定是春天，现在正是街市的饥荒时期，恰如屋漏偏逢连夜雨，船迟又遇打头风。老太爷一去，老东家也跟着走了，留下这么一堆事情要我们自己打理，我们不自己去想办法堵漏，不想办法顶风，还想把这些事情留给谁去做？你我得节哀啊，我们自己垮了，老东家不高兴！"

吴生瑞揉着眼眶说："老东家年纪大了，论理也该是歇着的时候了。可是他在着的时候，哪一天他正正经经地歇过？就连吸一口水烟的时间，他都在想事情，店里的，号子上的，还有分号上的。他想事情的时候多，和我们说话的时候少，我们都不晓得老东家的打算。"

王世奎看一眼设在正厅的灵堂，仿佛灵堂后面的吴久霖半闭着眼睛抱着水烟壶咕噜咕噜地吸烟。老东家的心计之多王世奎是晓得一些的，只不过在窑坪这个地方，好多事情都是互相牵连着的，分不清哪些是私心私事促成的公事，哪些是公事促成的的私事。比如建在高台上那几幢粮仓，老东家最初的想法是囤积私粮的，谁晓得后来全窑坪多亏了那些粮食才得以活命。这样弄拙成巧的事情，王世奎也干过：云台修白马关的物资生意德胜堂不敢做，王世奎借口给了赵益帮，不知深浅的赵益帮还不是黑天黑地地做下来了？……

王世奎觉得，灵堂后面，自己虽然看不见，可是老东家和老太爷一定在一起嘁嘁私语，说一些窑坪眼下的事情。说不定，他们已经商量好了对应目下窑坪困境的对策，只是我们活着的人一概不知而已。

王世奎站起来，给清油灯添了一勺油，然后续上了一把香。吴生瑞跟着过来，问："老东家的丧礼，是不是得大办？"

王世奎看着摇曳的清油灯问吴生瑞："老东家没有安排？"

吴生瑞的眼泪又吧嗒吧嗒地往下掉："没想着老东家走这么急，只是听他老人家说过你们老太爷的丧事体面……"

"不论按哪个方面，老东家的丧事都得和我们老太爷一样。"王世奎不等吴生瑞说完，就点燃了手里的黄表，"他们不仅仅只是老太爷和老东家，他们是窑坪几十年来的一面大旗。"

吴生瑞点着头，应道："既如此，王大掌柜你给做主，把老东家的丧事办体面。"

王世奎说："一切就按老太爷的丧事规程办。我想做的事情是，先把老东家的灵堂重设到商会礼堂里去。礼堂是老东家修起来的，他和老太爷一道在会馆里议事才对。他的最后一程在会馆里歇歇脚，在会馆里念经打醮办海孝才最合适。"

吴生瑞大为疑惑："在会馆礼堂给老东家办丧事？"

王世奎盯着吴生瑞红肿的眼睛，说："给别人在会馆办丧事不合适，给老东家办丧事却合适。"

吴生瑞说："老东家就留恋这个家，他哪里都不想去。再说了，商会会馆里

办丧事也不合规矩。还有，去商会会馆办老东家的丧事也没有家里方便。"

王世奎纠正吴生瑞的看法："你要这样看给老东家办丧事的这个事情——不是谁都能去商会会馆里办丧事的。第一，会馆礼堂是老东家修的；第二，老东家是商会实实在在的首任会长；第三，老东家和老太爷在窑坪德高望重，谁能和他们相比？"

吴生瑞不由得一噎，但他找不到更好的理由拒绝王世奎，他只得疑问："商会会馆不是谁家私人的地方，怎么能设灵堂？"

王世奎说："你怎么还不明白？除老东家之外，你说谁还能有资格去会馆礼堂设灵祭奠？"

"老东家自在窑坪当家之后，从不离开吴家。他不喜欢处处昭显自己。"

"不要想着老东家愿不愿意，怎么做事是我们后辈的心意。"

吴生瑞终于明白了。他打消了疑虑，拱手打揖："既如此，那一切就托付王大掌柜费心了。"

王世奎招来老东家的丧礼总管，说："把灵堂移至商会会馆礼堂，放海孝三天，请齐周边庙宇道士、和尚，打醮念经，布施放舍……"

总管躬身应答："请王大掌柜放心，我不把这件事情办好，以后还怎么在四十里的窑坪河地界上见人混场合！"

到了下午，一切都已妥当。会馆大门门楣上挽着黑绸，粘着白花。王世奎写的挽联是：痛失始祖悲切不知归路，幸留商会释怀才明前程。横额是：一呼不远。正厅灵堂前面摆放着花圈纸活，正中挽幛上写着大大的一个"奠"字，灵牌上额外写着一行小字：九州商会首任会长。

整个灵堂是从未见过的大气，整个正厅都是金箔彩纸，和尚和道士们各做各的道场，院子里经幡高扬，一丈二尺长的幡旗上写着"唵嘛呢叭咪吽"六字真言，字是行草，每个字都用朱砂画了红圈圈。幡杆是桃木做的，两截连成，长二丈四尺，上半截斜着，土纸染成的幡旗刚好高过人头。道场做经幡是有诸多讲究的，幡旗必得由扎染后的草纸粘成，按当年的月数算，有闰月一丈三尺，没闰月就一丈二尺。幡杆一般用桃木，辟邪。幡杆的长度也有讲究，长二丈四尺，两截，每截丈二。二丈四尺说的是二十四孝，两截的意思是有好人也有坏人，进而扩展为所有的事情都得一分为二看待。

王世奎安排的放舍不仅仅对着活人，三天里每晚还给鬼神放舍。香灯纸烛都是特制的，一溜儿从灵堂排到舍饭场，差不多有一里路程，黑夜里点燃那些火烛，明明暗暗地看着人影憧憧，无端地给人神秘和害怕。用土纸包着的馍馍块，在烛火上点着土纸才抛到空中里去，挤来挤去的人们就纷纷伸长了胳膊去抢星星点点的小火球。抢到了拿回去一层一层地撕去剩余的土纸给孩子吃，据说吃了这种给鬼神的馍馍孩子百邪不侵。

　　三天的丧礼期间，窑坪一天比一天人多。更多的人还是奔着放海孝的三顿饭食和三尺"窑坪花"蓝布。凑着人气渐旺，王世奎借机安排窑坪各商号吆喝赊销货物，规定只要有相熟的人介绍保证，就可不限额度赊买到货物。

　　如此一来，三天丧事之后，窑坪又见一度的繁盛景象。

　　王世奎对吴生瑞说："老东家即就是去世了，也还想着窑坪，荫庇着窑坪。"

　　吴生瑞说："老东家的丧事在窑坪前无古人，享尽殊荣。今日窑坪突现向荣之象，全赖几百年德操所致。印证于老东家丧事之中，也属偶然。"

　　王世奎笑道："啥偶然？还不是全都仰仗着老东家吗？如若没有老东家的丧事，聚集不到那么多人，散布不出去赊销的消息，看看窑坪哪里还能够有这番景象？虽然方圆都是小户，但是数量之巨也还是惊人。你没看如此一来，小小地面也还是出现了买空卖空的迹象，商户的库存一移一翻，这生意就算做了。"

　　吴生瑞说："这种现象不会有多长时间。"

　　王世奎说："现在是有人气就算不错了。打个比方说，原来我们的生意是流淌的活水，目下却成了一潭死水，不论我们想多少办法弄多少东西，最后都还是在这个潭里，流不出去也流不进来。我们这样弄，最多也只是在潭里扑出个水花，看着热闹。"

　　吴生瑞说："你如此一说，我怎么感觉最后吃亏的还是我们这些商户呢？"

　　王世奎不由得叹口气："眼下的情形，还有啥是最好的办法呢？这个潭，没有了出水，也没有了进水，不借着机会弄几个水花看看，水潭里的水就要发臭了。"

　　吴生瑞也长长地叹气："怎么哈林那么个硬汉子也不来窑坪了？难道说，我们几百年的窑坪，上百户商号真的会变成一潭死水，慢慢发臭吗？"

　　王世奎说："事至此，你我急死也没办法。万事都有各自的定数，非人力所能改变。所谓顺则昌逆则亡，我们个人的力量有限，还是等机会吧。只要是机会来了，我们无论如何不能放过。"

　　吴生瑞还是忧心忡忡："眼下如此模样，我们还能有机会吗？"

　　王世奎挥挥手，说："世上哪里有一成不变的事理？三十年河东三十年河西，甲子都还六十年一轮呢。"

　　吴生瑞说："王大掌柜理事早，经验足，哪像我，一遇到事情就心慌不堪，一筹莫展了。"

　　王世奎解释："我也是听老太爷说过，天下任何事情都是一理，就如一条麻绳，有人打结，就会有解结的人，也会有解结的办法。相反，有解结的人，有解结的办法，也就会有打结的人，会有打结的办法。"

　　"那么，大掌柜你说，是打结的人坏，还是解结的人坏？"

　　"这些犹如我们做生意，有卖出，必得有买进，你说卖出的人坏，还是买进的人坏？往小了说，两个小孩子在那里下棋，你说赢了的坏，还是输了的坏？凡事同理，有因必有果，有果必有因。有阳必有阴，有阴必有阳，这才是世道。"

吴生瑞摇着脑袋，问王世奎："那我们怎么办？"

王世奎说："我们先做好眼下的事情，静等其变。"

吴生瑞问："怎么做？怎么等？"

王世奎笑着说："等着做，做着等。"

吴生瑞问："那要等到啥时候？"

王世奎说："此乃天机，天机不可泄露。"

到了吴老东家尽七那天，王世奎按照礼俗跟着孝子们去老东家坟头送尽七纸。暖坟火还在冒烟，冷风携着柴草烟在光秃秃的树丫间绕来绕去。傍晚的斜阳有气无力地照着几个山头。西天狭长的天空，金黄色的霞光热烈地燃烧着，却没有丝毫热量。王世奎点燃手里的土纸，火光里翻飞的纸灰像结队的黑蝴蝶，一群一群地向着晚霞飞去。

来吴老东家坟前烧尽七纸的除了吴生瑞等孝家之外，窑坪所有的店铺商号都有人来，坟前黑压压地跪了一大片人。王世奎悄悄地对吴生瑞说："看看，窑坪街上的人都是那么实诚，他们认定的道理就是一家有事百家有事。他们更尊重老东家，更尊重老东家的为人做事。"

吴生瑞环视周围，说："这个风俗好，不论谁家的老人去世，都去送送，都去烧几张纸，场面上看着热闹，活着的人心里也暖和。这人心贴近了，啥事情也都好做了。"

王世奎说："是这么个道理。你看窑坪不大，人口不多，有一点点事情的时候，就像一家人似的，分不出个你我来。"

吴生瑞说："老东家在世的时候，怎么也不会想到自己的尽七纸坟前会来这么多的人。他们想的就是这你说的这个结果，想着窑坪商户成一家子。所以，我们才急着修关帝庙，弄商会。"

王世奎不由得感慨："啥事情都不是三朝两早就能做好的，能有现在这么好的人气，得做多少事情啊。哪能是修个关帝庙、弄个商会就能行！"

吴生瑞触景生情，一下子泪水涟涟："老东家、老太爷他们这一辈子就没有过过一天安心日子。上百户商号，哪个商号没有他们的心血呀！"

火光冲天，飞舞的纸灰漫天飘扬。寒风里，老东家的坟前却显得温暖。吴生瑞烧完手里的纸，奠了一杯清茶，磕了个头说："老东家，这是你最爱喝的紫阳毛尖，我给你带来了。还有，洛门的水烟也是你丢不下的东西，我都给你带来了……可是，你丢不下的事情那么多，我怎么能一样不少地带给你啊？"

末篇·商 户

往回走的时候,天已经麻麻黑了。

王世奎说:"老太爷和老东家一起给我们立了一道门槛,这道门槛无形,却高大,够我们翻的。"

吴生瑞说:"我们还能有退路吗?"

王世奎说:"我从来就没想过有啥退路。"

第四十三章

日子一天天过去，阴霾的天空开始窸窸窣窣地往下掉雪籽子了。

往年这个时候，正是窑坪人喊马叫的时节，南来北往的货物都要在窑坪集散。再说，年关的杂货，也该要备齐了。最怕到了严冬，大雪纷纷扬扬地落下来，阻断了外面的大路，进不得进，出不得出，马帮不得不盘桓在外，到那个时候，一旦没有货物储备，窑坪就孤零零的没有了外援，集市交易就非死不可了。

王世奎和吴生瑞急得像是把心架在炭火上烤着，就是想不出个主意。

汉中府分号回来的马帮回去之后，就没有了音讯。既不知回去的路途是否安全，也不晓得那尊白玉观音还有没有惹事。驮回来的秋茶，还是成堆地压在那里，整个库房里茶香弥漫。

在王世奎想象中，哈林说不定哪天会出现在窑坪街头，身后的马帮和往昔别无二致，依然是铃铛清脆，嘶鸣不已。牲口背上的驮子也还是那样沉重，伙计们脸上的笑容虽然疲惫，却也舒心……可是，这些都已不复存在了，眼前只是空落落的街道，和寂寥的商号店铺。

冷风肆意在街衢钻来钻去，冷清清的店铺里伙计们大多时间都在打瞌睡。

传言说，天水地区马家军失利溃败，挟裹川军南下，不日即达窑坪。随即人心惶惶，四十里窑坪河一片死寂。

王世奎眼见得窑坪各商号生意一天天寥落下去，在和吴生瑞闲谈时，不得已仰头长叹："万般皆是命运，人祸大于天灾。"

回到家里，灯草嗔怪王世奎道："听着四处如此，你还操心个啥？倒不如早早地关上店铺的门，回来坐到窗跟前读书。"

王世奎心里烦躁，不想搭理灯草，只是简单地应道："我能静下心来读书，倒也是好事。"

灯草说："靠你天天想，能想出一条路来让马帮走还是能重新想出一个繁华的窑坪？"

王世奎淡淡地说："不能。"

灯草端上一碗茶，搁在王世奎眼前的桌子上："你整天愁眉苦脸的，又想不出个啥办法，还不如你回到家里，喝口热茶，读一阵闲书。"

王世奎不理会灯草说的话，反问灯草："小艾和王永成呢？"

灯草不高兴地说："我们母子还能干啥？侍弄好这么一个破家就都不得了了……"

末篇·商 户

正说着，小艾从闺房门里出来，袅袅娜娜地跟在灯草身后，说："不准说爸爸不爱听的话！"

灯草看着王世奎啧啧着舌头："都说女随母女随母，我家小艾却偏偏和我作对，你说我这一辈子算啥事？"

王世奎看着高出灯草一头的小艾，佯装生气的样子对灯草说："你养大两个孩子，打理染坊那么长时间，怎么还不知足啊？"

灯草呸了一口，说："你就尽拣好听的给我说。"

小艾已经十八岁了，不知不觉出脱成了标致美人。王世奎也不理灯草的闲话，想起外面纷乱的世道，想起萧索的窑坪街铺面，心里又开始烦躁起来。他端过茶碗，咕咚咚一口气喝完，对小艾说："小艾你回屋里看书去，我和你母亲商量一点事情。"

小艾不高兴地一撇嘴，说："就把我当外人。"

王世奎怜爱地责备小艾："不是常给你说笑不露齿嘛！怎么那个样子？"

小艾转身往屋里走，回头抢白王世奎："我又没笑，说啥笑不露齿啊？"

等着小艾关上房门，王世奎问灯草："小艾都是大姑娘了，你也不急？"

灯草在王世奎对面坐下来，说："闺女大了我晓得，可我急有啥用？你我给赶出去啊？"

"小艾长得像你。"王世奎说，"看那鼻子那眼睛，越看越像越看越像。早些留心，找个好婆家。"

"好婆家能顶屁用。"灯草反诘王世奎，"啥好都不如人好。我家小艾能文能武，还怕将来会受婆婆的气？"

王世奎不高兴了，说："看看你是怎么说话的？说啥受气不受气？教育小孩子尊老爱幼才是正理，三纲五常还是要学的。"

灯草说："我还不是瞎说的？小艾虽然有点小性子，但本质还是很好的。你也不打听打听，看看小艾是谁调教出来的！"

王世奎说："你就别再吹嘘啥了，小艾现在成了我的心病了。"

灯草说："早些时候，你啥时候管过我们母子？现在回过头来，我们反倒成了你的心病了。"

王世奎解释说："早些时候，孩子不是有你嘛。"

灯草怂怂地说："听你这话的意思，现在是用不着我了？"

"你是我家贤妻良母，又是染坊女掌柜，我哪能有用不着你的时候。"王世奎打着哈哈，"我的意思是说，现在窑坪没有生意，我们该替小艾的婚嫁操一点心了。"

灯草问王世奎："你可晓得我们小艾想嫁的人是谁吗？"

王世奎一惊，急问："小艾……想嫁给谁？"

灯草呵呵一笑，奚落他说："你不是大掌柜嘛，风风光光的大掌柜现在才晓得急了。你每天关心的,就是怎么打理生意,哪里晓得自己的女儿想的啥!"

王世奎急于晓得小艾想嫁的人是谁,也不管灯草说的是啥,只是嘿嘿傻笑。灯草见王世奎一脸焦急的样子,有点不忍心,就说出了一个人的名字:"赵俊祥。"

灯草看见,王世奎张大了嘴巴傻在凳子上了:"赵益帮家的儿子赵俊祥?"

"赵益帮家的儿子赵俊祥!"灯草点着头说,"赵益帮家的儿子赵俊祥不能给小艾做女婿啊?"

"嗯嗯,可以啊。"王世奎心情一时十分复杂,他言不由衷地点头,说道:"嗯嗯,可以啊可以啊。"

赵益帮家的赵俊祥王世奎没多少印象,只记得小时候白白胖胖的,跟着贺家沟贺师爷读过《三字经》,以后就跟着他父亲做生意,平时没啥来往。王世奎却怎么也想不到菊香会看上了他。

虽然男大当婚女大当嫁天经地义,但也少不了媒妁之言和父母之命。王世奎对这件事情还是有他自己的主见的,媒妁之言和父母之命当是小艾的婚姻底线,这一点是万万不可没有的。

灯草看出王世奎的难怅,不屑地说:"在我缝衣铺鬼混出来才有几天,就开始满嘴的仁义道德了。你早些咋不清高呢?"

王世奎说:"我是想着不能叫我家小艾吃亏,对赵俊祥我们又都不熟,不知根不知底的。"

灯草蹙着鼻子,扑哧一声笑了,说:"王大掌柜,你敢说你对赵益帮不知根不知底?我问你,窑坪街上,哪家商铺店门你不知根不知底?对哪个掌柜哪个东家不知根不知底?"

王世奎说:"只不过都是同行,哪有啥知根知底?平常交往多了,有时候就留心一点,有合得来的也有合不来的,你却偏偏要说个知根知底。"

灯草站起来给王世奎又倒上了一碗茶,说:"我说那些话那是夸你呢。你在那里摆着一个大掌柜的架子,别人谁敢提着点心来你楼上提请亲事?"

王世奎鼻子哼哼地说:"就没听过你么夸我的。"

焦急归焦急,谁也想不出一个更好的办法来化解眼下的这种从未有过的空旷危机。往昔的窑坪街上,四处都塞着人,每到集日马帮想从街上走过都很困难。现在倒好了,不论前街后街都很少看见有成班成队的人们挤着走路,那些本应热闹的店面,也还是常常冷清着。

寒风恣意横扫,街上连一点尘土都没有。店铺门楼上的招牌旗子全都在风里翻飞,寂寥而又放肆。肖善人转过街边的墙角就不由得打了个寒战,这是一种从未有过的冷。

王世奎袖着手远远地过来,和李德明一起说着汉中府分号的事情。李德明深

末篇·商 户

知路上的艰难，也晓得这时候的生意十万分的难做。他没去过汉中府，自然不晓得汉中府分号的生意是怎么做的。他对分号的认识，也是一直在听别人的言传。他袖着手，缩着脖子对王世奎说："实在不行，把分号撤回到窑坪来算了。"

王世奎摇着头说："把生意做出去本身就不容易，我们窑坪商号在汉中府好歹也算是站住了脚。再者说了，即便是分号真的出了问题要撤，现在这样的情况根本是撤不回来的。说白了，所有的事情，都归结到一处了，那就是路。"

李德明说："眼下多一事不如少一事。有时候我就想着，我们啥事情都不做，租几亩薄田，日出而作日落而息，不争不抢，万事不想，只是图个不饿不冷多好。"

王世奎说："你想的事情说起来容易做起来也难。租地的人很多，不饿不冷的人却很少。为啥？还不是难！"

李德明想了想，说："真的想象不出窑坪几百年的生意是怎么做过来的。早晓得会有这样的结果，还不如不做。"

王世奎笑着说："大哥你这样说话，千万不要叫老太爷他们在天水听见了。"

李德明也笑了："我这不是苦闷了说说闲话嘛，还真能丢得下？"

王世奎说："我想你也是说说闲话。丢开窑坪的商铺，你和我还能干啥？"

正说着，肖善人从身边走了过去，嘀嘀咕咕说着："一是一的一，二是二的二，三是三的三……"

李德明问王世奎："肖善人说的啥一是一的一，二是二的二？"

王世奎笑道："你能晓得肖善人说的是啥，你就是肖善人了。"

说着，肖善人折身回来，嘴里的话又变了："一不是一的一，二不是二的二，三不是三的三……"

王世奎伸手扯住肖善人的袖子，开玩笑说："你倒是说说，啥是一是一的一，二是二的二？"

肖善人并不理会王世奎，他挣脱王世奎的手，兀自说着："一不是一的一，二不是二的二……"

"又变化了。"王世奎呵呵一笑，问肖善人说："你再说说，啥是一不是一的一，二不是二的二？"

肖善人还是不理会王世奎，一路嘀嘀咕咕转过街角，往远处去了。街角吹过来的寒风还是那样刺痛着王世奎和李德明的脸，他们往低里缩了缩脖子。王世奎干咳了几声，说："你还别说，肖善人说的这些话听起来好像很简单，简单到不像是一句话，可是仔细想想，却一点都不简单。"

李德明说："我听不出来肖善人说的话是简单还是不简单，只是听着简单，却听不懂。说啥一是一的一，又说一不是一的一。"

王世奎呵呵袖子里的手说："你常说的，是生意。他常说的，是胡话。你说生意他听不懂，他说胡话你照样也听不懂。"

李德明看着空荡荡的大街，又愁肠百结了："世奎你说说，这样下去，我们到底该咋办啊？"

其实王世奎比李德明还要焦虑，但又不能无故地表现出来。他不得不宽慰李德明说："大哥，你该听说过雷响天下响这句话吧，眼下又不止窑坪是这个样子。说不定啊，别的地方早已经乱成一锅汤了。"

李德明说："别的地方我不晓得，眼下，这窑坪的光景就难过。"

"我们只是听说到处马匪横行，也听说盗贼四起，所幸的是这些都只是听说而已。假如有一天我们窑坪也是马匪横行、盗贼四起了，你说说，那时候我们怎么办？"

"你也别吓唬我，我想也不敢想。如果真有那么一天，我躲起来，躲到深山老林里去，躲得远远的。"

"德胜堂你不要了？"

"我留给你啊，反正德胜堂一直都是你打理。"

"你现在是东家，我只是号上的掌柜。你说说，你是东家，你怎么能丢下生意不管呢？"

"我们是兄弟，还分个啥东家掌柜！"

王世奎不由得大笑了起来："大哥啊，还是你会享清福，一天吃饱肚子唱神歌的肖善人都不及你。"

"还不是有你在挑着担子，我才能有这样的福气。"李德明重新笼好袖子，笑道，"老三啊，你怎么不是生在我们家的呢？"

王世奎不得不露出一丝苦笑："谁能选择自己的父母呢？不管是谁把我们生到这个世界上，我们都要同样去面对，同样去感恩，同样去孝敬……只是，他们没有给我机会……"

李德明没有想到自己随意的一句话惹王世奎伤心了，他不好意思地给王世奎道歉："老三，是我多嘴了。你晓得的，我这人说话没长心眼，你千万别生大哥的气啊。"

王世奎说："大哥你看你说的，我哪能生你的气？我也是实话实说，没想到有些失态。你也晓得，父母的事情是我的一块心病……"

李德明说："老三你也别多想了，我、德亮和你，我们都是亲亲的亲兄弟。"

王世奎点着头说："大哥你放心，我从来就是把你和德亮看作亲哥哥的。"

天气冷，又没啥事情可做。王世奎坐不住，就约了吴生瑞和李德明到街上的店铺去挨家走了走。

不论店面大小，情景都大同小异。每到一家，都是门可罗雀，冷冷清清。

王世奎看着那些垂头丧气的小东家和小掌柜们，变着法子说一些安慰的闲话。

末篇·商 户

　　他晓得,这个时候,谁急也没有用。他不敢说自己听到的那些消息,只是告诉他们说,这样的情况会慢慢变好的,窑坪的买卖都做了上百年了,哪能说倒灶就倒灶了呢。

　　他说,过不了多久,生意还会火红起来。

　　但是他确定不了,他说的那个过不了多久到底是多久。

【续篇】马帮

末篇·商 户

续篇 马帮

第四十四章

虽然说是冬天的白天很短，但还是过得格外缓慢。好不容易捱到年底，街上还是没有露出一丝一毫的喜庆和热闹来。大多数的人们心里滋生出一些困惑和害怕出来：这到底是怎么啦？

说是年关很近了，可是谁都看不到年关的影子。这可是比干旱还叫人不放心的事情。干了旱了，可是窑坪街上还有人来人往，可是今年，没干没旱，窑坪却没人走动了。街上小孩子们的打闹，也是装着心思的，没有从前的那般沸腾气氛。

其实，整个窑坪，都装着心思。

这还是窑坪吗？

这还像窑坪吗？

廊桥还在贺家沟的水面上跨立着，满街的店铺门还那样敞开着，商会会馆的礼堂还那样雄伟地矗立着，所有的木件散发着土漆的味道。上下街边的脚骡店还那样相挨着，花岗岩的拴马桩也还是一字儿排开，静悄悄地站着……这哪里不像窑坪了？谁说这不是窑坪了？

零零星星的炮仗声里，窑坪也过了1933年的大年。

一直过了正月十五，王世奎才从楼上下来，他蛰伏了差不多半个月。这一年，醉香楼的菊香也是在王世奎家里过的年。小艾跟着菊香练琴更有长进，书画也渐渐有了味道。

一家人吃完元宵夜饭，灯草就说起了她今年还想种植棉花，秋后重新把染坊开开。灯草说："不管染坊挣不挣钱，我想给染坊的伙计们挣一口饭吃还是没问题的。"

菊香高兴地说："嫂子，我以后也去染坊。"

灯草也很高兴，说："好是好，就怕你细皮嫩肉的，吃不了苦。"

续篇·马 帮

　　菊香说："我哪有啥苦吃不下，就是没有机会去做别的。哥哥嫂嫂不嫌弃我这个下九流，妹妹我实在不晓得说啥感激话才好，"
　　灯草说："纺织漂染都是粗活，你怎么能行呢？"
　　菊香说："我晓得嫂子是心疼我，体贴我。可我最佩服嫂子的强干，能帮着嫂子做一些事情，是我上辈子修来的福气。"
　　灯草说："你就别损我了，我也是一个女人，哪里强干，哪里值得佩服！"
　　菊香说："你是自己不晓得，四十里的窑坪河，恐怕没有哪个女人能和嫂子你相比。"
　　菊香笑了，说："如果我真的是能人，就不至于连一个染坊都弄得一塌糊涂，不像个样子。"
　　菊香说："换做是我，我根本就不晓得染坊该是怎么做。"
　　灯草说："那时候就想着能做，我也不晓得到底该咋做，稀里糊涂地做起来，又稀里糊涂的完了，就是留下了那一段忙忙碌碌的时间记忆。"
　　菊香忽然红了眼圈，说道："嫂子有那么好的事情回忆，可是我们醉香楼的女子能记下啥？……我刻骨铭心记着的，却短命……"
　　灯草晓得菊香记起了王琰，自己心里也酸酸的难过。这老天爷真是善恶不分，王琰那么好的一个人，说没也就没了，没有一点点的悲悯之心。灯草一时不晓得该怎样安慰菊香，安慰这个没有一点点社会经验的柔弱女子。灯草还记得当初菊香听到王琰去世的消息，居然在醉香楼昏昏沉沉睡了那么久！
　　小艾看见菊香抽抽噎噎地哭了起来，劝说道："姐，你就别伤心了……"
　　王世奎不得不岔开了话题，说："真要弄染坊，还得让陈琪来，他才是真正的'黄道婆'。"
　　小艾好奇地看了一眼王世奎，问菊香道："姐姐，你告诉我，谁是黄道婆？"
　　菊香摇着头说："我没听说过这么个人。"
　　小艾略显失望地说："我还以为姐姐你晓得这个人呢。"
　　灯草好不容易逮着个活跃气氛的话题，笑了起来，说："你倒是说说，我们这是啥辈分，菊香叫我嫂子，小艾叫菊香姐！小艾你说你该叫我啥，叫我姐还是叫我妈？"
　　小艾不好意思了："还不是觉着叫姐亲切嘛。"
　　灯草故意表现出一脸的愠怒，说："再亲切，你就改口叫我姐了。"
　　小艾不得不做出一副撒娇的样子来，说："妈——我的好妈妈……"
　　王世奎也笑了，指着小艾的鼻子说："等会儿好好读书去，连黄道婆都还不晓得！"

　　王世奎下楼之后，先去拜祭了李老太爷和吴老东家的灵位，然后就叫伙计去

清扫了九州商会会馆，召集在家的东家掌柜集中到会馆议事。

十几天的静思，王世奎有了好多的想法，他需要和人商量。

街上依旧冷清，没有行人。王世奎缩着脖子，满腹心事地往会馆走去。几个月的萧条，使得窑坪像一条瘫痪的大蛇，没有了丝毫的活力。王世奎觉得，窑坪自身没有多少问题，自己本身没有病，这种外界的原因，不会有实质性的致命损伤。他就是这条大蛇的舌头，嘶嘶地吐着生命之气，同时也在感知着周边的点滴信息。

肖善人歪着身子远远地过来。不论街上有没有人，他永远都是那个样子，满窑坪没有谁不晓得歪歪扭扭的肖善人。他只要在窑坪街上出现，总要惹得大多数人老早就要躲得远远的。最为出名的是有一天集日，肖善人看到拴在拴马桩上的骡马，过去和那些刚下完驮子还汗津津的牲口们说话，一副嘘寒问暖的样子，像见了着自己的兄弟姐妹，翻过脸就满大街骂人说街上全都是牲口，没看见有哪一个是人。

就是在那一天，满窑坪的人全都晓得了肖善人是疯子。

王世奎老远就看见了肖善人，他不晓得肖善人今天会说出啥话来。

在赵老四油坊门口，王世奎和肖善人相遇了。肖善人的眼神虽然有点躲闪，却并不凌乱。他走近王世奎，自言自语般说："常思自己者，君子；常思他人者，小人；常思世事者，盗贼……"

王世奎是第一次细听细思肖善人的言论，听完之后心里不觉一惊。肖善人已经走远，王世奎还在转身看着肖善人疯疯癫癫的背影发呆：这样一个疯癫的肖善人，咋随口就是那么多听着像疯言、想着有道理的话呢？

冷风飕飕，王世奎倍感寒意袭人。赵老四家的油坊已经很长时间都没有开张了，沾满油渍的门板静悄悄地关着，门框上王世奎写上去的春联还红底黑字地炫耀着笔法文采：焙干浮花凝脂膏，榨尽粉气留余香。

王世奎没敢耽搁，袖着手一步步往会馆走去。刚到吊河坝，就见会馆大门敞开，几个店里安排的伙计在洒扫商会会馆的房舍庭院。院子里那棵老榆树的树杈上有一个喜鹊窝，几只喜鹊在叽叽喳喳地飞来飞去，互相拍打，似乎是在争抢那只窝。

过罢年，天气就一直阴沉着，没有太阳，也没有雪雨。王世奎已经适应了窑坪今年这怪兮兮的天色。干冷的顺河风一直都在呜呜地吹着，都不晓得要吹到何年何月。王世奎愁肠百结，接踵而至的那些难心事一件接着一件，都是事关窑坪商户生意存亡的事情。闹兵匪听起来好像距窑坪还很遥远，可是却都直接影响到了窑坪。纷纷扬扬的各种传言一波接着一波，也不晓得那些是真那些是假，只是到窑坪的马帮驮队还是没有踪影。可见，路途还是阻滞不畅。

王世奎在商会会馆的院子里才稍稍一停留，就看见吴生瑞从外面也跨了进来，紧跟着，那些掌柜东家们结伴三三两两地都进来了。王世奎示意大家都进礼堂，然后叫伙计们泡两壶好茶端进来。负责烧水的伙计问泡炒青还是明前银梭，王世奎说炒青吧，银梭没劲。

进屋，先到的人们静悄悄地坐着，没有谁说一句闲话。王世奎一进门就高声说道："过罢新年，该有新气象。各位东家掌柜，恭喜发财了。"

王世奎这是客套话，他自己都清楚，年前这一阵子萧条，根本就看不到这财从哪里发。在座的东家掌柜也站起来拱手齐说："同喜同喜。"

王世奎走到正厅，往偏位上坐定，就说起年底那些让人揪心的事情。他说，大家不是没想过办法，但是却没有实质性的效果。不论我们想啥办法，外面的路通不了就是没用，我们挨得过一时但挨不过一辈子。

在座的东家掌柜没有一个不唉声叹气的。王世奎话锋一转说："只要是还没有咽气，还没有口合眼闭，这人就不能说是死了。只要太阳还没出来，就不能说这天爷晴了……窑坪几百年了，哪能没有个头疼脑热的，这样的头疼脑热只是小病，谁也说不上那一天就会遇上，但是却不足以让我们彻底躺倒。"

大有顺的掌柜小顺儿说："我们都半月没有大进项了，每日里也就是卖些针头线脑的，还不够伙计们的茶水钱。"

海号的掌柜老闫头也咳咳着站了起来，说："数遍全窑坪，每天在街上的人也不足百十人，你算算能有几个买卖？"

李德明说："即便是有人来买，现在我们除了针头线脑之外，还有啥可以卖给人家？"

王世奎接过话茬说："我们一是离不开人，二是离不开货，三是离不开钱……现在，我们缺货。货来了就有人了，人有了钱就有了……"

老闫头再一次咳着说话："说到底，就是狗日的兵匪，狗日的路害了人了。"

这时候烧水的伙计提着一个黄铜大茶壶进来，另一个伙计抱着一摞黑瓷碗，一边给每个人发碗一边抓放茶叶，提壶的伙计就给碗里注入滚烫的开水。会馆大礼堂里就开始飘着茶香了。

王世奎吹去茶沫，咽下一口热茶，略略环顾了一遍东家和掌柜们，说道："我做商会掌柜，实在是不得已而为之的事情，是老太爷和老东家抬爱。但是这天下事情，不管高低贵贱都得有人去做不是，说一句丢丑的话，我这几个月来，没睡过一个好觉，没吃过一顿安逸饭。这心里，没有哪一天放下过事情——都是我的命苦啊！"

吴生瑞开玩笑说："王大掌柜这是向我们诉苦呢。"

底下的人嗡嗡嘤嘤地说一些王世奎的好话，王世奎一句也听不清楚。李德明说："老三你就说说，我们以后该咋办吧。"

王世奎说："我哪有啥好办法啊，如果我想到办法了，也不至于把大家都叫到会馆里来了。"

吴生瑞笑着道："你一个人走过的路，比我们一屋子人走过的路加起来都要长。

你经手的事情，比我们一屋子人经手的事情加起来都要多。你一个人做的事情，我们一屋子的人任谁都不敢想……今天你把我们都叫到会馆里来，会有啥用？"

王世奎说："三个臭皮匠，赛过诸葛亮。我们这一屋子的东家掌柜，只要心往一处想，还怕没有一个对策？"

吴生瑞说："那是你王大掌柜一厢情愿的想法——你也不想想，我们谁能晓得这满天下的兵匪到哪一天才能消停？我们除过等时间之外，谁还能想出一个好的办法呢——狗日的兵匪！"

王世奎说："我们骂也骂了，气也气了，还不是没有一点点办法？我们货也赊销过了，当钱用的帖子我们也用了……你们倒是说说，我们还差哪一点啊？现在啊，我就觉得，就差我们自己没有赶着牲口走驮道了。"

吴生瑞一拍巴掌站了起来，接住了王世奎的话音："说千道万，还就是得我们自己赶着牲口走驮道是一条活路。"

王世奎一愣，说："我们自己赶着牲口走驮道，谁能行？"

吴生瑞说："我们自己赶着牲口走驮道不行，那还能怎么办？啥时候才能等到兵匪消失马帮重来？"

王世奎放下茶碗，拍着巴掌叫好："看看，大家聚在一起，这不是就多一个想法嘛。如果我们自己赶着牲口走驮道不行，我们就想个能行的办法赶着牲口走驮道！"

老闫头有气管炎，到气温低的时候更为明显。他呼哧呼哧地喘着咳着，说："对，这就比如下棋，我们千方百计地进炮推车，拱卒跳马，目的是要将对方的军。一个车不行，就再上一个车。两个车还不行，我们就拱卒……"

老闫头半辈子就喜好下棋，说话一般不离象棋。王世奎却从他的话里听出了一番道理。王世奎点着头说："局局不同，招招也不同。我们自己赶着牲口走驮道，大家说说怎么走。"

东家和掌柜们开始交头接耳地议论着自己赶着牲口走驮道的事情，都不相信能行，说窑坪从来没有赶着牲口走驮道的正经马帮，再者说了，眼下这般光景，别的人都歇息不走了，我们却弄一个人家都不弄的事情，这样冒险实在是不合算。"

王世奎听到了这句话，他说："我倒是想好了一个办法。"

王世奎招呼伙计过来给茶碗里添满开水，这才慢悠悠地说："你们也别急，我说出来，也不见得就有用。"

吴生瑞笑道："你看看你，你说我们能不急吗？"

王世奎说："其实也不是啥好方法。我想，兵匪当道，马帮行动不但目标太大，而且迟钝。倒不如我们各店雇用自己的背脚子，只背自己急需的货物，翻山绕水，一路上打探兵匪情况，可以避开兵匪。"

李德明也顺着王世奎的思路开始了自己的补充："人背虽然量小，但也不可小视。俗话说，蚂蚁扳倒泰山。这些个背脚子长年累月地下去，也不可小看了，不得了。"

王世奎说："背脚子最大的优势在于队伍可大可小，可分可合，可行可匿，可滞可行，随机应变。不像马帮，还在二十里之外，人家就发现你了。"

吴生瑞说："单个的背脚子，即便是不巧被遇上了，损失也小。说不定真碰上了人家还不理你。"

王世奎打趣道："你以为你一个人人家就会认你做亲戚啊？还会送你到窑坪来啊？"

吴生瑞说："话说到正题上，我倒是觉得，如果真用背脚子，他可不比马帮整练，得有一套约束的法则。货物在路上，我们在家里，谁能晓得路上的货物会出啥样的变故。"

王世奎说："雇佣和贩运本质就不一样，但是谁也没有经验，先慢慢摸索，谁的经验可行，我们大家就用谁的方法。还有，不要急着回去，回去了今天也没多少事情，大家喝口热茶，细细地商量商量，看还有啥好办法。"

老闫头说："我年老体弱，过完春节就该辞去掌柜，从此不再过问有关店铺生意的事情。按说，我不该说话，可我对于路途通阻之说还想说几句闲言——万事绝无定式，我看用背脚子来缓解窑坪的货荒，可不是一朝一夕的事情，只是把货物背回窑坪，也于事无补。"

王世奎叹道："闫老掌柜深谋远虑，我们还真的得细细琢磨这件事情。断货只是暂时的，给窑坪的生意养成个毛病可是永世的。传出去了，可就是笑话。"

德胜堂的背脚子是西和过来的。这些人早年间不止一次地到过窑坪，今年刚过罢年就到了窑坪来说春乞讨。西和是旱塬，素来粮食匮乏，每年开春之际，那里的男子常常结队当春倌，他们怀抱春牛，手拿春贴，走村串户说一些节气生产的事情，说一些祝福的吉祥话以博取主家的高兴，讨得一个馍馍，或者一勺杂面，或者几个零用小钱。这些人都是勤恳老实的庄稼人，只是占不住天时地利，故而倍受饥寒。

今年说春一到窑坪，就碰上了王世奎。王世奎晓得一句俗语：好女子出在阳平关，好男子出在西礼县。这西礼县就是西和、礼县。王世奎故意说起背脚子的事情，这些春倌们个个跃跃欲试，说自己瞎长了一身力气，只可惜没处施展，不得已搭上褡裢出来当春倌。如今有这样的大事情，王大掌柜只要用得着，上刀山下火海总比这样窝囊地乞讨强，讨饭的布褡裢咋能配上这一百多斤的肉疙瘩！

王世奎说："虽然不是上刀山下火海，但天远地远地走州过县，风里来雨里去，一路上担惊受怕，也不是好营生。"

带头的春倌姓姜，叫姜俊仁，年轻体壮，一看都不像等闲之辈。姜俊仁一摔肩膀上褡裢，说："我这一辈子，就害怕这样当一辈子春倌，白长了一大堆骨肉。你别看我们这些兄弟现在猥琐，其实都是心里窝着一团气。谁没有一个用力气吃饭的想法呢？"

王世奎也被感染得热情高涨，问姜俊仁："你们不怕山高路远？你们不怕兵匪混乱？"

姜俊仁咬着牙，说："这些，我们都怕。但是我们更怕搭着褡裢当一辈子春倌。"

"还有餐风宿露，风雨冰雪……"

姜俊仁说："这有啥！"

"还有……"

"大掌柜你就别担心了，我们就怕一身力气没地方用，其他的，我们都不怕。"姜俊仁说，"这些年来，我就老是想着啥时候才能放下这肩膀上的褡裢，丢开这逃荒的事情。你想想，我们没有手吗？我们没有力气吗？我们没有脑壳吗……我们是没有施展的机会！"

王世奎说："我也不晓得这样做有没有效果，也不晓得这样做有啥危险，我也是没办法了。既然大家都有这种想法，我就把路上的事情靠给你们了。"

姜俊仁说："我不能保证万无一失，但我可以保证人在货在。"

王世奎摇摇头："只要你们肯用心，我们不要求人在货物在。我估计啊，这将是我们以后常用的一种运输方式，但愿你不要给我们把这条背脚子的路给早早地断送了。"

到了四月底，王世奎盼星星盼月亮一样，望眼欲穿的时候，汉中的茶叶背回来了。

姜俊仁已经连着走了两趟天水了，背回来的土盐看着好像比原来的要白许多。他们就蹲在窑坪等着茶叶回来，然后才能回西和去。

前两回王世奎给他们背回去的是粮食。粮食在西和是稀缺的物品，根本不需要王世奎操心，姜俊仁就卖了粮食换回了盐官的土盐。西和的老商号已经听说了窑坪用背脚子转运物品的消息，也先后跟着姜俊仁们到了窑坪。茶叶一时成了紧缺的东西，他们一致要求九州商会提供足够的茶叶回去。王世奎估计，三五天内，茶叶还是回不来的，从汉中府到窑坪的道路他是熟悉的，背脚子步行绕道很费时间，没想到却居然超乎预料。

窑坪一天天多了背脚子，看起来还算是有了人气。窑坪周边自产的草纸、蜂蜜和药材也被这些背脚子转运了出去。到七月间，集市才慢慢恢复了正常。外面的信息一点一点地汇总，听起来窑坪周边都是乱哄哄的，有些地方天天在打枪，常常有一些散兵四处游串，做一些有悖人理的事情，弄得人心惶惶。

王世奎吁出一口长气，这窑坪虽然地处陕甘大道上，街市也稍有好转，目前

续篇·马 帮

还算是平安之地。说不定这一劫窑坪还能够躲得过去。

更为幸运的是，汉中府带回来的回信说，白玉观音已经妥善暗藏，意外的事情也渐渐平息，再没见过那些泼皮来滋事，也许是白玉观音跟着茶叶到了窑坪传言起了一定的作用。王世奎连忙安排茶叶分配的事情，好几帮背脚子都在等着这第一批背来的茶叶。商道一断，茶叶成了紧俏物品，很多地方限量或者已经脱销。谁都盯着那几十包散发着茶香的货物，谁都晓得这几十包货物在市场上的分量。

分到了最后，只给姜俊仁们留下了六包，王世奎对面带失望之色的姜俊仁说："我最不能照顾的就是你们……这一点你要理解。"

姜俊仁说："我们虽然想着这些茶叶，可我晓得你有难处。你成全了德胜堂，你就失去了整个窑坪和九州商会。"

王世奎感激地看着姜俊仁，说："我没看错你，你是好兄弟。"

姜俊仁憨厚地一笑："我总不能抢这几包茶叶吧。我们还可以继续背粮食，背土纸，背麻片。"

王世奎说："你最理解我的难处……"

姜俊仁作难地说："无论如何，我们也不能给大掌柜丢人……说心里话，谁不稀奇那些利润丰厚的茶叶呀！"

王世奎满怀歉意地说："我不光是德胜堂的大掌柜，也是九州商会的大掌柜。你们要晓得，我即便是把现有的生意都给德胜堂一家去做，如果整个窑坪都没有生意，德胜堂它照样还是过不去。"

五月刚到，天气倏然就变得乖戾起来。热辣辣的太阳刚刚把四十里的窑坪河晒烫，突然一阵雷声滚过，黄豆大小的雨滴时不时夹带着冰雹就会抽鞭子一样地扯天盖地落下来。每每如此，窑坪河都会浊浪滚滚。王世奎最揪心的是，那些背着货物的背脚子们，这个时候他们都会在哪里？

李德明最先看出了王世奎的担心，他找到吴生瑞商量："眼看就是关公会，我们留下一些背脚子开关帝庙办关公会，祭祀求神，给大家保个平安。既可免去王大掌柜的心结，也可给大家伙儿壮个胆。"

吴生瑞说："你去给王大掌柜说说，眼见得就到了五月十三，关公会近在眼前。我们今年一定得大办，一则我们窑坪情况有所改变，得依靠于关帝庙里的关老爷护佑，我们得酬神。二则四周八路的鬼、神、灾、劫实在也该打点，一路上那么多的山口、渡口、路口，难免有冲撞神灵的时候，伙计们也借此发些愿心，好让出行途中能够安心。"

李德明回到德胜堂，王世奎正在低着头看账，抬头看见李德明进来，笑吟吟地说："账目比我们预想的要好得多。"

李德明说："我们先不说账目。"

王世奎兴致勃勃地说："看起来，背脚子替换马帮虽然是不得已的事情，但还是可行的……"

李德明说："说到底，窑坪街道商户们萧条的原因，还真就是货运不畅。现在能略略有所好转，就是人背替补了马驮。我们窑坪关帝庙关公会在即，吴生瑞和我商量开山门办会，意在酬神祈愿，我回来和三弟商量，看该咋办。"

王世奎大悟似的一拍双手，说："这个主意好！关帝庙开山门、酬神、许愿这个主意好。"

李德明说："人不惧鬼神，就已经和畜生没有多少区别。现在的窑坪是刚刚回缓的时候，就怕人们都看着眼前的蝇头小利，挖空心思做一些忤逆不肖之事，有悖天理。"

王世奎说："都说人是世上的贱物，上天的少入地的多——明明脚下是万劫不复之深渊，却还瞅着漂浮的烟云就往下跳——这大约就是人了。"

李德明说："那算个屁。人最大的危险点不在别人身上，而是在自己身上，鬼神的震慑也只是暂时的。三弟，你读过的书我没读过，你说的话我也没说过。今天我这是在你跟前第一次显摆，但还是老东家在世的时候教给我的——不怕你笑话我。"

王世奎很高兴："你就没听说过三人行必有我师？"

回到家里，王世奎对灯草说了关公会的事情，灯草也赞同，说："这种大事情，宜早不宜迟。"

王世奎说："也该准备了。不过这次我倒要靠一些事情给赵俊祥做一做，看看他是骡子是马。"

灯草笑道："你这是借着关公会办自己的私事。"

王世奎也笑了："我这不是着急嘛！他赵俊祥如果真能办成事情，倒也是窑坪的后继之才。关老爷不会多心。"

灯草说："不管咋说你这都是假公济私，你这是选女婿哩。"

赵俊祥不负众望，按照王世奎的交代，把关公会前期的事情办得人人点头称赞，终于让王世奎看到了他优秀的一面。

转眼就到了五月十三，关帝庙内钟磬齐鸣，香烟缭绕，诵经理忏的声音嗡嗡嘤嘤，空地上到处都跪着烧香的人。祭祀的案桌上，摆放着一只煮熟的猪头，两边是鸡鸭和烧豆腐。两只粗大的蜡烛哔哔剥剥地燃烧着，挡在烛台前面的灯壁，写着"义勇忠仁，神圣无比，同拜同封，跨越族限国界；诚信礼智，公侯没敌，共尊共奉，超脱乡规民俗"的长联。边上又一联，写着：忠肝义胆何妨千里走单骑；慈爱仁厚决意万年护安宁。

王世奎走进关帝庙，看着熙熙攘攘的场面，心里很是高兴。他对李德明和吴生瑞说:"我只是稍稍指点,就能弄出这样的结果,可见赵俊祥这小伙子虽然看着年轻,倒还是有一些心计的。"

李德明说:"不见得赵益帮有多精明,可后人还是出息了。这叫作一辈更比一辈强啊。"

吴生瑞也说:"都说窑坪地灵人杰,不管是多木讷的人,到窑坪住个一年半载的也就变得灵性了。"

李德明呵呵笑道:"你看看你是咋说话的?肖善人都在窑坪住半辈子了,咋还是一个疯疯癫癫的样子?"

王世奎说:"大哥,这你就不懂了。肖善人看起来是疯疯癫癫,可他哪一句话是信口胡说,毫无道理的?我们这些人只是看不透他。"

吴生瑞说:"我们今天不说闲话,就只求关公会给我们窑坪多发慈悲之心,护佑地方繁荣。"

正说着话,赵俊祥过来,拘谨地问好。王世奎略略点点头说:"走,过去一起给关老爷磕头,给他老人家请个安吧。路上还走着那么多的背脚子,不求发财也得求个平安。"

第四十五章

　　赵益帮从汉中回来给儿子赵俊祥操办亲事，一听说儿媳妇是王世奎的家的小艾，有点不相信自己的耳朵。他晓得小艾是王世奎的心肝宝贝，没想到这个宝贝现在要落到自己的家里来。

　　准备彩礼的时候，赵益帮费尽了心思，对赵俊祥说："王大掌柜是窑坪见过世面的人，不要给我们赵家丢人，更不能给大掌柜丢人。"

　　王世奎听到这个事情，找到赵益帮说："我嫁女儿，不是图你的彩礼，也不是装点门面。赵俊祥和小艾是心有所属，我们是替儿女操心，让他们过舒心日子。你不要想多了。"

　　赵益帮感激地说："你们小艾能下嫁我们赵门为媳妇，我们就是倾家荡产也不能给你丢脸不是？"

　　"你都倾家荡产了，我们小艾到你们赵家吃啥喝啥？"王世奎哈哈大笑，"你这种想法很好，但你真的这么做就是蠢笨之举。"

　　"大掌柜放心，我们有稀的吃，就有大千金稠的吃。"

　　"你说这话我信。几百年了，也没见窑坪有谁饿死。可我把小艾嫁到你家，不只是图能吃到稠的。"王世奎说，"图能吃到稠的，我也不会把她嫁到你家。"

　　王世奎这句话虽然说得无心，但是赵益帮听者有意，他不禁露出一点尴尬的表情："这点不用大掌柜明说我也晓得。"

　　王世奎一看赵益帮的脸色就晓得他想岔了，说："我们是儿女亲家，你也别多想。我就是想说，我们要给后辈们留下点啥才是最重要的。"

　　赵益帮自我解嘲，笑着说："我自然晓得大掌柜想说啥。你和我不一样，你想说的肯定不是家产，也不是钱财。"

　　王世奎说："你揣摩到我的心思，算说对了。我家小艾和你们俊祥永结百年之好，我们做父母的，谁不是希望他们过得好好的？他们要继承的，还真的不是家产。"

　　赵益帮不住地点头，连声说："那是，那是。"

　　王世奎说："我就想着，我们多做一点事情，后辈们就多一点甜头。他们也就有一个学习的机会。有时候，我就觉着老太爷在后面看着，做啥事情不敢有丝毫差池。"

　　赵益帮也感慨不已："好多事情都是一不小心就做下去了，想停都停不下来，再累都没有办法。"

　　王世奎说："都是我，云台筑城的那时候想着德胜堂不吃亏，小着心眼让你去做云台筑城的粮食生意……你那几箩筐银元，其实够你吃几辈子了。"

续篇·马 帮

"大掌柜，你这一辈子总是想着咋样能把我推开。"赵益邦说，"幸亏大掌柜你把我推了出来。我那时候只不过是一个得了鸡毛运的小子，守着飞来的横财，不晓得该怎么花，哪里还能想着跟着大掌柜做这么大的事情？现在就是没有了钱，只要留下这一条命来，我还是没亏，我还有你这么一个好亲家。最不好，我回我的赵家砭，教儿子种我的那几坎坡地，你说我还有啥想不开？"

王世奎笑道："你我都是亲家了，还说这些干啥！"

赵益邦也笑了："如果真的没钱了，我就权当做了一回钱财梦。可是和大掌柜做亲家，这可是真的。我就高兴这件事情。"

婚期定在八月十五。灯草哭哭啼啼地说这么急着把小艾嫁出去，就像是揪心上的肉。王世奎调侃灯草说："女大当嫁，你还想留着小艾给你养老送终啊？"灯草不依，掐一把王世奎的胳膊肉说："就你心黑，作践我不说，还弹嫌小艾多吃你几天饭。"

王世奎说："不晓得是你心黑还是我心黑，明明小艾已经到了婚嫁的年纪，你还想着留在家里伺候你。不为儿女谋，你还算是称职的母亲吗？"

灯草不管不顾，咬着牙齿骂王世奎："女儿到底不是你身上掉下来的肉，急着早早地把她送出去，你心上肯定不疼。"

王世奎晓得没办法解释，就沉下脸来不再说话。灯草也不是糊涂女人，心里晓得闹腾得差不多了，几句心窝子的话往外一掏就可以了。虽然是离不开的血肉亲情，但还是迟早都得成家立业过她自己的日子，难不成当母亲的还真要挡着拦着不让小艾嫁出去啊？

这时候小艾自己难受了。她自己一天天地长大，看着王世奎和灯草一天天地衰老。在她的记忆里，王世奎和灯草都匆匆忙忙地奔波，没有享过一天福。王世奎常常自言自语说自己和灯草都是劳碌命，一辈子别想过安生日子。小艾私底下也很心疼父母，看着他们操劳不息，常常伤心流泪。她教王永成念《孟子》，念着念着就哭了。王永成不懂，问姐姐怎么了。小艾不晓得该怎么回答弟弟，就说是眼睛酸。这么简单的谎言王永成居然信了，等到王世奎回到楼上，王永成屁颠屁颠地学舌说："姐姐哭了，说是眼睛酸。"

现在，自己马上就要出嫁，父亲母亲却还是没有闲下来。小艾早就看见王世奎鬓角有了白发，每看见一次，她就难受一次。母亲灯草也一天天地老迈下去，虽然风韵犹存，却也失去了往日的娟秀姿态，猛然间开始显得臃肿笨拙了。菊香有时候来家里，灯草都会用双手比划着说自己无论怎么看都好似一根粗壮的树桩，早没有个形仪了。

日子过得飞快，嫁妆刚刚收拾齐毕，眼看着天上的月亮就圆起来了。

小艾的婚礼是窑坪周边最热闹的。

李德明和李德亮说，德胜堂大掌柜家嫁女，陪嫁柜上要出一半。王世奎不依，李德明更是不依。王世奎说："王世奎就一个闺女，嫁妆自己出得起。"李德明说："王世奎你自己出的是你自己的，柜上出的是柜上的，不一样。"王世奎坚持说："王世奎嫁女柜上出钱人家笑话。"李德明说："王世奎是李家老三全窑坪晓得，柜上出钱是给自己家的闺女陪嫁，不出钱人家才会笑话。"

赵益帮要请戏班唱戏，王世奎反对说没事那么显摆干啥呢？赵益帮反问王世奎："我家给儿子娶媳妇，你怎么说是没事情呢？"王世奎说："不年不节的，唱啥戏啊……"话没说完就被吴生瑞给顶了回去："谁说的中秋节不是个节啊？"

如此一来，小艾的婚事就不是王世奎和赵益帮两家的事情了。场面变得不是他王世奎可以操控得住的了。菊小艾骑着高头大马，身穿大红嫁衣，顶着绣花盖头夹在同样是披红挂彩的牲口中间，那些牲口背上驮满了缎面新棉被之类的嫁妆。身着喜服的吹鼓手们，死命地敲打着手里的锣鼓，唢呐不歇气地吹着《丹凤朝阳》，从廊桥边吹过整条窑坪街，一直吹到十里之外的赵家砭赵益帮家老宅。

送亲人喜气洋洋，每人胯下一匹牲口。牲口头上绸缎结成的花，在秋天的烈日下鲜艳地开放。礼箱由伙计们挑着，他们顾不上肩上的嫁妆，却相互议论看过的戏目和情节故事，猜测晚上还会演哪出戏，是否看过。

虽然是秋天，骑在马背上的小艾还是感觉到热。盖头底下，她额上的汗密密麻麻地往外沁着。

没有谁晓得小艾此刻复杂的心情。

临出门的时候，小艾哭得一塌糊涂，几乎要背过气去。灯草扶着女儿，也是泪眼婆娑。这个窑坪最坚强的女人，从心里不愿意把自己脆弱的一面给自己的女儿看，她用袖子擦着眼睛，劝说自己的女儿："今天是你大喜的日子，你怎么可以哭呢……"

菊香也抽泣着，说："看看，再哭下去，你脸上的脂粉都要和成泥巴了。变成丑八怪可别说是我化得妆不好……"

小艾说："我舍不得走……姐姐，我舍不得走。"

菊香说："净说傻话。你不晓得，姐姐我这一辈子每天都想着自己能有这么一天，可惜没有。你不晓得，女孩子只有嫁人了才会是女人，才会叫人想忘都忘不掉……菊香，姐姐真的好羡慕你。"

小艾说："反正，我不想嫁出去……"

菊香含着眼泪笑道："真是姐姐的傻妹妹，你今天高高兴兴地嫁了，过两天高高兴兴地回窑坪来，姐姐教给你一首好听的曲子。"

小艾瞅着灯草，万分不舍："妈……"

续篇·马 帮

　　灯草抽身回到屋里，她不能看着女儿小艾出门的场面。其实她晓得，菊香虽然嫁到了十里之外的赵家砭，但还是要回到窑坪赵家杂货店来生活的，可就是忍不住心里的痛，好像小艾这一走就是生死离别似的。上楼，关上房门，外面那种嘈杂声不间歇地挤进来，一次一次地撞击着灯草的耳膜，她的眼泪又一次次肆无忌惮地扑簌簌滚落下来……

　　太阳格外地耀眼，从窑坪通往赵家砭的路虽然蜿蜒曲折，却是一片明亮。喜庆的送亲队伍一路吹吹打打，惹得沿途的人们纷纷拥出来看热闹。看着看着，就发出感慨："看看王大掌柜嫁女的那个气势，啧啧，我们下辈子都不敢想。"

　　快到一个叫作郑湾的地方，前面一阵骚乱，送亲的队伍不由得停下脚步。走在最后面的李德明赶紧拍了马屁股一巴掌，匆匆赶到前头。原来是一群衣衫不整的溃逃部队——不经意间，和传言中的兵痞子们相遇，李德明着实吃了一惊。

　　李德明一时不晓得该怎样说话，只是骑在高高的马背上，看着路边上衣衫褴褛、脸色疲惫的逃兵们。对峙了半天，李德明挥手示意让送亲的队伍先走："怕啥！走到窑坪地界上，看看他们还能做出个啥事情来！"

　　吹鼓手们的乐器顿时呜呜啦啦地响了起来，那些站在路边的逃兵反倒一时不晓得该做些啥，手里抱着枪愣在那里，眼看着松松垮垮的送亲的队伍大摇大摆地从眼前走过。

　　这一支从窑坪经过的部队，虽然饿得眉眼都绿了，却只是眼巴巴地看着小艾的迎娶仪仗从容走过，没敢轻举妄动。他们的长官说："都不晓得这些人的来头，还敢动个屁！挨饿不要急，就怕稀里糊涂把自家小命搭上！"

　　此番遭遇，自然是窑坪婚嫁史上的传奇，更是李德明后半生炫耀的资本。几十年之后他还常常给后人们说："当年，我带着男男女女几十人送亲，我们从整排整排的枪杆子中间走过去，吓得当兵的都不敢动一动。"最后的补充往往就是："我都走老远了，才听见背后拉枪栓的声音。"

　　他最为得意的补充，只是没有人去揭穿而已。

　　小艾一走，灯草就把菊香从醉香楼接了过来，让她给自己做伴。灯草一下子变得脆弱起来了，她天天窝在楼上，对外面的世事不闻不问。有时候菊香提起金盆湾的染坊，她的眼睛只是闪起瞬间的光亮，然后就倏然暗淡了下来，似乎那个金盆湾的染坊，和她没有丝毫的关系。

　　王世奎忙于商会和德胜堂之间，头上的白发一天比一天增多。

　　菊香陪灯草之外，就是跟着王永成读书。王永成很喜欢菊香这个大姐姐，老是缠着她说一些冠冕堂皇的之乎者也，有时候也给她讲一些小故事，一听就晓得都是从书上看来的。菊香也不说破，一律听他说完，然后点头说好。

窑坪的街市情况虽然有所好转，但王世奎的心病依旧没有根治。

他一有闲暇时间，就冥思苦想马帮的事情。背脚子可以解决暂时的问题，却终究不是长久之计——转运速度和运输量根本和马帮驮队无法相比，而且转运里程也不能太远。

那天，王世奎喝完一碗酽茶，对柜台里面的伙计说："去请来东家和吴少东家，我有话和他们说。"

伙计随口问道："大掌柜你找东家和吴少东家有啥事？"

王世奎耐着性子说道："我们有啥事情，你其实也是应该晓得的。窑坪眼下的情况，谁不着急啊？记着，一定叫到。"

伙计这才一伸舌头，麻利地跑出店门，往街上去了。王世奎看着伙计消失的背影，有点不放心地叫来另外一个伙计说："快去跟上，一定要叫东家和吴少东家过来，就说有要紧的事情。"

伙计掂量出了轻重缓急，连忙追着脚印一溜烟去了。王世奎这才仰头靠着后面的靠背微闭上眼睛，缓缓地呼出一口长气，自言自语地叹息："这要疏通驮道，难啊！"

等到两人进来，王世奎立即迎上前去连声说道："好我的先人，可把你们给等来了。"

李德明笑道："你是有了好茶呢还是有了好酒叫我们来帮着喝啊？"

王世奎说："大哥，只怕我今天说的这个事情，你们听完之后，就是有好茶好酒都喝不下去。"

吴生瑞哦了一声说："你倒是说说看，是啥天大的事情。"

王世奎说："倒不是啥天大的事情，却不好弄。我这都想了几个月了，还是没有一个眉目。"

吴生瑞看了一眼疑惑不解的李德明，问道："王大掌柜都想不明白的事情，你把我们叫来有啥用？"

王世奎说："集思广益呀，三个人商量总比一个人苦想有效果。"

吴生瑞说："我们三个人还不如你一个人，我们两个能想个啥结果出来？在这里只能是陪陪你，说一些无关的闲话。"

王世奎正色道："两位东家，你们说这样的话，让我不安心。你们把这么大的担子搁到我的肩膀上，说起来是看得起我，实际上却是推卸。"一句话，说得李德明和吴生瑞脸上白一阵红一阵，红一阵又白一阵。王世奎也感觉到说话有点过火，就缓了一下语气说道："兄弟仨坐着商量商量，也是给我壮个胆，吃个定心丸。"

李德明说："三弟，你是晓得的，这几十年来凡是柜上的事情都是你做主。老太爷在世的时候，他都只当个甩手掌柜，一则我们没有理事经验，二则也没有习惯。另外，还不是你办事，我们放心嘛。"

续篇·马 帮

吴生瑞也连连点头。王世奎说："你们这些话听着舒服，可是我今天说的，是大事情。我也不想给你们添麻烦，也不想让你们烦心。我们兄弟为了窑坪有力的出力，有钱的出钱，风风雨雨几十年，不敢时时同甘，却愿常常共苦。现如今，背脚子的队伍虽然也成了气候，但是终究不比马帮，耗时费力，只是一时救急，不可依赖。平时搪塞门面也还可以，要想恢复以往我们窑坪的转运功用，还非得马帮往来。"

李德明和吴生瑞不住地点头。

王世奎接着说："可是，眼下兵匪霸道，驮道不通，我们仅凭人背，到底不是长久之计。那么，现在我们要想的，是如何疏通官道，恢复马帮驮运！"

李德明苦着脸："兵匪当道，那是政府官家的事情，你说我们有啥办法呀？"

王世奎说："这件事情，我们也不是没有办法。"

吴生瑞疑惑地看着王世奎："我们能有啥办法？当兵的都有枪！"

王世奎说："这就用得着何团总何老爷了。"

李德明说："何老爷现在是戍城团总，他未必帮得上忙。"

王世奎说："现在这般情况，何团总未必不肯帮忙。"

李德明说："为啥？"

王世奎说："我们没见何团总的面，怎么就晓得他帮不上？他再怎么样，也不至于背弃窑坪这个生养他的地方吧？"

李德明说："那也未必。"

"那也得见面以后才晓得。"王世奎说，"我们三人一起去云台见何团总，请人请枪。"

"去请可以，但是恐怕会失望。"

"何以见得啊？"王世奎一时有些疑惑，"你们的意思是说……"

"何老爷说到底只是戍城团总，手里的兵丁和枪支毕竟有限，何况他还要受听于人，借人借枪的事情，他怕是做不了这个主。"

王世奎心里焦急，不由得长叹："如此下去，窑坪出路何在啊！"

李德明说："天意如此，你我能奈何。"

王世奎愤愤地说道："这哪是天意？全是人祸！"

吴生瑞劝慰说："既是人祸，早晚都得报应，你我何必费神啊。"

王世奎说："你没听肖善人说如今在世上闹腾的，可都是天上的煞星。"

"你怎么连肖善人的话也信啊？"吴生瑞笑了，说："这一辈子了，肖善人说过几句沾题的言语啊？他开口就是云里雾里的话，叫人怎么听？"

王世奎说："听话也得因时因事啊。你还别说，肖善人说话，仔细想想还是有些道理，只不过是我们没人在意。"

李德明翻着白眼，不解地问王世奎："那你听出肖善人说怎么才能疏通驮道

没有？"

"肖善人他既不是东家也不是掌柜，他要能说出怎么才能疏通驮道倒是怪事情了。"王世奎笑道。看见李德明一脸疑惑，又说："大哥啊，肖善人嘴里说出来的话无非就是天理人伦之类，哪里能给我们指一条疏通驮道的明路！"

李德明说："但凡做事，无非一是钱财，二是权势。除此之外，似乎无法。"

王世奎说："钱财和权势，更多时候是集于一身的，有道是有钱能使鬼推磨。但是眼下纷乱动荡，有钱财和有权势的人自顾不暇，慢说只是商路不通，即便是天真的要塌下来了，他们也有胆量说有长汉顶着这句话。"

李德明说："唉，自古就说精脚板子撵山，穿靴子的吃肉。这世上，永远都是这样的，不公平。"

王世奎说："泥瓦匠，住草房。纺织娘，没衣裳。有一句话说得更好：遍身罗绮者，不是养蚕人！"

李德明笑道："三弟啊，你是给我卖弄你的学识哩吧？"

王世奎也笑起来："还不是你惹的，好好的说驮道，被你们一咕噜就扯到这些个闲事情上来了！"

吴生瑞说："明明是你卖弄，怎么反倒怪起我们来了啊。"

王世奎笑完了，接着叹气："说实话，这驮道阻滞，犹如人体血脉不通。长此下去，窑坪的商号怕是难以为继，窑坪的商业也终究会寿终正寝。"

李德明说："一步步走着看，就如你所说，我们尽人事吧。"

王世奎忧郁地说："人在做，天在看。我们多想想办法，说不定啊，也会有天遂人愿的一天。"

李德明和吴生瑞听着王世奎的话，都点了点头。

倏然而至的河风，吹动他们的衣角和头发，王世奎不得不细眯起眼睛，极目远眺，仿佛目光的尽头处，正有驮队往窑坪赶来。王世奎说："我得去白马关找找何老爷，即便是他借不出人借不出枪来，帮我们出出主意也好。无论如何，我们都得试一回。"

第四十六章

小艾回娘家，到廊桥边的木楼上，灯草正急急忙忙地和菊香烙饼。出嫁的闺女三天后到娘家回门是窑坪河一带的风俗，新媳妇在公婆家第一次住三天，必须回娘家住三天，俗称回门。这些都是提前商议好了的，一切都是在按照习俗的程式进行。小艾炕上的被褥已经晒过了，闺房里散发着阳光的香味。

小艾在楼下喊妈的时候，其实灯草早就已经伸着脖子瞅着窗户外面了。她听见楼下面的脚步声就晓得是小艾回来了，灯草对菊香说："回来了就回来了，还弄那么大的响声，怕我不晓得啊？"

菊香偷偷地捂着嘴笑："小艾没弄出啥声音啊。"

灯草说："我都听见了，外面弄得像打雷似的，你还说她没弄出啥声音。"

菊香晓得是灯草心里惦着小艾，是她自己心里把动静无端地放大了。灯草看见小艾从大门口迈进来，后面跟着赵俊祥。小艾脸上有些害羞，赵俊祥却喜滋滋的，一脸的幸福。

灯草缩回脖子，冲菊香一笑。菊香晓得灯草心里高兴，自己也高兴，也就一笑说："姑娘和新姑爷回来，我们是不是该下楼去接接啊？"

灯草说："要接你去接，我不去。"

菊香过去扯扯灯草的衣袖，笑着说："去吧，我们接接，脚又走不大的。"

灯草说："哪有长辈下楼接晚辈的道理啊。"

菊香说："小艾又不是外人，你接接她，会掉肉吗？"

灯草半推半就地跟着菊香下楼，嘴里还在叨叨着，一副极不情愿的样子。小艾看见灯草从楼上下来，叫了一声妈眼泪就扑簌簌地下来了。灯草眼睛也有点红了，说："这孩子，都回来了，还哭！"

小艾说："我想你们。"

灯草说："这不是回来了吗？"

菊香拉住小艾的手，说："都别在院里光顾着说话了，快上楼去坐着喝口水啊。估计着这个时候大掌柜也该回来了。"

灯草这才擦干挂在脸上的泪水，说："走吧走吧，上楼去，免得他回来看我们娘俩的笑话！"

王世奎心里一直想着驮道的事情，虽然晓得小艾要回娘家，还是在店铺里待到中午才回到家里。上完楼梯，他就闻见了烙饼的味道。虽然饥荒连年，但是大多庄户都还有点余粮，作为德胜堂的大掌柜，王世奎家里隔几天烙个饼还是可以的。

窑坪这个地方，就是养人。

王世奎进门，小艾迎上来拉住他的胳膊，埋怨道："你咋才回来啊，不是说好我今天要回门的嘛！"

王世奎伸出手捏了一下小艾的鼻子，笑着说："我这不是回来了吗？就你小心眼。"

小艾说："我才不是小心眼。是你小心眼，只记得你的店铺，只记得你的生意，都不管我们。"

王世奎进屋，笑着对灯草说："你也不看看你养的女儿，都敢没眉没眼地跟我说话了。"

灯草不等王世奎把话说完，抢过话头说："我早就听说过上梁不正下梁歪，更何况菊香也没说啥过分的话啊。你说你除过生意上的事情之外，你还管过我们谁啊？"

王世奎说："我今天成了你们出气口袋了，哪里还有人把我看成这个家里的掌柜的啊？"

菊香笑着过来，说："哥哥你看你说的，外面都晓得你是大掌柜，家里谁还敢不把你当掌柜的啊？你那么辛辛苦苦的，只要你在外面赢得好名声，还怕家里谁不拿你当掌柜的？"

王世奎拍着双手呵呵笑着说："嗯嗯，菊香这话，我爱听。"

说着话，王世奎抬眼看见坐在一边的赵俊祥，即招手让他跟自己坐在一起，说道："哪天你跟我去白马关一趟，见见何团总何老爷去。"

赵俊祥不解，疑惑地问："见何团总何老爷，有事吗？"

王世奎正色道："有事啊，还是大事啊。"

赵俊祥还是不解："啥大事啊？"

"驮道。"王世奎说，"驮道不通啊！"

赵俊祥依然不解："驮道不通，去白马关找何团总何老爷有啥作用啊？"

王世奎说："去借枪借人，用以疏通驮道。"

赵俊祥说："驮道漫漫，并非三里五里，不是从窑坪到白马关。何团总那点枪支人马，如杯水车薪……"

王世奎有点焦躁，并不等赵俊祥说完："去找何团总，商量商量。"

赵俊祥嗫嚅半晌才说："既如此，那就去吧，我听你的。"

王世奎叹息着说："也不是要你听我的，我实在是想不出啥办法来了。去找找何团总想想办法，就算是死马当活马医吧。"

赵俊祥说："去找找，商量商量。"

王世奎说："看看我这个大掌柜当的，自己焦头烂额不说，都不晓得这个生意该咋做了。耽误了商号店铺，到现在连商路都不通了！"

菊香说："这些个事情怪不得你，天灾人祸的，又不是你能改变得了的。"

369

续篇·马 帮

王世奎说："无论如何，我总要想想办法，哪怕走出去一步呢？"

灯草说："天下驮道那么长，你走出去一步？就算走出去百步千步能有啥用？"

王世奎说："天下驮道有多长我不管。我要的，是窑坪的货物怎么进出；我要的，是三日一集的街市怎么才能繁华；我要的，是街面上我们店铺的生意一如往昔！"

灯草说："你想要的多了，可是没有一样你做得了主。"

王世奎沮丧至极："我也晓得我做不了主，我也晓得我改变不了啥。可是我仅仅能做的一点点事情我还是丢不开放不下，不管我能做到哪里，我都愿意……"

赵俊祥一时激动起来了，说："我听大掌柜的，你说去哪儿我就去哪儿，你说怎么办就怎么办。我听你的。"

小艾不高兴了："你怎么叫我爸的？你刚才是叫我爸啥？"

赵俊祥脸色一变，满脸通红，说："是要叫爸的。这不是一时还不习惯嘛——我改。"

小艾嗔怪道："一点诚心没有。"

王世奎说："好了好了，今天是小艾回门的好日子，咱们不说这些个没用的事情，就说说你妈给咱弄了些啥好吃的。"

灯草说："就是有好吃的，都不给你吃。"

王世奎问为啥，灯草说你是大家的大掌柜，又不是我一家的，凭啥在家吃。王世奎说你那是虐待，是报复，抛弃三从四德而不顾的人怕要遭人唾弃。灯草偷着笑，说："嗯，到底是读过书的人，随便就可以找个理由倒打一耙。"

王世奎转过身问赵俊祥说："我说啥了？我找啥理由了？我倒打一耙了吗？"

赵俊祥无法作答，只好眼瞅着小艾哧哧地笑。

王世奎和吴生瑞带着赵俊祥到白马关去找何炳章，何团总刚好在营盘的柳树下饮马。王世奎老远就看见一身戎装的何炳章，就赶紧下马打招呼。何炳章丢开手里的缰绳，迎上去拉住王世奎的手，问道："啥风把你们吹到白马关来了？"

王世奎叹着气说："实在是不得已，我们没事哪敢找你，无事不登三宝殿啊。"

何炳章说："哪有啥三宝殿，都是你们太忙，没得空闲啊。"

"说啥没得空闲啊，这不是来找你了吗？"王世奎说，"团总啊，我们是求你帮忙来啦。"

何炳章吩咐身边的团丁牵马回去，自己带着王世奎三个人走过马莲河上的永安桥，进朝阳门往白马关城里走去。进了县府，王世奎惊异于建筑简陋，陈设拙朴。何炳章自然看懂了王世奎的表情，说："别奇怪，不要以为县府就要排场。白马关就是没法和我们窑坪相比，弄排场就要花钱，清水衙门到哪里弄钱去啊？分州府又不是商号！"

王世奎不好意思了，不自然地笑着说："我才没有那么想。只是觉得是县府，

370

就该有县府的气派。"

何炳章说："县府还没有我们窑坪的脚骡店气派。"

王世奎说："看看何团总你说啥呢，再不咋也是县府啊。"

何炳章笑了，说："我说的是实话，你也别害怕我。我也是窑坪人呢。"

王世奎说："我今天来白马关，就是找你商量窑坪的事情呢。"

何炳章说："你是大掌柜，又是商会掌柜，窑坪的事情都是生意上的事情，你倒说说，这隔行的事情，我能帮个啥忙啊？"

王世奎说："连年来，又涝又旱的，这些何团总你都晓得。眼下又患兵匪，弄得人心惶惶，以致商路不畅，马帮驮队不敢行进，窑坪上下死气儿不通……眼看着，窑坪就完了。"

何炳章说："都是劫数，并不是人力所能改变得了的。这样的事情，一辈子也难遇一回。你倒是说说，你来找我，我能做啥？"

王世奎说："我说找你借人借枪以疏路通商，你说你咋办？"

何炳章显然没有一点点思想准备，被王世奎一句话惊得差点跳了起来。他几乎不相信自己的耳朵，问王世奎说："你说啥？借人借枪？王大掌柜你说借人借枪？借人借枪有啥用？"

王世奎笑了笑，有点不好意思："我原来是想着跟你借人借枪保商路驮道的。可是吴生瑞吴少东家和赵俊祥他们都说于事无补，我后来也想到我的想法是真的过于幼稚了，不成熟。今天我们到白马关来，是想和你说说，这个事情该怎么弄才好。"

何炳章何团总深吸一口气，说："大掌柜啊，这个事情你们来找我，你倒说说我能有啥好办法？"顿了顿，又说道："你晓得，现在白马关刚刚设置康县县治，就怕地方有骚乱。再说了，我那么几个人，还没见过世面，在白马关站站岗哨还行，如果借给你估计也没啥作用。"想了想，又说："更何况，他们的调配，我说了还不算。"

王世奎说："我早就想到不可行。我今天是想和你商量一下，我们现在怎么做才好。"

何炳章何团总蹙着眉头，说："今天你这么一说，我还真的急了。不管咋说啊，我都是窑坪人，祖坟和家业都在那里。"

王世奎说："可是，眼下大多地方皆这般如此，我们能奈何！"

何炳章说："果真如此，你说我们能有啥办法可想啊？"

"窥一斑而知全豹。"王世奎说，"窑坪如此，追溯缘由全因了兵匪之故，千里驮道竟然废了。骡马牲口和脚力货物无一能如常行走，商货不通，已近一年有余。长此以往，不仅仅是窑坪颓废啊。"

何炳章说："道理我懂，但是说到底有啥办法？"

续篇·马 帮

王世奎说："你是官府里的人，自然见多识广。我们来问问你，此上兰州，估计有多少兵匪？"

何炳章呵呵一笑说："这哪有个准数啊！三五人一伙，或三五百人一伙，隔个三里四里就是一个山头，四处流窜，今日山南明日山北并无定所。你说说看怎么会有个数字。"

王世奎说："那你说说，官府如此不作为，我等这些民众该如何应付？"

何炳章也是读过书的，这个时候他叹息不已，说："国既如此，何谈家道商道！"

王世奎站起来，问："国家如何？"

"国家遍体鳞伤，残喘而已。而军警侵噬，奸商榨血。贪官污吏，奸佞小人……王大掌柜啊，你就说说，你是怎么想的吧。"

王世奎说："我就想，倒不如我们自己集结一队自己的马帮，自己经营驮队。小心谨慎，或昼伏夜出，或早走晚赶。我就不相信，天下所有的人都不用商户，不用换取，不用交易……"

赵俊祥看着气呼呼的王世奎有点喘气，连忙端过一杯茶水来递给王世奎。赵俊祥看王世奎喝水的空子有点冷场，连忙插嘴说："其实啊，我们都很气愤，霸抢行为到底是哪门干行啊……"

王世奎已经放下杯子，用手示意赵俊祥不要说话。他咳嗽一声，清清嗓子，说："他们那些作为毕竟都是邪门，不是啥长久的事情。我们之所以想着驮道商队，就是还相信商业。我老是想着，忽然有一天，大队的马帮就会和以前一样，蜂拥路过我们的窑坪。而我们的窑坪，总有一天会恢复人山人海，买卖兴隆。"

何炳章凄然一笑，说："只怕我们死命努力，最终只是一厢情愿，到头来还是于事无补。"

王世奎深知何炳章何老爷的说法是很有道理的。驮道不通，商旅阻滞，茫茫千里万里，盗匪滋生，非王世奎何炳章他们这些人所能疏通的。王世奎何能？何炳章何能？在窑坪他们都还是个人物，可是如果真的把他们放到驮道上去，他们就啥都不是。谁会认识一个商号的大掌柜，谁会认识一个小小商会的大掌柜，谁会认识一个县城戍城的团总？没有谁肯买他们的帐！王世奎说："何团总你好歹也是窑坪的名流仕绅，我好歹也是商会掌柜。我不得已才来找你，我们总不能坐着一边乘凉，一边静观其变吧。"

何炳章说："那你倒是说说，我们能做些啥呀？"

"这么大的事情，不是我们能做啥，而是我们想做啥。驮道何其长，事情何其多，复杂纷乱的枝枝节节，我们想做啥？我来白马关，就是想着和你商量，我们要做些啥事情。"王世奎说，"驮道一日不通，窑坪的萧条就一日不得改变。几百年的商业老街，眼看着奄奄一息，于你，于我，何忍？再者说了，我们正还是有力可出的时候，再过上几年，就是天塌下来，我们也怕只能是缩缩脖子——那时候

自有长汉顶着，我们担当不起了！"

何炳章面露难色，说："我如果做成商会会长，这些事情非得我去操心，可是我现在是白马关戍城团总，既位卑权微，又有公务在身，不能草率行事。你要集结马帮组建驮队，我实在是无能为力……"

王世奎不等何炳章何团总说完，愤愤然起身放下手里的茶碗，说："就此打住，今天就当我们没来白马关。"

出得城来，已是黄昏。河风流淌，柳枝飞扬。云台山和鹰嘴峰挟持着窑坪河一路逶迤西来，波光粼粼。狭长的西天一片通红，好似谁打翻了染坊里的绛缸，只要是目所能及的云天，都被染成了血色。那一弯河水，也未能幸免，终于也被染成了流动的红绸。

这就是康县最初的八景之一"云台晚照"。

他们无暇顾及头顶燃烧的天空，策马直奔窑坪。还有四十里的河道路要赶，不敢耽搁。窑坪河绕来绕去，从白马关到窑坪，要蹚过七十二道河水，素有"七十二道鞋不干"之称，虽是平坦之路却十分不好走。

王世奎打头，双腿紧夹着马肚子，皮鞭甩得山响。他们谁也不说话，耳边只有呼呼的风声。

第四十七章

　　九州商会会馆里，吴生瑞扶着颤巍巍的海号的老掌柜进来，坐在烛光下蹙着眉头发愁的王世奎赶忙站起身来，说："王世奎无能，把老掌柜给惊动了。"

　　老掌柜颤巍巍地坐下来，说："老朽无能，帮不了大掌柜。吴少东家过来到寒舍亲临卧榻说明了情况，只好过来，听听大掌柜的安排。"

　　王世奎给灯油碗添上灯油，挑亮灯芯，然后给老掌柜端上热茶，满脸歉意："都是王世奎不会办事，遇上麻烦了。实在是过不去才不得已把老掌柜从被窝里请了过来。"

　　"晓得晓得。"老掌柜说，"王大掌柜很少打扰过我们的，多少年了都没有啥事情能够难住大掌柜。"

　　王世奎说："今天还真是过不去了。其实还是想着不给你添麻烦。"

　　老掌柜说："只是我无才无智，不晓得怎么帮你。"

　　王世奎说："谁不晓得海号的老掌柜是我们窑坪的智多星？"

　　老掌柜说："都黄土掩脖子了，还智多星！早些年都起不到作用，现在能帮你啥呀？"

　　王世奎听出老掌柜有些埋怨的意思。其实驮道通畅的时候，大家都在各自忙着自己店里的事情，谁也顾不上和谁商量啥。各自的商号店铺都有自己的秘密，多一事不如少一事，谁愿意拿出自家的事情给别人说呢？王世奎谦恭地一笑，说道："早些年不是没遇到事情嘛，没事情劳烦你老人家不合适。"

　　老掌柜知趣地咳嗽一声，说："大掌柜你也别急，没有过不去的事情。在你跟前，办法总是比困难多。"

　　王世奎笑了，说："我都不晓得该做些啥了，老掌柜你还给我高帽子戴，也不怕压倒了我。"

　　老掌柜看出王世奎一脸焦急，他端起茶碗喝了一口热茶，说："你再急也没办法，我过来就是喝你一口茶，听你说几句话。最多就是陪你们大家熬熬夜，商量的事情最后还得你们自己想办法。"

　　李德明过来给老掌柜装了一锅旱烟叶子，说道："公鸡即使不打鸣，到底儿还是公鸡。关帝庙里的关老爷几十年没说过一句话，我们大家进庙谁还敢不给他磕头啊。今天晚上只要有你老掌柜在商会会馆里坐着，我们心里都要踏实很多。"

　　老掌柜吸了一口旱烟，说："可不敢胡说，我虽然老了，心里可还明白着呢。你们说事，我就喝茶，吃烟。"

　　王世奎说："就怕你到时候不能安心喝茶，不能安心吃烟了。"

老掌柜疑惑地看了一眼王世奎，问为啥。王世奎说："我们实在是没办法的时候，你能眼看着我们坐在这空屋子里闲熬夜？你还能喝得下去茶？"

老掌柜说："我晓得你们是急着进货出货，可是路上不太平谁也没有办法。我可说清楚，这事情我也想了好长的日子了，实在是没辙。这又不是比胆量比计谋的事情，那么多盗匪就守在那里，你想从他们眼皮子底下走货，难啊。"

王世奎说："老掌柜你就别说了，一听这些话我就脑壳疼。今晚把大家叫来，就算在会馆里喝茶抽烟，也别说困难……我们，就这样坐着，说些没用的话，权当散散心。"

老掌柜说："大掌柜啊，你千万别这么说话，你这么一说，是逼着我们想办法。可是你都没辙的事情，我们哪里还有好的主意？不是我们没想过，实在是想不出啊！"

王世奎苦笑着说："老掌柜你别急，大家也都别急。我们就喝茶抽烟，说些闲话。全天下都是这样，我们窑坪能有啥好办法？你们说哪个土匪会听我们的？就算能走出去十里百里，可是十里百里之后怎么走？"

灯焰昏黄，会馆里的人都在叹息摇头。

王世奎咕咚咕咚地大口喝茶，谁都晓得他是故意弄出的响动。此外，没有别的声音。

没人说话，但是也没人起身说走。

偶尔，有人去给灯碗里添灯油，挑灯芯。摇曳的灯焰就一直发出清晰的哔剥声。还是没人说话，茶壶里的茶叶换了又换，开水烧了一壶又烧了一壶。

到了后半夜，肖善人忽然撞了进来。满屋子的人都一愣，会馆里昏沉的气氛被一个疯疯癫癫的肖善人给打搅了。肖善人进来倚着门框，就是不往灯光下走，用手指着黑漆漆的门外说："马，人。马帮，马帮……"

李德明一笑，说："这肖善人啊，看着这里有光亮就进来了。进来了还不好意思，哄着我们开心。"

王世奎却站了起来，走到门边揪住肖善人，一字一句地问道："肖善人，你可晓得我心里急？"

肖善人惊惧地连连点头。王世奎又问："你可晓得这是啥地方？"

肖善人说："晓得。晓得。"

王世奎再问："你可晓得这会子是啥时候？"

肖善人又点头，说："半夜三更。"

王世奎又再问："你说，马帮在哪？"

肖善人说："距此地不远，一碗茶的工夫就到。"

王世奎疾步到案桌上端起一碗茶水，返身递给肖善人，说："来的是谁？可是熟客？"

肖善人喝着茶水，再不搭理王世奎。

续篇·马 帮

灯光下，只见王世奎的脸上两行清泪滚滚而下："老天爷啊，窑坪它真的命不该绝啊？"

老掌柜和一些人过来扶住王世奎，呵斥肖善人说："就晓得满嘴胡言乱语，赶快喝了碗里的茶水回去睡觉。"

王世奎用手擦去泪迹，说："随他吧，你们不要为难他。大家都起来打足精神，我们去上街河道口接哈林哈老板的马帮——我晓得，就是他！"

大家全都是满脸疑虑，只见王世奎看着专心喝茶的肖善人说："我已经听见牲口的铃声了。"

一时满屋子都噤了声，屏住呼吸细听。却依然只有肖善人喝茶的声音。王世奎已经大步出了会馆大门，人们依旧疑虑重重地跟着出门。还没走出上街，从河道上面黑黢黢的柳树深处，真的传来了牲口的嘶鸣声。夜深人静处，那声音居然是那么清晰，那么动听。

王世奎再一次流出了眼泪，他对着沉沉的夜色，大声地说："这生意是天下人的生意，驮道是天下人的驮道！我走不通，可是还有人在走！"

火光处，头马踩着水花一扬脑袋上了堤坝，后面的牲口喷着响鼻跟了上来。银杏树下面，哈林翻身从牲口背上下来，抱住泪流满面的王世奎一句话也说不出来。这个时候，已经是更深露重，河边的夜风一阵凉似一阵，王世奎单衣单裤却不觉得冷。他和哈林，就像是经过生死离别的亲兄弟，在黑夜里啥都没有说出来，虽然无言却又在用心灵交谈，他们就那样诉说着各自的心里话，直到人马都走完了才醒了过来。王世奎松开自己已经冰凉的双手，终于开口说了一句极为平常的话："就剩我们俩了，外面冷，该回去了。"

哈林也说："外面冷，该回去了。"

两个人就再一次不说话了，只是相伴着往窑坪走去。轻轻的脚步声在静谧的夜晚深处传出很远，扑踏扑踏地伴着他们的心跳。窑坪对他们来说，再熟悉不过了，浓浓的夜色里，他们根本不需要用眼睛看路就可以走到李家脚骡店。

脚骡店门口的火把把周围照得如同白昼，伙计们都很高兴，一边卸着牲口驮子，一边大声地说着话。一路小心翼翼，担惊受怕了差不多一个月，疲惫到了极点。现在终于到了地方，可以放下心来好好睡一觉了。

这个后半夜，窑坪人喊马嘶，人们的兴奋溢于言表，一直闹腾到第二天太阳升起来方才歇息。王世奎和李德明拉着吴生瑞陪哈林坐在会馆喝茶说话，温水的瓷壶在火盆里吱吱作响，茶叶在开水的冲击下在茶碗里翻滚，茶香在会馆里氤氲弥漫。

哈林慢慢地讲诉从兰州一路来窑坪的经历，他极力避开路途上的艰险和困苦，只是挑拣一些有趣的话题来说。比如马锅头在哪个小镇上又有了一个相好，原来的相好是怎样来找马锅头麻烦，马锅头又是用了啥计谋脱身的。又比如甘谷的磐安和关子山有几股土匪争做老大火拼，死伤无数，眼看着马帮在山谷里行走都无暇顾及，有些胆大的伙计居然敢高声唱着野歌吆喝牲口，土匪们理都不理。还比如天水的蘸河沿岸，据说沙柳林子里有红狐狸精每晚在唱歌，伙计们走到那里非要住下来听听狐狸精的歌。再比如刚过石峡，被山风吹得晕头转向的马帮忽然肆意流行疟疾，有些伙计连走路都没有了力气，谁也没有想到会在一个山垭口遇到一个绝色姑娘，她用一锅土盐水就治好了大家伙儿的病，哈林给她钱她不要，最后扭扭捏捏地指着一个伙计，要他留下来跟她过日子……

王世奎和吴生瑞只是笑。他们谁都高兴，谁都有说不完的话。但是在现在这个时候，说啥都是多余的，听着哈林说这些路途上的见闻，比说啥都强。这是最轻松的话题。

商路阻塞已经一年多了，窑坪人一年多的心病随着哈林马帮的到来而有所缓解。哈林的到来是一个意外，这个意外给了王世奎不小的力量。

王世奎的心里有了一个新的计划。他一边听着大家说笑，一边在思考着完善这个打算。

中午的时候，所有的伙计都已熟睡了，马厩里的牲口也吃饱了草料卧着养神。王世奎眼里闪动着兴奋，既有些疲倦却又格外精神。

这是个不平常的一天，他回到家里，吩咐灯草做几个拿手菜，说下午要和哈林商量事情。灯草也早就听说哈林到了窑坪，见王世奎一直没有回家，就晓得他们在忙事情。其实，她老早就在准备做饭的事情了，她晓得哈林是回民，饭食上有讲究，所以准备了一口新的锅灶，连碗筷都是没有用过的。就等着王世奎回来给信就行，黄铜温酒壶里装着的，是陈年横川烧，已经在冒着醇厚的热气了。

王世奎鼻子尖，一跨进门就笑着说你又在糟蹋我的横川烧了。灯草接口说道："来贵客了都不回来说一声，我还不得想办法气气你啊？"

王世奎走到温酒壶跟前，凑着鼻子一闻，晓得灯草是说着玩的，她已经晓得了哈林和马帮到了窑坪的事情。但是他却故意说："你气不着我，我现在只闻见酒香，别的啥都不晓得了。"

灯草说："我不相信你能忘了哈林哈老板。"

王世奎装着啥都看不出来，也听不出来，他问灯草说："你怎么晓得？"

灯草也装："你就是把我忘了，把王永成忘了，你也忘不掉哈林，忘不掉马帮。"

王世奎转过脸看着灯草，打着哈哈说："看看你这话说的！我啥时候忘过你们啊？"

灯草说："还敢不承认？你是背着牛头不认赃！这不是哈老板一来窑坪，你就连家都不回了吗？"

王世奎忍不住笑了，说："我们两个人啊，怎么活得连一点秘密都没有了？

续篇·马 帮

本来还想着回来才告诉你哈老板来了窑坪的事情，没想到你早就晓得了。"

灯草说："说你笨你还不爱听，你也不想想，眼下，哈老板到窑坪这么大的事情，你想能瞒得过谁啊？"

王世奎说："还是你厉害，我都晕乎乎的，实在是不如你。"

灯草说你："你那是高兴得忘乎所以了。谁还不晓得今天的日子比过大年都还要紧！"

王世奎说："还是你懂大道理。"

灯草一捋散落在额角的头发，说："这算是啥大道理啊？全窑坪谁不晓得！"

王世奎看见窗子透进来的光柱里，灯草捋上去的头发有一大半是白发，那些白发就在太阳光里透明着，不由得鼻子一酸：这个女人跟着自己，劳心又劳力，还没有享一天清福就老了。自己是个傻子，她灯草也是个傻子！

王世奎揉揉眼睛，说："我还忙，走了。下午和哈老板回来吃饭。"

灯草说："压根儿就没想到让你进这个门！"

王世奎强挤出一个笑，说："记着，我还得叫上大哥、二哥还有吴生瑞。"

灯草看着走出门去的王世奎吆喝："不叫上小艾和赵俊祥吗？"

王世奎已经噔噔噔地下了楼，在院子里回话："不了，我们还有事情要说呢。让他们自己做饭吃。"

菊香从里屋出来，手里端着一碗剥好的大蒜，说："就没见过像他那样忙的。"

灯草幽幽地叹气，说："生就的苦命啊，没办法。"

菊香哼了一声说："他那还不是自找的。"

灯草说："都习惯了，真让他停下来，他才难受呢。"

一直到太阳偏西，伙计们才陆续地醒来。几十天来夜行露宿，他们从没睡过一个囫囵觉，也没吃过一顿正经饭，好不容易到了窑坪，一松懈就直接垮架了，睡过去喊都喊不醒。马锅头还没醒来，一些伙计蹲在火塘边煮茶水，等着吃晚饭。

李德亮用簸箕盛了炒豌豆过来，给他们当零食就茶水吃。这些炒豌豆都是牲口的精料，人吃起来又硬又脆，豆香浓郁。

堆码在火塘边柴垛上的鞋袜已经干了，臭味淡了许多。

李德亮说："都半年没有闻到过这种味道了，有时候很不习惯。"

火塘边的伙计们呵呵大笑，说："李老板这句话，我们爱听。"

李德亮说："我这人命贱，就是喜欢骡马牲口，就是喜欢闻臭脚板的味道，这一年多来，我可是睡觉都睡不安生啊。有时候在睡梦里都能听见马蹄声和铃铛声，睡着睡着，就惊醒了。"

伙计们又笑："早听说你们李家到处都是金银，李老板该不是为了我们几个店食钱想得睡不着觉吧。"

李德亮说:"店食钱算个啥事呀!你们没看见,我那几把茶壶都锈了,泡出的茶水里都有一股子锈味。藏在被缝里的虱子呀,早都饿死了。"

伙计们笑成了一片:"早晓得李老板的脚骡店是这个样子,宁愿睡大街。"

李德亮说:"窑坪街上倒是干净,就怕闻不到牲口的粪便味道,大家伙儿更睡不着。"

伙计说:"你以为我们都像是你啊?闻不到牲口的尿骚味就会在睡梦里惊醒过来。"

李德亮一拍手里的簸箕,故作生气的样子:"都吃饱了呀?吃饱了拿我开心是不是啊?"

伙计们看出李德亮的表情是装出来的,晓得他高兴,就一齐起哄:"难怪你打理脚骡店,原来是你喜欢闻马尿的味道啊。"

李德亮噗哧一声笑了,说:"净是一帮牲口,吃个炒豌豆都像牲口。"

第四十八章

　　吃完饭，哈林凑着油灯展开王世奎递过来的汉中府路线图。那张图是王世奎画出来的，几处官驿和渡口王世奎标注得特别详尽，相近的两处站点都仔细地注出行程所用的时间。火苗跳跃的油灯下，哈林看得非常专注。他虽然从没去过汉中，但是线路图里的地名，他都记住了。

　　看完了，王世奎问："就眼下的这种情况，一趟汉中府得多长时间？"

　　哈林说："眼下不是多长时间能走得到的问题，而是怎么走。"

　　王世奎说："我不是都给你线路图了嘛。"

　　哈林说："你给的线路图有可能有用，也有可能没用。真正走起来的时候，就不能按着既定的路线走了，绕着走是常有的事情。"

　　王世奎说："唉，我啥都想到了，咋就没想到这一层呢。真是晚上想了千条路，早晨起来没门路。千想万想地想了一些没有用的，让我白想了。"

　　哈林说："你这张图，也不是完全没有用。至少，它可以让我这个从来没有去过汉中府的人晓得，从窑坪去汉中府有这么一条大道可以走，它有方向。"

　　王世奎说："可是这条大道现在不通啊。"

　　哈林笑道："天下哪有不通的道啊？没有！"

　　王世奎不解，一脸迷茫："没有？"

　　哈林点点头说："没有。"

　　王世奎依然迷惑："没有吗？"

　　"还真没有。"哈林说，"我们看到的都是表象，你一个读书人，哪里晓得这世上暗流汹涌！走通一条看似不通的路，只是成本大小的问题。"

　　王世奎目瞪口呆，一头雾水。他不相信哈林说的话，但却不晓得该怎么反驳。哈林说的这些，他从来就没听说过。书上没有，他也没有经见过。几十年来，他没少读书，生意上的事情也费尽了心血，可是哈林刚才说的话，他还是第一次听说——走路还得成本。他开始喃喃自问："有这样的事情吗？"

　　哈林笑道："好我的王大掌柜哎，你整个就是一个书呆子。你也不想想，我能从兰州到你窑坪，你以为我是怎么走下来的？"

　　王世奎说："我能想象到的，就是风餐露宿、饱受千辛万苦。"

　　"你说的，是你从汉中府往窑坪回来的那个时候吧。"哈林说，"现在你想想，沿途到处都是兵匪流寇，马帮走一趟货物危险重重，有时候，就算是你绕路走都不可靠。"

　　王世奎接口说："难度我是清楚的。我就是为这个难度发愁。"

哈林说："我这次到窑坪也是半年来第一次赶着马帮走货，不试探怎么会晓得商路到底通还是不通呢。我准备了有两个月的时间才敢启程，虽然我有充分的准备，但我还是不晓得能不能走到。因为我晓得这是一次冒险的试探，一切都是未知。"

王世奎佩服不已，由衷地抱拳说道："我是实在没有一点办法，做这些事情哈老板要比我有魄力，我自愧不如。近些日子，我确实想过要走一次商路做个试探，也是病急乱投医，碰了一鼻子灰，差一点就呛死了。"

哈林说："王大掌柜杂事繁多，你实在不适合跟着马帮乱窜。读了一肚子圣贤书，在世事面前你就会束手无策的。"

王世奎自嘲地一笑，说："我的半斤八两我自己掂量得出来，这几天为了商路的事情差点没把我急死。"

哈林说："急死也没有用，我们还得一步步地试探着走。自古都是事无定例，更何况是求人不如求己，眼下这般景象，我们更得看着人家的眼色走路，你说不用高成本你能走多远啊？"

王世奎不禁失笑："我都找到何团总那里去了，我始终以为，他是我们窑坪人，一定肯帮忙……"

哈林说："我们走到哪里过不去了，哪里就会有我们的枪和人马。何团总他没有通天的本事，你求他也没有用。就算他答应帮忙也帮不上。"

王世奎点着头说："我懂了。"

剩下的人们，还在灯下传看王世奎绘制的窑坪至汉中府的商路线路图。王世奎对哈林说："我费心绘制的线路图，也只能让他们感觉到稀奇。"

哈林说："王大掌柜别这么说，你这张线路图，我还是有用的。"

王世奎坐下来，给杯子里都倒上酒，说："都过来坐下喝酒，这可是你嫂子灯草给你们留着的横川烧。哈老板不喝酒，就举起你的茶碗吧。"

这一夜，王世奎又失眠了。他坐在桌前一壶又一壶地喝着酽茶，灯草催了一次又一次，他都只是说你先睡。

马帮没来的时候，王世奎每夜每夜地睡不着，现在哈林带着马帮来了，他还是睡不着。

灯草也在炕上辗转反侧，一声接一声地叹气。

这个王世奎啊，天生就是一个操心的命！

天刚麻麻亮，王世奎去了脚骡店敲响了紧闭着的大门。李德亮眯缝着惺忪的眼睛说："老三，你这么早敲门有啥事情？"王世奎说："我找哈林哈老板，给说个事情。"

续篇·马 帮

李德亮说:"他一时半会儿又不走,何况已是五更天,有啥事情等不到天亮?"

王世奎说:"真还等不得,你都不晓得我是一夜没睡。"

李德亮打了一个哈欠,说:"哈老板现在睡得正香,我看你怎么给他说话。"

王世奎说:"那我就坐在他跟前,等他醒来。"

李德亮说:"我屋里还有一热炕,你过来睡一觉,哈老板醒来了我叫你。"

王世奎摇摇头,说:"我还是坐着等。"

李德亮无可奈何地说:"老三啊,你这个人!"

王世奎说:"我也没办法啊,一辈子了就这样的,想改都改不掉了。"

正说着,哈林却到了他们跟前,说道:"王大掌柜怎么这么早啊?"

王世奎说:"我睡不着,过来找你说去汉中府的事情。二哥说你还在睡觉,就没敢打扰你,我们兄弟在这说说话。"

哈林说:"看起来你真的比我上心,比我急。"

王世奎说:"我那是闲急,急死都没用。还不是天不亮就得找你?你不来窑坪,我到现在还不晓得该咋弄,你来了,我不找你找谁啊?"

哈林笑了:"你这话说的,听起来好像我不来窑坪,你这个大掌柜还当不下去了。"

王世奎说:"你就根本想不到我是咋熬日子的。都说没头的苍蝇没头的苍蝇,我那时候就像是没头的苍蝇,东碰西撞的,实在是找不到一条可以疏通商路的方法。恰恰这个要紧的时候,你来了。"

李德亮感叹着说:"老三没黑没明想着商路疏通的事情,是费了功夫和心血的。有时候,我就想着他这样劳累又不是为了德胜堂更不是为了自己,天下商路不通,又不独独是我们窑坪,他到底是何苦来着!老三他不这样想啊,窑坪没有了生意,他急。"

王世奎说:"二哥你说这些干啥?我那时候实在是没有办法。现在哈老板来了,事情不就好办多了嘛!我这么早来找哈老板,是想和他商量马帮去汉中府的事情。有他在我眼前晃悠着,你说我能不急吗?汉中这么长时间都没有了消息,我就想着立马就到汉中去看看分号,去看看祝显明。"

哈林恰好刚刚漱完了口,噗的一声吐出嘴里的水,说:"我急,你比我还急。"

第四十九章

驮队终于收拾齐备，择日要向汉中进发了。

越是离既定的日子越近，王世奎越是着急。他不止一次地去过关帝庙，期望能够把启程的时日提前。然而每次的卦象显示都说不宜更改，弄得王世奎无可奈何，只好眼巴巴地等着。

已是秋末冬初，天气一天天冷了。清早开门，地上霜迹斑驳。金盆湾上下的柿子全部红透，如挂在枝头的小灯笼。王世奎心头火旺，嘴角烧起了疮疱，连喝水都难以下咽。贺家沟的纸坊槽户每天都有人来，问今年冬闲时候，土纸是不是继续收购。王世奎十分为难，但还是咬着牙说：收。

赵俊祥和小艾听说王世奎上火，带着一包红糖来看他，还没进门就听到王世奎在哑着嗓子说话："哈老板你说我这大掌柜咋当啊。"

上楼，只见王世奎正对着哈林诉苦："哈老板你帮我出出主意，你说这窑坪的生意咋做啊？"

哈林说："你这是急着催我上路，大掌柜你就明说。"

王世奎笑道："哈老板你是钻到我的肚子里去了。我急啊。"

哈林也笑："你再着急，也得等到日子啊。窑坪今年这次出货走驮队非比往昔，不小心不忌讳是不行啊。你不是天天往关帝庙跑嘛，日子能改吗？"

王世奎立时像个做错事情的孩子，蔫巴巴地笑了："日子能改我还能上火吗？你就欺负人。"

哈林抬头看见赵俊祥和小艾进来，给王世奎使眼色提醒。王世奎还是沉浸在马帮启程的时间里，说："你也别给我挤眉弄眼的，我就想晓得，这趟汉中府，到底可靠不……"

哈林憋不住只好自己站了起来，和赵俊祥打招呼："俊祥小艾你们看你妈来了啊，坐坐。我是闲着没事，过来和你大斗嘴。"

小艾脸色一红，拉着赵俊祥往里屋钻。赵俊祥歉意地回话说："哈伯伯你们说话，我们不打扰了。"

王世奎一愣，随即正色说道："俊祥你且等等，我有话说。"

赵俊祥点着头站住，小艾给王世奎做了一个撒娇的鬼脸就进屋找灯草去了。王世奎示意赵俊祥坐下，说："今年这个样子，商路阻滞，交易萧条，由此致使诸事不济。你看看上冬之后，土纸这个事情该咋弄？"

赵俊祥脱口说道："商路阻滞，正是商机……"想想似有不妥，便刹住嘴巴，

续篇·马 帮

一时不知该如何掩饰,不好意思地说道:"其实,我哪里晓得该咋弄呢……我一个,屁事不懂的……"

王世奎并不理会赵俊祥的窘迫,他眼盯着满脸通红的赵俊祥:"往下说。"

赵俊祥看看满脸胡子的哈林,嚅嗫地说:"商路不通不是我们窑坪的商路不通,是天下的商路不通,由此所致商品积压成患,囤积者为降低仓储成本急于出手变现,价格肯定下跌。另一方面,绝大多数商铺因为短缺货源,苦于无货可补,故而定价权在我们手里……"

王世奎不等赵俊祥说完,生气地打断他:"年纪不大,却长了一肚子弯弯肠子。我们经商的目的是货通有无,而不完全是为了利润。如果一个商人把利润和金钱看得过重,迟早会被商业这条大河给淹死。俊祥啊,窑坪几百年的老街,商户历来都是恪守义为第一、利为第二的训导,从来没有谁敢颠覆。你倒好,居然这么想着利润,不是一个好事情。"

赵俊祥立即噤了声,不敢抬头。哈林放下手里的茶碗,笑着说:"大掌柜啊,俊祥说的话,也不是没有道理。你是读书之人,自然晓得祸福相倚这句古话。做生意也是一样。我们就说这阻滞的商路,就说你安排的这次去汉中府,从窑坪下去,你晓得会有哪些事情不是你和我所能掌控的?你晓得会有哪些开销不在我们的预算之内?……有人在这趟路途上拿去了一些牲口驮子或者其他的财物,但可以给我们通途,是不是马帮的成本就高上去了?我们的成本高上去了,店铺的成本是不是也就要高上去?——我们是有成本的啊。"

王世奎铁青着脸,有点被哈林的话噎住了。他不是一个纯粹的书呆子,几十年的经商历练,使他懂得了很多。他能够听明白赵俊祥的话,更能晓得哈林说的这些道理。只是,他是不愿意承认他们的说法。

哈林多么聪明,只一听王世奎的说话就晓得他心里是想啥。尽管王世奎不愿意听他们这样说生意,但是在事实面前,王世奎的思想也很脆弱,就像冰天雪地上一棵刚刚发芽的小草,虽然看起来动人,惹人怜爱,却没有生命力。

哈林说:"没有利润,你说我们还通商路干啥?还做生意干啥?商路和生意与我们有多大的关系?你读你的书,我看我的黄河,不是很好吗?"

这是现实,无情的现实!

王世奎的心里开始流血了。他沉默不语,但他不得不承认哈林说的话具有现实意义。无利不起早是至理名言。

过了好久,哈林对还站在一边的赵俊祥说:"小艾都进屋里去了,你也进去吧。"

赵俊祥看看还在生气的王世奎,没有挪动脚步。王世奎有些不耐烦地挥挥手,说:"去吧,去吧。"

赵俊祥进屋里去了。哈林笑道:"大掌柜啊,你也别不爱听我们说话。我给你讲一个故事你听听。刚出兰州地界,走不多日我们进入渭源地方,黄土塬上有

384

一队枪马围了上来。我们好说歹说，说好了留下一匹骡马和驮子走路，谁知一阵枪声从后面响起了，惊跑了枪马土匪。你晓得后面放枪的是谁吗？是正规军马家军亲军，他们向我们要三百银元——差不多四个驮子和四匹牲口。理由说是'剿匪护商费'。说到底我情愿给土匪留下一匹骡马和驮子也不想给他们三百大洋，可是谁能和他们说得过去？带队的叫马排长，他长一脸麻子，丢出狠话说不留下三百个银元做军费马帮就别想走出去一步。我们退回去也不行，往后退也得缴三百个银元。正规军比土匪还要心黑。这笔账你说说我们怎么算？算给你还是算给我？"

王世奎说："你就没跟我说起过这事。你晓得窑坪，现在出再高的价钱也没有货啊，窑坪之所以这样凋敝，就是没有货物可买可卖。"

哈林说："症结之所在，就是没有货物可买可卖。所以俊祥说的定价权，确实在我们手里。"

王世奎轻轻叹息，说："全都不是我想要的，真是乱套了。"

哈林说："非常时期，我们需要新的商业秩序。如果我们不这样做，这阻滞的商路不知要到啥时候才能畅通。商路不通，也就别说啥生意了。"

王世奎面带愤然之色："这叫作啥？这叫作投机。叫作不地道。叫作上逆天道，下逆民心，为小人作为！"

"这些，我们何尝不不明白！"哈林说，"我也不和你细说，就问一句话：你这汉中府的马帮是去还是不去？"

"去啊。"王世奎说，"不去汉中府，我们怎么通商？"

"可是，如果你不接受这个新规程，就去不了汉中。"

"我懂，我懂！"王世奎再一次长叹，"可是我这心里就是一百个不情愿，一万个不情愿啊。"

出发前一晚，窑坪街上的商户聚齐了给马帮送行。王世奎非常激动，让吊河坝的李家烧锅坊拿出封缸多年的好酒让大家尽兴，说："大家既然是要从窑坪出发，就带着我们窑坪的酒香上路吧。"

哈林从来不喝酒，但王世奎不答应，非要哈林和大家互敬。哈林实在是说不过王世奎，也不好当着大家的面多说啥，只说至始至终只喝一杯，和大家碰了，望着大家一心一意做成一件事情，自己先干为敬。说完闭着眼睛仰头喝干杯中的酒，喉咙里立时如吞下去了毛栗子刺，火辣辣地难受。

看似魁梧壮实的哈林哈老板第一次碰酒，以极快的速度就人事不知了。眼前的热闹场景很快就消失了，他从坐着的木板凳上直溜溜地滑到地上，被人们七手八脚地扶回李家脚骡店，安顿在炕上昏昏沉沉地大睡。

鸡叫头遍的时候，哈林才被睡梦惊醒。他被一股人马追着赶着，身后枪声不

续篇·马 帮

断,人喊马嘶。翻过一道又一道的黄土山峁,他累得一口一口地喘气。费了好大的劲挣扎着口干舌燥地醒来,哈林一眼就看见王世奎坐在自己的炕沿上吃着旱烟。头顶烟雾缭绕,昏黄的油灯微弱地跳跃。

哈林幽幽地吐出一口气说:"你害死我了。"

王世奎转过头,看了一眼虚弱的哈林,说:"你看起来壮实,谁晓得外强中干。"

哈林说:"我们从来就不喝酒。从来就不喝酒。你不晓得,我们教义里规定是不可以喝酒的。"

王世奎根本不理哈林在说啥,他问哈林:"你难受吗?"

哈林挣扎着想坐起来,自顾着说自己心里的话。"我们回族不喝酒,在家里也不备酒。家里来客人一律不摆酒,因为饮酒为伊斯兰教所严禁……穆罕默德从麦加迁到麦地那以后,几次遇到喝酒的人。开始,有人去问穆罕默德许可不许可。穆罕默德回答说:'他们对于饮酒和赌博问你,你说其中都会有大罪,对人都有益处,而其害处比益处更大。'他没有明确禁酒……后来,后来有人继续喝酒,而且劝说不听,酒醉后呕吐、胡说,不能礼拜。穆罕默德这才说:'众信的人们哪!你们酒醉的时候不要作礼拜,直到你们晓得自己所说的是啥话。'后来饮酒者继续饮酒,且酒醉后,出手打人,伤害他人和物,并相互成为冤家。穆罕默德曾命令用蜜枣树枝和皮鞭抽打饮酒者。在阿布·伯克尔时代鞭笞饮酒者四十鞭,后来鞭笞八十鞭。最后穆圣开始下禁令,并且以安拉的名义写进《古兰经》:'众信的人们哪!饮酒、赌博、求签只是一种秽行,只是恶魔的行为,故当远离,以便你们成功,恶魔唯愿你们因饮酒和赌博而互相仇恨。'……大掌柜啊,你今天害死我了!害死我了……"

王世奎静静地听着哈林说话,先是诧异,然后很快就恢复了常态,说:"虽然明天早上就要去汉中了,但我现在却高兴不起来。你难过,我也难过。"

这下轮着哈林诧异了:"你为啥难过?"

王世奎说:"我被迫接受啥所谓的新秩序,你逼迫违背你们的教义。我们不能拒绝,我比你更不能拒绝!"

哈林看见,吃旱烟的王世奎,眼睛里流出了眼泪。

夜很漫长。从鸡叫到太阳出来,仅几个时辰,王世奎好像一下子苍老了许多。

马帮就要出发了,王世奎拉着赵俊祥来找哈林,说:"你们说的新秩序我不想介入,但是你得带着俊祥,让他看看,你的马帮是怎样走通从窑坪到汉中府的这条商路的。"

哈林非常为难,说:"马帮跋山涉水,历尽千辛万苦……"

王世奎说:"我晓得。"

哈林说:"眼见天气已冷,出行在外风餐露宿……"

王世奎说:"我晓得。"

哈林说:"路远道险,极不安全……"

王世奎说:"我晓得。"

哈林又说:"盗匪四起,谁能晓得会遇上啥麻烦……"

王世奎看着赵俊祥说:"俊祥啊,这些你都听见了,你说说,你害怕吗?"

赵俊祥说:"我愿意去试试。"

王世奎慢慢抬起头来,望着哈林说:"你还有啥要说的?"

哈林说:"我带上俊祥就是。"

王世奎眯着眼睛看刚刚升起来的太阳。他头上有一缕花白的头发被晨风吹起来,阳光射过来晶莹剔透,飘逸而又极有质感。

续篇·马 帮

第五十章

　　下完第一场雪，窑坪倏然冷得有些不可思议。缓缓流过的窑坪河结了一层冰，在太阳底下灼灼发光。岸边的柳树，一部分枝桠被河风一吹，会咯吱一声从树上掉下来。
　　王世奎病倒在廊桥边的小楼上，发着高烧。灯草守着不睁眼的王世奎寸步不离，菊香和小艾都劝她，说在王世奎熟睡的时候自己也闭闭眼。灯草死活不肯，她对她们说："你别看他不睁眼睛，其实他啥都晓得。他就是累了歇歇。我这一辈子啊，没好好地陪他过过一天，现在我们都没有事情，就守在他的跟前，这样挺好。"
　　看着昏昏沉沉的王世奎盖着两床厚棉被还瑟瑟发抖，灯草每天眼巴巴地守着，不停手地用湿的毛巾敷在他滚烫的额头，絮絮叨叨地跟昏睡的王世奎说一些听不明白的话，小艾的心里很是难过。菊香实在看不下去，泪眼婆娑地想要替换灯草，灯草死活不肯。
　　永帧堂的先生每天都来给王世奎把脉，一边开药方一边叹气："王大掌柜这一病，病得有点奇怪啊。前后两次毛病大致一个样子，又不尽相同。"回去把王世奎的病情和窑坪所有的先生们一说，先生们翻遍手里的医书全都是一筹莫展，不知所措。
　　灯草说："是病不是命，是命不是病。让他睡几天，说不定哪一天就好了。"
　　菊香学着收拾家务，小艾帮着侍弄茶饭，屋子里来来往往的人就全靠着菊香和小艾应付。灯草不眨眼地陪着王世奎，也懵懵懂懂地糊涂着，看不出疲倦。所有的人都在焦急，不晓得大掌柜到底怎么了，不晓得这样睡下去将会是啥样子。

　　李德明穿着羊皮小袄一天几次地往小木楼上跑，他只要一回店里，就想着王世奎说不定在他出门离开的时候就已经醒了。他一直在惦记着沉睡中的王世奎。
　　长长的街道空寂无人，每年最寒冷的时候，窑坪才会这样冷清。今年，这样的景象属于常事，已经不算啥了。
　　从德胜堂去廊桥边的王世奎家小木楼只需拐过一个弯，也就百十步远近。李德明出门就看见肖善人缩着脖子斜倚在廊桥栏杆上张望，一直走到小木楼前面，肖善人还在那里。李德明忽然想起啥，走过去上了廊桥。肖善人吓了一跳，起身就走，被李德明叫住。肖善人嘻嘻笑着看李德明向自己走来，哇呀哇呀地说了几句李德明没有听懂的话来。李德明走到肖善人跟前，问："你回答我，马帮啥时候才能畅通无阻？"

肖善人依旧嘻嘻地笑着，说："马帮……马帮……"

李德明不明白，再问："王世奎他啥时候能醒来？得啥病了？"

肖善人转过身走下桥去，不理会桥上的李德明，只是依然说着："马帮，马帮……"

李德明只好也下了桥，回到王世奎的小木楼上，说起刚才在廊桥上碰见肖善人的事情。刚好吴生瑞也在，笑着说："肖善人的话你也当话？"

李德明说："这几天全窑坪人说话，没有谁的话题能离开马帮。但是我们说的马帮，和肖善人说的马帮不一样。"

吴生瑞奇怪了："怎么不一样？马帮有啥不一样？"

李德明说："我们大家说的马帮，和肖善人一点关系都没有，他才不管啥马帮驮队。他今天早早和我说马帮，是啥意思？"

吴生瑞说："他那就是听别人说，觉得好玩。他说话能有啥意思？"

李德明说："可我总是觉得，肖善人今天说的话是有意思的。"

吴生瑞笑话李德明："你是天天想着马帮，听谁说起马帮都觉得有意思。肖善人说话有意思，他怎么说着说着就丢下你站在那里，他自己下桥走了？"

李德明说："反正我觉着没那么简单。"

灯草插嘴："是不是哈林他们就要回来了？"

李德明说："算时间，早是该回来的时候了。"

吴生瑞说："这一走，差不多五十天了。按说，窑坪到汉中府正常一个来回，马帮也就是二十天左右。"

李德明说："世奎病了也有二十多天了。"

灯草叹着气，眼泪在脸庞上往下爬。她说："前段时间祈雨的时候，我家世奎就迷迷糊糊睡了好几天，许愿心跳大神他才醒了过来。有几天，我也想着再许一回大愿，再跳一回大神，说不定世奎他就又醒了。这二十多天，我想了太多的事情。我家世奎是有福气的，他一辈子能睡两次长觉，睡得这样踏实，可以啥事情都不想。过几天啊，说不定他睡醒了，自己就会爬起来跟我要面茶，要烤馍馍……"

李德明说："我也奇怪，老三一直都没有啥头疼脑热的毛病，咋会在这一年里接连这样昏睡不醒。"

灯草对李德明和吴生瑞说："哈老板估计差不多也要回来了，世奎这个样子，我们已经习惯了，那么多货物和店铺的事情还得要人操心，我们已经帮不上啥忙了，你们就多费心，不要老耽搁在这里。"

吴生瑞说："看嫂子你说的，我们在你这里耽搁才会安心。我们都在想啊，说不定我们刚刚转过身的时候，大掌柜已经醒来了。我们刚刚下楼，大掌柜就在问你了，他会问，刚才走出屋子里的是谁……"

灯草说："我每天都在想着同一件事情，那就是等会儿他有可能就会醒过

续篇·马 帮

来……"

这时候,王永成从外面气喘吁吁地跑了进来,他的脸蛋红扑扑的,棉袄上的霜花散发着寒气,但是他说出来的话却是热乎乎的:"哈老板……和马帮回来了!"

灯草瞪大了眼睛:"你听谁说的?"

王永成连气都还缓不过来:"我睡不着,半夜去木瓜院了……"

灯草哭了,她这几天的心思都在王世奎身上,别的一点都顾不上,她晓得王永成去木瓜院一定不是第一次:"王永成……快上炕来暖暖,都冻坏了……"

王永成说:"妈妈,快叫人去接……他们都快到桥头了……"

这个时候,肖善人的声音在街上响了起来:"马帮,马帮……"

窑坪河流到木瓜院这个地方,变得温柔了,不慌不忙地在河滩上绕行踱步。牲口的蹄子踩破一道又一道薄冰,四溅的冰碴发出不绝于耳的脆响。

一过秦家坝,刚好是夕阳衔山的时候。伙计们草草吃了随身带的干粮,给牲口也吃了草料,饮完水,马帮就连喘口气的时间都没有了,连夜往窑坪赶。哈林骑在马背上大声说:"我们这一来一回,已经过去了快俩月时间,窑坪的人肯定都等心急了。我们今晚只要不睡觉不休息,明天就可以赶回窑坪。麻烦兄弟们了,回去了好好睡一觉,把今晚的瞌睡给你们补回来。"

因为距窑坪越来越近了,所有的人都很兴奋,一听说要连夜赶路,自然没有谁反对,连牲口踩出来的蹄声也格外有劲。从鱼池子到七里砭一天的路程,只一夜就赶到了,天刚刚放亮,马帮已经上了七里砭垭口。在一个背风处,哈林让马帮停了下来,说牲口走了一夜山路,得歇歇,下山路走起来费脚力。何况,中午之前就可以回到窑坪。只要走到这里,路上已经没有麻烦事情了,不急。

话是这样说,伙计们还是想着早一点回到窑坪。李家脚骡店里的通铺大炕,热腾腾地搁在伙计们的心头,想想都觉得非常舒服。

很快就下了山垭,马帮穿过木瓜院,过了一道水,又是一道水。弯弯绕绕的窑坪河一直在显示自己柔美的曲线,这给来来往往的人们走路增加了很大的难度,四十里的窑坪河被形象地称作"七十二道鞋不干"实在不是虚言。

河道还是干冷的,嗖嗖刮来的风吹在身上,让人倍觉刺骨。伙计们手脸都有冻疮,在这种河风的刺激下奇痛奇痒。有人扯着喉咙在风里吼起来野调,声音就在河滩上传了开来:

> 一条河来百十个湾,
> 月月年年水不干。
> 贤妹的身子许给我,
> 天大的事情我承担……

有人笑了起来:"净吹牛。"

哈林等着人们说够了笑够了,回头说:"现在还有谁要唱的,就敞开了唱。再走三二里啊,一到窑坪,就得把嘴巴当屁眼一样给压紧了,走了味道的话一句都不能放出来。"

有人大声说:"我唱一个好听的。"

众人一齐鼓动,那人脚踩咔嚓作响的冰碴子,坏笑着唱了起来:

大雪盖住姐家崖(方言,读 ai),
永世三年没人来。
今儿来个冒日鬼,
把老娘的血都整出来。

果真,伙计们笑岔了气。哈林也笑,骂道:"真不是个好东西,这野词都能唱出来!"骂完了,扯着嗓子吆喝:"谁还有好听的了唱两句。"

有人颤颤地唱起了清音山歌:

要回娘家路不平,
姐骑白马快如云。
双手拽住马缰绳,
叫你娘家回不成……

太阳还没有升起来,马帮已经进入了搭草坝的柳树林里了。隔着河,可以看见窑坪街上的炊烟正在袅袅升腾起来。街口,影影绰绰的一些人影站在那里。冷风横扫,寒气袭人,光秃秃的柳树枝桠瑟瑟发抖。

哈林心里热乎乎的,翻身从牲口背上跳了下来,说:"到了!"

灯草去了楼下,想给站在楼下咿呀乱语的肖善人说一句,让他到别处去。刚刚下了楼梯,她忽然心里一动,觉得楼上的王世奎该着有点啥了,她没继续下楼,急忙转身往回走,就听见王永成在楼上惊呼:"大大……"

奇迹再一次发生在王世奎的身上,他终于又睁开了紧闭的双眼!

灯草的心突然就空了。沉甸甸地压了二十多天的心结打开之后,自己居然空得啥都没有了,连呼吸都没有了。灯草轻飘飘地扑到王世奎睡着的炕沿上,她不晓得自己是摔倒的。她喉咙里哽咽着说:"我的人啊……我就晓得你不会丢下我的……你是在等马帮回来,马帮回来,你也就回来了!"

391

续篇·马 帮

王世奎虚弱地说着:"你听……马帮……马帮……回来了……"

灯草说:"回来了!"

王世奎轻轻地抬起手,说:"你听,灯草你听,肖善人在说着……马帮……"

灯草说:"马帮回来了,你也回来了。"

王世奎微微地笑了,那是一种揪心笑:"……回来了……"

灯草身后的王永成,看着空寂的屋里,悄悄地退了出来。下楼的时候,他说:"我也去接接哈老板们,接接马帮。"

菊香从里屋也闪了出来,跟着王永成的声音说:"我也去接接。"

王世奎努力地想说啥,却终究没说出啥。灯草捏着他的手,说:"你不醒来,我都不想活了。"

王世奎说:"你不活了,我还能活下去吗?……"

灯草点着头,说:"我这一辈子都把心放在你的身上了,你却把心放在做生意上。我好好的缝衣铺子,好好的染坊,循规蹈矩的好好一个寡妇,这些都叫你给害了……"

王世奎露出天真的笑来,故意狡辩说:"我祸害你了吗?"

灯草说:"你别说话了,我晓得你会说我这都是自愿的……你睡,我给你烧一罐三层楼的面茶,我喂给你喝……"

王世奎拉住灯草的手不放开:"既然醒来了,也不急着……现在就喝你的……三层楼面茶……灯草啊,灯草……难得我这样……安静地陪陪……你……"

灯草没有动,任由王世奎反捏着自己的手。王世奎的手没有一点力气,但是灯草还是感觉到了王世奎的坚决。这是她一个冬天来感觉到最为温暖的时刻。

窗户外传来寒风掠过屋脊的声音,好似千军万马呼啸着奔驰而去。灯草想:马帮跑起来的时候,肯定也是这种声音吧。

第五十一章

　　哈林连牲口都没有拴，丢下缰绳就跑上楼赶到王世奎的炕边。哈林没法想象王世奎的病情，也不晓得他刚刚醒来。哈林这个硬汉子看到瘦弱不堪的王世奎，刚毅的脸上流下了泪痕："这才几天不见啊，大掌柜你……"

　　王世奎笑道："能见到你就是老太爷照顾我。"

　　渐渐的屋子里的人多了起来，灯草就给王世奎去收拾面茶去了。王世奎平躺着看着哈林，说："不要想着你们把我留在窑坪，我就真的会留在窑坪……你们谁也不会晓得，其实我是跟着你们一起走了……我去汉中府了，去汉中府的德胜堂分号，只不过是，今儿你们回到窑坪了，我却没回来。你们把我丢了，丢在路上了，回不来了……"

　　"我还没有从窑坪启程的时候，我就晓得你放不下心。"哈林指着段建成、赵益邦和祝显明几个人说，"大掌柜啊，你既然去了，我咋敢把你一个人留下啊——你看看，我把他们都带回来了。"

　　王世奎眼睛一亮，问道："分号的生意还好吧？"

　　赵益邦俯在亲家跟前，说："汉中府到底是大地方，生意还行。"

　　王世奎点着头说："那就好，那就好。"

　　赵益邦说："亲家，就是路上不太平啊。"

　　王世奎说："这我……晓得……"

　　赵益邦说："亲家啊，你少着说话，休息。"

　　王世奎说："我都睡醒了，也不晓得睡了多长时间。"

　　菊香在人群后面绕过去，想去里头帮灯草。王世奎看见菊香，叫过来说："菊香，我是看了你这好几年了，早就想着有机会给你做一回主，把你嫁了。"

　　菊香说："哥哥大过小老子。菊香命苦，没有父母，一切全凭哥哥嫂子做主。"

　　王世奎笑了笑说："听听，小艾和王永成把你叫姐姐，你把灯草叫嫂子，我们这是啥辈分……可是没有找到这个适合你的人，没找到配得上你的人……我只怕是喝不上你的喜酒了。"

　　菊香眼泪巴巴地说："哥哥你说啥呢，我的事情你敢不管吗？"

　　王世奎说："我管啊，管定了。"

　　菊香说："哥哥啊，你和他们说说话，我帮嫂子给你烧三层楼的面茶去。"

　　王世奎说："我就是想喝三层楼的面茶。"

　　灯草说："都晓得你想喝。"

　　王世奎点点头，呵呵地笑。

续篇·马 帮

夜深了，哈林陪着王世奎说话。灯草和小艾去了菊香的屋子。
王世奎说："我这一辈子就是一个操心的命，咋逃都逃不脱。总想着跟哈老板走一回兰州看看，最不行也得去天水盐官看看……现在这个情况，我怕是去不了了……哈老板，你就给我说说从窑坪到兰州这条路……"
王世奎满是向往和深情，言语间流露出了无奈和叹息。
哈林的络腮胡子上挂着眼泪，他捏着王世奎干瘦的手，一个地名一个地名地说："窑坪，将军坝，乔家山，镡河渡口，纸坊镇，洛峪……"
"窑坪……"王世奎极力地记着这些地名，跟着哈林默默地说："窑坪……"